澳大利亚
后现代实验小说研究

王腊宝 等 著

上海交通大學出版社
SHANGHAI JIAO TONG UNIVERSITY PRESS

内容简介

本书集中研究澳大利亚后现代实验小说的历史渊源、特色成就及主要代表作,范围广泛涉及 20 世纪 70 年代以来的五个作家群和 20 个主要代表作家的经典佳作。本书为作者新完成的 2016 年度国家社科基金项目的结项成果,全书约 30 万字,是我国继杨仁敬、胡全生、陈世丹等的英美后现代小说研究之后推出的又一部英国国家后现代小说研究专著,更是澳大利亚和大洋洲文学界填补空白性的研究成果。全书主要分为五个部分,每个部分包含四章,每章集中分析一个作家的一部小说创作的特色与贡献。本书适合从事澳大利亚和大洋洲文学研究的广大教师和研究生使用,也适合从事外国后现代主义文学研究的工作者及文学爱好者使用。

图书在版编目(CIP)数据

澳大利亚后现代实验小说研究 / 王腊宝等著. —上海:上海交通大学出版社,2023.4
ISBN 978 - 7 - 313 - 26338 - 4

Ⅰ.①澳… Ⅱ.①王… Ⅲ.①小说研究−澳大利亚−现代 Ⅳ.①I611.074

中国国家版本馆 CIP 数据核字(2023)第 035497 号

澳大利亚后现代实验小说研究
AODALIYA HOUXIANDAI SHIYAN XIAOSHUO YANJIU

著　　者:	王腊宝　等			
出版发行:	上海交通大学出版社	地　　址:	上海市番禺路 951 号	
邮政编码:	200030	电　　话:	021 - 64071208	
印　　制:	上海颛辉印刷厂有限公司	经　　销:	全国新华书店	
开　　本:	710 mm×1000 mm　1/16	印　　张:	22.5	
字　　数:	388 千字			
版　　次:	2023 年 4 月第 1 版	印　　次:	2023 年 4 月第 1 次印刷	
书　　号:	ISBN 978 - 7 - 313 - 26338 - 4			
定　　价:	148.00 元			

前 言
PREFACE

作为一种文学思潮,后现代主义于第二次世界大战以后开始风靡英美,20世纪60年代以后,后现代主义文学在其他英语国家也陆续出现。在澳大利亚,后现代小说从20世纪60年代末开始萌芽,在历经70年代初期的开拓和80年代之后多元而蓬勃的发展之后,不仅形成了自己独有的创作风貌,留下了自己独特的发展轨迹,更为澳大利亚后现代文学走向世界迈出了关键步伐。[1] 积极开展对于这一课题的研究对于更好地认识当代澳大利亚文学与文化有着重要的意义。

1997年,荷兰乌特勒支大学的杜威·佛克马(Douwe Fokkema)和汉斯·伯藤斯(Hans Bertens)主编出版了《国际后现代主义:理论与实践》一书。该书重点考察了20世纪后现代文学在不同国家和地区的演变情形,该书第四部分用219页的篇幅讨论了21个国家和6个地区的后现代主义文学的发展情况,其中包括中国。2008年,佛克马还以"中国的后现代主义文学"为题,专门撰文讨论中国的后现代主义文学情况。佛克马在自己的文章中指出,近代欧美文学史经历过一个现代主义挑战现实主义、后现代主义挑战现代主义的过程,不过,文学史上这一潮流更替并非在世界各国都一样,因为不同国家的历史与文化情景直接决定了不同国家后现代主义文学的具体表现。《国际后现代主义:理论与实践》一书对于大洋洲的澳大利亚没有涉及,[2]不过,澳大利亚后现代主义文学的发展道路确实证明,他们的基本结论是正确的。

澳大利亚的后现代主义小说始于20世纪60年代末70年代初的"新派写

---

[1] Hans Hauge, "Post-Modernism and the Australian Literary Heritage", *Overland* 96(1984): 50 – 51.

[2] Douwe Fokkema and Hans Bertens, eds. *International Postmodernism: Theory and Practice*. Amsterdam/Philadelphia: John Benjamins Publishing Company, 1997, p.304.

作"(New Writing),其标志是一批优秀的新锐作家的同时崛起,其中最具有代表性的有弗兰克·摩尔豪斯(Frank Moorhouse)、迈克尔·怀尔丁(Michael Wilding)、马瑞·贝尔(Murray Bail)和彼得·凯里(Peter Carey)。早期的澳大利亚文学史家们并未想到要把这些新锐作家的创作与后现代主义联系在一起。雷欧妮·克拉默(Leonie Kramer)主编的《牛津澳大利亚文学史》(1981)是较早关注摩尔豪斯和怀尔丁的。在论及这批年轻小说家的创作时,"小说"一章的作者阿德里安·米切尔(Adrian Mitchell)说,他们通过高度实验性的短篇小说积极书写澳大利亚的城市生活,用他们的另类书写给传统的中产阶级价值体系来了一次剧烈的冲击,他们的作品富于喜剧效果,高度自觉,讲究反讽,在现实主义的外表之下表达的是一种"新浪漫主义"。[1] 1976 年,布鲁斯·本尼特(Bruce Bennett)撰文称,澳大利亚涌现了几个专事短篇小说实验的"寓言小说家"(fabulators)。[2] 1977 年,另一位著名澳大利亚文学批评家布莱恩·基尔南(Brian Kiernan)更是借用美国作家马克·吐温的话戏谑地称他们是"最美丽的谎言"(the most beautiful lies)的编织者,并以此为题主编出版了一部短篇小说集。他称赞这新一代的年轻作家用他们的"谎言"叙事,给澳大利亚文学带来了巨大的惊喜。[3] 直到 1981 年,《澳大利亚文学研究》杂志正式以"当代短篇小说"为题出版专辑,[4]邀请多位作家参与笔谈,澳大利亚后现代实验小说才最终有了一个比较稳定的名号——"新派小说"(New Fiction)。

在澳大利亚的"新派小说家"当中,除了摩尔豪斯、怀尔丁、贝尔和凯里,还涌现了一大批年轻作家。仅从怀尔丁 1978 年主编出版的《副刊小说作品集》[5]来看,积极参与 20 世纪 70 年代"新派小说"创作的作家还包括维吉·维迪卡斯(Vicki Viidikas)、克里斯·海门斯利(Kris Hemensley)、科林·塔尔博特(Colin Talbot)、卡梅尔·凯里(Carmel Kelly)、戴米恩·怀特(Damien White)、约翰·劳伦斯(John Laurence)、约翰·艾默里(John Emery)、达尔·斯蒂文斯(Dal Stivens)、罗纳德·阿伦(Ranald Allan)、斯·斯泰恩斯(S. Steynes)、杰拉尔

---

[1] Leonie Kramer, *The Oxford History of Australian Literature*. Melbourne: Oxford University Press, 1981, p.170.

[2] Bruce Bennett, "Australian Experiments in Short Fiction", *World Literature Written in English* 15.2(1976): 359.

[3] Brian Kiernan, ed. *The Most Beautiful Lies: a collection of stories by five major contemporary fiction writers*, *Bail, Carey, Lure, Moorhouse and Wilding*. Sydney: Angus & Robertson, 1977.

[4] Laurie Hergenhan, ed. *Australian Literary Studies*, Special Issue on Contemporary Short Stories, 1981.

[5] Michael Wilding, *The Tabloid Story Pocket Book*. Sydney: Wilde & Woolley, 1978.

丁·维尔西(Geraldine Willesee)、比尔·比尔德(Bill Beard)、安杰拉·罗维西阿诺斯(Angela Lorvisianos)、杰夫·维厄特(Geoff Wyatt)、安提戈尼·克法拉(Antigone Kefala)、阿伦·马克斯韦尔(Alan Maxwell)、杰基·泰勒(Jaki Taylor)、嘉瑞·杨(Gary Young)、阿伦·奎利(Allan Queary)、艾米·维廷(Amy Witting)、阿维利尔·芬克(Averil Fink)、劳里·克兰西(Laurie Clancy)、鲁迪·克劳斯曼(Rudi Krausmann)、克里斯·奥利奇(Chris Aulich)、约翰·蒂姆林(John Timlin)、彼得·马瑟斯(Peter Mathers)、布莱恩·克尔(Brian Cole)、克莉丝汀·汤森德(Christine Townsend)、桑迪·斯拉特(Sandy Slater)、卡罗尔·诺瓦克(Carol Novack)等。这些作家的共同努力开启了属于澳大利亚自己的后现代主义实验小说。

作为一个新兴的文学创作潮流,澳大利亚后现代"新派小说"发展很快。短短几年之间,这些小说家就把自己变成了澳大利亚文坛上除现实主义和现代主义之外的又一支重要力量。澳大利亚"新派小说"的主打文学样式是短篇小说。1972年,摩尔豪斯以《这些美国佬》(The Americans, Baby)为题,出版了第二部短篇小说集,一举确立了其在澳大利亚"新派小说"中的领导地位;在那之后,他又连续出版了短篇小说集《电的经历:一个间断叙事》(The Electrical Experience: A Discontinuous Narrative, 1974)、《会议城》(Conference-Ville, 1976)、《悬疑及传奇故事集》(Tales of Mystery and Romance, 1977)等。20世纪70年代中叶前后,维迪卡斯出版短篇小说集《封皮》(Wrappings, 1974);怀尔丁出版《死亡过程面面观》(Aspects of the Dying Process, 1972)、《西米德兰地铁》(The West Midland Underground, 1975)等四个短篇小说集;凯里先后出版了《史上胖男》(The Fat Man in History, 1974)和《战争罪》(War Crimes, 1979);贝尔出版了《当代肖像及其他故事》(Contemporary Portraits and Other Stories, 1975)等。通过这些作品,这个年轻的作家群向世人充分展示了自己的才华,更为后现代主义实验小说在澳大利亚文坛确立自己的地位做出了贡献。

澳大利亚的后现代主义文学是在非常特殊的历史进程与文化氛围中产生的。引发澳大利亚这场文学变革的一个重要事件是越南战争。一方面,澳大利亚赴越参战意外地让这个国家在"闭关锁国"数十年后再次向世界打开了国门。另一方面,军事上背离英国转向美国的国策进一步将澳大利亚绑到了美国的战车之上。澳大利亚的后现代主义文学是在处于巅峰之际的美国后现代主义影响下形成的,它的标志是一个实验文学刊物《副刊小说》(Tabloid Story)的出版。

1972年,摩尔豪斯和怀尔丁决定共同发起一个新文学刊物,因为他们觉得澳大利亚文坛正在兴起一种有别于传统澳大利亚文学的新型小说。但是,主流文学刊物对其毫无兴趣——澳大利亚的主流文学刊物长年只发表传统的、近乎公式化的丛林故事。《副刊小说》希望给那些背离传统丛林转而书写澳大利亚城市生活、大胆挑战文学审查、突破禁忌、书写20世纪60年代以来新一代澳大利亚青年生活经验的写作者提供一个发表的园地。刊物一经推出,马上吸引了来自全国各地的一大批作家。《副刊小说》从1972年开始,至1980年结束,前后一共运营了八年多的时间。在《副刊小说》发表作品的新作家大多对于所谓澳大利亚的经典作家没有太多兴趣,他们喜欢阅读欧美和拉丁美洲的作品;他们热切仿效美国的唐纳德·巴塞尔梅(Donald Barthelme)、约翰·巴思(John Barth)、科特·冯尼古特(Kurt Vonnegut)和理查德·布劳迪根(Richard Brautigan),南美的豪·路·博尔赫斯(Jorge Luis Borges)、恩尼斯特·科塔萨尔(Ernest Cortazar)和阿多尔佛·比奥易·卡萨雷斯(Adolfo Bioy Casares),以及意大利的伊塔洛·卡尔维诺(Italo Calvino)等。这些作家抛弃传统小说语言,努力打造一种全新的散文风格。他们主张抛弃传统的线性叙事,背离传统的丛林故事,努力以当代的澳大利亚生活经验为书写对象,用一种后现代的文学去回应一个急剧变革的时代和社会。

一

澳大利亚的后现代实验小说是在反叛本国现实主义文学的过程中兴起的。怀尔丁在回忆澳大利亚"新派小说"兴起的情形时指出,"(澳大利亚的)后现代主义是一个珍贵的历史阶段。它将我们从疲倦的、没有冒险精神的、无效的现实主义中解脱出来。"[1]怀尔丁的这番话明确无误地表明,澳大利亚后现代"新派小说"在兴起之初针对的不是现代主义,而是现实主义,这一点与中国的后现代小说相似,与英美等国截然不同。

澳大利亚的现实主义文学始于19世纪后期。起初的澳大利亚现实主义文学是以一种革新派的姿态出现的,其努力颠覆的对象是英国式的传统浪漫主义文学,因为浪漫主义文学喜欢打着想象的旗号书写悠远的生活和异国情调,严重脱离澳大利亚的现实生活。因此,澳大利亚的现实主义文学是在一种强烈的民族主义情绪中脱胎和发展起来的,并在此后的半个多世纪的时间里不断得到巩

〔1〕 Michael Wilding, "Realism: A Symposium", *Overland* 156(1999), pp.43-44.

固,成为第二次世界大战以前澳大利亚文学中无可争议的主流。从 20 世纪 30 年代开始,万斯·帕尔默(Vance Palmer)等人继承澳大利亚传统丛林现实主义的衣钵,用一种有别于丛林现实主义的社会现实主义完成了对于劳森的时代更新。二战后,澳大利亚现实主义文学并未像某些批评家说的那样突然地消失不见,相反,它在左翼作家的支持下继续地坚持了下来,并在新的时代形成了新的特色。从 20 世纪 50 年代开始,澳大利亚的传统现实主义文学开始受到零星的抵制。贝尔在其主编的《费伯当代澳大利亚短篇小说选》的前言中指出,从 20 世纪 50 年代开始,包括帕特里克·怀特(Patrick White)、克里斯蒂娜·斯特德(Christina Stead)、马乔丽·巴纳德(Marjorie Barnard)在内的一些澳大利亚作家不再把眼光仅仅局限于澳大利亚的丛林地貌,而是更多地描写人的生活,特别是澳大利亚人的家庭生活。所以此时的小说在技巧上表现得更加细致,总体效果较之以前的作品也更加地丰富多彩。[1] 不过,按照怀尔丁的回忆,在 20 世纪 50 和 60 年代的澳大利亚文坛,虽然这些作家竭力倡导文学革新,但是,面对强大的现实主义,他们的声音在很长一段时间里显得并不十分响亮。传统的现实主义一统天下的格局没有得到改变:澳大利亚的主流文学期刊严格地恪守现实主义标准,他们要求作者书写澳大利亚的丛林或者城市底层社会的生活,形式上则要求严格采用传统的现实主义风格。[2]

20 世纪 60 年代后期,新一代的文学青年开始崭露头角,传统现实主义小说对于他们来说日渐失却了吸引力。他们厌倦了"赶牧路上的尘土飞扬以及男人们慵懒地翻身上马的形象",开始很自然地把目光投向外国文学,而此时欧美和拉丁美洲的后现代小说正大行其道。[3] 换句话说,澳大利亚的"新派小说家"们一登上历史舞台就面临两个选择:要么是继续坚持本土的现实主义,要么选择国外的后现代主义。澳大利亚的"新派小说家"们毫不犹豫地选择了后者。这是因为,对于二战后熟读欧美和拉丁美洲后现代主义文学成长起来的年轻一代作家,传统的丛林生活离他们非常遥远,传统的现实主义创作方法令他们感到单调甚至窒息;他们渴望变化,普遍感觉国外的实验小说充满新奇与挑战,希望用崭新的手法书写当代澳大利亚青年一代体验中的新生活。所以不少人一开始就学着他们的样子尝试高度实验性的创作,用一种国

---

[1] Murray Bail, "Introduction", *The Faber Book of Contemporary Australian Short Stories*. London: Faber & Faber, 1988, p.xvi.

[2] Michael Wilding, "Realism: A Symposium", p.44.

[3] Bruce Woodcock, *Peter Carey: Shadow Maker*. Manchester University Press, 2013, p.6.

际范儿的"寓言主义"(fabulism)向盛行数十年的现实主义发起了全方位的挑战。

怀尔丁在其《副刊小说》故事"一文中回忆说,20 世纪 60 年代的澳大利亚文坛闭塞得令人窒息,严格的审查制度和强大的现实主义传统给新生代作家留下的空间很少,年轻的小说家为了突破封锁,在好长一段时间里不得不走一条底层路线,与一些非主流的色情杂志合作,以便发表自己的作品。[1] 摩尔豪斯和怀尔丁是此时最为大胆且持续书写性题材的作家,他们的写作从一个角度成功突破了 20 世纪 60 年代之前左翼社会现实主义小说的底线。1972 年之后,随着工党开始执政,文学的审查制度终于被废除,主流文学期刊秉持的现实主义创作律令连同原先的题材禁忌一起成了口诛笔伐的对象。1972 年,怀尔丁、摩尔豪斯等人通过自创的《副刊小说》指出,澳大利亚文学不只有现实主义,特别是年轻一代作家正在创作一大批有别于现实主义的文学作品,创办一个小说副刊有助于向世人呈现这一崭新的文学动向。[2]

澳大利亚"新派小说家"们认为,传统的现实主义文学之所以长盛不衰是因为受到了民族主义的支持,狭隘的民族主义情绪在很长一段时间里同样深刻地限制了澳大利亚文学的发展。作为一个现代国家,澳大利亚脱胎于英国殖民地。19 世纪 90 年代,随着澳大利亚殖民社会各项事业的发展,一场持续数十年的澳大利亚民族主义运动风起云涌地推广开来。早期澳大利亚民族主义运动的主要诉求是在大英帝国的框架内独立建国。由于早期的多数澳大利亚白人居民都是英国血统,所以他们大多以大英帝国的子民自居,但他们同时希望澳大利亚能建成一个独立的国家,这样,他们就能成为"独立的澳大利亚不列颠人"。[3] 早期澳大利亚民族主义运动的一个重要任务是明确地建构澳大利亚的国家形象。不少澳大利亚的史学家、文学家和艺术家都积极地参与到了这个过程之中。经过几代人的努力,他们以亨利·劳森(Henry Lawson)、约瑟夫·弗菲(Joseph Furphy)等人作为文学起点,以澳大利亚 19 世纪的淘金、尤利卡事件、联邦以及第一次世界大战期间的加里波利(Gallipolli)战役等为主要民族经历,围绕丛林生活和伙伴情谊构建起了自己的民族神话。第二次世界大战前后,澳大利亚的许多文学家都积极地参与到了这场声势浩大的民族主义文学运动当中,他们或

---

[1] Michael Wilding, *The Tabloid Story Pocket Book*, Sydney: Wilde & Woolley, 1978, p.296.
[2] 同上,p.302.
[3] Laurie Hergenhan, ed. *Australian Literary Studies* (*Special Issue on Contemporary Short Stories*) 10.2(1981): 270.

者学着劳森的样子书写丛林生活的伙伴情谊，或者通过表现偏远的乡村、选地甚至沙漠，从中寻找澳大利亚作为一个独立国家的"地之灵"。在这样一种民族主义情绪之中，他们积极倡导以现实主义的方法书写自己国家的土地风景和人情风俗。特别值得一提的是，二战之后的民族主义文学运动开始有了自己的文学批评，其中第一个较有影响力的批评家是万斯·帕尔默。帕尔默 1885 年出生于一个知识分子家庭，1940 年，他出版了《民族群像》(*National Portraits*)，为澳大利亚建国史上的一批风云人物树碑立传。1954 年，他以《九十年代的传奇》(*The Legend of the Nineties*)为题，继续着澳大利亚的建国神话书写。1971 年，克里斯·华莱士-克拉比(Chris Wallace-Crabbe)以《澳大利亚民族主义》为题主编出版首部批评文集，[1]书中 16 篇文章集中评述劳森、弗菲、斯蒂尔·拉德(Steele Rudd)、芭芭拉·贝恩顿(Barbara Baynton)、路易·斯通(Louis Stone)、克里斯托弗·布雷南(Christopher Brennan)、班卓·帕特森(Banjo Patterson)、伯纳德·欧道德(Bernard O'Dowd)等一批作家。该文集收录的第一篇论文便是帕尔默的"传说"(*The Legend*)，充分说明他和他的妻子奈蒂·帕尔默(Nettie Palmer)在澳大利亚民族主义文学中的崇高地位。

作为澳大利亚民族主义作家和批评家的杰出代表，帕尔默夫妇立足现实主义，倡导建立本国的民族文学不算有错，但"新派小说家"们对他们倡导的现实主义深不以为然。怀尔丁指出，珀·雷·斯蒂芬森(P.R. Stephensen)和帕尔默夫妇以劳森的继承人自居，立足狭隘的澳大利亚民族主义视野和立场，努力为打造一种单调的社会现实主义文学"鼓与呼"。"新派小说家"不喜欢他们的一个原因在于，类似的民族主义批评家的观点不仅错误，而且十分有害。因为如果立足他们的那种思想来考量澳大利亚文学，那么澳大利亚文学便只有一种写作，那就是劳森这样的丛林现实主义文学。然而，澳大利亚的文学史上历来既有现实主义的程式化小说，也有非常实验性的形而上和幻想性小说。忽略澳大利亚文学丰富的多元特征，将其强行概括成一种唯我独尊的丛林现实主义，极大地伤害了澳大利亚文学。[2]

澳大利亚的"新派小说家"大多出生于 20 世纪 40 年代，他们在 20 世纪五六十年代的澳大利亚度过了自己动荡而叛逆的世界观形成阶段。二战之后，澳大利亚同其他西方国家一样进入战后重建，此时的澳大利亚长期处于保守的孟席

---

〔1〕 Chris Wallace-Crabbe，ed.，*The Australian Nationalists: Modern Critical Essays*. Melbourne：Oxford University Press，1971.
〔2〕 Michael Wilding，*The Tabloid Story Pocket Book*，pp.303 - 304.

斯(R.G. Menzies)政府的领导之下。一般的澳大利亚史学家认为,20世纪50至60年代是一个物质丰足的时代,但它同时也是一个社会保守、思想禁锢的时代。本尼特在其《澳大利亚短篇小说史》一书中指出,战后重建中的澳大利亚知识界越来越多地强调"澳大利亚特性"。此间流传最广的几部著作包括拉瑟尔·沃德(Russel Ward)的《澳大利亚的传说》(*The Australian Legend*,1958)、阿·安·菲利普斯(A. A. Phillips)的《澳大利亚的传统》(*The Australian Tradition*,1958)和亨·麦·格林(H.M. Green)的《澳大利亚文学史》(*A History of Australian Literature*,1961)。[1] 在澳大利亚知识界,上述著作推动了人们对于澳大利亚民族主义的思考,同时也激化了不少极端对立的态度。在澳大利亚民族主义的问题上,澳大利亚至少存在三个不同的立场。第一种以莱斯·穆雷(Les Murray)为代表,这些相对保守的作家抱持一种怀旧甚至反动的国家历史观。他们在政治上视英国为母国,主张维护与殖民宗主国的密切联系。其次是共产主义作家,他们主张摆脱殖民历史,建设属于自己独特的国家,在文学创作上希望尽可能多地运用现实主义手法书写澳大利亚自己的生活。第三种主张融合英国与澳大利亚文化。一个显著的例子是"津地沃拉巴克"运动(the Jindyworobak Movement),这一运动中的某些成员主张将欧洲文化与澳大利亚土著文化相结合,熔铸出一种崭新的澳大利亚新本土文化。他们歌颂澳大利亚农村生活,视其为澳大利亚最根本的特征。在文学界,反映不同澳大利亚群体迫切希望参与界定澳大利亚特性建构的一个重要事件是两个重要文学期刊的创立,一个是左翼的《陆路》(*Overland*,1954),另一个是右翼的《四分仪》(*Quadrant*,1954)。[2] 在对待澳大利亚民族主义的认识上,这一左一右两个期刊之间如同横亘着一条天河,彼此很难交流。

怀尔丁不喜欢狭隘的民族主义,他认为二战前后的一批民族主义批评家喜欢说什么为"澳大利亚所独有",可是,这样的说法究竟是什么意思并不十分清楚。民族主义常常把本可以说得明白的问题弄得更加神秘不清。怀尔丁本人出生于英国,从牛津大学毕业之后来到澳大利亚的悉尼大学工作。他了解英国,对于澳大利亚并不十分熟悉,澳大利亚文坛对于民族主义的强调令他一时无所适从。作为一个来自英国的作家,怀尔丁不想强调自己是英国作家,然而他也不想把自己界定为澳大利亚作家,他希望超越国籍,做一个超国界的作家,因为他不

---

[1] Bruce Bennett, *Australian Short Fiction: A History*. St Lucia, Qld.：University of Queensland Press, 2002, p.146.

[2] 同上。

想简单地用一个国籍去取代另一个国籍。[1] 在"新派小说家"当中,像怀尔丁这样的移民作家并不少见,而移民作家对于澳大利亚的民族主义情绪很难产生特别的认同。另外三个较为知名的移民作家包括维迪卡斯、海门斯利和克劳斯曼。维迪卡斯 1948 年出生在一个爱沙尼亚移民家庭,父亲是爱沙尼亚人,母亲是澳大利亚人,先后在昆士兰和悉尼读书,15 岁辍学,16 岁开始学习写作,1967 年发表诗歌处女作。20 世纪 70 年代之后,连续出版小说和诗歌集,其中包括《红色警戒》(*Condition Red*,1973)、《包裹》(*Wrappings*,1974)、《那贝尔》(*Knabel*,1978)等,后移居印度,并出版《印度墨》(*India Ink*,1984)等。海门斯利 1946 年生于英国的怀特岛,父亲是英国人,母亲是埃及人。海门斯利从小在埃及的亚历山大港长大,1966 年移居澳大利亚的墨尔本后开始从事文学创作,20 世纪 70 年代之后,先后出版了 20 多部诗集,此外还出版《房间及其他散文集》(*The Rooms & Other Prose Pieces*,1975)和《无语无忧:散文集 1968~1970》(*No Word, No Worry: Prose Pieces 1968~1970*,1971)。克劳斯曼出生于奥地利的萨尔斯堡,早年在维也纳读大学、当记者,1958 年移居澳大利亚后,开始从事文学创作,对小说、戏剧和诗歌等多个样式都有所涉猎。1977 年,在谈到自己对于澳大利亚文学传统的认识时,他这样写道:"我知道澳大利亚有自己的民族文学传统,但是,迄今为止,我没有办法说自己跟这个传统有什么关系……我知道我的小说创作与其他国家的小说之间的关系,我觉得我与(遥远的)贝克特—博尔赫斯—海因里希·伯尔之间更有一种密切的关联。"[2]

二

讨论后现代主义文学不能不提现代主义,澳大利亚的后现代主义文学与其现代主义之间存在着怎样的关系呢? 要回答这个问题,我们有必要了解澳大利亚的现代主义。澳大利亚的现代主义文学的兴起与帕特里克·怀特(Patrick White)最直接相关。怀特 1912 年生于伦敦,父母都是澳大利亚人,13 岁回到英国上学,后就读剑桥大学国王学院,大学毕业后开始从事文学创作。1939 年出版处女作《幸福谷》(*The Happy Valley*)之后,连续出版长篇小说 12 部,短篇小说 3 部,戏剧 4 部,诗歌集 2 部。20 世纪 40 年代,初入文坛的怀特发现自己与澳

---

[1] Michael Wilding, "A Survey", *Australian Literary Studies*(*New Writing in Australia Special Issue*), 8.2(October 1977): 124 - 125.

[2] Rudi Krausmann, "Statements", *Australian Literary Studies*(*New Writing in Australia Special Issue*) 8.2(October 1977): 191.

大利亚时行的现实主义格格不入。不过,他此时的作品基本上选择了一条书写澳大利亚生活的文学路线:要么改写劳森小说中的选地农人物形象,要么立足欧洲哲学传统,思考澳大利亚的生活经验。他这一阶段的作品在一段时间内并未引起文坛的重视。1958 年,怀特以"浪子"为题发表一文,[1]在该文中猛烈抨击澳大利亚传统的"枯燥无味、色如干粪一般的新闻味儿的现实主义"(dreary, dun-coloured offspring of journalistic realism),正式宣告自己与传统现实主义的决裂。以此为起点,怀特和西娅·阿斯特里(Thea Astley)、托马斯·基尼利(Thomas Keneally)、戴维·艾兰德(David Ireland)、彼得·马瑟斯(Peter Mathers)、巴里·奥克利(Barry Oakley)、达尔·斯蒂文斯(Dal Stivens)等作家开始在澳大利亚文学中推动现代主义的文学实验。20 世纪 60 年代,怀特连续出版了《战车上的乘客》(*Riders in the Chariot*,1961)、《坚实的曼陀罗》(*The Solid Mandala*,1966)和《活体解剖者》(*The Vivisector*,1970)。更在 1973 年小说《风暴眼》(*The Eye of the Storm*)问世之后,一举摘得诺贝尔文学奖的桂冠。

怀特在澳大利亚的文学道路可谓无比坎坷,因为在现实主义的包围之下,他所倡导的现代主义写作一度腹背受敌。20 世纪四五十年代,他首先受到了来自左翼批评家的严厉批评。代表当时澳大利亚文坛主流的左翼小说家弗兰克·哈代(Frank Hardy)显然不喜欢他的语言风格和题材选择,对于他小说中经常出现的神秘主义内容表达了深深的抵触。他认为怀特的小说中全是外国作家的影子,看不到帕尔默、凯瑟琳·苏·普理查德(Katherine S. Prichard)、巴纳德·艾尔德肖(Barnard Eldershaw)、埃莉诺·达克(Elenor Dark)等本土现实主义作家的任何影响,他质疑怀特的创作是否执行了一种"帕特里克·怀特政策"(Patrick White Policy)。[2]另一个左翼作家戴维·马丁(David Martin)也指责《人之树》(*The Tree of Man*)"把澳洲的乡下人放到了精神分析师的躺椅之上"。[3]几乎与此同时,几个保守的新古典主义诗人和文学批评家也针对他的小说发起了攻击:阿·德·霍普(A.D. Hope)在给《人之树》写的一篇书评中,称小说通篇充斥着"矫揉造作和文墨不通的污言乱语"(pretentious illiterate verbal

---

[1] Patrick White, "The Prodigal Son", *Australian Letters*, 1.3(1958):37.
[2] Bruce Bennett, *Australian Short Fiction: A History*. St Lucia, Qld.: University of Queensland Press, 2002, p.170.
[3] Susan Lever, "The Challenge of the Novel", in Peter Pierce, ed. *The Cambridge History of Australian Literature*. Cambridge: Cambridge University Press, 2009, p.505.

sludge)。[1] 文森特·巴克利(Vincent Buckley)称兰多夫·斯托(Randolph Stow)、克里斯托弗·考什(Christopher Koch)等年轻作家在怀特的阴影下写作，追求一种"神话制造、形而上乃至宗教"(the mythopoeic, metaphysical, even religious)效果，最终弄出一堆"可笑的花样"(darling artifices)。[2] 克拉默在主编1964年年度《海岸到海岸》(Coast to Coast)小说选时，也直接弃选怀特的作品。[3] 如果说上述两端代表着澳大利亚一左一右两种文坛势力，20世纪50至60年代的怀特还面对着来自跟他一样长期旅居海外的作家发出的批评。本尼特在其《澳大利亚短篇小说史》中记述了怀特和雪莉·哈泽德(Shirley Hazzard)之间的一场论争，哈泽德指责怀特神经脆弱，完全不懂得在世界各地的写字楼里辛苦劳作的打工族。[4] 在20世纪五六十年代澳大利亚的文坛形形色色的反对声面前，怀特像个孤胆英雄，面对来自各方的批评，他毫不犹豫地奋起反击，称克拉默为"杀手"，把那些曾经激烈批评他的批评家一律称作"毫无仁慈心的野狗"(unmerciful dingoes)。[5] 从这些交锋中，我们不难看出澳大利亚现代主义兴起时的艰难。

在挑战传统现实主义的大方向上，20世纪70年代兴起的后现代"新派小说"与怀特倡导的现代主义可谓一脉相承，因此，多数"新派小说家"对于现代主义的态度是非常肯定的。例如，贝尔认为，现代主义对于澳大利亚文学的进步居功至伟，因为包括怀特在内的几个现代主义作家用自己的努力逼退了巨大的文学保守势力。在完成这一使命的过程中，他们向世人展现了非凡的想象力和观察力，所以较之二战以前的澳大利亚作家，他们的文学成就要大很多。更重要的是，现代主义于"新派小说"到来之前，仅凭区区几个作家，为澳大利亚的文学实验开辟了新的空间，这个空间对于在他们之后成长起来的"新派小说家"而言，无疑是一片巨大的舞台。为此，"新派小说家"们对于怀特不仅有兴趣，更有一种感激。[6]

怀尔丁认为，后现代的"新派小说"与怀特所倡导的现代主义之间或许还存

---

[1] David Marr, *Patrick White: A Life*. Sydney: Random House, 1991, p.310.

[2] Susan Lever, "The Challenge of the Novel", p.505.

[3] Leonie Kramer, *Broomstick: Personal Recollections of Leonie Kramer*. North Melbourne: Australian Scholarly Publishing, 2012, p.162.

[4] Bruce Bennett, *Australian Short Fiction: A History*, pp.170–171.

[5] Alan Lawson, "Unmerciful Dingoes: Critical Reception of Patrick White", *Meanjin Quarterly* 32.4 (Dec.1973): 379.

[6] Murray Bail, "Introduction", *The Faber Book of Contemporary Australian Short Stories*, p.xvi.

在的是一种取代（displace）的关系。这是因为现代主义反对传统的现实主义，"新派小说"也主张彻底抛弃现实主义，在革新传统这一目标的意义上，"新派小说"不仅全盘地接过了现代主义的接力棒，而且用更加前卫彻底的手段，为澳大利亚文学通过后现代的实验创作走向世界，做出了卓有成效的努力。从这个意义上说，前者取代了后者。苏珊·莱维（Susan Lever）总体上更认可怀尔丁的判断，她认为，怀特的《浪子》在澳大利亚文坛开启了一个新文学时代。从文学实验运动的角度来看，澳大利亚的小说实验运动自怀特始，在他之后澳大利亚文学的形式实验和创新的气氛日益浓厚，不论这种实验用怎样的名号，20 世纪 60 年代后期成长起来的"新派小说家"纷纷加入实验主义阵营中来；"新派小说家"立足自己的"反文化"运动，反对传统的价值观念，主张把文学从准确书写澳大利亚生活转向更加丰富多彩的形式实验。他们的这一诉求较之怀特是一种迟到的现代主义，明显更加迫切和激进，所以至 20 世纪 70 年代，怀特的现代主义不可避免地会被年轻一代的后现代主义所超越。[1]

的确，澳大利亚后现代"新派小说家"在充分认可现代主义在挑战现实主义传统过程中所做出贡献之余，最终实现了对于前辈的超越。在有些"新派小说家"看来，20 世纪 50 年代前后的怀特，对于澳大利亚文学传统的挑战未必彻底。他们认为，怀特在坚持形式实验的同时，不少作品选择了与主流的局部合作。他的这些选择本无可厚非，正是他的这些选择让 20 世纪 70 年代的"新派小说家"看到了他们与这位前辈文坛巨擘的不同。或许因为这个原因，研究澳大利亚后现代小说的批评家们都发现，"新派小说家"当中很少有人明确模仿怀特的写作风格。在他们被问及曾受到过哪些国内外作家影响时，他们中的多数人都不约而同地罗列出一串欧美和拉丁美洲作家的名字，但很少有人会提怀特。莱维发现很多的"新派小说家"在回忆文章中都说，在公共汽车或者悉尼的中央公园见过他，有的还感谢怀特本人给予他们的慷慨援助，但就是没有人愿意提他的艺术影响力。诗人罗伯特·格雷（Robert Gray）自称是怀特的朋友，但他表示，自己在很长一段时间里从来不看怀特的作品。[2]

澳大利亚的后现代"新派小说"与怀特所代表的现代主义之间存在一种距离感，这一点并不奇怪，因为"新派小说家"与怀特之间毕竟隔着 30 岁的年龄差。一方面，二者生活在不同的历史背景之下，虽然二者都受国际影响，但怀特主要

---

[1] Susan Lever, "Fiction: Innovation and Ideology." *The Oxford Literary History of Australia*. Eds. Bruce Bennett and Jennifer Strauss. Melbourne: Oxford University Press, 1998, p.308.

[2] 同上，p.311.

受到的是英美文学的影响,"新派小说家"除此以外还受到一大批欧洲和拉丁美洲作家的影响。另一方面,怀特的现代主义文学实验所要达到的目的和解决的问题在于如何在全新的意义上运用澳大利亚的传统题材探索当代人与上帝和社会之间的关系,而"新派小说家"的后现代实验从根本上怀疑这种意义的存在以及这种探索的价值。他们尊重这位在澳大利亚文学中率先开拓创新的前辈,但是,他们并不完全希望像他那样写作。1973 年怀特荣获诺贝尔文学奖之后,这个前辈的成就成了对他们的一种激励。在澳大利亚文坛上,这位老人成了他们站在远处眺望的对象。

在所有"新派小说家"当中,始终明确表示认同和赞赏怀特的作家之一是贝尔。贝尔认为,怀特为"新派小说"所从事的所有实验活动开了风气之先,但影响的焦虑让很多"新派小说家"不愿承认一个本国的小说家也能对他们产生重要的影响。[1] 贝尔表示,"(澳大利亚作家中)对我影响最大的是帕特里克·怀特。在我看来,他还在大胆地进行着他的冒险——他所有这些情感上、思想上和风格上的冒险令我们大开眼界,我们应该为此对他心存感激。"贝尔一生追随怀特,效仿怀特。他认为,二战之后,平庸的现实主义像一堵墙(wall of ordinary realism),阻碍了澳大利亚文学的发展,怀特是澳大利亚现实主义文学最坚定的反对者,所以他从怀特那里得到了很多灵感。[2] 怀特批评澳大利亚空虚得"没有一点思想"(the mind is the least of possessions),说要努力改变澳大利亚文学的新闻式现实主义;贝尔则说,现实主义是"澳大利亚文学的一大诅咒",是"我们从英国得来的盎格鲁-撒克逊人的平庸乏味的实用主义和经验主义传统"。[3] 怀特喜欢当代艺术,贝尔也喜欢当代艺术,经常从当代艺术的大胆实验中汲取文学创作的灵感。贝尔充分体认怀特于保守的 20 世纪 50 年代为澳大利亚文学冲破现实主义藩篱所遭受的重重阻碍,为此,他认为澳大利亚应该在诺贝尔文学奖之外给他授予"维多利亚十字英勇勋章"(Victoria Cross)。贝尔坦承自己在文学成长的道路上深受法国、意大利、奥地利和拉丁美洲国家的作家的影响,他喜欢卡夫卡的《变形记》中描写的日常生活中的神奇,但他也喜欢怀特在小说中努力表现普通人内心的深刻,钦佩他那种于腐朽之中见神奇、于琐碎的日常生活之中发现诗歌的本领。跟怀特一样,他认为诗歌和趣味对于每一个普通澳大利亚

---

[1] Susan Lever, "The Challenge of the Novel", pp.506 – 507.

[2] Michael Ackland, *The Experimental Fiction of Murray Bail*. Amhurst: Cambria Press, 2012, p.14.

[3] 同上,p.26.

人同样重要,所以一个优秀的作家应该像怀特那样努力寻求对于现实的超越。[1]

必须指出的是,贝尔虽然景仰怀特,但他在实际创作中跟其他"新派小说家"一样,毫不犹豫地选择了后现代主义。把怀特跟贝尔的小说放在一起做比较,人们不难发现,到了"新派小说"的时代,怀特的现代派风格和方法已经鲜有人用了,因为曾经作为一种流行时尚的现代主义显然都过去了。[2]跟贝尔一样,很多"新派小说家"或许都对于怀特的现代主义实验存有一份敬意,但是,"新派小说"对于实验的理解早已超越了现代主义。"新派小说家"在西方的后现代小说家影响之下成长起来,对于文学的实验已经有了更加前卫的认知,所以不会满足于老一辈的做法。虽然从 20 世纪 60 年到 70 年代只有短短 10 年,但在"新派小说家"眼里,怀特毕竟是个老人。怀特把澳大利亚文学从现实主义推进到现代主义,功不可没。然而,"新派小说家"们让澳大利亚文学在自己手中又一次实现了跨越,而这一跨越对于澳大利亚文学来说无疑又是一件功德无量的好事,因为他们让澳大利亚文学一步赶上了世界。

三

20 世纪 70 年代,澳大利亚自称全面进入了多元文化主义时代。肯·杰尔德(Ken Gelder)和保罗·索尔斯曼(Paul Salzman)在其《新多元:澳大利亚小说1970～1988》一书中,把 1970～1988 年这一段澳大利亚小说史称为"新多元"(new diversity)时代。[3] 1983 年,伊丽莎白·韦比(Elizabeth Webby)在一篇题为"澳大利亚短篇小说:超越英裔白人男性了吗?"[4]的评论文章中指出,20世纪 80 年代的澳大利亚文学随着众多不同文化背景作家的陆续崛起,全面进入了多元文化主义的时代。在多元文化主义的时代,澳大利亚的后现代小说经历了怎样的变化? 一般认为,20 世纪 80 年代之后的澳大利亚的后现代实验小说明显萎缩,[5]因为包括摩尔豪斯和怀尔丁在内的一批"新派小说家"都先后选择在创作

---

[1] Michael Ackland, *The Experimental Fiction of Murray Bail*. Amhurst: Cambria Press, 2012, p.16.

[2] Susan Lever, "The Challenge of the Novel", p.500.

[3] Ken Gelder and Paul Salzman, *The New Diversity: Australian Fiction 1970 - 88*. Melbourne: McPhee Gribble, 1989.

[4] Elizabeth Webby, "Short Story in the Eighties: White Anglo-Celtic Male No More?", *Meanjin* 42.1 (1983): 34 - 41.

[5] Nadezda Obradovic, "'A Return to narrative': Talking with Michael Wilding", *Antipodes* 8.1 (1994): 13.

中放弃实验而回归叙事。海伦·丹尼尔(Helen Daniel)对此不以为然。1988年,她在《谎言家:澳大利亚新小说家》[1]中指出,20世纪70年代,澳大利亚短篇小说中的那种实验主义"新派小说"到20世纪80年代在长篇小说中得以较广泛地传播开来。她列举了20世纪60年代步入文坛、80年代仍在坚持写作的八位作家出版的25部作品,并对这一时期(1980～1988)的后现代小说盛况进行了热情的评论。丹尼尔评论的八位作家包括前文提到的"新派小说家"贝尔和凯里,此外还有彼得·马瑟斯、尼古拉斯·哈斯勒克(Nicholas Hasluck)、戴维·福斯特(David Foster)、戴维·艾兰德、杰拉尔德·默南(Gerald Murnane)和伊丽莎白·乔利(Elizabeth Jolley)。

丹尼尔认为,凯里20世纪80年代连续出版的四部长篇小说,延续了他此前短篇小说的结构和主题游戏,他的长篇小说公开宣示文学创作的虚构性,通过自觉的虚构叙事,传达一种深刻的艺术和生活逻辑。他的长篇小说《魔术师》(Illywhacker)的叙事人赫伯特·巴杰利(Herbert Badgery)开宗明义地说自己是个139岁的骗子(生于1886年),整部小说时空跨度大,人物众多,小说通过众多的人物故事随意连接,广泛涉及了澳大利亚作为一个社会和国家的各个方面存在的真与假、现实和虚构。贝尔20世纪80年代出版的两部长篇小说运用神话、童话、超现实的奇想和元小说的戏仿讽刺当代澳大利亚社会生活,对现实主义的澳大利亚文学传统给予了无情的批判。长篇小说《思乡》运用超现实主义的叙事,刻画了一群前往世界各地游览的澳大利亚观光客,作品通篇无情地鞭挞澳大利亚人的粗野笨拙、狭隘无知。

马瑟斯、艾兰德、福斯特、哈斯勒克、默南和乔利较之多数"新派小说家"年龄稍长,所以多数没有参与过20世纪70年代的"新派小说"运动,但是,他们于20世纪80年代出版的长篇小说同样表现出非常突出的后现代特征。马瑟斯于1966年出版首部长篇小说《陷阱》(Trap),次年一举摘得澳大利亚最高文学奖迈尔斯·富兰克林奖(Miles Franklin Award)。1984年创作出版短篇小说集《改良》(A Change for the Better)。丹尼尔认为,马瑟斯关注表达,他的作品表达出巨大的语言能量,他的人物常常生活在混乱之中,小说家总是竭力借助语言的力量将混乱的生活保持在可控的范围中。艾兰德1966年以一部题为《歌鸟》(The Chantic Bird)的小说一举在一次文学比赛中脱颖而出,他先后于1972年、1977年和1980年三获迈尔斯·富兰克林文学奖。20世纪80年代创

---

[1] Helen Daniel, *Liars: Australian New Novelists*. Ringwood, Victoria: Penguin Books, 1998.

作势头不减,先后出版《女人城》(*City of Women*,1981)、《阿基米德与海鸥》(*Archimedes and the Seagle*,1984)和《亲生父亲》(*Blood father*,1987)三个长篇。艾兰德关注艺术,关注艺术家与现实、艺术家与观众间的关系。透过艺术,他反复思考的问题是作为"谎言家"的文学家与读者之间的关系,他的作品颂扬文学创造的乐趣。福斯特的首部长篇小说《净土》(*The Pure Land*)出版于 1974 年。20 世纪 80 年代出版的几部代表作普遍表现一种对于事物本质近乎荒诞的探寻。他精力旺盛,他的作品中拥有 19 世纪澳大利亚作家约瑟夫·弗菲小说中的巨大能量;他痴迷创新到了一种疯狂的地步,他的小说中常常是颂扬与戏仿同在,旺盛的精力与彻底的绝望同在,极度的喜悦与深刻的厌恶同在。小说《月光族》(*Moonlite*,1983)讲述了一群来自苏格兰的外岛居民先后移居澳大利亚并在这块殖民地里驱逐当地土著居民的故事,作品中读者随处可见美国后现代作家约翰·巴思、托马斯·品钦(Thomas Pynchon)和库尔特·冯内古特的那种夸张,更能感受到后现代小说所特有的力量。哈斯勒克 1978 年出版首部长篇小说《隔离》(*Quarantine*)。20 世纪 80 年代出版的长篇小说《伯拉明瓶》(*The Bellarmine Jug*,1984)讲述了一个又一个的海上航行故事,具有英国作家约翰·福尔斯(John Fowles)和南美作家博尔赫斯的某些特征。小说中的人物根据地图上的标记去寻找一些岛屿,殊不知,那些不知什么时候被标上地图的岛屿在现实中根本就不存在,一切所谓的真实或许不过是一种宣示而已。默南 20 世纪 70 年代凭借长篇小说《撑柳排》(*Tamarisk Row*,1974)和《云中一生》(*A Lifetime on Clouds*,1976)登上文坛。80 年代出版《景中景》(*Landscape with Landscape*,1985)、《内陆》(*Inland*,1988)等。默南热衷元小说实验,他的小说中充斥着一种自省的后现代叙述语言,试图用这种语言建构自己的世界。丹尼尔评述的八位作家中,乔利是年龄最大的一位,也是唯一的一个女作家和移民作家。她从 20 世纪 60 年代开始发表短篇小说,80 年代进入创作的黄金期。作为 20 世纪 80 年代澳大利亚文坛最多产的小说家之一,乔利刻画的世界常常稀奇古怪,人物大多无所归依,他们在现实与幻想之间、家园与流亡之间、真实与谎言之间流连。

20 世纪 80 年代之后,澳大利亚的多元文化主义继续朝纵深推进,一大批来自欧美之外的移民作家先后登上文坛,持续地给澳大利亚文学增添新鲜血液。但是,作为一种文学潮流的澳大利亚后现代主义实验文学,跟多元文化主义一起在一场没有硝烟的"文化战争"中遭遇到了前所未有的挑战。20 世纪 90 年代,澳大利亚右翼的保守势力对国内政治的控制日益加强,文学艺术变成了政治斗争的角力场。在短短十年之中,他们频频制造话题,对于包括多元文化主义、女权主义、后现代主义和后结构主义在内的所有左翼思潮进行了无情打击。先是海伦·德米登科(Helen Demidenko)伪造移民身份创作的小说《签署文件的手》(*The Hand That Signed the Paper*)受到全民批判。再是前激进女权主义作家海伦·加纳(Helen Garner)在自己的文集《第一石》(*The First Stone*)中公开反对大学生指控高校男教师性骚扰,引发民众对于女权的讥讽。然后是包括马杜鲁·纳罗金(Mudrooroo Narogin)和阿切·维勒(Archie Weller)在内的多位作家的非土著身份先后被揭秘,导致舆论哗然。20 世纪末的澳大利亚文学创作不仅因此以前所未有的频率成为举国关注的焦点,更在不知不觉之中变成了澳大利亚不同文化势力之间斗争的战场。[1] 在激烈的"文化战争"中,后现代小说被当成西方"后现代"理论的一部分,成了一种来自欧美的文化流行病,一场澳大利亚主流社会亟需扑灭的灾难。在这种氛围之下,澳大利亚的后现代小说悄悄地发生了改变。[2]

　　杰尔德和索尔斯曼在其《两百年庆之后:澳大利亚小说 1989～2007》一书中清晰地表达了他们对于这种变化的认识。该书一方面专辟一节,用六页的篇幅讨论了 20 世纪 80 年代后期以来澳大利亚文坛的"后现代文学小说"(Postmodern Literary Fiction),[3] 说明后现代小说作为一个主流的文学潮流如何成了一个微弱的存在。但他们同时在第二章、第三章、第五章和第六章以较大篇幅继续讨论后现代主义的话题,涉及的作家包括西娅·阿斯特里(Thea Astley, 185 页)、凯里(102、104、121 页)、戴维·马鲁夫(David Malouf, 99 页)、布莱恩·卡斯特罗(Brian Castro, 108 页)、理查德·弗兰纳根(Richard Flanagan, 74、76 页)、盖尔·琼斯(Gail Jones, 115 页)等。杰尔德和索尔斯曼希望告诉读者的是,20 世纪 90 年代以来,虽然后现代主义文学成了澳大利亚文坛的一个小众的亚文类,但是,后现代小说在更大的范围内得到了蓬勃的发展。

　　杰尔德和索尔斯曼在他的"后现代文学小说"一节中重点讨论的代表作家包括默南、安东尼·杰克(Antoni Jach)和约翰·马克斯韦尔·库切(John Maxwell Coetzee)。其中,默南此时已是文坛老将,20 世纪 80 年代后期之后依然笔耕不辍,在 20 多年的时间里连续发力,先后又出版了《宝石蓝》(*Emerald Blue*,

〔1〕Ken Gelder and Paul Salzman. *After the Celebration: Australian Fiction 1989 - 2007*. Melbourne: Melbourne University Press, 2009, p.214.

〔2〕王丽萍等."理论"消退与文化战争,见王守仁、姚君伟主编《华东外语教学论坛》(第三辑)[M].上海:上海外语教育出版社,2008:345 - 357.

〔3〕Ken Gelder and Paul Salzman. *After the Celebration: Australian Fiction 1989 -2007*, pp.130 - 136.

1995)等六部新作。第二个作家杰克是个完全的新人,他跟默南一样也居住在墨尔本,父亲是波兰移民,他画画、作编辑、搞出版、教写作、写诗、写小说、从事戏剧创作,是个十足的多面手。他写过一部关于视觉艺术的博士论文,主要小说作品包括《每周牌局》(*The Weekly Card Game*,1994)、《城市层级》(*The Layers of the City*,1999)及《酷似拿破仑的人》(*Napoleon's Double*,2007)。第三个作家库切是从南非新移居到澳大利亚的小说家,2002年移民澳大利亚阿德雷德,2003年荣获诺贝尔文学奖。

杰尔德和索尔斯曼在"后现代文学小说"中讨论的三个作家当中,两个具有显著的移民家庭背景,从一个角度说明了20世纪末澳大利亚后现代小说的新动向。两位作者在《二百年庆之后:澳大利亚小说1989~2007》一书中重点介绍的另一个长期热衷后现代小说创作的移民小说家是布莱恩·卡斯特罗。卡斯特罗的小说语言凝重,叙事过程表现出高度的理论自觉,他在多部小说中以真实的历史人物为原型设计叙事,很多小说融合回忆和轶事、真实与虚构,为当代澳大利亚文学贡献了一批值得关注的后现代小说。

《二百年庆之后:澳大利亚小说1989~2007》延续了《新多元:澳大利亚小说1970~1988》的观点,认为20世纪80年代后期以来的澳大利亚小说继续朝着多元的方向发展。杰尔德和索尔斯曼认为,进入20世纪90年代之后,英裔的澳大利亚主流作家群中的后现代实验主义热情消退之后,一种所谓的"雅俗共赏派"(middlebrowism)的小说创作潮流悄然兴起。[1] 然而,几乎与此同时,后现代实验小说转换了阵地,在女性、土著和移民作家的参与之下得到了继承和发展。20世纪90年代中叶以后的澳大利亚后现代实验小说不再局限于以前的英裔白人男性作家,而成了很多不同背景作家共同的创作方向。后现代主义首次在与多元文化主义的融合中获得了新的巨大的生命力。

在澳大利亚文学批评界,人们对于移民文学历来有一种刻板印象,认为移民作家只会跟女性文学、土著文学一样,用传统的现实主义手法叙述移居和思乡的经验,这种写作与后现代实验主义小说格格不入。[2] 莱维认为,20世纪80年代之后的澳大利亚文学情境发生了显著的变化,一个重要的原因是,澳大利亚的文学体制继续大力倡导和鼓励创新实验。澳大利亚联邦政府通过"文学基金会"

---

[1] Ken Gelder and Paul Salzman. *After the Celebration: Australian Fiction 1989 - 2007*, pp.136 - 141, pp.200 - 204.

[2] Sneja Gunew, "Performing Australian Ethnicity: *Helen Demidenko*", *From a Distance: Australian Writers and Cultural Displacement*, eds. Wenche Ommundsen & Hazel Rowley. Geelong, Vic.: Deakin University Press, 1996, p.167.

(Literature Board)在其提供文学出版资助时,要求申请者的写作必须在创新方面达到一定的要求。作家要想得到政府的支持,就必须瞄准国际标准,继续大力开展先锋性的写作,充分展示"艺术特色和创新之处"。在这样的竞争压力之下,很多作家都会选择有意识地从事实验小说的创作。[1] 20 世纪 80 年代以后,澳大利亚的后现代实验手法的运用在女性、土著和移民作家的创作中蔚然成风的另一个重要的原因是,在这些边缘作家眼中,传统的澳大利亚文学倡导透过文学构建国家和民族的共同体,但这样的文学理想常常无视自己作为边缘群体的利益和福祉。后现代主义强调差异,所以后现代主义给边缘作家带来了一个人人得到尊重的不一样的世界愿景;[2]此外,边缘作家长期受到来自主流文坛的压力,他们不想让人觉得自己只会简单初级的现实主义写作,不懂最新的文学创作方法,所以积极尝试用大家早已熟知的后现代手段来提升自己的写作。[3] 莱维认为,当代澳大利亚后现代实验小说在众多边缘作家手中表现出一个非常突出的特点,那就是将文学的实验创新与意识形态诉求的表达结合在一起。[4] 如果说早期的"新派小说"要求从传统的现实主义和民族主义的狭隘钳制中解放出来,20 世纪 80 年代之后的主流白人男性小说家中的很多人立足工人阶级立场要求重塑和净化澳大利亚文化,20 世纪 90 年代在澳大利亚文坛边缘处写作的作家从 60 年代开始的民权运动那里继承了他们的意识形态诉求。他们要求性别平等,厌恶种族歧视,希望在民主的制度下得到更多的关注和尊重;他们在传统的文学理想中看不到自己的位置,在民族、国家等共同体的文学诉求中只能看到它们对于自我的压迫和欺凌,所以他们希望在自己的写作中书写边缘经验和差异。后现代主义强调碎裂、拼贴和反讽的创作手法为他们提供了恰如其分的书写方式,许多作家因此积极采用这些方法来表达自己对于当代澳大利亚生活的错乱感悟。[5]

　　莱维提醒我们,并非所有的边缘作家都自动会变成一个后现代小说家。她以女作家为例指出,经历过 20 世纪 60 至 70 年代的女权主义洗礼并认同女权主义的女作家对于男性主导的传统现实主义写作中暗含的性别歧视形成了较为深刻的自觉,她们会在反对男权控制的斗争中更多地参与小说的实验创新。80 年代之后步入文坛的这一类女作家中比较突出的代表除了乔利,还有洁南·伯克

---

[1] Lever, Susan. "Fiction: Innovation and Ideology," p.310.
[2] 同上,pp.310 - 311.
[3] 同上,pp.317 - 318.
[4] 同上,pp.315 - 323.
[5] 同上,pp.310 - 311.

(Janine Burke)、玛丽恩·坎普贝尔(Marion Campbell)、玛丽·法隆(Mary Fallon)、简·麦凯米什(Jan McKemmish)、菲诺拉·莫尔海德(Finola Moorhead)、德鲁希拉·莫杰斯卡(Drusilla Modjeska)、卡莫儿·博德(Carmel Bird)、阿曼达·罗瑞(Amanda Lohrey)、萨拉·多思(Sara Dowse)等。[1] 这些女作家认为,激进的文学形式有助于自己表达对于男权压迫的激进反抗。20 世纪 80 年代之后,土著文学成长迅速,除了一直以土著作家自居的马杜鲁之外,仅在小说创作领域就涌现了山姆·华生(Sam Watson)、吉姆·斯科特(Kim Scott)等。[2] 与老一代的土著作家相比,这些新生代的土著作家积极探索一种碎裂而奇幻的魔幻现实主义手法,书写持续在白人殖民压迫之下的边缘生活。移民作家当中除了前面提到的乔莉和卡斯特罗之外,还涌现了罗莎·卡皮埃罗(Rosa Cappiello)、玛丽·罗斯·里维拉尼(Mary Rose Liverani)、贝斯·亚普(Beth Yahp)、弗蒂尼·艾帕诺米提斯(Fotini Epanomitis)等。[3]

2000 年之后,上述三个作家群不断发展,新崛起的女作家代表有盖尔·琼斯(Gail Jones),土著新锐作家有亚莱克西斯·赖特(Alexis Wright)、梅丽莎·卢卡申科(Melissa Lucashenko)以及塔拉·朱恩·文奇(Tara June Winch),移民作家当中除了最耀眼的库切之外,还有克里斯托斯·西尔卡斯(Christos Tsiokas)等。在当代澳大利亚的小说史上,上述三组作家的贡献不容小觑,特别是在 20 世纪 90 年代之后,他们与早期的"新派小说家"和活跃于 20 世纪 80 年代的一大批英裔男性作家共同构成了后现代小说的多元作家群。他们共同的努力为澳大利亚的后现代实验小说谱写下了令世人瞩目的绚烂篇章。

四

澳大利亚后现代小说较之欧美国家稍稍滞后,这或许与澳大利亚作为一个后殖民国家对待外来思潮的一贯风格有关。早在 20 世纪 40 年代,詹姆斯·麦考利(James McAuley)和道格拉斯·斯图尔特(Douglas Stewart)针对现代主义诗歌刊物《愤怒的企鹅》(Angry Penguins)主编马克斯·哈里斯(Max Harris)一手导演了著名的"厄恩·马利(Ern Malley)大骗局",导致了现代主义文学在澳大利亚的长时间停滞,不过,现代主义最终还是浩浩荡荡地来了。当代澳大利亚的后现代小说是在欧美后现代以及拉丁美洲魔幻现实主义影响下形成的产

---

〔1〕 Lever, Susan. "Fiction: Innovation and Ideology," p.318.
〔2〕 同上,p.322.
〔3〕 同上,pp.324 - 325.

物,其兴起之初同样备受抵制。正如澳大利亚批评家曾用现实主义坚决抵制现代派一样,20世纪末的澳大利亚批评家一度用现代主义作标准坚决地抵制后现代主义。但是,不管人们喜欢与否,后现代主义最终还是来了。澳大利亚应该为之高兴的是,后现代实验主义文学让澳大利亚与英美等西方大国的文学首次实现了同步。

　　丹尼尔认为,澳大利亚的后现代小说有着与西方后现代小说一致的一般性特点。不过,澳大利亚的"新小说"不同于法国的"新小说",因为澳大利亚"新小说"在故事性上明显更有色彩,人物也相对鲜明。从这个意义上看,澳大利亚的"新派小说"更像当代南美小说。虽然澳大利亚"新派小说家"或许并未第一时间读到马尔克斯、博尔赫斯、卡彭提尔、富恩特斯等人的作品,但是,当这些拉美作家的作品最终被译成英文并传入澳大利亚之后,很快在澳大利亚"新派小说家"的作品中得到了回应。[1] 杰尔德和索尔斯曼认为,要全面深入地了解澳大利亚后现代小说,应该首先区分两种后现代。一种是以塞缪尔·贝克特(Samuel Beckett)为代表的悲观的后现代主义,这种后现代小说完全不相信叙事的有效性。另一种后现代小说追求一种崇高的目标,它一边对叙述高度自觉,一边高度肯定叙事的重要性。在这种态度下写成的后现代小说少了一种游戏,多了一份严肃,它努力在传统小说再现现实的荒诞中获得一种深刻的文化洞察。这种于高度游戏之中展示严肃与崇高的后现代小说,人们不妨把它称为"后现代崇高"(postmodern sublime)。澳大利亚的后现代小说总体上选择了"后现代崇高",它是欧美后现代文学移植到澳大利亚并在澳大利亚本土化之后形成的特殊产物。[2]

　　澳大利亚的后现代实验小说植根于它的后殖民语境之中,形成的是一种后殖民的后现代主义。所以,其创作无论在故事性上还是在人物刻画的方法上都更关注内容,这使它显著地更加接近当代拉丁美洲小说。强烈的主题性是它的一大特色,显著的主题性常常使它不可避免地融入一种高度政治化的环境之中。特别是20世纪90年代,澳大利亚后现代实验小说不知不觉地成了一场没有硝烟的"文化战争"中的争议焦点,因为后现代实验小说深刻地反映澳大利亚文化内部的不同立场。在当代澳大利亚后现代实验小说中,不同的作家都留下了自己的足迹,他们彼此之间有时并不十分和谐。澳大利亚后现代实验主义小说如

---

〔1〕 Helen Daniel, *Liars: Australian New Novelists*, pp.21-22.
〔2〕 Ken Gelder and Paul Salzman. *After the Celebration: Australian Fiction 1989-2007*, p.130.

同一面镜子,照见了整个当代的澳大利亚政治与社会的多元立场。澳大利亚的后现代实验小说中所反映出来的是一种异常复杂的价值体系,作为 20 世纪席卷世界的时代强音,后现代主义在澳大利亚并不总是折射出时代进步的方向。特别是在部分主流男作家的笔下,读者时常能听到 20 世纪上半叶激烈抵制现代主义的逆时代潮流而动的声音。他们讽刺新的文学观念,立足所谓的后现代伦理,重写包括太平洋战争在内的历史,展示了异常保守甚至反动的意识形态和价值取向。

澳大利亚后现代实验小说在历经半个世纪之后,形成的最大特点是它的多元性。一个文学潮流从兴起到成熟都会经历一个蓬勃发展的过程,在澳大利亚后现代实验小说蓬勃发展的过程中,众多不同的作家立足不同的背景、文化和习惯参与其中,并用自己的创作为它做出了自己的贡献。所谓百花齐放,百家争鸣。澳大利亚的后现代实验小说不是一个单一的创作流派,而是一个传播范围极广、绵延时间很长的文学运动,50 多年的积累为它注入了丰富的内涵。要更好更全面地认识和把握澳大利亚的后现代实验小说的特点,有必要放眼整个当代澳大利亚文坛。只有广泛深入地了解众多具体作家的具体作品,才能全面准确地展现澳大利亚后现代文学的风貌。澳大利亚的后现代实验小说在早期的"新派小说"之后至少在四个不同的作家群当中得到了拓展,形成了特色。基于这样的认识,本书从众多的当代澳大利亚后现代作家中选择了 20 名作家的 20 部作品,并将其分成五个部分,五个部分分别关注五个不同的作家群,每个部分分四个章节,每个章节讨论一个作家的一部代表作品。第一部分集中关注 20 世纪 70 年代的短篇小说,第二至第五部分立足当代澳大利亚文学的多元格局,关注后现代实验小说在 20 世纪 80 年代至今的澳大利亚长篇小说中的发展态势。第一部分("新派小说家"的后现代实验小说开拓)重点讨论弗兰克·摩尔豪斯、迈克尔·怀尔丁、彼得·凯里和马瑞·贝尔的四部短篇小说集;第二部分(英裔男作家的后现代实验小说探索)集中讨论戴维·艾兰德、杰拉尔德·默南、戴维·福斯特和理查德·弗兰纳根的四部长篇小说;第三部分(英裔女作家的后现代实验小说创新)集中研究菲诺拉·莫尔海德、玛丽恩·坎普贝尔、德鲁希拉·莫杰斯卡和盖尔·琼斯的四部长篇小说;第四部分(土著民作家的后现代实验小说革新)重点研究马杜鲁·纳罗金、山姆·华生、亚莱克西斯·赖特和吉姆·斯科特的四部长篇小说;第五部分(移民作家的后现代实验小说突围)集中探讨布莱恩·卡斯特罗、约翰·马克斯韦尔·库切、伊丽莎白·乔利和克里斯托斯·佐尔卡斯的四部长篇小说。在当代澳大利亚文学中,按照性别、种族和文化身份划分不同作家是常规的做法,虽然这样的做法并非没有问题,例如,在土著和移民小说家当中,有些作家的身份受到质疑,有的作家则拥有相对流动的身份,这些给任何武断的分类制造了不少的困难。但是,作为一种权宜之计,这样的划分至少是有利无害的。我们相信,宏观的梳理对于我们全面认识澳大利亚后现代实验小说,乃至整个当代澳大利亚文学的版图,同样都有重要的学术意义,有了这些宏观的指引,针对具体作家作品的研究就有了方向。当然,每一部后现代实验小说大多意蕴丰富。本书中针对每一部作品所作的解读只代表一种视角,希望这些解读能够起到一个抛砖引玉的作用,引发学界同行对于这些作品以及澳大利亚更多后现代实验小说作品的思考。

目 录
CONTENTS

第四部分　土著民作家的后现代实验小说革新

第五部分　移民作家的后现代实验小说突围

第一部分

"新派小说家"的后现代实验小说开拓

20 世纪 70 年代,一群怀抱文学梦想的年轻人在悉尼市一个名叫巴尔门(Balmain)的区域聚到了一起,其中的三位名叫弗兰克·摩尔豪斯、迈克尔·怀尔丁和维吉·维迪卡斯。摩尔豪斯从 20 世纪 60 年代开始发表短篇小说作品,但一路走来备受打击。1972 年,有感于澳大利亚文坛环境的恶劣,他与两位同伴决定自办一个《副刊小说》,为志趣相投的澳大利亚青年作家提供发表园地。

　　这群二三十岁的城市青年对于澳大利亚传统的丛林生活没有太多直接的体验,对于传统的现实主义文学更感受不到丝毫的心理契合。在他们价值观形成的关键时候,他们接触到了欧洲、美国以及拉丁美洲的文学。他们从美国的"反文化"运动中了解到了都市的波希米亚生活方式。他们希望效仿美国年轻人,像他们一样关注现实世界的价值,尝试过一种自由自在和无拘无束的城市"部落"生活。他们探索超越传统婚姻的群居生活,甚至在性和毒品的问题上也大胆地秉持一种放纵的态度。但是,他们不是醉生梦死的一代。相反,他们的目光时刻紧盯着身边的社会,他们要用自己的笔去改变这禁锢的世界。

　　随着《副刊小说》的知名度越来越大,加入这个文学团队的青年作家越来越多。先是南澳的马瑞·贝尔,然后是墨尔本的莫里斯·卢里(Morris Lurie)、巴里·奥克莱(Barry Oakley)、劳里·克兰西和克里斯·西门斯莱,后来,家住维多利亚州的彼得·凯里也搬到了巴尔门。这些年轻人不仅给《副刊小说》投稿,还在全国各地尝试发表自己的作品。在 20 世纪 70 年代初的短短几年之中,他们以短篇小说的形式推出了一大批截然不同于传统澳大利亚文学的新作品。这些作品在澳大利亚文坛上如同一道闪电,霎那间把世界照个透亮。人们习惯地把它们称为澳大利亚的"新派小说"。

　　"新派小说"是一种高度实验性的小说,有的评论家把它们称为"谎言的艺术"(lying art)。"新派小说"在政治上是一种叛逆的艺术,它反对澳大利亚长期以来的闭关锁国,渴望国家的总体开放,认同工党领袖高夫·惠特兰姆(Gough Whitlam)的政治价值。"新派小说家"们关注世界大事,对于各种不同的意识形态有着清晰的认识。在艺术上，他们提倡国际化的后现代主义，主张用自己的实验主义小说深入地考察新时代的焦虑和恐惧。不夸张地说，澳大利亚凭借他们的"新派小说"创作，在短时间内赶上了欧美各国的文学步伐。

本部分选择摩尔豪斯的《这些美国佬》、怀尔丁的《西米德兰地铁》、凯里的《史上胖男》、贝尔的《当代肖像及其他故事》四部短篇小说集进行考察，从中了解作为澳大利亚后现代实验小说开拓者的"新派小说"的总体和局部特点。

第 1 章
弗兰克·摩尔豪斯《这些美国佬》中的"间断叙事"

　　在 20 世纪 70 年代的澳大利亚"新派小说"中,弗兰克·摩尔豪斯无疑是教父级的人物。他 1938 年出生于新南威尔士,早年就读于昆士兰大学,后在几家报刊担任记者和编辑。50 年代开始发表文学作品,1968 年出版首部短篇小说集《徒劳无益与其他动物》(*Futility and Other Animals*)。1972 年出版第二部短篇小说集《这些美国佬》[1]后声名大噪,同年参与创办《副刊小说》,力推一种全新的"新派小说"创作。1973 年,他应邀担任著名的《海岸到海岸》(*Coast to Coast*)的澳大利亚年度文选主编,一跃成为澳大利亚文坛新一代的领军人物。此后,他又连续出版短篇小说集《电的经历:一个间断叙事》《会议城》《悬疑及传奇故事集》《永恒的秘密家庭》(*The Everlasting Secret Family*,1980)等。摩尔豪斯 70 年代长期生活在悉尼的巴尔门区,他的许多作品中都有巴尔门的影子,聚集在他周围的"新派小说家"经常被统称为"巴尔门派"。20 世纪 80 年代之后,他继续笔耕不辍,先后又推出了《四十与十七》(*Forty Seventeen*,1988)、《伟大的日子》(*Grand Days*,1993)、《黑暗的宫殿》(*Dark Palace*,2000)和《冷光》(*Cold Light*,2011)(俗称"伊迪斯三部曲")。作为昔日的文坛教父,摩尔豪斯在当代澳大利亚文坛上有着巨大的影响力。2022 年,摩尔豪斯因病不治而去世。

　　在摩尔豪斯短篇小说的所有形式特点当中,最为人津津乐道的当属他所谓的"间断叙事"(discontinuous narrative)。"间断叙事"的说法最早出现在他的首部短篇小说集《徒劳无益与其他动物》的副标题当中。此后又在另外两个集子的

---

〔1〕 Frank Moorhouse, *The Americans*, *Baby*. Pymble: Collins-Angus and Robinson, 1972, reprint 1992.

副标题中再次出现,可见其对于这种写作手法的偏爱。[1] 严格说来,摩尔豪斯在自己的短篇小说创作中反复使用的"间断叙事"既不是他的独创,也并非后现代主义文学所独有。熟悉英美短篇小说史的人都知道乔伊斯的《都柏林人》(1914)和安德森的《俄亥俄州的威尼斯伯格》(1919)。在短篇小说批评史上,这样的短篇小说集曾经有过不同的名字,有人说它是"短篇小说组合"(short story composite 或者 compound),也有人称它为"短篇小说合集"(integrated short story),还有人称它为"短篇小说系列"或者"短篇小说循环"(short story sequence or cycle)。苏珊·加兰德·曼恩(Susan Garland Mann)认为,所谓的"短篇小说循环"其实是介于两种文学样式之间的一种文学体裁。一边是结构紧凑的长篇小说,另一边是结构略微松散的短篇小说集。在相互联系的短篇小说当中,每个短篇相对独立,但又因为不断重复的人物、意象、环境等彼此相连。[2] 盖伊·雷尼斯(Gay Raines)认为,摩尔豪斯对于这种"间断叙事"的运用独具特色。一方面,在他的作品中,同样的人物在不同的作品中出现,由于人物每次出现的语境不同,因此同样的人物在他们的读者眼前常常呈现出不同的形象。虽然不同短篇小说之间有着许多相同的社会环境,但小说与小说之间绝没有简单的重复。另一方面,摩尔豪斯还经常从一个集子中拿出一两个故事放进另一个集子当中,或者从一个短篇中拿出一个片段放进另外一个或者几个短篇小说当中,形成一种"引证式"的叙述。这种写作手法有时可达到将整个文本重新激活的效果。[3]

一

在摩尔豪斯早期出版的六部短篇小说集当中,《这些美国佬》可谓是奠定其文学声誉的扛鼎之作。全书由 20 个短篇小说组成,小说以美国佬为题,透过 20 世纪 70 年代悉尼巴尔门区一些二三十岁的澳大利亚青年的生活,深入刻画了越战期间美澳两种文化和价值观的首次碰撞和交流。摩尔豪斯在这些短篇小说中刻画了一组美国人和澳大利亚青年形象,通过他们之间的交往,深入考察了这两种文化的关系。小说一方面"以美国作为参照深入反思了澳大利亚的殖民地

---

[1] Frank Moorhouse, Preface, *Futility and Other Animals*, Sydney: Gareth Powell Associates, 1969.

[2] 转引自王腊宝等. 最纯粹的艺术:20 世纪欧美短篇小说样式批评[M].南京:东南大学出版社,2006:90.

[3] Gay Raines, "The Short Story Cycles of Frank Moorhouse." *Australian Literary Studies* 14.4 (1990): 433.

位",另一方面对于美国人的刻画也"不留情面"。小说深刻地展示了包括叙事人在内的一代澳大利亚人面对美国文化的心理不适及自我和民族反思。[1]

《这些美国佬》给人的第一感觉比较传统,作品中的人物形象清晰可感。整个短篇小说集中除了首篇《戴尔回家生吉姆的孩子》(*Dell Returning Home to Have Kim's Baby*),其他作品都表现了澳大利亚的城市生活。有几个人物在多个短篇小说中断断续续地出现,从而将不同的作品有机地联系在一起。故事情节总体来说稳步向前,没有特别的扭曲。约翰·多克(John Docker)认为,除了比较多的性描写之外,《这些美国佬》中看不出有太明显的形式创新和实验,从某个角度看,它更像是一部社会史性质的小说。书中充满了对于不同矛盾和冲突的描画,其中最突出的三个包括自我保护与社会交往之间的矛盾、个人自由与社会激进价值之间的矛盾以及资本主义对于个人的要求与渴望自我实现之间的矛盾。[2]

有些批评家对于上述评论不以为然。例如,基尔南认为,《这些美国佬》以"间断叙事"的形式"展示了20世纪60年代末70年代初的澳大利亚社会风貌"。[3] 布鲁斯·阿·克鲁尼斯·罗斯(Bruce A. Clunies Ross)也认为,《这些美国佬》从写作手法上令人想起美国作家多斯·帕索斯的《美国》。小说用一些零星的纪实材料碎片和解说去回望历史,将历史纪实、个人记忆以及虚构深度糅合在一起,形成了一种寓言化的效果,这样的寓言给小说增添了许多的神秘色彩,同时让我们对于虚构和现实的区分变得模糊起来。[4] 在1975年发表的一篇题为"弗兰克·摩尔豪斯的间断艺术"[5]的文章中,唐·安德森(Don Anderson)首次针对摩尔豪斯的"间断叙事"进行了详细的解读。他认为,摩尔豪斯所谓的"间断"本质上是一种断裂,而断裂的背后是一种人与人之间关系的疏离和落寞;摩尔豪斯短篇小说中的人物常常孑然一身,在这个冷漠的世界里,他们饱受孤独和寂寞,无论是因为政治立场上的差异自绝于家人,还是因为工作远离老友亲朋,他的主人公们常常于孤寂之中顾影自怜,但是,他们不会放弃自己的信仰。虽然孤独不是一种甜蜜的感觉,但他们为了信仰都会选择坚守。摩

---

〔1〕 Gay Raines, "The Short Story Cycles of Frank Moorhouse." *Australian Literary Studies* 14.4 (1990): 184.

〔2〕 John Docker, *Australian Cultural Elites*. Sydney: Angus and Robertson, 1974, p.160.

〔3〕 Brian Kiernan, Introduction of *The Americans*, *Baby*. Pymble: Collins-Angus and Robinson, 1992, p.xi.

〔4〕 Bruce A. Clunies Ross, "Laszlo's Testament, or Structuring the Past and Sketching the Present in Contemporary Short Fiction, Mainly Australian." *Kunapipi* 1.2(1979): 110-23.

〔5〕 Don Anderson, "Frank Moorhouse's Discontinuities." *Southerly* 36.1(1976): 26-38.

尔豪斯在每一个短语、每一个句子、每一个段落,甚至每一个标点符号的运用上都很用心地传达笔下人物对于"间断"的认识,对于断裂的偏爱和理解。

亚当·高尔(Adam Gall)在他的一篇文章中曾经指出,摩尔豪斯 20 世纪 70 年代的短篇小说书写了一个转型中的时代,那是一个由封闭走向开放的时代,那也是一个既单纯又多元的时代。他的那些短篇小说不仅嘲讽那个时代的浅薄,同时也叙述它的单纯,特别是在人际关系方面的单纯。这种单纯不仅贯穿摩尔豪斯的短篇小说创作,而且将在他 20 世纪 90 年代开始的长篇小说中得以继续。他的短篇小说告诉我们,二战后的澳大利亚人生活日趋多元,年轻一代愿意积极尝试一种实验性的生活方式,愿意尝试在日常生活中体验新的情感和新的人际关系,他们从单纯出发,相信自己可以在这样的多元变革中一定能得到成长。[1]布鲁斯·本尼特也认为,摩尔豪斯 70 年代的短篇小说几乎以一种民族志的方式书写着那个时代:他笔下的叙事人普遍具有一种好奇求索的精神,对于社会交往的规则有着很大的兴趣,所以他们经常在小说中试探边界,他们希望自己能够确定自己的边界,担心自己会越界,他们时时想知道人们如何才能生活得更加美好,但又经常担心自己不能找准正确的边界和生活的极限。在这份寻找之中,他们充分表现出了一份单纯和天真。[2]

贾尼斯·肖(Janice Shaw)认为,《这些美国佬》生动地描绘了 20 世纪 70 年代澳大利亚青年群情激愤的样子。[3]本尼特也觉得《这些美国佬》"忠实地记录"了一个文化冲突的时代,完美地向读者呈现了一幅美澳两国文化之间短兵相接的戏剧性场面。[4]的确,《这些美国佬》的一个焦点是美国文化态度对于澳大利亚城市居民的影响。集子中多数作品的背景设定于 20 世纪 60 年代后期,此时美国对于澳大利亚的影响变得比以前任何时候都显著。从这个层次上看,《这些美国佬》生动地书写了美国文化帝国主义对于澳大利亚的早期影响。作为一部短篇小说集,《这些美国佬》有很强的历史感,作家在小说中叙述的很多人和事件都是真人真事,虽然并非所有的人和事都尽人皆知。小说精准地捕捉到了整个一代年轻澳大利亚人中间广泛传播的美国故事,如可口可乐、中情局、在亚洲推行的经济帝国主义、颓废派作家、黑人爵士乐和黑人文化等。与此同时,小说刻画了澳大利亚人心中的美国故事与美国人自我看法之间的距离和冲突,凸显

[1] Adam Gall, "Form, Experience, and Desire: Frank Moorhouse's 1970s Cycles as Experimental Writing." *Antipodes* 30.1(June 2016): 244.

[2] Bruce Bennett, *Australian Short Story: A History*, p.188.

[3] Janice Shaw, "Moorhouse and the Angry Decade". *Antipodes* 27.1(2013): 31.

[4] Bruce Bennett, *Australian Short Story: A History*, p.182.

了上述两种印象如何一样地不可靠。在与美国人的交流当中,澳大利亚人不断发现自己就是一个可怜的殖民地公民。他们依赖别人而存活,全然没有自己的大脑和灵魂,他们生活在一个模仿文化之中,是十足的可怜虫。与此同时,在澳大利亚从事可口可乐销售的美国人在与澳大利亚女性的交往过程中,常常发现自己被这里自由恣肆的女人腐化,不能自拔。摩尔豪斯小说中这样的历史-寓言对立可谓比比皆是,不仅如此,这种对立在他后来的多部短篇小说中还将不断地得到继续。

《这些美国佬》对于美澳文化碰撞的书写不是抽象的,小说家巧妙地将文化、政治与性别关系融合在一起。《这些美国佬》中一个重要的主题是两性之争。在多个篇章当中,女性的形象是必要的存在,但是,他们同时也是危险而可怕的。小说家用反讽的口吻谈论男人的角色定位和女性的理想追求。小说中的多数男性按照社会的期待生活,生活中受到挫折之后总能回归到这些期待的角色之中。女性经常渴望获得某种近似男性的力量,参与男性的社会活动;有的女性虽然从来对政治不感兴趣,但她们会在生活遭受挫折和茫然的时候突然举起政治标语走向街头;有的则尝试着不断变换自己的角色,当她们在竞争中遭遇失败时,她们会转而揶揄嘲讽,让男人们泄气。卡尔·哈里森-福特(Carl Harrison-Ford)认为,摩尔豪斯的这些描写并不因为他是一个男性沙文主义者,他希望通过这些小说说明,澳大利亚社会在经历严苛的传统限制之后走向开放,这一时期的两性关系经历了一段时间的可怕角色混乱。[1]

在《这些美国佬》中,性或是表达政治主导权的方式,或是政治追求的颠覆力量。摩尔豪斯小说中的性可谓形形色色,很多是对于性的幻想。小说家通过这样的幻想深刻地揭示了读者压抑的焦虑、内疚和欲望。在一个长期从根本上否定潜意识存在的国度,这样大胆的性书写对于读者来说无疑是一个巨大的挑战,但是,它有助于读者直面不确定的价值。摩尔豪斯的很多人物都很孤独和纠结,对他们而言,性代表着一种短暂的逃避。但是,摩尔豪斯的小说很少描述愉悦的性体验。在《戴尔从政》(Dell Goes into Politics)中,戴尔的思绪反复地回到性的主题上来,但那不是因为她渴望由之带来的快乐,而是因为自己怀孕而心中感受着无限焦虑。《这些美国佬》中的多个篇什从性的角度出发关注伦理和生活。哈里森-福特认为,摩尔豪斯坚定地反对一切阻碍个性发展的社会清规,对于社

---

[1] Carl Harrison-Ford,"The Short Stories of Wilding and Moorhouse",*Southerly* 33.2(June 1973): 172.

会设定的种种归类和期待嗤之以鼻。[1]《这些美国佬》中多部小说的标题异常清晰地暗讽人们根据国别、社会角色和政治立场对人的划分,如《美国人保罗·约翰逊》《美国诗人的来访》《男人家庭走出的女孩》《在巴黎见过波伏娃的女孩》等。这些标题给人一种非常随意的感觉。《这些美国佬》中的美国人形象大多轻松有趣,但是,摩尔豪斯对于其他美国人的描写并不总是肯定或积极的。这些美国人的存在推动了故事前进,也让澳大利亚人对于美国文化日益深刻地影响澳大利亚的事实保持着清醒的认识。[2]

二

　　《这些美国佬》以"间断叙事"的方法断断续续地刻画了多个美国人的形象,其中的三个人物分别是保罗·琼生(Paul Jonson)、贝克(Becker)和休戈(Hugo),小说通过他们与几个澳大利亚人的交往生动地勾勒了两国之间的文化关系。

　　琼生是一个美国记者,他在这个集子中先后出现过多次,但小说家并没有集中而完整地讲述他的故事。琼生的故事散落在几个不同的小说中,但细心的读者不难将其拼接起来。全书的第二个短篇小说《美国人保罗·琼生》(*The American, Paul Jonson*)对其着墨较多。琼生在澳大利亚的一所大学校园里结识了澳大利亚小伙卡尔(Carl),并对他产生了好感。第九个短篇《谁是西尔维亚?》(*Who Is Sylvia?*)对卡尔进行了较详细的介绍。卡尔是一个富裕的澳大利亚农场主的儿子,他们一家住在一个小镇上,他父亲每天都要开着他的亨伯牌汽车去农场。卡尔是他所在学校的一个运动队的队长,他在狂热地追求一个名叫西尔维亚的女孩。他多才多艺,尤其喜欢历史。他是学校的时尚先锋,留着长发,校服袖管高高地卷着。卡尔同时还是一个社会主义者,自称是托洛茨基分子,他认为资本主义需要一场革命。他给女友西尔维亚讲《共产党宣言》,读赫鲁晓夫的秘密演讲,甚至还和西尔维亚讨论加入共产党的事宜。

　　在《美国人保罗·琼生》里,卡尔参加了八月反越战动员大会,并在大学校园里发表演说。在演讲中,他批评"美国人的伪善和病态的破坏能力",说"他们的'人性化'与他们充满暴力的历史自相矛盾";"他们曾压迫过印第安人、墨西哥人、黑人、工人阶级、移民、菲律宾人和朝鲜人,如今又在压迫越南人。他们本应

---

[1] Frank Moorhouse, *The Americans*, *Baby*, p.168.
[2] 同上,p.171.

对自己的种族、工业和帝国主义压迫感到自责。他们创造了一种史无前例的公共关系和大众传媒产业,目的是洗白自己,销售一种清白无辜的、人道主义的国家形象……(他们还)在 50 个国家有驻军。"[1] 显然,卡尔是个坚定的反美主义者。他在演讲中认定美国人曾经犯下过不可饶恕的滔天罪恶,可他们不仅不为自己的行为感到愧疚,反而千方百计地掩盖这些问题,企图以一种清白的、人道主义的形象示人,这种伪善令人发指。在全书的第 17 个短篇《琼生的来信》(Jonson's Letter)中,卡尔入狱,具体原因作者没有交待。但读者猜测,可能与他拒绝入伍和反对越战有关。

琼生比卡尔年长八岁,相识之后,琼生总是四处寻找卡尔,而卡尔总是以学习忙为借口避着他,然而琼生依然紧追不舍,卡尔最终妥协。第一次亲热之后,卡尔愤然地对琼生说:"如果我知道你是可恶的同性恋,我根本不会靠近你的住所。"他觉得自己被人套住了,感到惭愧。想到西尔维亚,他更是满心自责。[2] 他决定不再见琼生,但不久就改变主意了,因为"他想知道他的演讲能不能在美国印刷出版。这是他与琼生交好的一个原因"。[3] 不久,在琼生的住所,"他俩的目光相遇,他们将手伸向对方。"此后,他不止一次地向琼生提出分手,但迫于现实的需求,他一再妥协,最终被琼生玩弄于股掌之间。卡尔与琼生的同性恋情最后怎样,小说并没有明确交待。在《琼生的来信》中,读者看到一封信,琼生在信中说,"我实在无法接受西尔维亚对你来说这么重要……我真的无法接受。"[4] 显然,卡尔继续与西尔维亚保持着亲密的关系,卡尔一边指责琼生"道德越来越败坏",说"他应该受到谴责",[5] 一边继续与琼生保持着亲密的同性关系。在这段关系之中,卡尔继续坚持着对于美国的批判态度,而琼生表示,自己虽然不是一个坚定的左派,但他理解卡尔的意识形态立场。[6] 此外,琼生还表达了他对异性婚姻的看法,他觉得"也许一个男生需要一个女性来生育子女,我也想要婚姻与子女。但对我而言,唯一值得而又重要的关系是一种精神上的关系(有身体上的表达)。也许唯一真正的精神上的关系只存在于同性之间"。[7]

《这些美国佬》通过卡尔和琼生这样一段无比纠结的同性交往,以隐喻的方

〔1〕 Frank Moorhouse,*The Americans*,*Baby*, p.17.
〔2〕 同上,p.16.
〔3〕 同上,p.20.
〔4〕 同上,p.216.
〔5〕 同上,p.212.
〔6〕 同上,p.215.
〔7〕 同上,p.216.

式形象而生动地描述了一段发生在澳大利亚和美国之间的奇特关系。在这段关系之中,双方既相互吸引又互相对抗,表面上风花雪月,内心焦灼不安,日日如坐针毡。人们注意到,在这一段奇特的恋情中,琼生始终掌控着这段关系的走向,卡尔始终处于被支配的被动地位。虽然卡尔不时地渴望叛逆,美国人总能将他重新收入囊中。

贝克是《这些美国佬》中的另一个美国人,这个名字出现频率较高,不过,他的故事同样没有完整的叙述,而是散落在六个短篇之中。贝克来自美国的亚特兰大,是可口可乐公司驻澳大利亚的销售代表。他对可口可乐公司非常认同,即使在做自我介绍时,也总是用可口可乐来表明自己的身份。在澳工作期间,他结识了澳大利亚女孩泰蕊(Terri),并与之交往。泰蕊是个典型的新女性形象,对于性与毒品都很开放,经常在无休止的派对中打发时光。在二人相处的过程中,贝克随时随地地向泰蕊推销可口可乐,让这个澳大利亚女孩成了自己的忠实粉丝。在第 16 个短篇《软饮料及其销售》(*Soft Drink and the Distribution of Soft Drink*)中,泰蕊好奇地问贝克:"苏打水是什么?"贝克轻柔而又悲叹地回答道:"苏打水是一种非常珍贵的、即将消失的商品……"

"苏打水到底是什么?"泰蕊又问道。

"首先,必须将玻璃杯冷却——有些人用刚洗的玻璃杯,这样太热了——甜汁和水必须冷却……苏打水是一种很凉的饮料……一勺奶油……就一勺……不能用流质的牛奶或生奶油……就是奶油……冰淇淋和甜汁混合,喷一些苏打,然后杯子里装满苏打,混合。"贝克模仿着,发出喷苏打的声音,"这就是苏打水,没几个人能调制出上好的苏打水。"[1]

作为一名销售代表,贝克自认为自己从事的是一项伟大的事业,并为此深感光荣。贝克每天都在思考用什么"疯狂的策略来提高软饮料的销量"。[2] 在第三个短篇小说《贝克与乐队的男孩们》(*Becker and the Boys from the Band*)中,贝克毫不隐晦地说,"我们来澳大利亚的目的就是赚钱。"[3]在第 15 个短篇小说《回忆中的 1923 圣路易斯扶轮大会》(*The St. Louis Rotary Convention 1923, Recalled*)中,他资助了一次研讨会,以期提高可口可乐在澳大利亚人心目中的

---

〔1〕Frank Moorhouse, *The Americans*, *Baby*, p.205.
〔2〕同上,p.201.
〔3〕同上,p.32.

形象。贝克有一套可怕的"公关技巧",不管多么荒谬至极的产品,在他那里都"能得到很好的推销"。[1] 不过,贝克在澳大利亚的推销工作并不顺利,在赞助一个有关污染问题的研讨会之后,主持人邀请他上台讲话。他说:

> "整个世界上,人们都认为可口可乐公司指的是讨厌的美国……孩子的蛀牙……"一阵笑声。笑声是最好的药品。"在亚洲,学生们焚烧工厂……高喊美帝国主义……等等……我想,你们应该思考一下可口可乐是什么……它是一种饮料……一种简单的软饮料……它不是谢尔曼……它不是汽油弹……不是政治制度……它是软饮料。"[2]

他的话音未落,一个台下的澳大利亚与会者就大声地反驳道,可口可乐污染血液,危害人体,美国人为了赚钱,不惜以牺牲他国人民的健康为代价。这些话让老道的贝克一时间也陷入了尴尬。

在第 13 个短篇《可口可乐小子》(The Coca Cola Kid)中,澳大利亚人吉姆(Kim)在一次派对上偶遇贝克,听见他在背诵英国诗人约翰·爱德华·梅斯菲尔德(John Edward Masefield)的诗,感到非常惊讶,"我以为只有英国人和澳大利亚人才会朗诵梅斯菲尔德的诗。"[3]吉姆对于贝克的表演表示了极大的不屑。在另一次派对中,贝克将自己吊在男卫生间中企图自杀,幸亏有人及时解救。作者并没有解释贝克自杀的动机,只给出了吉姆的推测:他在可口可乐的工作很不顺利,在绝望之下,他产生了自杀的念头。

在第 19 个短篇小说《耶稣说要注意 28 个信号》(Jesus Said to Watch for 28 Signs)中,贝克流露了自己内心的脆弱。在这里,奄奄一息的他"不久将离开人世""与亲朋好友的长期分离令人感到无比孤独"。[4] 就在贝克感到痛苦无比的时候,澳大利亚女友泰蕊伸出了援手,"他像一个小男孩一样伏在泰蕊母亲般丰厚的乳房上。他再次品尝那甘甜的、赐予他力量的乳汁。她的乳汁让他感到强烈的安全感,驱逐了所有的恐惧与悲痛。"[5]具有讽刺意味的是,这个美国人曾声嘶力竭地用美国文化来教化澳大利亚人,结果不仅没有改变澳大利亚人,反而在澳大利亚人那里获得了一时的救赎:"一位相信性解放、思想自由、吸毒的澳大

---

〔1〕 Bruce Bennett, *Australian Short Story: A History*, p.185.
〔2〕 Frank Moorhouse, *The Americans, Baby*, pp.202 - 203.
〔3〕 同上,p.150.
〔4〕 同上,p.233.
〔5〕 同上,p.237.

利亚女性改变了他。"[1]

弗兰克·帕里基(Frank Parigi)认为,与高调的美国人相比,"澳大利亚人更加悠闲"。美国人自我至上,咄咄逼人,澳大利亚人更注重人与人之间的平等与友好,也更加谦和低调。《这些美国佬》中的这一比较凸显了澳大利亚人的人格比美国人的人格略好一些,不少作品同时委婉地批评了美国人的张狂与傲慢,[2]贝克与泰蕊这对跨国恋人之间的关系也暗含了深刻的寓意。史蒂芬·托雷(Stephen Torre)指出,"贝克在与澳大利亚人的接触和交往中成功地逃离了原有的生活方式",贝克的经验说明,"美国人只有从美国式公司的生活中解脱出来,投入巴尔门自由意志主义的怀抱,才能过上无忧无虑的生活"。[3]小说中的泰蕊代表了澳大利亚人的自由思想和母亲般宽广的胸怀。

休戈是《这些美国佬》中第三个特色鲜明的美国人形象,他的故事零散地分布在第五个短篇《自然的故事》(*The Story of Nature*)和第12个短篇《一个有成就的人》(*The Person of Accomplishment*)等小说中。休戈40岁,是一位大学教授,曾在内布拉斯加大学攻读医学,后获麻省理工学院博士学位。他是一位核难民,从美国的内布拉斯加州来到澳大利亚。休戈曾有过一段失败的婚姻,来到澳大利亚后结识了辛迪(Cindy)。辛迪28岁,是一位研究助理,她一直幻想着去麻省理工学院攻读博士学位,成为一名历史学家。休戈在不了解辛迪的情况下就邀请她独自去自己的住处,而辛迪觉得休戈"干净、严肃,像其他美国人一样喜欢社交,有着美国式的友好",[4]所以欣然应允。来到他的住处后,辛迪发现他"非常原始",[5]他亲自制作肥皂、书本、酒、奶酪、蜡烛和酒杯,甚至还会制作家具上的钉子。两人日渐亲密便发生了关系。但休戈的一个举动引发了双方的争执:

> "你看到我的避孕药了吗?我把它放在浴室壁架上,可是不见了。"
>
> 他严肃地看了看她,用严厉的内布拉斯加式的权威的语气说,"我把它给扔了。"……
>
> "我讨厌避孕药,"他说,"我讨厌有化学品在你的身体里作祟。"……

[1] Bruce Bennett, *Australian Short Story: A History*, p.185.
[2] Frank Parigi, "Frank Moorhouse and Michael Wilding — and Internationalism". *Antipodes* 8.1 (1994): 15 - 16.
[3] Stephen Torre, "The Short Story since 1950", in Peter Pierce, ed., *The Cambridge History of Australian Literature*. Cambridge: Cambridge University Press, 2009, p.508.
[4] Moorhouse, Frank. *The Americans*, *Baby*, p.134.
[5] 同上,p.54.

"我想要孩子，"他大声说。

"你一定是疯了，"她说。……

"爱就意味着孩子，"他说，他用坚定的语气来捍卫自己的观点。"孩子是自然等式的一个部分。"[1]

辛迪认为，休戈和女性交往就是为了让她臣服于他，成为生育孩子的工具。他之所以不经允许就扔掉她的避孕药，是因为"他痛恨药丸给女性带来的独立"。[2]在她看来，"从生理上来说她是一个女人，但她并不觉得自己是女人。她要成为一个像波伏娃那样的知识分子。不愿意成为一个可怜的、受人蒙骗的人。"[3]经过此次争执之后，辛迪毅然离开了休戈。"[4]

三

契尔瓦·卡纳加纳亚坎(Chelva Kanaganayakam)在一篇题为"弗兰克·摩尔豪斯短篇小说中的形式与意义"的文章中指出，摩尔豪斯的短篇小说总以开放的结尾结束，所以简单地用现实主义、实验主义或者国际主义来给它们定性都不可靠。[5] 这一结论无疑适用于《这些美国佬》。在这部"间断叙事"短篇小说集中，摩尔豪斯断断续续地讲述了三段或聚或散的美澳跨国恋情。书中没有史诗和长篇小说那样的连贯和荡气回肠，然而，读者从许多零星的碎片中看到了很多小说家的观察与思考。作者对于美澳两国的关系缺乏一个应该如何的根本答案，但是，这三个案例为读者提供了太多可供思考的空间。在美澳之间，美国总是那个强势力量的代表，澳大利亚在它的面前弱小许多。但是，这种表面的二元对立经常在近距离的接触之后被解构，于是，澳大利亚人对于美澳关系的思考注定会继续。

二战后，随着英国国力的下降，澳大利亚开始追随美国，两国关系发展迅速。越战打响后，澳大利亚也派兵参战。20 世纪 60 至 70 年代，大批的美国人随之来到澳大利亚，美国文化开始深入影响澳大利亚，美澳关系因此成为一个热议的话题。《这些美国佬》就是在这样的历史语境中创作出来的。贝内特认为，"《这

---

[1] Moorhouse, Frank. *The Americans*, *Baby*, pp.58 - 59.

[2] 同上，p.60.

[3] 同上，p.58.

[4] 同上，p.60.

[5] Chelva Kanaganayakam, "Form and Meaning in the Short Stories of Frank Moorhouse," *World literature Written in English* 23.1(1985): 67 - 76.

些美国佬》比其他任何一部澳大利亚文学作品都更加出色地描写了越战期间美澳价值观之间的冲突和关联。"[1]《这些美国佬》中三对恋人的故事在摩尔豪斯的间断性的书写中不规则地展开。记者琼生、推销员贝克、大学教师休戈,他们的职业不同,来澳的目的也各不相同。他们的出场不分先后,在小说中也没有主次之分。他们彼此互不相识,也没有任何互动。从这个角度来看,小说是断裂的,是不连贯的,每个故事彼此独立、毫无关联。然而,换个角度去看,这三个美国人有着惊人的相似之处。他们都有着很强的控制欲,琼生极力追求卡尔,贝克用他渊博的饮料知识深深地吸引着泰蕊,休戈一步步地将辛迪拥入自己的怀抱。他们的结局也有着惊人的相似之处。琼生虽然一如既往地追求卡尔,但卡尔始终对西尔维亚一往情深;贝克身处异国他乡,奄奄一息,泰蕊虽然挽救了他,但最后还是离开了他;休戈虽然是个衣冠楚楚的大学教授,最后也无法逃避被辛迪抛弃的命运。可见,小说虽然看似断裂,但其深层次的肌理并不断裂,深刻地突显了这些人物之间的共性。同样,琼生的男友卡尔、贝克的女友泰蕊和休戈的女友辛迪之间也并不相识,但他们也有着一些共同的特征,他们都是学生,都接受了进步的或者激进的思想,都与美国或多或少有某些联系,都选择与美国人交往。卡尔痛恨美国,但又想让自己的演说在美国发表,泰蕊的父亲对美国人颇有好感,辛迪梦想着去美国读书。他们都有着独立的思想,对爱情有着自己的判断力,不愿成为附庸。摩尔豪斯用这些看似无关的人物碎片拼凑了一幅 20 世纪六七十年代的美澳关系图,从这些毫无联系的事件碎片中捕捉到那一时期人物关系的共性,在反映美澳关系全貌的同时,也使小说的意义在这种似断非断的过程中显现出来。

摩尔豪斯通过这三对恋人的交往说明,一方面,美国虽然在技术上、文化上和营销手段上占有优势,但表面的强大无法掩盖其内心的空虚与脆弱;另一方面,澳大利亚人虽然在表面上处于弱势,但在与美国的互动中最终能摆脱对美国的控制。而且,澳大利亚人虽然与美国人在情感上有互通之处,但在政治立场上差异甚大。摩尔豪斯通过这三对恋人之间的关系,非常巧妙地影射了微妙的美澳关系,委婉地表达了澳大利亚人在美澳关系上的态度。美国人千方百计地向澳大利亚灌输美国人的观念,澳大利亚人在这一过程中处于被动地位。面对强势的美国文化,澳大利亚人有理由坚持自己的立场。苏珊·莱维指出,"摩尔豪斯等'新派作家'的作品明确地抵抗英国和美国的影响。他们试图寻找一种民族

---

〔1〕Bruce Bennett, *Australian Short Story: A History*, p.184.

的声音——与前辈不同的民族的声音。"[1]

布莱恩·基尔南在他的《最美丽的谎言》前言中指出,摩尔豪斯跟人们印象中的后现代实验主义之间有着不小的距离,因为他的很多短篇小说与现实主义小说之间好像并没有什么本质性的差别。[2] 他的小说情节清晰,故事从一个点到另一个点的运行和发展比较明确。在有些作品中,虽然故事可能从事件的中间开始,但叙事人总能很快前说后补,到故事结束时,读者基本能明白地知道完整的故事。摩尔豪斯小说中的人物也总是非常清晰,作品对于他们的背景交待比较多。在他的小说中,读者很少会因为时间或者现实与梦幻之间的跳跃感觉"丈二和尚摸不着头脑"。他的语言风格也总是传统规范,摩尔豪斯不像某些英美后现代小说家那样专注于形式上的陌生化。迈克尔·怀尔丁认为,摩尔豪斯小说的主题同样不像某些先锋派作家那样关注人的无意识,他关注越战和美式的帝国主义和美国文化价值对于其他国家的影响,他关注女性解放、种族主义、代际矛盾,他关心澳大利亚社会和澳大利亚政治。[3]

摩尔豪斯在一次访谈中指出,他的短篇小说中常常包含着很多的社会、道德和政治思考,但是,他的小说同时又有着很多的形式和审美的考量。这是因为他属于越战后的一代,他和传统的现实主义分属两个时代和两个世界,而新的时代需要新的表达工具和表达方法。摩尔豪斯步入文坛之时,传统的现实主义文学规范正当其时。摩尔豪斯和他同辈的"新派小说家"一样,需要继承前辈的语言和叙述传统,但是,他们渴望变革这一传统,以便找到新的语言去书写新的时代主题。[4] 在他 1980 年编辑出版的文选《把酒狂欢的日子》(*Days of Wine and Rage*)一书中,摩尔豪斯总结了自己在早期创作中所走过的道路。他认为,20 世纪 70 年代的悉尼见证了澳大利亚从一个传统的白人殖民社会走向多元的发展过程,年轻一代作家用一种迥异于传统文学家的先锋手法挑战传统,书写了属于他们自己的时代。[5] 在他早期的六部短篇小说集中,他一方面挑战澳大利亚传

---

[1] Susan Lever, "The Challenge of the Novel: Australian Fiction Since 1950", p.508.

[2] Brian Kiernan, ed. *The Most Beautiful Lies: A Collection of Stories by Five Major Contemporary Fiction Writers*, *Bail*, *Carey*, *Lure*, *Moorhouse and Wilding*. Sydney: Angus & Robertson, 1977, p.149.

[3] Michael Wilding, ed., *The Tabloid Story Pocket Book*, Sydney: Wild and Woolley, 1978, p.307.

[4] Frank Moorhouse, Interview, *Meanjin* 36.2(1977): 170.

[5] Bruce Bennett, *Australian Short Story: A History*. St Lucia, Qld.: University of Queensland Press, 2002, p.182.

统的社会、伦理和政治信条,另一方面在形式上无视被主流澳大利亚文坛奉为圭臬的现实主义手法。他希望通过自己的短篇小说创作,开启一次针对澳大利亚传统文学观念的全面对话。[1]

　　从摩尔豪斯的首部短篇小说集出版至今,已近 50 年,批评界几乎从未停止过对于这位"新派小说家"所从事的"间断叙事"的评论。本尼特认为,摩尔豪斯或许应该被看作澳大利亚现实主义的改造者。[2]摩尔豪斯自认为他的"间断叙事"借鉴并发展了澳大利亚著名作家劳森的写作手法。[3]他的头两部短篇小说集深刻地记述了一个"现代城市部落"面对的危机。他的早期风格简单、清晰而透明,让人想起海明威。摩尔豪斯是个讲求真相的人,他的对话让人真切地想到澳大利亚人现实中的交流,他对于周围环境的细致描写常常令人拍案叫绝。有人认为,摩尔豪斯的短篇小说创作到他 1974 年出版第三部小说《电的经历》之后,出现了一个显著的突破。的确,摩尔豪斯在《这些美国佬》之后的短篇小说更多地使用相对稳定的叙事聚焦点。例如,《会议城》通过一个会议将整个澳大利亚社会置于小说家的观察之下,这部短篇小说集中刻画的主要人物包括记者、政府官员、媒体研究专家、工会领袖、政客、激进人士代表和社会活动家,作品有着显著的政治内容,也表达了他对于不同政治事件的态度和看法。《悬疑及传奇故事集》在《会议城》的基础上,退回到更私人化的情感空间,实验性更强,小说曲折地记叙了主人公与一个名叫弥尔顿的大学教师之间若即若离的竞争和微妙的同性关系,以及其中的失落和茫然。

　　劳伦·博伦特(Lauren Berlant)认为,一种文化形式的实验常常与一种欲望游戏有关,传达了一种情感在其中,所以是一种"欲望的形式主义"。[4]摩尔豪斯早期短篇小说集的一个共同特点是语言机智、政治立场激进、思维极其前卫,在一个相对传统的文学环境中,他的很多作品不断地突破性主题禁忌。他和同时代的几位一样激进、一样出色的"新派小说家"一起,针对传统英国文化的霸权提出了尖锐的挑战。跟前一辈的澳大利亚作家相比,他们并没有一成年就立刻打点行囊去伦敦,相反,他们生活在澳大利亚的大都市里,充分感受二战后澳大利亚的文化多元变化以及美国文化的深刻影响。有感于澳大利亚传统社会价值的日渐裂变,摩尔豪斯在自己的小说中选择了他喜爱的"间断叙事"。"间断叙

〔1〕 Frank Moorhouse, Author Statement, "The Contemporary Australian Short Story — Special Issue", *Australian Literary Studies* 10.2(October 1981): 222.
〔2〕 Bruce Bennett, *Australian Short Story: A History*, p.182.
〔3〕 Frank Moorhouse, "Is Writing a Way of Life?" *Meanjin* 76.1(2017): 44.
〔4〕 Berlant, Lauren. *Desire/Love*. Brooklyn, NY: Punctum Books, 2012, p.75.

事"先后出现在摩尔豪斯的前三部短篇小说集的副标题中,很显然,小说家希望以此引起读者的注意。虽然他的小说大多以现实主义的手法书写生活细节,每个故事的结构也很清晰,但是,不同短篇小说中的人物与事件常常不断地在其他的作品再现和重复。这些重复自然不是传统意义上的继续,因为摩尔豪斯笔下的澳大利亚不是一个整体的和谐世界,而是一个分崩离析的新社会。

第 2 章
迈克尔·怀尔丁《西米德兰地铁》中的
元小说寓言

    在澳大利亚的"新派小说家"当中,迈克尔·怀尔丁可以说是一个能文能武、左右开弓的人物,他既做创作又做出版,既能写又能评,是当代澳大利亚文坛不可多得的人才。他 1942 年生于英国,1963 年从牛津大学毕业后,赴澳大利亚悉尼大学英文系任教,直至 2000 年退休。作为悉尼大学的一名文学教授,怀尔丁长期教授英国文学和澳大利亚文学。在英国文学方面,他对 17 和 18 世纪英国文学,尤其是对约翰·密尔顿(John Milton)有着非常精深的研究;在澳大利亚文学方面,他比较关注的作家包括马克斯·克拉克(Marcus Clarke)、威廉·雷恩(William Lane)、克里斯蒂娜·斯蒂德等。20 世纪 70 年代初,怀尔丁成了"新派小说"的组织者和核心干将。他既当教师,又当作家,还当编辑和出版人,与摩尔豪斯等人一起奋力工作,为活跃 20 世纪 70 年代的澳大利亚文学,为培育和推动澳大利亚后现代实验小说的发展做出了巨大贡献。他于 1972 年出版首部短篇小说集《死亡过程面面观》,此后在长篇和短篇小说两个战线上左右开弓,推出了一大批优秀的作品。五十多年来,先后出版短篇小说集和长篇小说 20 多部,其中短篇小说集有《西米德兰地铁》[1]、《生殖林》(*The Phallic Forest*,1978)、《故事礼物》(*The Gift of Story*,1998)等,长篇小说包括《生活在一起》(*Living Together*,1974)、《太平洋公路》(*The Pacific Highway*,1982)、《短篇小说使馆》(*The Short Story Embassy*)、《景观大道》(*The Scenic Drive*)、《巴拉圭实验》(*The Paraguayan Experiment*,1985)、《乱梦》(*Wildest Dreams*,1998)、《屡遭警告的囚徒》(*The Prisoner of Mount Warning*,2010)等,多部作品被广

---

〔1〕 Michael Wilding, *The West Midland Underground*. St Lucia: University of Queensland Press, 1975.

泛译成多国文字。怀尔丁认为，长篇小说喜欢用一种结构将我们的经验框起来，有了短篇小说，人们得以从事一些更加自由、更具寓言性的小说创作。短篇小说没有现实主义小说的包袱，它们短小精悍，来去自由，展示了一种崭新的艺术能量。短篇小说不像长篇小说那样试图就我们的现实生活作出阐释，而更希望向我们展示我们何以一再被这个世界欺骗至此。[1] 克鲁尼斯·罗斯认为，怀尔丁的短篇小说或许不只是形式上的叛逆，因为它们显然具有一种主题的功能。[2]。

一

《西米德兰地铁》共收录 19 个短篇，全书没有统一的主题，部分作品的内容广泛涉及政治、战争、两性关系、死亡等。在《西米德兰地铁》中，怀尔丁把小说的素材从早期作品中单纯的酒吧、派对和性实验中拉了出来。在这里，他所表现出来的总体风格是高度的自省，不论小说家在叙述一个怎样的故事，他好像都在同时反思自己的叙述行为，反思小说写作本身。他此时的小说表面上相对随意，但在散漫之中时不时地绽放一下绚烂，给读者带来惊喜。[3]《西米德兰地铁》中的多个短篇小说用后现代的元小说寓言方式，表达了怀尔丁对于传统狭隘的民族主义现实主义的不屑和挑战，那种对于虚构写作本身的重视，在这些作品中表现得淋漓尽致。[4]《西米德兰地铁》中反复涉及的一个问题是：现实是什么？在怀尔丁看来，所谓现实，无非是人们的建构。《西米德兰地铁》中的有些小说努力向我们展示人们竭力建构现实的过程。那么，人类究竟是如何建构现实的呢？是否把事件发生的过程和盘地叙述出来，我们就拥有了现实？对于这些问题，怀尔丁给出的答案显然是否定的。他的很多短篇小说敏锐地捕捉到了生活于 20 世纪后半叶的一个两难困境，这个时代的人们想知道现实中究竟发生了什么，但是，这并不容易。因为人们被淹没在无限的询问之中，很多询问无法验证，虽然这些询问本身又很好地记录了我们的生活。

《西米德兰地铁》中的开篇之作也是小说集的同题小说——《西米德兰地

[1] Bruce A. Clunies Ross, "Paradise, Politics and Fiction: The Writing of Michael Wilding." *Meanjin* 45.1(1986): 18.

[2] Bruce A. Clunies Ross, "Laszlo's Testament or Structuring the Past and Sketching the Present in Contemporary Short Fiction, Mainly Australian." *Kunapipi* 1.2(1979): 112.

[3] Bruce Bennett, "Australian Experiments in Short Fiction." *World Literature Written in English* 15.2(1976): 361.

[4] Bruce A. Clunies Ross, "Laszlo's Testament or Structuring the Past and Sketching the Present in Contemporary Short Fiction, Mainly Australian," pp.111-112.

铁》,这部小说以寓言的方式将澳大利亚人努力建构自己空间现实的过程和虚妄全然呈现在读者面前。小说的第一人称叙述人说,西米德兰位于澳大利亚的内陆,但它对于很多人来说只是一个想象的空间。如果你乘坐西米德兰地铁,你马上就会发现:

> 西米德兰地铁从(　)驶向(　)? 我是不是应该用过去式说它"曾经驶向"? 我刚才是不是应该说"曾经驶向"? 我这一会儿是不是应该说"曾经驶向"? 或者"将要驶向""也许会驶向""可能会驶向""可能去过""本打算去""眼下打算去""计划是去",有"计划是去"这种说法吗? 有没有一种时态并不存在,可能不存在,也许不存在,不能存在,将不存在,过去不存在,可此时此刻存在? 也许需要一个不存在的时态来描述这个不存在的地铁。也许,迄今为止还不存在的时态会使迄今为止还不存在的西米德兰地铁诞生。[1]

跟西米德兰一样,西米德兰地铁也是个虚构之物,它的起点和终点都是空白,叙事人对它一无所知。西米德兰地铁的时间维度也不甚明了,叙事人试图找到一个合适的时态,不知道它是存在于过去,还是现在,还是将来。西米德兰地铁因此是一个没有时空维度的、虚构的、想象中的事物。

叙事人四处寻找他所说的西米德兰,他在电影《地铁》(Underground)中找到了一丝线索,但是,

> 战争期间,所有的路标都被拆除了,目的是让从天而降的密探找不到方向。这块土地没有身份。路标是什么时候竖立起来的? 这块土地是什么时候被那些对它一无所知的人命名的? 对于那些生在这里长在这里的人来说,地名本来就存在,每一条路,每一座山,第一个房子都有自己的名字……后来,陌生人遍布这块土地。战争中,所有的标记和箭头都被清除了,土地表面也被清理了,土地仅仅就是一个存在,它们的名字只有身处那里的人才知道,后来者都一无所知。也许就是那个时候,去西米德兰地铁的箭头被清理了,战争过后也没有恢复。也许箭头被放错了地方,也许拆除路标的人已经去世或者丧失记忆。总之,为了防止敌军查到记录,这里一丝记录也没有

---

[1] Michael Wilding, *The West Midland Underground*, p.1.

留下。因此,西米德兰地铁已经无从寻找。[1]

叙事人在图书馆查阅资料,但收获同样不多,他为自己罗列出了八个参考文献,每一个文献都有作者姓名、期刊名称、文章标题、发表时间和所在页数。其中,"据我所知,x开头的那篇文章南澳没有,要想复印这些材料必须要去其他州或国外的图书馆才行。这不免有些昂贵,我们发现,大多数情况下,每页的价格大约是20分。"[2]叙事人发现,这个途径也并不可行,不仅资料无法获取,而且复印价格太高,"我"无法承受。"我"只能继续寻找。我来到萨尔沃普(Salwarpe),仔细考察一番后得出结论,"也许,西米德兰地铁是一个陀思妥耶夫斯基式的地铁。"[3]

叙事人的寻找无果而终,这本是一个令人不悦的结果,但是,他的寻找不会终止,因为在他看来,保持着西米兰德这个民族和国家想象有诸多好处。小说从健康、精神放松、建筑学、历史、地理、植物学、动物等方面进行了逐条梳理,其中,前七个方面都比较严肃,第八条是"自言自语,只有牛在看着我"。[4]言下之意是:前文内容都是"我"在自言自语,无人理会,无异于对牛弹琴。第九个好处非常耐人寻味:

> 幻想。一条笔直的长路,这一定是罗马时期通往德罗伊特威奇(Droitwich)获取盐的道路。道路两边都是平坦的田野。远处有一匹马的马蹄声。我走过去,我的呼吸在寒风中变成白色。我是一条龙,在一位优雅的骑士后面。一位女士戴着头巾,穿着马褂、马裤。她转身低头向我微笑,我也转身抬头向她微笑,我们互相问好。她沿着笔直的马路继续前行。她不见了踪影。在十字路口,我在路边的泥地里看到了马蹄铁的痕迹。路边,泥地里,四面八方都有这种印记。几个星期以来,我一直沿着这条老罗马路走,既没有盐,也没有女士。[5]

第十个好处是:"希望。不知在何处,在彩虹上方,黄金碎片,伊甸园之门,幸福的大门。"[6]"我"四处寻找,虽然无果而终,但一直充满希望,一直保持着乐观的态度。

---

[1] Michael Wilding, *The West Midland Underground*, pp.3-4.

[2] 同上,p.6.

[3] 同上.

[4] 同上,p.12.

[5] 同上,pp.12-13.

[6] 同上,p.13.

作为一种自言自语的幻想和希望,澳大利亚想象中的西米德兰无疑会继续地存在下去,因为在很多人看来,他们需要这个空间的隐喻,需要它来告诉自己什么是澳大利亚。小说叙事人从头至尾都在寻找这个叫作西米德兰地铁的地方,但是,叙事人很清楚地发现,这个所谓的"西米德兰"不过是一个想象、虚构和建构的地方。澳大利亚人不断用它帮助自己构建自己的民族身份,叙事人的寻找无果而终,他无法解决这个问题。所以"小说邀请读者一起参与进来共同思考,以便协助实现这个没有身份的土地的文本化"。[1]

二

伊恩·塞森(Ian Syson)在"怀尔丁的三个核心价值"[2]一文中指出,怀尔丁关注政治。劳瑞·赫根南(Laurie Hergenhan)在评论怀尔丁的《澳大利亚经典小说研究》(1997)一书时也说,怀尔丁关注文学的政治内容。在他看来,一部文学作品的政治内涵不仅不是作品的艺术审美方面的缺点,相反,它常常赋予作品以力度。文学作品的内容和形式相辅相成,但澳大利亚的主流文学批评一直只支持文学形式的研究,而不鼓励大家研究作品的思想。赫根南认为,怀尔丁在澳大利亚文学批评界之所以不受待见,是因为他经常讨论社会主义之类的话题。[3] 在现代世界最压迫人的体制当中,怀尔丁最深恶痛绝的是国家。他的小说中有很多常见的主题——例如偏执、监视、压迫、抵制、逃离和失败的乌托邦——都与国家有关,国家政治和文化机器以及它们对于个体公民的压迫关系令他失望。怀尔丁非常擅长表现人物在宏观和微观政治之间出入的主题,刻画他们对于不同层级的政治的反应。

怀尔丁在他的早期短篇小说中既涉及政治话题又关注小说写作过程本身,推出了一大批精彩绝伦的后现代实验佳作。怀尔丁质疑现实主义,他早期的短篇小说从不同的角度对所谓的现实主义文学表达了疑问:小说究竟是什么? 小说必须讲述一个故事吗? 小说家为什么写小说? 小说究竟是怎么写出来的? 小说真的能再现现实吗? 所谓的现实主义写作是否真的存在? 人类是否可以为了所谓的历史现实无视现实的生活? 怀尔丁的很多小说从不同的视角,寓言性地表达了他在这些问题上的立场。

---

〔1〕 Ken Gelder and Paul Salzman, *The New Diversity*, pp.123 - 124.

〔2〕 Ian Syson, "Michael Wilding's Three Centres of Value", *Australian Literary Studies* 18.3 (May 1998): 269 - 279.

〔3〕 Laurie Hergenhan, Review of *Studies in Classic Australian Fiction*, by Michael Wilding. *Australian Literary Studies* 18.2(1997): 205.

　　唐·格雷汉姆(Don Graham)在一篇题为"迈克尔·怀尔丁短篇小说中的个人喊话"[1]的文章中讨论了怀尔丁的一部早期短篇小说,题为《阶级感情》(*Class Feeling*)[2]。这部作品创作于 1963 年,小说的主人公是一个英国语法学校的男孩,一天放学乘公交车回家,在站台附近,他看见自己的父亲下班骑自行车回家。父亲在一家铁制品工厂工作,身上的衣服在工厂里弄得很脏。男孩看到自己学校的教务长就在旁边,所以假装没有看到自己的父亲,以免泄露自己的家庭背景。父亲把这一切都看在眼里,但他并不跟自己的儿子把事情说破。多年之后,男孩在入读牛津大学填写父亲的职业时如实地填写了"铸铁工人",他知道这样的行为来得太晚了,根本无法改变自己早年对于家人的背叛。据怀尔丁后来回忆,这部小说中写的很多内容都是他自己小时候的亲身经历,所以小说有着浓重的自传色彩。这部小说的一个突出的特点是,小说的叙事人开篇劈头盖脸地说:"我早就想给你写一个短篇小说了,D。"[3]据说,这里的"D"指的是一个名叫黛博拉·汤姆森(Deborah Thompson)的女人。这部小说全长 12 页,叙事人用了过半的篇幅一直对"D"说话。真正的故事到第六页之后才真正开始。显然,叙事人一直不愿直接面对自己所要讲述的故事:"如果我能够直奔主题地讲故事,所有这些话就都没有必要了,当然,你自己可以作出判断。"[4]

　　据怀尔丁说,黛博拉·汤姆森是他在牛津大学读书时的女朋友的闺蜜,她的父亲是精神分析学家,在都柏林的三一学院读书时跟塞缪尔·贝克特是同学。怀尔丁声称,他曾经爱慕她,视她为创作的灵感和缪斯。《西米德兰地铁》中收录的第 12 个短篇《欧洲》(*Europe*)再一次提到了一个名叫黛博拉·汤姆森的人,在这部小说中,怀尔丁再次向黛博拉·汤姆森直接喊话。在小说中,有一次两对年轻伴侣前往希腊旅游,叙事人偶然走进了黛博拉的房间,她在穿衣,光着上身,见到他时惊得叫出了声……他说了声对不起退了出来。她说,"对不起,是你啊,进来吧,不好意思,我不知道是谁来了",他又回了进去,她也放下自己的手臂和遮挡,向他露出自然的微笑,一切都是那样理所当然。[5]小说中,叙事人通篇跟自己的女朋友在一起,但他也渴望跟黛博拉在一起,虽然他们从来未曾越过雷池

〔1〕 Don Graham, "The Rhetoric of Personal Address in Michael Wilding's Short Fiction," *Antipodes* 26.1(2012)：99－101.

〔2〕 Michael Wilding, "Class Feeling," In *Reading the Signs*. Sydney, New South Wales：Hale & Iremonder，1984，pp.47－59.

〔3〕 同上,p.47.

〔4〕 同上,p.52.

〔5〕 Michael Wilding, "Europe," in *The West Midland Underground*. St. Lucia, Qld.：UQP. 1975，p.147.

一步。[1]

《欧洲》这样的短篇小说听上去像是一封信,但它又不是一封信。小说的一个奇异之处在于,叙事人叙述的对象不是读者,而是一个作者生活中曾经真的存在过的人。怀尔丁通过这样的小说告诉我们,文学创作并不总是瞄准了所谓的现实,它可以是作者为了某个特定的真实读者而写成的。在这样的情况下,小说的创作情境和写作过程显然与它所呈现的故事同样重要。怀尔丁提醒我们,读者读到一部短篇小说作品时,不应该自动地认为它是某个现实的反映,而且短篇小说当中或许很多的作品同样也是这样面对某一个特定的人而创作的。一部短篇小说究竟是为一个人而写,还是针对某个人而写,严格来说,就连这二者之间也是有区别的。所谓针对某个人而写的作品,其"目的可能是为了挑衅,而不是请求同情——用一个马头棍的柄去捅狮子窝,看看会发生什么"。在怀尔丁的短篇小说中,那种针对某个人而创作的小说可以说俯拾皆是。有人注意到,他的很多小说基本都针对同一个反复出现的人,那个人有时候叫 Joe,有时候叫 Wendell,有时候叫 Holmes,但不管叫什么,那个人基本上都是现实生活中的摩尔豪斯。怀尔丁在现实生活中与摩尔豪斯的关系比较复杂,但是,他们在各自的小说中经常彼此写对方。阅读这样的小说时,我们除了关注故事,或许更应该关注的是写作动机和过程本身。

有人问怀尔丁,这个名叫黛博拉·汤姆森的人是否看到了他写给她的小说?事后有过什么反应?怀尔丁觉得她可能没有看到这个小说。这完全可能,因为时间过去了太久,从她提出要求到小说发表,时隔 20 多年,时过境迁,时间很可能让这部小说成了一封"死信"。虽然小说明确为她而写,也针对着她,但她或许从来没有看到过。但这不妨碍这部小说写作的意义和重要性。

与《欧洲》相比,《西米德兰地铁》中的第九个短篇小说《先知的沉默》(*The Silence of the Seer*)更加激进,因为在这里,主人公"他"并不专注于某一个叙述对象,而是彻底选择了沉默。从主题上看,这部小说涉及战争与毁灭,主人公"他"无名无姓,没有国籍,也没有年龄,只知道他在无限宇宙方面很有研究。小说交待了具体的时间,但没有明确交待地点。小说开篇第一句就说:"1928 年,他沉默了。"[2]

澳大利亚传统的现实主义丛林小说开篇都是介绍故事发生的背景或场景,在做了充分的铺垫之后,才会有人物登场。相比之下,怀尔丁的小说可谓开门见

---

[1] Michael Wilding, "Europe," in *The West Midland Underground*. St. Lucia, Qld.: UQP. 1975, p.147.
[2] Michael Wilding, *The West Midland Underground*, 1975, p.83.

山,直奔主题。小说《先知的沉默》再一次从一个非常特别的视角切入,讨论包括写作在内的人际交流问题。主人公"他"的沉默不是暂时的,也不是生理上的,而是一种长期的、不得已而为之的选择。他经过长期的思考预知了未来,然而,如果洞悉无限真相的他把自己的想法公之于众,那将不可避免地导致一场灾难。因此,他只能选择沉默,让自己成了一个不说话的先知。许多崇拜者慕名而来,起初,他用文字来回答他们的问题,不久,放弃手写改成打字。再后来,他不再使用打字机,而把自己的话写在旗子上作为暗号。1931 年 2 月 28 日,经过反复思考,决定把旗子上的所有文字一概抹去,换成不同的形状。这些形状有正方形、长方形、长菱形、圆形、半圆锥、等边形、等腰三角形、不等边三角形、六边形、八边形和五边形,这些不同的形状用来代表是、否、还没发现以及其他的意义。起初,他的追随者并不理解这些形状的含义,但后来他们通过面部表情、他过往的回答以及他们对哲学知识的了解,猜测并总结出了这些形状的大致含义。后来,他将这些符号也全部弃去,改成一些极不规则的图形,但追随者仍然能够找到答案。后来,他索性将旗子折断,当追随者问他何故的时候,他用手、胳膊和腿不停地比划,还搭配着挥手、鞠躬、做鬼脸,偶尔还会跳个舞。他把符号视为堕落的、表达的外部工具。从那以后,他拒绝借助任何外部的符号,只用自己的身体来表达自己的想法。后来,核战争爆发了,他住在一个与世隔绝的地窖中。1970 年 1 月 5 日,他用领带亲手杀了自己。他用身体的死亡传达出最后一个最明确的信息。

《先知的沉默》颇有些东方智慧的感觉,所谓大智不语,一个真正洞察世间真谛的人可能出于种种原因根本无法借助语言传达他的智慧。作为选项,他或许只能选择用形状、符号或者形体动作来交流。从人际交流的基本经验出发,小说家告诉我们,人们已经习惯了的语言以及由此构建的现实主义文学或许远远不是人类传达信息的唯一方法。若以形状、符号、人的形体动作乃至死亡作参照,现实主义的文学实在是一种特别单调而武断的交流和表达方式。与它相比,形形色色的其他选项都可以帮我们承担起交流的任务。

三

怀尔丁厌恶澳大利亚狭隘的民族主义。《西米德兰地铁》中的第 17 个短篇小说《再见杰克。希望尽快见到你》(*Bye Bye Jack. See You Soon*)对于这种狭隘给予了尖锐的批评。小说开篇这样写道:"杰克·凯鲁亚克(Jack Kerouac)[1]去世的时

---

〔1〕 杰克·凯鲁亚克(Jack Kerouac,1922~1969),美国"垮掉的一代"小说家中的代表人物。

候,我们是不是感觉到了那是一个时代的终结,或者说,我们是不是感觉我们应该能感觉到那是一个时代的终结?"[1]值得注意的是,这句话中将"感觉"一词连续重复了三遍。怀尔丁用一个强力疑问句对于澳大利亚文学的感觉能力提出了质疑。他想说,凯鲁亚克去世了,澳大利亚文坛的卫道士们听说了吗? 凯鲁亚克的去世是否标志着一个时代的终结,他们有感觉吗? 小说叙事人接着说,"我们不知道那是哪一天。就是一条消息,不可能是两周以前,在《电讯报》上,我没有问你为什么要读《电讯报》,如果这是唯一的宣告凯鲁亚克死亡的报纸,那么,你读了,实在是太好了。根本没有人提这件事,也没有人知道。"[2]"我"对澳大利亚文坛的无知感到非常惊讶,因为凯鲁亚克去世时澳大利亚民众对于如此重要的一件事竟然一无所知。"我对读者和听众的反应非常气愤,他们竟然没有出席。我的气愤远远超过凯鲁亚克的去世所带来的悲痛。"[3]凯鲁亚克的去世让"我"感到万分悲痛,也让我为人们的冷漠感到无比失望。怀尔丁通过对比叙事人的悲痛与普通澳大利亚民众的漠然,有力地暴露了澳大利亚文坛对于世界文学最新动态的无知与偏狭。"我"在位于伊丽莎白港的住处,"我"躺在床上阅读《在路上》,"我不需要把花呢夹克重新穿上,我可以躺在那里手里拿着我的凯鲁亚克,这可是个护身符。"[4]叙事人珍视凯鲁亚克的艺术,并将它视为护身符,可是,在他的身边是一个对凯鲁亚克毫无知觉的国家。

《再见杰克。希望尽快见到你》读起来不像是一个故事,但这部小说跟《欧洲》一样有着明确的喊话对象,那就是传统的澳大利亚文坛。叙事人希望告诉那些把持澳大利亚文坛数十年的民族主义现实主义卫道士,在澳大利亚文学之外,这个世界正在飞速地变化,澳大利亚文学有必要充分及时地感知这个变化,以便做到与时俱进。由于《再见杰克。希望尽快见到你》的作者与叙事人并没有明显的反讽距离,所以读者有理由相信,叙事人的这一观点同时也属于小说家自己。怀尔丁曾在多个场合坦言,他受博尔赫斯、约翰·巴思、唐纳德·巴塞尔姆、理查德·布罗提根和凯鲁亚克的影响很大,他对凯鲁亚克的自发式诗学尤其深表敬意。在他们的影响下,怀尔丁尝试了多种风格和技巧。他希望向那些后现代的外国作家学习,学习他们崭新的写作方法与大胆实验的勇气。他的小说不直接反映现实,而是通过采用模糊的人物和背景、隐晦的暗示、梦幻、扭曲的感知、主

---

〔1〕 Michael Wilding, *The West Midland Underground*, 1975, p.181.

〔2〕 同上。

〔3〕 同上,p.189.

〔4〕 同上,p.183.

观自由联想等手段,远离现实和真实,营造童话、神话和寓言的气氛和结构框架,曲折地反映世界,他的小说往往具有不真实的梦幻一般的品质。除了这种博尔赫斯的寓言式风格,他的小说还经常借鉴许多元小说的元素。

怀尔丁批判传统的澳大利亚现实主义长期自我封闭、完全无视澳大利亚文学的多元特点。怀尔丁认为,澳大利亚现实主义必须意识到,澳大利亚文学历来就是一个面向世界的国别文学。克拉克的小说《无期徒刑》(*For the Term of His Natural Life*)是澳大利亚19世纪最著名的长篇小说,克拉克的成就得益于他作为一个历史学家的背景,更得益于他的国际化视野。[1] 怀尔丁强调,澳大利亚的历史上就是一个国际化程度很高的国家,他不无自嘲地说:"这个年轻的国家从来就不是一个封闭、狭隘和乡巴佬的社会,它是世界上的投机客、海盗、骗子以及不愿受拘束的人们愿意光顾之地。"[2]有鉴于此,国际化对于澳大利亚文学来说很重要。因为作为一种区域性文学,澳大利亚文学很容易出现近亲繁殖,甚至乱伦。怀尔丁指出,澳大利亚长期以来选择了一条"民族主义的文学道路",这条道路不断地孤立自己,拒绝一切与自己无关的联系,最后我们只看得见自己眼前的那几亩薄地,这样一来一定会削弱自己的传统和血脉。怀尔丁认为,20世纪60至70年代的澳大利亚"新派小说"的主导方向之一是国际化,年轻一代只关心如何才能当个作家,如何创作出优秀的文学作品,如何才能像美国、阿根廷、欧洲和亚洲的作家那样声名远扬。为什么这个时期澳大利亚的短篇小说突然带上了"国际化"的味道?那是因为它是在包括拉丁美洲和北美短篇小说的影响之下产生的,特别是在博尔赫斯等作家的影响之下形成的。新一代的澳大利亚作家反对国内既有的现实主义传统,反对澳大利亚传统短篇小说中所表现的工人阶级和袋鼠生活以及以此为代表的人文主义传统,他们主张在自己的创作中彰显个性特征,在很长一段时间里同时抵触澳大利亚20世纪50至60年代绝大多数作家的长篇小说创作。他们希望把自己的创作与整个广阔的英语世界联系在一起,也与部分拉丁美洲和欧洲国家的文学联系起来。

《西米德兰地铁》中的第二个短篇《感觉迟钝的人》(*The Man of Slow Feeling*)再次以"感觉"为题,凭借一个令人难以忘怀的寓言故事,对澳大利亚狭隘的民族主义给予了犀利的讽刺和批判。小说中的男主人公同样没名没姓,只知道"他"和玛丽亚可能是一对情侣或者夫妻。"他"经历了一场不幸的事故,几

---

〔1〕Michael Wilding, *Marcus Clarke*, St Lucia, Qld.: UQP, 1976, p.3.
〔2〕同上,pp.13-14.

周过后仍然躺在病房中。作者也没有明确交待故事发生的时间和地点,小说的情节也没有相关暗示。起初,人们以为他不会生还,后来,他竟然幸存了下来,而且还恢复了视觉,恢复了说话的能力,然而,他失去了感觉。他感觉不到玛丽亚的触摸,感觉不到她的亲吻,也嗅不到花香。后来,一次外出散步,他惊喜地发现他并没有失去感觉,而是感觉延迟了。不过,这种延迟的感觉给他造成了很大的困扰。首先,不论做了什么,他对于现时的现实没有感觉。由于这种感觉延迟的时间为三个小时,他渐渐发现自己总是在焦急地等待着感觉的来临,在感觉到来前的三个小时他都要在焦虑中度过。在小说结尾,"玛丽亚从城里回来,发现他死在白色的浴室里,他洗澡时切开了自己的动脉,热水减少了死亡的疼痛。但是,她告诉自己,他没有知觉,应该不会感觉到任何疼痛。但是,三个小时以后,他会有什么样的感觉呢?"[1]

《感觉迟钝的人》生动地描写了一种不能实时感知现实的生存状况。主人公的知觉是迟钝的,他的生活因此发生了错位,他时刻生活在时间差里。从表面上看,"他"同时生活在两个世界中,一个世界有经历但没有及时的反应,另一个世界只有感觉而没有原因,两个世界既有交叠也有重合。事实上,他每天都把自己所有的注意力都放在过去,努力在过去的记忆中搜索生活的真实。在他看来,过去是他的现实主义,为了能够正常地生活,他每天努力地为自己重构过去。迟钝的感觉让他感受不到现实,重构过去成了他唯一的寄托。所以他一直生活在这种扭曲而混乱的状况中,这种状况令他难以忍受,最后只能在自尽中寻求解脱。

作为一部具有元小说风格的寓言,《感觉迟钝的人》表面上写的是一个人的遭遇,事实上,小说家以此为喻,用一个无比形象的悲剧故事对传统的澳大利亚现实主义小说进行了无情的讽刺。在他看来,澳大利亚的现实主义作家和批评家就像那个失去现实知觉的主人公一样,面对二战后澳大利亚社会和文化的发展与进步,他们毫无感知,时至 20 世纪 60 年代仍然死死地紧抱着劳森的丛林现实主义不放,身在都市,心在丛林,展现了一种无比扭曲的文学生态。怀尔丁用寓言的形式刻画了老一代澳大利亚现实主义卫道士们的麻木的文学态度,他们无法体验即时的感受,所以沉湎于过去,这种错把过去当成现实的现实主义对于澳大利亚文学的发展有百害而无一利。

在怀尔丁看来,老一辈的澳大利亚现实主义作家和批评家们如此抱残守缺是因为他们缺乏世界眼光,无法跟着世界与时俱进。这些传统的卫道士们必须

---

[1] Michael Wilding, *The West Midland Underground*, 1975, p.23.

知道,澳大利亚的"新派小说"是在这样一个多元的国际化语境中成长出来的。在这个国际化的大环境里,既有美国小说家亨利·詹姆斯,也有英美电影演员玛丽莲·梦露和约翰·韦恩。此外,《西米德兰地铁》的第三个短篇小说《来到终点》(Coming to an End)中提到了英国作家奥斯卡·王尔德,第18个短篇小说《被困平顶大山》(Stuck on the Mesa)中提到了美国作家理查德·布劳提根,最后一个短篇小说《悉尼大学拒绝亚瑟·休·克拉夫》(The Rejection of Arthur Hugh Clough by the University of Sydney)写到了英国诗人克拉夫。在小说家看来,无视世界的发展与变化,顽固地坚守一种单一的澳大利亚丛林现实主义将扭曲澳大利亚文学,导致澳大利亚文学的自我摧毁。

20世纪70年代的怀尔丁跟其他"新派小说家"们一起,合力挑战绵延了半个多世纪的澳大利亚现实主义文学传统,他们提出新的创作理念,倡导"新派创作",主张为澳大利亚短篇小说的发展注入新的生机与活力。他的很多短篇小说大胆借鉴英美后现代主义小说的写作手法和技巧。他的作品大胆尝试真实与虚幻、游移不定的时空、讽寓、戏仿、拼贴、蒙太奇、断裂、元小说等诸多后现代手法,特别是采用元小说的寓言手法生动地呈现了20世纪六七十年代以后新一代澳大利亚人的生存状况和心理认同。在运用元小说的寓言表达新的时代内容方面,他对于澳大利亚"新派小说"的贡献是巨大的。作为一个英国移民作家,怀尔丁的小说并没有让他在故国家园得到多少关注,他的不少作品的主要发行地局限于澳大利亚。但是,他从英国带来的后现代主义创作方法为澳大利亚文学注入了新鲜的血液,也给澳大利亚文学带来了生气。

1999年,澳大利亚著名文学刊物《陆路》邀请了六位作家、批评家和学者,畅谈他们对现实主义的看法,怀尔丁情不自禁地评论起自己曾经深刻参与其中的后现代主义实验。他指出,后现代主义将澳大利亚小说"从疲倦的、没有冒险精神的、无效的现实主义"中解脱了出来。后现代"关注断裂、不连贯,打破形式上的禁忌……当然,形式突破有一个前提,那就是作家要表达新的内容,用新的视角去展现内容"。[1] 怀尔丁20世纪70年代的短篇小说从来都不只是为实验而实验的空洞叙事,他的短篇小说在内容上经常有非常大胆的突破。《西米德兰地铁》中的第三个短篇《运河行》(Canal Run)展示了怀尔丁所受到过的两个影响,一个是D. H. 劳伦斯(D. H. Lawrence),另一个则是艾伦·西利托(Alan

---

[1] Michael Wilding, "Realism: A Symposium", *Overland* 156(1999): 44.

Sillitoe)。这部有着明显自传色彩的小说广泛涉及的主题包括现代文明与工业化、现代社会与权威主义以及现代人的怀疑主义和暗弱无力,这些主题在他 20 世纪 70 年代之后的很多小说中还将反复再现。跟摩尔豪斯一样,怀尔丁 70 年代的许多短篇小说也大量描写性。《西米德兰地铁》中的《感觉迟钝的人》《赫克托与弗莱迪》等多个短篇小说中都有不少性描写,许多此类描写的目的好像更在于书写希望、抱负和失败,表现那些烦躁不安的人以及人与人之间的摩擦。他的小说在书写所有这些主题内容时,都会以后现代小说的方式模糊现实与虚幻的界限,有时整部小说都是虚幻。读者或者叙事者无法确定其中的事件和人物是真是假,叙事者的朋友、同事和女性常常也都是寓言中的人物,读者在不知情的情况下也被带入了寓言一般的幻想世界。

怀尔丁 20 世纪 70 年代的短篇小说无疑代表了澳大利亚后现代"新派小说"创作的最前沿。在那之后,他的长篇小说(如《短篇小说使馆》和《太平洋高速》)向我们更加充分地展示了他的后现代小说风格:拒绝传统小说形式中的线性和统一叙事,拒绝完整的情节、稳定的人物和背景。它们自我指涉,否定传统的因果关系和现实理念。里昂·坎特里尔(Leon Cantrell)在一篇书评中指出:"怀尔丁希望挑战我们关于长篇小说形式的传统观念。他的小说中充斥着各种不同形式的组合,那里面有叙事小说、有诗歌、有传记、有自白、有书信、有目录,甚至还有文学批评。小说中随处可见其他不同文本的选段,因为作者认为,它们与作品有关联。"[1]坎特里尔将他的小说跟意大利的未来主义画家进行比较,认为怀尔丁的小说在先锋实验性方面带领澳大利亚文学走到了世界的前列。[2]

---

〔1〕Leon Cantrell, "The New Novel", *Studies in the Recent Australian Novel*. Ed. K.G. Hamilton. St Lucia, Qld: UQP, 1978, p.242.

〔2〕同上,p.257.

第 3 章
彼得·凯里《史上胖男》中的囚困梦魇

　　在澳大利亚"新派小说家"当中,彼得·凯里被誉为 20 世纪 70 年代"最惊艳的文坛才子".[1] 凯里 1943 年生于澳大利亚维多利亚州的巴克斯马什镇(Baccus Marsh),早年就读于澳大利亚的莫纳什大学,大学毕业之后先在一家广告公司做策划,后在澳大利亚和英国陆续做过许多其他的工作.20 世纪 60 年代开始尝试文学创作,早期写过的几个长篇小说未获出版,转写短篇小说后陆续受到关注,特别是 1974 年出版首部短篇小说集《史上胖男》[2]之后一举成名.此后,他于 1979 年又出版第二个短篇小说集《战争罪》,牢固确立了他在澳大利亚文坛的地位.他的短篇小说怪诞恐怖,令人过目难忘.20 世纪 80 年代之后,他开始全力转向长篇小说创作,1981 年出版首部长篇小说《福》(*Bliss*,1981).此后笔耕不辍,迄今为止已出版《魔术师》(*Illywhacker*,1985)、《奥斯卡和露辛达》(*Oscar and Lucinda*,1988)、《税务官》(*The Tax Inspector*,1991)、《崔斯坦·司密斯的非凡一生》(*The Unusual Life of Tristan Smith*,1994)、《杰克·麦格斯》(*Jack Maggs*,1997)、《凯里帮真史》(*True History of the Kelly Gang*,2000)、《我的虚假人生》(*My Life as a Fake*,2003)、《窃》(*Theft*,2006)、《他的非法自我》(*His Illegal Self*,2008)、《帕洛特与奥利维尔在美国》(*Parrot and Olivier in America*,2009)、《眼泪的化学》(*The Chemistry of Tears*,2012)、《遗忘症》(*Amnesia*,2015)、《离家远行》(*A Long Way from Home*,2017)等长篇小说十四部.此外,他还出版非虚构类作品五部.凯里先后三获澳大利亚最高文学奖迈尔斯·富兰克林奖,1988 年(《奥斯卡和露辛达》)和 2001 年(《凯里帮真史》)两获布克图书奖.他的多部长篇小说被改编成电影.

---

〔1〕 Craig Munro, "Foreword", *The First UQP Story Book*. St Lucia, Qld.: UQP, 1981, p.xii.
〔2〕 Peter Carey, *The Fat Man in History*. St Lucia, Qld.: UQP, 1974.

上述成就不仅使他成为 20 世纪 70 年代"新派小说家"中当之无愧的最成功和最具影响力的作家,也让他成了帕特里克·怀特之后的澳大利亚最重要的文化符号。

一

凯里曾经回忆说:"我刚开始文学创作的时候对短篇小说不感兴趣,因为我当时认为,当作家,要么不写,要写就应该写长篇小说。人们一般不把短篇小说太当回事,对长篇小说则不一样。"[1]据布朗文·拉肯(Bronwyn Lacken)介绍,整个 20 世纪 60 年代,凯里写作甚勤,先后写出三部长篇小说和一个短篇小说集,但因种种原因都未获得及时的出版。[2] 作为他的成名作,凯里的《史上胖男》(以下简称《胖男》)篇幅不长,全书共收入短篇小说 12 篇,长度不足 150 页。《胖男》中收录的短篇小说包括:《梅毒》(Crabs)、《层层剥》(Peeling)、《她醒来》(She Wakes)、《南亭生死记》(Life and Death in the South Side Pavilion)、《写于五号房》(Room No.5,Escribo)、《幸福故事》(Happy Story)、《西部风车》(A Windmill in the West)、《脱瘾》(Withdrawal)、《影子工业报告》(Report on Shadow Industry)、《与独角兽的对话》(Conversations with Unicorns)、《美国梦》(American Dreams)和《胖男》。其中《梅毒》《层层剥》和《西部风车》发表于 1972 年,《写于五号房》《幸福故事》和《与独角兽的对话》发表于 1973 年,其余都在 1974 年《胖男》集结出版时首次面世。这 12 部作品之中短的不足两页,最长的也不过 23 页。

《胖男》的出版首次为凯里带来了国内外众多读者和书评家的关注。澳大利亚评论家罗伯特·亚当森(Robert Adamson)在一篇书评中盛赞这个短篇集,说它是 1974 年他读过的最好的书。[3] 布莱恩·基尔南认为,凯里是澳大利亚"新派小说家"中"最富有创造性、最有才华的作家之一"。[4] 克雷格·门罗(Craig Munro)也认为,凯里是"20 世纪 70 年代崛起的一代小说家中最令人惊叹的文学奇才"。[5] 英国作家彼得·阿克罗伊德(Peter Ackroyd)在他的一篇书评中指出,凯里的《胖男》是一部好看而令人印象深刻的短篇小说集,集子中的短篇小说体现了澳大利亚文学的一种奇特的悖论,这种悖论的核心在于一种怪诞式的

〔1〕 Peter Carey, "Author's Statement", *Australian Literary Studies* 8.2(1977):183.
〔2〕 Bronwyn Lacken, "Notes on the Early Unpublished Manuscripts of Peter Carey", *Australian Literary Studies* 25.3(2010):65-68.
〔3〕 Robert Adamson, "Maps for Possible Films," *Australian*, 21 September, 1974:43.
〔4〕 Kiernan, Brian, *The Most Beautiful Lies*. Sydney:Angus & Robertson, 1977, p.49.
〔5〕 Craig Munro, "Foreword", *The First UQP Story Book*, p.xii.

结合。美国作家保罗·汤姆森(Paul Thompson)也高度评价凯里在《胖男》中取得的成就,特别是集子中的《美国梦》一篇。在他看来,不少作品的背景是噩梦般的世界,书中的每一个短篇都闪烁着色彩,但每一部作品的总体效果又是暗黑的。凯里小说中的那些阴暗空间让人想起奇幻世界,作者采用似梦非梦的背景传达人物的无端恐惧。这种恐惧之所以存在,是因为多数人没有工作、情绪低落,他们的命运掌握在少数其他人的手中。[1]

　　玛格丽特·鲁比克(Margarete Rubik)认为,凯里的短篇小说之所以"刺激而难忘"是因为它们先将故事的背景设置于现实世界,然后让读者亲眼目睹超现实的事件在他们眼皮底下发生,目睹自己熟悉的世界突然之间陷入彻底的疯狂。这些超现实的东西彻底动摇了小说人物对于现实的信心,也动摇了我们对于现实的理性认知。[2] 安东尼·哈索尔(Anthony J. Hassall)称,《胖男》所传达的是一些"焦躁不安的梦"(feverish dreams)。这些短篇小说作品里没有人们通常所说的现实,它们彼此之间也没有任何的逻辑联系,每一个短篇小说是一个独立的叙事片段,传达出一种有别于澳大利亚此前所有小说的叙事声音,每一部作品里都充斥着噩梦、幻想和科幻,每一个故事都有一段因突破禁忌而令人不安的可怕寓言。[3] 哈索尔认为,《胖男》中的多个作品具有点彩派艺术家的特点,代表着一种与澳大利亚现实主义传统的断裂的开始,读者时不时地读到一些噩梦、幻想和科幻的混合。[4] 彼得·皮尔斯(Peter Pierce)认为,《胖男》汇集了一些恐怖故事,那里居住着被社会放逐的弃儿或异类,他们孤零零地忍受着失业、异化、无聊和孤单,被某种莫名的可怕力量控制着,虽然竭力挣脱,却不得不在绝望之中苦苦支撑。[5] 泽维尔·庞斯(Xavier Pons)认为,凯里的短篇小说总体上倾向于现实主义,但他的现实主义短篇小说从一开始就潜入了奇幻的因素。[6] 布鲁斯·A.克鲁尼斯·罗斯(Bruce A. Clunies Ross)认为,凯里的短篇小说有着

〔1〕 Ackroyd, Peter. "Galactic Races," *Sunday Times* 〔London〕 19 October, 1980: 42. 〔Rev. of 1980 Faber edition of *The Fat Man in History*〕, p.42.

〔2〕 Margarete Rubik, "Provocative and unforgettable: Peter Carey's Short Fiction — A Cognitive Approach", *European Journal of English Studies* 9.2(2005): 181.

〔3〕 Anthony J. Hassall, *Dancing on Hot Macadam: Peter Carey's Fiction*. St Lucia: UQP, 1994, p.7.

〔4〕 同上, p.30.

〔5〕 Pierce, Peter. "Captivity, Captivation: Aspects of Peter Carey's Fiction," in *And What Books Do You Read?": New Studies in Australian Literature*, ed. Irmtraud Petersson & Martin Duwell. St Lucia: UQP, 1996, p.149.

〔6〕 Xavier Pons, "Weird Tales: Peter Carey's Short Stories," in *Telling Stories: Postcolonial Short Fiction in English* (Cross/Cultures 47), ed. Jacqueline Bardolph. Amsterdam: Rodopi, 2001, p.401.

"科幻小说的味道",它们将短篇小说这种文学形式的潜力用到了极致。[1] 布鲁斯·伍德考克(Bruce Woodcock)认为,凯里的短篇小说多数以一种超现实的方法融合了普通和超常的经验,这种融合不同模式叙事的本领成了凯里最具特色的小说写作方式。他是一个兼容并蓄的作家,在叙事形式、创作理念和样式规范上喜欢越界。他的小说常常在不同样式之间杂糅、交织和混用,在通俗和严肃小说、高雅和低俗的边界处随意变化。[2] 伍德考克觉得,凯里的短篇小说当中有不少读上去很像科幻小说,但许多作品属于思想的探索,它们尝试不同的可能性,实验颠覆性的思想或者疏离的认知,它们始于一个想法,然后看着人物在这个想法设定的逻辑中孤独地前行直至崩溃,"它们很像物理学家们设计的推测性的思想实验"。[3]

批评家们关于《胖男》的理解并不总是一致。例如,斯蒂芬·托雷(Stephen Torre)认为,《胖男》中的短篇小说与美国批评家罗伯特·斯科尔斯(Robert Scholes)所说的现代寓言(fabulism)[4]高度相似,它们纵情于结构和主题的游戏,大胆地扭曲现实生活,目的是要让读者从日常生活的意识当中走出来,然后一步踏入虚构小说的逻辑中来。[5] 本尼特认同这一判断,他指出,在一个技术越来越先进的西方国家里,寓言写作越来越成为开风气之先的文学形式,而发生在 20 世纪 70 年代的"新派小说"便是这样一种抵制传统现实主义的寓言性写作。凯里的短篇小说令人想起罗伯特·斯科尔斯在他的《寓言作家》(The Fabulators)一书中所描述的寓言小说家,这些寓言小说家所针对和反叛的是传统的现实主义。他的小说不仅以其新颖独到的机智设计引导读者从现实的世界中走出来,更引导他们用全新的眼睛审视自己的日常生活。[6] 苏珊·莱维也认为,《胖男》收录的 12 个短篇小说很少是根据此前的澳大利亚社会现实主义的美学原则写成的,它们中大多是表现当代澳大利亚生活的寓言故事。说它们是

[1] Bruce A. Clunies Ross, "Some Developments in Short Fiction, 1969—1980," *Australian Literary Studies* 10.2(1981): 178 - 179.

[2] Bruce Woodcock, *Peter Carey*. Manchester: Manchester University Press, 1996, p.12.

[3] 同上,p.16.

[4] 美国批评家 Robert Scholes 曾以《预言家》(*The Fabulators*)为题出版专著,讨论以 William Golding、Iris Murdoch、Lawrence Durrell、Anthony Burgess、Nabokov、Kurt Vonnegut、Terry Southern、John Hawkes 以及 John Barth 为首的英美两国新一代小说家。在他看来,新时代的"预言家"们跟古代的伊索寓言一样,关注社会生活现实,但他们厌倦了传统的现实主义,所以选择以一种"贯穿伦理的奇幻写作"来书写他们眼中的世界。

[5] Torre, Stephen. "The Short Story Since 1950", in *The Cambridge Literary History of Australia*. Ed. Peter Pierce. Cambridge: Cambridge University Press, 1998, 439.

[6] Bruce Bennett, "Australian Experiments in Short Fiction", pp.359 - 363.

寓言叙事,是因为它们所呈现的现实既让人感到熟悉,也让人感到怪异,看着这些扭曲的现实,读者体验到了一种深深的不安和恐惧。小说的主人公们知道,自己这噩梦般的人生早已无可救药,但这其中的原因不在于他们自己,而在于那强大的社会,那个视百姓如草芥的社会。凯里的短篇小说完美地表达了他对于澳大利亚社会的认识和批判。[1] 凯特·阿西恩(Kate Ahearne)不认同上述观点,在她看来,传统的寓言性写作是一种"包含一定伦理旨归的奇幻写作",换句话说,所谓的寓言写作应该表达一定的道德意图,同时采用非现实主义的奇幻叙事。此外,寓言性写作常常更多地关注语言结构,而对于文学的象征意义兴趣不大。这种写作从根本上放弃了对于人物和地理环境的刻画,而更关注幻觉,梦幻般的背景和强迫症似的自说自话的叙事人是这种小说给人留下的突出印象。对于外在事物的描写越来越少,作家不愿意深入地书写客观现实和历史,小说的情节也越来越淡,清晰的人物刻画也越来越难一见,剩下的只有叙事人的主观观察。阿西恩觉得,《胖男》中的不少作品让读者觉得:① 凯里重视象征意义的运用,② 他的小说表现出对于人物、特别是人物个性特征的浓厚兴趣,③ 他的作品常常能巧妙而融合地使用现实主义。[2] 阿西恩提醒我们,《胖男》收录的12个短篇中并非所有的小说都是寓言性小说,如果说《梅毒》《层层剥》《影子工业报告》《美国梦》和《胖男》可以算作不同程度的寓言性写作,《她醒来》《写于五号房》和《脱瘾》则完全不是什么严格意义上的寓言性小说。然而,恰恰是《写于五号房》和《脱瘾》这样的篇什,才是这个集子中内容最丰富和深刻的作品。凯里或许从美国的寓言小说中借鉴不少,但他的高明之处在于,他用他特有的文学才华改造了寓言性写作,让这一不太生动有趣的文学形式因为他的成就而熠熠生辉。《胖男》中所展示的文学愿景是阴郁的,但小说家通过这一阴郁的愿景传达的深刻思考令人难忘。[3]

丽莎·克劳瑟(Lisa Klauser)认为,凯里短篇小说的一个普遍特征是它们都给读者带来一种紧张不安的感觉。在她看来,《胖男》收录的12个短篇小说总体上可以根据其呈现的经验类型分成三种。第一种为"想象类",第二种为"半荒诞类",第三种为"现实类"。"想象类"小说主要是指那些叙述无现实依据经历和故

---

[1] Susan Lever, "Fiction", in Elizabeth Webby, ed., *The Cambridge Companion to Australian Literature*. Cambridge: Cambridge University Press, 2000, p.190.

[2] Kate Ahearne, "Peter Carey and Short Fiction in Australia," *Going Down Swinging* 1(1980): 9-12.

[3] 同上,pp.13-14.凯里在回应 Ahearne 的评论时说,他的短篇小说的写作过程多依循一种直觉,没有任何说教的动机。(p.17)

事的作品,包括《梅毒》《层层剥》《影子工业报告》《与独角兽的对话》和《南亭生死记》。"半荒诞类"主要包括《胖男》《美国梦》《脱瘾》和《西部风车》。"现实类"主要包括《写于五号房》和《幸福故事》。上述三类小说在形式上共同呈现出一种后现代的不确定性。[1]

西尔多·弗·谢科尔斯(Theodore F. Schekels)在评论凯里的小说风格时也强调他的后现代价值取向,在他看来,凯里的小说具有以下五个特点:① 它们不会在现实主义之外构建新的秩序,因为它们根本不相信秩序的意义;② 它们拒绝把历史视为一种连贯的叙事,认为把一个故事置于特定的时间框架之中是不可接受的,它们拒绝时间上的前后次序以及它所制造的连续因果关系;③ 它们拒绝地理空间上的具体存在性,从根本上不关心物理意义上的空间背景,常常不说明故事发生在哪个具体的地方;④ 它们喜欢刻画离群索居的社会局外人;⑤ 它们拒绝现实主义的故事和一切形式的非现实主义的神话,依靠语言或者扭曲的语言来完成自己的游戏。所以他的审美外表通常比较凝重难懂。[2]克劳瑟完全同意谢科尔斯的观点,她认为,凯里在《胖男》中收录的短篇小说至少在故事背景的设置、时序的安排和叙事声音的使用三个方面都表现出相当的不确定性。小说中的文学道具——如轿车、飞机、跨国公司等——确实让人想起 20 世纪中叶的生活,但同样的这些道具到了 21 世纪依然存在。因此,她感觉凯里短篇小说中这种不具体说明时空背景的做法,或许只能说明作者要传达的是一个寓言化的人类普遍生存状况。[3]

二

莫·德·弗莱切(M.D. Fletcher)认为,凯里持续关注的主题总是人的囚困:"在凯里的所有小说当中,真实的和比喻意义上的囚困同时存在……他的小说里充斥着监狱和囚笼,或许作者用这些地方暗指澳大利亚社会。但是,凯里也同样喜欢构建形形色色的窘困之境……这些情境常常是比喻性的,它们将个体的人牢牢地困住。"[4]考尼利亚·舒尔茨(Cornelia Schulze)同意弗莱切的判断,她指

[1] Lisa Klauser, "Peter Carey's Short Stories", M. Phil thesis, University of Wien, 2011.

[2] Theodore F. Scheckels, "Translating Peter Carey's Postmodern fiction into film," in Andreas Gaile, ed. *Fabulating Beauty: Perspectives on the Fiction of Peter Carey*. Amsterdam: Rodopi, 2005, pp.84 - 85.

[3] 同上,p.36.

[4] M.D. Fletcher, "The Theme of Entrapment in Peter Carey's Fiction," in R.K. Dhawan & David Kerr, eds. *Australian Literature Today*. New Delhi: Indian Society for Commonwealth Literature, 1993, p.74.

出,凯里的短篇小说确实反复刻画一种被囚禁的感觉,他的人物被困在这些情境之中,就连阅读这些小说的读者都情不自禁地跟随着他们,切身体会着被囚禁其中的感受。[1] 舒尔茨认为,凯里短篇小说中的人物总是被囚禁于三种情境之中:第一种是美国的新帝国主义及其帝国文化;第二种是资本主义制度;第三种是社会权势对于角色的定位要求。[2]

凯里曾经表示,短篇小说写作的一大难题是,因为篇幅短小,所以短篇小说家必须绞尽脑汁地设计各种各样的新情境,有了好的情境构思,小说家就可以设计人物了。[3] 凯里这里所说的情境,很多时候就是小说人物面临的一个个困境。《胖男》中的短篇小说为读者呈现了一个个梦魇般的困境,它们可以发生在普通个人的卑微生活中,也可以困扰到民族国家。但它们共有一个特征,那就是对于自由的控制和压迫,鲜活的人和群体的生命在这些形形色色极权的控制和压迫之下屡屡被囚困,屡屡遭遇挫败甚至死亡。从这些噩梦一般的困境之中逃脱是每一个人的愿望,但不是每个人都能实现的理想。

以困境的大小而论,《胖男》中所收录的12个短篇小说可以分成四类。第一类刻画的一些普通的澳大利亚青年在日常生活中遭遇的小问题,这些小问题与人物自己有关,但也无一例外地与社会有关。它们之中,有些问题只是让人不快,还有一些把那些置身其中的年轻人折磨得几乎发疯。这些作品主要包括《她醒来》《幸福故事》和《梅毒》。《她醒来》是《胖男》中第三个、也是最短的一个短篇,小说没有其他作品常有的怪诞和奇幻,平铺直叙的现实主义叙述之中没有任何戏剧化的情节,所以作品并不好懂。小说采用了一种极端的简约主义手法,讲述了一个普通澳大利亚青年在日常生活中遭遇的尴尬与不堪。《幸福故事》由两个人物的对话组成。男主人公姓名不详,通过其女友玛丽一次次的提问,读者得知男主人公一直面对的问题:男主人公日日闷闷不乐,因为他厌倦了这里的生活和被这个环境压迫的感受,他每天都在思考着如何才能够让自己飞起来,因为他觉得唯有飞起来才能从现实生活中走出去,重获自由。不少评论家认为,《幸福故事》是《胖男》中唯一一个乐观的作品。应该说,小说从一个不同的角度依然书写了同样悲观的主题,通过让两个人物登上飞行器,小说家刻画了主人公对于自由的渴望。

---

[1] Cornelia Schule, "Peter Carey's Short Stories: Trapped in a Narrative Labyrinth", in Andreas Gaile, ed. *Fabulating Beauty: Perspectives on the Fiction of Peter Carey*. Amsterdam: Rodopi, 2005, p.117.

[2] 同上,p.135.

[3] Robert Dessaix, "An Interview with Peter Carey", *Australian Book Review* 197(Dec.-Jan., 1994): 197.

　　《梅毒》是《胖男》中的第一个短篇，也是评论家评论最多的作品。小说主人公是一个小镇汽车销售商的儿子，在技校读书时被人用鞋带绑起来欺凌，长大以后被同伴们嘲弄，因为还是个童男，他们送他一个外号，称他"梅毒"。他想学着人家的样子变得更强大，不再让别人嘲笑自己。他决定租一辆汽车带着女友去一个汽车影院看电影，可就在他们边看电影边演车震的时候，一帮车匪卸掉了他们的车轮，汽车影院成了锁困他们的集中营。不知是不是发生了精神错乱，一心想逃离的"梅毒"恍惚中竟然自己变成了一辆拖车，他打开顶灯和喇叭在高速公路上高速奔驰，一段自由奔跑后，他回到现实世界，可他发现自己又被挡在唯一一个有人和有生命的世界之外。显然，在这个社会上，不论什么时候，不论他做什么都不对。小说通过一个年轻人的切身经历刻画了一个可怕的反乌托邦世界。这里有日益技术化和美国化的社会，但生活在这样一个充满霸凌的世界里的人除了挫败，全无其他。

　　《胖男》中所呈现的第二类困境源自僵化的社会和文化，在这个传统的架构里，这个世界由一个个的岗位和一强一弱的两个性别组成，置身其中的每一个人都像一颗螺丝钉一样被牢牢地禁锢起来，无法改变。这一类作品主要包括《南亭生死记》《层层剥》和《与独角兽的对话》。《南亭生死记》讲述了一个梦魇般的故事，小说的无名主人公是一家公司的三等羊倌。通过他的自白，读者了解到，他的日常工作是看羊，但不知什么原因羊换成了马，他如今的任务是守护南亭中的马匹，不让它们落入南亭附近一个很深的泳池而溺毙。然而，由于他看护下的马不断地掉进亭池淹死，他向公司申请离开这个岗位，但得不到批准，于是，他越来越焦虑。《层层剥》本是一个关于两性关系的普通故事，但作者同样设计了一个骇人的变形情节。主人公也即故事的叙事人是一个退了休的老男人，这个"下流"男人的楼上住着一个名叫奈儿（Nile）的女人，奈儿隔三岔五地来他的单元帮他做清洁。二人首次开始近距离接触的过程中，奈儿的身体在他的手里散成了一片一片，直至最后剩下一个很小的无发、无眼、无牙的通身雪白的玩具娃娃！跟《梅毒》一样，《层层剥》通过这个奇幻叙事戏剧性地向我们展示了主人公置身其中的男性欲望和男权文化。在西方社会普遍的男性色情幻想主导下的两性关系和单向欲望模式之中，男性是欲望主体，女性是欲望对象，男性是观者，女性是被看的物件，男性试图通过"层层剥"延长自己的快乐。深陷这种扭曲文化的叙事人沉湎于男性对于女性的色情幻想不能自拔。[1]

---

〔1〕Maria Sofia Pimentel Biscaia, "Fleshing Gender Out: Male Fantasies and Female Body Issues in Peter Carey's 'Peeling'", *Mathesis* 19(2010): 156.

《与独角兽的对话》是《胖男》中唯一一个真正意义上的动物寓言小说,小说的主人公包括叙事人"我"和会说话的独角兽。这部小说里呈现了两个层次的囚困。第一个是独角兽的囚困——它们囚困于愚昧之中。作为一个文化人类学家,叙事人希望给独角兽们带来知识和思想启蒙,让它们从蒙昧的状态中解放出来。然而,独角兽们笃信上帝,因为上帝带给它们死亡而感激上帝。叙事人在与独角兽的对话中试图告诉它们,上帝并不存在,赐它们死亡的不是上帝,而是为了利益而来杀害它们的人。但独角兽们全然不信,它们中的传教兽认为叙事人的举动亵渎了上帝,所以将其暴打一顿。康复之后,叙事人为了说服独角兽,再次回到它们当中,但对话依然难有进展,启蒙和智慧依旧不受欢迎。为了证明自己所言不虚,他被迫射杀了独角兽中的头兽和传教兽。独角兽们最终或许明白了叙事人跟它们讲授的道理,但伴随着这一启蒙过程的不是开心。相反,自困于愚昧之中的独角兽依然觉得,没有了上帝和上帝本可以赐给他们的死亡令他们无比绝望。

《胖男》一书中的第三类困境与政治有关,这类小说尤其关注澳大利亚的政治专制和腐败及其对于普通公民的生活产生的恶劣影响,其中包括书名中提到的《胖男》与《脱瘾》。《胖男》的主人公是一个名叫亚历山大·芬奇(Alexander Finch)的漫画家,他长着中国人的脸,有个意大利裔的父亲,还有着一个美国名字。他身体肥胖,此前曾是革命的支持者,但是,芬奇在这次革命之后因为肥胖突然被当成了革命的敌人。无奈之下,芬奇决定接受这荒诞的命运,所以他秘密参加了一个"反革命胖男"团伙,并在这个由六个胖男组成的团伙中担任秘书。为什么胖男就一定是革命的敌人呢?读者从小说中了解到,革命之后随着社会观念的变化,时尚和美的标准也发生了变化,肥胖与革命的形象不符。虽然政府和官方还没有就肥胖问题作出任何规定,社会语言已经像奥威尔在《1984》中所描述的那样,无端地将它等同于贪婪、丑陋、堕落、懒惰、淫秽、邪恶、肮脏、不诚实和不可信,总之,"此时长胖不是时候"。[1] 芬奇于是成了革命的局外人。被排斥在革命之外的他跟他的同伴们每日囚困于失业和贫困之中。如果历史是一种话语,这些"史上胖男"被囚困于一种新的革命话语之中;如果历史意味着社会的变迁,那么,肥胖的芬奇一边被囚困在自己肥胖的身体里,一边也被囚困于时代和社会的变化之中。小说结尾,读者被告知,这个革命的政府通过一个名叫弗洛伦斯·南丁格尔(Florence Nightingale,又名 Nancy Bowlby)的女性在这个反革

---

〔1〕 Peter Carey, *The Fat Man in History*, p.116.

命的胖男团伙中启动了一个自行吃掉团伙领袖的机制,芬奇终究被囚困到了这个自我消灭的机制之中。

《脱瘾》是《胖男》中最长的一个短篇小说。这部小说刻画了一个兜售死亡的变态男艾迪·雷讷(Eddie Rayner)。艾迪知道一群有钱有势的大人物中间流行着一种迷恋污秽、窥视死亡的游戏,所以他每天为满足这一人群的爱好积极收集,为其服务。小说一开始,主人公积极与人洽谈准备购买一个截肢的手。随着故事的展开,读者跟着艾迪一步步走进了一个恋尸食粪的黑暗世界,在这个世界里就有一个是澳大利亚联邦内阁大臣。主人公为了迎合这些秘密收藏家的趣味,疯狂地为其物色死人,并最终找到一个死去的老妇人。当他来到这个老妇人的家,并看到这个死人坐在自己家的桌前时,艾迪对她的生前故事产生了兴趣,决定通过她家中的物件和信件去调查她去世前的生活。在此过程中,他逐步抛弃了对于死尸的窥视欲,重新萌发的正常人性让他渐渐地再次关注包括动物在内的生命和健康。

《胖男》中的第四类困境与美国有关。小说家通过这些小说生动地刻画了二战以来澳大利亚一步步失去曾经如此渴望的独立自主的国家地位,重新沦落为殖民地的可悲历程,反映了小说家对于澳大利亚国家地位的深刻反思。这一类的作品最多,其中包括《美国梦》《西部风车》和《影子工业报告》。《美国梦》的叙事人是一个澳大利亚小镇上的普通青年,他讲述的故事涉及小镇上的一个普通退休职员。但是,此二人都算不上小说的主人公,小说真正的主人公是叙事人所在的整个小镇,或者说整个澳大利亚。小镇上一个普通退休职员格里森(Gleason)先生在小镇海拔最高的一处山顶之上买下一块地,先是把外围砌上高墙,然后在高墙之内为整个小镇做了一个惟妙惟肖的逼真模型。模型不仅形象地刻画了小镇的景观样貌,还把发生在小镇居民之间的通奸和其他类似的秘密一起如实地做了在了模型中。格里森先生去世之后,他的妻子推倒了围墙,好奇的小镇居民看到小镇模型之后既惊叹又害怕。媒体把消息传开之后,政府决定整体保留小镇模型,去除模型中有碍观瞻的部分,然后将其打造成旅游景点。果然,小镇吸引了前来猎奇的美国游客,美国梦由此开始。但在这场关于物质和经济的美梦中,小镇人异化成了游客比对造型的演员,澳大利亚的本地文化也不知不觉地变成了美元的傀儡和玩偶。

《西部风车》的故事发生在一处澳洲沙漠。在这片沙漠上,一个美国士兵受命驻守,而他驻守在此的主要任务是守卫一条沙漠里的带电隔栏。至于上层为什么把他部署在那里,以及他具体需要执行任务的重要性,他一无所知。这是小说《西部风车》第一层面上的故事。不过,细心的读者不难发现这部小说在更高的一个层次上的深意:这个美国士兵受美国军队指派在澳大利亚的沙漠中担任守卫,美国兵的手中拿着枪,在他不乐意的时候,他会拿起枪朝着澳大利亚土地上的任何东西射击,包括风车、飞机,甚至天上的太阳。他每日用他的枪在澳大利亚的中部沙漠上行使着自己的军事权力,在澳大利亚的土地上强制地维护着美帝国的存在和权威。在这个不时令人有些恍惚的枪口之下,美国人部署在澳大利亚沙漠中的原子弹就像一个风车,澳大利亚的土地和自以为独立了的国家被这个新兴的军事帝国牢牢地囚禁了起来。这部小说生动地告诉读者,澳大利亚或许从英帝国中走了出来,但如今生活在美国人的军事囚困之下。

《影子工业报告》也是一个不足四页的短篇小说,小说的叙事人(主人公)在跟一个美国朋友的交流之中了解到了"影子"。随着澳大利亚本土"影子"产业的不断发展,"影子"成了人所共知的产品。叙事人自己看"影子",买"影子"给家人看,跟他的朋友讨论"影子",甚至自己也参与制造"影子"。小说一开始,他以一个半学术的口吻来报告和讨论"影子"在社会上的作用,虽然他说的"影子"究竟是什么他并未加以说明,然而,从叙事人的叙述来推测,他所说的"影子"也许是一种科幻版的影带,或者一种科技版的"虚拟现实",很多接触的人都会喜欢上甚至上瘾。叙事人告诉读者,他的母亲看了那些"影子"之后会伤心,他的父亲看了之后留下一张纸条("看了你给我买的那盒影子没有语言可以表达我的感受")便离家而去,他的朋友对他的这个爱好也深不以为然,所有这些都让他感到内疚。显然,主人公发现自己的国家陷入了另外一个困境,这个困境便是美国来的"影子"。写个研究报告讨论一下自己对于"影子"之于社会效用的看法成了被囚困者之一的他唯一能做的事。

上述四种情形各不相同,初看上去令人眼花缭乱,细察每一个被困其中的人物又是那么真切具体。形形色色的困境把《胖男》中的各个主人公牢牢地困在其中,令其绝望不已。凯里通过刻画这些困境到底想影射些什么?对于这些困境以及被困的人,小说家是什么样的态度?要回答这些问题,有必要将凯里的创作置于他创作的历史语境之中去细加考察。

三

《胖男》中的短篇小说多创作于 20 世纪 70 年代初期,然而,不少小说显然以更早一点的 20 世纪 50 年代和 60 年代为背景。20 世纪 60 年代,澳大利亚社会开始因为越战从封闭走向开放,一个显著的标志是控制澳大利亚政治长达 17 年之久的保守党总理孟席斯最终于 1966 年下台。1972 年，主张改变的工党政府总理惠特兰姆在竞选中获胜，在他的领导下，澳大利亚工党政府先后决定从越南撤军、与中华人民共和国建交、开放亚洲移民、推行全民免费享受高等教育、承认土著公民权、开放报禁等，澳大利亚社会朝着融入世界的方向迈出了一大步。这些变化不仅给澳大利亚的文学和文化带来了深远的影响，也给凯里的文学创作留下了深刻的烙印。莱维认为，凯里等人的"新派小说"主要针对传统的澳大利亚文学提出两方面的挑战，一方面，反对政府无端设置的种种限制性的审查法律和制度，另一方面，对传统的现实主义文学创作手法提出了坚定的挑战。"新派小说"从一开始就为了突破来自主流文学平台的控制，努力通过表现大量的性内容而获得某些色情期刊的支持，与此同时，"新派小说"还积极鼓励大家效法美国和拉丁美洲小说，积极推动形式创新。无论是引进性题材，还是后现代形式实验手法，"新派小说"的初衷是对 20 世纪 70 年代之前澳大利亚压抑的政治和社会环境表达自己的不满和批判。[1]

哈索尔认为，《胖男》中的短篇小说直接把最可怕和最不堪的事强行摆放在读者面前，读者从中不难看到很多不可救药的社会问题。[2] 玛丽亚・索菲亚・皮门托・比斯卡娅（Maria Sofia Pimentel Biscaia）认为，《胖男》是一部"忧愤之作"，这些小说深入地考察了我们这个时代的问题，包括澳大利亚的后殖民困境、资本主义制度、两性关系等，"有着无可置疑的政治意涵"。[3] 美国批评家佩奇・爱德华兹（Page Edwards）在一篇书评中说，《胖男》中的短篇小说有着非常明确的超现实和魔幻特点，小说里面有人吃人、人变物以及基因变异这样的怪异事件，它们巧妙地将一些最不可思议的事件写成一种更高层次的现实，作者显然在寓言的背后隐藏了深刻的政治和社会批判。[4] 特雷弗・伯恩（Trevor Byrne）认为，凯里"在政治上是一个左翼人士，他的小说较之戴维・马鲁夫（David Malouf）之类的作家明显有着清晰的政治内涵"，[5]他"所有的短篇小说之中都有一个贯穿不变的主题，那就是'反体制'（anti-establishment）"。《胖男》中的短篇小说批判的对象是国家对于信息的控制和扭曲、国家对于个体生活的

〔1〕 Susan Lever, "Fiction", in Elizabeth Webby, ed., *The Cambridge Companion to Australian Literature*. Cambridge: Cambridge University Press, 2000, p.190.

〔2〕 Anthony J. Hassall, *Dancing on Hot Macadam: Peter Carey's Fiction*, pp.8 - 9.

〔3〕 Maria Sofia Pimentel Biscaia, "Fleshing Gender Out: Male Fantasies and Female Body Issues in Peter Carey's 'Peeling'", p.156.

〔4〕 Page Edwards, Review of *The Fat Man in History. Library Journal* 1 Oct.(1980): 2014.

〔5〕 Byrne, Trevor. "The Problem of the Past: The Treatment of History in the Novels of Peter Carey and David Malouf". PhD dissertation, University of Adelaide, 2001, p.25.

武断的远程牵制等。[1]

在 20 世纪的澳大利亚历史上,50 年代和 60 年代被认为是最保守的时代。据凯里回忆,那个时候的墨尔本保守得可怕:如果你留长发进酒馆,就会有人冲上来要杀你。[2] 20 世纪 60 年代,时任总理孟席斯不顾很多人的反对,强行推动征兵立法,逼迫青年人参军,然后前往越南参加美国人对于越南的战争。凯里为了避开这场运动,决定前往欧洲。在另一位"新派小说家"贝尔的印象中,澳大利亚跟在英美列强的后面亦步亦趋地前行,他记忆之中的阿德莱德充斥着反动的英国新教价值和标准:"封闭、严格、市侩气十足"。在日常生活中,社会给人的行为举止订下了重重规矩,对于事物的判断非黑即白,社会不能容忍灰色地带,更不能容忍黑色地带,社会上弥漫着一股金钱的铜臭味,凡事只讲一个实际。他觉得孟席斯领导下的阿德莱德与《格利佛游记》中的小人国堪有一比,因为这里的人思想猥琐,行动做作,自以为是,你在此时的澳大利亚看到的只有干枯的土地和没有思想的人。有鉴于此,他最终也决定离开自己的国家,前往欧洲,因为他觉得"如果我继续待在阿德莱德,我肯定写不了那些书"。[3] 贝尔强调指出,孟席斯统治下的澳大利亚让无数澳大利亚人在失望中选择了离开,如果不是 1972 年工党的惠特兰姆总理上台,他们中的很多人根本不会选择回来。[4]

凯里曾经说,每当他的短篇小说写得好时,都是"因为它们反映出真实世界中的真实情境"。[5] 他进一步透露,"我短篇小说中的故事让我紧张和不适,而我曾为小说中那些可怜的失败者潸然落泪。"[6] 读者应该如何理解凯里的这些话呢? 凯里喜欢以恐惧的方式书写现实,他的小说深入人的内心和国家的良知进行探究,他作品中的人物生活在卡夫卡式的世界里,深陷于自己并不完全理解的角色、关系和社会环境之中不能自拔,每日承受着恐惧的折磨。他们努力改变自己和周遭的环境,试图冲破这一困境。凯里认为,他的小说背后都有一个疑问的声音在响:"人们愿意像现在这样活着吗? 他们必须这样活着吗? 他们中如果有人要有所变化会怎么样?"很显然,《胖男》一书中所展示的社会生活及现实澳

---

[1] Byrne, Trevor. "The Problem of the Past: The Treatment of History in the Novels of Peter Carey and David Malouf". PhD dissertation, University of Adelaide, 2001, p.35.

[2] Bruce Woodcock, *Peter Carey*, p.3.

[3] Michael Ackland, *The Experimental Fiction of Murray Bail*. Amhurst: Cambria, 2012, p.4.

[4] 同上,p.2.

[5] Van Ikin, "Answers to Seventeen Questions: An Interview with Peter Carey", *Science Fiction I*, 1 (June 1977): 33.

[6] 同上,p.35.

大利亚属于那个无比保守,因而人人思变的 20 世纪 50 至 60 年代。凯里用《史上胖男》来命名这个短篇小说集,生动形象地告诉读者,这个集子中的小说写的大多都是关于囚困和压迫的故事,这些故事发生在 50 至 60 年代的澳大利亚,故事中的所有人不论年龄性别,也不论胖瘦,都成了需要空间但没有空间的人。说他们是"史上胖男",是因为作者想告诉我们,随着惠特拉姆政府的到来,希望这样的时代一去不复返了。

阿西恩认为,《胖男》的一个核心特色是小说家在作品中充分传达了一种"众生皆醉我独醒"的情绪:凯里自认为曾经的澳大利亚社会存在着严重的问题,他看见了,可是,当他把自己看到的说出来时,人家根本不懂,这令他深感失望。[1]哈索尔认为,凯里不会认可这样的判断,因为凯里的短篇小说中很少表现出自以为是的孤傲,他作品的人物是社会的小人物,他的短篇小说在为我们刻画置身封闭黑暗社会之中的小人物所感受的痛苦和绝望时所显示的态度是参与式的。凯里不喜欢虚无主义,不相信解构主义对于叙事的虚无看法,不接受叙事只能自我指涉;他不认为文学与人的内在无关,与外在的道德秩序无关,他的小说充满了对于澳大利亚各种层次的道德问题的深刻关注。[2]他对于自己笔下小人物的情感是真挚的,凯里曾说:"我认为作家有责任把世界的真谛讲出来,作家不应该逃避现实的世界,与此同时,作家有责任颂扬人性精神的巨大潜力。"哈索尔发现,凯里小说中描写的恐怖世界并不都是阴暗无光的,《胖男》中的小说歌颂煎熬中的人类精神,相信这种精神会在与现实的斗争中最终获胜。[3]哈索尔或许是对的。值得注意的是,《胖男》的很多短篇小说中除了表现被囚困的郁闷之外,另一个始终存在的情节是爱情。被困人物深陷社会的挤压之中痛苦无望,但是,他们中的多数人至少还有爱,这份哪怕是短暂的爱给人物带来了温暖和希望,这份珍贵的爱情偶尔成功地帮助他们熬过种种时艰。《胖男》至少在《幸福故事》《脱瘾》等几个作品中,让我们看到人物最终从他们各自的囚困中走了出来,这让我们看到了澳大利亚人在梦魇般的困境之中幸存下来的可能性和希望。

作为一个成功创作生涯的起点之作,《胖男》对于我们了解和把握凯里的小说艺术非常重要。由于凯里在《胖男》等小说中反复书写形形色色的困境,而被囚困于这些梦魇般困境中的人物"往往是极为孤立的个人",他们"面对强大的社

---

[1] Kate Ahearne, "Peter Carey and Short Fiction in Australia," p.12.
[2] Anthony J. Hassall, *Dancing on Hot Macadam: Peter Carey's Fiction*, p.2.
[3] 同上,p.3.

会制度感到无能为力,常落入现实的陷阱而难以自拔",因此有批评家认为,凯里的小说"生动地表现了现代人所处的困境"[1]。我们认为,凯里创作《胖男》中的多数作品的时候年龄不足 30 岁。虽然这个年龄的凯里对于人性一定已经积累了一些了解,但是,表现普遍人类困境或许不是他创作这些小作的主要原因。作为"新派小说"最主要的青年作家之一,凯里早期文学创作的最大语境应是孟席斯领导下的澳大利亚,所以读者重读他的《胖男》时,有必要将它重新置于"新派小说"共同面对的时代环境。将这部小说置于 20 世纪五六十年代的澳大利亚社会语境之中,读者就不难在它的普遍人性意义之外,见到它深刻而具体的时代意义。

20 世纪 80 年代之后,凯里停止了短篇小说创作,把所有的时间都用来写长篇小说。1990 年前往美国定居之后仍然保持着高产,但他的文学创作从来没有离开澳大利亚的历史和现实生活。安德利亚斯·盖尔(Andreas Gaile)认为,凯里的很多小说好像有意识地在重写整个澳大利亚的历史,所以他认为可以把他的小说当作一种"澳大利亚虚构传记"(fictional biography of Australia)来读。[2] 的确,凯里的小说喜欢从历史当中找题材,从土著到早期的探险,从殖民到后殖民,他用自己的创作系统地梳理澳大利亚的文化传统。如果我们看他的长篇小说就不难发现,它们中有相当一部分书写的是澳大利亚某一段历史与现实。他的长篇小说从不同的侧面重新审视澳大利亚的殖民流放史、白人和土著间的种族关系、早期澳大利亚的阶级关系,揭露澳大利亚政治以及澳大利亚文学艺术中的阴暗和丑恶。值得一提的是,在 20 世纪澳大利亚所有的重大历史事件中,凯里始终不能放下的一个政治事件是 70 年代惠特兰姆总理的意外被解雇。在《崔斯坦·司密斯的非凡一生》《遗忘症》等多部小说中,他不断地回望和反思那段在他看来无比丑陋的历史。作为一个左翼作家,他经历过孟席斯时代的压迫,更体会到惠特兰姆时代的开放给澳大利亚带来的希望。彼得·肯普(Peter Kemp)认为,凯里自 20 世纪 80 年代以来的 40 多年创作生涯所呈现的是一个极其丰富多元的小说世界,他小说的主人公形形色色,从 139 岁的老骗子到长着畸形脚的无唇侏儒,从瘦骨嶙峋的英国维多利亚时代牧师和魔鬼赌棍到澳大利亚家喻户晓的丛林匪徒,从背上刺着天使翼纹身的精神病青年到狄更斯小说《远大前程》中的流放犯,从艺术作假者到专事古董钟表博物收藏家,从怀了孕的税务

〔1〕黄源深.澳大利亚文学史(修订版)[M].上海:上海外语教育出版社,2014:324.
〔2〕Andreas Gaile, *Rewriting History: Peter Carey's Fictional Biography of Australia*. Amsterdam: Rodopi, 2010.

官到着了魔一样的女赛车手,他的小说背景多种多样,有澳大利亚内陆广袤的土地、大革命之后的巴黎以及当代的伦敦、悉尼和纽约。在丰富得令人炫目的小说世界里,凯里有着两个几乎不变的主题:一个是书写局外人,包括罪犯、逃犯和社会的异类,另一个是表达对于形形色色的政治欺诈的愤慨。[1] 很显然,凯里对于澳大利亚黑暗政治和现实的揭露始于他的短篇小说。《胖男》对于 20 世纪五六十年代的澳大利亚的批判是他 80 年代之后所有长篇小说创作的先声。

---

〔1〕 Peter Kemp, "Amnesia:'Dirty Secrets:All Kinds of Skulduggery Are Afoot in Booker Winner Peter Carey's Novel'", *The Sunday Times*. http://petercareybooks.com/all-titles/amnesia/reviews/peter-kemp/

第 4 章
马瑞·贝尔《当代肖像》中的
反现实主义宣言

　　在澳大利亚"新派小说家"当中，马瑞·贝尔是个惜字如金的"慢手"，他的创作速度不快，产量不高，但作品质量非常稳定，因此也广受批评界的好评。贝尔1941 年生于南澳的阿德莱德，年轻时曾在一家广告公司工作 13 年，业余时间喜欢赛车和摄影。贝尔对于少年时代的阿德莱德印象不好，说它传统而保守，是一个非常反动的新教城市。贝尔对于 20 世纪 60 至 70 年代的澳大利亚同样评价不高，在他看来，那时的澳大利亚单调、枯燥而乏味，压抑得像个监狱。贝尔 27 岁时觉得自己不能忍受这样的国家状况，所以一气之下去了国外。他先旅居孟买两年(1968～1970 年)，后移居伦敦(1970～1974 年)。他在伦敦期间，为《跨大西洋评论》(*Transatlantic Review*)和《泰晤士报文学副刊》(*Times Literary Supplement*)撰稿，同时开始在澳大利亚文学期刊《西风》(*Westerly*)上发表短篇小说。回到澳大利亚以后，他在悉尼定居下来，一度和其他"新派小说家"一样，居住在悉尼的巴尔门地区。《当代肖像及其他故事》(以下简称《当代肖像》)〔1〕是他从欧洲返回澳大利亚之后出版的第一部文学作品，虽然这个短篇小说集中的部分作品写成的时间更早一些。这个集子出版之后受到了很多人的欢迎，可谓好评如潮。凭借这部处女作，贝尔一举确立了自己在当代澳大利亚文坛的地位。1980 年，他的首部长篇小说《乡愁》(*Homesickness*)出版之后，为他摘得了当年的澳大利亚国家图书协会奖(National Book Council Award)。20 世纪80 年代中叶之后，他又创作了《霍尔登的表现》(*Holden's Performance*，1987)、《桉树》(*Eucalyptus*，1998)、《书稿》(*The Pages*，2008)等长篇小说。其中，1999 年，《桉树》一举荣获迈尔斯·富兰克林奖和英联邦作家奖(Commonwealth

---

〔1〕 Murray Bail, *Contemporary Portraits*. St Lucia, Qld.: University of Queensland Press, 1975.

Writers' Prize),这些荣誉的获得进一步巩固了他在当代澳大利亚文坛的地位。

一

《当代肖像》共收录了 12 个短篇小说,它们分别是《许布勒》(*Huebler*)、《派对生机》(*Life of the Party*)、《赶牧人之妻》(*The Drover's Wife*)、《佐尔勒的定义》(*Zoeller's Definition*)、《电的画像》(*Portrait of Electricity*)、《沉寂》(*The Silence*)、《狗展》(*The Dog Show*)、《天堂》(*Paradise*)、《矿》(*Ore*)、《困境(未完)》(*Cul-de-sac⟨uncompleted⟩*)、《隔断》(*The Partitions*)和《26 个英文字母》(*A, B, C, D, E, F, G, H, I, J, K, L, M, N, O, P, Q, R, S, T, U, V, W, X, Y, Z*)。在此 12 个短篇之中,10 个已在澳大利亚国内外的刊物上先期发表,只有《电的画像》和《赶牧人之妻》是首次面世。《当代肖像》一亮相就让人清楚地感觉到它与众不同的主旨,除了全书标题中提到的"肖像",集子的开篇之作《许布勒》说的是美国艺术家道格拉斯·许布勒(Douglas Huebler)的故事。许布勒于 1924 年生于密歇根州,以融合摄影与实验性的概念艺术著称于世,曾任美国加州艺术学院绘画学院院长。第三个短篇的标题"赶牧人之妻"来自 19 世纪澳大利亚著名现实主义作家亨利·劳森发表于 1892 年的一部经典短篇小说,这部小说的开篇之处赫然印着由澳大利亚著名画家拉塞尔·德莱斯戴尔(Russell Drysdale)根据劳森小说创作的一幅画像。第五个短篇再次以"电的画像"为题。末篇《26 个英文字母》中的男主人公是个巴基斯坦画家。很显然,《当代肖像》是一部深度介入视觉艺术的文学作品。

迈克尔·阿克兰德(Michael Ackland)认为,贝尔在自己的首部短篇小说集中如此关注视觉艺术与他早期在欧洲游历的经验有关。[1] 20 世纪 60 年代,贝尔在欧洲游历期间学习了很多关于绘画艺术的知识。从塞尚到梵高,他参观他们的画展,学习他们的艺术理念,从这些现代主义的欧洲画家那里,他了解到了近代欧洲艺术史上曾经爆发的一次前所未有的危机。这次危机的核心与关键是:19 世纪后期摄影技术的出现向以准确表征为最高理想的传统现实主义文学和绘画艺术提出了前所未有的挑战。这一挑战推动了艺术从主题到方法到媒介的全方位创新,超感性主义、野兽派、未来主义和立体主义以及众多其他的文艺流派应运而生,这便是 20 世纪的现代主义美术革命。到 20 世纪 60 年代,人们

---

〔1〕 Michael Ackland, *The Experimental Fiction of Murray Bail*. Amherst: Cambria Press, 2012, pp.11-13.

对于文学艺术的认识进一步发展,此时的艺术从经验世界的控制之下解放了出来,有了这份自主,艺术在创作方法上的单一传统让位给了无限可能。[1] 当然,经验世界就像一个魔咒一样持续地存在,现代艺术家在这种压迫之下需要反复不断地澄清自己对于现实的态度以及艺术呈现现实的方法。

贝尔旅居欧洲期间,看到了平常英国人最最实际的生活,他发现英国人生活得非常无趣,认为英国人总体上过于小心翼翼。[2] 贝尔认为,在澳大利亚,正是这样的平庸生活让现实主义长期主导澳大利亚艺术。在他看来,传统现实主义时代的澳大利亚说得最多的是白人的英雄故事,如尤里卡(Eureka)起义和加里波利战役,而这些故事说得太多了。澳大利亚传统的现实主义排斥一切现代艺术,他们不能接受《尤利西斯》和立体主义绘画。因此,澳大利亚的现实主义传统是新时代艺术创造的敌人,真正的文学艺术必须传达具有一定深度的思想。[3] 贝尔同意一个法国人曾经说过的一句话:"艺术家应该毫不犹豫地突破常规。"[4] 他在早期的短篇小说中不仅拒绝传统的现实主义,也拒绝使用乔伊斯、普鲁斯特等现代主义小说家常用的意识流、心理时间、主观记忆等写作手法。虽然他高度评价怀特对于澳大利亚文学革新的意义,但他对于怀特的象征书写也不能全部认同。[5] 贝尔早期的短篇小说不同于现实主义或者现代主义小说,因为它们多为一种"命题性的"(propositional)创作,小说家写这些作品的一个目的在于"探索某个问题或者回答一个问题"。[6] 他说:"我在写作时自然而然地会避开传统的人物分析,我会更多地关注一些特别的情景、命题和假想。"[7] 跟现实主义小说家不同的是,贝尔的短篇小说从不考虑如何做到逼真再现之类的问题,也不思考如何把一个故事讲述得完整而有逻辑,它们不期望读者相信什么,因为它们会在叙述中反复地凸显叙述人的人为干预的过程。阿克兰德认为,贝尔的短篇小说写法代表着一种独特的美学态度,这种态度首先与视觉艺术有关。[8]

《当代肖像》的"portrait"不是现实主义的再现式肖像,而是完全自省式的后

---

[1] Theodor W. Adorno, *Aesthetic Theory*. Translated by Robert Hullot-Kentor. London: Continuum, 1997, p.6.

[2] Michael Ackland, *The Experimental Fiction of Murray Bail*, p.10.

[3] 同上,p.17.

[4] Murray Bail, *Longhand: A Writer's Notebook*, p.188.

[5] 同上,p.18.

[6] Jim Davidson, "Interview with Murray Bail." *Meanjin* 41(1982): 265.

[7] Murray Bail, *Longhand: A Writer's Notebook*, p.188.

[8] Michael Ackland, *The Experimental Fiction of Murray Bail*, p.19.

现代叙事。后现代的肖像画与现实主义的肖像艺术自然很不一样,首先,后现代的肖像常常是碎裂的。《当代肖像》的第五个短篇《佐尔纳的定义》试图给读者提供一个名叫里昂·佐尔纳(Leon Zoellner)的画像,但是,小说家选用了一个词典编撰的格式,将一个整体的画像破解成众多的细节,然后对这个画像所要涉及的所有细节进行界定。小说的第一节是"定义"(definition),然后是依次是"名字""男人""脸""脸色""皮肤""眼睛""眼镜""嘴巴""嗓音""香烟""牙齿""鼻子""耳朵""头发""胳膊""腿""生殖器""身高""个儿矮""衣服""年龄""现实""语言"和"词语"等 25 个词条,对这些条目逐条的界定结束了,小说也就结束了。同样的手法在短篇小说《电的画像》中换了一个方式再次得到使用。一群来自世界各国的游客到一个名人博物馆来参观,但博物馆里没有一张馆主的照片。导游带着大家一路走过去,给他们看的展品包括馆主死前坐过的椅子、写字台底下的一块地毯、一只袜子、穿过的门框、墙上留下的影子、眼睛的颜色、他用过的茶几、玻璃下的指甲、用过的一个杯子和杯碟、他使用过的镜子、他的剃须工具、他写过的字迹、他用过的台布和吸墨布、肥皂、镊子、裤子的吊带、衬衫尺码、热水袋、遮阳篷、日历、他的睡衣,甚至还有他接大便用的金属盘。导游在讲解过程中当然还介绍了他的身高、说话的声音、他的胃口、他饭桌上的礼仪、他的体重、他的喜好(如不喜欢橙子)等。小说结尾处,导游向大家介绍了该博物馆的最后一个展品,那就是馆主曾经使用过的一个黑色的电话及其电话线。那是一个听筒上还留着馆主发屑的电话:"他曾经通过这根带电的铜线,通过你们看到的弹簧和电胶木跟人通话,向人推送他的想法……他的呼吸沿着这些电线被传出去,他的人格特征沿着这些电线走向世界。"[1]至此,读者才知道,这部短篇小说的标题中所谓"电的画像"究竟说的是什么。

　　《当代肖像》中的短篇小说除了大量呈现以上这些破碎的意象之外,随处充斥着各种各样观察世界的荒诞视角以及由此延伸出来的超现实生活样态。《寂静》叙述了一个常年在沙漠里抓兔子的男人,由于习惯了绝对寂静,在他的眼光之中,生意上的合作伙伴的说话声和他的卡车引擎声都是无法忍受的噪音;在《狗展》中,主人们无微不至地照顾着他们的狗,然而,主人们逐渐被狗同化,迷失了人的本性,而狗却过上了人的生活。贝尔将现实夸大和扭曲,看似荒诞不经,实则传达了对现实生活的深刻感悟和辛辣讽刺。《天堂》讲述了一个 54 岁的公交车司机,每天开着一辆通身印着"天堂"字眼的大巴车,心里幻想着天堂世界。

---

[1] Murray Bail, *Contemporary Portraits*, p.92.

一场严重的车祸之后,他在一栋写字楼里找到一个开电梯的工作,他喜欢电梯上升的感觉,那是一种上天堂的感觉。《派对生机》讲述一个普通的澳大利亚中年男子邀请邻居和朋友参加自己组织的周日烧烤,但在他们到来之前,他决定躲到一棵树上用望远镜观察他们的举止。立足这个特别的新视角,观察一个再普通不过的周末活动,让日常的生活突然多了一份神奇和趣味。《矿》讲述了一个30多岁的男子沉湎于股市的金属价格,以股市的视角观察整个世界:不仅因此对工作、妻子和饮食完全失去了兴趣,甚至因病入院。《困境》中的主人公罗伊·比夫(Roy Biv)站在他的画板前出神幻想:"比夫走向天际线。石头房子与街道在他的身后会拢过来,如同丛林中的大树叶和有弹性的藤蔓。前方:好像是路的尽头。他看了看手表,表带是一根橡胶。他的屁股口袋里装着一个标准的画图专业人员的标准测绘指南针,侧面口袋里放着老鼠夹,以防万一。他的左脚踝上系着一个产于台湾的计时器。比夫很豪气,一路走得很顺利,有人说他已在小跑,因为离终点不远了。"小说中精确的视觉细节和截然不同事物的比肩而立,令人忍俊不禁。《隔断》想象了游走在写字楼内的隔断墙板上的几个男人,他们在半空中一边赛跑一边窥视一个个隔间中的工作人员状态。

二

阿克兰德在他的《马瑞·贝尔的实验小说》一书中称贝尔是当代澳大利亚思想性最强、形式上最具独创性的小说家,同时也是最神秘的小说家。[1]《当代肖像》最显著的特点是从不同角度对现实展开反思,集子当中几乎所有的小说都或多或少、或明或暗地表达了对现实主义的态度。其中,《许布勒》《26个英文字母》和《赶牧人之妻》这三个作品最具代表性。《许布勒》的情节非常简单,或者说根本就没有什么传统现实主义意义上的情节。许布勒在一个公开的场合宣布,为了真实地再现人们的生存状态,他决定分期分批地为所有的人拍照。叙事人认为,这个想法固然很好,但是,因为人实在太多,将来如何呈现大家的照片必然是个问题。当然,许布勒可以按照首批"十万人""艺术家认识的所有人""长相相似的人"等先行分类,直到最后完成所有拍摄。小说开篇写道:

> 有些人刻意避免别人的帮助,我怀疑道格拉斯·许布勒也属于这类人。至今为止,各种各样伸向他的"触角"都遭到了他的拒绝。看来,许布勒决定

---

〔1〕 Michael Ackland, *The Experimental Fiction of Murray Bail*, p.229.

独自前行了。

1972 年 10 月,他在巴黎艺术馆的展览上发了一个声明。

他声称,决心要用图片记录每一个世人的生存状况。

等一下。我们来理解一下。

他这样做的目的是最真实地再现能收集到的人们的生存状态。[1]

叙事者对许布勒的"雄心壮志"兴趣甚浓,所以决定向他推荐一种分类方法,建议他每一类中选一个。他罗列了 23 种人。小说中结合具体的人的故事说明自己的分类,其中包括:① 总想说最后一个字收尾的人;② 不喜欢自己的状况、希望做谁也别做自己的人;③ 不惧怕生活的人;④ 物理寿命超过艺术寿命的人;⑤ 谦虚成病的人;⑥ 面貌美丽但大脑愚笨的人;⑦ 认为词语如物件一般具体的人;⑧ 视婚姻为陷阱的人;⑨ 无法保守任何秘密的人;⑩ 一生波澜不惊的人;⑪ 派对上的活宝;⑫ 不惧死亡的人;⑬ 跟情人在一起想象另一个人的人;⑭ 一辈子无所事事的人;⑮ 觉得自己的经历可以写成一部有趣长篇小说的人;⑯ 希望所有人都喜欢自己的人;⑰ 生活早已命定的人;⑱ 总听到说话声音的人;⑲ 毫无人格魅力的人;⑳ 贫穷但快乐的人;㉑ 做不了恶的人;㉒ 独特的性能力得不到排遣的人;㉓ 认为现实比艺术家的幻想更丰富的人。

很显然,《许布勒》跟《佐尔纳的定义》和《电的画像》一样,采用了名词解释那样的破碎叙事结构。叙事人在向许布勒推荐一种分类可能性的同时,也用文字给 23 个人物写了一个"画像",他决定"把这些'画像'交给许布勒,助他一臂之力,管他喜欢不喜欢"。[2]"我"推荐的 23 个人当中有英国人、美国人、西班牙人、澳大利亚人、瑞士人、德国人、意大利人、北爱尔兰人和印度人,有历史爱好者、建筑师、艺术家、公司职员、被婚姻所困的人、企业家、女性、接线员、模特等,这些人物都独立出现,彼此之间没有任何联系。小说逐一描写了他们的情感、生活、兴趣爱好等,并以阿拉伯数字排列。这种逐一列举的方法显然有别于其他的文学作品,有着明显的视觉艺术的痕迹,读起来有种翻阅相册的感觉。而且,贝尔使用不同的叙事手法来展现每个人物的特征。例如,第 15 个"画像"的标题后紧跟着两张空白页,第 13 个"画像"有着独特的版面:"本部分摘自 1973 年 6 月 16 日伦敦《时代报》,重印于此,一字未动。"[3]这种拼贴的叙事手法截然不同

---

[1] Murray Bail, *Contemporary Portraits*, p.3.

[2] 同上,p.4.

[3] 同上,p.23.

于传统的叙事手法,极大地拓宽了人物的活动空间,也使人物的存在方式更具个性化。

贝尔的小说具有很强的命题性,在《许布勒》中,叙事人提出了一个想法,并一厢情愿地付诸行动。然而,许布勒是否会接受他的建议,对这个建议持何种态度,小说中都没有交待。但可以肯定的是,真正的美国人许布勒确实发表过这样一个声明,而且,贝尔小说中使用的也是许布勒的原话。换句话说,小说开头所述的内容都是真真切切的现实。然而,在小说结尾处,"现实"开始虚化:

> 许布勒,你是美国人吗? 许-布勒,听起来是的。应该是的。你的祖先也许是欧洲人。你结婚了吗? 幸福吗? 有孩子吗? 也许没有结婚。或者不会结婚。我理解。你的父母还在吗? 身体好吗? 没有问题,经济或其他方面呢? ······
>
> 许布勒,听起来是美国人。你长什么样? 我的意思是,你怎么描绘自己? 你在人群中显眼吗? 可能是个野心勃勃的梦想家。告诉我! 高吗? 你的衣服合身吗? 你从事摄影有多久了? 不高;弓形腿? 肯定很结实吧。许布勒,你需要能量。哪种照相机? 柯达胶卷吗? 你的肩胛骨中间有一两个疙瘩,你够不着。是不是打扰你了? 疲惫让人厌烦。你的表带在你的手腕上有没有留下痕迹? 你到底住在哪? 是租的房子吗? 告诉我城市名。蓝色的眼睛吗? 我知道我问得很详细,但对有些人来说很有趣。你为什么这么做? 我一直在思考。我想我们都在思考。[1]

"我"问了一长串的问题,对许布勒的国籍、家庭、婚姻、工作、身体状况等方面都一无所知,没有了这些信息,要为许布勒画一个肖像并不可能。或许,这里的许布勒并不是真实存在的美国画家,而是虚构的人物,是小说家想象的产物。贝尔对前文的内容进行虚化处理,彻底消解了现实,用主观想象取代了客观世界。读到这里,读者恍然大悟,前文的"现实"都是虚构,都是作者建构的产物。在贝尔看来,或许本来就没有真正的现实,所谓的现实都是虚无缥缈的,都是一种幻觉,他用这种方式表达自己对现实主义的强烈质疑。

《许布勒》不仅未能为许布勒画出一幅令人满意的肖像,小说针对23个人物所提供的画像也不能令人满意。例如,第一个出现的人物是莱丝利·阿尔里奇

---

〔1〕 Murray Bail, *Contemporary Portraits*, pp.38 - 39.

（Leslie Aldridge）：

　　他曾获得大英帝国勋章，一个单身汉，个头很高、冷静、富裕，堪称完美，但不像人们期待的那样温文尔雅。晚上，他经常在俱乐部里嚼着牛排腰子派。

　　阿尔里奇迷恋历史，他有着惊人的记忆力，能把历史年代记得清清楚楚。他年逾六十，日夜担心自己会死去，想方设法地让自己青史留名。他想出了一个比较具有学术性的想法：发明一个单词。他在这个方面花费了很多时间和精力。一次会面时，他把这个词写在信封的背面，目的就是为了让这个词成为一个正式的英语单词。

　　据说 astronaut 这个词是纳博科夫率先使用的，可是，这么普通的新词根本无法满足阿尔里奇的愿望，多年以来，他一直渴望得到的是字典里的最后一个条目——这可真是莫大的荣幸啊。阿尔里奇造的词是 zynopic、zythm 和 zyvatiate。

　　现在，他的问题就是让这三个词中的任何一个付梓。《牛津英语字典》的出版商出于礼貌表示对此有兴趣，实则表示怀疑。出版商们总是要词源，阿尔里奇正在写信和文章给报纸和杂志，让这几个词落实。迄今为止，他的词早已被世人遗忘。[1]

　　《当代肖像》中的所谓"肖像"可以指绘画作品中的肖像，也可以指文学作品中的肖像，作者使用这个词，模糊了这两种艺术形式之间的界限。而且，值得一提的是，传统的"肖像"这种艺术形式本身就是写实的，是现实主义的。小说聚焦语言文字建构肖像的可能性，以文学的方式描写了阿尔里奇的外貌特征、个人爱好、经济状况、历史功绩等。叙事人表示："我要把这些'肖像'都交给许布勒，助他一臂之力，管他喜欢不喜欢。"[2]这句话显然是对现实主义视觉艺术的挑战。小说用文学的手段对人物进行刻画，但刻画的内容都是图像的原型。贝尔借此指出了图像这一媒体的局限性，平面的媒体根本无力展现复杂的人性。在他看来，文学的表现方式是现实主义的图像所无法比拟的。许布勒意图"用图像记录世人的生存状态"，他豪言壮语，野心勃勃，然而，"现实比艺术家的想象还要丰

---

〔1〕Murray Bail, *Contemporary Portraits*, pp.5-6.
〔2〕同上，p.4.

富"。[1]贝尔不温不火地用冷峻而超然的语言尖锐地讽刺了许布勒们。贝尔认为许布勒的想法无异于天方夜谭,现代人的生存方式多种多样,差异甚大,现实主义的绘画和摄影家根本无法记录复杂而多维的现实,他对以许布勒为代表的艺术家的无知和狂妄进行了猛烈的批判。在贝尔看来,现实复杂的程度远远超出艺术家的想象,而现实主义却声称其能精确而真实地再现现实,这种信仰是站不住脚的。

《26个英文字母》是《当代肖像》中的最后一篇,也是贝尔的名篇之一,小说再一次针对文学艺术与现实的关系进行了深入的探讨。故事的女主人公是英国人凯西·普里德姆(Kathy Pridham),她是一位图书管理员,在巴基斯坦首都卡拉奇的英国文化委员会(British Council)工作。为了更好地在当地工作,她学会了当地的语言乌尔都语。她在一次派对上遇到了当地画家赛义德·马苏德(Syed Masood),并对他产生了浓厚的兴趣。后来凯西在画展上看到了马苏德的画,内心激动不已。他们俩结识后,马苏德带凯西参观他的工作室,凯西很欣赏马苏德的画,在自己的住处为马苏德腾出空间,把自己的备用房间作为他的工作室。二者相恋之后,凯西开始学着当地人的样子变得不修边幅,她喜欢坐在地板上,穿着巴基斯坦式的无领长袖衬衫,裹着头巾,甚至穿着莎丽去上班。此时的马苏德也露出了自己的本性,他脾气暴躁,甚至当众辱骂凯西。有一次,在二人的争吵中,马苏德甚至打了凯西一个耳光。小说结尾,伤心的凯西回到了伦敦。在伦敦,她收到了一个来自卡拉奇的包裹,包裹里装着马苏德赠送给她的他的自画像,这幅自画像让她不禁又想起了他。

贯穿《26个英文字母》的一个主线是凯西对于绘画艺术的热爱,小说通过最后的自画像这个细节暗示,凯西或许太多地被这种现实主义的绘画艺术所迷惑,导致她因此爱上一个素质低下的人。这个短篇的标题可谓别出心裁,一方面,叙事人似乎在讲述凯西的故事时发表了一种感慨,对凯西在巴基斯坦的这段恋情表示不可理解,认为她不可理喻。换句话说,叙事人感觉,调动整个英语语言也不能表达自己对凯西这份感情的讶异。另一方面,它所指的显然不是小说的内容、人物或是主题,而是要告诉读者,所谓小说故事不过是语言编织的产物。26个字母是一切叙事的组成要素,小说中的一切有赖于字母的随意组合,小说的意义有时完全是人为操作的结果。这个标新立异的题目充分显露了贝尔对语言本身的关注。小说开头这样写道:

―――――――――――――

[1] Murray Bail, *Contemporary Portraits*, p.38.

　　我捏着手指,从中挑出了一些字母。这些字母(或其形象)落在纸上。它们没有所指,我必须给它加上。"word"这个单词组成之后,其他字母与它并置。但它并不总是 word 这个单词。

　　这个单词要么与我对它的印象相一致,要么和这个单词所表示的物体相一致。树:我看过远处的树的形状,是绿色的。

　　我正在写一个小说。

　　那么,麻烦来了。

　　"狗"这个词,就像威廉·詹姆斯所指出的那样,并不咬人;我的小说从一个哭泣的女人说起。一天下午,她坐在厨房的桌子旁边,哭得伤心欲绝。这些词汇,尤其是"哭得伤心欲绝"能表达出她的痛苦(她的自我怜悯)吗?除了我,哲学家也讨论过词汇的局限性。[1]

上面这段话至少有两层含义。一方面,小说中的"我"指的是作者本人,"我"坦言自己正在写一个小说,而且这部小说就是读者正在阅读的小说。现实主义作家很少会坦白作品的虚构性,贝尔却反其道而行之,把构思的经过和写作的过程全都展现在读者的面前,打破了读者的怀疑悬置,强调了作品的虚构性和它作为艺术品的存在。[2]贝尔强调文学作品的虚构性,高调突出文学创作过程的反现实主义特点。另一方面,小说讨论了语言与现实的关系,"'狗'这个词不咬人""'哭得伤心欲绝'这个词不能表达她的痛苦""词语与我的印象不一致",这些都说明词汇的局限性以及词汇与现实的不对称性。也就是说,词汇(语言)本身根本无法真实地描摹现实,而作者用语言书写的凯西与马苏德之间的爱情故事也就理所当然地无关乎现实。当然,语言也不是一无是处。"当凯西想念伦敦的时候,她经常看 London 这个词——按顺序排列的六个字母。于是,部分建筑物出现了,只不过非常模糊。她集中精神,能够回忆起熟悉的公交车站,她曾工作过的建筑物的内部。"[3]在这里,语言起到了一个桥梁的作用,帮助凯西重构起过去见过的情景,虽然出现在她眼前的情景不够清晰,也不够完整。在小说结尾,肝肠寸断的凯西回到了伦敦,意外地收到了马苏德的自画像:

　　画布上都是油,画得非常像。他的虚荣、傲慢和惹是生非一目了然。

---

〔1〕 Murray Bail, *Contemporary Portraits*, pp.173-174.

〔2〕 Michael Ackland, *The Experimental Fiction of Murray Bail*, p.18.

〔3〕 Murray Bail, *Contemporary Portraits*, p.175.

他的脸斜倚着茶壶,他的视线越过茶壶看着凯西在哭泣。

她情不自禁地想起了他;想起了他的容貌。

语言。语言在纸上的痕迹,等等。[1]

马苏德是卡拉奇的著名画家,他的自画像栩栩如生:他脸庞瘦削,面相凶恶,留着薄薄的胡须。[2]他把他自己的神情、心理和性格特征都生动地表现出来。马苏德的自画像让凯西想起了过去,想起了自己在这种现实主义艺术面前的迷惑,想起了这种迷惑如何将她一步步带入这样一段不可理喻的情感纠葛之中。叙事人知道,这些往事在她的心里激起了怎样的波澜,但他不知道该用怎样的语言才能为她也画出一幅肖像。小说的结尾好像在说,现实比马苏德的自画像要复杂得多,要完整深刻再现它谈何容易!

《当代肖像》的首末篇都探讨了语言与视觉艺术之于现实再现的关系。在《许布勒》中,叙事人告诉我们,就书写现实而言,文学的力量有时是视觉艺术难以比拟的;在《26个英文字母》中,叙事人告诉我们,现实主义的艺术家们以为自己的肖像画能表征一切,但是,现实的,尤其是他人的现实情感远不是现实主义视觉艺术所能传达的。作者用一头一尾两篇小说充分地揭示了艺术再现的困境,使整部小说集都贯穿这样一个主题,即传统的现实主义视觉艺术永远也不能完全地、完整无误地再现现实。

在《当代肖像》中,最为人津津乐道的一个短篇是《赶牧人之妻》。跟前面几个短篇一样,这部小说也探讨文学与绘画的关系,但是,这里的角度又有显著的不同。小说的开头处是澳大利亚画家拉瑟尔·德莱斯戴尔以劳森的小说《赶牧人之妻》为题画的一幅画,所以一下将现实主义的肖像画和现实主义的文学传统联系到了一起。众所周知,自劳森创作《赶牧人之妻》以来,同名小说不断涌现,贝尔的版本也是其中之一,而且是众多版本中最出色的作品之一。劳森的《赶牧人之妻》是澳大利亚文学的经典之作,是澳大利亚文学选集中入选率最高的作品之一。这个作品不仅是现实主义的经典,而且被视为澳大利亚民族的神话,民族精神的代言。贝尔选择重写这个小说,有着明确的用意。小说一开篇,一个名叫高顿(Gordon)的澳大利亚郊区牙医告诉我们说,其实这幅画中的女子根本不是什么"赶牧人之妻",而是他的妻子海泽尔(Hazel)。他从德莱斯戴尔的画作中认

---

[1] Murray Bail, *Contemporary Portraits*, p.183.
[2] 同上,p.176.

出了她,他说,他的妻子在他们的一次争执之后离他而去,他曾走进丛林去找她,但失望而归。

贝尔小说开篇处德莱斯戴尔的同名画作的背景是澳大利亚内陆,一望无际,只有几棵零散而稀疏的树木。赶牧人的妻子在画幅的左边,身材高大魁梧,几乎与画作同高,远处停着一辆马车。德莱斯戴尔的画作是典型的现实主义作品,用写实的手法对人物和景色进行刻画,描绘了人类面临的恶劣的、极具挑战性的生存环境。贝尔的小说创作于 20 世纪 70 年代初,而这幅画创作于 1945 年,显然,这幅画不是小说完成以后创作的插图。那么,这幅画与小说之间是什么关系呢?贝尔在小说前嵌入这幅画的用意何在?

小说开篇时,高顿说:

> 我们好久没见面了……大概有 30 年了,这幅画是她离开不久,和他会面之后画的。注意看,她很自然地把手藏了起来……我说'离开不久'是因为她拿着我们的小行李箱——德莱斯戴尔把它画得像个购物袋——她穿着平时去沙滩时穿的沙滩鞋。而且,那是 1945 年。毫无疑问,这就是海泽尔。[1]

这段话中的"他"指的是赶牧人,高顿说这个赶牧人和自己的妻子私奔了。他对德莱斯戴尔的画作进行了评论,说"他画得还比较像"[2]:

> 海泽尔骨架很大。我记得我们最后一次争吵是因为她的体重。她那时重 12 英石 4 盎司。她实际上并不高。从画上能看出她又变胖了。这不需要很长时间。看她的腿。她的脸庞不大,很漂亮。她的眼睛总是让我感到惊奇,多么严肃的眼神。这幅画也把这一点展现出来了。总之,这是一张温柔的脸,其他女性也喜欢这样的脸……海泽尔看起来并不开心。我能看出来,她又改变主意了。好吧,这幅画是她刚离开我不久时画的;但她在前景,离他很远,好像他们之间并不说话。看到了吗?距离=怀疑。他们肯定吵架了。[3]

---

〔1〕Murray Bail, *Contemporary Portraits*, pp.55 – 56.
〔2〕同上,p.56.
〔3〕同上,pp.56 – 57.

在牙医看来,德莱斯戴尔的画作准确捕捉了海泽尔的体重、脸庞、眼神以及她的心理状态,并把这个女性生动地再现了出来。正是因为他画得非常逼真,牙医才一口咬定画中女人正是自己的妻子,可见这幅画是一幅写实作品。然而,在牙医看来,这幅画犯了一个严重的、令人无法忍受的错误。牙医对这幅画非常失望,他的妻子与赶牧人私奔以后,不知去向,"连个电话号码和联系地址都没有留下"。[1] 于是,他向德莱斯戴尔的这幅现实主义画作求助,希望按图索骥。然而,"这幅画没有透露任何信息。画的是澳大利亚丛林——但这到底是哪里? 南澳? 也许是昆士兰,西澳,北领地。我们不知道。你可能永远也找不到那个地方。"[2]他按照画中的情景去寻找妻子,结果还是无功而返。在牙医看来,这幅所谓的现实主义画作根本没有再现现实,它呈现的根本不是澳大利亚丛林,它不过是谬误、谎言和欺骗,所谓的现实主义不过是一场彻头彻尾的骗局。[3]

在《赶牧人之妻》中,贝尔使用了全新的叙事手法使小说呈现出上述的景观。劳森的小说使用第三人称叙事,描写了赶牧人的妻子带领着孩子与蛇周旋并最终把蛇打死的故事。小说中的人物有赶牧人的妻子、几个孩子,还有她回忆中的丈夫。贝尔的小说引入了一个全新的当代人物,小说从一个阿德莱德牙医的角度重新审视澳大利亚人熟知的"赶牧人之妻"。一方面把全知视角变成了限知视角,另一方面从根本上将"赶牧人之妻"的现实性连根拔起。这部小说的题目虽然仍是"赶牧人的妻子",但它真正的主人公是牙医。小说书写了牙医的生存状态,凸显了现代澳大利亚人与丛林传统的脱节。然而,现代牙医有着自己的当代生活和纠结。高顿给人的感觉是一个仍然有点大男子主义作风的澳大利亚男人,对妻子有着强烈的占有欲。然而具有讽刺意味的是,她已不属于他,而是跟一个土著的赶牧人私奔了。"一个赶牧人? 为什么是一个赶牧人? 这实在是太令人震惊了!"[4]牙医自觉是一个彻底的失败者。

贝尔在这个短篇中再一次书写了绘画与文学之间的复杂关系,但是,作品所要强调的是,绘画与文学或许有着不同的表现方式。德莱斯戴尔根据劳森的现实主义小说创作的肖像同样是现实主义的,但是《赶牧人之妻》在多大意义上真的反映了澳大利亚的现实?《赶牧人之妻》反映的现实是否能让当代澳大利亚人产生共鸣? 贝尔的小说在揭示现实主义绘画之不可靠性的同时,也揭示了劳森

---

[1] Murray Bail, *Contemporary Portraits*, p.58.

[2] 同上,p.57.

[3] Bruce Bennett, *A Short History of Australian Fiction*. St Lucia, Qld.: UQP, 2002, p.223.

[4] Murray Bail, *Contemporary Portraits*, p.56.

现实主义小说的非现实主义本质,可谓一石二鸟。在贝尔看来,绘画与文学虽然同有过一个所谓的现实主义传统,但后现代主义时代的文学家希望揭示现实主义传统关于再现与真实的虚妄,让人充分认识一切现实的虚构本质。

三

在 20 世纪 70 年代的"新派小说家"中,贝尔称得上是一个自觉的后现代主义文学理论家。在《当代肖像》中,他立足后现代主义,就什么是现实、什么是现实主义等问题明确无误地发表了自己的观点。在他看来,要说世界是什么样,取决于我们观察它的视角,而文学艺术当中的所谓现实主义再现,经常不过是一厢情愿,因为即便是现实主义的肖像绘画也无法真正传达现实的人的模样,所有的再现不过是一种借助光影和文字完成的重构。《当代肖像》中的上述三个短篇集中传达了贝尔对于现实和现实主义的看法:在《许布勒》中,叙事人认为摄影根本无法传达整个人类的现实;在《26 个英文字母》中,绘画只是给人带来迷惑的东西,经不住它的迷惑难免遭受打击;在《赶牧人之妻》中,所谓的现实主义肖像和现实主义文学都常常是严重脱离现实的东西,与今日的生活无关。贝尔也高度关注现实,但作为一个后现代作家,他否认文学艺术对于现实的绝对再现功能,也否认所谓的现实主义文学艺术对于现实的再现关系。在他看来,文学艺术从来都不是简单而直接地描摹现实,而只能从不同的视角呈现一部分的感觉。《当代肖像》通过展现艺术与现实的关系、文学与现实的关系以及艺术与文学的关系等多重错综复杂的关系,曲折而深刻地表达了小说家在这些问题上的立场和观点。

在上述三部小说当中,《26 个英文字母》以非常委婉的方法向人们说明沉迷现实主义有时会给人带来的危害。贝尔对于现实主义的这一观点在《当代肖像》之后的一些短篇小说作品中得到了强调性的再演绎。1998 年,他以《伪装》(Camouflage)为题发表了一篇短篇小说新作,熟悉《当代肖像》的读者看到这部小说会觉得一下子被带回了贝尔的起点,这是因为《伪装》非常生动地为我们总结了贝尔前期所有的小说创作。[1]本尼特也认为,这部小说让读者能够更好地看懂贝尔早期的小说,因为读者从中可以更精准地看出他与传统澳大利亚现实主义之间的关系。[2]

《伪装》讲述了一个二战期间的故事。1943 年,二战尚在如火如荼之中,一

---

〔1〕 Michael Ackland, *The Experimental Fiction of Murray Bail*, p.142.
〔2〕 Bruce Bennett, *A Short History of Australian Fiction*, pp.223 - 224.

个名叫埃里克·巴纳吉(Eric Banerjee)的阿德莱德人应征入伍,随后被派往澳大利亚北领地的一个天高地远的偏远角落。随着他们不断地往北行进,他们能清晰地感觉到自己越来越接近日本人。这远离人烟的地方又干又热,风沙不断,一眼望去都是无垠而危险的沙漠,在这里求生已是不易,要想做事更加艰难。士兵们坐上火车,穿过中部沙漠刚刚抵达军用机场时,从舷窗看出去,飞机外面除了低矮灰色的丛林什么也没有。[1]下了飞机之后,他们感觉周围的环境如此缺少变化,以至于不管你走了多远,都感觉好像还在原地没动一样。[2]这里的尘土遮天蔽日,他们在飞机库的波纹铁屋顶上干活,汗水和红色的尘土直接融在一起。[3]这部小说没有什么特别非现实主义的特点。首先,它无比逼真地描写了恶劣的环境,细致地书写了一个真实可感的丛林空间。此外,小说还明确运用了线性叙事情节。小说的故事本身也是以一个真实生活事件为蓝本的,所有这些都令人想起传统现实主义作家对于早期丛林的描述。

小说主人公巴纳吉弹过钢琴,十岁的时候,地方媒体说他是个音乐神童,[4]他长大之后改行当了一名调琴师。此后虽然他的调琴水平不断提高,但他弹钢琴的艺术水准原地踏步。跟同事们在一起的时候,他偶尔给大家弹一弹琴,但是,没有人认真地听他的音乐。[5]巴纳吉一生都很奇怪,他很少跟周围的人和事发生关系,平时跟人在一起的时候,他喜欢远远地听而不是加入对话,[6]觉得自己的身体里有个东西总在阻碍着他,让他不能向前。[7]对于自己的生活,他也总是不那么积极和热情,他跟家人保持着距离,特别是对于自己年轻的妻子同样如此,后者抱怨他总是"心不在焉"、无动于衷。[8]对于别人而言,表达情感如同呼吸一般自然,热爱家人天经地义,可是巴纳吉感觉跟他们就是近乎不起来。[9]巴纳吉最后决定舍下妻子和幼小的女儿,奔赴战场。来到北领地的丛林机场之后,巴纳吉发现,跟他一起工作的人被派到这里来的原因是他们不适合拿枪打仗,他们之中有裱画工、失聪的图书管理员、给人在商店窗户上写宣传文字的,还有英语老师。就是这样一群人,决定将他们的周围通过油漆和绘画伪装成

---

[1] Murray Bail, *Camouflage and Other Stories*. Vintage: London, 2003, pp.180-181.

[2] 同上,p.180.

[3] 同上,p.182.

[4] 同上,p.184.

[5] 同上,p.190.

[6] 同上,p.188.

[7] 同上,p.193.

[8] 同上,p.189.

[9] 同上,p.193.

一片普通的丛林。他们需要做的就是在这个小型的军用机场上复制典型的澳大利亚丛林,让日本人到了这里看不出有什么军事装备。他们要做的这项工作无疑是现实主义的,他们的任务是用逼真的现实主义模仿和再现迷惑和欺骗日本人。为不让敌机发现,这群驻扎在丛林兵营中的澳大利亚士兵需要将自己的军营伪装成一个普通丛林。这些士兵希望像一群现实主义艺术家那样,把自己最完美地伪装起来,以便让自己所在的军事基地看上去与普通的丛林无异,从而能躲过敌军的轰炸。巴纳吉和他的同伴们接受的任务是要将这个小型的军用机场全部油漆一遍,目的是不让日本军机发现任何一点金属的痕迹,他们使用的油漆是红色和灰色的。[1] 换句话说,他们需要用一种红灰结合的颜色在当地绘制出一种艺术性的图案。[2] 图案如要最大程度地逼真就必须最大程度地模仿日本人心目中的澳洲土地和丛林颜色。很显然,小说家以这样的方式再一次将读者带进了一个关于艺术与现实关系的情景之中。《伪装》的主人公们需要在自己的军用基地上完成一件很好的现实主义佳作。最终,他们的油漆任务完成得很好,因为当他们坐上飞机升空检查的时候,他们竟然根本无法分出哪里是机场跑道,哪里是丛林,最后甚至坠落到丛林的植被之中。[3]

巴纳吉和他的战友们都不是很好的画家,他们没有很好的履历,也从来不是专业的艺术家,但是,他们的"伪装"直接导致了他们机毁人亡。小说家在《伪装》中针对现实主义再一次提供了一个别样的元小说视角,并据此对现实主义进行了尖锐的批评。小说结尾处的飞机坠落让人看到了现实主义模仿艺术的危险。现实主义模仿艺术的最大危险在于,它表面上毫无害处。巴纳吉是一个无害的男人,他选择从事一种无害的钢琴调音师的工作,他感觉自己伪装性的绘画是一个同样无害的事情,他无论如何不能想象自己的手涂出来的颜色会影响其他人。[4] 然而,现实主义并非那样无辜,不论是绘画还是文学,如果它总是书写地理和文化上的刻板印象,那么它也是危险的。[5]

阿克兰德认为,《伪装》中暗含着一种寓言在里面,而这个寓言将小说熟悉的现实模仿和它的隐喻意义连在了一起。作为一个白人移居者殖民地,澳大利亚文化有着深刻的帝国遗产。小说突出描绘的伪装无疑是针对现代澳大利亚的一

---

〔1〕 Murray Bail, *Camouflage and Other Stories*. Vintage: London, 2003, p.183.

〔2〕 同上, p.187, p.192.

〔3〕 同上, p.195.

〔4〕 同上, p.183.

〔5〕 同上。

种不点名的评论,或者说是对它喜欢模仿的特点进行的隐性评论。[1] 作品深刻地揭示,在澳大利亚,不同形式的模仿阻碍了它的自由和创新社会建设,在这一方面,这个国家跟很多明显植根于压迫体制的社会完全一致。[2] 在贝尔的小说中,模仿和伪装共同指向一个正常的表象和一个表面上的一致,这种一致性让人暂时地忘记内心的空白,忘却行动计划和情感以及重要人物的无知。巴纳吉虽然可能有着印度的背景,但是,他是众多"模仿者"的一员。这些模仿者不是土著民,而是温顺地跟随帝国主子的白人。[3] 阿克兰德认为,《伪装》对代表普通移居殖民地社会成员的巴纳吉进行了无情的批判,因为他心甘情愿地做"一个跟班,心甘情愿地放弃个人的选择,把自己的命运交由外部势力来控制"。[4] 他空洞而伪装的生活至多不过是模仿意义上的生活,[5]写满了帝国和移居民殖民地文化所特有的病兆。[6] 殖民文化的先天不足导致普通的澳大利亚人欣然接受各种各样的伪装和模仿。小说中,澳大利亚士兵在与美国空军的交流过程中能感觉到后者的轻松、自信和高效,美国飞行员把机场建了起来,澳大利亚人却只会伪装。与美国人相比,澳大利亚表现出一种先天的不足,他们缺少想象力和能量,所以无法像美国人一样独立地飞起来。[7]巴纳吉的名字让读者想到他家族中可能存在的混血,但它更像是一种蓄意的掩盖,反映出一种自卑情结。印度人在移居澳洲之前或许有一种文化自信,但是,这种自信在巴纳吉的祖先决定移居澳大利亚的那一刻,在他们努力适应压抑的澳大利亚生活的过程中逐渐消失。

　　阿克兰德对于《伪装》的深入解读无疑是对的,但是,《伪装》从很大意义上看应该仍是《当代肖像》的继续,小说所讲述的故事以其具有讽刺意味的结局对传统澳大利亚文学对于现实主义的痴迷给予了新的批评。在《当代肖像》中,贝尔可谓瞄准现实主义启动了一个独具特色的重写经典的计划,这一计划的核心在于一种先锋而具有挑衅意味的重写策略。采用这一传统样式的结构,但从中融入对于这种现实主义的批判性反思,通过挪用一个文学样式的形式对于这种形式存在的固有缺陷进行无比犀利的挑战,这便是贝尔在《法伯当代澳大利亚短篇

---

〔1〕 Michael Ackland, *The Experimental Fiction of Murray Bail*, p.145.

〔2〕 Michael Ackland, "Beneath the Camouflage: Mimicry and Settler False Consciousness in the Fiction of Murray Bail." *Journal of Commonwealth and Postcolonial Studies* 17.2(2011): 72.

〔3〕 同上,p.75.

〔4〕 Michael Ackland, *The Experimental Fiction of Murray Bail*, p.143.

〔5〕 Michael Ackland, "Beneath the Camouflage: Mimicry and Settler False Consciousness in the Fiction of Murray Bail," p.78.

〔6〕 同上。

〔7〕 Michael Ackland, *The Experimental Fiction of Murray Bail*, p.144.

小说选》前言中所说的：“传统的现实主义，我们只需要再给它一点扭曲，同样的故事、想法和心态都会展示出一种格外的力量。”贝尔认为，“澳大利亚文学中狭隘的现实主义必须加以超越，唯有如此，我们才能看到阻碍澳大利亚短篇小说发展的其实不是现实主义，而是一种枯燥无味的现实主义写法。”[1]玛丽·赫比伦（Marie Herbillon）在一篇评论《伪装》的文章中指出，贝尔对于澳大利亚民族主义短篇小说中的现实主义并非完全排斥，在一段时间内，他选择了借鉴它的一些叙述风格，然后从它的内部启动对于它的颠覆。贝尔不喜欢传统现实主义写作所表现出来的干巴巴的味道，他希望拓展这一传统澳大利亚文学样式的边界，以便把澳大利亚文学从丛林现实主义当中解放出来。[2]

《当代肖像》的标题颇有深意，因为在英语中，“portrait”一词的意思是“a painting, photograph, or drawing of a person”或者“a description or representation of something”，这两个解释的核心与关键在于，它应该忠实于现实，忠实地再现现实。贝尔在《当代肖像》中正是要以此为突破口对现实主义提出全面的质疑。如果传统的肖像画以再现的逼真作为判断的标准，那么，《当代肖像》这一标题中所说的“当代”所具有的内涵显然是“后现代”，而后现代的画像从根本上否认所谓的真实再现。从这个意义上说，它算得上是澳大利亚后现代“新派小说”中的反现实主义宣言之作。

贝尔的《当代肖像》与同时代的国外作家的作品有许多的相似，书中的有些篇什叙述的内容有关系统、晦涩、语谜以及小说技巧，它们令人想起博尔赫斯。贝尔十分赞赏拉美作家马尔克斯，崇拜法国的普鲁斯特和德国的托马斯·曼，他的小说中不乏他们的影子。当然，贝尔同样推崇美国后现代小说家约翰·巴思的文学创作思想，《当代肖像》中的有些短篇小说与美国作家唐纳德·巴塞尔梅的作品不无相似之处。

与同时代的“新派小说”相对比，贝尔的短篇小说有着鲜明的个性。他不像摩尔豪斯和怀尔丁那样经常性地书写性，也不似凯里那样反复表现人的困境，[3]而是始终坚持用超现实主义手法进行创作。他跟怀尔丁一样，信奉一种关于在创作中应该积极凸显人为虚构过程的文学观，他笔下的人物始终徘徊在

〔1〕 Murray Bail, Introduction, The *Faber Book of Contemporary Australian Short Stories*, pp.xvi-xvii.

〔2〕 Marie Herbillon, "Twisting the Australian Realist Short Ttory: Murray Bail's 'Camouflage'" *Journal of Postcolonial Writing* 54.1(2018): 89.

〔3〕 Kerryn Goldsworthy, "Short Fiction", in Laurie Hergenhan, *The Penguin New Literary History of Australia*, Ringwood: Penguin Books Ltd, 1988, p.541.

现实与幻想(超现实)之间,常常把梦幻当作现实,把现实当作梦幻,发出似是而非或似非而是的反常议论,给人一种朦胧的感觉。在小说创作技巧上,他更倾向于创造一种情景,唤起一种想象,提出一个想法,而不是像传统小说那样,致力于人物形象的塑造与刻画。他的小说融合了幻想、超现实、对叙事时间和叙事声音的实验、对作者的作用和地位的新的意识,更明确地将小说视为虚构的意识。在他眼里,一部短篇小说是一件艺术品而不是生活的简单反映。[1] 贝尔的小说无论在内容上还是形式上都给人一种新鲜感,而这种新鲜感就是冲破现实主义牢笼后呼吸的新鲜空气。贝尔通过反现实主义叙事,有力地打击了澳大利亚的现实主义传统,为澳大利亚文学的发展拓展出了更大的空间。

作为一名后现代实验主义小说家,贝尔自觉地继承了怀特的现代主义对于传统现实主义的态度。艾乐克·博伊默(Elleke Boehmer)在评论南非裔澳大利亚作家库切的时候说,澳大利亚作家总在不停地反思自己的文学传统,这是他们的标记。所以要写澳大利亚,就必须关注它最重要的文学故事,想象和书写它的现实。贝尔正是这样一位澳大利亚作家,他不断地回望自己澳大利亚的文学传统,然而,他的目的除了表达一种忠诚,更为了突破这个传统,以便让澳大利亚文学不断进步。[2]

---

〔1〕 Kerryn Goldsworthy, "Short Fiction", in Laurie Hergenhan, *The Penguin New Literary History of Australia*, Ringwood: Penguin Books Ltd, 1988, p.541.

〔2〕 Elleke Boehmer, "J.M. Coetzee's Australian Realism." In *Strong Opinions: J.M. Coetzee and the Authority of Contemporary Fiction*, edited by Chris Danta, Sue Kossew and Julian Murphet. New York: Continuum, 2011, pp.13 - 14.

第二部分

英裔男作家的后现代实验小说探索

20 世纪 80 年代初,伊丽莎白·韦比在评论日益多元的澳大利亚短篇小说创作时,首次戏谑地把英裔男作家称为 WACM(White Anglo-Celtic Male)作家,并说进入 20 世纪 80 年代之后,澳大利亚文学走过了一花独放的时代。众所周知,自有澳大利亚文学以来,英裔男作家一直占据着绝对主流的位置,因此,如果他们的创作方向发生了某种变化,总会直接影响整个国家的文学走向。果然,澳大利亚后现代"新派小说"取得成功之后,后现代实验小说逐渐成了更多英裔男作家的选择,80 年代之后,原来的后现代短篇小说逐步让位给了长篇小说。包括马瑞·贝尔和彼得·凯里在内的新锐短篇小说家开始出版长篇小说,更有一批小说家从传统的现实主义当中走出来,投身后现代实验小说创作,其中包括彼得·马瑟斯、尼古拉斯·哈斯勒克、戴维·艾兰德、戴维·福斯特、杰拉尔德·默南等。海伦·丹尼尔在她的《谎言家:澳大利亚新长篇小说家》一书中,对这些作家在 20 世纪 80 年代前后出版的后现代实验小说进行了系统的研究。

英裔男性作家因为各自的年龄、背景、喜好及意识形态立场不同,对于新时代的澳大利亚文学向何处去,有着大不相同的看法。按照摩尔豪斯等人的说法,20 世纪 80 年代的澳大利亚小说并没有全部转向后现代主义,仅在英裔男作家当中,包括他自己在内的一批作家选择了回归现实主义的道路,怀尔丁等人也选择了回归叙事。所以 20 世纪 80 年代的澳大利亚小说中呈现了一种现实主义和后现代小说并行同在的局面。同样是创作后现代实验小说,有的作家主张开放多元,相信面向世界各国广泛吸纳同时代国外文学的前沿可以革新本土文学,有的作家则对欧美后现代主义的某些文学理论和理念并不认同。以上两种立场一左一右,在 20 世纪 80 年代的澳大利亚文坛上形成了极富张力的主流文学格局。

澳大利亚后现代长篇小说在英裔男性作家的笔下,显示出一种"重心"和"逻辑"的变化。在澳大利亚传统的现实主义小说中,叙事的重心在于自我。然而,在后现代小说家的眼中,自我与宇宙的关系发生了变化,战后的世界不再延续从前的道德和思想秩序,生命的重心日益偏向一种无逻辑无中心的世俗世界。如果这是一个充满矛盾、对立、不安甚至荒诞的世界,澳大利亚的英裔男作家在自己的后现代实验小说中充分表达了自己对于这个世界的认识和态度。

英裔男作家对于 20 世纪 80 年代之后兴起的澳大利亚多元文化主义也表达了截然不同的看法,有些作家对女性、土著和非英裔移民的文学创作给予支持,有的则直接走向台前,以各种方式表达对于这些边缘文学的鄙夷和批评。到 90 年代初,有些持右翼立场的英裔男作家开始将长期受到左翼支持的多元文化主义和后现代主义混在一起,说他们玷污和拉低了澳大利亚文学的水准。他们大造舆论,将 20 世纪末的澳大利亚文坛变成了左右两种意识形态观点的角力场。多位英裔男作家此时的后现代小说中传递出一种反动的保守观念,有的甚至直接演绎一种以后现代主义反后现代主义的奇异现象。

20 世纪末,澳大利亚文坛上弥漫的"文化战争"硝烟渐渐散去之后,倡导先锋实验的游戏性写作在英裔男作家当中让位给了一种"雅俗共赏派"的新创作方向。这一方向以蒂姆·温顿(Tim Winton)为代表,他们关注澳大利亚主流社会的现实生活,探究日常生活背后的伦理取向。肯·杰尔德和保罗·索尔斯曼称之为"道德现实主义"(moral realism)。需要指出的是,20 世纪 90 年代以来,英裔男作家当中继续从事后现代实验创作的大有人在,一个突出的代表是摘得 2014 年布克图书奖的理查德·弗兰纳根。

本部分重点讨论艾兰德的《女人城》(City of Women)、福斯特的《林中空地》(Glade Within the Grove)、默南的《景中景》(Landscape with Landscape)和弗兰纳根的《深入北方的小路》(The Narrow Road to the Deep North)四部作品,从中考察英裔男性作家群在后现代实验小说中所做的尝试和贡献。

第5章
戴维·艾兰德《女人城》中的黑暗人性

　　与"新派小说家"相比,戴维·艾兰德年龄稍长,他1927年生于澳大利亚新南威尔士州的雷肯巴(Lakemba),自幼热爱文学,中学毕业之后开始四处打工,先给人看高尔夫球场,后在炼油厂当工人,50年代开始零星地发表诗作。1964年出版首个剧作《土印》(*Image in the Clay*),1966年以一部题为《歌鸟》的小说在文学比赛中脱颖而出,作品于两年后出版。1971年,他出版第二部小说《无名的工业囚徒》(*The Unknown Industrial Prisoner*)。这部小说为他一举摘得次年的迈尔斯·富兰克林奖。1972年,他出版第三部小说《食肉人》(*The Flesheaters*)之后,辞去所有工作专事写作,并在短短几年之中连续出版《烧伤》(*Burn*,1974)、《玻璃船》(*The Glass Canoe*,1976)和《未来女性》(*A Woman of the Future*,1979)。其中《烧伤》和《未来女性》先后于1977年和1980年又为他两度斩获迈尔斯·富兰克林奖,[1]他也因此成为澳大利亚20世纪70年代炙手可热的文坛巨擘。20世纪80年代之后,他继续笔耕不辍,先后推出了《女人城》(1981)[2]、《阿基米德与海鸥》(1984)、《亲生父亲》(1987)、《天选》(*The Chosen*,1997)、《修理天下视频游戏》(*The World Repair Video Game*,2015)五部长篇小说。1997年,已入古稀之龄的他以一篇同题短篇小说《赶牧人之妻》加入澳大利亚迄今为止最著名的经典重写事件当中,一度再次成为澳大利亚国内外广泛关注的焦点。[3]

　　苏珊·莱维认为,艾兰德的早期小说是传统民族主义小说的延续和发展,但

---

〔1〕另外几位三获迈尔斯·富兰克林文学奖的澳大利亚作家包括Thea Astley, Tim Winton和Peter Carey。

〔2〕David Ireland, *City of Women: A Novel*. Ringwood: Allen Lane, 1981.

〔3〕David Ireland, "The Drover's Wife", *Australian Book Review* 196(November 1997): 66. 此前,原"新派小说"中坚贝尔和摩尔豪斯分别于1975年和1980年发表同题小说。1980年和1996年,Barbara Jefferis、Mandy Sayer等女性主义小说家也先后以此为题发表小说,将重写《赶牧人之妻》演绎成了一种引人关注的澳大利亚文学现象。

没有 20 世纪四五十年代社会主义现实主义作家的党派政治联系,他的作品中弥漫着一种愤怒情绪。作者激烈批判澳大利亚生活中充斥着的金钱至上与享乐主义态度,歌颂工人阶级生活。[1] 从 80 年代开始,艾兰德的创作进入了一个新的阶段。德里斯·伯德(Delys Bird)认为,这一阶段的艾兰德受劳伦斯·斯特恩(Laurence Sterne)、南美魔幻现实主义作家马恰多·德·阿西斯(Machado de Assis)、加西亚·马尔克斯(Garcia Marquez)等人的影响,小说结构越来越支离破碎,语言越来越大胆而富于实验性,戏剧性反讽作为一种写作手法得到越来越普遍的运用。[2] 小说家早期关心的社会政治逐步让位给了一种对于人的想象世界的关注,这一时期作品中的有些效果颇类似于拉美的魔幻现实主义。他的小说结构也不像传统现实主义小说那样完整,而像用碎片组合起来的精致马赛克,这样的书写方式虽然读起来并不总是令人神清气爽,但它真实反映出作家对于碎片化生活经验的认识。小说家希望通过这种手法表达自己对于无所不在的多元现实的充分肯定。

一

《女人城》是艾兰德 20 世纪 80 年代推出的第一部长篇巨作,也是他的第七部小说,小说的核心围绕一个名叫比丽·肖克利(Billie Shockley)的女叙事人展开。比丽是一个 62 岁的水工程师,因为女儿离开自己而孑然一身,她养的一只豹成了她生活中唯一的伴侣。悲愤之余,比丽记起了她父亲曾经跟她说过的话:"万物始于语言,把握住语言,用它们安排你的生活,语言被创造的目的就是用来安排我们的生活的。"[3]就这样,她开始用语言编织一个城市,一个只有女性没有男人的女人城。这个虚构的女人城中的每一个人物自然都是她自己的一部分,每一件事自然也是她围绕自己内心的伤痛编织出来的虚构故事。有一天,她坐在她悉尼的寓所窗前向外看,不知不觉中,这座城市在她的眼前发生了变化。通过想象,她编织出了一个属于她自己的城市,她自由地穿行于这个城市中的每一条街道和每一家酒吧,她把自己经历的所有的身体和情感上的创痛分给这座城市中的众多女性。

海伦·丹尼尔认为,《女人城》是一部关于作家与虚构的小说,小说呈现了一

[1] Susan Lever, "Fiction: Innovation and Ideology", in Bruce Bennett & Jennifer Strauss, eds. *The Oxford Literary History of Australia*. Oxford: Oxford University Press, 1998, pp.313 - 314.

[2] Delys Bird, "New Narrations: Contemporary Fiction", in Elizabeth Webby, ed. *The Cambridge Companion to Australian Literature*. Cambridge: Cambridge University Press, 2000, pp.187 - 188.

[3] David Ireland, *City of Women: A Novel*, p.3.

个虚构城市的建构过程。[1] 比丽是一个"发明家、工程师、创造者、剥削者、失败的恋人、失败的朋友、窥视狂",[2] 她想象这个女人城是因为她内心的伤痛,她希望通过女人城中的女人们窥视人们之间的爱的联系。她想象出来的人物都算得上她的盟友,但她们之中有的人可以随时背叛她,所以她必须随时准备避开她们,然后创造出新的人物来。在她的寓所之外,当现实敲响她的门,让她从虚构想象中走出来重新面对自己的生活现实时,她不得不承认:光明需要通过黑暗来界定自我,她虚构的城市需要城市外的现实来界定自我,谎言必须用真相界定自我。[3] 比丽和小说家艾兰德一样,将自我的生活和经验分解成不同的人物,在想象中让虚构与现实相遇,彼此界定。比丽和艾兰德一样地珍爱自己虚构出来的城市,在这里,虚构与现实、男人与女人、腐朽与新生、年轻与老迈、爱与失、安居与失落、语言与物件一一相对。在它们的对抗中,虚构的城市得以继续,所有对抗的双方都得以继续。[4] 丹尼尔认为,艾兰德最好的小说中包含一种竞争或者说斗争的关系,不同的立场和势力之间激烈对抗,《女人城》也不例外。《女人城》描绘了一个全女性的世界,小说中的众多对抗都是叙事人内心冲突的投射。[5]

《女人城》通过比丽的想象塑造出了一系列的女性人物。在这些人物当中,有的女性一生成功,有的女性一生艰辛。在她们的故事当中,有的恐怖,有的滑稽搞笑。在人物描写的问题上,小说家通过比丽想象出来的这些女性故事跟他在此前几部小说中讲述的男性故事并没有本质上的区别。例如,艾兰德对于人物和社会的分析似乎仍然集中在阶级问题上,小说家大量使用工人阶级的语言,作品用真诚的口吻书写发生在澳大利亚女性之间的深厚友情以及她们为了反抗强权压迫结成的女性联盟。小说的结尾再一次证明,在澳大利亚,包括女性在内的弱势群体要想有效地团结起来反抗压迫她们的强权势力可谓困难重重。

《女人城》不是艾兰德第一次书写女性题材,在此之前,他写过《未来女性》。艾兰德于 1979 年出版的《未来女性》是他第一次尝试刻画一个完整的女性角色。了解澳大利亚文学的人都知道,艾兰德这样做的一个原因是针对澳大利亚一直以来给自己确定的无敌的男性国家形象。小说的女主人公阿利西亚·亨特(Alethea Hunt)年轻漂亮,知性而有天赋,在结束中学学业之后即将开启自己在

〔1〕 Daniel, Helen. *Liars: Australian New Novelists*, Ringwood Vic.: Penguin, 1988, pp.130-131.
〔2〕 David Ireland, *City of Women: A Novel*, p.85.
〔3〕 同上,p.167.
〔4〕 Daniel, Helen. *Liars: Australian New Novelists*, pp.132-133.
〔5〕 同上,pp.130-131.

社会大世界中的生活和历险。《未来女性》以第一人称的口吻展开叙述,小说家自称是个编辑,小说中的主要内容来自当事人的笔记、档案和日记,自己只是将它们整理出版而已。小说的时间设定在未来的某一个时候,小说家将澳大利亚现实中的众多社会问题(如失业)推至未来的某个时间节点,让读者思考这个国家的未来走向。小说把女主人公离开学校踏上社会当作一个比喻,以此形容澳大利亚作为一个国家从殖民走向独立的转变。艾兰德认为,女性好像比男性更愿意接受新事物,感受新经验,《未来女性》以此为起点,呼吁澳大利亚人重新反思澳大利亚的国家意识,同时一起思考国家未来的走向。小说深刻地关注女性本身,多处直面女性性行为,不少露骨的描写引发了许多争议。有的批评家认为艾兰德的小说太过直接,有的则不满意他使用男性语言描写女性之性。但是,《未来女性》毫无争议地为小说家赢得了 1979 年度迈尔斯·富兰克林奖,在此后的很长一段时间里,这部小说始终是澳大利亚文坛的畅销书。

从很多意义上看,《女人城》是《未来女性》的续篇。首先,《女人城》是一部男作家创作的关于女性的小说,小说所描写的悉尼城此时是一个去除了所有男性之后的女人世界;另一个突出的细节是两部小说中都有一个小豹。《未来女性》中的阿利西亚在小说临近结尾时逃往农村寻找自由,"像个小豹一样自在地生活"。而在《女人城》中,比丽也养着一个名叫波比(Bobbie)的宠物豹。比丽每天牵着它在悉尼城东的植物园遛弯,这只小豹在比丽的女儿离开之后成了她唯一的情感寄托。不过,这两部小说之间也有着显著的不同,其核心在于:《女人城》对于《未来女人》所关心的话题总体来说持质疑态度。虽然小说的背景是悉尼城,但是,小说一开头就给人以一种寓言性的感觉,因为此时的悉尼城中,所有的男人都被驱逐了出去。小说的主人公是一个母亲,因为女儿前往澳大利亚中部参加一个工程项目,老人不得不独自留守家中。小说集中呈现了比丽独自面对生活时的失落感受:

> 我的工程师不见了,我的全部人生付之东流。两个工程师;我们多少年在一起——多少欢乐,多少岁月任性相守:这一去,满世界地走,远在天边的工作——感觉去了国外。她永远也不会回来了。
>
> 我们之间的爱里面没有时间的因素,我们不谈明天,因为永远是必须的,"昨天"也不存在,可那是因为我们把它归档存放在记忆里了。[1]

---

[1] David Ireland, *City of Women: A Novel*, p.1.

《女人城》中刻画的只有女性居住的女人城跟只有男人居住的男人城没有本质上的区别。小说主人公比丽的生活围绕一个名叫"恋人臂弯"的旅馆展开,住在这里的女性都具有比较典型的男性化特征,整个社会虽然都由女性构成,但这个由女性组成的社会跟纯粹由男性构成的社会没有多大的不同。这里有足球队,酒吧里有人打架闹事,这里的人们也结婚并举办婚庆活动,甚至还有轮奸这样的丑事。唯一的不同是,在这个城市里面,在酒吧里喝酒的是女人,踢足球、强奸男游客的也都是女人。作为一个社会,女人城并不缺少霸凌、罪犯和牢骚虫,只不过,在这里,这些角色的扮演者成了女性。这说明两性之间即便有一些不同,他们之间有着更多相同的基本人性。小说结尾处,作者告诉读者,所谓的"女人城"其实只存在于这个有些古怪的女主人公的脑袋里。显然,小说对于这样一种离奇的性别分裂主义想法提出了严重的质疑。小说似乎在说,将这个世界简单地分成男性和女性有些粗暴简单,在这个世界上,其实每个人都有自己独特的观点和看法,而这些观点和看法经常是很有价值的,值得尊重。

《女人城》中的现实大体上可以分成三个层次。第一层次是小说所描写的悉尼城的物理现实;第二层次是虚构出来的"女人城"的现实;第三层次是超现实的世界,其中包括比丽梦幻中的小豹。这三个层次的现实之间并不总是十分和谐,例如,对于悉尼的真实描写与男人眼中的女性社会之间难免走不到一起;此外,艾兰德喜欢的超现实主义用多了的时候,难免会让读者觉得习以为常。这些问题都会给小说阅读造成一些困难。跟《未来女性》一样,《女人城》是一部大胆而富于挑战性的寓言之作,小说运用奇特的象征和不妥协的现实主义相结合的方法,努力展示一种突破疆界的性别跨越。小说意象震撼、细节滑稽可笑,奇怪的情节令人遐想联翩。关于小说通篇贯穿着的不和谐,读者很难做出简单而令人信服的阐释。

二

艾兰德创作《女人城》的时代是澳大利亚女性主义日益高涨的年代,所以小说一出版就引发了不少的争议。有些女性读者看到这部小说之后深感不适,她们中的不少人对一个男作家试图以女性的视角写女性的做法大为不满。梅根·莫里斯(Meagan Morris)[1]和詹妮·帕尔默(Jenny Palmer)[2]在她们的书评

---

[1] Meaghan Morris, "Something's Amiss in the City of Women", *Financial Review* 7 August (1981): 31.

[2] Jenny Palmer, "Ireland's Women", *National Times* August (1981): 72-73.

中猛烈抨击艾兰德在作品中流露出来的厌女狂情绪和对于女性身体的反感,她们认为这部小说还不时地暴露出一种偷窥强奸和其他性暴力的变态特征。多年来,在澳大利亚文学批评界,对于这部小说的类似批评始终存在。就连著名文学批评家德里斯·伯德也认为,艾兰德的小说作品包含的价值观具有反动的保守主义和厌女主义嫌疑。[1]

苏珊·M.金(Susan M. King)认为,艾兰德在着手写作《女人城》的时候不可能不知道女权主义运动,但他却坚持要写这样一部小说,这或许正好说明他不怕得罪人,不怕有人站出来指责自己,因为他的本意或许不是要继承这种传统,而是要勇敢地跟女性站在一起去挑战它。艾兰德不喜欢在任何小群体之中强加一种森严的两性等级制度,因为在他看来,任何强加于人的东西都很荒诞。[2]《女人城》出版的时间是悉尼举办首届同性恋大游行的三年之后,创作的时间则更早一些。当时他住在东悉尼的一个寓所里,那里有很多的同性恋俱乐部和酒吧,小说的叙事人(主人公)比丽也住在那一带。但是,小说完全没有把注意力放在这些同性恋区域上,而是选择了一个工人阶级郊区作为小说的背景。金认为,艾兰德的很多小说都关注形形色色的离经叛道和越界,他的小说人物常常无视各种惯例,挑战社会秩序,不过,这些行为多数发生在男性群体之中。在小说《女人城》中,艾兰德转向了后工业时代的女性社会。

《女人城》采用了"拼缀故事"的形式,每个章节都是比丽写给离开自己的女儿或者同性恋女友的一封信,每一封信讲述一个故事,这些零零星星的碎片故事共同构成了这部小说,也共同呈现了女人城的大致模样。各个章节以不同的人、事、地名、日常生活印象、心理状态或者做过的梦命名。不同章节之间的联系比较松散,没有清晰的线性逻辑,而是异常随意地相互并列。小说中包括一些非常耸人听闻的谋杀碎尸案和死刑犯,更多的是一些日常的琐碎小事,例如洗尿布、照顾宠物之类,有时也会冷不丁地来一些关于宇宙的遐想和反思。通过比丽这个叙事人,所有这些琐碎的现实以女人城的名义连接在一起。在这部小说中,比丽是一个街道诗人,她像一些超现实主义诗人一样,每日里游来荡去,过量的酒精和悲伤常常把她弄得神志不清。

金认为,小说对于比丽所在城市的描写具有未来主义乌托邦的狂欢特点,的确,《女人城》中体现这种狂欢特点的最重要的细节是传统两性关系的颠覆。在

[1] Delys Bird, "New Narrations: Contemporary Fiction", pp.187 - 188.
[2] Susan M. King, "Reading the City, Walking the Book: Mapping Sydney's Fictional Topographies", doctoral dissertation, University of Sydney, 2013, p.130.

这部小说中,女人城中的女性成功地从传统男性主导的主流文化手里夺取了权力。然而,小说并没有止步于此,而是用同样的颠覆眼光对主张脱离男性控制的女权主义也进行了审视。小说最后暗示,当女性从专横的男性控制下独立出来之后,便自觉不自觉地用另一种专制体制代替原来的专制。女人城是女人为自己构建起来的独立城堡,但是,在这个城堡里面,无处不见人与人之间的压迫。这是为什么呢?小说《女人城》试图超越简单的两性关系对性别政治进行讽刺和嘲弄。在作者看来,原来的男权社会是由一些蛮横专制的男人建构起来的,女性主义的兴起让人们看到一批颇具男性特点的女人们奋起抗争,最后将男权颠覆,接下来人们看到的不是男人和女人之间的斗争,而是人们对于两种不同性别所共有的某种男性特征之间的斗争。《女人城》以这样一种逻辑主张将传统的两性等级颠倒过来。不仅如此,小说还从不同的视角将古老的男性世界和新崛起的男性化的女性世界放在一起,一方面对两性身上所共有的男性特征进行批判,同时让读者从中思考传统性别中二元对立的荒谬。

在《女人城》中,如果女性世界被翻转,那颠覆的力量常常不是来自别处,而首先来自她们内部。因为跟男人们一样,女人们从以前的文化中学会了男性特征和所有的恶性争夺的习惯;其次是被驱逐的男性又会以形形色色的伪装重新回到她们中间。这样一来,可能重新引发女性对于男性身体的欲望,也让女性不得不再次时时担心男人重新夺回对于女性的控制。类似的颠覆画面在女人城中随处可见,导致女人城的街道、公园和园林到处变成了滑稽可笑的空间。例如,喝得醉醺醺的女人们在海德公园举行食物狂欢节,她们给公园中的库克船长塑像披上鲜艳的绿色衣物,让他高高举起的左臂完全失去原有雕塑的意味,她们四脚朝天地躺在他的脚下玩乐。

一个集中表现男性权力被颠覆的场所是澳大利亚异性恋男人喜欢光顾的酒吧。《女人城》中的天主教堂大街上的所有酒吧都在女性的控制之下。在这里,艾兰德在以前小说中描写过的男人酒吧中的场景,包括喧闹、欲望和打闹无处不在,这里的女人很像是换了装的男人。值得注意的是,这些女人城的酒吧里所展现的男人味的男性文化大多也是小说家熟悉的工人阶级文化。小说让一些强势的女人们像曾经的男人一样蛮横,让存在于男女两性当中的男性霸道特征得到同样的深刻揭露,同时对男性由来已久的优越感进行批判。在小说中,作者通过女性人物的举止言谈,针对男人的男性特征进行了模仿、嘲弄和批判性的改造。在一个男性被驱逐的空间里面,女性完整地把男人各种形式的霸道特征拿了过来。用金的话说,她们是狂欢式的"变装国王",她们将男人曾经的问题全方位地进行了重新展演,她们用自己身体的"怪诞"表演模糊了两性之间传统的界限,而性别不再一成不变,它可以随时跨越界限发生变化。

酒吧里的一种男性展示形式是所谓的"肉抽奖"活动。比丽买了两张票,结果幸运获奖——奖品是一个包在襁褓之中的婴儿,没办法,她只好给人家换了回去。人家不情不愿地说拿回去之后准备继续再用。婴儿等于肉食,小说用这样一种极端超现实的方式把女人城中被奉为规范的母亲生育文化进行了颠覆。另一种男性展示形式是男人主导的酒吧文化当中常见的性娱乐活动,这种娱乐活动要求抓几个男人来让女人玩乐。一天,力大无比的罗妮(Ronnie)在去纽卡索尔的路上遇到一个搭车男旅客。当日,她和她的酒吧同伙们将他带回酒吧,在一阵狂欢中对他实施了轮奸。这一天,这个男旅客像动物一样被 18 个女人实施了强奸,直至昏迷之后被扔在了路边。但是,这又是怎样的性别复仇呢? 在这场狂欢中,这些女人虽然是强奸主体,但是,她们每人在强奸的过程中也受到男人的入侵,在不知不觉中完成了一场圆满的自我颠覆。[1]

《女人城》酒吧里的打架斗殴事件司空见惯,敢于参与这些暴力冲突被认为是男性的标志,女人们积极参与这些冲突,是因为她们急于表现自己身上的男性特征。作为一个旁观者,比丽感觉男人斗殴起来表现得更好,因为他们打起来非常冷静,打归打,没有什么仇恨。[2] 女人打起来不一样,虽然究竟怎么不一样她自己也说不清楚。

艾兰德在其早期小说《食肉人》《无名狱工》和《玻璃船》中写到男性力量的时候,多会强调这个概念的不稳定性。《女人城》中的性别狂欢书写表达了他一贯反对任何形式的等级制度。小说通过对话和语言上的操纵,更通过女人对于男性特征的模仿和讽刺性挪用,向读者生动地展示了男权话语的倾覆,同时也让我们看到了女性的另类男性特征。《女人城》对于性别的颠覆并不是简单线性的,它们可以遵循多方向多管道的运动轨迹。在这样的运动轨迹中,小说呈现了女人的一种多元男性力量。《女人城》刻画的一个突出的人物叫艾薇(Ivy),她是两家酒吧的老板,有着模糊的性取向,是个典型的能屈能伸的狂欢性人物。她强壮高大,敢于担事,即便在性方面也敢于跟男人一较高下。年轻的时候,她曾经一个早上就解决过四个男人,[3]在一次酒吧狂欢活动中,她击败了雇佣来的男子。她喜欢比丽以前的一个同性恋女友,此人年轻健壮,是个电视机修理技师。小说

---

〔1〕David Ireland, *City of Women: A Novel*, pp.31-32.
〔2〕同上,pp.29-30.
〔3〕同上,p.11.

结束时,酒吧里回荡着她响亮的笑声。

在小说《女人城》中,比丽是一个充满矛盾的人物,她身上既有男性的力量,也有温柔的女人味。作为女人城故事的叙事人,她掌握着这个空间的边界,随时对于逾越女人城界限、不遵守女同性恋激进信条的女人们给予评论。这其中包括变性人龙妮(Lonnie)。龙妮年轻高大,一直跟大家在一起,可她去做了变性手术,做了5年的女人,"到现在还没有安顿下来"。她做男人时喜欢开玩笑和骗人的老习惯至今也改不掉,而她自己并没有自我意识。[1] 她也不喜欢琳达(Linda),后者跟她讲述她去旅行中的种种历险,似乎至今还念念不忘一次男人的野营旅行。比丽听着她们的故事,以为琳达能表示一下自己对于上述意识的自觉,但是,后者丝毫没有这样的自觉。比丽觉得琳达在脑子里不断地重新建构自己以前的男性历险经历,也在竭力建构男人的语言和世界观,或许她在无意识之中正朝着某个方向倾斜。想到男人主导自己生活的过去,比丽不禁一阵颤栗。[2]

比丽听到了许多关于女人展示男性力量的故事。通过这些性别翻转和颠覆故事,艾兰德略带嘲讽地考察了这些形形色色的女人力量,从中考察了女人身体上的男性特征。小说更多的时候向读者展示了男性特征给人们带来的黑暗、暴力和苦涩。小说通过讽刺和空间的对立书写,充分表明了两性等级的不可靠性,让读者看到了一种被推翻的20世纪70年代澳大利亚社会性别划分。小说以一种极具叛逆性的写作,呼吁两性团结起来,共同批判藏于人类内心深处的男性特征,倡导一种更加动态和更加宽容的性别态度。小说面对社会上越来越多的同性恋、双性恋等多元取向表明了自己的态度。

三

《女人城》并不只关注人类生理意义上的性别问题,小说家希望站在超越生理差异的高度来考察普遍的人性。他担心的是:不管男人还是女人,人类身上都有一种男性特征,而这是一种趋恶的特征。这种特征本应该属于较为低级的动物或者生物,但《女人城》的现实告诉我们,当我们把人类放在与其他物种(特别是动物)的比较参照之中观察的时候,我们并没有足够的信心说自己比动物更优越。长期以来,人类天经地义地认为人是人,动物是动物,人和动物分属不同

---

[1] David Ireland, *City of Women: A Novel*, p.43.
[2] 同上,p.108.

的生命类别,而人类较之动物无疑是更高等级的物种。艾兰德在《女人城》中淡化了人和动物的物种区别,因为在他看来,人本来也是动物的一种。《女人城》中的人和动物生活在一种不明晰的边界两边:由于这些边界可以随意地被跨越,所以人类是否比动物优越的问题难以确定。

《女人城》中描写了一个突出的细节,那就是比丽的宠物豹波比。一月的某个夜晚,波比来到比丽的家,至于它从哪里来,谁也不知道。比丽认为,或许它是从某个马戏团逃出来的,波比身上散发着一种豹子的体味,从它的皮毛中能闻到她的汗味。比丽毫不犹豫地把这个凶猛的动物迎进了家门。[1] 波比长着一张大嘴,一嘴锋利的牙齿,一副典型凶猛野兽的样子。但奇怪的是,当它站在人的面前时,面对人的凶悍,它总是非常克制,在人的面前,它俨然变成了游戏的精灵。因为它的到来,整个城市都变成了一个温和的嬉戏玩乐之所。此后,比丽经常带着波比出门散步,比丽脱掉鞋子,波比在草地上欢快地追逐蟋蟀。一次,比丽发现波比在一处停车场的地下入口处跟一只鹡鸰扇尾鹟玩得不亦乐乎,比丽不禁心生感慨:原来这个古老破旧的地球上还有这么多有趣的东西值得我们去看,值得我们去参与其中。[2]

《女人城》出版之后,艾兰德在一次访谈中被问及为什么会想到写一个豹子当宠物,还让一个豹子跟着主人公四处游走。他说他觉得豹子是一种非常漂亮的动物,他一次偶然在一家商店的《国家地理》杂志上看到一张豹子的图片,就记住了这种动物。[3] 艾兰德不止一次地说过,他平时有记笔记的习惯,笔记中许多看似毫无关系的碎片在他的小说创作中会出人意料地组合在一起,构成他作品中的蒙太奇。《女人城》中的豹子显然就是这样从一个语境中借过来放入另一个语境的细节。艾兰德还说,选择一只豹子还因为他希望有一个有些异域味道的象征。澳大利亚的动物很多,但袋鼠和澳洲野狗不是他需要的动物形象,他希望从南半球的其他地方找一种动物,于是非洲的豹子成了一种不错的选择。艾兰德没有说的是,在人类的心目中,豹子本是一种极其凶猛的动物,代表着温和的人类的对立面。然而事实上,波比无比温顺,它给读者留下的颠覆印象无疑会非常深刻。

《女人城》中描写了一些不合人性的人类行为。有一次,有个名叫加多(Catto)

---

[1] David Ireland, *City of Women: A Novel*, p.140.
[2] 同上,p.15.
[3] Sheridan Hay, "Interview with David Ireland", *Science Fiction Review* 3 (September 1981): 109-110.

的人跟几条狗开"玩笑",她把一个鞭炮塞到一条狗的嘴里,把另一个鞭炮塞到另一条狗的肛门里,然后将鞭炮分别点着。这个"玩笑"让比丽无比憎恶,她转而对自己的豹子波比说:"波比,我给你的第一条规则是守住你的人性。"在《女人城》中,这一段叙述无疑是具有无比反讽,因为动物在学习人性,人在做着连畜生都做不出来的恶行。小说家在这里将界定人性行为的标准置于其他的物种语境之中一并考察,最后不止一次地发现那些毫无理性的攻击性行为经常来自人类,而不是动物。那么,在动物和人之间是否存在某种高低的分别呢?他们之间有什么样的界线呢?艾兰德在这部小说中彻底打破了人们的传统认识,颠覆了我们对于现代人和动物之间的等级认识和等级关系。[1]小说临近结束的时候,叙事人比丽一边想着自己的豹子不识字,一边反问:"我不知道其他动物又能会些什么。"很显然,比丽并不认为波比不认识字有什么问题,因为那些认识字的动物们除了认识字还能做些什么呢?小说通过这样的安排将人们心目中的动物和人的关系进行了彻底颠覆。

女人城中的几乎每一个无主地都生活着很多的野猫。一般说来,野猫处于家养和野生动物之间,它们可以当宠物来养,但它们身上保留着不少的野性。现代城市里的许多动物都躲藏于一些人们看不到它们的地方,因为它们的存在,城市最集中代表的现代文明受到了严重的挑战。女人城的动物还包括鸟类和昆虫,它们学会了在海德公园的喷泉周围生活。比丽每天在城市道路上散步时不断地看到其他动物。例如,她在悉尼大桥下看到过鹈鹕;她也看到过一只名叫"公爵"的威尔士宠物柯基犬遛弯之后绕着弯不肯回家;她看到过一只母狗在街边生小狗;还有屠宰场待杀的动物们声嘶力竭的尖叫。然而,令人遗憾的是,比丽所生活的这座城市里,许多人也跟无主的野猫野狗一样生活在污秽不堪的城市角落,有的长年住在洞穴里,有的流浪汉躺在街边奄奄一息地等待死亡的来临,有的躺在爬满蟑螂的长凳上。经营一家宠物店的老板曾经这样评论道:"不论是人还是动物,露宿在城市的街头都是令人沮丧的……"[2]比丽每每看到这样的情形都恨不得变成一个动物,退回到动物世界中去。[3]

我们从女人城的人类对待动物和其他人的态度中看到她们的凶恶。每到夜

---

[1] Carrie Rohman, *Stalking the Subject: Modernism and the Animal*. New York: Columbia University, 2009, p.142.

[2] David Ireland, *City of Women: A Novel*, p.141.

[3] 同上,p.28.

晚时分,比丽从自家窗口看出去,经常能看到海德公园的草坪上的袋貂在垃圾箱里觅食。植物园里也到处都是小动物们在植物间寻找吃的,或者在爬树捕食,蝙蝠们趁着夜色飞往世纪公园,它们从她的窗口飞过。[1] 每当比丽面对绝望无助的人流落在动物领地时,她感觉那也是她生命中的至暗时刻。与此相比,在小说描写的城市版图上,动物、昆虫和鸟儿给她动力,因为它们下接地上接天,所以它们常能给人一种向上的能量。这种能量与那些不断使人沉入黑暗的绝望相比,给人以许多的振奋和勇气。不管比丽面对这个城市中的人的现状有多么绝望,那些在夜空中"舞动的光"给她带来不少积极向上的情绪。

《女人城》中最黑暗的人与动物关系倒转与"肉"有关。小说中有多处关于食肉的描写,这种循环的捕食行为可以发生在动物与动物之间,更发生在人和动物之间。但是,小说《女人城》中最可怕的还不是这些。读者注意到,在某些人眼里,人的身体也不过是一块肉而已,一个男人身上的肉可以用来满足一群女人的性欲,碰到女人不高兴时就将其阉割。同样,女人也会成为她们眼中的肉,她们学着男人的样子将其玩够了再恐怖地杀掉,或者将她们弄残。[2] 在这里,男人和女人相互吃,城市里的每个人都是待吃的肉。《女人城》用非常怪诞的现实主义细节描述了形形色色的杀戮,小说将城市的动物屠宰场与宠物之家不要的宠物以及监狱杀害死刑犯相提并论,每个类似的过程都会留下一些多余的"肉",它们是这个城市每天生产出来的垃圾,也是这个狂欢的城市的底层现实。在这个现实世界里,许多女人自己也成了这样的垃圾,她们因为性活动或者长期工作而落下疾病,不再具有价值,自然成了这个社会的多余剩肉。屠宰场、宠物店、监狱和动物园全都是可怕的地方,在这里,她们借用先进的现代技术器械对人和动物一起实施屠杀。

在《女人城》中,宠物最集中地模糊了人和动物的界限,因为在城市家庭里,宠物们跟主人的关系既熟悉又陌生,它们每天贴近主人生活。然而,或许正是因为特殊的关系,宠物们对于主人并不总是完全地恭顺,在它们身上不时表现出一点原始而无法无天的野性。显然,宠物并不甘于被人简单地归类,即便在有限的家居环境里也希望保持自己原来的"野性"。宠物和城市里的无主动物及昆虫一样,在作品中成了人类深藏心中的欲望和恐惧的某种表达。它们本来属于外面的世界,但是,它们来到了人的家里,所以从一开始就在空间上打破了人与动物

---

[1] David Ireland, *City of Women: A Novel*, p.28.
[2] 同上,p.29.

之间的界限和禁忌,将人类作为一种道德动物所不齿的兽性带进了人类的生活。比丽很喜欢她的小豹,但在对待这个宠物的态度上,她显然也是不无疑惑的。女人城中的多数女性在对待她们的宠物时都是有爱有虐,在这一点上跟男人对待宠物的态度并无二致。比丽对待宠物的态度谈不上虐待,但是,她对小豹的喜爱建立在绝对控制的基础上。女人城的女人认为异性婚姻和孩子意味着把自己变成跟奴隶一般的二等公民,但是,她们在对待宠物时所持的态度似乎也将它们看成了奴隶。有一天,比丽听一个名叫"老鼠"(Mouse)的女性跟她介绍她的情况,后者说她的婚姻和家庭如同监狱一样令人窒息。听完了这个故事,比丽随即前往一个首饰店,因为她要给自己的宠物选一个银脖圈和链子。[1] 在比丽的生活中,波比有着多重身份,它是豹子、宠物、失去的女儿、失去的同性恋伙伴、散步的伴侣,还是来自另一个虚构世界的来客。它代表着逃跑,也代表着窘困。小说临近尾声的时候,比丽在绝望中大声地叫道:"我觉得我只需要一个小小的遮风避雨的地方,还要两个波比,一个陪我散步,一个把我写好的信送到它们的目的地……如果世间真有上帝在,请帮助我! 让我永远也不要从人生的失落中走出来! 让我永远不要饶恕生活给我带来的苦难! 让我永远不要跟刺我的剑实现和解!"[2] 在比丽这些绝望的表达之中,读者听到了超越一切动物野性的人的野性。当女人城和居住在城中的女人们再次受到来自男人的攻击之后,比丽来到了城边的一个地方。那天,她牵着波比最后一次出门散步,波比抬头看看她,又看看天空的一轮圆月,它的眼睛奇怪地闪着光。比丽不禁为之一颤,那个瞬间,她感觉自己突然不是自己,而是波比。显然,此时此刻的比丽感觉跟动物之间的距离被打破了,这个不会用人类语言说话交流的宠物感觉上成了她身体的一部分。

戴里斯·伯德指出,艾兰德的小说多为讽刺小说。[3] 从很多意义上来说,《女人城》也是一部显著的讽刺之作,关键是,这样一部讽刺小说究竟在讽刺什么? 肯·杰尔德批评《女人城》简单地将《玻璃船》中的悉尼郊区男性酒吧文化加之于城市女性同性恋身上。[4] 乔迪·威廉姆森(Geordie Williamson)也认为,艾兰德不是一个激进的实验主义小说家,而是一个前期激进、后期极端

---

〔1〕 David Ireland, *City of Women: A Novel*, p.110.

〔2〕 同上,pp.102-103.

〔3〕 Delys Bird, "New Narrations: Contemporary Fiction", pp.187-188.

〔4〕 Ken Gelder, *Atomic Fiction: the Novels of David Ireland*. St Lucia, Qld: University of Queensland Press, 1993, p.85.

保守的作家,他所属的文学传统或许还是那种男性至上的城市工人阶级的现代主义风格。[1]的确,《女人城》的写作手法很容易被人指责为仇恨女性、攻击女权主义,因为如果小说中的女人城是一个幸福乐园,那么小说家对于女人的评价应该是肯定的。但是,如果这个只有女人没有男人的城市是一个反乌托邦的恐怖世界,那么,作者是否有意要说,一个好端端的城市(世界)都让女人给毁了呢?

　　有的读者或许认为,用《女人城》判断艾兰德是否是一个厌女主义者的做法略显简单,因为这样的评判预设了一种要么支持女性要么仇恨女性的非黑即白的传统逻辑,而这种逻辑在后现代主义眼中是站不住脚的,很容易被解构。肯·杰尔德认为,艾兰德是澳大利亚比较大胆实验而有想法的小说家,他的作品历来敢于颠覆传统叙事逻辑。例如他在《阿基米德与海鸥》中选用了一条狗进行叙事,《无名的工业囚徒》和《玻璃船》中呈现的是一个全男人的世界,《女人城》则是一个全女性的世界。杰尔德特别强调,《无名的工业囚徒》是一部政治小说,但它显然不是一部简单书写资本主义压迫者与工人阶级无产者的小说,也不是一部倡导马克思主义革命的社会主义小说。小说的基调比较悲观,一方面说明工人阶级被压迫和剥削到了不革命便无以生存的地步,但是,小说家同时指出工人阶级的内部四分五裂。[2]艾兰德的小说结构常常支离破碎,而这种形式常常反映了它的内容。他的小说深受美国作家和南美作家的影响,喜欢运用大量的黑色幽默,深入挖掘一个简单二元对立背后的矛盾和纠结。

　　金认为,《女人城》通过这样一个寓言叙事向读者呈现了一个激进的后现代翻转和颠覆,这种翻转首先是两性之间,其次还有人和动物以及虚构和现实之间。女人城中的女人通过她们的变装展演,让我们看到一个充斥着无序暴力的超现实主义世界,这是一个颠覆了传统自然主义常态的新世界。小说通过这一混乱恐怖、乾坤颠倒的世界把我们推入一个血淋淋的寓言世界。[3]但是,在小说家看来,这个恐怖的世界应该不是女人之过。小说通过一群长期生活在男权压迫下的弱女子形象,让我们深入观察她们在彻底去除了男人之后的生活形态,更重要的是,它让我们在一个更纯粹的超越两性关系的状态下窥视更加普遍的

[1] Geordie Williamson, "David Ireland", *The Burning Library: Our Great Novelists Lost and Found*. Melbourne: Text Publishing, 2012, pp.138 – 139.

[2] Ken Gelder, "The Novel", in Laurie Hergenhan, *The Penguin New Literary History of Australia*. Ringwood, Vic.: Penguin, 1988, p.512.

[3] Susan M. King, "Reading the City, Walking the Book: Mapping Sydney's Fictional Topographies", pp.147 – 148.

人性。在女人城里,我们在女人身上也看到了那种我们厌恶的男性特征,那是所有男人和女人共同反感和讨厌的男性特征。它追求无限的自我,绝对地仇视他者,在这样邪恶的男性特征的统治下,什么样的城市都会变成人间地狱。这种辩解不无道理,但是,讽刺普遍人性当中的所谓男性特征为什么必须虚构出一个"女人城"? 为什么不是一个"动物城",或者"昆虫城"? 女权主义读者有理由继续质疑艾兰德的选择。《女人城》选择了一个打破虚幻的结局。小说结尾处,作者又将小说重新置于传统的现实框架之中。此时,比丽的女儿带着自己的新婚丈夫回到她居住的寓所外面。[1] 这是一个怪诞的结尾,但它同时也是开放的。

---

〔1〕 Mark Roberts, "A Plethora of Women". *Island Magazine* 8（November 1981）, https://printedshadows. wordpress. com/2011/11/15/a-plethora-of-women-david-ireland-city-of-women-allen-lane-1981/.

第 6 章
戴维·福斯特《林中空地》中的
"作者之死"批判

　　戴维·福斯特是当代澳大利亚文坛的一个怪才,他的作品娱乐性不强,语言晦涩,作品形式与内部结构复杂难懂,不是大众追捧的对象,但在文学界备受推崇。福斯特1944年生于澳大利亚悉尼以西的卡通巴(Katoomba),童年时代在当地著名的蓝山一带度过。1963年入读悉尼大学和澳大利亚国立大学,大学时代学习化学专业,70年代前往美国的一个国家卫生研究院担任过一年的研究员。1973年以《西南之北》(*North South West*)为题出版一部中篇小说集,1974年出版首部长篇小说《净土》(*The Pure Land*),1978年获创作基金资助前往欧洲。迄今为止,福斯特已出版12部长篇小说、三部中短篇小说集、两部诗歌集、一部散文集和多个广播剧剧本。主要长篇小说包括《月光族》(1981)、《异己酸睾酮》(*Testostero*,1987)、《林中空地》(1996)[1]、《新到一国》(*In the New Country*,1999)、《谣言之子》(*Sons of the Rumour*,2009)、《文人》(*Man of Letters*,2013)等。福斯特于《净土》出版之后开始受到批评界的关注,此后多部长篇小说为他赢得了不少荣誉,特别是《林中空地》一举摘得1997年度的迈尔斯·富兰克林奖。此外,他的一部小说曾获IMPAC都柏林国际文学奖提名,多部作品受到包括帕特里克·怀特等人的高度评价。[2]

　　福斯特的小说显著地继承了澳大利亚特有的一种喜剧和讽刺传统,这种传统的早期代表作家包括约瑟夫·弗菲等。他的小说展现一种宽广的视阈,作品针对20世纪末西方文明等大的话题进行反思和批判。福斯特的小说在风格上

---

〔1〕David Foster, *The Glade within the Grove*. Sydney: Random House, 1996.

〔2〕Geoffrey Dutton, "David Foster: the Early Years", *Southerly* 56.1(1996): 27.

令人想起劳伦斯·斯特恩的《项迪传》。作为一个讽刺作家,他跟怀特和克里斯蒂娜·斯特德一样关注人类生活中的荒诞,特别是对于澳大利亚社会的愚蠢现象有着入木三分的观察。福斯特的作品不拘泥于特定的题材、模式和语言规则,在写作中常常将低层次的幽默和精英的严肃随意融合。《林中空地》是福斯特的第 11 部长篇小说,也是他的三部邮递员小说的最后一部,前两部分别是《狗头石:邮政牧歌》(*Dog Rock: A Postal Pastoral*,1985)和《浅蓝针织衣架套》(*The Pale Blue Crochet Coathanger Cover*,1988)。小说的主人公和叙事人仍然是一个名叫达西·多利维勒斯(D'Arcy D'Oliveres)的邮递员。故事发生在 20 世纪90 年代,达西是个热爱读书、性格有些怪癖的老人,他在澳大利亚一个名叫奥布利卡河(Obliqua Creek)的邮政所工作了一辈子。临近退休前的一天,他在一个被人丢弃的邮袋里面发现了一个未贴邮票的信封,打开一看,信封里装着一首署名奥利昂(Orion,真名为 Timothy Papadimitriou)的诗——题目是《艾里南加拉之歌》(*The Ballad of Erinungarah*)。达西看完这首诗之后,决定写一部小说——《林中空地》,一方面算是给这首诗做一个注释,同时也对诗中叙述的 30多年前发生的一件事情进行一番调查。小说的正文部分像一部戏剧一样分成五幕,第一幕分三场,第二幕分两场,其余不做细分。第一幕和第二幕的五场并不连续,而是在前三幕中随意地穿插,每一部分的标题像中国章回小说一样简单概括主要内容;小说中没有太多有趣的人物形象,但作者在详细地罗列小说"目录"之后,同样采用戏剧格式介绍了六组人物。这些人物大体上可分为两类:一类是生活在澳大利亚丛林中的乡下人,另一类是来自城市的嬉皮士。分别代表 20世纪 60 年代澳大利亚两种亚文化的这两类人在艾里南加拉相见,希望在那里建设自己的天堂。

一

或许与他 20 世纪 80 年代做过邮递员工作有关,福斯特早期的多部小说以邮递员的工作为生活原型。在前两部邮递员小说中,福斯特立足一个邮递员的视角,透过一些谋杀谜案,书写了澳大利亚乡村生活的变化。在《林中空地》中,福斯特有了新的设计和想法。作为《林中空地》的叙事人,达西是一个普通的澳大利亚人,小说家在"人物简介"中对达西的介绍是这样的:"达西·多利维勒斯,1995 年时 65 岁左右,太平绅士,持证创意作家,盎格鲁-凯尔特人,曾任邮政员,一段时间也在一家移民公司作记账员。奥布利卡河丛林火灾消防队第一副队长,奥布利卡河保龄球俱乐部副主席,安纳托利亚新闻社的业余供稿员,《艾里南

加拉之歌》创始人及编辑,20世纪末的怀疑派。"[1]达西在"前言"中这样自述:
"我不是一个有经验的作家……但是,我确实选修过一门创意写作课程并顺利通
过课程考核,因此我很有信心。"他特别强调,自己的身体越来越不好了,"正如我
周围的后现代后基督教后西方文明一样正在快速地走向颓败。"[2]

　　《艾里南加拉之歌》究竟是一首什么样的诗歌?这首诗中到底描写了一个什
么样的事件?据达西介绍,艾里南加拉位于澳大利亚南海岸新南威尔士和维多
利亚州交界的一个森林山谷,20世纪60年代,有人在这里成立了一个所谓的公
社。在这个天堂一般的山谷里,住着零星的几户以伐木和农牧为生的澳大利亚
人。一天,一个名叫迈克尔·金赛德(Michael Ginnsyde)的20世纪60年代的知
名摇滚吉他手在附近的山谷里走失了一条狗,所以意外地来到了这个天堂一样
的地方。后来,迈克尔在两个老嬉皮士弗里克斯(Phryx)和格温(Gwen)的帮助
下顺利离开这个山谷,回到悉尼。但此后的他无法忘记这个山谷,逢人就说这个
天堂般的所在。在一次为马丁·路德·金的守灵活动上,迈克尔经不住一群人
的鼓动,决定带着大家一起前往寻找这个山谷。在这群人中间,有几个嬉皮士,
一个资深美女,一个毒品贩子,几个吸毒犯,几个有钱所以四处找乐的孩子,还有
一个马克思主义者。那是一个反越战的时代,在"反文化"的大环境中,这些人都
在寻找不一样的生活,因此听说有个这么美好的地方都激动得忘乎所以,他们最
终真的得偿所愿。在与山谷住户交往的过程中,一个名叫黛安(Diane)的城里女
孩和一个伐木家庭收养的穷苦男孩(Attis)堕入爱河,于是,丛林住户和城里来
的年轻人,农村人和城里人因爱情走到了一起。迈克尔带着大家在山谷里找到
了弗里克斯和格温的住处,却不知二人已经被反伐木恐怖主义者夺了性命。据
说,后者在山谷中发现了一个长着千年老松的圣林,为了不让外面的人进来砍
伐,他将两个老嬉皮士残忍地杀害了。在这首民谣的最后,城里人与丛林农民决
定联手对付那个失去理智的生态恐怖主义疯子。

　　在《林中空地》中,福斯特刻画的达西是个有主见、有个性的邮递员,在很多
事情上面,他敢于直抒胸臆,毫不隐瞒自己的想法。例如,在他看来,那些在艾里
南加拉山谷聚首的人们,不论他们是伐木的农民,还是来自悉尼的嬉皮士,都无
可指责,但是,那些反伐木的生态保护主义者有点过火。达西希望把自己写的这
部书也命名为《林中空地》,它应该是一部关于20世纪60年代这两种人的故事。

---

[1] David Foster, *The Glade within the Grove*, p. xxviii.
[2] 同上,p. xiii.

他觉得自己是个 postman,但他觉得这个词里面除了邮递员的意思之外更有另外一个意思,那就是 postMan,即后学时代的人:后现代、后基督教、后西方。20世纪后半叶,西方文明在这些后学思潮的鼓噪之下正在迅速地衰败下去。在这样一个时代,他对于怎么叙述自己的故事有着自己的想法。以前,他在创意文学班学习的时候,老师给大家讲了很多的写作理论,也教了很多写作方法,例如,老师说每一个新的作品都应从故事的起点处开始。但是,20世纪末的后现代主义文学理论已经彻底弃绝了古希腊罗马文学中人们所说的文学女神缪斯,所以他想按照自己的想法写出一个不一样的史诗。他认为作家写作时对于自己写作的行为应该高度自觉,他觉得真正的写作应该像《项迪传》那样。在着手开始写作这首诗的故事时,他决定从故事的中间开始,时间是 1968 年,那是一个动荡的革命年份。达西非常迫切地要写这本书的另一个原因是他已经罹患癌症,所以应该不久于人世。由于病情的缘故,他做什么事都不想再讲什么规矩和仪式,因为时间不允许他这么做。

达西一开篇便令人大吃一惊,因为他引经据典,俨然学养深厚,雄心勃勃。达西认为,要很好地了解一个时代,必须与时俱进,但他觉得人类有别于其他物种的一个重要方面是我们的长期记忆。他借用古希腊剧作家埃斯库鲁斯的话说,"记忆是一切缪斯之母"。他认为埃斯库鲁斯的作品帮助我们很好地记录了人类的一段集体记忆。抱着这样的观点,达西决定在自己的写作中也引经据典。他平时喜欢阅读不同作家的作品,所以,他在自己的叙事中随处引证,希望这样的写法能让读者充分感受到他的学养、想象和表达。达西要讲述一个史诗般的恢宏故事,他不希望自己的故事写得平铺直叙。达西在他的叙述中旁征博引,直接引用的名人名言不计其数,有古代的,也有当代的,有经典的,也有通俗的,有语言的,也有音乐的,学科领域广泛涉及神学、历史学、文化人类学、哲学、科学和文学。达西对于如此广泛的引用有着自己的看法。在他看来,引用自然会有一个影响的问题,但是,广泛的引用有助于把简单的一对一的影响复杂化,其形成的从属影响关系变得无比复杂,这种复杂的影响关系就像小说中的复杂的人员流动。当然,强调复杂不是为了淡化和忘却业已存在的联系,恰恰相反,写作可以通过这样的多元引用,恢复人们对于此前人类丰富多元的智慧的记忆。

在达西看来,20世纪末是一个特别的时代,生活在这个时代的人会回首过往,更愿意展望未来。20世纪末是思想上急剧动荡的时代,许多人对于未来都有着自己的预言,对于未来持悲观态度的人此时会抛出一些重磅的灾难和历史

终结论的预测。[1] 达西也想对未来作个预言,对于即将开启的新千年,他有着
自己的预言。一天,他突然脱掉摩托车头盔,戴上他特有的神视帽,说:"好的,我
们也试一试,为什么只让苏格兰芬霍恩的先知'世界思想家'和美国大瑟尔的希
望怪人预言家来做? 把那烟枪给我们递过来,还有烟蒂扔过来,把那点致幻药片
拿给我……下面是我的预言。麦加天房的含碳陨石,还有被人尊崇为石坛巨子
的加尔各答卡里哈,将成为我们第三个千年的圣地,前太阳系的群星交响,众神
之母,派对之始。"[2] 达西对宇宙起源很感兴趣,在他看来,如果我们想知道宇宙
的未来怎么样,就有必要知道宇宙是怎样开始的。达西在预言中提到的炭质陨
石在很多人类社会被奉为神灵,因为那时候的人们觉得它们有灵魂。达西关于
这些陨石的知识好像来自汤因比的《历史研究》一书。[3] 达西的叙事中每每涉
及石头,总让人觉得它们是从天上掉下来的,不论是赫梯的西伯利女神石像,还
是萨图努斯神为了不让朱庇特取代自己而一口吞下去的麦加炭质陨石,每一块
石头都蕴涵着很多动人的故事。跟 20 世纪末的很多科学家一样,达西相信,神
秘的生命起源与地球经历的陨石轰炸不无关系,因为对于生命至关重要的碳,最
早应该始于古老的星星内核之中。

　　小说家显然希望将达西刻画成一个普普通通的澳大利亚人,他对很多事情
都有着自己独特甚至怪癖的想法。[4] 如果你的卡车在一片原始森林旁边熄了
火,他会告诉你如何很快重新点火。达西对于现代文明也有自己的看法,他说:
"我认为,我们所知道的文明根本就是一个骗术和借口,为的是回避树木被砍光、
自然被毁灭的严重后果。人类被上帝抛弃之后的文明如何如何了不起是摩西的
《创世记》、柏拉图的《政治学》以及维吉尔的《第四牧歌》的主题。在西方,这样的
讨论在卢梭的反启蒙思想中表现得最有力,但是,所有这些思想家没有一个把人
类摧毁森林的事实当回事,更没有人觉得那是人类历史的至恶。如果砍伐森林
是一种大恶,怪不得那么多人选择对于树木和森林充满了敬意了……不是砍伐
森林威胁到了文明,而是树木不尽,(所谓的)文明就无法开启。"[5] 达西认为,文
明的未来有三种可能的前景:"在 200 多年的时间内,我们欧洲人,近期则是日本

---

[1] John Docker, *Postmodernism and Popular Culture: A Cultural History*. Cambridge: Cambridge University Press, 1994, p.103.

[2] David Foster, *The Glade within the Grove*, pp.92-94.

[3] Arnold Toynbee, *A Study of History*, London: Oxford University Press, 1954.

[4] Delys Bird, "New Narrations: Contemporary Fiction", in Elizabeth Webby, ed. *The Cambridge Companion to Australian Literature*. Cambridge: Cambridge University Press, 2000, p.192.

[5] David Foster, *The Glade within the Grove*, p.126.

人,砍掉了耕地上百分之八十的树木植被……从理论上说,森林是可以再生的,但事实上,砍掉的森林从来没有重新长出来过……于是,我们要么回归到一种土著的野蛮状态(土著民自己也不愿意),要么发明出一种崭新的西方文明来,或者一个更可行的选择是接受我们的文明无药可治。然后,就像艾里南加拉山谷中的人们那样接受挑战,设计或者说挖掘出一个宗教,作为为某个尚未出生的相关生命准备好的新的栖身之所。"[1]

二

达西的叙事异常凌乱,他的预言与致幻毒品有关,在他的预言之中,未来之中有过去,而这个过去可以一直回溯到宇宙的创世大爆炸;他漫无边际,拐弯抹角,在叙事中不断地发现新的焦点,但他又很少聚焦。的确,凌乱和疏散是达西所要创作的《林中空地》的基本规则。读者通过达西提供的零碎的疏散叙事,听到世界各大文明不断吸收宇宙要素形成自我的具体过程。这个过程与宇宙各大星系通过吸收太空物质最终形成自我样貌的过程颇为相似。如果达西有什么清晰的叙事策略,那应该是一种后现代的策略。但是,达西的叙事又与某些后现代理论家所倡导的叙述艺术显著不同。例如,法国后结构主义理论家罗朗·巴特(Roland Barthes)在其 1968 年的《作者之死》(*The Death of the Author*)一文[2]中强调,所有文本都很难有一个终极的、秘密的意义,作者并没有为文本确定意义的能力,他唯一的能力仅在于将不同的文本汇集在一起,或者说将一个文本引来反驳另一个文本。达西喜欢互文性的引用,但他的互文是一种不放弃自我意志的互文。这种意志是一种牢牢地掌握着创造力的意志,始终想着如何开创一个新的开始,如何不被过去束缚。达西明确表示,他希望作家与引证的对象之间建立起一种既彼此独立又相互对话和辩论的关系,无论是摩西、柏拉图、维吉尔,还是卢梭,作家在引用他们的时候,应始终保持着独立的判断。达西以此为例向我们证明,互文的引用和自己的独创之间并不是两个互不相容的概念,因为广泛的引证目的不是忘却,而是为了更全面的记忆。

巴特在《作者之死》一文中提出的最重要的概念关乎作者。在他看来,作者与作品之间的亲子关系是个神话:"有人相信,作者总应该是作品的过去,作品与作者自动地站成一条线,他们之间以前和后相区分。作家是作品的滋育者,他在

---

〔1〕 David Foster, *The Glade within the Grove*, pp.126 – 127.
〔2〕 Roland Barthes, "The Death of the Author", *Image Music Text*, selected and translated by Stephen Heath. London: Fontana, 1977.

先,曾经为了作品进行过思考、受过折磨,为了它而活着,这中间的关系俨然像父亲跟孩子之间。与此形成鲜明对比的是,现代的作者与作品不是父子,因为他们同时诞生。"[1]达西对此不以为然,在他看来,作者的权力是无可辩驳的,汇集文本的权力也是无可置疑的真实权力。达西针对文明问题引用的所有的文献都从某个角度涉及了亲属关系的主题。如《创世记》中的上帝让亚伯拉罕去繁殖后代;在柏拉图的《政治家》中,埃利亚的陌生人像父亲一样教育年轻的苏格拉底;《第四牧歌》中的诗人希望为一个未降世孩子(朱庇特的孩子)未来的业绩放声歌唱;卢梭用一个想象的爱弥尔思索不一样的命运。在达西想象的《林中空地》里,上述的父子关系被比喻成了作者与作品的关系,达西希望找到《艾里南加拉之歌》的作者,因为他感觉那就像为一个孩子找寻他的父亲。

　　因为疾病,达西的整个叙事都与死亡有关。他的故事里刻画的一个最令人难忘的人物名叫查理·麦卡纳斯皮(Charlie MacAnaspie)。查理是一个二战老兵,曾经参加过澳大利亚部队在土耳其加里波利的战斗,他是山谷的主人,更是一个自我中心主义的坏脾气的老头,每天只穿一条内裤。[2]但是,达西喜欢这个人物。1995年的时候,查理九十几岁,达西不过六十五六岁,但是,因为疾病显得未老先衰。达西感觉,查理的死给了自己一个预演的机会。"查理之死"一节的主要内容与其说是具体描写查理的死,还不如说是达西自己对于死亡的思考。达西向读者这样歉意地说:"死亡,我心里想的事,抱歉。如果你不喜欢可以跳过这段。"他随后开始讨论起复活的事来。在达西看来,永生并没有那么重要,他说:"我只要我此时此地的永生。"他不相信自己的身体可以永生,是因为他不喜欢一种"没有自我的来世生活"。[3]查理去世之后,达西就给自己立下遗嘱,还让读者帮他咨询一下,看看某一家处理葬礼的公司是否继续为他这样的邮政工作人员提供打折,还有火化之后能不能帮他把骨灰撒到澳大利亚的丛林里。

　　《林中空地》的另一个重要主题是活人与死者的关系问题。达西在故事的结尾安排了一个后记,他觉得它可以算是自己向读者做的一个告别。[4]这段告别词这样写道:"对不起,我连笔也提不起来,也不觉得有什么必要继续写下去。"[5]他说他已经厌倦了跟纸打交道,要求社区护士找个录音机来,这样他就

〔1〕Roland Barthes,"The Death of the Author",p.145.
〔2〕David Foster, The Glade within the Grove, p.62.
〔3〕同上,p.284.
〔4〕同上,pp.423-428.
〔5〕同上,p.423.

可以把他最后的想法通过录音的方法留给后人。使用录音机录音的办法当然是小说家的主意,有了它,他就可以从技术上让一个病入膏肓的叙事人讲述他自己最后时刻发生的故事。在达西的这部后现代史诗中,录音机犹如神灵降世,有了它,达西的声音得以保存。本来,录音机只是被用来构建达西的叙事,但录音机后来也很好地将他为了解《艾里南加拉之歌》所做的所有访谈都准确地记录下来。有了它,达西就可以比较自信地说,他的对话都得以很好地"重建"了起来。[1]"重建"听上去更像后结构主义的说法,事实上,达西的意思是说,有了这台录音机,不同人物就都可以说话了,如此一来,他主张的民主叙事策略便可以得到真正实施。达西所说的对话之一是他对一个名叫沃扎(Wozza)的土著人的采访。[2]沃扎是一个90多岁的老人,在当地非常有名,整个小镇都以他的名字命名。达西打开录音机之后问的第一个问题是:"沃扎,我们如果没有语言,会是什么样子?我们人跟多数哺乳动物相比喉咙多了个说话的能力,上帝这样安排一定有什么特殊的用途。"[3]沃扎非常愿意跟达西介绍自己的土著传统,但由于担心达西将来把他们的录音交给国家图书馆的口述历史部门,所以他不愿意针对一些禁忌话题开口。沃扎平时捡一些"骨头和石头"卖给城里人。[4]让这样一个即将离世的老人录下一段他的"口述历史",达西从一个侧面继续深入地探讨了他关心的生死主题。

澳大利亚国家图书馆的口述历史部的确藏有一批著名澳大利亚人采访录音,福斯特曾应邀为之写过一个导言。在这个导言中,他强调这些录音非常重要:"我在听这些录音的时候,恍惚之中仿佛又来到了这些伟人面前,当然我知道他们又都已经死了,所以重新聆听这些录音给人以一种诡异的感觉。"[5]《林中空地》中的达西也是一样,当读者看到他给读者留下的告别词文字稿时,他已经死了。他非常诚恳地对我们说:"没能顺利写完这部家世小说,但我在我的遗嘱上留了个附件,如果你们不嫌麻烦的话,就继续去看《艾里南加拉之歌》好了,没有关系的。"[6]读者通过这段话的录音文字稿反复听到的"遗嘱"一词很是重要,我们从这个词当中听到了达西对于他留下的叙事的著作权。换句话说,他写的故事版权在他,哪怕人死了,也不能改变。按照达西的说法,读者的权利只有一

---

[1] David Foster, *The Glade within the Grove*, p.375.
[2] 同上,p.232.
[3] 同上,p.233.
[4] 同上,p.261.
[5] David Foster, *Self Portraits*. Canberra: National Library of Australia, 1991, p.2.
[6] David Foster, *The Glade within the Grove*, p.423.

个,那就是:你可以选择是否继续去看《艾里南加拉之歌》。达西决定把自己的小说跟这首民谣一起出版,为自己的作品留下巨大的阅读和阐释空间。但是,达西强调的是,作为作者,他的自我不会因为说话人的离世而化为虚有,相反,作者的主题声音将在自己去世之后继续存在。达西去世当天,他的遗体火化之后骨灰被洒在丛林之中。小说用达西的生死故事生动地表达了小说家在文学作者与读者之间关系问题上的看法。

三

达西不喜欢用死亡的说法来讨论文学,因为文学是一种富于生命力的东西,只要作家的个性和激情在,文学就在。达西相信文学中的作家个性和激情。巴特所谓的"写者"(scriptor)不仅"在时间上与文本同时诞生",而且是一个"胸中没有了激情、幽默、情感和印象"的人。[1] 在达西看来,强调"作者之死"就是否认作家个性对于创作的重要性。达西虽然不是一个专业的作家,[2]但他每每写作总向赫耳墨斯神祈祷,要求他赋予他"通达世事的机智、坚持写作的物质和情感支持,妙笔生花的技巧以及持之以恒的韧劲"。[3]他超凡的决心来自他的人性,反过来,他的个性也让我们更看到了他的决心。达西的叙事开门见山地强调激情的重要性,故事的结尾对于那些丧失激情的人给予了猛烈的抨击。达西想象自己在伊斯坦布尔,他感觉自己的耳边听得到穆斯林的召唤,他情不自禁地说:"哦,激情,你的召唤让后现代、后基督的耳朵妒忌去吧。"[4]在达西的《林中空地》中,激情是一个常在的话题,达西在思考 1968 年的反越战示威时说,"激情可以说是唯一重要的东西。"[5]

1967 年,美国后现代作家约翰·巴思撰文提出"文学枯竭"的概念。巴思认为文学在现代主义之后越来越体会到一种形式被穷尽的感觉,他把这种感觉称为"枯竭的文学"(The Literature of Exhaustion)[6]。达西认为,一般来说,当肉体与灵魂相脱离的时候,要么灵魂死了肉体还在,要么肉体死了灵魂长存,只有当这样的脱节发生的时候,文学形式才会枯竭。达西觉得自己在

〔1〕 Roland Barthes, "The Death of the Author", p.147.
〔2〕 David Foster, *The Glade within the Grove*, p.xxviii.
〔3〕 同上,p.xxxvii.
〔4〕 同上,p.424.
〔5〕 同上,p.7.
〔6〕 John Barth, "The Literature of Exhaustion", in *The Friday Book: Essays and Other Nonfiction*. New York: G.P. Putnam's Sons, 1984, pp.62 - 76.

《林中空地》的故事到 1986 年基本可以结束了,因为到那个时候他叙事中的魔咒状态消失了。读者可能觉得达西的故事此时还没有结束,因为森林砍伐者依然居住在艾里南加拉山谷里。但是,达西认为,仅仅因为还有人在艾里南加拉山谷里干活就以为故事应该继续下去,这种想法是错误的。达西指出,今日的冰岛人居住在冰岛不说明任何问题,它能说明的是精神消逝之后的肉体继续存在,其他类似的例子还包括基督教作为一个北方宗教的向南传播。达西解释道,基督教的一个基本隐喻是一个貌似枯死的老树到了第二年的春天蓦然焕发新生,但是,如果两个地方的季节根本对不上,[1]那么基督教的仪式放到另外一个地方可能就毫无意义。什么叫肉体死了精神继续长存呢? 达西引用汤因比的说法说,一个地方因为过度砍伐森林导致土壤流失,没有了树木和土壤,就像人生了病,瘦骨嶙峋;没有了肥沃的土壤和生机,一个国家就只剩下了皮包骨头。[2] 1995 年,达西有一段自我介绍,此时的达西已经到了晚年,罹患癌症,但是,他并不显得无精打采。相反,他看着眼前自己工作了一辈子的奥布利卡河边光秃秃的土地以及笼罩在土地上方的烟霭,坦诚地跟读者诉说自己的老之将至。

在《作者之死》一文中,巴特宣称,写作的一个关键在于"消灭所有的声音和所有的作品源点"。[3]达西对此不以为然,他认为文学家在进行文学创作的时候是面向读者说话。用福斯特的话说,达西认为,所有伟大的艺术和科学首先必须要有独创。[4]达西在《林中空地》中重提古典文学,特别是重塑史诗,目的是要通过文学作品中说话人的声音,说明作者不会因为后结构主义理论说他死就死了,在他看来,作者将独立于文本继续活下去。在古希腊和罗马文学中,史诗最早是一种口头的文学,这样的文学作品一开篇常常先援引众神的名字,而这样的文学样式符合达西的需要。诺斯罗普·弗莱(Northrop Frye)在《批评的剖析》一书中曾说,一个诗人只有在生活中遇到危机的时候,才会想写史诗。[5]所谓作家常常因忧愤而写作,达西创作小说《林中空地》显然也是发现自己因为疾病而首次面对生命的危机。达西通过《艾里南加拉之歌》中的十四行诗"我们的

---

〔1〕 David Foster, *The Glade within the Grove*, p.14.

〔2〕 同上,p.125.

〔3〕 Roland Barthes, "The Death of the Author", p.142.

〔4〕 Foster, David. "Writing Fiction in our *Lingua Franca*", in *The Great Literacy Debate: English in Contemporary Australia*, ed. David Myers. Melbourne: Australian Scholarly Publishing, 1992, p.78.

〔5〕 Northrop Frye, *Anatomy of Criticism*. Harmondsworth: Penguin in association with Princeton University Press, 1990, p.318.

心之声"(The Voices of Our Hearts)对此有所披露。达西告诉读者说,他在信封里发现这首诗之后,就把这首诗背了下来。[1] 纳雷尔·肖(Narelle Shaw)在"邮递员的大叙事"一文中认为,达西在这一点上似乎跟埃德蒙·斯宾塞(Edmund Spencer)有些相似。[2] 巴特在《作者之死》中根本否认文学是作者对读者讲话。[3]《林中空地》中有一节的标题为"阿迪斯与黛安堕入爱河"(Attis and Diane fall in love)[4]。在这一节中,达西至少三次强调,自己叙述故事是因为要满足自白的冲动,虽然他在序言中也说过自己写这个叙事并不是要讲自己的故事,但是,小说不止一次地展示了叙事人希望向读者讲述自己故事的迫切需要。一个有趣的例子是,当他讲述澳大利亚大陆的历史变迁时,他先介绍了3 400万年前桉树首次来到这块大陆,然后是十万年前爪哇人首次登陆到这里,然后是 1770 年英国人库克船长的到来。说到这里,达西有些迫不及待地说:"我是一个远道而来的英国人,我也是远涉重洋来的,不过我来的时间是 1953年。"[5]在此后的叙述中,达西只要有机会,就从不犹豫地向读者讲述他自己的事,特别是他担任邮递员期间遇到的形形色色的趣闻轶事。这些小轶事是他叙事中的常见点缀,更是关于他自己的故事中最为人熟悉的内容。从这个意义上说,他的长篇叙事既是关于艾里南加拉之歌的历史背景,同时也是达西自己的一个自画像,一个关于他的人生和思想的习作集。

1968 年是《林中空地》的一个关键时间点,那么,这一年的澳大利亚是个什么样子呢?"1968 年,在澳大利亚的街头,如果有人留着长头发在街上走路,有人就能朝你扔石头。"[6]1968 年 5 月,美国民权运动活动家马丁·路德·金被谋杀之后,澳大利亚不少人激情地为他守灵追思。参与者多有一种参加了一场革命的味道。那个时候的很多人都认为,文学的读者并非没有历史、生平和心理。值得注意的是,达西的大事记里面没有巴特发表《读者之死》的时间记录。根据苏珊·斯坦福·弗莱德曼(Susan Stanford Friedman)的记述,"1968 年的法国,资本主义和帝国主义支持下的传统人文主义思想受到了来自后结构主义先锋阵营的挑战,巴特的这篇宣扬'读者之死'的文章标志着思想界一场革

———————————

[1] David Foster, *The Glade within the Grove*, p.66.

[2] Narelle Shaw, "The Postman's Grand Narrative: Postmodernism and David Foster's *The Glade within the Grove*", *Journal of Commonwealth Literature* 34.1(1999): 61.

[3] Roland Barthes, "The Death of the Author", p.143.

[4] David Foster, *The Glade within the Grove*, pp.220 – 221.

[5] 同上,p.32.

[6] 同上,p.3.

命的到来。"[1]在达西看来,在全世界都在呼唤激情的1968年,巴特竟然推出一篇排斥激情的文章,实在是具有讽刺意味。更有意思的是,虽然他宣扬"作者之死",但是,他并未能真正做到把他自己鲜明的个性排除在自己的文字之外。达西在《林中空地》中说,1968年是世界很多地方爆发激进活动的分水岭,但它对于法国和美国是不一样的。在美国历史和文化之中,个人、独立和自给自足的自我是全民认可根深蒂固的意识形态,这与巴特所在的法国可谓大相径庭。20世纪60年代澳大利亚的大众文化是美国式的,小说中的那群人成立的一个"山谷烛光合作公社"从文化上说其灵感来自美国,社员们一起为马丁·路德·金追思,然后大家一起前往艾里南加拉山谷探胜。达西的大事记清单中没有巴特的《作者之死》这一条,是因为1968年的巴黎运动根本就没有引起澳大利亚的注意,即便有人注意到,那些澳大利亚的公社社员们也不会发什么声。更重要的是,达西从根本上就不认可巴特的观点,在他对于20世纪末的思想崩溃的全面反思中,他认为,巴特所代表的一部分思潮应该被予以严厉批驳。

四

达西不喜欢任何形式的虚无主义,在《林中空地》中,他表达了对于人类种种基本而朴素的情感的珍视。眼看生命即将走到尽头,达西表示自己回首一生还是有一些遗憾。具体说来,这些遗憾包括:"1959年的那个长方形包裹,我看见过的,我撒了谎,我拿出去的。我不知道后来弄到哪里去了,可能不小心从邮包了弹出来了,也可能被人偷了,谁知道呢?但是,我不应该撒谎。可是我害怕……还有那个狗儿注册续期,我有时候会拖延。克鲁塞·麦考伊寄来的邮瓶子,里面装着他的临终遗嘱,我不该收钱。"[2]达西好像一辈子总有自白的冲动,那是他性格里的东西,这个冲动让他到临死之前还要做一件大事。达西在药物的作用下,恍恍惚惚地以为坐在他床边的社区护士是他的母亲。他一边呼喊着"母亲,是你吗?母亲",[3]一边没有好气地跟读者说"温柔的读者"。[4]他向读者坦白,说自己一辈子没有跟自己的母亲好好相处,更没有崇拜过任何女神,生命之火即将熄灭之际,他决定跟自己的读者、母亲和女性和解。在想象中,达

---

〔1〕 Susan Stanford Friedman, "Weavings: Intertextuality and the (Re) Birth of the Author", in *Influence and Intertextuality in Literary History*, ed. Jay Clayton and Eric Rothstein. Madison: University of Wisconsin Press, 1991, p.157.

〔2〕 David Foster, *The Glade within the Grove*, pp.423 - 424.

〔3〕 同上,p.423.

〔4〕 同上,pp.166 - 167.

西感觉自己到了土耳其,在那里,他站在一个战争纪念碑跟前;一会儿,他感觉自己要来到卡兹达格,向圣母玛丽致敬。为了完成自己的叙述任务,达西用自己的临终自白很好地演绎了自己的抒情思想,同时他这样的自白也让读者深切地体会了这个史诗般叙事的后现代取向。因为自白意味着一个人的声音在讲话,他可以面向上帝,更可以面对着其他人自白,我们在向别人的自白中找到了自己生活的意义。达西告诉我们:"我们通过语言与人共处,我们为了他人而生活。"[1]

达西在他的叙述中很委婉地表示,自己也不认为"爱国主义"有什么不对。在这个问题上,达西同样说出了小说家本人的观点。跟美国的艾伦·布鲁姆(Allan Bloom)一样,福斯特反对澳大利亚不问青红皂白地一味引进法国的前卫思想。在《林中空地》中,他坚定地认为,在澳大利亚这样的国家,在一个很多人打着民主的旗帜否认传统价值、每天想着如何变换口味的国家,强调传统的传承是十分重要的。布鲁姆认为,一个民族的品味的形成有赖于传统,我们不能把传统看成武断的东西,相反,它是被篆刻在石头之上所以留存下来的东西。[2]达西很机智,因为所谓刻在石头之上的东西常常让人想起神话中的诸神。通过这样的说法,他又巧妙地回到了巴特所说的所谓"可写文本"上来。巴特反对人们说独创的概念,但是达西不以为然。在他看来,巴特的那些理论都是昙花一现的流行和瞎崇拜。

达西认为人应该保有信仰,他在自己的"序言"中引用罗马时代的作家兼牧师普鲁塔克的话说,所有的社会都必须信仰上帝。达西戏谑地说,"我的天哪!"——普鲁塔克实在是没见过世面,以他的预言本领,他应该可以预见到 20 世纪末的现代社会,这个社会既没有基督教,也不再信奉西方的任何传统文明。达西为什么这么说呢?达西也认为,"没有祈祷的生活一定会出问题,不停地出问题,没完没了地出问题。"[3]这句话中的关键是祈祷和出问题这两件事情之间的因果关系,他进一步指出,没有上帝的生活经不起深究,我们的后现代文学不信上帝,自然问题多多。[4]巴特通过严密的逻辑论证,说明作者与作品之间的关系是个神话,因此将作者从文学文本中彻底去除,然后从神学的角度来说,作者与作品之间的那种父子式的关系也是孩子与上帝之间的关系。巴特在《作者之死》中说,"一个文本并非一串词语,这些词语共同释放出一个'神学'意义(作

---

[1] David Foster, *The Glade within the Grove*, p.392.
[2] 同上,p.81.
[3] 同上,p.322.
[4] 同上.

者/上帝的'意义')。"[1]

耶稣是否曾经复活,历史上历来论争不断。达西坦承自己面对这个问题时的心理纠结,并以此表达自己在作者是否已死这个问题上的思考。基督教认为耶稣真的有过肉体上的死后复生,所以不能把耶稣复活仅仅理解成一种象征性的事件,耶稣复活是历史。达西说:"万能的上帝啊……您如果再生,我无法想见自己认得出来,我必须彻底地把这件事忘掉。"[2]所谓的"千年之谜"说的是,耶稣死去三天之后回到了耶稣撒冷,并成为这里的国王。千年的概念说的是,随着耶稣的到来,新的完美时代取代了伊甸园时代的样子。达西表示,到了第二个千年结束的时候,关于耶稣复活的正统信仰在悉尼这样的后现代城市以及后结构主义的理论话语里变得越来越不可能了。巴特认为,作者虽然活着但已经死了,这样的作者对于死了却又复活的耶稣来说无疑是一种亵渎式的改变。所谓"千年之谜"的标题暗含着的歧义全面地包括了达西心中越来越说不清道不明的困惑。达西不相信作者就这样轻易地死去,他用录音机把自己的声音录下来,这样的记述手段一定能让他不断地复活,因为他本人的声音将永远地伴随着他讲述的故事。同样,那些在自己的叙事中被反复引用的众多作家虽然已经死了,但是因为这些引用,他们的声音不仅不会彻底消灭,反而会在自己的文本中获得某种永恒。

肯·杰尔德和保罗·索尔斯曼认为,《林中空地》算得上是一部生态-家谱小说(eco-genealogical novel)。[3]苏珊·莱维认为,《林中空地》是一部讽刺小说,她的《澳大利亚讽刺作家戴维·福斯特》一书针对福斯特30多年的作品逐个进行了讨论。[4]这两种解读都言之有据,《艾里南加拉之歌》所叙述的故事讲述了不同背景的白人移民在新的时代以新的方式与澳大利亚的丛林建构起来的连接。但是,如果读者将注意力放在叙事人达西与这个丛林故事的关系上,那么,《林中空地》是福斯特所有小说中比较有趣的一部讽刺作品。从这个意义上说,《林中空地》演绎了一个字面意思上的"作者之死"。针对巴特等理论家们启动的关于作者是否已死的这场争论,达西用自己的故事明确地表达了自己对于后现

[1] Roland Barthes,"The Death of the Author", p.156.

[2] David Foster, *The Glade within the Grove*, p.165.

[3] Ken Gelder and Paul Salzman, *After the Celebration: Australian Fiction 1989－2007*. Melbourne: Melbourne University Press, 2009, p.33.

[4] Susan Lever, *David Foster: The Satirist of Australia*. Youngstown: Cambria Press, 2008.

代理论家的不认同。与此同时,小说家通过一个真实普通、有血有肉的人的故事,讽刺了 20 世纪后半叶风靡一时的后现代主义思潮和后结构主义文学理论。在《林中空地》中,福斯特通过达西之口,将法国后结构主义理论家巴特作为靶标,变换各种不同的视角对他的文学理论进行了无情鞭挞。

福斯特笔下的达西是一个普通的澳大利亚邮递员。福斯特设置这样一个叙事人的目的很清楚,那就是,很多后现代主义和后结构主义理论家们虽然无比自以为是,但他们与达西相比不仅缺乏知识,更缺乏起码的常识。福斯特好像在说,达西不是一个专业的作家,写作水平也不一定很好,但是,他追求的不是一种通俗无聊的空洞符号堆积,他希望围绕《艾里南加拉之歌》写一部史诗般的家世小说,为日益颓败的文明指出一条救赎之道。他在小说的"序言"中指出:"我当然希望我们不要用讽刺的低俗淫秽和谩骂去玷污家世小说的雄性气势和反讽腔调……"[1]显然,达西说出了小说家想要说的话。

福斯特在达西这个叙事人身上刻画了一个"十分有趣的喜剧性的人物",此人学识渊博,读书不倦。他喜欢达西故事中的山谷居民的简单,对他们所表现出来的有些反动的政治观点也颇为认同。福斯特最为欣赏的是麦卡纳斯皮一家人,他们在艾里南加拉山谷里过着简单的生活,性格善良,平时靠着一身力气和砍伐的树木生活。[2] 当然,福斯特写作《林中空地》的目的不在于刻画这些普通人物,因为他为自己设定了一个更高的目标,那就是对 20 世纪末的西方文明状况表达他的立场,通过达西和他颇为后现代的叙事,对 20 世纪西方文明中的后现代主义思潮给予剖析和批判。

福斯特通过达西的故事清楚地表达了自己对于巴特所谓"作者之死"的态度,在他看来,结构主义和后结构主义关于文学的文本化以及淡化高雅和通俗文学区别的做法都是针对文学的瞎胡闹。在一篇题为"用混合语写小说"的文章[3]中,福斯特表示,他自己是一个不折不扣的精英主义者,不能忍受所谓的混合语给文学语言带来的庸俗化倾向,而这种倾向与学院派的后结构主义教唆下出现的后现代主义有着密切的关系。在他们看来,文学创作的语言应该是简单的,理想的文学语言应该使用简单的陈述句,对于文学作品的解读是读者的责任。福斯特不同意这样的民主文学理想,这种所谓的民主理想的提出恐怕意味

〔1〕 David Foster, *The Glade within the Grove*, p.xxxv.
〔2〕 Delys Bird, "New Narrations: Contemporary Fiction", p.192.
〔3〕 David Foster, "Writing Fiction in our *Lingua Franca*", in *The Great Literacy Debate: English in Contemporary Australia*, ed. David Myers. 1992, pp.125–128.

着放弃作者的责任。1977 年,福斯特在一次接受访谈的时候指出,他自己的作品的阐释责任在于他自己:"我希望我的小说有读者读,我希望世界上所有的人都懂我的小说,而我自己必须为我自己的思想和道德承担全部责任。"[1]福斯特对于自己精英主义文学理想的坚持到 20 世纪 80 年代深受打击。至 1987 年,福斯特出版《异己酸睾酮》,他发现他对于读者的信心丧失殆尽,因为后现代的读者似乎更关心的是把别人的作品拿来为自己所用,所以对于阅读你的作品没有多少兴趣。这个时代的作家的写作或许只能自娱自乐了。在他看来,这个时代唯一理想的读者只能是作者自己。[2]在《林中空地》中,达西这个人物具有一些后现代读者的特点,但是,福斯特塑造这个人物的目的是以后现代小说的方法讽刺后现代主义和后结构主义。达西要写一本属于自己的书,并通过这本书记录下他生活的 20 世纪末的后现代主义时代,而福斯特希望通过达西的故事揭示一个时代在他眼中所犯的错误。

〔1〕 Frank Moorhouse, "What Happened to the Short Story?", *Australian Literary Studies* 8.2(1977): 179 - 182.
〔2〕 David Foster, "Books and Writing", ABC Radio National, 13 June 1997.

第 7 章
杰拉尔德·默南《景中景》中的苦闷书写

　　在当代澳大利亚文坛,杰拉尔德·默南曾经数十年默默无闻,但是,进入 21 世纪以来,越来越多的澳大利亚人突然开始认为:他将是继帕特里克·怀特之后最有望问鼎诺贝尔文学奖的澳大利亚作家。[1] 默南 1939 年生于澳大利亚墨尔本的一个爱尔兰裔家庭,20 世纪 70 年代始入文坛,早期代表作包括《一生在云端》(*A Lifetime on Clouds*,1976)、《平原》(*Plains*,1982)和《景中景》(1985)[2]。20 世纪 90 年代中后期以来,又连续出版《宝石蓝》(*Emerald Blue*,1995)、《看不见的永恒丁香》(*Invisible Yet Enduring Lilacs*,2005)、《大麦田》(*Barley Patch*,2009)、《百万窗棂》(*A Million Windows*,2014)、《边区》(*Border Districts: A Fiction*,2018)、《人间一季》(*A Season on Earth*,2019)等小说及其他非虚构作品 10 余部。默南长期致力于后现代的小说实验,是"迄今为止澳大利亚本土'出产'的最富原创性也最具个性的作家"。[3] 尼古拉斯·伯恩斯(Nicholas Birns)和吕蓓卡·迈克尼尔(Rebecca McNeer)认为,默南与怀特、斯泰德和凯里可以并称为澳大利亚最具国际影响力的作家。[4]

　　《景中景》是默南的第四部作品,也是 20 世纪 80 年代澳大利亚著名的后现代小说力作。默南对其情有独钟,将它称为自己的"第四个孩子"。著名南非裔小说家库切认为,《景中景》明显带有博尔赫斯的印迹,是一部典型的后现代小说佳作。[5]《景中景》全书共由六个部分组成,分别是:①"雀斑女人的风景"

---

[1] Angus Dalton, "Author Profile." *Good Reading* Feb. 2019: 26-27.

[2] Gerald Murnane, *Landscape with Landscape*. Carlton: Norstrilia Press, 1985.

[3] Christopher Cyrill, "Celebration: Gerald Murnane", *Australian Author* June 2012: 24.

[4] Paul Genoni, "The Global Reception of Post-national Literary Fiction: The Case of Gerald Murnane", *Journal of the Association for the Study of Australian Literature Studies* 2009 (Special): 3, https://openjournals.library.sydney.edu.au/index.php/JASAL/article/view/10155

[5] J.M. Coetzee, "Gerald Murnane" in *Late Essays*, *2006-2017*. New York: Viking, 2017, p.264.

101

(Landscape with Freckled Woman)、② "啜饮精华"（Sipping the Essence）、③ "阿科斯塔·努之战"（The Battle of Acosta Nu）、④ "一个比克伦安静的地方"（A Quiet Place Than Clun）、⑤ "查理·阿尔考克的公鸡"（Charlie Alcock's Cock）、⑥ "艺术家的风景"（Landscape with Artist），每个部分叙述一个相对独立的故事，彼此之间又环环相连。第一部分"雀斑女人的风景"的叙事人在叙述结尾时宣称自己刚刚写成了一部题为《啜饮精华》的小说，而"啜饮精华"正是第二部分的标题；"啜饮精华"的叙事人在他叙述的结尾处，自己写了一部题为《阿卡斯塔·努之战》的小说，而"阿卡斯塔·努之战"正是第三部分的标题。就这样，小说构建了一个"由 A 及 B，再由 B 及 C"的结构模式，让全书不断推进，最终形成一种层层套嵌、彼此缠绕的层级结构（tangled hierarchy）。第六部分的结尾处，叙事人告诉读者，他新近创作了一部小说，小说的题目叫《雀斑女人的风景》，如此一来，六个部分之间又做到了首尾相连。《景中景》中六个故事的背景都设在 20 世纪中叶的墨尔本，故事的主人公（叙事人）都生于墨尔本，长于墨尔本，他们热爱文学，积极投身文学创作，但他们又好像屡屡受挫，时时深陷苦闷，郁郁寡欢。彭妮·休斯敦（Penny Hueston）在一篇题为"杰拉尔德·默南：作家之景"的文章中指出，《景中景》是一部关于作家的小说，作家在写一本书，书中有个画家在画一幅画，画中又有一个作家。[1] 海伦·丹尼尔认为，《景中景》中包含着两种风景，一个是画家画布上的风景，另一个是作家笔下描写的风景，它们之间形成一种竞争的关系。小说中的六个部分各代表一个层次：第一个层次是现实中的墨尔本；第二个层次是小说家心中由文字建构起来的城市；第三个层次是小说家在墨尔本城内真实和想象的行走，以及他对于那个可以读懂他的女人的找寻；第四个层次是现在，一个可以供他回望过去的制高点；第五个层次是虚构的跨国和跨洲旅行；最后一个层次是他眼前看得见但怎么也够不到的天际线。这六个层次之间的关联异常复杂，需要读者细细地鉴赏。[2]

《景中景》虽然采用一种奇特的结构，但贯穿小说始终的是一个核心主题意象，那就是小说标题中的"风景"（landscape）一词。当然，小说与其说是关于"风景"，还不如说是关于如何呈现风景。对于有志于从事文学写作的青年作家来说，这确如休斯顿所说，是一部关于作家和文学写作的小说。叙事人生活在一个特别的时代，他们胸中充满渴望和激情，希望通过文学创作书写内心的风景。但

---

[1] Penny Hueston, "Gerald Murnane: Landscape with Author", *Scripsi* 3.243（August 1985）：64，68.
[2] Helen Daniel, *Liars: Australian New Novelists*. Ringwood, Vic.: Penguin, 1988, pp.329 - 331.

是,这内心的风景究竟如何去书写呢? 书中不同的叙事人不断思考的同一个核心问题是写什么、怎么写。那么,小说究竟表达了怎样的主旨呢? 要回答这个问题,读者不妨关注小说中零零星星出现的几个相当隐晦的视觉意象,如果汁、雀斑、曼荼罗等,并以这些意象作为切入点,深入观察不同主人公在面对外在现实与内心现实的矛盾中的心理纠结、压抑和情感苦闷,挖掘这部小说在表面单调、重复和绵延不绝的背后隐藏的深意。

一

《景中景》中的一个重要话题关乎人内在的欲望,以及由此产生的焦虑和苦闷。杰拉尔德·温莎(Gerard Windsor)认为,《景中景》的主人公们好像都是一些"重度性臆想症患者"。[1] 苏珊·麦凯南(Susan McKernan)也认为:"默南在每本书里都要重温他的青春期,重温他对于女性的恐惧……"[2]的确,《景中景》中的六个主人公(叙事人)年龄都不大。在开篇第一部分"雀斑女人的风景"中,叙事人就对一个名叫卡罗林(Carolyn)的女性充满渴望;第三部分"阿科斯塔·努之战"中,男主人公更是完全被无节制的欲望包围,在儿子命悬一线的危急时刻,他会不由自主地被前来为儿子检查身体的女护士所吸引,幻想她那身护士服包裹下的诱人酮体;小说第五部分"查理·阿尔考克的公鸡"中,叙事人也坦诚自己对于异性的狂热:身边的任何一位女性,无论是十来岁的小女孩还是头发花白的老阿姨,无论是萍水相逢的路人还是家中的长辈,都会激发他这个 14 岁少年的兴趣和欲望,让他满脑子情不自禁地想象女性曼妙的身体。[3] 与这种狂热的原始欲望形成鲜明对照的是主人公们在现实生活中与女性打交道时所感到的焦虑和不安。他们害怕与女性说话,害怕与女性共事,甚至乘地铁时和女性共用同一个车厢也会让他们感到非常不自在。他们中的有些人,即使结了婚,也无法和妻子建立真正的亲密关系,实现两性间的和谐相处,因为他们对女性怀有一种恐惧,都是"恐女症"(gynophobia)患者。

《景中景》多位男主人公面对性欲望时的这种矛盾态度集中体现在他们自白式的叙述语言上。例如,他们在描述自己的幻想时用词都非常大胆直白,毫不避讳地直言女性身体的不同部位和器官,然而,一旦触及现实的两性关系,他们的表述立刻变得异常委婉和隐晦。在提及男性生理构造时,他们每每采用一种技

---

[1] Gerard Windsor, "Flawed fiction from a local, modish messiah", *The Bulletin* 26 June 1985: 93.

[2] Susan McKernan, "Verbal Games", *The Bulletin* 19 April 1988: 118.

[3] Gerald Murnane, *Landscape with Landscape*, p.183.

术性的描述手法,称它们为"腺体和导管"[1]或者"管状物和球体"[2]。这些隐晦的说法与他们先前的狂野想象形成鲜明对比,可谓吞吞吐吐,讳莫如深。为了便于表达,他们还经常使用一些比喻的说法,例如,他们会将自慰说成"一个人的狂欢"。[3]

这种对欲望的隐晦和含蓄指涉贯穿了《景中景》全书。在小说第二部分"啜饮精华"中,作为叙事人的男主人公和一个朋友一起住在墨尔本郊区的公寓里,等待其他朋友一起参加1959年的新年狂欢派对。在等待的过程中,他向朋友讲述了童年时自己观看母亲用浓缩果汁制作饮料的情形:

> (那时候)我问母亲,在勺子搅动之后游动起来的那一股股浓稠的汁液是什么……母亲告诉我说,那叫精华。
>
> 母亲的话切中了要害。精华一词对我来说有种魔力。自那以后,每当我把浓缩的果汁倒进水里,看着深红色的液体在水中丝丝缕缕,呈螺旋状溶解开来,变成了淡淡的红色时,我就会说出精华这个词。发出这个词的音节让我愉悦,这种感觉比品尝调制好的果汁还要让人愉快……[4]

这个关于"果汁"与"精华"的故事初看上去令人莫名其妙,然而,在这本书的第五部分,类似的概念再次出现了。虽然默南此处使用的并非同一个词,但表达的意思非常相近。在开篇处,叙事人这样感叹:"关于这个世界,我最早发现的真相之一便是我似乎被阻隔在了精华(the best part)之外。"[5]联系故事的情节,不难推测叙事人这里所谓的"the best part"跟前文所说的"essence"一样,其实说的都是性。叙事人自觉从少年时对性就有着强烈的好奇和冲动,而这种冲动却因为现实的压抑和禁锢无法得到满足。将这两个"精华"联系在一起,便不难理解叙事人向他的朋友讲的那个"没头没脑的"关于"啜饮精华"的故事了。品尝用浓缩果汁调制出来的饮料固然让主人公感到愉悦,但是,大声地说出"精华"这个词让他得到的乐趣显然更多,因为没有人知道这个词对主人公意味着他求而不得的欲望满足。不敢宣诸于口的心事和苦闷此刻却以一种隐晦、曲折的方式被大胆

---

〔1〕Gerald Murnane, *Landscape with Landscape*, p.158.
〔2〕同上,p.181.
〔3〕同上,p.184.
〔4〕同上,p.32.
〔5〕同上,p.171.

地说了出来，欲望在某种程度上也因此得到了一点宣泄。

　　如果说狂野幻想的背后是人的本能，是力比多（libido）的驱动，那么现实中的胆小畏缩则来自社会环境的压抑禁锢。在默南的小说中，这种压抑和禁锢与天主教密不可分。"天主教"这个字眼在《景中景》的故事场景里随处可见：小孩子们去天主教男校（Catholic Boys）或是女校（Catholic Girls）上学，[1]中学生加入青年天主教劳动者联盟（Young Catholic Workers），[2]孩子们中学毕业后有的升入普通的大学，有的进入神学院学习，以便准备以后从事神职工作。[3] 这样的描写是有其现实基础的。1840 年到 1914 年间，笃信天主教的爱尔兰人掀起了一股移民热潮，超过 30 万的爱尔兰人为了追寻更好的生活来到了澳大利亚。此后，爱尔兰裔移民成了澳大利亚主流社会的一个重要分支。在 20 世纪 60 年代之前，天主教会一直对澳大利亚社会影响极大。以教育为例，为了确保它的教众不被光怪陆离的现代社会所引诱而偏离"正轨"，澳大利亚的天主教会广泛设立教会学校，确保天主教教义深入人心。库切认为，默南作为一名爱尔兰移民的后裔，不可避免地受到其浓厚的宗教氛围的影响，影响之一是他始终怀有一种深重的罪恶感（ingrained feelings of personal sinfulness）。[4] 这种负罪感在他的作品中主要表现为主人公对性的压抑和畏缩。在现实生活中，人们不断遮掩和回避任何与欲望相关的话题。在小说的第五部分，主人公指出，在他童年的时候就发现，墨尔本每个卧室的壁橱中都隐藏着一个秘密。父母将与性相关的图片、书籍杂志还有成人用品藏匿起来，以避免让孩子看到。因为性被认为是不洁而肮脏的，所以只能藏在黑暗的角落里。

　　这样的宗教氛围使小说的主人公们无法正视自己的欲望，他们压抑自己强烈的冲动，甚至因为这种冲动而否定自我。小说第五部分的那个因为青春期冲动而充满遐想的少年对自己充满了鄙夷和不屑，认为自己是"魔鬼"（monster）和"变态狂"（pervert）。在他看来，所有这些幻想都是他作为一名"少年性瘾"（a teenage sex-mania）患者的明证。[5] 他的表弟的态度更为极端，成年后的他成了一名天主教神职人员，将性视为洪水猛兽。当他有了心爱的女友，二人约定只在公共场合见面，绝不独处，理由是避免受到诱惑而做出"不纯洁"的事。

　　凡此种种的矛盾态度反映了宗教所代表的神圣世界与世俗世界直接的对

---

〔1〕 Gerald Murnane, *Landscape with Landscape*, pp.185 - 187.
〔2〕 同上，p.123.
〔3〕 同上，p.126.
〔4〕 J.M. Coetzee, "Gerald Murnane", p.259.
〔5〕 Gerald Murnane, *Landscape with Landscape*, pp.182 - 183.

立。"神圣"不仅体现在小说中天主教会及其教义所具有的超然地位上,还体现在和其同处一条转喻轴上的"灵魂""神学"等词的语象色彩上。这里所说的语象色彩不是物理世界的色彩,而是指在文学作品中"语言描绘的色彩,通过语言描述唤起了色彩的联想,是诉诸想象的色彩"。[1] 例如:

(1) 如果正统的颜色是半透明的银白色,一个纯净的灵魂的颜色,那么,叛逆的颜色就是皮肤的颜色。我常把这种颜色想象成那些整个夏天都穿着低领衣服的年轻女子肩膀的颜色——金棕色。有时候,当这种颜色太过飘忽,难以具象化时,我眼中叛逆的旗帜就变成了紫红色,就像我的隐私器官顶部球状部位的颜色,只要我一想起那些赤裸的肩膀还有对灵魂的颠覆,它就会充血变色。[2]

(2) 我身后那一排排高高耸立的书架上面装满了书,一想到这些书,就感觉银光闪闪的神学思想浸润了我的灵魂,就像窗外的那阵雨拂过草地。[3]

(3) 我看到一群年轻女子在阳光下裸露着她们的肩膀,她们在等着我,等我一旦获取了这些属于无神论范畴的哲学和心理学的要义,便可靠近她们。[4]

以上三段引文均引自第四部分"一个比克伦安静的地方"。引文(1)是主人公在描述他所理解的灵魂与肉体之间的关系;引文(2)是他想象未来的自己身处墨尔本神学院图书馆;引文(3)是他看到未来的自己站在墨尔本大学图书馆门前的台阶上,手拿一本哲学或心理学书籍。这些引文有着鲜明的语像色彩:"半透明的银白色""银光闪闪"与"金棕色""紫红色""血红色"形成了强烈的对比,直接映衬并隐喻了神学和肉欲之间的对比:前者圣洁、清冷、单一,超然于世,属于"神圣世界",而后者则暧昧、热烈、纷繁,属于"世俗世界"。

"世俗世界"与"神圣世界"之间究竟存在什么样的关系? 在小说的第四部分,那个极力想摆脱天主教影响的青年希望能够找到一个属于天主教徒的"天堂",还有一个"不会反感腺体的运作机制"的上帝。不仅如此,这个上帝还会在

---

[1] 赵宪章.文学与图像关系研究中的若干问题[J].江海学刊,2010(1):188.
[2] Gerald Murnane, *Landscape with Landscape*, pp.125-126.
[3] 同上,p.126.
[4] 同上。

他耳畔低语，告诉他"不用感到羞耻，这一切的烦恼不过是寂寞的另一种形式罢了"。[1] 在这样的世界里，世俗的欲望得到上帝的认可，和神圣的上帝不再尖锐对立，而是和谐地融为一体。

乔治斯·巴塔耶（Georges Bataille）认为，性（情色）和宗教（献祭）都属于神圣世界，这是因为人通过对自然性的否定确立了人性，建立了一个功利主义主宰的世俗世界，又通过第二次否定"让这个谋划的世界破裂、暴露、绽开，让严谨的逻辑秩序链条滑脱，让物质主义统治和功利主义式的盘算的内心世界露出豁口"，正是在这个豁口中"溢出了一个神圣世界"，所以性和宗教、艺术一起，都属于这个神圣世界。[2]《景中景》中所呈现的形形色色扭曲情色和宗教的妄想，说穿了不过是一些青少年亲身经历的常见的生理冲动，而恐女症则是过度压抑导致的焦虑。通过对这些问题的描写，小说家刻画了一个特定历史时期澳大利亚社会令人窒息的保守和封闭。那些刻板的教条对青少年的成长造成了巨大的困扰、孤独与苦闷。他们渴望打破神圣世界和世俗世界之间的壁垒，渴望能够正视自己的欲望。在第五部分的结尾处，成年后的主人公感慨："我们所有人——邻居查理，我的表弟和我，还有我的表姐们，我们本应该在阳光下相聚，友好地彼此坦诚交谈，那样的话我就不会因为那些神秘而饱受困扰了。"[3]

二

在《景中景》第六部分"艺术家的风景"中，叙事人说他生活中有一个不为人知的问题，那就是对雀斑的恐惧（freckled horrors）。作为一个突出的视觉意象，"雀斑"一词首先出现在第一部分的开篇之处，主人公在墨尔本郊区参加一个协会会议，他自我介绍是一名作家，他自信自己的"作品在将来的某一天会出版"。[4] 他环顾四周，发现他是所有参会者中的唯一男性，会场美女如云，一位"脖子下端长着两块斑点"的女人吸引了他的目光。他随后对这两个斑点作出了如下一番说明：

> 我把这两块棕色的印记称为斑点，但它们可不是普通的斑点，和那些苍白的脸部或者前臂上的晒斑不同。这个女人的斑点长在咽喉以下，颜色是

---

[1] Gerald Murnane, *Landscape with Landscape*, p.143.
[2] 汪民安.巴塔耶的神圣世界[J].国外理论动态，2003(4)：43.
[3] Gerald Murnane, *Landscape with Landscape*, p.213.
[4] 同上，p.2.

不常见的深棕色。我更愿意把它们当作不可避免地从皮肤下面由内而外长出来的,而不是日光照射形成的。它们的形成不是天气随机变幻的结果,而是代表着肉体的独特性,表明这片皮肤的独一无二。[1]

接着,他坦陈自己对于皮肤上长有斑点的女性情有独钟,因为在他眼里,长有斑点的女人更纯"真"(the real)。而在他眼里,所谓的"真"至少有如下三层含义:

(1) 真实,就像他所痴迷的这些斑点,就像是一些轻微的、无伤大雅的小瑕疵,虽然不是完美无瑕,反而让人"可以肯定自己眼前的这个女人是一个真实的女人"。[2]

(2) 个性,不随波逐流,不淹没于人群之中。

(3) 真谛,代表绝对的、深刻的、潜藏在现象背后的本质。

主人公有多年收藏身上长有斑点的女性照片的习惯,这些照片都是他从色情杂志上剪下来的,照片上的模特每个人身上至少有一处他所欣赏的"斑点"。这些照片他视若珍宝,一直精心保存。在他看来,那些皮肤是金棕色或者浅褐色的漂亮女郎太过完美,她们的形象太过迎合大众的审美标准,太多人喜欢。他幻想那些皮肤上长有特殊斑点的女性只属于他一个人,因为他觉得"大多数读者可能因为这些女子身上的斑点而直接翻过这一页,在他们眼中,斑点有损女人的美感,她们不属于那个由缎子靠垫和大理石浴缸组成的世界"。[3] 然而,在叙事人看来,女人皮肤上的斑点也是长在人皮肤上的一道道风景,[4] 它们从皮下的深处不可抑制地生长出来,形成了跟现实世界一样的风景。在故事开篇之处,叙事人告诉读者,他梦寐以求、一直在寻找的不止是长斑点的女人,更是一个被他称为"真实世界"(the real world)的神秘空间。这个世界的入口是"墙上的一扇门,或者帘幕与帘幕之间的一扇窗,或者是树叶掩映下的一条缝隙"。它通向一个地方,"这个地方是普通人贫乏的想象力所无法企及的,远超他们所谓的梦幻仙境"。[5] 只有"通过写作(想象),才能进入这个世界"。[6]

---

〔1〕 Gerald Murnane, *Landscape with Landscape*, p.4.
〔2〕 同上。
〔3〕 同上。
〔4〕 同上。
〔5〕 同上,p.5.
〔6〕 同上,p.5.

至此,叙事人才把斑点与写作的关系说清楚。斑点之所以对于叙事人来说很重要,是因为在他看来,女性长着斑点的皮肤令他想起斑斑点点的现实世界。此外,如果从事写作需要追求"真",那么关注和跟踪斑点代表着他对"真"的渴求和寻觅。换个角度看,在这样的渴求和寻觅背后,是叙事人眼中的"真"在现实生活中的根本缺失。在主人公看来,他所生活的现实世界单调机械,刻板平庸:人们沉浸在安逸琐屑的日常生活中,从不希冀诗和远方;他们住在看上去几乎一模一样的房子里,机械地重复着大同小异的生活;工作之余,或围坐在电视机前边看赛马边喝啤酒,或三五成群在酒馆喝酒闲聊;"周六晚上去城里的饭店吃饭,周日下午去改建过的矿工小屋参观绘画和陶艺作品,然后悠然自得地驾车回家,为这个周末深度游览了本地而感到心满意足"。[1] 人们在这样的环境中求学、恋爱、结婚、生子……对于这样的一幅墨尔本郊区的日常生活图景,主人公表达了一种反感和排斥。他们很想找出这一切"背后的深意",[2] 不过,遗憾的是,他们的愿望并非总能得到满足。然而,正如伊姆雷·萨鲁辛斯基(Imre Salusinszky)所说的那样,"墨尔本人的生活中缺乏现象世界的还原(phenomenological reduction)……叙述人想要逃离世俗的现实生活,逃离实用主义的影响,和绝对价值(absolutes)建立某种联系,但这样的尝试却屡屡在现实面前碰壁。"[3]

小说的叙事人显然对于直接描摹澳大利亚眼前的现实生活没有兴趣。在第六部分"艺术家的风景"中,叙事人面对墨尔本艺术家的作品时,情不自禁地想走进那些画面,然后一直循着一个细节走下去,去看更多的风景。他酒后在一个画家的阳台上舞蹈起来,希望身在室内的艺术家隔着窗玻璃能看到他的动作,同时思考一个作家的风景。库切认为,《景中景》的叙事人对澳大利亚文学中传统的民族现实主义大不以为然。[4] 在第三部分"阿科斯塔·努之战"中,叙事人延续了"雀斑女人的风景"的叙事人对世俗生活的厌恶和排斥,并将这种厌恶表达得淋漓尽致。主人公是一名土生土长的墨尔本人,从未离开过这座城市,但他却告诉读者自己是"新澳大利亚人",是当年自我流放到巴拉圭的澳大利亚人的后代。他为自己曾在"巴拉圭"生活而"感到难过",在心中无数次诅咒这个国家,因为那

〔1〕 Gerald Murnane, *Landscape with Landscape*, p.18.
〔2〕 同上,p.4.
〔3〕 Imre Salusinszky, "Murnane, Husserl, Derrida: The Scene of Writing", *Australian Literary Studies* 14.2(Oct. 1989): 184.
〔4〕 J.M. Coetzee, "Gerald Murnane", p.264.

里"缺乏梦幻事件",[1]"充满了平庸无奇的景象"。[2] 他把澳大利亚当成了自己的唯一的精神寄托和理想中的风景。但他同时又告诉读者,"我们渴望澳大利亚,但我们不敢真的前往那个国家,因为我们害怕发现一个与先辈的描述以及我们自己的揣测截然不同的澳大利亚",[3] 担心"最后我们会发现澳大利亚也不足以承载我们的理想"。[4] 这种对于"超越平庸"的渴望在他对待儿子患病夭折这一悲剧事件的态度上达到了极致。他竭力从形而上的层面来解读这一不幸事件:发现儿子患病之后,他并不立刻带孩子就医,而是从心底涌出一种隐秘的想法——"他将在幼年死去",因为这是对他背离了巴拉圭这个"现实"中的"祖国"的一种惩罚。[5] 当孩子最终不幸夭折,他又将儿子想象成在巴拉圭历史上著名的阿科斯塔·努战役中牺牲的儿童士兵,将身在墨尔本皇家儿童医院的自己想象成在古战场的士兵遗体中翻寻独子尸身的父亲。借此,他将孩子个体的不幸赋予了一种悲壮的历史感,将现实生活上升为一出悲剧,与平庸的世俗世界区分开来。

《景中景》第一部分的主人公曾经这样描述一幅能够将他带入"真实世界"的场景:

> 会长还在讨论协会的事务,其他女性不时发言。没人要求我发言,我正好有时间可以想想,如果哪个女人会后刻意接近我,我该对她说些什么。一切对我来说都是这么自然,毫无违和感——身处这样一幅我十五年前就已经梦想过的场景里,同时在梦想着另一幅最终能将我带入"真实世界"的场景。我有一种愉快的预感,我就要找到一种干净利落的结构,它可以用来作为小说的主题。我也许会证明在每一个我默认是真实的场景中,都会有一个人物在想象着更深一层、更贴近真实的场景。[6]

显然,写作是主人公进入"真实世界"的重要方式,而在这个"真实世界"中,则还有人在通过写作追寻着另一个更接近真实的世界……以上这段文字不仅有着浓重的元小说色彩,还展现出一种层层套嵌的中国套盒结构。事实上,这种结构在

---

[1] Gerald Murnane, *Landscape with Landscape*, p.98.
[2] 同上,p.104.
[3] 同上,p.81.
[4] 同上,p.95.
[5] 同上,p.87.
[6] 同上,p.6.

这个片段中不止一次地出现。

首先是在小说的整体框架上,如果将默南创作的"雀斑女人的风景"作为一个母盒,那么在全书的结构层面上,我们至少可以再发掘出两个依次递减的套盒。不同于《一千零一夜》,此书运用的套盒结构都遵循了同一个基本型:青年作家致力于小说创作,立志写作和出版,但他们屡屡受挫。

在《景中景》的结尾处,套盒结构再次出现。主人公想象自己终于可以用自己的笔来描述他追寻已久的"真实世界"了,而这个"真实世界"却是这样的一幅画面:画面的前景是主人公身处的墨尔本郊区,一幢幢门前带有门廊和花园的房子整齐排列;画面的中间,一位男子正在创作一部小说,这位男子就是小说的主人公兼叙述者本人,他正在写的就是他和雀斑女人都很熟悉的墨尔本郊区。在他笔下的这幅画面中,雀斑女人出现在前景,凝望着她眼中的这个"真实的世界",而画面中间则是一位男子在写作……[1]对照前文,这一幅画面更像是对整篇小说情节的概括提炼,画中有画,层层套嵌,循环往复以致无穷。不仅显示出一种对小说基本情节和结构的高度自觉,同时也说明了主人公所追求的那个永恒和绝对的"真"实际上并不存在。他描述这个"真实世界",不过是试图通过写作来接近"真实世界"的这一无限循环的过程。而他本人显然也意识到了这一点,他永远也找不到他理想中的那个具有自身特性、不泯然于世俗的深刻而绝对的"真实世界"。

值得注意的是,小说的叙事人还曾尝试过追求另一种"真实的世界"。在小说的第三部分,叙事人"我"笔下的那个屡屡受挫的青年作家,带着手稿请教一位出版商。对方给出了这样的评价:"一位作家如果总是避免关注真实的世界,那么他的作品永远也没法出版。"[2]出版商建议他投入真实的世界,去郊区敲开一户户人家的门,去请教那些家庭主妇,询问她们真实的生活究竟是什么样的。显然,出版商所指的"真实世界"更贴近我们平时所指的世俗世界,或者说日常生活世界,它是多样而异质的,而这恰好是叙事人所追寻的那个绝对而同质的世界的对立面。叙事人也曾尝试过在自己的写作中去靠近这种寻常意义上的"真实世界",他准备求助于他心目中象征着"真"的雀斑女人。然而,这一想法很快就被主人公自己否定了。因为他意识到,即使是象征着"真"的雀斑女人的回答也可能是不可靠的,因为如果她知道提问者将把她的话写进小说,她一定难免会有所

---

[1] Gerald Murnane, *Landscape with Landscape*, p.24.
[2] 同上,p.22.

矫饰。叙事人认为："只有一种情况下可以判定这位女子说的是真话。那就是，如果我自己写了一部小说，里面有一个角色是一位皮肤上长斑的女人，那样我可以借叙述者之口，在小说中安插诸如'最终，她如实地给出了回答……'这样的文字。"[1]世俗意义上的"真实"被语言的矫饰所瓦解，所谓的"真实"还是只能停留在语言层面，依旧是一个虚无缥缈的梦。

《景中景》中的"斑点恐惧"以高度后现代的手法表现了一位澳大利亚青年作家在创作道路上的艰难处境和情感苦闷：一方面，他厌恶大众眼中的"真实世界"，即澳大利亚人的日常生活世界，在他眼中这个世界代表着单调、繁杂、肤浅和空洞。另一方面，他所向往的"真实世界"在大众眼中却又恰恰虚无缥缈，不可捉摸。一个青年作家在求真的道路上究竟应该何去何从，他不清楚；他在写作之路上不断尝试，却又不断经历挫败。无论是代表着现实的"真实"还是象征着理想的"真实"，最终都被他自己所颠覆。于是他只能永远奔跑在追寻"真实世界"的道路上。

三

《景中景》六个部分的所有叙事人（主人公）总是在两个世界之间徘徊，只不过有时这两个世界表现为神圣与世俗，有时表现为想象与现实，而更多的时候，它们在书中被称为"此界"（this world）与"彼界"（other world/another world）。概括起来说，它们之间的关系更类似于"此岸"和"彼岸"，"现实"与"理想"。

在小说《景中景》中，"此岸"和"彼岸"、"现实"和"理想"世界常常是一种对立和冲突的关系。这种对立和冲突是造成多个叙事人恐惧和苦闷的重要原因。《景中景》中的个别主人公或许在"恐惧"之外也不无领悟。他们觉得，既然是"另一个世界"，就不一定是排斥他们的异域空间，它可能是非此即彼之外的别样选择。在小说第四部分"一个比克伦安静的地方"中，年轻的叙事人在苦闷压抑的生活中，试图通过阅读文学作品寻求慰藉。他将哈代的小说形容为生命中的一片绿色，而绿色正是他心目中"家园"的颜色。[2] 在哈代之后，主人公又被英国诗人 A.E.豪斯曼（A. E. Houseman）的诗深深打动。当他大声地诵读这些诗，"就像是听到了自己的心声"。[3] 读着豪斯曼的诗，主人公认为自己终于成功摆

---

[1] Gerald Murnane, *Landscape with Landscape*, p.24.
[2] 同上，p.137.
[3] 同上。

脱了世俗的羁绊,找到了理想中的风景,那片最纯粹的绿色。[1] 可惜,这样的和谐并没有维持多久就遭遇了幻灭,这是因为当主人公怀着同样的热情翻开了哈代和豪斯曼的传记,他感到了深深的失望:哈代结过两次婚,主人公无法接受自己心目中那片“最纯粹的绿”竟然源自一个“一生中的大部分时间都在扮演一个多情郎的男人”。[2] 而豪斯曼的生平细节更是让他震惊:诗人在五十岁左右曾多次光顾巴黎的妓院,与男妓寻欢作乐,沉迷于声色犬马不能自拔。[3] 文学风景的纯粹美丽因为其创造者混乱的私生活而大打折扣,终究没能逃过现实世界的影响。

在这样屡次的幻灭之后,苦闷的叙事人遇到了荣格。一天,他在书店偶然购得一本心理学家荣格的自传《梦、记忆和思考》,书中的曼荼罗插画深深吸引了他。“曼荼罗”一词译自梵文,起源于印度,是佛教密宗的一个重要图符。作为一个宗教名词,它共有三层含义:一是坛城或道场,二是轮圆具足,三是本质的获得。曼荼罗的基本图形像一个几何图形,总体来说对称、圆融而有序,让人看了之后平静下来,有助于重建内心的平衡。对于“一个比克伦安静的地方”的叙事人来说,荣格的曼荼罗看上去是一个无比美妙的图案。在幻想之中,这个图案或许能促进肉体和精神的重合,帮助他克服自己内心的矛盾,弥合肉体和精神这两个世界之间的割裂。

在“一个比克伦安静的地方”中,叙事人心中想着曼荼罗的图案,感觉自己的不少原有的纠结得到了一些缓解。例如,在乘坐火车时为了躲避年轻女性特意换车厢,理由是“害怕她们也许会看出我内心的空洞乏味”,[4] 而当他手持内含曼荼罗图案的荣格著作踏上归途时,他觉得通过把自己的精神世界想成“错综复杂、色彩丰富的”曼荼罗图案,他可以“轻松面对任何一位女性审视的目光”。而在周一踏入办公室时,他也可以坦然和所有女性同事交流,他将此归因于“自己的精神存在以一种神秘的方式与自己的肺部和喉部叠加在一起”,产生了一种“微妙的共振”。[5] 叙事人的脑海中不断涌现出曼荼罗图案:它们由圆圈、三角形以及六边形组成,色彩多样,非常特别。他将此称作他的心灵(psyche):

---

[1] Gerald Murnane, *Landscape with Landscape*, p.137.
[2] 同上,p.136.
[3] 同上,p.170.
[4] 同上,p.156.
[5] 同上.

我将这个在脑海中浮现的全新事物称之为我的心灵，但这个词太过含糊，听上去有点做作。我倾向于把我的心灵和我身上某种看得见的部分联系起来，以防我在面对年轻女性时不知所措，陷入崩溃。我把图中那些色彩各异的图案称作我的神经系统。它就像一张样式丰富、质地精巧的网，从我的身体里向外延伸，去捕捉周遭世界的各种色彩和声响。我的腺体和导管使我置身于一种忧伤的情绪中，我认为自己已经沉溺太久。现在，是时候好好欣赏下这个多姿多彩的世界了，用我那曼荼罗般的神经系统。这样可以开阔我的视野，增加我的内涵，培养我的审美旨趣。[1]

叙事人在自欺欺人的曼荼罗幻想中不仅感觉这个神奇的图案能帮助自己正视自己的欲望，让他不再畏惧同女性交往，它还对主人公的写作产生了积极的影响。主人公无意间在《时代报》的文学副刊读到了一篇关于君特·格拉斯的《铁皮鼓》的评论，文章指责格拉斯的小说充斥着很多不堪的描写：诸如把疖子挤破、用一个腐烂的马头作饵钓鳝鱼……主人公看到这里却深受触动，他表示："我认定《铁皮鼓》是我住所外那个多姿多彩的世界传递给我的神经系统的一个信息。"《铁皮鼓》证明"这个世界上的一切事物都是值得作家去关注、去描写的"。他开始创作一本新的小说，在这部作品里，墨尔本之于他就像但泽之于君特·格拉斯。[2] 他还表示：

> 以后，我将在我的曼荼罗的指引下写作-生活。在它的启发下，关于这个世界的任何一个细节都是举足轻重的。每天我从教室的窗户看出去，都能看到六年级的女孩们组成的篮球队。队员们跳起触网，白色的裤子在她们丰满的臀部绷得紧紧的。而就在几个星期之前，每当我看到同样的景象，我总是像豪斯曼一样拉着脸，把目光移开，不敢直视。现在的我坦然直视，任凭神经系统的触角最终把我和真实的世界牢牢绑在了一起。[3]

通过写作，默南笔下的主人公们苦苦追寻的"另一个世界"与他们一直所厌恶、恐惧的"这个世界"发生了联系和融合，而幻想的曼荼罗图案让他们感觉这种

---

〔1〕 Gerald Murnane, *Landscape with Landscape*, p.157.
〔2〕 同上，p.158.
〔3〕 同上。

融合变得可能。在叙事人的幻想之中,两个世界不再互相对立和冲突,而是按照曼荼罗图案相互包含、相互融合。苦闷的主人公以这样的方式继续幻想,他所一直苦苦追寻的理想世界其实就在他所厌恶鄙夷的现实世界中。正如默南在他的另一部长篇小说《平原》中引用的一句诗所说的那样:"(或许)确有另一个世界,它就存在于这个世界之中。"[1]

《景中景》中前后相连的六个故事多发生于 20 世纪 50 年代后期,此时的澳大利亚文学依然被传统的民族主义和现实主义顽固地把持着。虽然以怀特为代表的现代主义作家们开始了澳大利亚文学的国际化变革,[2]但是,有志于文学创作的年轻作家们很难在传统的现实主义和怀特的现代主义之间作出选择。因为他们渴望像怀特那样探索革新,书写新一代的生活体验,但是传统的澳大利亚社会道德和文学标准要求他们不得不恪守原有的规范。生活在这样的文坛语境之中的新一代澳大利亚作家经历了许多的纠结和困惑,对他们中的很多人来说,苦闷成了生活的主情感基调。默南的《景中景》从一个角度记录了 20 世纪中叶澳大利亚文坛的苦闷形态。

从年龄上来说,默南介于"怀特派作家"和 20 世纪 70 年代兴起的"新派小说家"之间。"新派小说家"与"怀特派作家"一样,反对澳大利亚的现实主义和民族主义文学。然而,较之"怀特派作家"的现代主义,他们更明确了倡导一种后现代的实验主义,所以更为激进。从《景中景》来看,默南的小说具有某些"新派小说家"那样的后现代小说的激进特点,这样的写作曾在澳大利亚评论界引发了不少争议。彼得 • 皮尔斯批评他的小说"很少涉及现实世界;"[3]西蒙 • 杜林(Simon During)也认为他沉溺于"描述作者怎样创作小说"。[4] 杰尔德和索尔斯曼认为,默南的风格像菲利普 • 格拉斯的简约而不断重复的音乐,他的小说始终关注写作和想象的过程,有的作品风格很炫但视阈比较狭窄。他的作品中喜欢把女性写成传统的灵感缪斯和男性欲望投射的空容器,他的地貌总是一些未开垦的土地,等待着白人农民去开发利用。他们认为默南的小说单调自闭,具有

---

〔1〕 澳大利亚唯一的诺贝尔文学奖得主帕特里克 • 怀特也出版过一部长篇小说,题为《坚实的曼荼罗》(*The Solid Mandala*, 1966),小说讲述了两个截然不同的双胞胎兄弟在同一个屋檐下共同生活的故事,小说的扉页上引用过这句保罗 • 艾吕雅(Paul Eluard)的诗,《景中景》呼应了怀特的这部经典.
〔2〕 黄源深.澳大利亚文学史[M].上海:上海外语教育出版社,1997:6 - 7.
〔3〕 Peter Pierce, "What tends to get left out of Murnane is the World", *Sydney Morning Herald* 16 April 1988, p.73.
〔4〕 Simon During, "Reviewing After Criticism", *Age Monthly Review* 7 February 1988, p.14.

催眠的效果,这种写作对有的读者或许是一种惊喜和启示,但对另外一些人来说便显得有些自我放纵和缺乏新意。[1]但是,萨鲁辛斯基等批评家高度评价默南的创作。[2]萨鲁辛斯基认为,上述批评都是一些"极其浮面化的解读"。[3]的确,默南虽然在创作中专注于"写作"这一主题,但他并非单纯地沉醉于文学实验。以《景中景》为例,小说收录的六个相对独立又互相联系的故事中,每位主人公都是青年作家,他们所生活的年代横跨 20 世纪 50 年代末到 70 年代中后期,与澳大利亚文学完成民族化,开始走向国际化的这一进程相吻合。从这个意义上来说,默南的这部作品向我们呈现了一幅关于澳大利亚文学的景观图。图中的这些主人公们,每个都笔耕不辍,做着自己的文学梦,却又不断受挫,各有烦恼。他们的经历在不经意间折射出有关他们所处的那个时代、有关文学、有关澳大利亚的林林总总。与此同时,他们每个人的烦恼又都不尽相同,每一个故事都是一幅独立图画,呈现的是作家们的私人景观,他们在这个国家、在这个时代的追求、欲望和困惑,正所谓大景之中有小景。小说的标题从一个侧面告诉我们,小说家通过这样看上去非常怪异的后现代自省写作,所要呈现的是澳大利亚文学国际化图景中一代青年作家的矛盾与苦闷。

杰尔德和索尔斯曼在其著作中曾区分了两种截然不同的后现代主义文学:一种是"悲观的后现代主义",主要以贝克特等作家为代表,他们"完全不相信叙事的有效性"。另一种则体现了一份严肃的"后现代崇高""它一边对叙述高度自觉,一边高度肯定叙事的重要性"。在他们看来,澳大利亚后现代主义小说属于后者。[4]的确,默南的《景中景》表现的正是这种有着严肃主题的"后现代崇高"。小说采用首尾相连、层层嵌套的套盒结构,目的并非是为了破坏"叙事的有效性",使整部作品晦涩难懂,而是体现小说家"对叙事的高度自觉"。

20 世纪 50 年代,澳大利亚同其他西方国家一样进入战后重建,但是,此时的澳大利亚长期处于极度封闭保守的政府领导之下,所以那是一个社会无比保守、思想十分禁锢的时代。《景中景》以一群热心文学的青年作家为切入点,以近乎寓言的方式生动记录了他们所处的现实环境:他们一边面对着传统的道德禁

---

[1] Ken Gelder and Paul Salzman, *After the Celebration: Australian Fiction 1989 - 2007*. Melbourne: Melbourne University Press, 2009, p.131.

[2] Peter Craven and Imre Salusinszky, citations of Murnane in the 2007 NSW Premier's Literary Awards, www.gleebooks.com.cu/default.asp?p=swf/sydney-nsw-premier-literary-awards_htm

[3] Imre Salusinszky, "Murnane, Husserl, Derrida: The Scene of Writing." *Australian Literary Studies* 14.2(Oct. 1989): 189.

[4] Ken Gelder and Paul Salzman, *After the Celebration: Australian Fiction 1989 - 2007*, p.130.

忌，另一边面对着无趣的现实主义文学陈规。他们不敢面对心中之欲，日日找寻生活之真，充分体现了一代澳大利亚文学青年的苦闷与彷徨。澳大利亚小说家怀尔丁在一篇回忆文章中指出，20世纪五六十年代的澳大利亚文坛令年轻一代作家感到窒息。[1] 默南的《景中景》用它特有的方式，生动地表现了一群文学青年的窒息感受。小说中的六个叙事人生活在一个首尾相连的闭环结构之中，密不透风的套盒将他们牢牢地禁锢了起来，令他们郁闷无比。小说中不时出现的所谓精华、斑点、曼荼罗等奇奇怪怪的意象，无比婉转地表达了他们的扭曲情绪，构成了他们内心苦闷的共同象征。当然，《景中景》并非一部"悲观的后现代主义"之作，因为作品中每一个故事中的年轻作家们从未放弃过自己的追求，他们中的每一个人从未停止过写作，相反，他们日日执着地坚持着思考和探索。作为一部后现代的实验性小说，《景中景》通过书写20世纪中叶一代澳大利亚青年作家的苦闷和彷徨，记录了一代澳大利亚作家在通向现代化和国际化历程中的艰苦探索，也为20世纪澳大利亚文学留下了一部关于苦闷的时代经典。

---

〔1〕Michael Wilding, *The Tabloid Story Pocket Book*. Sydney：Wild and Woolley, 1978, p.296.

第 8 章
理查德·弗兰纳根《深入北方的小路》中的
后现代创伤伦理

　　2014 年,理查德·弗兰纳根成了又一位问鼎布克图书奖的澳大利亚作家,令澳大利亚文坛振奋不已。弗兰纳根 1961 生于塔斯马尼亚,幼年随家人居住在一个偏远的采矿小镇上,1983 年从塔斯马尼亚大学毕业之后,前往牛津大学攻读硕士学位。20 世纪 90 年代步入文坛,首部长篇小说《一个河流向导之死》(*Death of a River Guide*)于 1994 年出版之后,荣获 1996 年度澳大利亚国家小说奖。第二部小说《单手掌声》(*The Sound of One Hand Clapping*,1997)出版之后,他开始受到批评界比较广泛的关注。21 世纪以来,他又连续出版《古德鱼书》(*Gould's Book of Fish*,2001)、《无名恐怖主义者》(*The Unknown Terrorist*,2006)、《欲》(*Wanting*,2008)、《深入北方的小路》(2013)[1]等小说。弗兰纳根的小说题材广泛,多数作品有着较多的历史背景,早期的小说多写塔斯马尼亚以及澳大利亚的殖民历史,稍后的一些作品探讨二战以及 9·11 后的西方生活。2017 年,他又推出新作《第一人称》(*First Person*),显示了强劲的创作实力。

　　《深入北方的小路》是弗兰纳根的第六部长篇小说,小说透过一个名叫多里哥·埃文斯(Dorrigo Evans)的澳大利亚军医的视角,讲述了二战期间部分澳大利亚士兵被日本军队俘虏之后,为其修建泰缅"死亡铁路"的故事。2014 年布克图书奖评委会主席安东尼·格雷林(Anthony Grayling)认为,《深入北方的小路》语言优美,对于人性的理解细致入微,人物刻画无比真实,不少章节动人心魄。[2] 不过,德国批评家迈克尔·霍夫曼(Michael Hoffman)在《伦敦书评》上撰文指出,《深入北方的小路》内容庞杂,无所不包,作品在贪多求全的同时,未能

---

〔1〕 Richard Flanagan, *The Narrow Road to the Deep North*. North Sydney: Vintage, 2013.
〔2〕 Anthony Grayling, "*The Narrow Road to the Deep North* — 2014 Man Booker Prize Winner", 14 October, 2014.

对主题做出深刻的挖掘。此外,小说在结构上也同样存在严重的问题,感觉上同一部小说中有两部书在打架:一面是战俘营的折磨和死亡,另一面是琐碎的平常生活,两组场景之间完全割裂,读来颇似一部当代的 4D 电影,或者说像一艘炸裂的船舶,遍地瓦砾、碎片和废墟。[1]

弗兰纳根在接受丹尼斯·哈利多(Dennis Haritou)的采访时说:"我是'死亡铁路'的孩子,我是一个作家,有时候,作家有责任去言说那不可言说的生活,其余的一切都不过是无关紧要的细节。"[2]英国批评家尼尔·麦克罗伯特(Neil McRobert)认为,作为一部具有战争内容的小说,《深入北方的小路》是近年来所有布克奖得主作品中最传统的一部。[3] 然而,《深入北方的小路》显然不是一部现实主义的战争小说。罗莫娜·科沃尔(Romona Koval)认为,这部小说在时间的安排上打乱了常规的时序,让过去与现在随意地并列和穿插在一起。此外,小说选择从多个不同的角度展开叙事,彻底打破了现实主义的大一统叙事。[4]伦·查尔斯(Ron Charles)认为,《深入北方的小路》随意往返于不同时间、叙事视角和不同事件发生地之间,呈现出的是一个令人眼花缭乱的印象主义结构。[5] 肯·杰尔德和保罗·索尔斯曼认为,弗兰纳根从创作小说《古德鱼书》开始,就喜欢借鉴魔幻现实主义和重写神话的后现代手法,书写澳大利亚作为一个前英殖民地的生活,所以他的很多创作都具有明显的后现代特征。[6] 让·弗朗索瓦·利奥塔(Jean-Francois Lyotard)认为,后现代文学的核心特征是认为所有现存的规则都应该受到怀疑和挑战,后现代不喜欢美的和谐,而更崇尚一种不和谐的崇高,那是一种愉悦与痛苦同在的矛盾感受,其根源在于人作为认识主体常常存在思维与表达之间的不一致。[7]《深入北方的小路》总体说来曲折地叙述了五段历史,第一段是主人公多里哥在塔斯马尼亚的童年生活,第二段是他在墨尔本的大学生活,第三段是他在阿德莱德的军营生活,第四段是二战生活,第五

[1] Michael Hofmann, "Is his name Alwyn?", *London Review of Books* 36.24(2014): 17-18.

[2] Dennis Haritou, "An interview with Richard Flanagan", September 2, 2014, http://threeguysonebook.com/an-interview-with-richard-flanagan/.

[3] Neil McRobert, "The Current State of Experimental Gothic: Part One" (blog), posted on 9 Nov. 2014. http://www.gothic.stir.ac.uk/blog/the-current-state-of-experimental-gothic-part-one/

[4] Romona Koval, Transcript: Richard Flanagan in Conversation with Ramona Koval. *The Monthly World* 2014.

[5] Ron Charles, Review of *The Narrow Road to the Deep North*. *The Washington Post* August 19, 2014.

[6] Ken Gelder & Paul Salzman, *After the Celebration: Australian Fiction 1989-2007*. Melbourne: Melbourne University Press, 2009, p.73.

[7] Jean Francois Lyotard, *The Postmodern Condition: A Report on Knowledge*. trans. Geoff Bennington, Brian Massumi. Minneapolis: University of Minnesota Press, 1984, p.81.

段是战后。在第二段中,他与一个名叫艾拉(Ella)的女人在墨尔本订婚,在第三段中他在部队开拔前与一个名叫艾米(Amy)的女人,同时也是他叔叔的妻子,经历了一段不伦恋情。第四段中由多里哥为了给一个死去的战友留下的速写画写个前言,引发了关于二战战俘营的记忆。这一段中也有其他澳大利亚战俘的叙事,期间甚至还从两个日本军官的视角呈现他们的意识和思想。第五段有幸存的澳大利亚战俘的生活叙述,也有日本军官回到日本之后的工作和生活。小说家大量使用了澳大利亚200多位战俘的回忆录,然后将其与虚构情节糅合在一起,战前、战时、战后,澳大利亚战俘、日本军官、中国人,小说把许许多多零星的细节汇聚到一起,以后现代的方式呈现了一段碎片化的澳大利亚历史。需要特别注意的是,这部小说透过一个二战故事传达了一种非常奇怪,甚至有些扭曲的伦理价值,不过,在小说家看来,那是一种毋庸置疑的后现代伦理。众所周知,传统的道德判断有着一定的普世标准,所以判断道德与不道德的任务并没有那么困难。《深入北方的小路》显然对这些传统标准提出了挑战,在它的字里行间,读者感受到的是一种彻底抛弃了传统的后现代价值。难怪澳大利亚文学批评家琳・麦克雷登(Lyn McCredden)在一篇书评中这样写道,大家都认为读书和受教育对于个人的成长很重要,但是,仅仅会读书会识字不一定能成就一个德善之人。二战中的德国纳粹军官中常有一些美学修养甚高者,但美学修养并不能保证一个人的品德是否高尚。弗兰纳根的《深入北方的小路》在文学与道德的关系上存在混淆不清的问题,所以虽然这部小说读起来很不错,但是,"书中有意或者无意传达的价值观值得商榷"。[1]

一

《深入北方的小路》首先是一部关于澳大利亚人的小说,小说叙述了二战期间部分澳大利亚士兵在日本战俘营的一段屈辱历史。小说主人公多里哥是一名军医,二战期间被日本人俘虏后与盟军的其他俘房一起被送到泰缅边境,为日本军队修建臭名昭著的"死亡铁路"。据澳大利亚史学家记载,从1942年到1943年,约21 467个澳大利亚士兵先后被日本军队俘虏,在日本攻占马来西亚、新加坡、新几内亚等的过程中,他们被投入战俘营,随后被送往缅甸,其中2 650人死在了那里。《深入北方的小路》花了整整一章(第三章)的篇幅详细描述了这个日本战俘营中的几个重点的澳大利亚战俘的经历和状况。他们当中除了多里哥之外,还

---

〔1〕 Lyn McCredden, "PM's Literary Awards: how reading opens us to a world of pain", *The Conversation* December 10, 2014.

有"老黑"加迪纳(Darky Gardiner)、"兔子"亨德里克斯(Rabbit Hendricks)、"公鸡"麦克尼斯(Rooster MacNeice)、沃特·库尼(Wat Cooney)、加利波利·冯·凯斯勒(Gallipoli von Kessler)、吉米·比格罗(Jimmy Bigelow)、"吵死鬼"泰勒(Squeazy Taylor)等。他们像奴隶一样在日本军官白古田(Shira Kota)上校和滕吉中村(Tenji Nagamura)少校的监督下劳动,经历了人间难以形容的苦难。

小说特别讲述了"老黑"加迪纳的经历。在多里哥看来,加迪纳是个特别随和的澳大利亚人,他为人忠厚,待人友好,不管同伴中谁缺了什么,他都会想方设法帮他们找来。在战俘营里,他屡次受到日本军官的毒打。第三章第 23 小节描述了加迪纳生命的最后时刻。那一日,"老黑"病了,大雨滂沱之中,他挣扎着前往营地一旁的茅厕,可一不留心滑入了茅坑:

> "老黑"加迪纳睁开眼睛眨了眨,雨水落在他的脸上。他努力用手去拨坑中的泥水,但他的双手不断下沉。他在粪便里浮游着。他试图站起来,可是不行,他周围的粪便越来越多。他试着把自己的身体蜷缩起来以便保护自己,可没有用,他在肮脏的粪坑里沉得更深。他如果闭上眼睛,脑海里全是自己被鞭打的场面,他如果睁开眼睛,便看到自己渐渐沉入粪便。他竭力地让自己浮起来,让自己爬出来,可是太滑太黑了,连个抓手也找不见。等他最终抓到一个把手,已经筋疲力尽。[1]

在小说《深入北方的小路》中,加迪纳的死无疑是一个高潮,小说家对他的描写很是细致,令人读来为之叹息。二战结束以后,那些从战俘营里侥幸存活下来的士兵长期生活在战争的阴影之下,小说家对于他们的描述也颇令人动容:

> 他们一个接着一个地很快而离奇地死去,有车祸,有自杀,有生病。太多人的子女好像一生下来就有这样那样的问题和麻烦,有的天生残疾,有的智力迟钝,有的只是奇怪。太多人的婚姻结结巴巴,摇摇晃晃……他们有时独自跑到丛林里;有时跟人一起待在城里狂喝酒。有时他们发疯,像"公牛"赫伯特那样,先是醉酒开车丢了驾照,然后一想喝酒就骑马进城;他与他老婆订完自杀约定,一起喝了毒药,醒来之后发现老婆死了,自己活着,此时的他特别想喝酒。他们有时一声不吭,有时侃侃而谈,像"公鸡"麦克尼斯那

---

[1] Richard Flanagan, *The Narrow Road to the Deep North*, p.309.

样,要么跑步减肥,要么炫耀自己的阑尾炎手术伤疤,要么就是没完没了地
向人讲述日本人如何用刺刀刺他。[1]

《深入北方的小路》中的上述两段文字令人想到创伤书写。弗洛伊德认为,所谓
创伤是指"一个人生命中的某个重大事件,由于事发突然,当事人事发之时不知
如何妥善应对,事后当事人的心理仍将长期处于这一激变带来的影响之下"。[2]
凯西·卡鲁斯(Cathy Caruth)认为,创伤的一个必备要素在于突然遭遇一个事
件,因为出乎意料或者因为恐怖,这个事件在事发之时完全无法融入此前的知识
经验之中,因此不能成为"叙事记忆"。虽然关于这个事件的片段回忆有时会反
复地将自己强加于当事人的心灵,但是,对于这一事件的反复回忆常常伴随着对
于一段往事的忘却。因此,创伤的核心在于一段没有被理解、没有被言说的历
史。[3] 按照这样的说法,《深入北方的小路》显然有着创伤小说的核心要素。正
如澳大利亚批评家迈克尔·理查森(Michael Richardson)指出的,小说《深入北
方的小路》如果有一个主题,那就是二战时澳大利亚士兵在日本战俘营里经历的
创伤。[4] 但是,值得注意的是,小说家弗兰纳根并不鼓励我们将这部小说读成
一部创伤小说。在一次访谈中,他说,他知道这部小说中写到了战俘,小说的核
心情节写到了战俘的经验,可他真正想写的是一个爱情故事:

> 我的这部小说总体上是围绕一个意象和一个故事来写的。在我的印象
> 里总看到一对男女在悉尼海港大桥上走向对方,我住在悉尼的时候也喜欢
> 到悉尼海港大桥上走,要欣赏悉尼没有比这更美的了。光影落在大桥拱肋
> 上的感觉,特别是到了下午,简直美不胜收。我说的那个意象就是:一个男
> 人看到了一个他以为已经死了的女人,女人的两只手各牵着一个孩子,他觉
> 得自己的一生都在等待这一刻的到来。[5]

弗兰纳根对于《深入北方的小路》创作初衷的介绍迫使我们不得不重新审视这部作

[1] Richard Flanagan, *The Narrow Road to the Deep North*, p.340.
[2] Jean Laplanche & Jean-Bertrand Pontalis. *The Language of Psycho-Analysis* (1967). Trans. by Donald Nicholson-Smith. New York: Norton, 1974, p.465.
[3] Cathy Caruth, *Trauma: Explorations in Memory*, Baltimore & London: Johns Hopkins University Press, 1995, pp.152-153.
[4] Michael Richardson, "The Narrow Road to the Deep North", *The Newtown Review of Books* December 2013.
[5] Richard Flanagan, "Richard Flanagan Wins the Booker Prize!" *The Monthly Book* October 15, 2014.

品的中心意旨。因为从小说的整体结构上看,虽然二战期间澳大利亚战俘在日本军士的奴役下修建泰缅铁路的故事占据了一个重要的位置,但它并不是小说的全部。弗兰纳根不希望读者把这部小说读成一个单纯的创伤故事,他为小说设计的整体结构从根本上拒绝创伤阅读,他在小说的人物塑造方面也暴露出不少显著的矛盾。

格里高利·卡索尔(Gregory Castle)认为,创伤文学经常与见证文学有着某种直接的关系,创伤作家常常将自己视作见证人和疗伤者。[1] 弗兰纳根表示,《深入北方的小路》的部分内容以他父亲在泰缅铁路上的战俘经历为蓝本,所以从某种意义上说,小说是一种对于父辈经历的献礼。但是,小说没有以他的父亲为蓝本塑造一个人物来讲述这段悲惨的历史故事,而且小说中没有一个人物像他的父亲。弗兰纳根表示,自己根本就没想把小说写成父亲的见证叙事,因为他觉得在现实生活中,他的父亲根本就不是一个喜欢絮叨过去讲述往事的人。[2]

二

乔迪·威廉姆森认为,《深入北方的小路》不具有典型见证文学的特点,因为小说家在写作这部小说时,显然也没有朝着见证文学的方向去刻画人物。[3] 小说主人公多里哥是一个普通的澳大利亚人,他虽然“爱他的家人,但他们身上没有什么能让他感到自豪的东西,对他们而言,生存就是最了不起的成就,他不这么认为,他一辈子也不会觉得那算什么成就……他长时间地躲开他的家人,直到他的母亲去世,在母亲的葬礼上,他没有哭”。[4] 他在战俘营里关心同伴,关键时候可以为了同伴而自我牺牲;[5] 面对坏人的时候,他嫉恶如仇。[6] 但是,多里哥“憎恨美德……讨厌大家说他如何如何有美德……他不相信美德”。[7] 他不需要高贵的人性。二战以后,他与艾拉结婚并有了孩子,但是,他从来没有真正地忠诚于艾拉。他一辈子都在回忆和思念艾米,此外一生与多个女性长期保持着婚外关系。

在缅甸的战俘营里,多里哥见证了盟军战俘所能承受的最可怕的苦难,他目睹了加迪纳被鞭打的过程,对他感到由衷的同情。可是,他跟其他战俘一样,并不感到有必要伸出援助之手,他一边看,一边心里在想:

〔1〕 Gregory Castle, *The Literary Theory Handbook*. Oxford: Jon Wiley & Sons, 2013.

〔2〕 Richard Flanagan, "Richard Flanagan Wins the Booker Prize!"

〔3〕 Geordie Williamson, "Poetry without a shred of pity", *The Australian* September 28, 2013.

〔4〕 Richard Flanagan, *The Narrow Road to the Deep North*, p.13.

〔5〕 同上, p.53.

〔6〕 同上, p.12.

〔7〕 同上, p.55.

在这个可怕的世界里,谁也不能逃避恐怖,在那里,暴力是永恒的,暴力是最大而且唯一的真理,大过它创造的所有文明和人类创造的所有神祇,因为它才是唯一的真神。好像人活着的唯一目的就是传播暴力,并确保它的永恒。这是因为世界从来没有变过,暴力自古以来就有,将来也不会消除。一些人将在另外一些人的靴子、拳头和恐怖之下死去,这到哪一天也不会变。人类的历史就是一个暴力史。[1]

如果多里哥的这些想法有些冷酷,那么,他的另一些想法让人不免觉得他还有些玩世不恭了。多里哥自小就不喜欢追忆往事,他的名言是:"一个幸福的人不会总说过去,一个不幸福的人除了过去就没有别的。"[2]在缅甸的战俘营里,一个医院助理告诉他说,"兔子"亨德里克斯用自己的水彩画记录下了日本军人的暴行。多里哥不以为然地说:"我们记不住什么,也许一年两年,如果我们活着,也许能记大半辈子,但是,我们都会死,我们死了谁还会明白这些东西是什么意思?也许我们一边手捂住心口一边说不要忘却的时候,正是我们什么也不记得的时候。"[3]多里哥认为,忘却可以帮助人们把一切丢在身后,他不相信历史档案可以真实地记录历史。二战结束以后,有人邀请他为一本关于澳大利亚战俘的书写个序言。多里哥发现自己并不记得什么,就连"老黑"加迪纳长什么样他都有点记不起来了。他竭力在自己的记忆里搜索,希望自己想起加迪纳唱歌的模样和"一脸狡黠的笑容"。[4]但是,不管他怎么想,关于加迪纳被责打和死亡的事情,他好像一点也记不起来。"他唯一能记得的只有战俘营上空快速飘走的乌云。"[5]

二战结束以后,澳大利亚有些好事之人给多里哥拍了一个电视纪录片,大力宣传他的事迹,把他捧成了一个反战英雄。多里哥看了以后大不认同,因为在他的心目中,战争给了他自由,倒是战后把他的生活变成了地狱。"战后的几十年时间里,他觉得精神萎靡,努力想让自己振作起来,他一个接一个地跟女人通奸,有时甚至同时与多个女性搞婚外恋。有时候,他由着自己暴怒发作,无端地跟着同伴一起去滋事,在手术台上肆意妄为,但这些都未能帮助他振作。他的精神就这样沉沦着。作为一个医生,他崇拜现实,宣扬现实,努力践行现实,在内心深处,他又怀疑事实的存在。曾经在日军统治的法老式奴隶制度下生活的战俘经

---

[1] Richard Flanagan, *The Narrow Road to the Deep North*, p.307.

[2] 同上,p.3.

[3] 同上,p.255.

[4] 同上,p.57.

[5] 同上。

历让他明白一个道理：只有非现实才是生命中最强大的力量。"〔1〕

多里哥感到自己一生无法释怀的事情不是战争，而是他与艾米之间的那段恋情。因为战争，多里哥离开了阿德莱德的艾米。战争期间，他一直思念着艾米。直到有一天，他在战俘营里接到了艾拉的一封来信，信中说艾米在一场大火中被烧死。在战俘营里，这一噩耗令多里哥悲痛不已，因为他觉得自己失去了最最珍贵的爱情。在他看来，与失去艾米相比，同伴加迪纳在日本人的残酷折磨之下悲惨而死的事情几乎无足轻重，因为这样的苦难与他无关。战后，多里哥回到了澳大利亚，但是，他无法忘却失去艾米给他带来的伤痛，在他看来，没有了艾米，他的生活如一潭死水。显然，在多里哥看来，他参与的那场战争的确给他带来了创伤，但那不是战争本身带来的，而是失去艾米给他造成的。如果战后的多里哥心中有创伤，那么他的创伤不是在战场上发生的，更不是在日本战俘营中发生的，而是早在缅甸战俘营之前就发生了。

战争，还是爱情？多里哥选择了后者，这是为什么呢？因为小说家希望书写的压根就不是一种传统的战争创伤。在多里哥身上，小说家也并不想塑造一个传统的英雄形象，他的自我和玩世不恭的生活态度背后是一种所谓的后现代的伦理价值观。齐格蒙特·鲍曼（Zygmunt Bauman）指出，后现代的伦理不愿像以前那样尊崇普适性的道德规范，面对生活，后现代的人拒绝自我之外的任何道德权威。〔2〕多里哥不相信美德、不相信记忆、不相信尊严、不相信英雄主义之类的宏大叙事，他只关心他自己，他的感受和他个人的小叙事才是他生命中至高无上的权威。了解了这一点，读者就不难理解为什么弗兰纳根说《深入北方的小路》是一部关于爱情的小说了。小说《深入北方的小路》表达的意旨很多，很芜杂，主题广泛，涉及"英雄主义、善良品质、伙伴精神、战争、敌意、阶级、回忆、自我欺骗、激情、内疚、荣誉和忠诚"。〔3〕但小说家希望探讨的是爱情，或者说"人性制造俳句般的至美境界和缅甸死亡铁路式的暴行恐怖的双重能力"。〔4〕梅丽莎·H·皮尔森（Melissa H. Pierson）认为，小说家通过这部作品试图回答一个重要的问题：人与人之间为什么会发生战争？小说中的缅甸丛林既是一个现实丛林，也是一个比喻意义上的丛林，它是一个黑暗的心脏。在那里，弗兰纳根带

〔1〕 Richard Flanagan, *The Narrow Road to the Deep North*, pp.399-400.

〔2〕 Zygmunt Bauman, *Postmodern Ethics*. Oxford, UK: Blackwell Publishers, 1993, pp.3-4.

〔3〕 Romona Koval, Transcript: Richard Flanagan in Conversation with Ramona Koval. *The Monthly World* 2014.

〔4〕 Romy Ash, "The Narrow Road to the Deep North by Richard Flanagan", *The Guardian Australia* 29 October, 2013.

领读者进入一个近乎哲学高度上的思考,而弗兰纳根所特有的后现代思考结果是"绝对的虚无"。[1]

三

《深入北方的小路》集中刻画了两个日本军官——中村和古田。在"死亡铁路"战俘营里,如果澳大利亚俘虏是苦难的亲历者,那么他们就是苦难的制造者。中村就是那个命令手下鞭打"老黑"加迪纳的人,而古田则是一个杀人狂,他平时与人交往喜欢看人的脖子,一边看,一边心里想着如何把这个人的头砍下来。小说家在书写这两个人的罪行时并不回避他们的残忍,但是,叙述他们的残酷暴行不是小说的重点。

让读者感到奇怪的是,弗兰纳根在接受科沃尔的专访时说,《深入北方的小路》的核心是肯定和颂扬生命。他继而又说,《深入北方的小路》中的另一个特别肯定的对象是文化,特别是日本文化。细心的读者不难发现,小说除了标题来自日本诗人松尾芭蕉的《奥之细道》之外,通篇还多次引用日本俳句作为铭文。第一章用的是17世纪日本俳句诗人松尾芭蕉的诗句,接下来的四章则选用了18世纪日本诗人小林一茶的诗句。在《深入北方的小路》中,两个日本军官被刻画成了文学的爱好者,在缅甸的战俘营里,中村和古田经常在一起背诵俳句,一起讨论松尾芭蕉的造诣、小林一茶的智慧和另一位18世纪诗人谢芜村的思想;古田尤其喜爱松尾芭蕉的《奥之细道》,在他看来,一部《奥之细道》完美地概括了日本民族精神。[2] 在战俘营中,多里哥因为自己的医学背景与日本军官之间形成良好的合作关系,共同的文学爱好使他们之间没有了恐惧,更没有了敌意。在多里哥眼里,中村和古田对于文学的热爱让人看到了日本民族精神的"高贵"。[3]

《深入北方的小路》在刻画两个日本军官时所表现的欣赏态度,让人想起某些后现代伦理学的观点。利奥塔认为,后现代主义理论的核心内容应该是伦理,但是,后现代主义不喜欢普适性的大叙事,而更倾向于尊重不同文化自己在历史语境中形成的价值体系。理查德·罗蒂(Richard Rorty)也强调,每个文化都会形成自己的伦理道德,不同的伦理道德体系之间没有好坏。人们总是站在自己的文化立场上说:"我们的体系是最好的,"不管别人接受不接受。在我们的体系

---

[1] Melissa H. Pierson, "*The Narrow Road to the Deep North* Is a Window into the Cruelty of War", September 5, 2014.

[2] Richard Flanagan, *The Narrow Road to the Deep North*, p.130.

[3] 同上,p.131.

和纳粹的体系之间，我们当然无需犹豫如何选择，但是，这两个体系都是在历史的语境中形成的，两个体系中的成员都不会随意相信只有对方是正确的。[1]《深入北方的小路》在处理日本人的问题上秉持的正是这样一种道德相对主义立场，立足这样的立场，小说家不想对日本军人做出评判。因为在他看来，看待战时日本人的暴力，不能只看其造成的后果，而要研究是什么原因让他们变得如此残暴：

> 他们被 50 多年的军国主义、民族主义、种族思想毒害了……在日本悄然渗透到他们的心里，贻害至深。他们先是倡导这些思想，然后按照这些邪恶的思想慢慢地去诱惑、强迫直至塑造他们的社会，可是，所有这些邪恶的力量又回到他们自己身上。

《深入北方的小路》的扉页上印着保罗·策兰（Paul Celan）的一句话："母亲，他们都会写诗。"弗兰纳根对此的解释是，"策兰是一个会说会写德语的罗马尼亚人，在大屠杀期间，他失去了父母，大屠杀之后，他继续用德语创作，他的一些堪称世界之最的德语诗歌，写的都是关于德国人犯下的最可怕的罪恶。我感觉我面临的正是这样的挑战：如何书写日本人的巨大罪恶，但同时对其伟大而真正美好的文化致敬。"[2]弗兰纳根的这番话让读者清楚地感到，《深入北方的小路》的另一个重要的创作动机是，在书写日本的罪恶之余，作者似乎还要为日本文化说一些好话。

在《深入北方的小路》中，日本军官们都是施害者，他们的残暴给盟军战俘带来的苦难罄竹难书，可小说在不少地方似乎更关心两个日本军官的人生道路和心路历程。让人觉得别扭的是，弗兰纳根好像希望透过这些日本军人，强调他们与被害者一样的普遍人性。在他看来，受害者与施害者都是普通的人，他们有着共同的人性。《深入北方的小路》对于中村和古田的描写是非常温和的。由于小说家喜欢日本文化，所以，他对中村和古田的描写并没有随着二战的结束而停止，相反，小说二战结束以后跟随中村和古田回到了日本。小说第四部分的前两节大篇幅地描写了众多其他战后回国的日本军官的生活情状，重点是他们如何熬过种种艰难，他们从海外回到国内，每日担心自己被作为战争罪犯推上军事法

---

[1] Richard Rorty, *Philosophy and Social Hope*, New York, NY: Penguin Books, 1999, p.15.
[2] David Couzens Hoy, *Critical Resistance from Poststructuralism to Postcritique*. Massachusetts Institute of Technology, Cambridge, Massachusetts, 2004, p.103.

庭审判,可谓惶惶不可终日。中村返回日本之后,先后在东京和神户的废墟中挣扎,虽然后来经过努力安顿下来,不仅有了工作,还组成了家庭。通过这样的叙述,小说俨然把他和古田刻画成了跟澳大利亚战俘一样的受害者。

塞拉·莫哈默德(Saira Mohamed)曾经指出,施害者就是施害者,如果我们认为施害者与受害者一样具有普遍的人性,那就无异于承认:我们所有人都有可能犯下那样可怕的罪恶,我们所有人内心深处都像魔鬼一样邪恶。[1] 然而,《深入北方的小路》倡导的或许正是这样一种"平庸罪恶论"(the banality of evil)。小说告诉读者,中村不是什么天生的恶魔,而是一个普通人,这个普通的日本人最终从苦难中幸存了下来。小说告诉我们,二战之后,许多像中村一样的日本军士先后访问了澳大利亚,来向自己曾经残害或者折磨过的澳大利亚战俘道歉。其中有个日本女性代表团也来到澳大利亚道歉,临行时,她们给多里哥留下了一部死亡诗集。"她们来得庄重,随行携带着摄像机,她们还给澳大利亚的东道主带来了许多礼物,其中的一个礼物很是奇特:那是一本翻译的日本死亡诗歌集,日本诗人在临死之前有写死亡诗的传统。"[2]显然,在小说家看来,一个如此乐于思索生死的文化同样是值得尊重的,而只有拥有了这样的反思能力,日本文化才能够实现自我救赎和拯救。

麦克雷登说,阅读《深入北方的小路》将我们带进了"一个痛苦的世界"。[3]苏珊·莱维在一篇书评中也提出一个类似的问题,她指出,从20世纪70年代开始,澳大利亚人在面对这个问题时大多只看两国关系而忽略了国家记忆,这样的做法对于那些历史的亲历者而言,是无法接受的。如果《深入北方的小路》成了澳大利亚下一代人处理二战记忆的标准范式,那么,前辈的澳大利亚人曾经的创痛将永远被人遗忘。[4] 的确,《深入北方的小路》在书写"死亡铁路"这段历史时,好像有意识地抛开了历史,放弃了"记忆的伦理"(the ethics of memory)。[5]

---

[1] Saira Mohamed, "Of Monsters and Men: Perpetrator Trauma and Mass Atrocity", *Columbia Law Review* 115.5(2015): 1215-1216.

[2] Koval, Romona. Transcript: Richard Flanagan in Conversation with Ramona Koval. *The Monthly World*, 2014.

[3] Lyn McCredden, "PM's Literary Awards: How Reading Opens Us to a World of Pain", *The Conversation* December 10, 2014.

[4] Susan Lever, "Heroes, Certainly: The Narrow Road to the Deep North", *The Sydney Review of Books* November 26, 2013.

[5] Cathy Caruth, *The Unclaimed Experience: Trauma, Narrative and History.* Baltimore & London: Johns Hopkins University Press, 1996, p.91.

第三部分

英裔女作家的后现代实验小说创新

澳大利亚英裔女作家的后现代实验小说与第二次女权运动直接相关。20世纪70年代,在美国女权运动的影响下,澳大利亚的第二次女性解放运动如火如荼地开展起来,美国文学评论家凯特·米勒特(Kate Millett)和澳大利亚文学评论家杰梅茵·格里尔(Germane Greer)是这场运动的精神领袖。在20世纪70年代的澳大利亚女权主义小说家中,海伦·加纳最为有名,她于1977年出版的《毒瘾难戒》(*Monkey Grip*)以现实主义的笔触书写了一个反文化运动中的年轻城市女性的生活。澳大利亚英裔女作家的集体兴起始于20世纪80年代。1989年,吉莲·惠特洛克(Gillian Whitlock)主编出版的《八十年代的八个声音》(*Eight Voices of the Eighties: Stories, Journalism and Criticism*),以一部文选的方式对澳大利亚文坛的这一盛况做了一个很好的总结。

　　需要指出的是,在20世纪70年代崛起的英裔女作家当中,并非所有人都支持女权主义,在支持女权运动的女作家中,并非所有人都愿意从事后现代的先锋实验创作。《八十年代的八个声音》中收录的八个女作家中,有几位都明确不从事实验性的写作,加纳是其中之一,此外还有奥尔加·马斯特斯(Olga Masters)、凯特·格伦威尔(Kate Grenville)等。加纳开始创作之前有新闻专业的从业背景,所以选择用传统现实主义的手法去记录新时代的女性新生活;马斯特斯长期生活在农村地区,她的作品关注生活在偏远农村的女性生活;格伦威尔早期关注女性在现代澳大利亚家庭中的地位,后来开始关注殖民历史。跟其他女作家一样,她们有的是激进女权主义运动的直接参与者,有的支持女性的自强自立,但她们认为,在女权主义的时代,女作家可以用自己的文学创作讲述许许多多被压抑已久的女性故事,把这些故事如实地叙述出来对于支持女性便是一个非常了不起的成就。的确,加纳的《毒瘾难戒》、马斯特斯的《家庭女孩》(*Home Girls*)和格伦威尔的《丽莉恩的故事》(*Lillian's Story*)单凭各自的动人故事和崭新的女性题材,便足以让它们成为一代经典。

　　早期澳大利亚英裔女作家中的后现代实验小说家都是女权运动的支持者和

参与者,她们从欧美女权主义理论家那里汲取思想资源和精神力量,认为女性的解放有必要从文学的语言、结构和叙述方式开始变革。因为包括现实主义在内的传统文学模式当中包含着一种男权主义的认知,要获得性别上的平等,女性有必要颠覆传统认知,变换视角,重新审视这个世界。早期比较激进的英裔女作家包括玛丽恩·坎普贝尔、简·麦凯米什、菲诺拉·莫尔海德、简宁·伯克、伊丽莎白·莱丽、玛丽·法伦等,她们当中有些人明确支持女性同性恋。还有一些具有移民背景的女作家,特别是从英国移民至澳大利亚的作家,其中包括德鲁希拉·莫杰斯卡和伊丽莎白·乔利。由于乔利不仅明确地视自己为移民作家,而且反复书写移民生活,所以文学史家常常也把她置于移民写作的语境中进行讨论。

澳大利亚英裔女作家所遵循的这两条路线在很长一段时间内相向而行,二者相互补充。20 世纪 80 年代晚期之后,纯粹的后现代实验小说日益式微,但与此同时,更多的澳大利亚英裔女作家自觉地将女性生活经历和一种实验主义的叙述形式结合在了一起。比较有代表性的女作家包括卡默尔·伯德、苏·伍尔夫(Sue Woolfe)、阿曼达·洛雷、盖尔·琼斯等。新时期的女性后现代实验小说与土著以及移民作家的小说走到了一起,它们的一个共同的特点是:将形式创新深度融入各自的意识形态诉求,让实验小说为自己的群体解放做贡献。

本部分重点讨论坎普贝尔的《潜伏者》(Prowler)、莫尔海德的《勿忘塔兰泰拉》(Remember the Tarantella)、莫杰斯卡的《波比》(Poppy)和琼斯的《抱歉》(Sorry)四部作品,从中了解英裔女作家在这一领域进行的积极探索。

第 9 章
玛丽恩·坎普贝尔《潜伏者》中的烈女挽歌

　　玛丽恩·坎普贝尔是澳大利亚批评界公认的最具实验性的后现代小说家。她 1948 年生于悉尼,早年就读于西澳大学和法国的普鲁旺斯大学,此后先后在默多克大学、墨尔本大学和迪肯大学任教。1985 年出版首部后现代实验小说《航线》(*Lines of Flight*)后赢得批评界的关注。此后又连续出版长篇小说《不作米丽恩》(*On Not Being Miriam*,1989)、《潜伏者》(1999)〔1〕、《影子小偷》(*Shadow Thief*,2006)、《凝固》(*KonKretion*,2013)等。30 多年来,除了长篇小说之外,坎普贝尔还出版了大量的诗歌、剧作、短篇小说、文学批评及非虚构作品,其中包括回忆录《炉台上的男人》(*Man on the Mantelpiece*)和诗歌集《第三体》(*Third Body*)。她的创作关注语言、神话、艺术意象和幽默,对于后现代和女性主义的实验情有独钟。

　　坎普贝尔的前三部长篇小说都通过西澳的弗里曼托尔艺术中心(Fremantle Arts Centre)出版社出版,三部小说以其显著的思想性和突出的后现代实验特色一举确立了她在当代澳大利亚文坛上的地位。鉴于其极具个性的后现代小说风格,弗里曼托尔艺术中心出版社对坎普贝尔始终不离不弃,表现了他们对于这位实验女作家的高度信任。坎普贝尔的早期小说大多立足女性主义视角,书写弱势群体生活。《潜伏者》延续了前面两部小说的多变风格,通过回忆,讲述了一个已故女性汤姆西娜(Thomasina),又称汤姆-汤姆·奥谢(Tom-Tom O'Shea)的故事。汤姆-汤姆生前是个极富人格魅力的女性,曾与主人公楼·巴布(Lou Barb)有过一段同性恋情,此外嫁过两个男人,但一生饱受磨难,最后早早离世。《潜伏者》不是一部纯粹的游戏之作,而是一部大胆融合形式创新和伦理思考的

---

〔1〕 Marion Campbell, *Prowler*. South Fremantle: W. A. Fremantle Arts Centre Press, 1999.

小说。从形式上看,小说嬉笑怒骂,除了使用不同的叙事角度,叙述风格也丰富多彩,有时抒情,好像在写诗,有时讽刺,辩论色彩浓重,有时也会运用最常见的描写和对话,将日常生活中的令人讨厌的麻烦和误解表现得淋漓尽致。《潜伏者》通篇没有一个统一的语气,时而严肃,时而滑稽好笑,但很少说教。小说重意象,在一个无清晰情节的语境中,那一个个鲜明的意象不时地将读者的注意力点亮,令人无法忘怀。就主题而言,小说生动地刻画了一个苦苦挣扎于身份困惑之中的当代女性,书写了两个曾经倾心相爱的同性恋人的情感关联和她们共同面对的充斥着不公的世界。

一

《潜伏者》中的核心人物之一是因不幸去世而缺场的汤姆-汤姆。从小说对于这位主人公男性化的命名来看,小说家或许认为汤姆-汤姆是一个"潜伏者":她脑子好,有活力,做事不拘一格,敢于追求,敢于叛逆,是个烈女。她比较自我,喜欢自我表现;此外,她在很多方面摇摆不定,难以捉摸;她还是个喜欢控制和操纵别人的人,特别是在情感生活中与其说她被人摆布,还不如说她总在欺人骗人,即便是跟自己最亲密的人待在一起的时候,她也表现出很强的控制欲。具体表现是,她在对待别人的感情时常粗枝大叶,不在意别人的感受。因此,如果非要拿她跟《航线》等小说中的女主人公相比,那么汤姆-汤姆显然欠缺一点温柔,跟她在一起有时会感到有些不舒服。但是,汤姆-汤姆的这些性格特点并非小说的全部。

《潜伏者》以倒叙的方式开篇,讲述了汤姆-汤姆 44 岁的短暂人生。小说采用了两条线的叙事结构,第一条线是汤姆-汤姆以日记的形式记录她的人生历程;第二条线以楼·巴布的视角展开。作为汤姆-汤姆昔日的同性恋人,楼从旁讲述了汤姆-汤姆的成长历程以及她们之间的情感联系。在小说中,这两条线相互交织,交替出现。

汤姆-汤姆成长于一个不大美满的家庭,母亲生下她之后患上了产后抑郁症,后上吊自杀。幼小的汤姆-汤姆随她的祖母梅芙(Maeve)一起生活。汤姆从小了解到祖父对祖母的背叛与抛弃以及父亲对母亲的欲望和冷漠。汤姆-汤姆本来有个女孩子的名字,但当祖母和朋友称呼她时,总会改成汤姆-汤姆,甚至有时会简化成汤姆。汤姆-汤姆这种男性化的名字从一定程度上模糊了她的性别意识。长大之后的汤姆-汤姆在衣着上表现出性别认同方面的不确定性,她给人留下的是一个不拘小节的假小子(tomboy)形象:她总是丢纽扣,衣服干洗后的

133

第一天就不知怎么又会弄脏;她的头发干缠在一起,裤脚拧在脚踝上,每天穿着帆布鞋、毛衣和牛仔裤。[1] 楼在她的叙述中明确地说汤姆看上去像个假小子,说她像男扮女装的变装皇后(drag queen):"到了周末,汤姆下身穿着牛仔裤或短裤,上身却是一件 20 世纪 60 年代款式的高腰线浅黄色迷你裙,胸下各有一个娇羞的小蝴蝶结。她棕色腿上粗糙的腿毛更增添了这种效果。她的鞋子,像船一样! 她可能是我们当中唯一一个不穿胸罩的人;她试穿这件小裙子、在宿舍里笑着昂首阔步时,我可以看到深色的乳头透过棉布在颤抖。"[2]很显然,汤姆似乎对自己作为一个女孩的生理性别特征也并不敏感,在着装方面表现出雌雄同体的性别模糊。

汤姆-汤姆在两种性别间的摇摆更体现在她的情感方面。她没有像很多学生时代的女孩子那样渴望异性的爱恋,她暗恋的第一位女性是她的中学美术老师伊娃·霍夫曼(Eva Hoffman)。据楼回忆,汤姆-汤姆向她坦言,自己对霍夫曼到了一种近乎病态的痴迷,无法停止对她的思念,想念她的怀抱和拥抱,每天想着法子去接近霍夫曼的日常生活。[3] 有个周末,汤姆-汤姆为了霍夫曼而坐车前往珀斯美术馆,目的是观看霍夫曼喜欢的斯坦利·斯宾塞的艺术展,并写点感受。在楼看来,汤姆-汤姆每一项任务的完成都像是对霍夫曼的一种奉献,她要用自己获得的任何材料去激发霍夫曼对她的迷恋。[4] 令楼印象最深刻的还是汤姆与霍夫曼发生亲密举动时表现出来的放松状态:"汤姆-汤姆闭着眼,把头枕在霍夫曼的大腿上,霍夫曼一只胳膊和手腕撑在汤姆-汤姆的头边,一手拎着、抚摸着她的头发。"[5]成年之后的汤姆-汤姆有过一段与楼的同性恋情,同样铭心刻骨。

汤姆-汤姆有过两次异性婚姻,但是,她似乎不断地感觉自己必须从男人身边逃走。与第一任丈夫阿西夫(Asif)的异性恋以失败告终,与第二任丈夫莫里斯(Maurice)的婚姻因她英年早逝而结束。阿西夫是她在法国上戏剧课时的同学,是阿拉伯裔移民。阿西夫在马赛处于社会的底层,平时居住在贫民窟里。汤姆-汤姆喜欢温柔时的阿西夫,然而,阿西夫常有的家暴行为最终导致她不得不求助警察和法律结束这段婚姻。在楼看来,汤姆-汤姆不过是阿西夫逃离法国的

---

[1] Marion Campbell, *Prowler*, p.53.
[2] 同上,p.140.
[3] 同上,p.59.
[4] 同上,p.141.
[5] 同上,p.59.

工具,他并不爱她。[1] 阿西夫到达澳大利亚后,汤姆-汤姆成为全职太太,不仅要养育出生不久的卡里姆(Karim),还得照顾阿西夫的生活起居。汤姆-汤姆在日记中记录了两人因各种各样的问题发生的冲突。洗衣机工作时发出声响,阿西夫会对她大吼:"就不能在我们聊天时关掉吗?";发生争执时她如果顶撞,阿西夫就会大骂:"臭婊子,洗你的衣服去。"[2] 身体的伤害和语言的暴力使得汤姆-汤姆对她的第一次异性婚姻深感失望。在与莫里斯的第二次婚姻中,汤姆-汤姆生下了女儿伊西多(Isidore),"伊西多"是英法两国男性使用的名字,意为"伊西斯(Isis)的礼物"。伊西斯是古埃及神话中孕育生命的女神,是完美女性的典范。该名字在性别指示方面的含混性同样突出地彰显了汤姆-汤姆在性别认同方面的不确定性。小说对于汤姆-汤姆与莫里斯的婚姻并没有太多的描写,或者说汤姆-汤姆并没有在自己的日记里写过多少跟莫里斯有关的事。但是,她的确记述了自己在压抑的婚姻之外寻找同性恋情的过程,字里行间充满了对于获得有别于这一婚姻的美好爱情的渴望。

　　汤姆-汤姆是一个英裔白人,但是,她经常感到一种强烈的逃避白人肤色的冲动。汤姆和祖母住在珀斯郊区一个名为佛塔树谷(Banksiafold)的地方,这个地区居住着很多的土著民,所以她从小与那里的尼翁加(Nyoongar)部落中的乔(Joe)、米莉(Millie)、扎克(Zak)、乔西(Josie)等生活在一起。她倾听他们的故事,了解他们的文化,与他们建立起了深厚感情,感受着澳大利亚原始土地的魅力。她坦言,"随着和米莉、乔的交往加深,甚至连梅芙也是牛奶咖啡色的,我不再相信白色。"[3] 她与蓝眼睛、白皮肤的中学朋友奥黛特(Odette)逐渐疏离。当祖母临死前告诉她,奥黛特的父亲在电视上推动矿业公司和传统土地拥有者的买卖协议时,汤姆甚至为与曾经有奥黛特这样的白人朋友感到愧疚。[4]

　　汤姆痛恨白人侵占土著民的土地,白人为了采矿,不断地压缩土著民的生存空间:"我看见西服在风中飘动,他们的领带在肩头飘扬,出售纵向空间,进行采矿交易,把国家采尽,把古老森林作为纸箱原料送走;见识他们操作股市、交易城市空间,看到因他们的贪婪而造成的荒凉地区。"[5] 那些所谓的"无人区"成为白人殖民者们获取利益的最佳场所,而无人区的原住民则成了野蛮的阻力。白人

---

[1] Marion Campbell, *Prowler*, p.241.
[2] 同上,p.275.
[3] 同上,p.42.
[4] 同上,p.184.
[5] 同上,p.107.

无视土著的基本人权,不断从土著母亲身边"偷走"她们的孩子。当她第一次听说米莉和白人男性所生的双胞胎孩子如何被政府偷走之后,她无比无助。大人们告诉她:"不管我和尼翁加家庭多么亲近,我都无法置身于他们的空间。你的缺失,你的忧伤,和他们的是不一样的。"[1]作为一个白人的后代,汤姆-汤姆无法融入土著民之中,她决心逃离澳大利亚,拒绝学习那些她称之为"入侵者"的白人文化,所以选择了自我流放。流放只为了一个目的:为了保持彻底的分离。[2]法国的马赛是一座人口主要由流放者构成的城市:"这里没有陌生人。从腓尼基人开始,这个城市就是由陌生人建造和提供燃料的,流放是它的永久居住地……"[3]马赛处于法国的边缘,且在巴黎人眼中也处于法国文化的边缘,被巴黎人认为只有所谓的坏品味。从对马赛人异质性存在的描写中,人们深刻地感受到,马赛与巴黎是相对立的。这种异质性挑战了类似"法国人"这样的术语的同质化倾向,流亡者在马赛变成了"马赛人"。

马赛的经历让汤姆-汤姆得以重新审视自己的身份。在戏剧课上,当老师要求大家选择一个意象来介绍一下自己时,她毫不犹豫地选择了澳大利亚的佛塔树(banksia tree)。在她的心目中,佛塔树是澳洲本土原生植物,它们跟土著民一样都是"被迫沉默的可发声物体"(a speaking thing held mute)。[4]远在异国他乡的她,情不自禁地把自己与澳大利亚的土著民联系在一起。她知道自己或许不能成为真正的土著,但她感觉自己和土著有着很多的共同之处。然而,种族的认同并不像表演课上那么容易完成。在一次与阿西夫的对话中,阿西夫咄咄逼人地发问:"你是谁,姐妹,你认同谁?"汤姆-汤姆回答道,"我从无主地来,入侵者是这么写我来的地方。"[5]后又补充道:"我们打算把我们的土地归还给我们的土著尼翁加朋友。"阿西夫说:"你自己难道不是入侵者吗?激进的佛塔树妹妹。你怎么能说要把你们的土地归还给他们……没看见你脸红。我们的土地!我猜你就是通过你偷来的余款旅行的。"[6]阿西夫咄咄逼人的发问迫使汤姆不得不正视自己是"资产阶级白人"这个事实:"是阿西夫让我认同这些白种人的,我记得我是在旅行,就像他说的那样,我偷了多余的东西。我觉得我无法抗议。

---

[1] Marion Campbell,*Prowler*,p.112.

[2] 同上,p.113.

[3] 同上,p.81.

[4] 同上,p.95.

[5] 同上,p.99.

[6] 同上,p.100.

我自己怎么不是入侵者？"〔1〕

尽管汤姆认识到自己的白人生理属性，但她与白人中产阶级莫里斯的第二段婚姻并未让她找到归属感。汤姆与土著朋友逐渐失去了联系，她感觉自己"如同契诃夫短篇小说《哀伤》中的格里戈里"。〔2〕 莫里斯是楼研究所的同事，为政府提供土地退化、海草消耗、碳燃料排放的统计数据。这个研究所一直得到矿业公司的基金资助，而矿业公司为了不断地开采原住民土地，甚至"要通过水洼下毒的方式制造土著大屠杀以实现西北部的全面开采并出口铁矿石"。〔3〕 当汤姆得知土著居民面临从家园被赶走的境遇时，她选择不再和为殖民者利益服务的莫里斯交谈，决定自己采取行动。作为一名在男权社会受到压迫的白人女性，汤姆站在同样是受压迫者的土著那边。她穿上在马赛上表演课时的佛塔树套装："或许我能穿得上它。我不再流放。"〔4〕

汤姆-汤姆一生拒绝被人界定，在这个意义上说，她算得上是一个烈性的自由斗士。她生命的最后时光在法国度过：在与当权者发生的一次冲突中，她失去了宝贵的生命。她是一个不愿妥协的女性，她不愿在现实与想象之间划出一条界限，在她眼里，非理性的疯癫提供给女性另一种生存空间。不管是幻想还是梦境，汤姆-汤姆更愿意让想象空间与现实空间相互渗透，她要用这样的方式挑战传统男权。

二

《潜伏者》不只讲述了汤姆-汤姆的故事，小说通过巧用标题将作品的结构设计很好地暗示了出来。所谓"潜伏者"听上去像一个人，然而，由于"潜伏者"总是像幽灵（doppelganger）一样地跟着另一个人，针对另一个人，所以标题显然暗示了两个人。〔5〕《潜伏者》中的第二个主要人物是楼，楼是一名大学教师，同时，她还是汤姆-汤姆第二任丈夫莫里斯的同事。汤姆-汤姆是她昔日的同性恋人。汤姆-汤姆去世之后，莫里斯将其遗物中的一些笔记本取出来交给楼，原因是他在妻子的笔记中看不出她写到的丈夫究竟指的是哪一个，非常郁闷。他感觉自己每次看这些日记的时候会重新体验一次失去汤姆-汤姆的感觉。小说让汤姆-汤

---

〔1〕 Marion Campbell, *Prowler*, p.107.
〔2〕 同上，pp.291 - 292.
〔3〕 同上，p.338.
〔4〕 同上，p.370.
〔5〕 Carolyn Bliss, "Review of *Prowler*", *World Literature Today* 74.3(Summer 2000)：577.

姆的日记和楼的叙述成为两个不断轮番交替的叙事视角,楼希望自己在读汤姆-汤姆笔记的过程中能读懂她在说什么,同时借此反思自己的人生。

《潜伏者》有一个比较清晰的故事主线,这个主线就是楼和汤姆-汤姆两位女主人公的成长和身份找寻。在小说中,楼在自己的叙述中讲述她的性迷茫、家庭关系的紧张和事业上的失意。汤姆-汤姆在她的笔记中记录了她如何在法国的马赛寻找职业意义、她失败的跨国婚姻以及她如何与一个土著家庭长期保持生死友情。小说在这两人的叙述之间来回交叉,呈现了两位女性之间超越差异的情感连接。《潜伏者》在汤姆-汤姆的笔记和楼的叙述之间建构了一种超越时空的互动结构,小说的各个章节采用的标题也很简单,其中不少章节直接使用"汤姆-汤姆·欧希尔,笔记之二"或"楼·巴布"这样的标题。读者在阅读时,需要在它们之间不断地来回切换。此外,小说中,楼还收到她中学时代的朋友奥黛特寄给她的两封信,这些信件成了小说的第三个声音。

在《潜伏者》中,楼和汤姆-汤姆彼此视对方为知己,她们不仅曾经倾心相爱,而且将对方视为第二个自我,所以从这个意义上说,她们既是彼此的潜伏者,也是自己的潜伏者。楼和汤姆-汤姆心灵相通,所以当莫里斯把汤姆-汤姆生前留下来的日记交给楼时,楼毫不犹豫地接过了这些日记。作为曾经的灵魂伴侣,她觉得自己定能看得懂这些日记。于是,楼通过看汤姆-汤姆的日记将自己变成了后者名副其实的潜伏者,反过来,汤姆-汤姆也通过自己无声的日记,在楼的阅读过程中成了楼的潜伏者。

作为激进的女权主义者,楼和汤姆-汤姆的人生之旅曾经发生交集,此外她们在彼此绽放的生命选择中感受人生的可能,对于对方而言都有点神秘、诡异和可怕,很多时候或许也很失望。她们曾将她们的这一段特殊的爱情关系视为抵御人生暗夜和恐惧的防护,与此同时,把彼此间的分手视为对于人生黑暗的确认。她们彼此将对方视为破坏者和救星。这种既破坏又拯救的关系将两个主人公无限地拉近,同时也将小说的二元结构无限地打开。汤姆-汤姆曾是楼最亲近的人,二人的分手也给她带来过巨大的伤害。汤姆-汤姆留在人世的日记成为她生命的记录和镜像,从这些日记中,楼看到了她一生的选择以及这些选择给她带来的后果。这些人生选择既有跟自己相似的,也有完全相反的。两人曾经相互拥有人生,也可立足自我,眺望另一个人生的轨迹。楼的大学教师的工作和婚姻因为感情的失败而冻结在那里一动不动,汤姆-汤姆去世之前的人生相对而言仿佛一个腾空而起的火焰,瞬间如流星一般消失得无影无踪。在这一点上,二人高度一致。二人曾经假扮对方,如今在同一部小说中作为两个不同的叙事人不断交替出现。由于她们之间千丝万缕的联系,阅读她们二人的叙事并不容易。虽然小说经常在出现叙事人变化的时候做出标记,但读者在跟踪她们轮换时还是需要格外当心。因为他们需要像侦探一样寸步不离地跟踪叙事的变化,不仅为了弄清楚汤姆-汤姆因何而暴死他乡,更重要的是去了解她活着的时候所经历的生活,同时也为了了解她的生活给楼带去了怎样的影响。

玛丽-弗雷姆·马克(Marie-Frame Mack)在一篇书评中说,看过坎普贝尔前两部小说的人在看到《潜伏者》时应该有一种故地重游的感觉,宛若此前参观过一个考古挖掘地,如今重新来到这里,记忆中还没忘记前次看到的考古发现时的喜悦。时隔数日,如今考古学家又挖出了许多新的宝贝,这些宝贝跟上次看到的有相似之处,但看到那么多新挖掘出来的古董还是非常高兴。[1] 与《航线》相比,《潜伏者》没有高深的理论和艰涩的语言,但是,小说中涉及的很多问题、人物和地点也让读者感觉似曾相识。例如,《潜伏者》跟《航线》一样,讲述的是天性单纯的澳大利亚人旅居海外的经历,特别是女性艺术家在法国马赛进行专业深造和获取工作提升的经验。两部小说都大量关注女主人公旅居欧洲期间竭力梳理自己交友过程中产生的情感和伦理纠葛,包括女主人公在欧洲期间结识一个外国人并与其同居生子,以及作为一个澳大利亚人在欧洲面对的形形色色的殖民和阶级政治问题。两部小说同样关注表征,女主人公作为一个艺术家还同时针对绘画、舞蹈、写作等艺术的美学和意识形态意义表达了浓厚的兴趣。所有这些相似之处,让不了解情况的读者难免会担心作者是不是在这部小说中又在炒以前的冷饭。不过,细心的读者很快在这些表面的相似之中看到了显著的不同,特别是两部小说在主题上的差异。例如,在小说《航线》中,有些话题是作者严格回避的,这些话题之中就包括女性的性;在《潜伏者》中,尤其是关于马赛的那一段,作者认真深刻地直面主人公在同性方面的欲望和经历。这里一改《航线》中遇到类似话题一律删节处理的做法,不仅不回避,而且对女性之间存在的欲望给予了公开而高度的肯定。小说对于女主人公亲身经历的同性关系,不论是幻想的,还是现实中真实发生的,都进行了认真的描写。《潜伏者》对于女同性恋关系的描写是正面而具有激情的,对于此类关系的合法性给予了明确的认可。

《潜伏者》中有不少关于楼和汤姆-汤姆之间的情感互动场面,最动人的莫过于汤姆-汤姆生病住院的那一场。汤姆-汤姆住在医院,生命垂危,楼前去探望,

---

[1] Marie-Frame Mack, "Giving Forth New Seed", *LinQ* 27.1(2000): 78.

两个昔日的恋人和朋友在这样有可能生离死别的时候见面,一边是自己面对朋友即将逝去爱莫能助,一边是汤姆-汤姆年幼而全然不懂自己即将失去母亲意味着什么的孩子。这本是一个十分催泪的场景,但小说家没有采用我们习以为常的套话和感伤表达。相反,她不仅力避这些危险,还通过巧妙、机智甚至给人快意的语言写下了以下这段话:

> 伊西多身上穿着穿脏了的青黄色仙女装,她不愿意脱下来洗。紧身裤上起了小球球,网状的芭蕾舞裙撕开了一条缝,她魔杖上的星星紧挨着急救的管子和监控按钮转,如果她真有管用的魔力该多好。她一双因为长期吊单双杠架长出茧子的小手紧紧地抓着我的手,仿佛抓住救命稻草一般。我们每天就这样一起离开病房去乘电梯,路上在饮料销售机前停一下,给她买一罐芬达。芬达"噔"地一声掉进取饮料口的时候,她高兴地笑出声来。现在,在她母亲弥留之际,我们来到这所丑陋的砖墙医院外,让小仙女沿着石灰石墙一路一直往前走平衡。每次我都会想:如果伊西多能够在墙上顺利地穿过那段灌木而不失去平衡,那么汤姆-汤姆就能活下来。我们全神贯注,结果也非常好,每次我都得重新整理自己的情绪,然后再回到医院的五楼。在那里,所有人都是严阵以待,等待着那难以接受的结果,或死亡或幸存。我需要这个长着一双黑眼珠的仙女穿插在这样的等待之中,看着她的魔杖在医院的光影之中晃动,我需要,需要,这样的时间能够更长。[1]

《潜伏者》中这样的写作非常特别,它的特点不在于主题的宏大,而恰恰在于书写渺小。小说于方寸之间生动地向读者展示了一个瞬间的神奇和脆弱,它通过一个孩子的感官和情感角度呈现生活,同时让读者近距离地感受一个懵懂无知的孩子的生活面对的巨大威胁。小说用这样的节奏巧妙地传达了叙事人面对灾难到来时恨不能止住时间的愿望,哪怕是永远停顿于一个生死不确定的时空之间,至少,那里死亡还没有来临。小说中没有声嘶力竭的情感宣泄,甚至连眼泪也没有。叙事人无比低调地说:"我需要……"和"如果……该多好!"这样的浅吟低唱巧妙地让读者读到了她对于现实的解读,因为在死亡面前,这些希望都不过是无意义的一厢情愿。

---

[1] Marion Campbell, *Prowler*, p.12.

坎普贝尔擅长书写死亡主题,在写到因失去亲友而悲痛,因思念而渴望的时候异常动情,极富感染力。在写类似题材时,她首选的方法不是保守的传统写法,而是采用大胆的实验手法。《潜伏者》中上述这样会意、生动和立场鲜明的写作比比皆是,而且每次出现这样的写作时,并非总是带着某种政治意涵,有些最精彩的段落更多地书写深刻而痛彻心扉的个人生活经验。上述这段描写中的"如果……该多好!"很重要,因为它从一个侧面反映了楼和汤姆-汤姆之间的关系。作为同性恋人,她们彼此之间有着太多的相似之处,但是,因为各自的人生选择,走出了不同的道路。对于楼而言,"如果"自己也作出跟汤姆-汤姆一样的选择,那么汤姆-汤姆的人生就会成为自己的人生。汤姆-汤姆去世之后,楼回顾她的一生,不知道应该为她的一生做个什么样的总结:"我不知道我有没有让她通过我的文字获得新生,抑或因为我的编排,反而把她又埋没下去……我知道这听上去有些傻,但是,我觉得在她的一次次的逃脱中我能见到真的她。"作为汤姆-汤姆的朋友和昔日同性女友,楼希望通过编辑她的笔记扮演好自己的角色,因为反思她的人生也就是反思她自己的人生。

三

英语中的"prowler"一词还有"窃贼、劫匪或者魔鬼"等负面的意思,从这个意义上说,小说《潜伏者》的标题或许还有另外一层更重要的意义:小说通过种族、阶级和性别视角,明确无误地书写了不同政治与意识形态方面的潜伏和压迫,表达了人们面对被潜伏和压迫时的积极抗争。与《航线》相比,《潜伏者》有着更加明晰的政治和意识形态的内容,一个突出的表现是对于土著问题的关注。《航线》中对于澳大利亚的种族主义问题有所暗示,但是,在小说《潜伏者》中,土著民的问题明明白白地写到了作品当中。无论是在结构上还是在主题上,甚至是作品的政治倾向性上,对于澳大利亚种族主义的书写都让小说远远地超越了前两部作品。小说中不止一次地写到在西澳的珀斯发生过的土著民服刑期间死亡和白人媒体疯狂骚扰土著家庭的事件,所以小说明确拒绝以前白人读者的麻木与健忘,将土著民在白人体系中遭受的苦难公开地书写了出来。小说写作于 20 世纪末波琳·汉森(Pauline Hanson)和"一个国家党"(One Nation Party)猖獗一时的时候,所以作者以强有力的姿态针锋相对,显示了一个有良知的作家的巨大勇气。小说刻画了多个尼翁加部落的土著人物,特别是土著母亲角色梅芙,在小说中,她被赋予了强大的气场和令人信服的声音。小说没有打算通过刻画众多现实的土著人物来抨击种族主义,但它在种族问题上展示的政治能量不可小觑。[1]

《潜伏者》写到法国的时候集中描写了马赛的一个名叫圣查尔斯贫民区,这里集中了大批的北非移民:

> 这里的雨水掩盖不了任何东西:雨中满目疮痍。这里没有什么能激发诗情画意。这里平庸的苦难横扫一切。在两栋高楼之间,有一栋稍亮一些的赭土造的建筑……广场上零零星星地铺着沥青,水坑里随处漂浮着垃圾。这里的房子我们以前在珀斯时说是褐灰色,我们说 torp,深灰色。可是,面对眼前这个地方,所有的感官瞬间死去,不仅视觉。这里介于缺场灰和污泥之间,煤烟把一个个灰泥泡泡全部染成了黑色。龙卷风的挡风墙顶上是铁丝网,后面立着一堵要倒的石灰岩墙,灰色的墙顶上嵌着玻璃。即便是作监狱,这个地方都起不了作用。我猜测,这些房子以前都叫功能房。[2]

这是非常沉稳而有力度的政治写作,作者貌似在进行简单的细节描画,但字里行间处处透露着批判。作者通过对贫民窟的描写,对法国殖民主义给自己也给北非人民留下的破坏性的遗产进行了批判,此处居民生活的不堪和凋敝通过可视可听的生动意象无比细腻地呈现出来。这些描写通过一种愤世嫉俗的口气同样表达出毋庸置疑的政治观点。

汤姆-汤姆和楼的专业都是戏剧。前者在法国学习戏剧,她的剧团里面一部分人热衷政治,这让她这个外国人一时难以适从。在充满勾心斗角的政治把戏中,在自己也说不清楚的性问题上,在巨大的阶级鸿沟面前,汤姆-汤姆一度无比绝望,感觉找不到自己的位置。读者满以为她会在陌生的环境中为自己寻找到一些属于自己的路标,但是,她很快发现控制剧团的"蜘蛛"(Spider)实在是一个邪恶之人。他控制剧团经费,玩世不恭地对待年轻演员,利用他们为自己不可告人的目的服务。就在汤姆-汤姆准备最后一场演出的时候,楼的人生大戏也进入了一个关键时刻,因为她所在的澳大利亚大学因为政府不断削减教育预算导致她的表演专业讲师岗位岌岌可危。

同是戏剧专业的汤姆-汤姆和楼不仅掌握了很好的语言能力,对于语言以及语言中的政治同样有着高度的敏感。《潜伏者》中最突出的政治是有关语言和话

---

[1] Susan Medalia, "Review of *Prowler*", *Westerly* 44.3(Spring 1999): 113.

[2] Marion Campbell, *Prowler*, p.203.

语的政治。《潜伏者》是一部跨文化的小说,在这里,语言的重要性比较显著。小时候,带她长大的祖母一直跟西澳的尼翁加部落的土著民朋友关系很近,但是,汤姆-汤姆听不懂她们的语言,所以不能像祖母那样自如地跟土著民交朋友。留学法国期间,她因为语言的关系长期感觉生活在法国社会的边缘。学习另外一种语言是一个没有终点的漫长过程,由于两种语言之间的差异,一种语言传达一种生活体验,两种语言书写两种不一样的生活。在法国的戏剧课上,汤姆-汤姆有时只能明确地对她的老师说:"我的东西……翻译不了。"[1]

　　《潜伏者》封面上的蚀刻图案清楚地呈现着一个女性怪物,浑身上下全是女性的嘴唇,它们有形无声,形象地表现了被压制的女性生存状况,它们长期遭遇静音,却努力"用身体说话"。[2]《潜伏者》中的一个核心意象是一种被叫作佛塔果(banksiaman)的东西,佛塔树(banksia)是澳洲一种具有典型地方特色的植物,Banksia 同时也是澳大利亚悉尼的一个区,该区因为跟随库克船长一同到澳大利亚区的植物学家约瑟夫·班克斯(Joseph Banks)而得名。佛塔树的树身粗糙,看上去特别古老。佛塔树上结一种果实,样子难以形容,整个果实看上去都是一张脸,没有身体,通身被毛茸茸的纤维覆盖,但同时全身上下好像长满了嘴。布鲁斯·拉索尔(Bruce Russell)说,他看到这种果实的时候,会想到一种两性同体的畸形和神秘。[3] 汤姆-汤姆在她的笔记中写道,"我们能听到一些老佛塔榛果在说话,它们的嘴里没有唾液,只用硬硬的嘴唇抓扯着撕出几个字眼。"[4]汤姆-汤姆在法国马赛的一次戏剧课上把自己比作一棵佛塔树:"我是一棵佛塔树……树上结满了大颗金色的榛果。"[5]虽然每个榛果看上去都是老死的样子,但是,"我的全身都是嘴唇,山火燃烧起来的时候,每一张嘴里都会蹦出一个种子,每一颗种子都是一个音节,因为被压制得太久,所以迸发出来的时候更加强劲有力。"[6]

　　《潜伏者》并没有以一种现实主义的方式描写这个跟在女性身后,随时准备攻击她们的潜伏者,但是,读者能感觉得到它的存在。那么,这个看不见但感觉得到的可怕潜伏者是什么呢? 读者发现,这个潜伏者很专横,在小说中,它规定你怎样说话。例如,它会对叙事人说,她应该以一个男性身份进行写作。潜伏者

---

〔1〕 Marion Campbell, *Prowler*, p.128.
〔2〕 同上,p.101.
〔3〕 Bruce Russell, "Circular Narrative Dominates", *Antipodes* 14.1(2000):73.
〔4〕 Marion Campbell, *Prowler*, p.19.
〔5〕 同上,p.95.
〔6〕 同上。

说话时的腔调像上帝一样不容置疑,它挑战叙事人,认为一个女孩子根本无法成为一个真正的反传统的斗士。这个潜伏者每日伺机猎杀所有胆敢不遵守它的规则的人,见到它不喜欢的形象统统偷走并毁掉。很显然,潜伏者好像不是某个具体的人,因为它好像是一种话语,这种话语的核心是一个男性中心主义的魔鬼语言。它具有主流话语的强势特点,它是数个世纪印在我们心中的话语方式,深深地植根于我们所有人的内心深处,难以撼动。小说家通过她的小说指出,其实潜伏者的话语或者说深藏在我们内心深处的主流社会话语并非不可抵制,当代女性主义需要面对这一强势的话语,然后去鼓励长期失声的女性,努力学习使用这种男性中心主义话语来表达自己。小说也用高度诗意的语言,帮助生活在主流文化边缘地带的人们去表达自己,不论这些边缘人是实验艺术家、旅居法国的阿拉伯人,还是流亡者和女性。倡导女性主义的坎普贝尔希望用自己的创作激励那些长期被强势话语压制、恐吓、奴役的弱势群体,为自己的权益勇敢发出自己的声音。在当今社会,主流之外的话语以及那些被主流长期压制的边缘之声应该被大家广泛地听到。《潜伏者》通过这样的佛塔树和佛塔果的意象生动地说明,汤姆-汤姆毕生都在努力从那样一种强势的话语中逃出来,这个烈性的佛塔女人的声音言说着的不是潜伏者控制的一种语言,她身体上的每一张嘴说出的是不同的语言,充满了多元的色彩和能量。[1]

坎普贝尔是在澳大利亚 20 世纪七八十年代第二次女权主义运动和 90 年代第三次女权运动影响下成长起来的学院派女作家。受后结构主义思想的影响,不少激进女权主义作家从文本内部颠覆男性主导的文学领域,她们通过采用拼贴、迷宫式的开放性叙事等后现代技巧,解构男性文学传统,批判社会不公和暴力。坎普贝尔通过革新词汇、标点、句法、叙事视角等方式挑战男性权威。《潜伏者》中的人物对话有时没有标点符号,不同视角下描述的对话以斜体标注,因为斜体比起引号更能体现出叙事视角变化的突兀。人物对话的内容常常鲁莽无情,读者需要仔细阅读才能明确谁在对话。由于小说摒弃了简单的线性情节和清晰的人物刻画,读者通过前后联系、反复推敲,才能得出一个按时间顺序发展的故事。从某种意义上说,坎普贝尔在这部小说中挑战了男权社会推崇的理性与逻辑,小说中表现出的不确定性消弭了中心与边缘、主体与客体、理性与感性等二元对立,为坎普贝尔实现消解男权中心的政治意图做出了贡献。

---

[1] Marion Campbell, *Prowler*, p.80.

坎普贝尔在上述三部小说出版之后，成了澳大利亚后现代实验主义小说名副其实的代言人。尼古拉斯·伯恩斯(Nicholas Birns)认为，在 20 世纪六七十年代的后现代全盛时代之后，英语世界的实验性写作大体上可以分成两种。一种是智力测验小说，这一类当中，低端的有丹·布朗(Dan Brown)，高端的有戴维·米切尔(David Mitchell)。这类小说虽然复杂，但只要读者经过符号学的阐释训练就能看得懂。另外一种是"谜一样的小说"(enigmatic novel)，代表作家包括坎普贝尔、默南等。在这些作家的作品面前，不管你经过怎样的符号学训练，都不一定能把他们的作品读明白，一个主要原因是这些作家的作品中有着太多极具个人癖好的特征。这些作品的另一个共同的特征是它们的不确定性，不管怎么消化，总有些东西不能做出明明白白的解释。[1] 的确，作为一个后现代实验小说家，坎普贝尔的小说深受法国女权主义思想的影响，形式变化多样，内容高度关注种族、族裔政治和异化问题，表现出了很高的理论修养。阅读坎普贝尔的早期小说给人一个非常清晰的印象，那就是，她的作品字里行间反映出她对于当代文学理论的熟悉以及这份高度的理论自觉对于政治实践的意义。肯·杰尔德和保罗·索尔斯曼认为，坎普贝尔是澳大利亚后现代作家中理论意识最强的小说家，她的小说立足女权主义，挑战社会和传统叙事对于女性的压迫。然而，她的后现代小说作品中常常有一种抒情的感觉在其中。[2] 小说《潜伏者》当中，读者不止一次地看到针对女性主义、马克思主义、后结构主义、后殖民主义以及文化理论的交流和探讨。然而，值得注意的是，小说家在这个问题上的态度是，理论不能脱离实践，因为离开了实践的理论是没有生命力的。不仅如此，有时候，理论的初衷是为了解决社会的不公问题，到头来自己却在利用社会的不公为自己服务。

《潜伏者》出版于 1999 年。这一年，20 世纪 70 至 80 年代成名的女权主义小说家海伦·加纳出版了纪实著作《第一块石》(The First Stone)。这部非虚构的作品告诉读者，女性若要在公共领域获得自由和平等，想要抛头露面，性骚扰是她们需要承受的，寻求两性间的和解和相互理解是理想的结果。与此相比，坎普贝尔笔下的汤姆-汤姆不是一个甘于放弃的女性，她一生努力从一切对于女性的限制性界定中逃出来，她的选择表明她以及小说家在 20 世纪 90 年代末仍保持了控诉男权的激进政治立场。当然，小说《潜伏者》的另一个重要内容就是要

〔1〕 Nicholas Birns, "Marion Campbell's 'True Fiction'," *Antipodes* 2(2006)：206-207.
〔2〕 Ken Gelder and Paul Salzman. *After the Celebration: Australian Fiction 1989-2007*. Melbourne：Melbourne University Press, 2009，p.81.

强调自己和他人直接和积极联系的重要性,了解他人的疾苦,急他人之所急。有时候,虽然这样的联系可能会损害甚至危及自己的利益,但义无反顾地关心他人显然是小说家提倡的。在小说中,楼为了他人失去了自己的工作,汤姆-汤姆为了他人失去了宝贵的生命。但是,坎普贝尔明确认为,虽然有时候我们自己也过得不好,但要积极伸出手去关心别人,哪怕有时候得不偿失也没有关系。因为小说家的这种态度,《潜伏者》这个标题被赋予了崭新的意义。小说在复杂的后现代形式之外所宣扬的积极的人生态度令人感动,读者读到这样奋不顾身的情感态度,都会情不自禁地为它点赞,为它的肯定伦理价值叫好。[1]

---

〔1〕Carolyn Bliss, "Review of *Prowler*", p.577.

第 10 章
菲诺拉·莫尔海德《勿忘塔兰泰拉》中的女性共同体

　　菲诺拉·莫尔海德是在澳大利亚女性主义思潮中成长起来的一名作家，1947 年生于维多利亚州的一个天主教家庭，早年就读墨尔本大学和塔斯马尼亚大学，毕业后曾经做过几年教师，还当过出租车司机。1972 年，在一次短篇小说和戏剧创作比赛中以两部作品分别参赛，不想连中两元，此后开始更多地投入文学创作。成名之后，莫尔海德积极参加澳大利亚的女性解放运动，20 世纪 80 年代追随女性主义思想，是澳大利亚激进女性主义的重要代表。她写小说和戏剧，不少小说作品多次入选 20 世纪 80 年代有影响的女性主义文选，其中包括《……的真实生命故事》(*The True Life Story of …*，1981)、《摩擦》(*Frictions*，1982)、《活动空间》(*Room to Move*，1985)、《倾听》(*The Best of the Ear*，1985)、《差异：女性写作》(*Difference: Writing by Women*，1985)等。20 世纪 80 年代之后先后出版长篇小说《一部手写现代经典》(*A Handwritten Modern Classic*，1986)、《勿忘塔兰泰拉》(1987)[1]、《依然谋杀》(*Still Murder*，1990)、《看清黑暗》(*Darkness More Visible*，2000)等长篇小说。其中长篇小说《依然谋杀》获维多利亚州总理文学奖和万斯·帕尔默小说奖。除此之外，莫尔海德还创作导演过多部剧作，发表了大量的诗歌、散文和书评。1985 年出版《被子：散文集》(*Quilt: A Collection of Prose*)。

　　作为一个激进的女权主义者，莫尔海德关注文学与政治及社会的关系，她的第一部小说《一部手写现代经典》被批评家们称为她的个人文学宣言，小说《依然谋杀》同样是一部高度政治化的小说。与它们相比，《勿忘塔兰泰拉》的创作颇有

---

〔1〕 Finola Moorhead, *Remember the Tarantella*. (First published by Primavera Press 1987) North Melbourne: Spinifex Press, 2011.

戏剧性。据莫尔海德回忆，在创作这部小说之前，她曾把自己写过的一部小说手稿《巨潜》(*Lots of Potential*)呈给澳大利亚著名小说家克里斯蒂娜·斯特德看。后者看过之后对她说，她写作中的数学成分很重，并说这种数学式写作自有其抽象写作的力量，所以鼓励她继续尝试这种写作方法。[1] 斯特德同时对她说，一部小说中总会有男有女，不管你是男作家还是女作家，你要写一部只有女性没有男性人物的小说很难。这句话给莫尔海德留下了非常深刻的印象，事后她决定接受这个挑战。《勿忘塔兰泰拉》的写作始于莫尔海德在莫纳什大学担任住校作家期间。莫尔海德感觉自己开了很长时间的出租车，第一次有了一个为时 10 周的大学闲差，学校不光给她安排了办公室，还给了她一个头衔，所以她决心把设定的任务付诸实践。[2]

《勿忘塔兰泰拉》的初稿完成之后，作者分几批请了数十个有着不同星座的女性读者来看，她们当中有的从事法律工作，有的喜欢占星术，她们给作品带来了很多不同领域的知识和视角。在她们之后，又请了 12 名女读者跟着一起阅读评论，她们来自四面八方，性情各不相同。[3] 莫尔海德不止一次地表示，所有参与阅读这部书稿并参与讨论的读者，从某种意义上说，都是这部书的作者。《勿忘塔兰泰拉》是莫尔海德"最有意而为之的女权主义小说"。[4] 作品真实地记录了 20 世纪 80 年代的女性，尤其是这一时期澳大利亚同性恋女性的生活。[5] 有批评家认为，一种"女同性恋感受力贯穿着这部作品，而她也清楚她之所以写作，是要创造一种女同性恋美学"。[6] 莫尔海德表示，"自 1974 年开始，我一直想构建一种女性诗学理论，我曾经总想书写一种普世意义上的女性形象，一种原型意义上的女性。我不喜欢不能掌控自己生活的可怜兮兮女性人物形象，小说创作要求作者创造出不同于现实世界的形象，简单如实地描摹生活，给人物和地方起上一些虚假的名字自欺欺人，这不是我作为一个作家喜欢的。我想写具有一定普世意义的'平凡女性'(everywoman)，为了能写她，我觉得有必要认识一群女性，一群积极寻找自由的女性，我说的是灵魂自由。所谓的'平凡女性'其实是一

---

〔1〕 Finola Moorhead, "Afterword", in *Remember the Tarantella*, 2011, p.317.

〔2〕 Finola Moorhead, "Author's Note", in *Remember the Tarantella*, 2011, p.viii.

〔3〕 Finola Moorhead, "Afterword", 2011, p.307.

〔4〕 Denise Thompson, "Finola's Dilemma, or: If Literature and Politics Don't Mix, What Am I Doing Here?", *Southerly* 55.2(1995): 118.

〔5〕 Susan Hampton, "Finola Moorhead: *Remember the Tarantella*", *Southerly* 48.1(1988): 65.

〔6〕 Susan Hawthorne, "From Inner Space to Outer Space: Lesbian Writing in Australia", in *Claiming Space for Australian Women's Writing*, eds. Devaleena Das & Sanjukta Dasgupta. Cham: Springer International Publishing AG, 2017, p.202.

个个真实的女性,单个女性无助于我们了解整个女性的特征。"[1]《勿忘塔兰泰拉》便是这样一部关注女性的小说。

马克·罗伯茨(Mark Roberts)认为,这部小说与普通的澳大利亚主流小说创作截然不同,因为它规模浩大,小说结构设计复杂精妙,令人折服;约翰·韩拉汉(John Hanrahan)认为,这部小说层次多而分明,富有激情;海伦·丹尼尔认为,这部小说有理想有追求,激情四射,充满活力和智慧,形式与内容高度一致,真正体现了名家手笔。[2]

一

《勿忘塔兰泰拉》的创作始于众多的数学图形,从外形上看,它们有的像蜘蛛网,有的像钻石,有的像人的身体,有的像海螺,有的像布料。[3] 或许是因为小说人物众多,在创作前,作者首先通过这些图表对每一个人物的个人情况和不同人物之间的关系进行了全面、深入的谋划;其次,小说在设计人物的时候还采用了算命的塔罗牌(Tarot)的结构,用塔罗牌中日、月、宇宙和审判来组织小说的四大部分,然后再根据不同的塔罗牌设计出众多的人物,她们各自代表一种特质,但她们又共同组成小说的女性世界;除了占卜的塔罗牌,小说还广泛运用星座、颜色和数字共同构建小说的体系,特别是从 26 个字母中汲取灵感,使作品具有一种音乐创作的复杂性。

《勿忘塔兰泰拉》在与 26 个英文字母相对应的女性故事中,纵横穿插了包括文学、历史、哲学、艺术、宗教、神话、占星术、数学、物理等在内的学科知识,以一个雄心勃勃的网状结构,创造了一个宏大的世界。[4] 人物和话题相连接,展现了一个融合古今的女性世界,莫尔海德把这个世界称为她的"平凡女性"世界,[5]小说让她们与作家一起在想象的空间里努力建构一个属于女性的共同体。《勿忘塔兰泰拉》不是一部情节小说,也不是一部以人物取胜的小说,小说的一个核心内容是形形色色的数学图形。[6] 苏珊·汉普顿(Susan Hampton)认

---

[1] Finola Moorhead, "Author's Note", 2011, p.viii.

[2] Spinifex Press reviews(of *Remember the Tarantella*). (Mark Roberts, *Rochford Street Review*; John Hanrahan, *The Times on Sunday*; Helen Daniel, *Sydney Morning Herald*), http://www.spinifexpress.com.au/Bookstore/review/op=all/id=201/

[3] Finola Moorhead, "Afterword", 2011, pp.310 - 315.

[4] Susan Hampton, "Finola Moorhead: *Remember the Tarantella*", *Southerly* 48.1(1988): 55.

[5] Finola Moorhead, "Author's Note", 2011, p.viii.

[6] Finola Moorhead, "Afterword", p.309.

为,阅读这部小说令人想起耕田,因为小说采用一种无序而杂乱的网式结构。[1]
小说共分 46 个部分,在 26 个字母人物中,小说重点考察五个以元音字母命名的
女性生活,她们分别是阿拉克涅(Arachne)、艾塔玛(Etama)、艾奥娜(Iona)、乌
娜(Oona)和厄秀拉(Ursula),这五个女人都是澳大利亚人,其中出租车司机艾
奥娜是全书的核心人物。

　　第一个元音人物阿拉克涅独自搭顺风车去阿富汗,然后又去沙特阿拉伯,在
那里不幸被捕,整部小说中,她好像都在狱中。第二个元音人物艾塔玛是一个
在希腊克里特岛旅游的陶瓷工,她坐在一处考古挖掘现场旁边的石阶之上,心中
想着离她而去的同性女友比厄特里克斯(Beatrix)。她决定找一个新开挖的考
古现场,用一个埋没在地下多少年的考古发现安抚自己被伤害的心。第三个元
音人物艾奥娜同样是个出租车司机,除了开出租车之外,她还是个作家和观察
家,小说很多时候通过她的意识实现对于外部世界的观察。小说以她的出生开
篇:"一丝不挂,跟天后出生时并无二致,艾奥娜来到这个世界时全身都是血,这
是一家古老的天主教医院,医院的墙壁刷成了浅蓝色和灰色,医院里使用着白床
单和铬合金的器械,母亲病床边的橱柜上放着一堆侦探小说,旁边是一个玻璃花
瓶,瓶子里面插着深红色的剑兰。这是 1947 年秋天,墨尔本。"[2]第四个元音人
物名叫乌娜,这个名字与艾奥娜非常相似,她有土著血统,从小在孤儿院和收容
所长大,吸食海洛因,坐过牢,接受过心理护理,后来越狱在逃。她每日在澳大
利亚偏远的内陆地区到处游走,浩大的澳大利亚沙漠是她对付外面世界的武
器,她常常独自面对毒蛇,更多的时候孑然一身。第五个元音人物是右脸上有
一道伤疤的厄秀拉。厄秀拉表面上是一个较为传统的老处女,平时全部时间
都用在照顾失去行动能力的母亲身上,她热爱文学,经常带一条狗到沙滩上
散步。

　　上述五个元音人物作为第一人称出现的时候,各有自己的出场方式:阿拉
克涅在沙地上狂躁地写字,艾塔玛给家人写信,艾奥娜在自己的出租车里对着录
音机说话,乌娜常常自言自语,厄秀拉把自己的所有想法都记在日记里。小说家
通过页面安排上的变化,将这五种不同的方式清晰地标注了出来,可谓别出心
裁。所有五个元音人物都是极其孤单的人物,她们代表了澳大利亚同时代女性
生活的五个不同方面。

---

〔1〕 Susan Hampton, "Finola Moorhead: *Remember the Tarantella*", 1988, p.60.
〔2〕 Finola Moorhead, *Remember the Tarantella*, 2011, p.1.

　　《勿忘塔兰泰拉》中的辅音人物因为人数众多,所以不易归类。但小说中辅助理解的副文本信息也不少,小说开篇处设置了一个从 A 到 Z 的人物字母表,每个人物的名字后面都提供了一些基本信息。从这些简单的介绍中,读者可以反复地核对信息,增加对于每个人物的了解:

Arachne(Alice Audrey Farr),1956 年生于澳大利亚新南威尔士州;

Beatrix Unsdatter,生于丹麦,移居澳大利亚,55 岁;

Cerridwen Colleen Flynn,1960 年生于巴西;

Dawn Nerida Clancy,生于澳大利亚维多利亚州;

Etama(Elsa Hannah Gluck),1952 年生于澳大利亚维多利亚州;

Frances Veronica Furriskey,1947 年生于澳大利亚维多利亚州;

Grundhilde Schmidt,1955 年生于瑞士;

Helen Hoffman,1945 年生于美国;

Iona Josephine Flynn,1947 年生于澳大利亚维多利亚州;

Janice Judith Jansen,1940 年生于新西兰;

Katharine Tasma McMillan,1922 年生于澳大利亚塔斯马尼亚;

Monica Lesley Nicholson,1951 年生于澳大利亚北领地;

Mary Joanne Monday,1941 年生于澳大利亚维多利亚;

Nisaba Diana Kirby,1921 年生于英国;

Oona Strider,1938 年生于澳大利亚珀斯;

Pamela Ruth Scarf,生于澳大利亚维多利亚州;

Terese–Avila Quenelle,1955 年生于加拿大;

Ellen Rose Croft,生于澳大利亚昆士兰州;

Sophia Maria McKennan,1947 年生于澳大利亚维多利亚州;

Therese Dimnsey-Green,生于印度;

Ursula Miriam Trap,1930 年生于澳大利亚维多利亚州;

Vanessa Dorothy Sheppard,1944 年生于澳大利亚新南威尔士州;

Winifred Jane Stevens,生于澳大利亚维多利亚州;

Francesca Xaviera Marquez,生于墨西哥;

Yvonne Margaret Smythe,生于英国;

Zorro Laura Quezeda,1955 年生于西班牙。

除了出生年份和地点之外,小说还给每个人物都明确了不同的塔罗牌星座、数字、喜欢的词汇和星象信息。由于所有这些都被赋予了象征性的意义,而且所有的人物名字都或多或少地与结构有关,所以读者完全可以把他们当成一个个的辅助手段,帮助自己梳理和把握整个叙事。

《勿忘塔兰泰拉》中并非真的一个男性人物也没有,但是,男性人物的确在小说中无关紧要。小说家或许本来希望小说中的 26 个女性人物共同构成一个整体,共同形成一种关于女性的界定性特征,但是,很显然,26 个女性各不相同。她们之中有医生、助产士、歌手、作家、舞蹈家以及大型歌舞的组织者,有的关心艺术,有的关注政治,有的喜欢房屋设计,有的关注星座命运,有的关注传统神话,有的则关注现代电影和符号学阐释。《勿忘塔兰泰拉》中的人物不仅关系复杂,而且她们大多四处游历,社会联系遍及世界各地,所以同样不易把握。读者不能用传统现实主义文学的标准去期待这部小说塑造出 26 个生动难忘的人物形象。不少人物来得也快,去得也快,读者只能记住她们的一个生平简介。这不足为奇,因为这本来就不是一部以人物刻画见长的小说。汉普顿认为,由于她们在小说家的想象世界里活动,读者蓦然置身其间会有一些不适应的感觉,但读者会渐渐地了解每一个人的生活,特别是那些主要人物经历过的一段段的情感记忆。她们之间的关系共同构成了一个辽阔的女性世界,而小说家像一个百科全书的编纂人,将她们集中到了一起,阅读这些故事就可以走进她们的世界,从而了解当代女性的生活。[1]

《勿忘塔兰泰拉》不是一部情节小说,作品中没有一个作者着力呈现的现实,所谓的现实无非是所有这些不同人物眼中的现实,而不同人物观察中的现实并不能合并为一个连贯的现实整体。全书没有一个贯通的故事主线,不同人物时时演绎着自己独特的命运,读者通过她们的故事窥探当代女性的生活轨迹。在这些人物当中,偶尔有些人物的故事延伸得长远一些,更多的人物根本就没有一个给人留下深刻印象的故事,小说对于人物故事的陈述也比较粗糙。但是,这本是一部关于众多女性人物的故事汇集,作为单个的个体,她们并不具备专业叙述故事的训练和能力。小说暴露了每一个人物在这方面存在的缺点,但与此同时,小说让大家看到了一群从沉默之中走出来的、无比真实的当代西方女性。

二

小说《勿忘塔兰泰拉》标题中的"塔兰泰拉"是什么意思?根据小说的出版说

---

[1] Susan Hampton, "Finola Moorhead: *Remember the Tarantella*", 1988, p.60.

明,这个词源自意大利南部的一个地名——塔兰托(Taranto),塔兰泰拉是从那里起源的一种舞蹈。据说,塔兰泰拉舞蹈主要有两种形式,一种是民俗性的,常见于意大利节庆活动中,热情奔放;还有一种是治疗性的,始于 16 世纪——传说以前塔兰托的人们经常被一种名为塔兰图拉(tarantula)的毒蜘蛛咬伤,咬伤之后需要不停地跳动以便达到解毒的目的,患者所跳的舞蹈后来被称为塔兰泰拉。[1] 乍看上去,无论是哪一种,来自意大利民间传说中的塔兰泰拉与莫尔海德这部小说中所要书写的澳大利亚女性生活都没有什么关系。但是,小说《勿忘塔兰泰拉》结尾处有一段文字,题曰"舞蹈"。对于熟悉舞蹈的读者来说,这段文字无疑很有吸引力,因为它详细描述了由 50 个女性参与的一个舞蹈仪式。舞蹈在一块三角地上进行,其中 24 个女性分 6 组前往拾柴觅食,另外 26 人做着各种舞蹈动作,她们排成一字长蛇阵型,唱着歌儿不断从火光中穿行。这段文字清楚地告诉读者,女性的舞蹈是这部小说中的一个重要隐喻和核心。[2]

美国医学史专家亨利·E·西格力斯特(Henry E. Sigerist)认为,传说中的意大利塔兰泰拉蜘蛛毒其实并不一定存在,塔兰泰拉作为一种疾病或许源自古代塔兰托一带的人们的集体记忆。在这个地方,人们受希腊酒神狄俄尼索斯的影响,常常以丰富多彩的歌舞欢庆丰收,这种影响让人们长久地记住了一种关于酒、花和种子的颂礼。但是,基督教入侵之后,这些关于人体自由和豪放的崇拜变成了不光彩的习俗,尤其是女性身体受到谩骂,焚烧女巫的残酷做法也开始了。[3]《勿忘塔兰泰拉》以舞蹈的名义清楚地指向古代女性的历史。在这部小说所描写的众多女性身上,欢庆的情绪难得一见,但是,当女性的这些即将被忘却的仪式和舞蹈再次以一种中毒后的疾病展现在我们眼前时,人们再一次感觉到了她们精神复活的可能性。曾经的疾病及治疗令人想起女性的历史和遭遇,伴随着痛苦记忆而来的是一种对于重获自由的渴望以及重新舞蹈的自由。[4]

有批评家指出,"大凡优秀的文学家和批评家,都有一种'共同体冲动',即憧憬未来的美好社会,一种超越亲缘和地域的、有机生成的、具有活力和凝聚力的共同体形式。"[5]莫尔海德在《勿忘塔兰泰拉》中所展现的共同体冲动显而易见。

[1] Paul Brennan, "Publisher's Note", in Finola Moorhead, *Remember the Tarantella*. Sydney: Primavera Press, 1987, p.viii.

[2] Susan Hawthorne, "Dancing into the Future: A Feminist Literary Strategy", *Women's Studies Int. Forum* 11.6(1988): 559.

[3] Paul Brennan, "Publisher's Note", 1987, p.viii.

[4] 同上.

[5] 殷企平.西方文论关键词:共同体[J].外国文学,2016(2):78.

小说从塔兰泰拉舞蹈出发,通过深入挖掘女性被残害的历史,让她们重新记起先辈所跳的塔兰泰拉舞,继而将小说家笔下的女主人公们跨越时空地联系起来,在舞蹈中缔结"全球性的姐妹情谊",重温身体和精神的自由。[1] 对于女性关注的全球性,在小说中还从另外两个层面得到了显著的体现。一方面,《勿忘塔兰泰拉》的女性既有来自澳大利亚本土的,也有不少来自欧洲、美洲和亚洲国家的,呈现出广泛的国际化特征;另一方面,她们或随机或有计划地以各种组合的形式在澳大利亚本土和澳大利亚之外游历,体现出不同程度的跨国协同性,并"积极致力于改变世界"。[2]

"舞蹈"一词可谓贯穿了整部小说,首次出现是在艾奥娜和乌娜的出场之间。艾奥娜和乌娜是小说人物中的主角,也可以说是作者本人的两个化身。艾奥娜经历的一切几乎完全就是莫尔海德本人的真实写照,乌娜的人生道路却截然不同。艾奥娜感觉"和乌娜在一起时总不自在,但这种感觉又挥之不去。仿佛乌娜对她内心世界的了解远胜于我对自己的了解——一个更黑暗的我。我的镜子骑士。我的白昼之夜"。[3] 这句话里的人称突然从第三人称切换成第一人称,很容易产生歧义,然而,小说恰恰非常巧妙地把作者、艾奥娜和乌娜的身份打碎之后进行了重组和融合。"她"既可能是乌娜,也可能是艾奥娜,而"我"既可能是艾奥娜,也可能是作者。所谓"更黑暗的我"也一语双关:从字面意义上来说是指肤色——乌娜是白人与土著的混血儿,艾奥娜和作者则都是白人。从比喻意义上来说也可以指生活背景——乌娜是一名逃犯,艾奥娜和作者则是循规蹈矩的普通市民。

莫尔海德在第一章采用了平行叙事结构,先后推出了艾奥娜和乌娜,二人之间看起来没有任何关联的线索,但就在介绍完艾奥娜之后和开始介绍乌娜之前,出现了一段诗歌体的文字:

> 被捕捉在全息碟片的
> 一个芯片里,
> 时间——
> 也是一股浪潮,

---

[1] Margaret Henderson, *Marking Feminist Times: Remembering the Longest Revolution in Australia*. Bern: Peter Lang, 2006, p.114.

[2] Susan Hawthorne, "From Inner Space to Outer Space: Lesbian Writing in Australia", 2017, p.206.

[3] Finola Moorhead, *Remember the Tarantella*, 2011, p.84.

一种在四季里把十三个月亮[1]

带上天顶的不息的波动，

——就是一切：

那舞蹈——

纵然一个个世纪的尘埃在

那地方扬起，把尸骨吹出地面

又把它们埋进那些湮没无闻的文明的

铺路石下面更深处；

——是肉欲的生命与鲜血——最初的黏土。

一切尽被捕捉在光束中，变幻着。

一切时间皆是。[2]

这段文字暗示，在时间的作用下，两人终会相遇，而舞蹈将是一股向心力，将她们联系起来。

　　乌娜是一个孤儿，不知来处，但这似乎正是她的神秘魅力所在。她曾经如此描述自己："我是回声。我是虚空。我观察。"[3]她仿佛跨越时空而来，不受约束，年纪轻轻就染上毒瘾，然后又成功越狱，即便是法外之徒，也不惧于到处游走。与之相比，艾奥娜的牵挂和顾虑则要多得多，她是一名夜班出租车司机，业余时间要写作，家里还有一个老母亲和一个生活不能自理的残疾妹妹。她的生活平凡琐碎，因此作者让她有机会与其他女性角色产生交集，并且逐步强化她与舞蹈的关联。但在小说的高潮处，又采取突降的手法，让她守在家里照顾妹妹。而让乌娜帮她完成召唤历史记忆、集结女性群体举办舞蹈仪式的使命，既合理地解释了互为镜像的二者之间的互补性，也无奈地承认了现实毕竟是现实的简单逻辑：想象中的生活只能由"影子般的自我"去体验。

　　尽管"长期以来世界各地的人们都把舞蹈的肢体动作看成超越日常现实的

[1] 莫尔海德在写作过程中接触到了提出"十三月亮历"的一个组织——PAN(Planet Art Network)。该组织成立于1983年，其创始人荷西·阿圭列斯(José Argüelles, 1939～2011)结合玛雅历法和公历，将一年分为十三个月，每月二十八天，最后剩下的那一天是"无时间日"。这个历法旨在展示地球与自然循环的和谐性，尤其与女性的生理周期合拍。不仅如此，还有很多舞蹈团体按照十三月亮历来举行聚会，而舞蹈被认为是打破常规时间、留住永恒的现在和走向可持续发展的未来的重要方式。详见 Andy Bennett, Jodie Taylor and Ian Woodward eds., *The Festivalization of Culture* (Surrey: Ashgate Publishing Limited, 2014)。十三个月亮、舞蹈和时间这三个因素都在这首诗里出现，而女性与自然、生理期等问题也在小说里不断提及，所以 PAN 组织奉行的十三月亮历更有可能是这首诗的另一个写作依据。

[2] Finola Moorhead, *Remember the Tarantella*, 2011, p.4.

[3] 同上，p.5.

一种方式",〔1〕可是艾奥娜并没有主动地去了解和学习舞蹈,而是在朋友玛丽(Mary)的劝说下才有所行动。出身于澳大利亚工薪阶层的玛丽本人就是一种超越日常现实的存在,她自幼便显露出了"通灵"的天赋,十岁的时候上帝向她揭示了《圣经》的真谛,她能活灵活现地以圣约翰的口吻背诵《启示录》。就在大家都以为她是"天选之女"时,她却突然走上了离经叛道之路,从此居无定所,频繁变换信仰。当艾奥娜无意中用"他"来指称上帝时,玛丽立刻严肃地质疑:"你相信上帝是个他?"〔2〕由此看来,她从《圣经》中获得的真谛似乎与基督教信徒所信奉的恰恰相反。玛丽看出艾奥娜有灵气,但精神备受束缚,于是花了几周时间来研究她,终于提出了一个解决方案——去上瑜伽和舞蹈课。玛丽说了一番意味深长的话,而舞蹈的集体性和穿越性也第一次经由小说里的人物之口被表达出来:

> 舞蹈是中心啊,艾奥娜。曾经有过这样一段历史,这样一场战斗,而我们还是回到了女性先辈们的骨灰之上,穿过黑暗。我们得从正方形的房屋、正方形的街道、正方形的城市上空崛起,从他们用来覆盖我们现实的无知的平行四边形上面崛起。我们将会崛起,手拉着手,臂膀相连,翩翩起舞,因为舞蹈是意识,旋转是我们的梦。〔3〕

这段话乍看像谜语,细看之下则是对前面的诗歌体文字的初步解密,"女性先辈们"指向了那些被吹出地面的尸骨,"骨灰"影射了她们被当成女巫焚烧的结果,而舞蹈的形式也有了具体的描述。"正方形"和"平行四边形"既表示抽象的束缚女性的条条框框,也是组成具象的监所或牢笼的形状。同时,城市的意象点明了小说里众多角色在回归荒野前的相聚和集结之地。

艾奥娜年纪尚轻,尚未承担起家庭的责任。她一度热衷海外游历,结识了不少朋友,也有过不少情人,人数众多到可以罗列一份长长的名单,美国姑娘海伦(Helen)就是这份名单上的最后一个。海伦被艾奥娜深深吸引,认为她是施洗者约翰再世,一旦她找到了方向,在她身后将会有许多追随者。海伦预见到"这将是一场舞蹈,艾奥娜将是中心"。〔4〕海伦把艾奥娜看成在大众眼里已经固化为男性形象的施洗者约翰,这与玛丽反驳上帝是男性有异曲同工之妙,都是打破既有的性别设定。她还把玛丽的预言往前推进了一步,不仅肯定了舞蹈的意义,

---

〔1〕 Susan Hawthorne, "Dancing into the Future: A Feminist Literary Strategy", p.561.
〔2〕 Finola Moorhead, *Remember the Tarantella*, 2011, p.61.
〔3〕 同上,p.65.
〔4〕 同上,p.130.

而且明确了舞蹈的核心人物是艾奥娜。

乌娜又是如何接过本应由艾奥娜来完成的任务的呢？小说交代完了上面的情节之后，又回到乌娜这里。乌娜没有接受过正规的系统教育，但酷爱阅读非虚构类图书，她的行囊中从来都不缺读物。流浪途中，她在一家书店看到一本名为《妇女、教会和国家》(Women，Church and State)的书，作者的名字玛蒂尔达(Matilda)打动了她。莫尔海德没有解释这个名字有何特殊意义，但熟悉澳大利亚和新西兰的人都知道，玛蒂尔达不仅是个女性的名字，还具有徒步者装着全部家当的行囊之意。[1] 乌娜有一半的土著血统，当时又正好是个风餐露宿的背包客，心有所感，立刻就买下了这本书。小说里详细地提供了这本书的出版信息，而这些信息都是真实的。该书 1893 年在马萨诸塞州出版，作者是美国女权主义活动家，全名叫玛蒂尔达·乔斯琳·盖奇(Matilda Joslyn Gage，1826～1898)。这部著作里含有大量的历史文献，揭露了女性在基督教时代遭受的种种不公和压迫。乌娜对这本书爱不释手，觉得心中的一个疑问解开了。她曾经看到和她一起居住过的新西兰女孩贾妮丝(Janice)眼里满是怒火，喊叫着说谁将为那些被焚烧的人伸张正义，这下她知道贾妮丝说的是什么了："在过去的两个多世纪里，有两百万妇女被烧死。不是像她那样的罪犯，不是黑人，不是怪人，而是接生婆、阿姨、孩子、朋友、恋人、修女、新教教徒、天主教徒。"[2] 换言之，大量的普通妇女被强加上了女巫的罪名，并且被残忍地剥夺了生命。

随着乌娜阅读的深入，她明白了所谓的女巫与毒蛛之舞之间的关系。原来，以集体疯狂的形式出现的塔兰泰拉乃是一种集体自杀的行为，是被迫害的妇女作出的惨烈选择，"是被烧死还是溺死，是被审判、认罪和受罚还是与姐妹们在狂热的舞蹈和仪式中投水自尽，是被就事论事的作者们看成邪恶之人还是患病之人。老天，那个时候没有什么好的选择。"[3]《妇女、教会和国家》成了乌娜的女权主义启蒙读物，这本书也推动她后来回到女性集体中，加入以各种途径最终在澳大利亚的荒野之地大规模集合的跨国姐妹团队。一个月圆之夜，当大家在群居之地迎接一个婴儿降生的时候，一股神秘的力量让乌娜发出了召唤："勿忘塔兰泰拉！"[4] 至此，小说的标题终于被点明，其他女性的历史记忆也立刻被唤醒，

---

[1] 在小说里，紧接着后面还提到了"Waltzing Matilda"，意为"丛林流浪"，这是澳大利亚丛林诗人 Andrew Barton Paterson(1864～1941)创作的澳大利亚最著名的民谣，广为传唱，被誉为"澳大利亚的民间国歌"。

[2] Finola Moorhead, *Remember the Tarantella*, 2011, pp.153 - 154.

[3] 同上，p.157.

[4] 同上。

大家心有灵犀地跳起了舞,但与被当成女巫的先辈们不同,她们不是走向死亡,而是走向新生和希望。此时艾奥娜人在家中,却感应到了这个狂热的欢庆之舞,于是,她也翩翩起舞起来,遥示声援。这场舞蹈与其说是觉醒,不如说是缅怀、致敬和回归。

三

《勿忘塔兰泰拉》的人物关系复杂,线索很多,连一位经验丰富的批评家都抱怨"读到第十页就开始感到头晕眼花"。[1] 作为一部思想性的小说(novel of ideas),《勿忘塔兰泰拉》关注的重点不在生动的人物刻画,而在于思想的探索和认识的提高。作品中除了数学和舞蹈之外的另一个重要概念是语言。莫尔海德认为,相较于男性,女作家之于语言的关系很是不同,因为她们知道自己使用的语言大多是从男性手中拿过来的,这种语言之中充斥着对于女性的歧视。男性如果有这份心,他们完全可以净化它,但这是一个非常复杂浩大的工程,愿意去参与这一工程的人少之又少。莫尔海德认为,对于长期生活在男性压制下的沉默女性来说,语言如同音乐,是她们的挚爱。在写作中,语言的组织,一词一句的组织是小说家最感兴趣的事,也是令她最兴奋的事。[2]《勿忘塔兰泰拉》采用26 个字母作为小说的结构设计,令人想起音乐中的音阶。26 个字母本身毫无意义,然而一旦组织成篇,立刻就有了声调。这样的感觉在以前众多的女作家笔下以不同的方式出现过,有时是反复出现的名字,有时是反复出现的相同句子结构,有时是螺旋向上的历史书写,有时是对于现实的默默找寻。跟所有这些女性小说一样,《勿忘塔兰泰拉》的开篇是比较典型的女性书写:艾奥娜出生的时候,她的父亲跟一个学生在书店里,她的母亲早先一直在看侦探小说,脑子里全是谋杀和谜案,女主人公新来到这个世界,如此浩大混乱的世界让她连哭都哭不出来。

《勿忘塔兰泰拉》对于当代女性生活中的个体/集体的矛盾关系有着深刻的感知,特别是对于艾奥娜和厄秀拉这样热爱文学的女性来说,她们时刻面对的一个尖锐问题是:女性生活在集体语言之中,又如何能保持独立的艺术性呢? 莫尔海德指出,要让女性创造出一种属于她们自己的语言,然后将自己放逐到一个人人畏惧的"边缘位置"上去,很难;除非我们重新找到伊特鲁里亚语,然后自成

---

〔1〕 Susan Hampton, "Finola Moorhead: *Remember the Tarantella*", 1988, p.60.

〔2〕 Finola Moorhead, "The Landscape of the Egg", in Susan Hawthorne, ed., *Difference: Writings by Women*, Waterloo: Waterloo Press, 1985, pp.3–10.

一个秘密社会,秘密地从事地下活动,否则要彻底解决女性的语言问题,根本不可能。[1] 莫尔海德了解文字的力量,也懂得"写作与阅读处于女权主义的核心位置;它们是女性得以探讨和交流其处境的最深刻的方式。尤其是小说,给了女性在公开讨论中发声的机会,为她们提供了在艺术中再现自身经历的场域"。[2]作者把阅读与写作的任务交给了五个元音人物,这五个女性都是土生土长的澳大利亚人。其中互为镜像的艾奥娜(I)和乌娜(O)一个是作家,一个热爱阅读,她们共同支撑起了小说中的舞蹈叙事,而其他三位也分别以不同方式的写作,建构了另一种别样的女性共同体。[3]

阿拉克涅的本名叫爱丽丝(Alice),这个名字在希腊语里的意思是"蜘蛛",出现在小说里大有深意。阿拉克涅是希腊神话里一个纺织技艺无比高超的凡间女子,人人都赞美她的织品巧夺天工,连林间仙女们都赞叹不已,她不免飘飘然,甚至认为自己如果与智慧与技艺女神雅典娜比赛,都能技高一筹。于是她向雅典娜发起了挑战,她表示,如果输了,愿意接受任何惩罚。参赛双方的纺织水平或许真的不相上下,但这场综合实力悬殊的人神之赛的结果不难预料,雅典娜最终把阿拉克涅变成了蜘蛛。

阿拉克涅的名字在小说里第一次出现时,是她的两个朋友在谈论她,说她已经两个月音讯全无了。此时,艾奥娜在半梦半醒之间听到这个谈话,眼前栩栩如生地出现了自己从未去过的地方的景象。一名白人女子穿着印度的传统纱丽,混迹于肤色黝黑的印度人之中,她正是阿拉克涅。艾奥娜的梦境与现实几乎一致。朋友们眼里娇小柔弱、连自己都照顾不好的阿拉克涅与神话里那位盲目自信的织女一样,只身闯荡亚洲,什么都不带,靠着一路乞讨,竟然平平安安地穿越了局势动荡的阿富汗。不过,她的好运在进入沙特阿拉伯后就用完了——她被捕了。也就是从这里开始,她的个人书写加入其他几个人物的叙述中,成了小说里平行叙事的一部分,也是最奇特、最让读者难以理解的一部分。因为这些文字不仅毫无规律地混杂在别人的书信和日记以及其他的一些第一人称和第三人称叙述中,而且没有标点符号,全是小写字母,每段的开头和结尾都有一条长长的线条。只有在梳理情节、仔细揣摩人物关系和分析各种叙述方式之后,读者才会

---

[1] Finola Moorhead, "The Landscape of the Egg", in Susan Hawthorne, ed., *Difference: Writings by Women*, Waterloo: Waterloo Press, 1985, pp.3–10.

[2] Susan Lever, *Real Relations*. Rushcutters Bay: Halstead Press, 2011, p.132.

[3] Zora Simic, "'The Long, Cumulative Labour of Transformation': A Response to Margaret Henderson", *Lilith: A Feminist History Journal* 17–18(2012): 127.

意识到这是阿拉克涅写下的文字。在第 3 章的开头,有几个段落以第三人称的口吻介绍了阿拉克涅游历和被捕的经过,后面就再也没有类似的描写。直到第 25 章开头,阿拉克涅才再度出现,这次仍然是以第三人称的口吻讲述她被释放的经过,而那些看起来稀奇古怪的叙述形式就出现在这跨度很长的两章之间。随着她重获自由,它们就此消失,此时读者才恍然大悟:原来阿拉克涅就是那些文字的书写者!回头细读,就会发现她其实已经清楚地说明了自己是在囚室的土地上写的字。在那样的条件下,文字无法保存,因此她只在乎记录日常经验和抒发情绪,不会讲究写作格式和规范。而每个记录开头和结尾的长线条代表无尽的蛛丝,既对应她名字的"蜘蛛"之意,也传达出被囚禁的困境。

　　一位美国学者在研究神话故事和女权主义小说的关系时曾写道:"如果从阿拉克涅的视角来讲述,她的故事会揭示什么?要理解她的视角,就需要明白她的象征意义和隐喻意义的丰富性。比如,她的织锦技巧也是她编写故事的技巧的象征……阿拉克涅的形象会使人想起写作中的女性的隐喻,这体现在她的名字里。"[1]莫尔海德让笔下的爱丽丝把普普通通的名字改成神话里的人物名字阿拉克涅,并借助全知视角,呈现了她那些本来不会为人所知的文字,既暗示了女性被禁锢的处境,也丰富了小说里的写作方式。

　　艾塔玛和阿拉克涅一样,大多数时间也在世界各地旅游,只不过她喜欢结伴而行,而且每到一处都要给她的情人或朋友写信。艾塔玛在小说里首次露面的地点是在希腊的克里特岛。读者如果了解了作者附加在阿拉克涅身上的种种寓意,也就能明白作者为艾塔玛设定的这个场景同样有着特别的意义。

　　艾塔玛所在的克里特岛从大处说是阿拉克涅故事的发源地希腊,从小处说是希腊神话中米诺斯迷宫的所在地。艾塔玛和阿拉克涅一个在亚洲,一个在欧洲,一个在地面上写下谜一般的文字,一个在世界上最有名的迷宫附近给朋友写信,而两个人的记述又交织在一起,形成一个在空间上横贯东西的更大的文本之谜。此外,克里特岛还孕育了米诺斯文明,岛上有一处闻名遐迩的考古遗迹——卡米拉里村(Kamilari)的蜂窝型墓穴,在里面出土的文物里有一个黏土制成的雕塑,刻画的是围成一圈的四个女性,全都朝里站立,浑身赤裸,双臂抬起,搭在彼此的肩头,站在一个圆形的物体里。由于这个姿势非常像当今克里特岛上人们跳的一种舞蹈,所以这尊塑像被称为"卡米拉里的舞者"。莫尔海德没有在艾

---

〔1〕 Bloomberg, Kristin M. Mapel. *Tracing Arachne's Web: Myth and Feminist Fiction*. Gainesville: University Press of Florida, 2001, p.1.

塔玛的名字上做文章,但对她的身份进行了巧妙的安排。她是一名陶工,擅长加工黏土,喜欢收集陶器和雕塑的图片,来到克里特岛对她来说"在某种意义上是终于回家了"。[1] 她心心念念要去卡米拉里,前往"那个亡者在大型墓穴深处舞蹈的地方,期待着精神为之一振"。[2] 这里所说的跳舞的亡者虽然没有明确说明,但其实已经给出了答案,指的正是"卡米拉里的舞者"雕塑及其所反映出的古代女性风貌。米诺斯文明的一个特点是崇拜女性神祇,女性的地位即便没有高出男性,至少也是平等的。艾塔玛在克里特岛上所写的信里解释了自己来到这里的原因:"我需要更广阔的视野,来发现我的精神之根。"[3] 在 2011 年版的《勿忘塔兰泰拉》的封面上,展示了一个彩色的女性群体黏土雕塑。和"卡米拉里的舞者"一样,她们也都一丝不挂,搭着彼此的肩膀或挽着胳膊,置身于一个圆形的船状物里。不同的是,她们人数众多,朝外站立,有的张开手臂,似乎在呼喊或摸索,表现出一种开放和探索的积极状态。

　　在希腊,艾塔玛与恋人不欢而散,随后,她来到比利时的布鲁塞尔。在这里写出的信中,她告诉朋友自己一路上了解到一个名为圣昂博戴恩(St Unburdyne)的雌雄同体、半人半神的神话人物,当地的妇女向其祈祷,以摆脱丈夫的羁绊。艾塔玛用"她"来指称圣昂博戴恩,认同其女性属性,也将其作为自己信奉的一个对象。像在克里特岛一样,她又找到了另一个精神之根。艾塔玛喜爱探访墓地,在布鲁塞尔的一个公墓里,她写下了一首诗,一位从瑞士来的德裔女孩格伦希尔德(Grundhilde)被打动了,评论她的诗"不是写自我,没有关涉个体命运,而是一股来自澳大利亚茫茫大漠的力量,作者就是岩石与砂砾"。[4] 这也点明了《勿忘塔兰泰拉》是谈论妇女群体、"出自复数人称代词'我们'之手"[5]的作品。格伦希尔德激发了艾塔玛的创作热情,让她不由反思:"我以前甚至都不知道我是个诗人,但我想,每个女人都是诗人,如果她坐下来写的话。"[6]艾塔玛与格伦希尔德因诗结缘,成为旅伴,两人后来又遇到其他几个女孩,一路同行。艾塔玛每到一处写下的信件都是寄给她的"辅音人物"朋友的,而她在旅程中结交的新朋友也属于"辅音人物"。她写下的人和事填补了其他形式的叙述里缺失的信息,因而是不可或缺的一部分。

---

〔1〕Finola Moorhead, *Remember the Tarantella*, 2011, p.9.
〔2〕同上。
〔3〕同上,p.11.
〔4〕同上,p.20.
〔5〕Finola Moorhead, "Afterword", 2011, p.324.
〔6〕Finola Moorhead, *Remember the Tarantella*, 2011, p.20.

厄秀拉是一个被姐姐毁过容的女子。《勿忘塔兰泰拉》中有一首诗描写艾奥娜:"她陷在一张网内/这张网/由各种巧合连接/往往是无形的/在我们的认知范围外织就。"[1]这几句诗以一种后知后觉的方式,为厄秀拉的初次出场做出了最恰当的注释。艾奥娜出生的时候,有两件事同时发生。艾奥娜的父亲正在书店里与一个女学生眉来眼去,而在城市的另一端,一个脸上有着可怕疤痕的十七岁女孩正在心惊胆战地等待拔牙,她拿起一本杂志阅读,里面一篇介绍女艺术家妮萨芭(Nisaba)的文章给了她莫大的勇气。之所以说后知后觉,是因为这几个人物的名字都没有交代,相互之间的关系更是毫无头绪。随着小说情节的步步推进,读者才会明白,拔牙的女孩就是厄秀拉,导致艾奥娜的父亲后来抛弃家庭的女学生是厄秀拉失散多年的儿时好友,艺术家妮萨芭则是艾奥娜的姑妈。这几个女性日后都有各种形式的相逢,而里面最主要的就是厄秀拉和艾奥娜之间的联系。

厄秀拉和艾奥娜一样,读书很多,时常有强烈的创作冲动。所不同的是,艾奥娜成了以公众为受众的小说家,厄秀拉则以日记为载体,为自己写作。小说家特别说明,由于面目可怖,厄秀拉名字中的首字母"U"也代表"丑"(ugly),此外,它还可以表示她只是言说(utter)而不与人交谈(talk)。[2]厄秀拉一直守在家里,照顾颐指气使的瘫痪母亲,还要经常面对伤害了她还若无其事的姐姐,唯一一个朋友还是一个疯女人。在这样的环境里,她实际上也无人可以交谈,只能把一切都默默地写进日记。厄秀拉的文字在小说中不大容易辨认,但跟阿拉克涅的蛛网体和艾塔玛的书信体一样,她的文字并非没有自己的特点,只要掌握了这些特点,读者都能比较容易地把它们从其他的叙述形式里辨认出来。厄秀拉的日记体文字没有明显的开头和结尾,只有在理清了涉及前面A、E、I、O四人的文字并将它们各自归类后,厄秀拉的日记才会清晰地浮现出来,读者才会发现其实也有一条线,把这些看似散落的记叙串联了起来。这条线就是混杂在第一人称讲述中不断出现的一个倾诉对象——"日记"(diary)、"亲爱的日记"(dear diary)、"日记亲爱的"(diary dear)或者索性"D.D."。

厄秀拉在家没有地位,在外更是受到歧视,她虽然对人们认为她难看的脸等同于她智力上也有残障感到愤愤不平,但她似乎也认命了,直到她在收音机上听到艾奥娜的访谈。她听过很多本土作家在电台里高谈阔论,但在她看来,只有艾

[1] Finola Moorhead, *Remember the Tarantella*, 2011, p.163.
[2] Finola Moorhead, "Afterword", 2011, p.317.

奥娜真正触及了她的灵魂,这让她兴奋不已,感觉"好像我们握着手坐在火堆前,共享思想,盯着火焰。我们是相连的!"[1]更重要的是,她终于发现自己是独特的,还有人在某处为她写作,写出了她的心声。她接受了自己的缺陷,把自己看成一个"在干旱的土地上舞蹈,就像在锋利的刀刃上舞蹈的可怜的美人鱼的化身"。[2]艾奥娜后来被莫纳什大学英文系邀请去做一个关于女性与写作的演讲,厄秀拉也得到通知前往,因此见到了艾奥娜和一群意气风发的女性。她预见到这次聚会将会改变自己的生活,于是在出发前最后一次写日记,向日记本告别。在这则终结性的日记后面,是一首诗,用了小一号的字体,与日记区分开来,表达了厄秀拉为找到集体而欣然起舞的雀跃之情——"记忆的步伐和忘怀的自由/身体、思维和灵魂的存在/一瞬间/在破碎前变得完整"。[3]她放下了过往,希望打开封闭的内心,拥抱新的生活。艾奥娜的演讲会把厄秀拉带入一个没有歧视的姐妹群体中,而她的日记就是她放下心头重负,从孤独的"我"走向团结的"我们"的一个记录和见证。

作为一部后现代主义实验小说,《勿忘塔兰泰拉》的零散特点让它读起来缺少一点整体性,但从局部的角度来看,它跟一部百科全书一样,值得反复阅读。读者任何时候翻开到任何一页都能发现一些语言或者概念上的闪光点,也许这就是为什么几十年来不断有读者愿意回过头去读这部作品的原因。在《勿忘塔兰泰拉》中,莫尔海德完成了一种数学式的小说创作。通过这种数学式的抽象小说,她获得了一种近似音乐或者合唱的创作感受。《勿忘塔兰泰拉》中没有关于一个核心人物的平铺直叙的线性故事,更多的是毫无规则的螺旋型变化。读者要想了解某个人物或者她们心里的想法、她们经历的事件、阅读的书籍、去过的地方、形成的思想,必须绕着弯子,搜索一张大网,仔细研究互不相干的拼贴图案,才能逐步接近。偶尔,某个不经意的意象或者笑话会让你窥见一个大的结构,到处是意外,无处不突然。[4]小说家提醒读者,螺旋型和不规则的核心是它的舞蹈性和跳跃性,它是《勿忘塔兰泰拉》读者获得的阅读体验。因为这部小说不是一种轻松的休闲读物,要真正地弄懂它需要读者在阅读时保持时刻警觉,以便积极参与文本的故事构建。

---

[1] Finola Moorhead, *Remember the Tarantella*, 2011, p.76.
[2] 同上。
[3] 同上,p.151.
[4] 同上,p.24.

　　《勿忘塔兰泰拉》并不全是抽象而无趣的概念,在《勿忘塔兰泰拉》的女性世界里,一群生活背景各异的妇女在各种机缘巧合中相遇、相识和相知。她们与处于遥远时空的先辈们产生感应,在一种玄幻力量的推动下走到了一起。她们在澳大利亚牵手起舞,用充满仪式感的集体舞蹈建立起了一个女性共同体,致敬过往,迎接未来。这个共同体"不是同质化的,而是以集体和个体的行为表现出来的具有差异的复合体"。[1] 五个来自澳大利亚的女性将自己多维的平行叙事融合在一起,尤其是阿拉克涅、艾塔玛和厄秀拉,以各自独特的书写,形成一股连接彼此的强大合力。写作是她们加入和建立女性共同体的另一种方式。

　　《勿忘塔兰泰拉》是一部关于记忆的小说,既然是记忆就免不了要重新审视历史,特别是女性被压迫的历史。小说中,女性能量一次又一次地爆发,每一次爆发都是一种对于压迫的挑战,都是一次信念的表达。《勿忘塔兰泰拉》始于一个排除男性角色的写作挑战,它的重点不在于塑造一个女性的乌托邦世界。小说家把重点放在"平凡女性"的生活体验上,或许"想说的是:如果这些妇女的生活能够改变这个世界,父权制就会终结"。[2] 从艺术上说,《勿忘塔兰泰拉》虽然书写了一群边缘的女性同性恋人物,但它用纯粹的文学价值顽强地将自己置于澳大利亚主流美学之内。

──────────

〔1〕 Jennifer M. Lavia and Sechaba Mahlomaholo, *Culture, Education, and Community*. New York: Palgrave Macmillan, 2012, p.257.
〔2〕 Susan Hawthorne, "From Inner Space to Outer Space: Lesbian Writing in Australia", 2017, p.202.

第 11 章
德鲁希拉·莫杰斯卡《波比》中的
后激进主义人生书写

德鲁希拉·莫杰斯卡是一名学者出身的女作家,1946 年生于英国伦敦,一度在巴布亚新几内亚生活,1971 年移居澳大利亚,从此在澳大利亚定居、工作和生活。她曾就读于澳大利亚国立大学,后在新南威尔士大学获博士学位。早期的莫杰斯卡是一个有名的激进女权主义者,奠定其在澳大利亚文学和文化研究领域早期地位的是由其博士论文改编出版的著作《家中的流亡者:澳大利亚妇女作家 1925~1945》(1981)。[1] 在这部以活跃在 20 世纪二三十年代的澳大利亚女作家为研究对象的专著中,她立足女权主义考察了公共和私人空间的男权统治对女性创造力的压制,揭示了女作家们为对抗家庭和社会中的父权胁迫建立起的互相扶持、互为精神支柱的姐妹情谊。德里斯·伯德认为,该著作标志着澳大利亚女权主义批评的一个重要转向,即从关注妇女在文学中的形象,转向挖掘妇女作家作品和重写澳大利亚文学史。[2] 卡罗尔·费里尔(Carrol Ferrier)也认为,这本书有助于"揭开澳大利亚妇女文学创作的完整历史"。[3] 20 世纪 80 年代后期,莫杰斯卡开始转向文学创作,《波比》(*Poppy*,1990)[4]是她出版的第一本书。在那之后,她编辑出版了一部澳大利亚女作家的创作文选《姐妹》(*Sisters*,1993),而后进入高产创作模式,在十多年的时间里连续推出了《果园》(*The Orchard*,1994)、《秘密》(*Secrets*,1997)[与罗伯特·德赛克斯(Robert

---

[1] Drusilla Modjeska, *Exiles at Home: Australian Women Writers 1925 - 1945*. Sydney: Angus & Robertson, 1981.

[2] Delys Bird, "Around 1985: Australian Feminist Literary Criticism and its 'Foreign Bodies'." *Australian Literature and the Public Sphere*. Eds. Alison Bartlett, Robert Dixon and Christopher Lee. Toowoomba: ASAL, 1999, p.205.

[3] Carole Ferrier, "Writing the History of Women's Writing: Drusilla Modjeska's Exiles at Home", *Hecate* 8.1(1981): 77.

[4] Drusilla Modjeska, *Poppy*. Melbourne: McPhee Gribble, 1990.

Dessaix)和阿曼达·洛里(Amanda Lohrey)合著]、《斯特拉文斯基的午餐》
(*Stravinsky's Lunch*，2001)、《计时器》(*Timepieces*，2002)、《大山》(*The Mountain*，2012)、《后一半先来》(*Second Half First*，2015)等一大批极具影响力的作品。莫杰斯卡的多部作品按照传统的划分，应算作传记或者回忆录，例如，《果园》1995 年就被授予了女性生命写作奖——妮塔·B·基布尔奖(Nita B. Kibble Award)。但她也积极从事虚构小说的创作，她的首部长篇小说《大山》2013 年入围迈尔斯·富兰克林奖。总体而言，她的创作经常游离于虚构与非虚构小说之间，多数作品探讨不同年代、不同阶级的女性在特定的历史条件下面临的种种困境，既蕴含厚重的历史感，又不乏细腻的心理分析。与《家中的流亡者》中展现的激进锋芒不同，这些作品常常表现出对两性关系的重新思考、对激进女权主义的反思以及对后现代形式创新的探索等。

　　《波比》是一部献给母亲的书，作品一问世即给莫杰斯卡带来了巨大的荣誉，她先后被授予赫伯·托马斯文学奖(Herb Thomas Literary Award)、全国图书理事会班卓奖(NBC Banjo Awards)以及道格拉斯·斯图尔特奖(Douglas Stewart Prize)。这些荣誉在一段时间内对莫杰斯卡的学术和生活产生了不小的影响，因为它在有些人眼里标志着莫杰斯卡在澳大利亚身份的变化："从一个女权主义学者突然变成了一个出类拔萃的(女权主义)知识分子。"[1]《波比》出版后，莫杰斯卡放弃了大学的教席，转而专门从事写作。除了在业余时间从事编辑工作外，她还在国内外的报纸和期刊上发表文章，针砭时弊。在其公开领域的活动中，最能体现其公共知识分子的清醒意识的，当属她对一系列社会热点问题大论争的积极参与。她在澳大利亚和其前殖民地巴布亚新几内亚的关系上，以及澳大利亚殖民者与土著居民之间和解的问题上，都积极发声，大胆表达自己的观点与见解。

一

　　莫杰斯卡曾表示，20 世纪 80 年代末，众多历史学家、批评理论家和小说家都对历史、传记和小说之间的关系提出质疑，在这样的文化氛围之中，当她决定写《波比》时，她无法抗拒的一个问题是：究竟什么是传记？[2] 在这个意义上，

---

[1] Scarparo, Susanna. *Elusive Subjects: Biography as Gendered Metafiction*. Leicester：Troubador Publishing Ltd，2005，p.125.

[2] Victoria Glendinning, Brian Matthews & Drusilla Modjeska. "Biography：Writers' Week Panel. Discussion at the 1988 Adelaide Festival of Arts", *Southern Review* 22.1(1989)：32.

《波比》写作的过程承载了作者对传记这一文学样式本身的深刻探索。

在《波比》一书的鸣谢中，莫杰斯卡说，她起初只是想写一本单纯的关于她母亲的传记。为此，她给自己设定的写作原则是忠于事实，证据第一。"我有一个戒指、一个珍珠项链、一个项链坠，还有一个心形的金块，这些东西我每天戴着。我的桌子上摆着成堆的文字材料，用她做的线捆扎着。我还有一些笔记本，里面记着我们在最后那个奇怪的夏天谈话的内容。我必须通过这些零星的素材把波比的生命故事连起来。"但在写作的过程中，她越来越发现这是一个不可能达成的任务："我发现自己无法自拔地被梦境、想象和虚构吸引。作为结果，《波比》成了事实和虚构、传记和小说的混合体。一方面，仅仅忠于事实似乎否认了真实本为虚构的这一悖论，也剥夺了本书迫切需要的生命力。另一方面，放弃了事实、历史和传记的严肃给人带来的欢愉，将背离我创作的初衷。"[1]围绕母亲生平的种种疑问是创作本书的出发点，但本书又不仅仅是母亲一个人的故事。作为一部混合体的传记小说，《波比》有一个虚构的叙事人，名叫拉拉吉（Lalage）。据说，拉拉吉和德鲁希拉是波比最喜欢的一部书——阿诺特·罗伯逊（Arnot Robertson）的《普通家庭》（Ordinary Families）中的两姐妹。拉拉吉是那本书里的叙述者，她聪明勇敢、精力充沛，而德鲁希拉则是个不怎么讨人喜欢的女孩。在写作过程中，现实中的德鲁希拉把自己想象成书中虚构的拉拉吉，一方面是因为她一直认为自己被取错了名字，因此想通过为自己重新命名来清算旧账；另一方面，"lalage"一词本身意味着"安静的谈话、静静述说的河流"等，在作者看来这也是个比较恰当的叙事人的名字。

按照传统的传记写作方法，莫杰斯卡可以很简单地这样描述自己的母亲："我的母亲 1924 年生人，她的父母名叫杰克和齐娜，她的丈夫名叫理查德，她还有过一个情人名叫马库斯，她的三个孩子分别是梅伊、菲比和我。"但她没有选择这样做。《波比》没有根据传主家庭成员情况组织自己的素材，也没有采用传统的时间顺序，全书部分地沿用了一般传记的写作格式，以"声音""工作""信仰""朋友"等为题划分章节，每个章节围绕一个主题叙述了很多真实或者虚构的往事，中间穿插了许多关于各个主题的沉重反思和哲理思考。例如，在"声音"一章当中，叙事人讲述了她印象中的母亲的静默：在拉拉吉的印象中，波比很少说话，母亲的这种沉默以隐喻的方式指向了她在日常生活中遭遇的无助和失语，而波比的无声生活曾经在很长一段时间里对叙事人的生活产生了严重的影响，所

---

[1] Drusilla Modjeska, *Poppy*, p.317.

以,等到自己试图给她写传记的时候,她希望为她建构起一个声音来,以便让母女之间能够重新启动一种对话。在传记中,波比最后获得了一个说话的声音,但她仍然显得非常不自信,显然,她不觉得自己有权利开口说话。波比永远的离去给叙事人的生活留下太多的空白,不过,拉拉吉似乎听到了母亲的声音。这个声音坚定地对她说:"凡是沉默的地方,你就运用你的想象。"

作为一部传记小说,《波比》涉及前后三代人,但是,小说并不按照时间或者地点的顺序展开叙述,相反,叙事人不停地在三代母亲类似的经历中自由跳跃往返,将一个绵延的女性生命故事变成了一个叙述的迷宫。这个迷乱的叙述从一个侧面反映了拉拉吉自己在解读母亲波比的过程中经历的重重挫败。[1] 在叙述的过程中,拉拉吉感觉到,她书写母亲的人生并不仅仅是为了将一个普通女人从在历史上缺场的困境中解救出来,还为了更好地了解自己,因为认识波比的过程必然也是叙事人自我了解的过程。《波比》中最大的悖论在于"为了通过认识她的母亲来认识她自己,莫杰斯卡不得不创造出一个母亲来供她认识……既然'波比'是一种创造,那么可以说莫杰斯卡也在改变或创造她自己;创作这本书的行为本身就是作者自我不断创造的一部分"。[2] 通过追寻具有代表性的母女两代人建构自我的不同轨迹,莫杰斯卡还试图揭示关于女性生存的某些共同命运和普遍真理。

在创作之初,拉拉吉同样倾向于将传记写作与历史写作相等同,认为两者都是建立在证据和可供佐证的事实的基础之上的。作为一名受过历史学专业训练的学者,拉拉吉深信她可以通过借鉴传统历史写作的方式,写出母亲的人生故事。她收集了一切可以收集到的资料,在对这些资料进行归纳、整理和校对后,就开始了旷日持久的艰辛创作。拉拉吉本以为自己可以像找到杂线团里的每一根线是来自哪件织物那样,对每个事实、每件证物进行背景还原,从而将围绕波比故事的空隙填满。但她很快就发现,这一解决方案实际上行不通。"我对文件的欺骗性的权威和声音的自我迷惑力保持警惕。有时我为证据的不足而感到无力,有时又因为同一原因而充满释放感:如果没有证据,我又该如何写呢?我发现我被自己的感情所欺骗,被记忆所辜负,被互相矛盾的故事所捉弄。情感可以作为证据吗?记忆呢?故事呢?"[3] 写作中面临的困境使拉拉吉认识到,仅仅以

[1] Gelder, Ken, and Paul Salzman. *After the Celebration: Australian Fiction 1989 - 2007*. Melbourne: Melbourne University Press, 2009, p.204.

[2] Mary Lord, "An Imagined Biography: A Book of the Year", *Overland* 122(1991): 66.

[3] Drusilla Modjeska, *Poppy*, p.67.

历史书写的方式来撰写母亲的人生故事是行不通的,于是,她开始更多地求助于小说的写作模式,她发现这样做可以使以往写作中遇到的困难迎刃而解。"因为缺乏信息,所以我不得不把它编造出来。一旦我开始编造,就感到无比的自由。"[1]

由于拉拉吉的选择,《波比》拒绝任何明确和单一的归属标签。虽说该书的封底上给出了看似矛盾的两个图书分类标签——传记和小说,但它既不是完全虚构的,又不是全然的历史写作。相反,它具有元叙事的性质和自我指涉的特点。在针对 20 世纪 70 年代至 90 年代的妇女写作的调查分析中,吉莲·惠特洛克指出,莫杰斯卡的这个难以定性的文本同苏珊·谢里丹的"嫁接"(grafting)的概念[2]存在着某种共通之处;"《波比》是一个杂交品种,一个我们可以称作'人生书写'而不是传统意义上的传记或自传的典型例子。雪莉·纽曼(Shirley Neuman)用'人生书写'这一术语去描述穿越和再穿越自传(传记)和小说之间界限的写作,但人生书写并非由事实、记忆和文件构成,而是由不同样式的传统规定的'自我'之间的隔阂和关联造就。"[3]

二

《波比》探讨的一大主题无疑是母女关系。无论对于波比还是对于拉拉吉,"母亲"好像都是她们早年痛苦的根源。波比的母亲齐娜出身于靠钢铁业发家的暴发户家庭,从小养成骄奢放纵的恶习。她宠溺两个儿子,却对大女儿波比极为冷淡,甚至不惜以在精神上折磨她来发泄对丈夫的愤恨和对生活的不满。在想象和建构波比的童年生活时,拉拉吉发现,波比的保姆在她的成长过程中充当了重要的角色。波比拥有的不是一个坏母亲,而是一个分裂的"母亲":一边是自我放纵、顾影自怜的齐娜,被渴望着却不可得;另一边是非常腼腆却触手可及的保姆,一个母亲一样的仆人。"她是在这个夹缝中学会沉默的吗? 没有卑躬屈膝,而是在沉默中观察和收集信息,等待她的机会,等待保姆向她许诺而齐娜却

---

[1] Bronwyn Rivers, "Of Life and Love and Art: An interview with Drusilla Modjeska", *Meanjin* 56.2 (1997): 320.

[2] 这一概念由澳大利亚批评家 Susan Sheridan 在《嫁接:女权主义文化批评》(*Grafts: Feminist Cultural Criticism*, 1988)一书中提出。Sheridan 指出,澳大利亚女权主义总是对"国际"女权主义的移植持开放性的接受态度,但它同时也保留了自身的本土特点,其中之一便是将其他物种嫁接在自己身上以便将来繁衍出新物种的能力。

[3] Gillian Whitlock, "Graftworks: Australian Women's Writing 1970 - 1990." *Gender*, *Politics and Fiction: Twentieth-Century Australian Women's Novel*. Ed. Carole Ferrier, 2nd ed. St. Lucia: UQP, 1992, pp.243 - 244.

禁止的未来？分裂的母亲。她是否为了治愈这个分裂而分裂了她自己呢？"[1]

对于年幼的拉拉吉而言，她拥有的也是一个分裂的母亲：一边是使家中永远井井有条、充满欢歌笑语的"家里的天使"，另一边则是毫无征兆地某天突然精神崩溃的可怜女人。波比突然患病打破了孩子眼中原有的秩序与平静，也使拉拉吉和她的妹妹们被迫早早地离开她们熟悉的家园。拉拉吉被送到了寄宿学校，学校里的封闭和压抑使她深感孤独和痛苦，这也使她在成年以后的很长一段时期里都无法原谅母亲。成年后的拉拉吉对于母亲的恐惧也是非理性的。"当我三十出头时，有很长一段时间……我很害怕会患上波比的那种精神崩溃，就好像这种事情是我们遗传的一部分一样。这种我们将遵循我们母亲设下的模式的恐惧，似乎牢牢地植根于女性心理的深处。"[2]

然而，排斥和恐惧并非母女关系的全部内容。波比最终找到了和女儿们和谐相处的方式：她学会了放手，从而使女儿们也使自己获得了全新的生活。她还做到了和自己的母亲和平共处。在齐娜的最后岁月里，波比承担起照料母亲的大部分责任，虽然后者到死也未曾改变骄奢刻薄的个性。年轻的拉拉吉认识到，如果不能了解自己的母亲，她就无法了解她自己，只能不断重复以前的失败。她意识到，自己和同性密友以及恋人之间的关系是在不断重复每个人最初与母亲之间展开的原始竞争："对爱的欲望将我们拖回最初的那一刻，然后，我们被举到镜子前，她说，'看，这就是你。'在那个映像中，她的和我们的，我们看到了未来。摇摆、波动；对分离的欲望、对回归的欲望。我抛弃了乔斯，[3]就像我在很多年前抛弃了波比，在其他人身上寻找她的影子，在不被承认的过去寻找没有希望的未来。"[4]

根据拉康对自我意识形成的重要时期"镜像阶段"的阐释，婴儿最初认同在镜中抱着自己的母亲，认为自己应是与之合而为一的，当他（她）发现父亲而非自己才是母亲欲望的对象时，无奈之下只好认同父亲代表的语言文化法则，从而进入象征秩序，希望以此来填补欲望的空缺。对以语言为代表的父权的服从使个体获得了掌控世界的能力，暂时平息了其欲望的叫嚣，但这却是以母亲的缺场为代价的。女权主义精神分析学家朱莉亚·克里斯蒂娃（Julia Kristeva）认为，女性建构自身的主体性并不需要以割裂与母亲之间的联系为代价。在《诗歌语言

---

〔1〕 Drusilla Modjeska, *Poppy*, p.32.
〔2〕 同上, p.77.
〔3〕 乔斯是拉拉吉的一位同性密友，作品暗示两人之间存在着某种超越友谊的深刻情感联系。
〔4〕 Drusilla Modjeska, *Poppy*, p.102.

的革命》中，她指出同一意指过程中发挥作用的两种形式——符号和象征，二者缺一不可，只具有符号性或只具有象征性的系统是不具备示意功能的，而意指能力的获得依赖于说话主体在前俄狄浦斯阶段与母亲之间的联系。在主体尚未形成的这一阶段，婴儿不把自己当成独立的主体，也不把母亲当成异于自己的客体，婴儿会用一些特殊的表情和动作向母亲示意，这些表情和动作具有特定的意义。通过研究这一时期婴儿的行为特征，克里斯蒂娃得出语言的习得最初是发生在身体间的，然后才是主体间的，语言的产生与前俄狄浦斯阶段密不可分。[1]从女权主义精神分析学的角度来看，波比的一生都在追求与母亲的重新团聚，追求恢复前俄狄浦斯阶段母亲和孩子间的永恒纽带。她深陷符号学意义上的分裂、沉默、对母亲渴望和被父亲抛弃的状态中，不得不冲出泥沼，发现自己的声音。而拉拉吉则像她那一代的许多妇女一样，接受菲勒斯中心主义思想的熏陶和教育而长大，自然而然地重视公众的、世界性的、外在的现实，而对内在的现实不屑一顾。对于拉拉吉而言，她需要学会的是对符号系统的重视，学会接受符号和象征同等重要，缺一不可。[2]

　　波比渴望逃离社会强加在女性头上的种种限制，并据此实现对于自我的追寻。她的斗争是对二战后英国社会的中产阶级妇女被强加的角色身份的反抗。这些角色所蕴含的意识形态意义常常被生物学的话语所掩盖。波比的前半生都活在别人的期待和注目下。当她在众多的社会角色，尤其是"母亲"的角色上，竭力达到社会普遍要求的努力遭遇严酷的现实时，心理平衡就被打破了。"因为母亲占据了政府政策、精神治疗策略、大众社会学和日常思考的中心舞台，她只能认为自己辜负了我们。"[3]然而，精神崩溃恰好成为一个转机，使她开始正视自我的不完美和有时的无能为力。从家庭生活中得到满足的幻想破灭后，她开始安排自己接受再教育。新获得的人生智慧使得她顺利度过被丈夫抛弃的痛苦时光。她随后开展的极富开创性的社会服务工作、她对与神父情人之间艰难爱情的长期坚守以及对印度佛教的信奉，都标志着她脱离了传统社会期待的束缚，开始展开全新的生活。

　　波比的奋斗经历给了拉拉吉许多重要的启示。在尝试了解波比的人生之前，拉拉吉对于自己从事的正统的学术工作及其背后的理性组织原则没有产生

[1] Bettina Schmitz, "Homelessness or Symbolic Castration? Subjectivity, Language Acquisition, and Sociality in Julia Kristeva and Jacques Lacan." Trans. Julia Jansen. *Hypatia* 20.2(2005): 74-75.
[2] Lekkie Hopkins, "Reading Poppy", *Island* 64(1995): 53.
[3] Drusilla Modjeska, *Poppy*, p.86.

过丝毫怀疑。在英国陪伴生病的母亲一年后,她返回了以前的工作岗位,却发现自己对学术机构里复杂的文学理论体系不再感兴趣。她认识到,自己以往一向得心应手的研究写作的方式,实际上割裂了文字和以其来写作或阅读的人们的真实生活之间的联系。她尝试说服其同事在教学中关注"再现的母性纽带",通过研究"妇女运用写作的方式和她们的作家身份来凸显女性的主体性",但她的提议却遭到了冷遇。一位同事回答:"我们不想让社会性别沦为女性忏悔,或仅仅是心理分析。"另一位同事回答:"我对消化分解的修辞不感兴趣。"[1]拉拉吉的同事们将对再现的物质纽带的关注视为现代的异端,因此,小说《波比》在一定程度上戏剧性地展现了女权主义内部的争论和焦虑,揭示了年轻一代女性拒绝向前辈学习的心态。

三

20 世纪 80 年代,后现代实验主义文学开始在澳大利亚文坛开花、结果,但早先积极进行后现代形式实验的大多是男性作家,这是因为后现代主义的某些基本理念与女权主义的政治纲领之间存在不小的差距。例如,后现代主义否定宏大叙事,崇尚碎片化的美学观,而女权主义并不排斥一种涵盖众多女性的宏大叙事;此外,在后现代主义思潮中,消解作者功能的呼声格外突出,然而,女性作家对于"作者之死"的理念总是抱有戒心。莫杰斯卡本人就曾指出其中蕴藏的巨大风险:

这一文学批评运动刚好发生在妇女取得某种主体性、社会自信和出版业中的地位(我们终于能够彰显自己的作者身份了)的重要时刻。我们必须留意不要让脚下的地毯被人抽掉,要脚踏实地,立足自我,说出我的所思所想、我的经历的和我知道的一切。写书比你生命中的任何其他东西更能表达你自己。《波比》就是我自己的充分表达。脱离实体、自己写自己的文本观完全是无稽之谈。[2]

莫杰斯卡无疑是站在女权主义的立场上说这番话的。《波比》中不止一处让人真切感受到它与女权主义理论的互文关系。莱基·霍普金斯(Lekkie Hopkins)

---

[1] Drusilla Modjeska, *Poppy*, p.152.
[2] Bronwyn Rivers, "Of Life and Love and Art: An interview with Drusilla Modjeska", 1997, p.324.

指出,《波比》对错综复杂的女权主义政治和女权主义思想在过去 20 年间的发展作出了深刻的评论。拉拉吉是一个经历了 20 世纪七八十年代西方女权主义热潮的女权主义者。她出身中产阶级,受过良好的教育,是一名知识分子、教师和作家,由她来思考和表达女权思想在过去 20 年风云变幻的历程再合适不过了。[1] 书中的一席话点明了作者对建立互文性联系的清醒认识。"我们为何成为今天的我们？ 克里斯塔·沃尔夫问。其中一个答案就是我们阅读的书目。"[2]拉拉吉阅读的书目囊括了一大批女权主义作家和理论家的作品,其中包括弗吉尼亚·伍尔夫、西蒙娜·德·波伏娃、露丝·伊利格瑞、凯特·米利特、安吉拉·卡特、琼·迪迪安、希拉·罗博瑟姆、卡伦·霍妮等。《波比》在某种意义上可被看作一部学术研究著作,因为作者在书中大量探讨了当代女权主义理论家关注的问题,如对母亲身份的重新评价,对爱情、婚姻、性欲、家庭、身体、语言、性别政治等问题的探讨,对疯癫的定义,妇女在历史上的缺场问题以及重新定义女性经历的必要性等。

苏珊·莱维指出:"女权主义处于两难的境地。它同后现代主义一样,深刻地认识到保守的艺术形式是如何将'男人'和'女人'建构成确定无疑的身份的,它也参与到后现代主义对这一建构过程的批判中,但是,它也想改变真实的女性的生存状况。去接受完全不稳定的文本意义将等同于背弃女权主义作为文学性(政治性)工程的这一指导思想。"[3]起初,女权主义作家担心进行后现代形式实验将无法准确地传达妇女的真实体验,她们还担心失去广大读者,沦为少部分理论精英关注的目标。然而,她们也认识到后现代主义作为一种思想氛围和文化现实是无法回避和不容忽视的。此外,"后现代主义和女权主义同样攻击资产阶级个人主义(女权主义将它等同于男性中心主义)主体的文化和政治权威,后现代主义对主体性的再理论化为妇女去建构她们自己版本的自我提供了一个更有利的地形。"[4]由此可见,后现代主义与女权主义之间的矛盾并非无法调和。

从某种意义上说,《波比》在叙事形式上显著融合了后现代小说的特征,作者和叙事人对传记这一体裁的高度自省使作品呈现出元叙事的典型特点。书中大量采用具有反思意味的问句形式来邀请读者参与文本的建构,推动叙事向前发展。例如,在思考传统神话阿里阿德涅(Ariadne)的故事对波比的影响时,拉拉

[1] Lekkie Hopkins, "Reading Poppy", 1995, p.52.
[2] Drusilla Modjeska, *Poppy*, p.47.
[3] Susan Lever, *Real Relations*, 2000, p.134.
[4] Margaret Henderson, "Writing the Self In/After the Postmodern: *Poppy* and *Heddy and Me*", *LiNQ* 25.2(1998): 10.

吉不禁发出一连串的疑问:"这就是女性的典型状况吗?总是充当其他人生命的救生索而从我们自身剥离?谁为我们握着绳索?谁又为她握着绳索?这能解释女人怀抱的梦想吗?完美的丈夫、完美的情人:神父、监护人、父亲?"[1]这些问题一方面指出了绝大多数女性所经历的自我的异化——不是作为自身的主体而是作为他者而存在,另一方面又引导读者去思考男性在女性生命中充当的角色。

在叙述安排上,《波比》同样具有和一般后现代小说相似的众多形式特点,它"终止了情节的逻辑性和连贯性,将现实时间、历史时间和未来时间随意颠倒,将现在、过去和将来随意置换,将现实空间不断地分割切断,使得文学作品的情节呈现出多种或无限的可能性"。[2]拉拉吉从大量的资料中挖掘出在波比一生中发生的重大事件,但是,她并没有给出一个顺应事件自然发展顺序的故事,而是选择将这些事件打乱,并将其分散在不同的章节中。如果用书中的一个隐喻来概括这部作品在形式上的特点,那么,《波比》像一个"线团"。这个出于无意识的需要由各种颜色和材质的闲置线头缠绕而成的杂"线团"无疑是这部传记小说中的一个中心隐喻。读者只有运用想象力认真梳理拉拉吉的第一人称叙述、波比等人的日记和信件、家庭档案、众人的谈话记录以及作者的虚构性书写等,才能得出一个顺应自然时间的线性叙述。《波比》打破了传统小说情节确定性的原则,使整个文本呈现出米诺安迷宫(Minaon Labyrinth)或阿里阿德涅之线(Ariadne's Thread)般的形态。

跟莫杰斯卡一样,拉拉吉有着历史学家和女儿的双重身份,在讲述波比故事的过程中,她对语言问题始终抱持着浓厚的兴趣,积极探索自己所使用的叙述语言的可能性。拉拉吉并不满足于给出一个纵向的、孤立的人生故事,而是将波比一生中的重要事件都置于广阔的历史背景下,从而将母亲的故事从私人领域引向公共领域。"我曾试图把波比的生命附着在历史的运动和我所了解的辩论与阐释上,似乎唯有这样才能够治愈一代代传下来的伤口。"[3]在她看来,将波比的个人经历与重大历史事件交织在一起是赋予波比的生命以意义的重要手段。她试图诱导波比进入宏大叙事的话语框架,但波比却坚持个人历史是游离于传统历史叙事之外的。当拉拉吉询问她对历史上的重大政治事件的看法时,她的回答是一连串日常家庭的琐碎细节。拉拉吉认为,母亲对历史的概念持敌视的态度,"可能是她对理查德和我的敌意的移植,因为这是我们共享的东西,历史,

---

〔1〕 Drusilla Modjeska, *Poppy*, p.16.
〔2〕 刘象愚等.从现代主义到后现代主义[M].北京:高等教育出版社,2002:17.
〔3〕 Drusilla Modjeska, *Poppy*, p.12.

我敢说我们曾用它来把她排除在外。"[1]波比则表示,她对历史的反感是基于她对这套话语的冷漠和非人性化的清醒认识。她认识到历史话语对少数族裔、妇女、儿童等个体弱势生命和边缘群体极度缺乏尊重。"进步"或"历史"这类抽象概念常被政客们挪用,成为他们逃避责任、粉饰太平的有效手段。

　　作为一位深谙历史书写方法论和模式的历史学家,拉拉吉认为将个体生命楔入历史洪流中的叙事是一种可操作的叙事。而作为书写母亲人生故事的女儿,她又试图为这个拒绝秩序、坚持活在当下、活在未被记录和没有系统性的每一天的个体,描绘出生动的人生画卷。这两种身份之间形成了明显的张力:

> 　　她的故事,对于历史学家而言,是一个礼物……我本以为我拥有宏大的设计,两条河流将汇入同一部作品:一本传记。但当它遭遇日常细节时……没有什么是连贯一致的,那里有巨大的缺口和沉寂。我作为一个历史学家来接近证据,却发现一旦我走出公共领域来到幽暗的私人水道,证据变得不像我的教育告诉我的那么坚实可靠……我本来以为的历史学家的声音将开始动摇压倒女儿声音的自信。[2]

为了再现被湮没的个体的日常经历,拉拉吉最后确定从一种公共话语——"父亲语言"(father tongue)(她在长期的教育中习得和内化的历史话语)——转向"母亲语言"(mother tongue),后者是一种"谈话式的、无所不包的、故事的语言,它不准确、不清楚、粗糙、有限,这种语言打破了两分法并拒绝分裂"。[3] 在无所不包的"母亲语言"中,历史的界限和等级被瓦解,就像杂线团里的每一根线,不论它来自哪里,没有哪根线比其他线更重要。虽然与"父亲语言"相比,"母亲语言"具有一种解放性的力量,拉拉吉却并不放弃对属于自己的第三种语言的探索:"我是否有可能为自己找到厄休拉·勒·吉恩(Ursula Le Guin)的第三个术语:天生语言(native tongue)呢? 一种能兼容并蓄地用心来学习的语言,或许也就是'父亲语言'和'母亲语言'相结合的语言。"[4]显然,作者最终找到了这一属于

〔1〕 Drusilla Modjeska, *Poppy*, p.67.
〔2〕 Victoria Glendinning, Brian Matthews, and Drusilla Modjeska. "Biography: Writers' Week Panel. Discussion at the 1988 Adelaide Festival of Arts", 1989, p.33.
〔3〕 Drusilla Modjeska, *Poppy*, p.151.
〔4〕 同上,pp.151 - 152.

自己的"天生语言",这第三种语言清楚地体现在《波比》最终呈现的形式上。

苏珊·莱维认为,"(法国女性主义理论中的)'阴性书写'(écriture féminine)概念贡献了一个重要的女权主义思想,那就是,激进的形式和激进的政治是互相兼容的。"[1]的确,《波比》是一部融合了女权主义思想和实验主义叙事的别样文学作品。20世纪80年代之后,除了莫杰斯卡的《波比》,许多女权主义作家都积极地参与到了这样写作的实验之中,其中玛丽·法伦的《热加工》(*Working Hot*,1989)、苏·伍尔夫的《画中的女人》(*Painted Woman*,1989)、卡梅尔·伯德的《青鸟咖啡馆》(*The Bluebird Café*,1990)、阿曼达·洛雷的《卡米尔的面包》(*Camille's Bread*,1995)等作品大致都同属于这一类型。同《波比》一样,这些作品打破了人们对传统小说形式的期待和认知,挑战了当代写作的样式界限。

纪实与虚构、母亲与女儿、女权故事与形式实验是《波比》中显著的三个二元对立,与此相关的传记与小说、记忆与想象、历史与小说、形式与思想、声音与安静、作者与题材、阴柔与阳刚、过程与结果、安全与恐惧等更多的二元对立可以说随处可见。[2]值得注意的是,《波比》是一部反对二元对立之作,作为一部混合性的传记小说,它淡化虚构与非虚构的界限,质疑和挑战传统的叙事逻辑。莫杰斯卡相信世上应有一种思维方式,它重沉思,轻争辩,它让随性的记忆将凌乱的生活有效连接成一种永恒的秩序。作为一部虚构传记,《波比》具有显著的后现代开放性特点。苏赛特·汉克(Suzette Henke)将妇女的人生故事定义为广泛包含自白体、自小说、日记、期刊、成长小说、自传和传记神话在内的一种叙事。汉克认为,这种叙事的共同点在于作者倾向于塑造一种证词式的和自我表露的叙述,这一叙事有助于建立一种主体感。[3]惠特洛克也认为这一体裁与女性主体性的建构之间存在着密切的关联,但是,她进一步指出,开放性的"人生书写"是一个更可取的范畴,因为它对后现代主义和女权主义理论的某些预述前提持开放性的态度,特别是关于主体性,女性对这一写作形式的充分利用有助于实现对界限和等级制度的瓦解。[4]在《波比》这部作品中,作者将多种体裁的写作实验熔于一炉,创作出一幅多种元素共存的拼贴画。作者在进行形式实验的同时,

---

[1] Susan Lever, *Real Relations*, 2000, p.9.

[2] Lekkie Hopkins, "Reading Poppy", 1995, p.52.

[3] Susanna Scarparo, *Elusive Subjects: Biography as Gendered Metafiction*. Leicester: Troubador Publishing Ltd, 2005, p.1.

[4] Gillian Whitlock, "Graftworks: Australian Women's Writing 1970-1990", 1992, pp.243-244.

时刻不忘在文本中探索女性主体性的终极目标。在这个意义上，《波比》和其他
女性主义女作家展开的后现代主义实验创新异曲同工：它既继承了激进女权主
义时期的一些重要元素，又包含了 20 世纪末西方第三次女权主义时期的反思激
进的特点。

第 12 章
盖尔·琼斯《抱歉》中的对抗性"小叙事"

　　盖尔·琼斯是当代澳大利亚女作家中备受关注的新宠,她 1955 年生于西澳,早年曾在墨尔本大学学习美术,后在西澳大学获博士学位。琼斯是 20 世纪 90 年代崛起的澳大利亚女作家,1992 和 1997 年出版两部短篇小说集——《气味屋》(*The House of Breathing*,1992)和《偶像生活》(*Fetish Lives*,1997)。进入 21 世纪之后,连续出版长篇小说《黑镜子》(*Black Mirror*,2002)、《六十盏灯》(*Sixty Lights*,2004)、《说梦》(*Dreams of Speaking*,2006)、《抱歉》(2007)[1]、《五钟》(*Five Bells*,2011)、《柏林概览》(*A Guide to Berlin*,2015)、《诺亚·格拉斯之死》(*The Death of Noah Glass*,2018)、《我们的影子》(*Our Shadows*,2020)等。琼斯的作品先后四获西澳州长奖(1993 年、1997 年、2002 年和 2004 年),她获得的主要其他文学奖项包括《时代》年度小说奖(2005)、澳大利亚文学会金奖(2005)、南澳州长奖(2006)以及迈尔斯·富兰克林文学奖提名奖(2019)等。琼斯的小说语言抒情,叙事大胆,敢于实验和创新。[2] 在她的前几部小说中,弗吉尼亚·伍尔夫的现代主义对她是一个重要的影响,至小说《说梦》,她的后现代特征日益明显。[3]

　　《抱歉》是一部后现代实验色彩显著的作品。克里斯托弗·伊戈尔(Christopher Eagle)认为,小说立意深刻,第一人称叙述者佩蒂塔(Perdita)在土著女孩玛丽面前的持续沉默喻指一代澳大利亚白人代表土著发声的失败;[4]凯

---

〔1〕 Gail Jones, *Sorry*. London: Vintage Books, 2008.

〔2〕 Ken Gelderand Paul Salzman. *After the Celebration: Australian Fiction 1989 - 2007*. Melbourne: Melbourne University Press, 2009, p.10.

〔3〕 同上,p.115.

〔4〕 Christopher Eagle, "'Angry Because She Stutters: Stuttering, Violence, and the Politics of Voice in American Pastoral and Sorry", *Philip Roth Studies* 8.1(2012): 28.

琳·戈尔兹华西(Kerryn Goldsworthy)认为,《抱歉》风格优美,[1]吉利恩·杜丽(Gillian Dooley)认为这部小说的语言富有诗意,且思想深刻。[2] 但是,伊丽莎白·路易德(Elizabeth Lhuede)觉得,《抱歉》反思的内容过多,结构混乱;[3]凯西·汉特(Kathy Hunt)也认为这部小说的风格矫饰,有炫技之嫌;[4]詹姆斯·雷(James Ley)则认为小说在人物刻画方面缺少心理深度。[5] 相比之下,欧美多国批评家更加关注这部小说的种族关系主题,德国批评家凯瑟琳·施为林(Catherine Schwerin)以"不可言说的言说"为题,分析了《抱歉》针对澳大利亚种族关系中的语言问题所展开的深入思考;[6]另一位德国批评家拉索尔·韦斯特-帕夫洛夫(Russell West-Pavlov)撰文讨论《抱歉》中的殖民和后殖民文本之间的互文关系;[7]美国学者罗珊·肯尼迪(Rosanne Kennedy)认为,琼斯在土著女性形象的塑造上着力不够,"佩蒂塔被描写成心理复杂的孩子,而玛丽却无异于贫血症患者,她遭受的强暴只是用来探索佩蒂塔的创伤性失忆的一个工具";[8]加拿大批评家朱莉·麦克高尼戈尔(Julie McGonegal)结合加拿大的情况,撰文分析《抱歉》所揭示的澳大利亚种族关系中的"非土著知识和表征的局限"问题;[9]西班牙批评家多洛雷斯·赫雷罗(Dolores Herrero)讨论《抱歉》中呈现的澳大利亚种族关系中的后殖民陌生化问题,认为《抱歉》表面上看起来是关于创伤及其疗愈的作品,实际上是"当代澳大利亚文学中一个重复出现的现象的又一例证,那就是,努力试图治愈困扰定居者文化的(无)归属的焦虑";[10]比利时的瓦莱丽-安·贝勒芙拉姆(Valerie-Anne Belleflamme)连续撰文讨论《抱

---

[1] Kerryn Goldsworthy, "Sorry: A literary reconciliation", *The Age*, 12 May (2007): 1 - 2.

[2] Gillian Dooley, Review of *Sorry* (for Writer's Radio, Radio Adelaide), 10 August, 2007.

[3] Elizabeth Lhuede, "More meditation than murder: Sorry by Gail Jones", https://elizabethlhuede. com/2012/12/18/more-meditation-than-murder-sorry-by-gail-jones/

[4] Kathy Hunt, Review of *Sorry*, quoted from Perry Middlemiss, "Combined Reviews", 28 March, 2008, http://www.middlemiss.org/matilda/2008/03/combined-1.html

[5] James Ley, "Review of *Sorry*", *The Sydney Morning Herald*, 4 May, 2007.

[6] Catherine Schwerin, "Speaking the Unspeakable — Manifestations of Silence in Gail Jones' *Sorry*", *Bulletin of the Transilvania University of Brașov*, *Series IV: Philology and Cultural Studies*, 2.51(2009): 37 - 40.

[7] Russell West-Pavlov, "Shakespeare among the Nyoongar: Post-colonial texts, colonial intertexts and their imbrications — Macbeth in Gail Jones's *Sorry*", *Zeitschrift für Anglistik und Amerikanistik*, 63.4(2015): 391 - 410.

[8] Rosanne Kennedy, "Australian Trials of Trauma: The Stolen Generations in Human Rights, Law and Literature," *Comparative Literature Studies*, 48.3(2011): 346.

[9] Julie McGonegal, "The Great Canadian (and Australian) Secret: The Limits of Non-Indigenous Knowledge and Representation", *English Studies in Canada*, 35.1(March 2009): 67 - 83.

[10] Dolores Herrero, "The Australian apology and postcolonial defamiliarization: Gail Jones's *Sorry*", *Journal of Postcolonial Writing*, 47.3(2011): 286.

歉》中提出的话语反抗和种族和解愿景。[1] 在欧美批评家的上述阐释和评论中,两个反复出现的关键词是"创伤"和"寓言"。不少批评家认为,《抱歉》就是一部有关澳大利亚种族关系的创伤小说,小说家通过书写这一创伤,同时书写着澳大利亚的民族寓言,构建着一种有关澳大利亚的国家大叙事。

琼斯在一次公开演讲中指出:"(我的)长篇小说《抱歉》……内容涉及一种遗忘性的历史。"[2]在《抱歉》的"后记"中,琼斯写道,"这部小说中所说的'抱歉'与澳大利亚某些傲慢的政客拒绝向土著民道歉有关。"[3]在一篇题为"写在天上的'抱歉'"的文章中,琼斯再次声明,小说《抱歉》与发生在1998年国庆日的"抱歉簿"(Sorry Books)签名活动也有一定关系。在她看来,"抱歉簿"活动是澳大利亚普通百姓对于约翰·霍华德(John Howard)政府的抗议的继续,他们踊跃在"抱歉簿"上签名,试图用着这样的方式表达对于澳大利亚土著民的歉疚,《抱歉》也属于这一类的写作。[4] 小说立足白人视角,讲述了一个白人女童的家庭恐惧故事。小说基于澳大利亚本土知识,呈现了一个柔弱和妥协的反殖民话语。此外,小说以一种"诗意迂回"的方式,书写了他者的伤痛。通过对这些特色进行考察,有助于揭示小说《抱歉》作为一个"小叙事"的创作特点和审美意蕴,也有助于发现《抱歉》作为一部后现代小说的对抗性写作特征。

一

《抱歉》的英国典藏版封面上印着一个小女孩的照片,小女孩身着连衣裙,双手拘谨地放在裙摆上,胸部以上和膝盖以下看不见。这个怯生生的女童形象应是小说中的白人女孩佩蒂塔。《抱歉》首先是关于她的故事。玛丽·惠普尔(Mary Whipple)指出,《抱歉》讲述了一个"被困于两个世界之间"的孩子的故事。[5] 佩蒂塔的父亲尼古拉斯·基恩(Nicholas Keene)和母亲斯泰拉·格兰特

---

[1] Valérie-Anne Belleflamme, "The Australian Apology in Fiction: Gail Jones's Sorry", *Journal de Babel* (June 2014), http://hdl. handle. net/2268/184770; "'Shakespeare was wrong': Counterdiscursive intertextuality in Gail Jones's *Sorry*", *Journal of Postcolonial Writing*, 51.6 (2015): 661 - 671; "Saying the unsayable: Imagining reconciliation in Gail Jones's *Sorry*", *English Text Construction*, 8.2(2015): 159 - 176.

[2] GailJones, "Shanghai Library Talk — Nativeland and elsewhere", 2008, http://www. zjjlb. net/ news/8689059.html

[3] Gail Jones, *Sorry*, 2008, p.215.

[4] Gail Jones, "Sorry in the Sky: 'Empathetic Unsettlement', Mourning and the Stolen Generation in Imagining Australia", *Imagining Australia: Literature and Culture in the New New World*. Cambridge: Harvard University Press, 2004, 159 - 171.

[5] Mary Whipple, "Review of *Sorry, Mostly*" Fiction Book Reviews, June 2, 2008.

(Stella Grant)在英国时相识结合,但二人的婚姻毫无感情基础,所以孩子一出生就不得不面对家庭的冷漠。

佩蒂塔生于 1930 年,自幼对父亲充满恐惧。父亲喜欢宏大的东西,他想当一个出色的人类学家,希望将来能创造出一个"基恩假想",然后一举成名,[1]初到澳大利亚的他"有一种英雄探险家的感觉"。[2]尼古拉斯喜欢战争,他曾在一战的战场上负伤,二战开始之后,他再次申请参战被拒,此后,他每日密切跟踪战事情况。他渴望"轰鸣向前的坦克声,喜欢那种让人吓得大叫上帝和母亲的纯粹恐怖"。[3]最让他兴奋的是发生在 1940 年 9 月 15 日的德国空袭,最让他遗憾的是自己不能"呆在伦敦亲眼目睹着这个城市的倒塌",近距离地感受"死亡的味道"。[4]他把自己远在澳大利亚内陆的家里贴满了二战的图片和简报,谁若是把它们撕下来,他就跟谁急。尼古拉斯对于澳大利亚土著人有着异常傲慢的看法,他相信普世神话,对土著神话缺少兴趣。[5]他认为白人高人一等,大英帝国有权对澳大利亚土著人进行治理,白人可以鞭打土著男人,更可以随意侵犯土著女性;土著人不懂规矩,所以白人必须随时监视他们,必要的时候,白人必须对他们进行强力镇压。[6]

尼古拉斯在自己的家里是不容置疑的家长,他"向我们所有的人咆哮",这让所有的人都"害怕他"。[7]他蔑视妻子的文学爱好和莎士比亚表演,脾气一上来就对她拳脚相加;他不喜欢女儿,觉得女儿的到来根本就是一个错误。[8]尼古拉斯基本上不与自己的女儿佩蒂塔进行交流,在佩蒂塔的印象中,父亲唯一一次跟自己说话是为了说明他对于土著文化的研究假说。他说:"土著人的亲属关系是一种组织结构,包含着规则、义务、体系和编码……土著人要现代化就必须消灭亲属关系。在这样的关系中,他们分享一切……所以他们永远贫穷,永远不积累财富。亲属关系让他们只想集体,不想个体,只想过去的野蛮部落,而看不到面向 20 世纪澳大利亚的崭新自我。"[9]尼古拉斯这种居高临下的态度让佩蒂塔感到害怕。

〔1〕Gail Jones, *Sorry*, 2008,p.40.
〔2〕同上,p.15.
〔3〕同上,p.53.
〔4〕同上,p.6.
〔5〕同上,p.7.
〔6〕同上,p.79.
〔7〕同上,p.88.
〔8〕同上,p.25.
〔9〕同上,p.71.

在佩蒂塔的记忆当中,自己是在土著女性的怀抱中长大的:"如果不是这些土著妇女带着我,我根本就不知道躺在大人胸口、贴近另一个人的皮肤、感受另一个人脖根处的脉搏跳动、近距离地倾听另一个人在休息时的呼吸是什么滋味。"[1]玛丽到来之后,佩蒂塔在她身边找到了情感慰藉。玛丽教她生活知识,给她关爱与温暖,佩蒂塔渐渐地也了解到了玛丽"被偷走"的历史以及那以后经历的种种伤痛。在佩蒂塔的眼里,父亲追求的远大理想离她太远;在她心里,玛丽成了她生命中最重要的精神寄托。因为两个女孩之间的这层关系,所以当佩蒂塔第二次看到尼古拉斯侵犯玛丽时,一怒之下举刀将父亲刺死。[2]

尼古拉斯死了以后,那个让佩蒂塔害怕的人不在了,佩蒂塔本以为可以从恐惧中走出来开始新的生活,但是事实并非如此。因为此时的佩蒂塔感到,曾经对于父亲的单纯害怕变成了一种混杂着胆怯和内疚的恐惧,所以她的恐惧不减反增。作为一个年幼的孩子,佩蒂塔在刺死父亲之后感受到了作为一个弑父者的伦理自责;此外,杀了人就是犯了罪,佩蒂塔感受到了法律的外在压力,所以非常胆怯;更重要的是,警方未经调查就把玛丽作为杀人犯带走并关进监狱,佩蒂塔眼睁睁地看着玛丽为了保护自己而被投进监狱,为此更加内疚。佩蒂塔感觉这一切都是她的错,然而玛丽不让她说,她的母亲更不让她说,所以她每时每刻都生活在极度的恐惧之中。很快,恐惧让她患上了严重的失忆和口吃的毛病:她不记得过去发生过什么,也没有办法用连贯流畅的语言与人正常交流。

《抱歉》一开始,佩蒂塔的父亲就已经死了,但是,小说通篇弥漫着由他给孩子带来的恐惧。在刺死父亲之后,佩蒂塔颇有些莎士比亚笔下的麦克白的样子,终日坐立不安。她同时跟哈姆雷特一样感到她的世界出现了乾坤倒转,而她实在太小了,根本无法将它扭转过来。在严重的恐惧面前,她迷失了自我,也迷失了方向。小说结尾处,玛丽终于因为阑尾炎发作死在了监狱里,不过,这并不能让佩蒂塔的恐惧和内疚得到缓解,因为随着玛丽的死去,她连向这个曾经关爱她、保护她成长的土著女孩道歉的机会都永远地失去了。当成年以后的佩蒂塔回望20年前发生在自己家里的悲剧时,读者能感觉到伴随她从孩提时代一路走来的恐惧并没有完全消失。佩蒂塔在她的叙述中告诉我们,她的内心还常常忆起自己刺死父亲的那幢老房子,忆起为自己坐牢死去的玛丽。在这些记忆的冲击之下,佩蒂塔的叙述仍然时不时流露出语无伦次的惶恐和不安。这些叙述上

[1] Gail Jones, *Sorry*, 2008, p.4.
[2] 同上,p.124.

的问题告诉我们,即便在 20 年之后,佩蒂塔童年时经历的恐惧依然是一个未解的问题,这个问题让她既不能面对过去,也不能很好地面对未来。[1]

二

《抱歉》中的人物不多,除了一个白人哑巴男孩,几乎每个人物都在讲述自己的故事,佩蒂塔在讲述她的家庭悲剧故事,她的父亲尼古拉斯在讲述他的战争故事,她的母亲斯泰拉在吟诵她的莎士比亚故事,玛丽在讲述她的"黑人故事"和圣徒故事。这些故事真真假假,有时彼此之间尖锐对立,它们共同构成了这部小说的话语世界。不过,值得注意的是,《抱歉》中虽然通过佩蒂塔的第三人称呈现了一些巴赫金所说的"自由间接引语",[2]但小说并没有在众多不同声音和话语之间形成一种狂欢化的平等对话关系。

按照贝勒芙拉姆的看法,《抱歉》中突出地存在两种不同的声音与话语,一种是佩蒂塔的父母所代表的主流欧洲话语,这是一种殖民话语,代表这种话语的突出形象是斯泰拉为之着迷的莎士比亚。另一种是在澳大利亚现实基础上形成的本土话语,它是一种殖民地话语,或者说是一种新兴的反殖民话语。[3]在《抱歉》中,代表殖民话语的莎士比亚可谓无所不在,《抱歉》每一部分的卷首都以一段莎士比亚的名言开始,第一部分引用的是《冬天的故事》,其余三个部分引用的都是《麦克白》中的诗句。根据韦斯特-帕夫洛夫的统计,全书共引用莎士比亚作品 42 处。[4]在小说中,莎士比亚的初次出现与斯泰拉有关。斯泰拉很早就崇拜莎士比亚:"她完整地记得他的一部分戏剧,还能背诵 50 首左右的十四行诗,"[5]她每天"背诵着莎士比亚睡去;有时候自己生气的时候也会借用莎士比亚的诗句来表达"。[6]她喜爱莎士比亚笔下那"谣言四起的世界",那里的人们说着押韵的句子和大胆的词语,那里还有着魔术般的爱情故事。她经常背诵的戏剧包括《暴风雨》《李尔王》《奥赛罗》《麦克白》《理查二世》《罗密欧与朱丽叶》和《第十二夜》,她在莎士比亚夸张和精致的语言中看到了自己平凡生活中所没有

〔1〕Eveline Koren, "Gail Jones's *Black Mirror* and *Sorry* — A Comparative Analysis of Recurring Themes", Masters's thesis, Universitat Wien, 2010, 89.

〔2〕同上,pp.85 - 86.

〔3〕Valérie-Anne Belleflamme, "'Shakespeare Was wrong': Counterdiscursive Intertextuality in Gail Jones's *Sorry*", *Journal of Postcolonial Writing* 51.6(2015):661.

〔4〕Russell West-Pavlov, "Shakespeare Among the Nyoongar: Post-colonial Texts, Colonial Intertexts and Their Imbrications — Macbeth in Gail Jones's *Sorry*", 2015, p.393.

〔5〕Gail Jones, *Sorry*, 2008, p.7.

〔6〕同上,p.34.

的辉煌。[1] 当她有了自己的女儿时,她决定借用莎士比亚的《冬天的故事》中一个人物的名字,把她叫作"佩蒂塔"。

佩蒂塔很小的时候,斯泰拉就开始教她莎士比亚。通过教莎士比亚,斯泰拉培养了佩蒂塔对于文学的兴趣,更向她传递着自己的价值观。斯泰拉告诉佩蒂塔,莎士比亚的作品集中探讨了人世间所有的"大问题"(the big questions),所以"一卷莎士比亚在手,所有关于人生的道理就尽在掌握之中"。[2] 佩蒂塔起初喜欢斯泰拉给她讲莎士比亚的戏剧故事,也为莎士比亚剧中人物身上的英雄主义气概而着迷。她喜欢听国王发怒,喜欢听恋人们女扮男装,喜欢听美丽的女性背信弃义,喜欢听剧中人物身份颠倒,还有那么多的刺杀、下毒和自戕。通过这些故事,佩蒂塔也喜欢上了莎士比亚。在戏剧中,她朗诵最多的是《哈姆雷特》[3]和《麦克白》,[4]偶尔也会朗诵几首十四行诗。

不过,佩蒂塔很快发现自己并不能接受莎士比亚所代表的宏大价值观,相比之下,她对于澳大利亚日常生活所给予她的本土小知识抱有更浓厚的兴趣。她喜欢澳大利亚刺眼的阳光和热风,澳大利亚的一切告诉她,"这个世界上还有一些莎士比亚先生连做梦也未曾梦到过的生活。"[5]佩蒂塔喜欢学习土著邻居们的语言,[6]喜欢玛丽给她讲过的土著传奇,喜欢跟她们一起想象着树变人、人变树的神话。她愿意相信有些岩石曾经是孩子,有些星星曾经会说话,她也相信神灵不只在教堂里,而是随处都在;[7]她从玛丽那里了解了澳大利亚的灌木,这里的鸟类,这里的四季变化,还有这里清澈的天空和干土地;她还从玛丽那里知道了白人政府如何从土著民的身边偷走他们的孩子,更了解到有些土著人对于这个世界上的大小事宜也是无所不知。在跟土著民在一起的时候,佩蒂塔认识到,土著民不仅能回答这个世界上的"大问题",他们还能回答欧洲以外的"其他问题"。[8]从他们的身上,她渐渐学会了一种完全不同于莎士比亚的本土话语。

以澳大利亚土著知识为出发点,佩蒂塔觉得母亲斯泰拉的好多话并不可靠,[9]

---

[1] Gail Jones, *Sorry*, 2008, p.7.
[2] 同上,p.37.
[3] 同上,p.61.
[4] 同上,pp.191-192.
[5] 同上,p.38.
[6] 同上,p.32.
[7] 同上,p.64.
[8] 同上,p.59.
[9] 同上,p.38.

因为斯泰拉喜欢"放大情感,夸大生活"。[1] 佩蒂塔就读的学校告诉她,"莎士比亚并不像她母亲宣称的那样重要"。[2] 在澳大利亚本地人看来,莎士比亚就是一堆用古词汇写成的故事和语录,充斥着放逐、神经质和移居者的悲伤,这样一堆东西除了会羞辱她,别无用途。[3] 有一次,佩蒂塔一边吟诵着莎士比亚的第 60 首十四行诗("像波浪滔滔不息地滚向沙滩:/我们的光阴息息奔赴着终点;/后浪和前浪不断地循环替换,/前推后拥,一个个在奋勇争先。"),一边回味诗人的时间观,突然,她大声地说道:"莎士比亚是错的。"[4] 佩蒂塔的直觉告诉她,澳大利亚有它自己的"小问题",跟玛丽在一起的时光让她明白了自己的生命虽然卑微,却并不缺乏让她"纠结的大问题",明白了自己的这些"问题"与莎士比亚的问题之间存在怎样的不同。玛丽还让她认识到,自己的这些"小问题"实在也是"不同意义上的大问题"。[5]

如果斯泰拉和玛丽代表《抱歉》中的两种截然不同的话语,佩蒂塔在她们之间的位置并非总是一目了然地明朗,佩蒂塔常常感觉自己被搁浅在这两种话语和知识体系之间。一方面,她与土著人朝夕相处,[6] 另一方面,斯泰拉是她的母亲、她的监护人,所以不论佩蒂塔怎样不认同母亲的宏大叙事,年幼的她也无法摆脱这种话语的影响。从情感上说,佩蒂塔认同玛丽的本土知识,但母亲所代表的价值观对她的控制让她难以摆脱。佩蒂塔曾经试着与斯泰拉就所谓的"大问题"和"小问题"进行深入的交流,但是,斯泰拉给她的反应是"坚定的驳斥":"无需争议,完全不用争议……莎士比亚在他的作品中早把所有的'大'问题都指出来了。"[7] 在母亲的权威面前,佩蒂塔从土著人那里学来的本土知识和反话语显得苍白无力,在母亲严厉而毋庸置疑的目光面前,佩蒂塔不得不低下头。

在小说《抱歉》中,澳大利亚本土知识和反殖民话语的脆弱在佩蒂塔的口吃症中得到了生动的表征。佩蒂塔小时候伶牙俐齿,但父亲死后,她在巨大的恐惧压力之下患上了严重的口吃毛病,这一毛病让她一时间变得跟玛丽和哑巴比利一样无声无息,这是殖民话语的力量。代表这种话语力量的不是别人,正是斯泰拉。佩蒂塔一度向斯泰拉提出想去法院为玛丽担保,以便尽快把玛丽从监狱中

〔1〕Gail Jones, *Sorry*, 2008, p.113.

〔2〕同上,p.141.

〔3〕同上,p.65.

〔4〕同上,p.182.

〔5〕同上,p.38.

〔6〕同上,p.209.

〔7〕同上,p.38.

救出来,斯泰拉明确地说:"木已成舟,无可挽救。"[1]佩蒂塔最终拗不过母亲的傲慢,只能迁就她。[2]佩蒂塔对于母亲的迁就置于法律的语境中不难理解,因为如果坚持为玛丽担保,证明她无罪,那么佩蒂塔必须做好承担刺死父亲的所有法律责任。换一个角度说,佩蒂塔希望证明玛丽的清白并让她重获自由,但是,这样做意味着她们必须一反传统的种族关系模式,为了一个社会地位低下的土著人将自己送进监狱,这是斯泰拉所代表的白人殖民话语所不能容忍的。

作为一个白人女孩,佩蒂塔最终选择了怎样的话语呢?要回答这个问题,我们有必要再看一看小说结尾时佩蒂塔与莎士比亚的关系。《抱歉》中的莎士比亚并非那么简单,因为与尼古拉斯的人类学相比,莎士比亚既压制澳大利亚的本土话语,又有它相对温和的一面。韦斯特-帕夫洛夫认为,《抱歉》中的莎士比亚一开始是佩蒂塔努力反叛的殖民偶像,但是,小说结尾的时候,琼斯又让莎士比亚扮演了一回拯救者的角色。[3]的确,通过斯泰拉朗诵的一段《麦克白》,莎士比亚最终让佩蒂塔彻底找回了记忆和语言,由此,莎士比亚最终帮助佩蒂塔实现了自我拯救。曾经的莎士比亚让佩蒂塔感到卑微,但是,莎士比亚最终又让她恢复了健康。小说对于佩蒂塔与莎士比亚之间关系的反讽性处理提醒我们,也许在琼斯看来,作为一个白人后代,佩蒂塔所能选择的不可能是纯粹的澳大利亚土著话语,而只能是一种妥协了的反殖民立场,这样一种柔弱的反殖民话语是白人能够选择的一种边缘小话语。

三

琼斯认为,文学家应当积极介入社会,为伸张正义做出自己的努力,而文学书写正义的一个重要方法是"诗意迂回"(poetic indirection):"诗歌……反对浅显的解读,它不会概括世事,不会给人轻易的满足,更不会让我们舒舒服服地涉足诗人的经验世界。简言之,诗歌有美有德,但非常艰涩。"[4]琼斯引用罗马尼亚诗人保罗·策兰的话进一步指出,所谓"诗意迂回"其实是一种对于阴影的言说(speaking shadows),"诗意的写作……让我们明白,我们熟知的简单二分法

〔1〕 Gail Jones, *Sorry*, 2008, p.202.

〔2〕 同上,p.188.

〔3〕 Russell West-Pavlov, "Shakespeare Among the Nyoongar: Post-Colonial Texts, Colonial Intertexts and Their Imbrications — Macbeth in Gail Jones's *Sorry*", 2015, p.404.

〔4〕 Gail Jones, "Speaking Shadows: Justice and the Poetic", in Bernadette Brennan, ed. *Just Words?: Australian Authors Writing for Justice*. St Lucia: UQP, 2008, p.76.

对于道德生活来说远远不够。"[1]琼斯以土著民的证词文本为例进行了比较说明,她说:"土著民的证词有着明确的所指,来自一个确定的声音,诸多陈述和事实之间有着直接而密切的联系。由于此类证词叙事的作者只能是土著民,土著以外的作家如果希望探讨'被偷走的一代'必须选择不同的视角,或许他们需要采用迂回的方式,以表明自己力避'越界言说'他者经验的态度。"[2]

西班牙批评家皮拉·罗佑·格拉萨(Pilar Royo Grasa)认为,琼斯的小说创作关注各种形式的正义话题,迄今为止,她已经在多部作品中尝试用"诗意迂回"的方法去书写正义主题。[3] 用"诗意迂回"的方法书写正义,有时意味着要以一种偏远的角度去书写苦难。在这样的书写中,读者看不到被伤害者的直接证词,苦难的目击者要么根本记不起来自己见证过什么,要么根本就没有一个可靠的见证人。作者这样写的目的首先在于有效避免"代他者发声",其次在于避免三言两语就把对受难者的同情和缅怀做个了结。格拉萨强调,"诗意迂回"的写作手法所呈现的是一种不确定的话语形式,一种隐秘性的个体叙事。这种话语形式允许读者不断地对已有思想和理念进行反思和质疑,鼓励读者对这些不确定点的全面回应,拒绝官方话语的权威性定义和结论。[4]

《抱歉》中被"迂回"的最重要的主题当然是土著民经历的苦难,小说通过玛丽这个人物引出土著民的主题。读者从玛丽和佩蒂塔的交谈中得知,玛丽自幼被白人从父母的身边偷走,正属于"被偷走的一代"。正如英国批评家玛亚·佳吉(Maya Jaggi)所说,小说《抱歉》提出了"被偷走的一代"的问题,但是"琼斯的书写方法是间接的",虽然玛丽的创伤历史在小说的推演中逐步得到说明,但是,关于玛丽与父母的生离死别、玛丽对于家人的记忆和忘却以及玛丽在离开家人之后经历的其他痛苦和磨难,小说没有直接描写。[5]琼斯明确表示,她不是不想使用一个土著叙事人来直接讲述他们的苦难故事,但是,白人作家想象出一个土著叙事人,然后再让他讲述土著民的创伤经历,会有"挪用他者痛苦经历"之嫌。[6]

---

〔1〕 Gail Jones，"Speaking Shadows：Justice and the Poetic"，in Bernadette Brennan，ed. *Just Words?： Australian Authors Writing for Justice*. St Lucia：UQP，2008，p.77.

〔2〕 同上。

〔3〕 Pilar Royo Grasa，"Forgetfulness and Remembrance in Gail Jones's 'Touching Tiananmen'". *Journal of the European Association of Studies on Australia* 3.2(2012)：35.

〔4〕 同上，p.39.

〔5〕 Maya Jaggi，"Days of Atonement"，*The Guardian* 26 May，2007，https://www.theguardian.com/books/2007/may/26/featuresreviews.guardianreview23

〔6〕 Gail Jones，"Speaking Shadows：Justice and the Poetic"，2008，p.78.

《抱歉》几乎没有针对土著民的直接描写。通过佩蒂塔,读者了解到:① 在她们家附近的两个土著人有一天突然就不见了,至于他们去了哪里,没人知道;② 所有在白人家里干活的土著女孩都遭到了男主人的性侵;③ 玛丽被偷走之后,她的妈妈于绝望之中跳入火海。在我们阅读佩蒂塔的苦难人生之余,这些偶尔闪过的土著生活画面给人印象深刻,特别是处于佩蒂塔叙事边缘的玛丽:先是被偷,然后是母亲绝望中的自焚,然后是被尼古拉斯强奸,最后为了保护佩蒂塔被捕入狱,这些经历为我们清晰地串起一条短暂的生命线,让我们看到一个弱小的土著生命承受了怎样的痛苦和不公。关于玛丽的零星故事共同构成一个符号,它清晰地指向澳大利亚土著民族经历的巨大伤痛,它像是浮在海面的冰山一角,读者虽然只能远远地看到它,但是,相信他们一定能自觉地想象水面以下如山一般的苦难。

按照琼斯的"诗意迂回"理论,白人作家无需直接书写土著生活和土著民的苦难。同样,要书写土著民的苦难,小说家也无需亲自见证她们的苦难。为了说明这一点,《抱歉》花了不少笔墨讨论了战争中的苦难问题。首先是佩蒂塔的父亲热衷的欧洲战场上的战争,其次是在澳大利亚周边的太平洋战争。一天,佩蒂塔通过一张报纸看到了珍珠港被轰炸后的惨烈场面,[1]从中生出很多感慨:"有些人死去时有人见证,有的则没有;有的受害者在哭泣,但没有看见,有个人被打死后倒在一摊血泊之中,可谁也不知道发生了什么。"[2]又有一天,佩蒂塔在海滩上见到了日本飞机轰炸的场面,她看见"16架荷兰难民飞机沉入海湾,机场上的6架军机被炸毁,一架日本飞机被击落后,一边燃烧着向远处飞了一段,然后掉入大海"。[3]事后,佩蒂塔在历史档案中了解到,那天发生在海滩上的惨剧远不止这些。在那天的海滩上,"被困在飞机里的难民们有的在跳水时遭到轰炸,有的在飞机爆炸时被烧死;有人乱中争抢,有人乱中伤人,一片骇人的苦难。死难者近100人,后来大家为那些名字和脸都弄不清楚、身体被彻底烧焦或者毁损的死难者挖了一个集体墓穴。"[4]所有这一切,佩蒂塔没有亲眼看见,但是,当她听到所有这些苦难故事时,她觉得自己不是见证者,胜似见证者。[5]

一个澳大利亚白人是否能够体会土著民的苦难? 对于这个问题,琼斯的答案是肯定的,因为在她看来,人与人之间可以通过许多不同的方式实现心灵的相

---

[1] Gail Jones, *Sorry*, 2008, p.110.
[2] 同上。
[3] 同上,p.132.
[4] 同上,pp.131-132.
[5] 同上,pp.135-136.

通,而文学阅读便是这样一种方式。在小说《抱歉》中,佩蒂塔和玛丽都是阅读爱好者,小说中反复出现的一个话题是阅读。佩蒂塔除了常读莎士比亚的作品之外,还读狄更斯的《大卫·科波菲尔》、达芙妮·杜·穆里埃的《吕蓓卡》和康拉德的《黑暗的心脏》。玛丽经常读的两本书是《圣徒传》和《库克船长传》。阅读之余,佩蒂塔给玛丽讲述《冬天的故事》,[1]她还从公共图书馆偷了一本《吕蓓卡》送给玛丽,玛丽也会给佩蒂塔讲些女圣徒的悲惨经历。[2]共同的阅读爱好在她们之间建起了相互理解的桥梁。玛丽告诉佩蒂塔说,不同的人阅读同样的文字时会不知不觉地被联系在一起,"这种连接无需皮肤的接触,有的更是一种灵魂相通……心与心之间、感觉与感觉之间相互作用……"[3]佩蒂塔觉得玛丽说得对,人世间重要的东西并非总是看得见摸得着的,有时候一些无形的事物会将整个世界联系在一起,重要的是我们如何总能于无形中见到有形。

佩蒂塔在玛丽的影响下形成的上述感悟与文学有关,更与小说家创作《抱歉》时所要传达的主旨有关。琼斯显然要告诉我们,作为一个白人,佩蒂塔可以通过阅读实现与玛丽的心灵相通,作为一个白人作家,她自然也可以通过文学的"诗意迂回"书写土著民的苦难故事。在小说的文字和文学的世界里,人心相通,万物相通,所以作家无需变成一个土著人才能书写"被偷走一代"的心灵创痛。同样,小说无需大篇幅地直接描写土著苦难才能让读者关注她们经历的苦痛。在澳大利亚的语境中,立足白人自身的立场,小说家通过暗示生活在"阴影"中的无数土著民的生活,同样可以表达对于土著他者的关切和同情。

《抱歉》涉及澳大利亚历史上一个重大的历史话题,这个话题就是"被偷走的孩子"。批评家凯·谢弗(Kay Schaffer)在 2004 年的"多萝西·格林纪念讲座"(Dorothy Green Memorial Lecture)中对"被偷走的孩子"叙事及其蕴含的"承认"伦理观展开剖析。她指出,在很长一段时间里,人们一般更关注土著作家的作品。早期土著作家的作品中常常包含令人伤感的情节,试图唤起读者的深切同情。这样的做法反映了"羞辱的效果和同化政策对说话者造成的内化了的压迫",[4]他们的"文学越界"行为背后,其实有着深厚的历史渊源和传统。1968年,澳大利亚人类学家 W.E.H.斯丹纳(W. E. H. Stanner)在著名的"博伊尔演

[1] Gail Jones, *Sorry*, 2008, p.64.
[2] 同上,pp.57–58.
[3] 同上,p.73.
[4] Kay Schaffer, "Narrative Lives and Human Rights: Stolen Generation Narratives and the Ethics of Recognition", *JASAL* 3(2004): 10.

讲"(Boyer Lecture)中就指出,澳大利亚的国家历史总是遵循"历史进步论"的观点,对于澳大利亚土著的历史命运未能正确对待。斯丹纳将这一事实称作"澳大利亚的大沉寂"(Great Australian Silence)。[1] 此后,曼宁·克拉克(Manning Clark)、亨利·雷诺兹(Henry Reynolds)等人也开始直面不光彩的殖民过去,纷纷致力于纠正以往历史编写中对土著民的忽视。文学界也同样展开了对历史的反思,在维罗妮卡·布雷迪(Veronica Brady)看来,《树叶裙》标志着怀特对自己的澳大利亚人身份以及澳大利亚文化的理解达到的一个新高度,因为"小说清楚地展示了在怀特的想象中土著意味着什么。一方面,小说显示了白人文化的无能,另一方面,它也展现了与土著代表和栖息的'野蛮'领域接触所带来的解放性效果"。[2]

20世纪70年代,惠特拉姆工党政府提出了"新民族主义"和多元文化主义的概念,80年代之后的不少澳大利亚白人作家延续了这种对殖民史上白人与土著关系的重新审视,其中较有代表性的作品包括彼得·凯里的《奥斯卡与露辛达》(1988)、大卫·马洛夫的《忆起巴比伦》(Remembering Babylon,1993)、西娅·阿斯特利的《雨影的多重效果》(The Multiple Effects of Rainshadow,1996)、凯特·格伦维尔的《神秘的河流》(The Secret River,2005)等。20世纪七八十年代的"批判性"历史首先是土著人的历史,更是战后西方民主政体中的保守人士最为畏惧的记忆。在这些历史中,关于进步的传统宏大叙事受到了质疑,"民族"和"平等主义"的共同体的虚构叙事遭到了曝光。[3] 21世纪之后,澳大利亚社会对于土著的认可在一定程度上已达成共识,土著民曾经的苦难已通过众多官方途径在普通百姓当中得到越来越多的承认。《抱歉》正是在这样的背景下出现的一部文学作品,它深刻地反思了奉行同化民族政策的澳大利亚历届政府对土著造成的集体性伤害。琼斯对"被偷走的孩子"这一历史题材的挖掘根源于20世纪70年代以来白人历史学家和作家"打破沉寂"的努力。但她将精准客观的镜头投向罹患心理性口吃症的白人小女孩而不是饱受身心创伤的土著女孩的做法,或许反映了20世纪90年代中期以来保守主义占上风的主流意识形态。

在这种保守的意识形态面前,琼斯选择了"小叙事"。小说《抱歉》中先后73

[1] Stuart Macintyre and Anna Clark, *The History Wars*, Carlton: Melbourne University Press, 2003, pp.1-5.

[2] Veronica Brady, "A Properly Appointed Humanism: Australian Culture and the Aborigines in Patrick White's A Fringe of Leaves", in *Westerly* 28.2(1983): 61.

[3] Mark McKenna, "Metaphors of Light and Darkness: The Politics of 'Black Armband' History", in *Melbourne Journal of Politics* 25(1998): 68.

次反复出现的一个词是"small",很显然,在这部小说中,"小"和"大"是一个重要的问题。在《抱歉》中,"小"和"大"构成了两种对立的价值取向,在这样两种价值取向面前,琼斯选择了前者。作为一种"小叙事",《抱歉》瞄准的是一种个体性和对抗性的写作,小说家放弃了传统白人作家在书写同类题材时采用的手法,因为她不希望把自己的小说写成反映政府和主流媒体观点的"国家叙事"。[1] 在琼斯看来,那种公共叙事式的话语属于澳大利亚前总理霍华德那样的保守政客,而她创作《抱歉》的原因之一,正是要以一个普通百姓的"小叙事"去抵制这样一种强势的霸权。

《抱歉》描述了不同形式的创伤。佩蒂塔的父亲体验过战争的创伤,一战不仅在他身体里留下过炮弹碎片,也彻底扭曲了他的个性。战后的他每天生活在对于战争的记忆里,每天热衷于证明自己的男性气概,心理学家会说他是典型的"创伤后应激障碍症"(post-traumatic stress disorder)患者。同时,一战的创伤还使尼古拉斯失去了情感交流的能力,他与妻子疏离,对女儿淡漠。在日常生活中,他好像也有了"语言障碍",不愿向旁人倾诉内心的恐惧和焦虑,而将恶劣的情绪发泄在身边的家人和佣人身上,彻底地把自己从战争的受害者变成了加害者。佩蒂塔的母亲斯泰拉也是一个有着创伤症状的精神病患。来到一个新的国家之后,她常常感到愤怒,家庭交流的缺失加剧了她的情感危机,直接导致其心理疾病的一次次加剧。她整日的背诵暴露了她内心的狂躁。有人认为,佩蒂塔在父亲死后患上了创伤性失忆和语言障碍,一度无法忆起父亲去世当晚究竟发生了什么,无法以曾经流畅的语言能力自我表达。

但是,作为一种"小叙事",《抱歉》不适合用创伤与寓言之类的理论去做宏大的阐释。首先,《抱歉》不是一部普通意义上的民族创伤小说,英语中的"trauma"一词本意是指由一个外在力量带来的伤害,据此而言,佩蒂塔弑父的经历很难用"创伤"来解读。此外,《抱歉》是不是一部关于土著女孩玛丽的创伤故事呢? 笔者认为也不是,因为琼斯在这部小说中严格立足白人立场,严格将小说的主线限制在佩蒂塔的视线范围内,从不试图越界去叙述和书写玛丽的创伤经历。琼斯为什么要这样做呢? 她引用多米尼克·拉卡普拉(Dominick LaCapra)的话指出:"历史上的创伤都是明确具体的,并非所有人都受到过它的影响,或者说并非所有人都可以宣称自己是受害者,仅仅认同创伤受害者就把自己看成受害者的

---

[1] Alexis Wright, "What Happens When You Tell Somebody else's Story? A History of Aboriginal Disempowerment", *Meanjin Papers* 75.4(Summer 2016): 58.

代理人,仿佛自己也有权像受害者那样说话行事,这样的做法非常可疑。一个关注创伤受害者的辅助见证人并不能仅仅因为移情就可以把他变成一个受害者。移情是一种虚拟的体验,我们可以透过它充分体验他者的感受,同时充分认识到这种感受的不同,但不可越俎代庖。[1] 另一方面,《抱歉》也不是一部澳大利亚的政治寓言。虽然《抱歉》的"后记"让人情不自禁地关注小说的政治寓言意味,但是,这部小说在细节的处理方面比寓言更复杂,更微妙。根据《劳特里奇文学术语词典》,所谓"allegory"必须是"一种延伸性的比喻",在这样的比喻中,人物、人物行为以及身边的景致虽然也讲述一个故事,但它们同时构成一个完整的象征系统,共同寓指故事以外的某个更宏大的政治、信仰或者心理世界。[2] 根据这个定义,《抱歉》或许不符合寓言的要求,因为佩蒂塔的弑父故事是一个极端个体的事件,虽然足够震撼,但故事中女儿杀死父亲的情节很难在澳大利亚白人历史上找到对应的寓指对象。此外,小说标题中所谓的道歉与澳大利亚种族关系的大框架也不吻合。所以整部小说显然缺乏整体性的寓言阐释基础。琼斯在给科伦的信中表示,《抱歉》不是一部政治宣传小说,她希望这部作品更加个人化,更具有象征性,而不要变成一部寓言:如果读者一定要把它读成一部寓言小说,她希望那是一种莎士比亚式的寓言。[3]

琼斯表示自己在生活中喜欢"小物件",[4] 在写作中,她喜欢书写"碎片"(fragments),喜欢表现缺场,而不喜欢构建有机的完整体系;在她看来,"碎片"与寓言相对,因为后者喜欢构建宏大叙事。她同样不喜欢寓言性的解读,因为它常常把某些局部的小细节赋予宏大的社会和伦理意义。[5] 琼斯对于"小叙事"(petits récits)和"碎片"的偏爱源自她作为一个后现代作家的主动选择。在后现代主义文学创作当中,与"小叙事"相对的是"宏大叙事"。根据利奥塔的论述,后现代的一个重要特征是,它对现代性所崇尚的"宏大叙事"给予深刻的质疑。[6] 所谓"宏大叙事"就是指由一系列彼此联系、前后相继的故事组成的连贯话语体

[1] Gail Jones, "Sorry in the Sky:'Empathetic Unsettlement', Mourning and the Stolen Generation in Imagining Australia", *Imagining Australia: Literature and Culture in the New New World*. Cambridge:Harvard University Press, 2004, p.167.

[2] Peter Childs and Roger Fowler. *Routledge Dictionary of Literary Terms*. New York:Routledge, 2006, p.5.

[3] Eveline Koren, "Gail Jones's *Black Mirror* and *Sorry* — A Comparative Analysis of Recurring Themes", Masters's thesis, Universitat Wien, 2010, p.36.

[4] Gail Jones, "A Dreaming, A Sauntering:Re-imagining Critical Paradigms", *JASAL* 5(2006):2.

[5] 同上,p.15.

[6] Joseph Childers and Gary Hentzi, eds., *The Columbia Dictionary of Modern Literary and Cultural Criticism*. New York:Columbia University Press, 1995, pp.166 - 167.

系,这些故事在修辞上目标一致,在形式上共同遵守一个文学和修辞规范,努力去除一切内部之间的不一致,以求在读者心目中获得相同的期待。[1] 后现代小说家更愿意聚焦具体的小经验和小语境,他们反对无所不包、唯我独尊的宏大理论,倡导多视角的探索。后现代小说家喜欢在写作中关注个体生活中难言的秘密和不可言说的经验,在写作中"拒绝通过正确的形式寻求安慰,拒绝同一的口味和对于奇异经验的普世性怀旧,探索新的表达——不是为了新而新,而是为了更好地让人体会不可言说的感受"。[2] 利奥塔认为,"宏大叙事"应该让位给一个个"本地化"的"小叙事",只有这样,才能抛开那些大而无当的宏大叙事,转而聚焦一个个的具体事件。[3]

　　意大利语言哲学家和符号学家苏珊·佩翠里(Susan Petrilli)和奥古斯托·庞齐奥(Augusto Ponzio)认为,在当今世界,"小叙事"代表的是一种有别于全球化的通用交际话语形式。所谓全球化的通用交际,是一种按照市场和商品化规则形成的一种话语方式,这种话语的一个突出特点是强调趋同,去除差异。与这种话语相比,后现代的"小叙事"显然具有一种特别的魅力,与商品化的话语目标至上、病态地追求个人利益不同,以讲故事为核心的"小叙事"追求的是交际的趣味性,它强调交际者与他者之间的积极关系,强调交际者对于他者自身的关切。讲故事立足快乐原则,它的核心是说与听。讲故事首先要引起他者的兴趣,努力实现对于他者的召唤,因此,这样的话语注定是一种"基于他者的交际话语"。这种话语不需要"商品化交际话语竭力构建的秩序",它鼓励所有参与者积极开展批判性的反思,积极开展对话和接触,热情地向他者伸出双手。从这个意义上说,"小叙事"是一种极具颠覆性的话语。[4]

　　作为一种后现代"小叙事",《抱歉》通过一个普通澳大利亚人的视角,叙述了一个普通澳大利亚人的故事。作为小说的叙事人,成年后的佩蒂塔讲述了自己童年时的家庭苦难,更向我们呈现了她成年以后对于自己作为一个普通澳大利亚人的人生反思。在澳大利亚,不少作家希望用自己卑微的声音和力量批判傲慢的政客,勇敢捍卫人性和真理,做"民族的良心",琼斯的《抱歉》或许正是这样

---

[1] Jeffry R. Halverson, H. L. Goodall Jr., and Steven R. Corman, *Master Narratives of Islamist Extremism*. New York: Palgrave Macmillan, 2011, p.14.

[2] Jean Francois Lyotard, *The Postmodern Condition: A Report on Knowledge*. trans. Geoff Bennington, & Brian Massumi. Minneapolis: University of Minnesota Press, 1984.

[3] Clare Nouvet, et al eds., *Minima Moralia: In the Wake of Jean-François Lyotard*. Palo Alto: Stanford University Press, 2007, p.xvi.

[4] Susan Petrilli and Augusto Ponzio, *Views in Literary Semiotics*. Ottawa: Legas, 2003, 151.

一部小说。小说家希望借此表达她对于澳大利亚部分政客的不认同,《抱歉》站在霍华德这样的政客们的对立面,努力以个人的故事和微弱的文学之声批判澳大利亚政府在处理土著民问题上表现出的傲慢态度。作为一部"小叙事"小说,《抱歉》在其形式之外的这一对抗性特征是显而易见的。

第四部分

土著民作家的后现代实验小说革新

土著民是澳大利亚作为一个现代国家不得不面对的历史和现实。从20世纪60年代开始，土著文学开始零星崛起，土著民也因此开始了从"被描写"走向"自我表现"的转变。批评界一般认为，半个多世纪的土著文学大体上可以分为三个阶段。第一个阶段以诗歌为主，代表人物是凯思·沃克（Kath Walker，后改回土著名Oodgeroo），这一阶段土著文学的主要特点是把写作当作土著基本民权运动的一部分。第二个阶段从20世纪80年代开始，主要以小说和戏剧为主，代表作家包括马杜鲁·纳罗金、艾里克·威尔默特（Eric Willmot）等，这一时期的土著文学特点是重写土著历史。第三个阶段从20世纪90年代开始，这一时期的土著文学主要是小说，代表作家除了马杜鲁之外涌现了山姆·华生、亚莱克西斯·赖特、吉姆·斯科特（Kim Scott）等，这一时期的土著小说的特点是一种兼容并蓄的实验主义。

　　澳大利亚土著作家的后现代小说出现于第三个阶段，在澳大利亚土著民小说的实验化转向过程中，马杜鲁是个关键性的人物。作为现代土著小说的第一人，马杜鲁早期的创作遵循一种传统的现实主义。20世纪80年代之后，他开始反思土著小说的写作方法，他的一些新思想在与阿切·韦勒（Archie Weller）等人的论争中得到了全面的梳理和表达。他认为那种灰暗的现实主义把土著民书写得太过愚陋，此外，现实主义的写作方法是白人作家带来的，不能表达土著民特有的文化特点。20世纪90年代之后，他和韦勒一起身体力行，为土著小说的后现代转型做出了重要的贡献。

　　澳大利亚批评界关于土著后现代小说常说的一个概念是"魔幻现实主义"（magic realism），这个概念原本来自南美洲，指的是在一个显著的现实主义叙事中蓦然引入一种奇幻或者神话般的超现实的元素，给人造成一种智力、认知和情感上的冲击。20世纪90年代，以马杜鲁为代表的澳大利亚的土著小说家对于国外这样的新潮流有了很多了解，但是，土著小说家更愿意相信自己的魔幻现实主义是他们自己的文化所特有的。从传统的口头文学到更加现代的文学创作，土著小说家在创作中离不开自己民族的神话、自己民族的信仰和自己民族看待世界的方法，要诚实地面对和书写自己的文化，离不开土著民自己的魔幻现实（maban reality）。

说土著后现代小说具有兼容并蓄的特点，是因为 20 世纪 90 年代以来，土著小说显著地打破了西方人常说的严肃与通俗文学的界限，高雅文学与畅销书的区别，甚至口头文学与书面文学的分界。有些作品出版之后被批评界看作犯罪小说，有的被冠以奇想小说，有的甚至从语言形式上突破了诗歌与散文的界限。现实题材的作品里有土著神话，历史题材的小说中有奇想，这种去除了样式分界的创作手法不仅对于土著文学而言是高度实验性的，即便放在整个澳大利亚的后现代小说中也是异常绚烂的。然而，值得注意的是，土著小说家大多不觉得自己在写魔幻，因为，他们中的很多人认为，这些在你们看来是魔幻的东西压根就不是什么魔幻，它们是土著民最真实的生活。

20 世纪 90 年代中叶，在马杜鲁等多位土著作家的身份先后受到质疑之后，澳大利亚土著文学一度受到不小的冲击。但是，新的一代土著作家已然崛起，他们不仅不断推出新的小说作品，还直接将土著后现代实验小说推到了当代澳大利亚文学的中央。在不到 20 年的时间里，包括斯科特、赖特、梅丽莎·卢卡申科和塔拉·朱恩·文奇在内的四名土著小说家五获迈尔斯·富兰克林奖，这是澳大利亚文学对于土著文学的肯定，更是对土著后现代实验文学所取得的成就的高度认可。

本部分重点考察马杜鲁的《鬼梦大师》（*The Master of Ghost Dreaming*）、山姆·华生的《卡戴察之歌》（*The Kadaitch Sung*）、吉姆·斯科特的《明日在心》（*Benang: From the Heart*）和亚莱克西斯·赖特的《卡彭塔里亚》（*Carpentaria*）四部作品，从中观察土著小说家的后现代实验小说的特点与革新。

第 13 章
马杜鲁·纳罗金《鬼梦大师》中的逆写殖民史

马杜鲁原名柯林·约翰逊(Colin Johnson),1938 年生于澳大利亚西澳州的贝弗利镇(Beverley),他尚未出生父亲就因病去世,所以家境十分困难。马杜鲁兄弟姐妹 12 人,其中 8 个孩子先后被送进州办孤儿院。马杜鲁小时候因为吃不饱饭跟姐姐一起偷人家的食物而被关进少管所,稍大之后曾被判入狱一年。19 岁时,他有幸遇到了西澳知名女作家玛丽·杜拉克(Mary Durack),后者在了解了他的身世之后,大力支持他从事文学创作。在她的鼓励之下,他一度离开珀斯前往墨尔本,在那里一边打工,一边利用晚上的时间学习。1965 年,他成功创作并出版了他的第一部长篇小说《野猫之坠》(Wild Cat Falling)。该书在很长一段时间里被公认为澳大利亚第一个土著作家出版的长篇小说。1967 年,马杜鲁远赴印度学习佛教并在那里作了三年的佛家居士,1974 年返回墨尔本。20 世纪 70 年代之后,他潜心创作,写出了大量的小说、诗歌和戏剧。他早期出版的诗集包括《杰克组诗》(Song Circle of Jacky,1986)、《黑麻鸦达尔乌拉》(Dalwurra, the Black Bittern,1988)等,主要剧作包括《长周日》(Big Sunday,1987)和《木金嘎巴:老妇人家》(Mutjinggaba: The Place of the Old Woman,1989)。他此间出版的另外两部知名的长篇小说包括《桑德瓦拉万岁》(Long Live Sandawara,1979)和《吴雷迪医生的末日处方》(Doctor Wooreddy's Prescription for Enduring the Ending of the World,1983,以下简称《吴雷迪》)。1988 年,澳大利亚联邦政府举办建国两百年庆典,土著民群情激愤,马杜鲁跟其他一些土著作家决定一起给自己改名,此后,他放弃原名,改用土著名 Mudrooroo。据说这个土著名字在土著语当中的意思是"树皮",而在当代土著文学中,"树皮"代表着土著人书写。马杜鲁希望通过书写为土著民代言。20 世纪 80 年代末之后,马杜鲁又连续创作出版了《野猫记》(Doin Wildcat,1988)、《野猫尖叫》(Wildcat Screaming,1992)、《坤侃》(The Kwinkan,1994)

和"大师"四部曲——包括《鬼梦大师》(1991)〔1〕、《不死鸟》(*The Undying*，1998)、《地下》(*Underground*，1999)和《希望之乡》(*The Promised Land*，2000)。

从 20 世纪 80 年代开始，马杜鲁就积极从事土著历史和文学史的研究，先后出版的相关著作包括《入侵之前：1788 年前的土著生活》(*Before the Invasion: Aboriginal Life to 1788*，1980)、《在边缘处写作：现代土著文学研究》(*Writing from the Fringe: A Study of Modern Aboriginal Literature*，1990)、《马杜鲁/穆勒项目》(*The Mudrooroo/Mueller Project*，1993)、《土著神话》(*Aboriginal Mythology*，1994)、《咱们的历史、文化与斗争：土著澳大利亚导论》(*Us Mob: History，Culture，Struggle: An introduction to Indigenous Australia*，1995)以及《澳大利亚土著民文学》(*Indigenous Literature of Australia/Milli Milli Wangka*，1997)。20 世纪 90 年代后期，马杜鲁遭遇到了创作生涯中最糟心的打击。1996 年，一个名叫维多利亚·劳瑞(Victoria Laurie)的澳大利亚白人记者在《澳大利亚人报》上以"身份危机"为题撰文，声称自己从马杜鲁的妹妹那里得到可靠消息，说马杜鲁的家庭根本就不是一个土著家庭，他的母亲是盎格鲁-爱尔兰裔，父亲是非裔美国人。〔2〕此文一出，一时舆论沸沸扬扬，其他报刊也连续就此发表文章，说马杜鲁如何涉嫌作假。不少白人和土著批评家也先后发声，指责马杜鲁，讽刺他是"职业土著人"。〔3〕在澳大利亚的批评界，并非所有人都认同上述白人记者的质疑和看法，1998 年，玛丽·安·休斯(Mary Ann Hughes)以"复杂的土著身份：马杜鲁和沙利·摩根"为题，在《西风》杂志上撰文表达了不同看法。〔4〕但是，尽管有这样一些有识之士的支持，围绕马杜鲁身份的媒体争议毒化了澳大利亚的文学环境，极大地挫伤了他的积极性。此后，他退出大众视野。2001 年，他前往尼泊尔，并在那里定居下来。2002 年被诊断出患有前列腺肿瘤之后仍坚持写作。2019 年年初在布里斯班去世。

一

马杜鲁的小说创作生涯经历过一个清晰的发展和演变过程，他的首部长篇小说《野猫之坠》以一个土著民的视角和第一人称的自传性口吻，讲述了一个年

〔1〕 Mudrooroo, *Master of the Ghost Dreaming*. Pymble, N.S.W.: Angus & Robertson, 1991.
〔2〕 Victoria Laurie, "Identify Crisis", *The Australian* 20 July(1996)：28 - 32.
〔3〕 Anon, "Aboriginal goes on black list", *The West Australian* 23 July, 1996.
〔4〕 同上。

轻土著混血儿的故事,写得非常阴沉。小说一开始,这个外号"野猫"的土著青年刚刚刑满出狱,小说一方面通过回忆讲述了主人公以前的众多往事,另一方面叙述他出狱之后的两天生活。主人公出狱之后仅两天就深深地感觉到,这个社会没有给土著民留下任何的空间,大街上车水马龙,码头上轮船进港出港,但这一切都与自己没有丝毫的关系。在白人的劳教所和监狱里,土著民的身份和自尊被清得干干净净,同样,监狱也让他失去了最后一点对于生活的幻想。如果白人的监狱教会了他什么,那就是仇恨和暴力,这决定了他将继续在仇恨和暴力的道路上不断前行。小说结尾,"野猫"被指控犯有杀人罪,又一次被捕入狱。马杜鲁的第二部小说《桑德瓦拉万岁》与《野猫之坠》不大一样,小说同时设置了两个背景,一个是当代澳大利亚的城市土著贫民窟,另一个是19世纪的澳洲丛林。当代澳大利亚的城市里到处是成天沉迷于性和毒品的土著青年,他们绝望、愤怒,对于未来,他们见不到出路。可是,当他们了解到19世纪的土著民抗击殖民者的故事之后,在前辈民族英雄的故事中找到了些许的启迪,希望像前辈的土著民一样,继续跟白人殖民统治者做不懈的斗争。

如果说从书写绝望到表现土著民反抗殖民者的斗争代表着马杜鲁在自我创作中的一个重要变化,那么他在20世纪80年代之后发表的"白人的形式、土著的内容""土著文学的成长""一种土著性的文学"[1]等一系列文章中,开始积极倡导回归土著传统,结合土著民的口头叙述方法表现土著民特有的生活。尤其是在1997的"说写我们的本土性"一文中,马杜鲁严厉地批评了以阿切•韦勒为代表的土著作家的小说写作方法,说他过分强调现实主义的描写,所以写出来的小说过分阴暗,以至于在他作品中的土著人看上去"更像破落无产者"。马杜鲁强调指出,韦勒小说中描写的一些土著行为或许是他们在一段时间里的误入歧途,而绝非土著文化所固有的特征,用简单幼稚的现实主义来书写自己的同胞,无异于让自己与歧视自己的白人小说家为伍。[2] 准确地说,马杜鲁对于韦勒的批评不仅针对别人,也针对他自己。韦勒的短篇小说集《回家》(Going Home)出版于1986年,在那之前的1983年,马杜鲁自己出版了《吴雷迪》。这部小说的题材取自塔斯马尼亚岛的殖民历史。小说在真实历史考证的基础上写成,背景

〔1〕 Mudrooroo, "A Literature of Aboriginality", *Ulitarra* 1(1992): 32; "The Growth of Aboriginal Literature," *Social Alternatives* 7.1(1988): 53; "White Forms, Aboriginal Content", *Aboriginal Writing Today*, eds. Jack Davis & Bob Hodge. Canberra: Australian Institute of Aboriginal Studies, 1985, 21-33.

〔2〕 Mudrooroo, "Talking and Writing Our Indignality", in *The Indigenous Literature of Australia*. Melbourne: Hyland House, 1997, pp.137-147.

设在塔斯马尼亚的布鲁尼(Bruny)岛上。小说的主人公是一个自称吴雷迪医生的当地土著人。吴雷迪从小就有一种世界末日将至的预感,白人殖民者到来之后,他独自默默地见证了自己的家乡如何被他们一步步摧毁的全过程。19 世纪20 年代,一些蛮横的白人殖民者来到这个岛屿上,他们杀人强奸,传播疾病。岛上的土著民认为,这些疾病是由魔鬼所致,根本无法抵御,所以他们只能在"时世出了差错"的绝望感叹中,眼睁睁地看着白人在这个小岛上肆意妄为。吴雷迪医生自小就感觉自己不同寻常。一天,年轻的吴雷迪在沙滩上走路,突然踩到一个冷冰冰黏糊糊的东西,他马上感觉这不是一个普通的物件,不像是地面上的东西,他感觉这个来自海洋的东西是一个邪恶的征兆,这个征兆与世界末日的到来有关。从那之后,吴雷迪在无奈之中,亲眼目睹了无数的土著人一个接一个地神秘失踪,他告诉自己说,果然世界末日就要到了。

有人说,马杜鲁的早期思想深受美国后现代诗人和小说家艾伦·金斯伯格(Allen Ginsberg)和杰克·凯鲁亚克的影响,这种影响具体体现在他不断的后现代自我反思上。20 世纪 80 年代后期,马杜鲁开始用心思考一个问题,那就是究竟应该如何去书写土著民。在一系列的反思文章之后,他显然对自己的方向有了主意。在其"一种土著性的文学"一文中,他提出,土著文学应该呈现土著的视角和土著特有的真切形式,土著作家写出来的小说不应该跟白人眼睛里看到的土著民一样。土著文学应该是一种"政治性很强的文学",因为它需要用文学样式持续地揭露非土著对于土著人的那种霸权,同时表现土著民生活积极的一面。[1]

二

从取材上说,《鬼梦大师》可以算是《吴雷迪》的续篇,但批评界更多地把《鬼梦大师》与《不死鸟》《地下》和《希望之乡》放在一起,作为马杜鲁的"大师"系列,而《鬼梦大师》是这一系列中的第一部小说。[2] 跟《吴雷迪》一样,小说《鬼梦大师》反复提到一个名叫乔·奥·罗宾逊(G. A. Robinson)的英国传教士,罗宾逊是 1839~1849 年间塔斯马尼亚和维多利亚的首席土著保护官。在英国对澳大利亚的殖民史上,罗宾逊可谓小有名气。他于 1791 年生于伦敦,1866 年死于巴斯,早年没上过多少学,但爱读书。在英国时曾是一个普通的建筑工,1824 年阴

---

〔1〕 Mudrooroo. "A Literature of Aboriginality", 1992, p.32.

〔2〕 Clare Archer-Lean, "Transnational Impulses as Simulation in Colin Johnson's (Mudrooroo's) Fiction", *Transnational Literature* 5.2(May 2013): 1-12.

差阳错地移居到了澳大利亚塔斯马尼亚岛的霍巴特。抵达澳大利亚之后,他仍然重操旧业。当时正值白人与土著民关系日益紧张之时,当地殖民政府想找一个性格稳重可靠的人来跟土著人沟通,罗宾逊相信白人和土著民之间交流协商的重要性,所以申请这个职位并成功获聘。罗宾逊最初的想法很简单:找个地方,建起一个定居点,在定居点里盖房子、学校,清理农田,然后把土著民聚到这里集中管理,让他们在这里作农民。他要在这里教化他们,让他们学习种土豆、信奉上帝、学英语、学算数,他还要在这里设市场,教土著民做买卖。但是,他很快就发现自己不了解土著人,所以决定花一段时间分几次把整个塔斯马尼亚岛上的土著部落居住地都走一遍。所到之处,他不厌其烦地劝说土著人跟随他前往他为大家准备的定居点集中居住。有的土著民听信了他的话,最后抵达弗林德斯岛。他在自己的日记中较为详细地记录了自己的这次土著发现之旅。在罗宾逊积极筹建土著民定居点的过程中,白人通过有意地散播疾病,导致塔斯马尼亚岛的土著民人口从 4 000 人锐减至 150 人。罗宾逊在弗林德斯的工作结束之后,获聘去了维多利亚,在那里结束了他的土著民保护官的生涯。[1] 20 世纪,罗宾逊的名字和事迹不断地出现在某些白人作家的文学作品当中,其中包括罗伯特·德鲁(Robert Drewe)、加瑞·克鲁(Gary Crew)、理查德·弗兰纳根等人的小说。一个重要的原因是,罗宾逊生前留下了大量的日记,很多白人认为这些日记为后人了解早期土白两族人民如何启动接触的历史有着重要的价值。

《吴雷迪》在重写这段历史和这个人物的时候改变了视角,将罗宾逊描写成了一个自私自利、无能透顶、好色贪婪的坏蛋。在这部小说中,马杜鲁针对上述白人作家的叙事文本进行了批判,把他作为一个殖民者的嘴脸给予了无情的揭露。马杜鲁决定创作《鬼梦大师》的时候,感觉上一部小说对于那一段殖民历史的书写依然存在许多不合适的地方。《鬼梦大师》再次以罗宾逊和他的妻子在弗林德斯岛的维巴雷纳(Wybalenna)传教居民点的历史为蓝本创作而成。[2]但在这部小说中,马杜鲁的写作手法和态度出现了显著的改变。

《鬼梦大师》把读者再一次带回了吴雷迪医生的故事当中,回到了殖民者初来澳大利亚,土著和白人首次接触时的历史画面中。但是,在《鬼梦大师》中,主人公吴雷迪被改名为江嘎木塔克(Jangamuttuk),他的妻子也更名为卢吉

---

[1] Australian Dictionary of Biography, "Robinson, George Augustus (1791 – 1866)", published first in hardcopy 1967, accessed online, 29 January 2021.

[2] Adam Shoemaker, *Black Words*, *White Page*: *Aboriginal Literature*, *1929 – 1988*. St Lucia: UQP, 1989.

(Ludjee)。在新作当中，这样的改名并不是一个偶然而为之的个别事件，从某种意义上说，命名和改名、讲述和重新讲述一个故事成了小说的重要主题之一。作者通过这样的改变，努力突破原有的空间界限，把文学创作从简单的现实主义模仿改成后现代的模拟和仿真。《鬼梦大师》中的江嘎木塔克和卢吉有一个儿子，名叫乔治。小说暗示，乔治或许是历史上罗宾逊的亲生儿子。土著人物出门远行时都带着自己的图腾，他们努力为自己创造一种创伤愈合的仪式感，同时以神话的力量继续抗击白人对于澳大利亚的殖民占领。

马杜鲁明确表示，随着年龄的增长，他越来越不喜欢《吴雷迪》的那种写法，希望用一种澳大利亚土著版的魔幻现实主义（maban realism）重新讲述这个史诗般的故事，以便更准确地反映白人殖民以后，土著民经历的苦难生活。[1] 马杜鲁认为，土著民的魔幻现实主义本质上就是一种针对主流话语的反话语。土著民的魔幻现实主义立足自己的土地、生活和信仰，为土著民的文学创作提出自己的创作方法，这种方法融合现实和超自然的想象，努力全面地传达土著民特有的文化。[2]《鬼梦大师》的背景仍然设置在 19 世纪初期的一个离岸小岛上，这里生活着一个小小的土著部落。小说一开始，一对白人传教士"法达"（Fada，土著民对于 father 的发音）和"妈达"（Mada，土著民对于 mother 的发音）夫妇来到这里，他们给这里的土著民带来了基督教义，同时也带来了疾病。他们告诉土著民应该对未来充满希望，但是，他们带来更多的是对于土著民生活的控制和对土著文明的摧毁。主人公江嘎木塔克是一个有点年纪的土著萨满。白人到来之后，将部落里的土著民赶到一个小岛上。江嘎木塔克决定行动起来，帮助土著民学习如何在侵略者的管理之下生活。他告诉大家，只要进入一个跟现实一样真实的神奇梦幻之中，就能重新找回土著民社会的共同体感觉。但是，土著民和白人传教士夫妇之间的矛盾还是很快爆发了，在土著民的一次抗争中，白人传教士慌忙之中逃离了小岛，留下他们的孩子继续他们的殖民事业。江嘎木塔克最后带着他的土著民也离开了小岛。

与马杜鲁此前的历史小说相比，《鬼梦大师》是一个更纯粹的历史叙事，题材取自 19 世纪的塔斯马尼亚岛。小说采用了一种另类历史（alternative history）的方法，针对官方的殖民历史进行了一番重新审视。跟英语世界的很多小说家

---

[1] Rebecca Weaver-Hightower, "Revisiting the Vanquished: Indigenous Perspectives on Colonial Encounters", *Journal for Early Modern Cultural Studies* 6.2(Fall – Winter 2006): 84 – 102.

[2] Mudrooroo, "Maban Reality and the Indigenous Novel from Indigenous Literature of Australia", *Milli Milli Wangka*. Victoria: Hyland House Publishing Pty Ltd., 1997, p.100.

一样,马杜鲁希望针对白人的殖民历史也来一次逆写(writing back),以便帮助土著民读者立足自己的经验和视角,重新审视官方历史对于殖民初期殖民者与土著民相遇的记载。在马杜鲁看来,殖民者的到来系统地破坏了土著民的语言和环境。殖民统治开始之后,土著民对于早期殖民史的非文字记录渐渐地被白人销毁。因此,小说家借助想象完成的虚构小说对于重构一段土著民眼中的历史非常重要。[1]

在英国人对澳大利亚的殖民历史上,罗宾逊被称为"土著保护官"(Protector of Aboriginals),也被认为是"土著文化的记录者"(recorder of Aboriginal culture)和善待土著民的"友好传教士"(friendly missionary)。《鬼梦大师》立足土著视角,以异常犀利的反话语笔触向读者展示了一个土著民眼中的白人殖民者形象。《鬼梦大师》中的传教士并不是那个高大、正直、客观的"土著文化的记录者",相反,他虚伪、奸诈、可笑。《鬼梦大师》中的一百多个土著民,由于白人殖民者的到来,先后被赶出自己熟悉的家园,来到一个荒芜的小岛上,被集中在一个传教点里。主持这个传教点的白人"法达"毫无能力,他的妻子"妈达"是个吸食鸦片成瘾的暴躁女人,还有他们柔弱的儿子(Sonny)。小说通过对此三人的描写,讲述了一个不一样的白人殖民历史。"法达"希望有朝一日加入皇家文化人类学会,所以他每天给他管理下的土著民写民族志。读者将这些东西跟现实中的土著民生活一对照不难发现,他的记录大多不准确,有时甚至公然凭空捏造。例如,有一次,江嘎木塔克组织了一个梦幻仪式,他的计划是通过这样的活动了解白人如何保持健康的秘诀,"法达"看见之后,决定为皇家文化人类学会画一幅炭画,并把它叫作《废弃的仪式地》。但是,由于"法达"并没有看见多少,而只是在土著人快速离开仪式现场的时候才瞥到一眼,所以他必须凭空编造一个仪式场景:"当时土著民身上的人体绘画得如此露骨,他无法全部地向人描述,但是,多年以来,他已经看过太多这样的土著民仪式和人体绘,所以完全可以现编出图案来。"[2]生活中的"法达"还是一个猥琐的好色之徒。一天,"法达"让卢吉拿一个筐赤身裸体地站在他前面,说是要给土著人画画,需要卢吉给他摆个造型。他跟卢吉说,他希望的效果是自己在野地之中意外地撞见她,然后用一幅画把这个瞬间记录下来。然而,读者很快发现,他所谓的画画根本就是一个幌子,那不过是要给自己强奸卢吉找个借口。有趣的是,卢吉非常巧妙地一番

---

[1] Rebecca Weaver-Hightower, "Revisiting the Vanquished: Indigenous Perspectives on Colonial Encounters", 2006, p.91.

[2] Mudrooroo, *Master of the Ghost Dreaming*, p.18.

周旋之后得以成功逃脱。通过这些具体而生动的例子,马杜鲁告诉读者,一方面,欧洲白人历史上遗留下来的文字极不准确,另一方面,要还原历史的真相,土著民亟需那些能够给人不一样视角的崭新文本。《鬼梦大师》以高度的文本自省和理论自觉,通过叙述"法达"如何制造他所谓的人类学档案,彻底揭穿澳大利亚众多白人历史档案中的不实,为今日澳大利亚人重新反观和质疑这些历史文献提供了可能。

在澳大利亚历史上,英国白人最初来到这个大陆,开始与土著民发生交集的时候究竟发生了什么?《鬼梦大师》重点刻画了土著民积极、乐观、敢于运用智慧展开对敌斗争的一面。虽然小说也描写白人殖民者对土著民进行大肆滥杀和对土著民文化进行无情践踏,但小说以其特有的方式说明,当初的土著民当中有江嘎木塔克和卢吉这样的领袖,他们的无数土著同胞陆续被杀害,但是,这些机智英勇的土著民领袖的故事不应该被抹杀,他们带领土著民开展的反殖民斗争历史属于被殖民的土著民族,应该让后世的土著读者知道。历史上的土著英雄们除了应有的声誉之外,应该重获一个与殖民者同样的声音。《鬼梦大师》书写了一段重要的殖民历史,它跟其他形式的土著叙事一起,对于帮助大家把长期被殖民者简化的黑白历史全部打开大有裨益。小说以后现代的自觉和幽默的笔触,将土著民抵抗白人殖民的斗争生动地展现在世人面前。

在小说《鬼梦大师》中,叙事人告诉我们,这位优秀的土著部落领袖江嘎木塔克和他的年轻美丽的妻子卢吉与"法达"夫妇表面上友好相处,时时处处让他们觉得他们对这个居民点有着真实的控制权。事实上,他们在暗地里一直认真地研究这一家三口保持身体健康的秘诀,因为他需要这个秘诀去帮助居民点越来越多生病的土著同胞。江嘎木塔克和他的土著同胞们认为,白人是土著民的鬼魂,在其白色的皮肤之下,这些鬼魂日日经受着病痛,所以他们竭力扰乱世界的秩序。土著民如此聪明,又有同情心,为什么会被白人征服的呢?关键不是白人有多么了不起的本事,而是土著人被疾病和厄运所困。土著人只要开动脑筋就一定能把"法达"赶出岛去。

《鬼梦大师》中刻画的土著民有着自己神秘而超自然的仪式,他们从自己的仪式中汲取力量,一个具体而典型的例子是江嘎木塔克的土著梦幻。像江嘎木塔克这样的土著民勇敢智慧,他们在与白人的较量中显示出了高超的斗争水平。伊娃·拉斯克·那德森(Eva Rask Knudson)在一篇题为"时钟时间与梦幻时间"(Clocktime and Dreamtime)的文章中指出,《鬼梦大师》中刻画的土著人物有韧性,有活力,敢于通过梦幻的政治演绎重新改造自己,也改变敌人。[1] 江嘎木塔克跟他的梦幻伙伴一起,通过深入窥测白人的内心和灵魂,努力影响他们的行为,虽然他最终并未改变白人殖民的大方向,但是,他在局部的对敌斗争中不止一次地取得了胜利,给白人的殖民入侵制造了不少的麻烦。

《鬼梦大师》以幽默的口吻重写土著历史,这种"逆写"不只是为土著民抒发一种希望,以便帮助土著民从绝望中奋起,更重要的是,长期以来,澳大利亚的白人主流文人和学者对于土著的被殖民历史只知道一种官方的版本。而小说立足一种高度的文本自觉,反思整个这一类的白人殖民历史,以便达到挑战官方历史记录的目的。《鬼梦大师》用虚构的叙事向读者揭示了这种官方话语比比皆是的漏洞,同时希望用自己的方式填补这一话语中的叙述空白。它帮助人们对这种话语形成的动机、准确性和构成进行深入的分析和挖掘,启发读者全面反观当代澳大利亚社会对于土著民保有的刻板印象,继而反思在这些官方叙事影响下形成的种族关系。

三

在 20 世纪 60 年代之后崛起的澳大利亚土著民作家当中,马杜鲁是一个比较国际化的小说家。他的第一个妻子是立陶宛移民,通过她,马杜鲁得以较多地了解欧洲文学;此外,他曾经长期在印度生活,20 世纪 70 年代也访问过美国,这些经历都让他形成了比较开阔的阅读和写作视野。他曾先后在墨尔本大学和默多克大学任教,对于西方的文学理论也有比较多的了解,这一点在小说《鬼梦大师》中有着比较显著的体现。《鬼梦大师》的前几页反复用到"表意"(signify)一词。马杰里·费(Margery Fee)认为,《鬼梦大师》或许有一个重要的理论互文本,那就是美国黑人批评家亨利·路易斯·盖茨(Henry Louis Gates)的"黑色之黑:符号于表意猴之批判"(1984)。[2] 在该文中,盖茨分析了非洲人的口头文学传统中的"表意猴"与(后)结构主义理论家常说的"语言表意"之间的关系。按照解构主义理论家德里达的说法,意义来自能指和所指间的游戏互动,而在非洲传统中,"表意猴"是一个精灵式的中间人角色,就像某些神话一样,它是神与人之间联系人,它在语言的意义上是能指和所指的融合,但从象征的意义上说,它同时也是一个能指。盖茨指出,西方人对于"表意"的理解较之黑人话语中的

---

[1] Eva Rask Knudson, "Clocktime or Dreamtime: A Reading of Mudrooroo's *Master of the Ghost Dreaming*", *Aratjara: Aboriginal Culture and Literature in Australia*. Eds. Dieter Riemenschneider and Geoffrey V. Davis. Amsterdam: Rodopi, 1997, p.113.

[2] Henry Louis Gates, "The Blackness of Blackness: A Critique of the Sign and the Signifying Monkey", *Critical Inquiry* 9.4(1983): 685–723.

同一概念显得更加狭窄。在他看来,"表意"从来都不只是一种交流方式,它可能也是交流本身。正确理解"表意"不能仅看到"表意"的行为本身,还要看到它外围的语境。认识某一话语的全部世界,有助于形成自己的"批判性表意"(critical signification)。[1]

《鬼梦大师》中有一个细节与盖茨所说的"表意"不一定有多么密切的关系,但是,它给小说带来的突破是无可置疑的。小说中很是突兀地刻画了一个来自非洲的黑人男子,名叫沃达沃卡(Wadawaka)。这样一个外国人形象不仅在此前澳大利亚有关殖民的土著小说中不多见,在白人作家的同类作品中也很少出现。这个细节之所以重要,是因为它将英国对于澳大利亚的殖民一下子重新置于英帝国对于非洲乃至全世界的殖民语境中。更重要的是,它也将土著民反抗英国殖民的斗争置于全球反抗英帝国主义的大语境之中。在塔斯马尼亚岛的殖民历史上,这样一个角色或许是个纯粹虚构的细节,但是,它在土著民的视角中出现,合情合理。据说沃达沃卡是个非裔流放犯,被遣送到澳大利亚之前是个奴隶,曾在西印度群岛参与叛乱,所以获罪。江嘎木塔克对于此人的态度非常肯定。传教士"法达"注意到沃达沃卡胸口有着跟江嘎木塔克一样的疤痕时,感到非常吃惊,因为他无论如何都不能想象他会到江嘎木塔克那里去行入会礼。他说:"你是一个经历过文明的人,怎么能又回到这些可怜的土著人所处的最黑暗的原始社会当中去。"[2]在他看来,根据欧洲人历史上的种族等级,非洲人应该要比土著人更文明一些。但是,他没有想到,被压迫的民族和人民不用经过压迫者的同意和组织,就会彼此团结起来,结成联盟。"法达"以为,江嘎木塔克和沃达沃卡分属于完全不同的种族和文化群体,他认为每一个民族都应该坚定地捍卫自己民族的纯洁性,但他不知道的是,长期以来他们同样承受着白人的压迫,而同样的命运和遭遇让他们自然而然地走到了一起。

马杜鲁在《鬼梦大师》中对于土著民的描写显著地超越了白人殖民史中的刻板印象。从这个意义上说,沃达沃卡成了小说中的一个象征。小说对于这个人物的刻画表明,一方面,全世界被英帝国压迫的人们会自动地团结起来。另一方面,在反抗殖民侵略和压迫的历史进程中,土著领袖江嘎木塔克曾经保持了一种高度开放的姿态。他们没有为了维持所谓的种族和文化纯洁性而排斥其他被压

---

[1] Margery Fee, "The Signifying Writer and the Ghost Reader: Mudrooroo's *Master of the Ghost Dreaming* and *Writing from the Fringe*", *Australian and New Zealand Studies in Canada* 8 (December 1992): 18-32.

[2] Mudrooroo, *Master of the Ghost Dreaming*, p.77.

迫的人。相反,他们从彼此共同的处境中,看到了团结一致共谋民族解放的必要性,所以他们很自然地走到了一起。在他们看来,一个强大有力的反殖民运动应该是开放的,只有敢于广泛接纳来自方方面面的优秀文化,土著民对于殖民主义的斗争才能富有力量。

江嘎木塔克的这种姿态背后很显然是小说家马杜鲁自己的态度。马杜鲁认为,土著魔幻现实主义展示的是一种开放包容的立场。按照土著民的传统文化,整个澳大利亚大地上到处都是各种神、神话人物和梦幻时代的英雄们留下的足迹。作为人类的祖先,他们和后来形成的人类一起,在这块土地上行走,所到之处都留下了印记,他们的这些印记共同构成了这个土地上的神奇现实。梦幻时代的祖先们留下的所有印记都有一种精神和文化的存在,今天的人类仍然可以从中汲取力量。优秀的土著文学作品应该融合不同的现实,共同形成一种有别于殖民者的包容性新文化。《鬼梦大师》中的几位主人公共同具有一种开放性,他们充分感受和利用神话的力量,团结协作,努力帮助自己的同胞。[1]《鬼梦大师》的主人公江嘎木塔克是一个土著领袖,看到自己的部落民众被白人传教士和政府的土著事务部官员控制着,他希望帮助他们,既要帮助他们恢复健康,更要帮助他们摆脱白人的压迫。小说一开始,当初被白人强迫来到这里的 100 多个土著民只剩下 20 多个成年人,江嘎木塔克决心带领大家离开这个小岛,回到各自的家乡。他让大家都把自己的身体染成欧洲白人的颜色,头发染成花帽、平帽和白人士兵戴的帽子,让大家聚在一起举行一个群舞的仪式。为什么要染成白人的样子呢?叙事人说:"那是为了针对欧洲人的样子提出土著人的批判性表意。"[2]

马杜鲁在他的很多著述中不断提到的一个概念是"土著性"(aboriginality或 indigeneity),在他看来,澳大利亚土著民的文学艺术应该宣示土著特有的"土著性"特征,这种"土著性"特征"拒绝一个表面上宽松自由的社会对于土著民施加的新殖民主义战略"。[3] 那么,在澳大利亚这样的殖民语境当中,如何构建自己的"土著性"特征呢?马杜鲁认为,澳大利亚土著民的"土著性"不一定是一个从祖先那里遗传下来的东西,也不是因为某个个人的偶然经历所形成,而是融合所有在这块土地上发生过的一切经验形成的一种包容性的新文化。土著民的

---

[1] Bildsøe, Helle. "Into an Age of Cultural Contagion: Vampiric Globalisation in Mudrooroo's *Master of the Ghost Dreaming* Series", *Coolabah* 18(2016): 40.

[2] Mudrooroo, *Master of the Ghost Dreaming*, p.3.

[3] John Fielder, "Postcoloniality and Mudrooroo Narogins' Ideology of Aboriginality", *Span* 32 (1991): 54.

"土著性"不是一种排他性的东西,它更是一种强调文化学习和有意识的文化建构过程。在《鬼梦大师》中,江嘎木塔克还是个小男孩的时候,一天在海边看到了一艘欧洲人的大船。回家之后,"家里的老人马上就知道我的聪颖,那份生来就有的聪颖,那是我的梦幻、白鬼的梦幻给我的,这种梦幻如果正确地使用,将让我们强大无比。"[1]此处所谓的"白鬼梦幻"说的是欧洲大船所代表的白人文化,其中包括欧洲人的设计、音乐和思想。江嘎木塔克了解它们的力量,所以决心将它们拿过来为他所用。江嘎木塔克部落的土著人大多被白人消灭了,所以他已经不能回归所谓的家园。但是,他并不因此而绝望,因为他认为,土著民的古老文化或许还可以在"白鬼"手中传承下来。[2]在这个他们也觉得陌生的小岛上,面对着一群疾病缠身、士气全无的同胞,他必须积极构建出一种能够团结所有土著民的"土著性"愿景,目标是从政治上解救自己的土著同胞,让他们早日从白人输入的疾病中走出来,同时带领大家从严苛的殖民统治下走出来。他没有因为失去家园而怨天尤人,而是努力在这个小岛上找寻力量,在他的大脑中搜寻古老的智慧。前辈土著民在这个小岛上生活过的梦幻和他们留下的足印将是他的依靠。[3]

正如江嘎木塔克对于那位非洲流放犯一样,江嘎木塔克对于白人文化同样保持了一种高度开放的态度,这种乐观开放的立场极大地颠覆了传统白人殖民历史对于土著民的认识和理解。小说多处刻画了早期土著民在面对白人到来时的友好态度,这种乐观开放的态度与白人殖民者的狭隘形成了鲜明的反差和对照。江嘎木塔克的态度同样反映了小说家马杜鲁在文化问题上的立场。马杜鲁在《鬼梦大师》中不仅展示了土著民对于西方文化的开放态度,他同时认为,在文化和文明的问题上,土著民作为一个弱势的文化始终保持了一种兼容并蓄的态度。澳大利亚土著民不仅愿意向西方人学习,更愿意向其他弱势群体借鉴他们的优秀文化。

《鬼梦大师》通过语言问题的讨论,清晰地传达了小说家对于白人殖民者的批判。小说中,以主人公江嘎木塔克为代表的土著民并不总是认同所谓的标准英语;白人传教士"法达"和"妈达"夫妇虽然每日里操着所谓的纯正英文,每天用标准的英语记述着每个土著人的表现,但是,小说告诉我们,想当初"法达"在英国的时候也不过是贫民窟里的穷光蛋,如今摇身一变成了代表大英帝国的宗教

---

[1] Mudrooroo, *Master of the Ghost Dreaming*, p.20.
[2] 同上,p.21.
[3] 同上。

护法,努力把说一口标准的英语当成他的符号资本。此外,他还学会了上层社会的那一套话语和白人教育体系中的文化资本,并借此在土著民面前招摇撞骗;他的妻子"妈达"同样出身低下,在这个小岛上,她难以掩饰自己从英国贫民窟里带来的方言口音。在这里,二人竭力鼓吹纯正英文,但是,他们留下的所谓纯正英语不过是伦敦东部下层社会的口音。江嘎木塔克不断地向沃达沃卡学习非洲俗语,标准英语对于他的英语的影响很小。值得注意的是,小说的叙事人使用的是非常地道的标准英语,但他同时记录了江嘎木塔克等土著民的"洋泾浜"英语。很显然,如果小说中只有土著英语,那么白人马上会说:"你看这些土著民,说着这样破的英文,显然智力低下,像些没长大的孩子。"小说家没有选择让白人读者把土著人轻易地推进那样的意识形态陷阱里,部分土著人物在小说中说着土著英语,并不是说他们用"洋泾浜"思考问题。正如一个土著民所说,"我很了解白鬼的语言。"[1]"法达"作为一个英国人,手里掌握着巨大的权力,所以他不用花力气去学土著语言,更不用在土著人面前暴露自己语言学习能力方面的问题。在这个小岛上,土著民逼迫着自己学习英语,江嘎木塔克通篇使用英语,小说家马杜鲁也在通篇使用英语。这不说明什么,只能说明,很多的土著人成了"白鬼"语言的主人。

《鬼梦大师》是马杜鲁20世纪90年代之后最著名的代表作之一,小说通过重写塔斯马尼亚的土著民历史,揭露了白人制造的关于殖民时代土著人的众多谎言。小说继续刻画积极的土著民形象,书写积极的土著历史,但不同于他以往作品的是,他开始热情吸纳后现代的小说写作方法。在《鬼梦大师》中,他采用后现代的自省和幽默来帮助设计情节,运用土著民特有的魔幻现实主义写作手法,弘扬一种开放的土著性。《鬼梦大师》努力突破白人澳大利亚文学一贯以来的狭隘民族主义,将土著文学与世界文学相联系,在澳大利亚土著文学界开拓了一种崭新的小说创作新范式。这种范式强调变化,凸显夸张和跨越,反对源头和现实,主张在想象的共同体和模拟仿真的层面上去看待民族和国家,将历史的人物置于抽象寓言的语境中重新审视,主张推翻一元的霸权,重现历史和现实的多元。

马杜鲁曾说:"我创作《吴雷迪》的时候,觉得我的自我还不够大,无法书写整个澳大利亚……但是,《鬼梦大师》系列之后,我觉得我的自我超过了澳大利亚,

---

〔1〕 Mudrooroo, *Master of the Ghost Dreaming*, p.30.

伸展到整个宇宙。"[1]《鬼梦大师》首次一改原来的民族主义历史,将目光投向了国界以外,小说家希望用土著文化所特有的开放的魔幻现实主义,将历史重新置于世界的大语境之中去写。[2] 魔幻现实主义小说的创作初衷之一,正是要言人所不能言,通过打破现实主义的逻辑,解构某些人对于叙事的统治。[3] 马杜鲁作品中的魔幻现实牢牢地植根于澳大利亚的土地上,同时,它把一些超现实的现象看作日常现实的一部分。《鬼梦大师》一方面明明声称扎根在土地上,另一方面又从根本上拒绝白人殖民者曾经无比推崇的现实主义的国家书写。

杰拉尔德·卫泽诺(Gerald Vizenor)认为,无论从结构上,还是从主题上,马杜鲁的《鬼梦大师》都具有颠覆性。[4] 的确,小说在逆写澳大利亚殖民史的时候,明确不受限于白人视角所界定的狭隘的"土著性"。小说家在选择用土著民特有的魔幻现实主义来重写自己民族的遭遇史时,并没有简单地满足于颠覆白人殖民者的话语体系,而是自始至终地突破狭隘,跨越界限。《鬼梦大师》没有选择民族主义,因为跟众多的后现代小说家一样,作者认为,以狭隘的民族主义作为看待世界的角度,注定只能看到一个偏颇的世界。在澳大利亚的语境之中,后殖民的民族主义跟传统的新旧民族主义一样,一直在寻找自己的根和源,希望通过在历史的故纸堆里找出一个东西,然后界定今天的自己,但这种做法注定是没有效果的。

作者在重写这段殖民历史的过程中不断地表示,所谓的"土著性"不是一成不变的存在,而是一种处于变化、抵制和延续过程中的动态过程。马杜鲁反对土著民之外的社会自外而内地人为限定什么样的文化才算具有土著性。马杜鲁希望小说《鬼梦大师》能够帮助白人读者充分体会总让别人来书写自己的文化是什么滋味,对于他这样一个熟悉白人文化和白鬼梦幻的作家来说,这样的工作无疑是十分有意义的。而对于普通的土著读者而言,阅读这样一部小说,从中了解一个抵抗白人殖民统治的动人故事,并通过小说的情节、主题和人物刻画了解一段土著民抵制白人殖民统治的历史,也是非常有价值的。

[1] Clare Archer-Lean, "Transnational Impulses as Simulation in Colin Johnson's (Mudrooroo's) Fiction," *Transnational Literature* 5.2(May 2013): 1-12.

[2] Takolander, Maria. "Magic Realism and Fakery: After Carpentier's "Marvellous Real" and Mudrooroo's 'Maban Reality'", *Antipodes* 24.2(2010): 166.

[3] Salman Rushdie, *Imaginary Homelands: Essays and Criticism 1981-1991*. London: Granta Books, 1991.

[4] Gerald Vizenor, *Fugitive Poses: Native American Scenes of Absence and Presence*. Lincoln: University of Nebraska Press, 1998, p.6.

《鬼梦大师》中有不少的开放性征引,例如,小说中提到 20 世纪初期一名南澳土著作家戴维·乌乃蓬(David Unaipon)收集的土著故事[1]和另一个土著作家迪克·拉夫西(Dick Roughsey)的儿童小说。[2] 不过,马杜鲁在《鬼梦大师》中的互文联系并不止于土著文学。小说中,对澳大利亚白人作家或者英美等国作家的作品也是信手拈来,其中既有非洲奴隶的口述故事,也有赫尔曼·梅尔维尔的小说《白鲸》,更有南美的魔幻现实主义。这些跨国的互文联系将自己置于世界文学的语境中,也让小说直接进入与世界的对话。小说大胆走出传统土著小说的现实主义叙事,运用魔幻现实主义的开放性叙事逻辑。小说家决意用一种后现代的跨越性,打破殖民主义和澳大利亚民族主义叙事的限制,同时用一种泛土著的互文性,打破土著文学的传统地域性,引入一种世界性的拼装艺术。

魔幻现实主义的融合理论反对拘泥于民族文学和历史,努力揭示以民族为中心的作品对于多元世界构成的威胁。马杜鲁在他的小说中,同样向读者揭示这些民族历史和文学并非真正的历史现实。面对传统的民族主义文本,他秉持一种怀疑和讽刺的立场和态度,用后现代的眼光审视曾经的民族"真实"。这样的写作方法立足后现代的观点,认为传统所谓的"真实"都附着着权力关系,所以都是扭曲的,真正的真实应该可以面向读者,让读者根据自己的理解去讨论。马杜鲁在自己的这些后现代小说中强调真实的无常,他告诉读者,那种继续坚持狭隘地寻找自我的传统做法已经过时了。

---

[1] David Unaipon, *Legendary Tales of the Australian Aborigines*, eds. Stephen Muecke and Adam Shoemaker. Carlton, VIC: Melbourne University Press, 2001.

[2] 如 Dick Roughsey, *The Giant Devil Dingo*, New York: Atheneum, 1973; *Moon and Rainbow*, Artarmon: HarperCollins, 1971 等。

第 14 章
山姆·华生《卡戴察之歌》中的魔幻复仇叙事

山姆·华生是澳大利亚著名的土著社会活动家,20 世纪 80 年代后期,他在繁忙的政治与文化工作之余,抽出时间从事小说创作,并于 1990 年成功出版长篇小说《卡戴察之歌》[1]。小说一面世便一炮走红,在读者和文学批评家中赢得一致好评。华生 1952 年生于昆士兰州,父母来自北澳的比利-顾巴(Birri-Gubba)和慕那尔加利(Munaldjali)部落。20 世纪 60 年代中叶之后,他积极投身土著民的抗议运动,带领广大的昆士兰土著民奋起抵制澳大利亚"白澳政策",先后参与过 1967 年的全民公决和昆士兰古林吉(Gurindji)部落的土地权益斗争。他支持土著民参与国家法律、医疗和住房服务等行业,在土著民争取解放和谋求更多权益的过程中做出了巨大的贡献。在此之前,澳大利亚读者从凯思·沃克、杰克·戴维斯、马杜鲁、阿切·韦勒等老一辈土著作家中,看到了土著文学的不同形态,但是,《卡戴察之歌》在同样书写土著民经受的殖民之痛的过程中,以其特别的杂糅形式惊艳了不少读者。跟马杜鲁的《鬼梦大师》一样,《卡戴察之歌》也是一部书写土著被殖的历史小说,作品集中讲述了发生在土著民身上的种种遭遇,特别是英国殖民者给土著民带来的苦难。小说运用土著小说特有的手法,叙述了一桩桩一件件的暴力事件,希望让世人知道殖民者对于土著民和这块土地犯下的罪恶。作为华生一生唯一的一部长篇小说,《卡戴察之歌》出版之后不久便脱销,但澳大利亚文学批评界好像从来就没有忘记过这部小说。不夸张地说,在 20 世纪末的澳大利亚,没有任何一部土著文学作品像《卡戴察之歌》这样被人如此长久地铭记。[2] 华生于 2019 年去世。

---

[1] Sam Watson, *The Kadaitcha Sung*. Ringwood, Victoria:Penguin, 1990.
[2] Iva Polak, "The Kadaitcha Sung:Towards Native Slipstream" (Chapter 6), in *Futuristic Worlds in Australian Aboriginal Fiction*. Berlin:Peter Lang, 2017, p.159.

华生在 1994 年接受《米安津》(*Meanjin*)杂志采访时指出,他决定从事文学创作的一个原因是,他希望他的文字能走进白人居住的小区,进入白人读者的心灵。"我要告诉他们,他们给土著民和澳大利亚土地带来了无尽的伤害,当然,我希望他们看完了我写的东西之后能够开始反思自己。我觉得最好的形式是小说。"[1]《卡戴察之歌》的背景宏大,从一个土著民的传统创世神话开始,完整地叙述了一个由传统土著部落内部矛盾引发的无可逆转的民族悲剧故事。小说讲述了两次战争,[2]冲突的缘由交代得十分清楚,人物形象鲜明,所以总体而言小说并不似人们常见的西方后现代小说那样晦涩难读。小说的副标题是"一个关于巫术、情色与腐败的诱人故事"(a seductive tale of sorcery, eroticism and corruption)。但是,小说同时非常出格(excessive),[3]通篇交织着神话和现实,明显有着杂糅(hybrid)的特点。[4]作品中不仅大量吸收圣经故事、殖民历史和梦幻神话,同时也大量运用人们在幻想、科幻和奇幻游戏中常见的叙事手法。在这里,社会纪实与神话般的哥特奇想并存,文本与文化交织,共同构成了一种显著地区别于普通现实主义的时空世界。

批评界对于《卡戴察之歌》的解读很多。肯·杰尔德和保罗·索尔斯曼认为,《卡戴察之歌》读上去像是西方人常说的奇想小说(fantasy),所以可以算是一部类型小说(genre fiction);[5]伊斯泰勒·卡斯特罗(Estelle Castro)认为它读上去像一部历险小说;[6]伊娃·拉斯克·努森认为它更像是一部科幻小说;[7]苏珊娜·贝克(Suzanne Baker)认为它是一部融合了社会纪实、神话、奇

---

[1] Sam Watson, "I Say This To You: Sam Watson, Manager of Brisbane Aboriginal Legal Service and Author of *The Kadaitcha Sung* (Penguin 1990), talks to *Meanjin*", *Meanjin* 53.4(Summer 1994): 589–590.

[2] Estelle Castro, "Imaginary (Re) Vision: Politics and Poetics in Sam Watson's *The Kadaitcha Sung* and Eric Willmot's *Below the Line*", *Caliban — French Journal of English Studies* 21 (2007): 157.

[3] 同上。

[4] Heinz Antor, "Identity and the Re-Assertion of Aboriginal Knowledge in Sam Watson's *The Kadaitcha Sung*", in *Readings in the Post/Colonial Literatures* (Cross/Cultures 173). Amsterdam & Atlanta GA: Rodopi, 2014, p.207.

[5] Ken Gelder and Paul Salzman. *After the Celebration: Australian Fiction 1989–2007*. Melbourne: Melbourne University Press, 2009, p.59.

[6] Estelle Castro, "Imaginary (Re) Vision: Politics and Poetics in Sam Watson's *The Kadaitcha Sung* and Eric Willmot's *Below the Line*", 2007, p.159.

[7] Eva Rask Knudsen, "Writing the Circle: The Politics of the Sacred Site: The Kadaitcha Sung by Sam Watson", eds. Geoffrey V. Davis et al., *Cross/Cultures Cross/cultures: Readings in the Post/Colonial Literatures in English*. Amsterdam/New York: Rodopi, 2004, p.270.

想和哥特写作的杂烩小说；[1]海恩兹·安托（Heinz Antor）认为它是一部融激情暴力和抒情沉思的反殖民斗争小说，也是一部有关善恶斗争的道德小说；[2]彭尼·凡·图恩（Penny van Toorn）认为，华生的《卡戴察之歌》是一部魔幻现实主义之作，特别是按照西方人的标准来看，这种小说的一个突出的特点是它同时融合两个世界或者两个不同的话语，在欧洲人的眼里，将现实与幻想、历史与神话、可信与不可信的东西放在一起，很显然会造成它们之间显著的矛盾，这种不协调的情况只能是魔幻现实主义；[3]苏珊·莱维认为，《卡戴察之歌》属于20世纪后期澳大利亚文学中较典型的对抗写作，小说针对白人的殖民入侵，政治立场鲜明，在批判殖民主义的主题上，小说提供了一个近乎檄文式的对抗性叙事文本，小说在形式上大胆融合传统的现实主义叙事与各种各样的奇思妙想，并置现代的现实时间与前现代的神话时间，真正形成了一种后现代意义上的魔幻现实主义。[4]

一

《卡戴察之歌》开篇使用斜体字引出了一个序言，序言叙述了一个土著创世神话。根据这个短短4页的神话故事，上天的诸神很久很久以前创造了世间万物，首先是山川河流，然后又创造了人，诸神希望人能长长久久地敬拜自己。当然，诸神还创造了飞鸟走兽及各种虫鱼，人代诸神执法，在地球上维持诸神希望看见的秩序。其中有一个名叫百阿米（Biamee）的大神决定来到这块南方的大陆宿营居住，因为这里草原肥沃，山野茂密。百阿米热爱所有的生命，特别是众多部落中的人，而这里的人也都爱戴他、遵守他的法律。在很长一段时间里面，这个大陆沐浴在百阿米的恩泽之下。[5]

这个创世神话生动地刻画了一个澳大利亚土著民的伊甸园。[6]不过，将它置于基督教的创世神话旁边相对照，人们可以看到一点显著的不同：在这个土

[1] Suzanne Baker, "Magic Realism as a Postcolonial Strategy: *The Kadaitch Sung*", *SPAN: Journal of the South Pacific Association for Commonwealth Literature and Language Studies* 32(1991): 59.

[2] Heinz Antor, "Identity and the Re-Assertion of Aboriginal Knowledge in Sam Watson's *The Kadaitcha Sung*", p.207.

[3] Penny van Toorn, "Indigenous Texts and Narratives", in *The Cambridge Companion to Australian Literature*, ed. Elizabeth Webby. Cambridge: Cambridge University Press, 2000, p.39.

[4] Susan Lever, "The Challenge of the Novel: Australian Fiction Since 1950", in *The Cambridge History of Australian Literature*, ed. Peter Pierce. Cambridge: Cambridge University Press, 2009, p.512.

[5] Sam Watson, *The Kadaitcha Sung*, p.1.

[6] 同上，p.9.

著民的神话里,百阿米并不是唯一的神,换句话说,百阿米不是土著民的唯一的上帝。此外,土著民的天堂也不在北半球,而在这块丰腴的南方土地上。而且,很快这个土著的天堂里就会发生一场危机。百阿米决定从澳大利亚中部沙漠的大岩石上返回上天,为了保护这块土地,百阿米行前用厚厚的迷雾将这块土地包裹起来,[1]并指派卡戴察部落的酋长承担起保护这块土地的职责。可他没想到,大神的离去很快给这里带来了灾难。卡戴察部落的布卡(Booka)因为未被父亲选为接班人,一怒之下杀了自己的父亲和兄弟。不仅如此,他还把大神设下的迷雾全部驱除,直接导致了外族侵入这片土地:那些白皮肤的外族人不仅毁了土著民的伊甸园,还杀害了他们无数的同胞。布卡知道,自己部落里的人并不承认他的继承权,所以他索性委身投靠了侵略者。[2]

《卡戴察之歌》序言中的神话为后面的现实叙事提供了一个框架,也为小说的现实情节提供了一个史前史。更重要的是,它在小说正文开始之前,就巧妙地总结了这部小说所弘扬的反殖民和反种族主义的话语立场。小说将一个土著的创世故事与读者熟知的西方基督教的创世纪并列相比,让读者从中深刻地认识后者的虚伪、霸道与不堪。神话不仅明确了小说的土著语境,还帮助读者厘清了即将开始的小说故事中的几个主要人物之间的关系。值得注意的是,小说余下的 300 多页讲述了主人公汤米(Tommy)在其生活中的四天时间里的经历。换句话说,小说的叙事框架高度浓缩,但小说讲述的故事包含非常多的内容,包括不同人物的生与死以及他们之间的争斗,给人一种相当压迫的感觉。华生对此是这样解释的:"我给小说设计这样一个结构的原因是因为土著人的时间感是流动的。在我们的文化里,我们不像别的民族的人那样把时间分成过去、现在和未来,我们心目中只有一个不断演变的现在,而这个现在饱含着前面多少代人的纠葛和纷争,它们至今还在影响着我们今天的生活。"[3]《卡戴察之歌》中短短的神话与长长的现实故事之间或许还有其他不同的解释。首先,神话里的故事是一个始于远古但至今还在不断演进的时间,在随后的故事发生的时候,神话故事里的进程一直都在那里;其次,小说用一个高度浓缩的时间框架,巧妙地将漫长的历史压缩在短短的几天中,还形象地说明了它在远古历史面前的短暂;再次,由于生活条件和健康条件不比白人,所以土著人的平均寿命确实比白人短很多,面

[1] Sam Watson, *The Kadaitcha Sung*, p.1.

[2] 同上,p.3.

[3] 转引自 Estelle Castro, "Imaginary (Re) Vision: Politics and Poetics in Sam Watson's *The Kadaitcha Sung* and Eric Willmot's *Below the Line*", 2007, pp.160 – 161.

对这样的现实,他们在叙述故事的时候可能更倾向于使用浓缩的事件框架。

因为浓缩,小说正文的叙事当中提到但并未展开的事件很多,其中包括白人针对土著人的屠杀和被监禁的土著人死在牢房里等。但是,小说针对土著民中存在的多个问题做出了生动的呈现。例如,主人公汤米是一个土白混血儿,为什么选择这样一个角色作主人公呢? 小说家表示,不少土著人的身体里面流着白人的血液,这份血液是白人曾经对土著人犯下无可饶恕罪恶的明证,正如《圣经》里的该隐一样,他们的罪恶是无法抵赖的。当然,对于土著民自己而言,它也时刻提醒他们,每日带着这份白人血液活着,是因为土著在应该抗击外来侵略、保护家园土地的时候没有做好,土著人因为这一失败可谓上对不起祖先,下对不起后代子孙。小说《卡戴察之歌》的重要意旨之一也在于此。[1]

《卡戴察之歌》的封面上画着一个来自远古的大神从天上俯身下来,与地面上一个身体被白化了的现代土著人四手相握,后者应该是主人公汤米。在小说中,处在他对立面的人便是他的叔父布卡。布卡不仅杀害了父亲和兄长,还偷了土著大神百阿米的神石("彩虹蛇"的心),罪大恶极。他还为了巩固自己的酋长地位,不惜借助白人侵略者的力量和先进武器打击反对他的所有土著部落。在神话中,布卡是弑父弑兄的坏蛋,在小说的现实故事中,布卡已经化身变成一个白人,为了继续把持土著民部落的权力,他跟澳大利亚的白人殖民者沆瀣一气。在白人的殖民系统当中,布卡当上了一个地区的警察局长。他利用自己的职务之便继续作恶,针对土著百姓,他可谓杀人越货、奸淫妇女,无恶不作,所以成了土著人的头号敌人。正如前文所述,布卡的所作所为没有逃过土著大神百阿米的眼睛。最后大神百阿米指定汤米代表自己前去除恶,一方面重整人间颠倒的人伦和秩序,另一方面帮助大神从布卡手中把神圣的神石夺回来,进而启动上天对于布卡的惩罚。

通过这样一种情节安排,《卡戴察之歌》自然而然地将两个世界联系在了一起,一边是土著民的世界,一边是白人的世界,这两个世界之间经常相互渗透。不光汤米是土白混血,布卡原来是土著人,在现实中不知怎么突然也变成了白人。这样的变化从一个侧面凸显了小说创作手法对于单纯现实主义的背离。小说中最突出的结构安排是把土著的神话世界与土著的现实生活连接在了一起,现实之中有神话,神话之中有现实。在小说《卡戴察之歌》中,土地不只是脚底下的土地,它跟汤米一样也是主人公,不仅有情有义,而且还会跟人说话。河流不

---

[1] Sam Watson, "I Say This To You ...", 1994, p.596.

只会流淌,它也会对汤米说话,劝慰他不要伤心,不要绝望,因为"我们一定会再次强大起来"。[1] 显然,在土著的世界里,土地跟人一样具有生命。

《卡戴察之歌》的核心情节当然还是英国人对于土著家园的残酷殖民。不过在这里,英国人的殖民故事与一个土著恶棍的所作所为联系到了一起。布卡弑父弑兄的故事令人想起《圣经》中的该隐的故事,他背叛百阿米神的故事同时让人想起《圣经》中的路西法的故事。布卡是这个故事中的邪恶化身,他的所作所为直接导致了白人殖民者的出现,当然,与他联手侵入并最终殖民澳大利亚的入侵者也是邪恶的化身。小说通过这样一个近似神话的故事,向世人讲述了一个关于土著民被殖民的另类历史故事。在这里,土著文化有了自己的声音,土著民在这个关于创世的故事中也首次有了自己参与的行为。虽然布卡的行为为土著人所不齿,但在后殖民的土著叙事中,读者至少看到了土著民参与历史进程的动作。不像传统的白人叙事,《卡戴察之歌》用有声有色的土著人物形象,颠覆了以前所有白人关于澳大利亚是"无主地"的虚假叙事。[2] 小说家通过自己的叙事,勇敢地拒绝了白人文化给予自己的定位,用颠覆性的写作向殖民文化提出了挑战。《卡戴察之歌》通过将白人的殖民与邪恶的布卡联系在一起,明确确定了殖民者的道德定位,强调了土著民及其文化在道德上对于殖民者的优越。在整部小说中,小说家对于土著文化的叙述始终占据着核心的位置,白人文明因为是入侵者,所以从一开始就是一种边缘的文明。

二

从第五页开始,小说一下进入了 20 世纪 80 年代。小说在讲述主人公四天经历的故事时,采用了两种叙事方法,一方面,读者看到一个颇为典型的批判现实主义文本,另一方面,小说继续运用包括奇想、哥特等在内的超现实小说的叙事手法。后者在序言所讲述的梦幻(神话)世界与当代土著民生活的现实时空之间建起了连接。故事一开始,汤米坐在一只名叫普猛(Pumung)的梦幻巨犬的背上飞行,[3] 目的地是澳大利亚中部的赤色大岩石。[4] 他要去那里面见诸神,然后接受委派前去拯救土著百姓。值得注意的是,小说在讲述汤米针对布卡的现实斗争时,继续运用神话的叙述方式。不仅汤米的旅行方式具有神话特点,小说

---

[1] Sam Watson, *The Kadaitcha Sung*, p.132.
[2] 同上,p.11.
[3] 同上,p.5.
[4] 同上,p.1.

中那块被称为乌鲁鲁(Uluru)的中部岩石也好像一个有生命的人那样,在那里等待他们的会合。通过这样的会合,这个有着白人血统的混血男孩就能跟其他土著人一样,建立起与这块土地之间的精神联系。汤米乘坐的神犬一边飞一边发出仇恨的嚎叫,汤米一只手抓着它的耳朵,努力让它安静下来。[1] 很显然,汤米未来的复仇将充满了暴力,而这样的暴力必须有人帮助平复下来。

在飞行中,汤米和神犬闻到布卡安排的三个白人马警驻守在大岩石边。小说描写的第二个场景是一个白人马警营地,在澳大利亚的殖民史上,白人马警曾无数次参加过针对土著民的血腥屠杀。虽然后代的白人右翼种族主义分子彻底否认这段历史的存在,可我们通过这几个马警的叙述,不难了解那段历史当中发生的一切。几个马警在谈话中骄傲地吹嘘自己曾经参与过的大事,其中一个说:"我们曾在全国范围内搜索他妈的黑鬼,伙计,我和艾德以及另外几个男人从塔斯马尼亚和维多利亚出发,然后在全国各地杀黑人,有几天我们回到营地的时候,身上的衣服被血浸透了,身上滴着血和脑浆……。"[2]他们还叙述了马警如何逐个在土著水源里投毒,如何杀害土著妇女和儿童。[3]

白人马警个个粗暴,满口污言秽语。这样粗俗不堪的行为与前文介绍的近乎抒情的土著神话相比,凸显了白人马警杀手的野蛮。在这些人的口中,土著民神话中神圣的大岩石成了"一块肮脏不堪的大石头"。[4] 读者通过他们之间的对话不难看到,在白人与土著民之间,究竟哪一边的文化更加原始。白人种族主义者一直以来把土著文化说得一钱不值,在这里读者看到了一个完全颠倒了的情形,布卡领导下的凶残的白人马警个个粗鄙不堪,对于土地没有一点情感。另一方面,在一部 20 世纪末的小说里重温殖民时期的白人马警的样子,作者给读者传递了一个清晰的信号:在这个国家里,白人的种族主义的危险依然显著地存在,[5]如果政客们授权,他们就可以把土著民全部消灭。[6] 早期的白人马警到底秉持的是些什么样的道德规范?听说有一家报纸批评他们是纳粹和大规模的杀人狂,[7]一个马警非常不以为然。作者透过这样完全颠倒的世界观告诉读者,领导他们的布卡是何等的邪恶。布卡手下的马警们没有一个对他有丝毫质

[1] Sam Watson, *The Kadaitcha Sung*, p.5.
[2] 同上,p.11.
[3] 同上,p.15.
[4] 同上,p.10.
[5] 同上,p.18.
[6] 同上,p.13.
[7] 同上。

疑,这位冷血的暴力魔王杀人不见血,土著民都称他为魔鬼,因为在他们眼里,这位白人马警的头领毫无疑问就是撒旦自己![1]

针对这些白人马警,土著民并非总是束手待毙,马警的对话让读者看到了土著民奋力抵抗的一面。一次,一个马警离开篝火去解手,可不知为什么就这样消失在黑暗之中,再也没有回来。显然,勇敢的土著民趁黑袭击成功,类似的袭击给其他马警造成了不小的心理影响。另外一次,一名土著妇女先被强奸,后被绑架,她的土著家人奋而出击。连这个妇女也成了勇敢的化身,她从身边一个同伴手里接过一根袋鼠骨头,深深地将其刺入敌人的身体。虽然自己最终也被马警打死,但这场斗争成了土著民的逆转时刻。在与大岩石马警的冲突中,汤米完成了他的最后一步成人礼。[2]

汤米的复仇具有两方面的内容,一方面是打败布卡,然后从布卡那里夺走神石,迎回"彩虹蛇"的心,让百阿米大神早日重回大地,成为大地的主宰,另一方面是砸碎白人的殖民统治。小说对于汤米复仇行为的叙述采用的不是现实主义,而是一种哥特式的呈现。哥特式叙事的一个核心特点是恐惧,汤米复仇无疑给白人殖民者造成了恐惧。这种恐惧早在白人殖民者来到这片土地时就有,但是,随着他们人数的增多,他们中的不少人或许已经忘记了入侵他人家园的危险。如今,在土著民的抵抗面前,这份恐惧又回来了。在汤米的复仇行动面前,布卡像个哥特式的恶魔被困在布里斯班。[3] 小说对于他在布里斯班总部的描写很有意思,说它像欧洲18和19世纪哥特小说中的黑暗城堡。[4] 城堡露在地面以上的部分经常被用来招待布卡的狐朋狗友,是昆士兰腐败政坛上的种族主义者的老巢。城堡的下面藏着无数不可告人的黑暗秘密。这里经常关着一些被绑架的土著妇女,而她们成了布卡的政客朋友戏弄、奸淫和杀害的对象。[5] 城堡里面有一个秘密的洞穴,里面放着"彩虹蛇"的心,平时这个重要的洞穴有专人把守。[6] 汤米需要深入这个洞穴才能将蛇心拿出来。布卡最后死去的地方是一个名叫克里布(Cribb)的小岛,小说对于这个岛的描写也颇有哥特式的意味。"克里布岛上的那些房子建在一个古老的殖民要塞之上,通往这个要塞的通道有值班的耶稣会教士们把守着,但是,汤米的一个土著朋友皮尼(Pinni)巧妙地穿

〔1〕Sam Watson, *The Kadaitcha Sung*, p.12.
〔2〕同上,p.27.
〔3〕同上,p.41.
〔4〕同上,p.20.
〔5〕同上,p.21.
〔6〕同上,p.39.

过漫长的地下通道和废弃的排水管,成功地来到这里。布卡被引诱到这里的一个陷阱。他们将在这里结束他的人间统治。"[1]这个殖民要塞很像英国文学中的哥特式城堡,外面是豪华光鲜的耶稣会传教会所在地,里面是迷宫一般的地下通道。从建筑上说,这些黑暗通道跟哥特城堡中的地牢、地窖以及迷宫般的走廊一脉相承。更重要的是,它们同时像是一个比喻意义上的空间,这个空间里装盛着布卡和他的殖民朋友们内心深处的恐惧。布卡不仅怕水,他跟所有的殖民侵略者一样,更害怕长期遭受他们压迫的土著民的反抗和复仇。

小说对于天气的描写颇有特点,仿佛在土著民发动复仇行动的时候,老天也站在他们一边:

> 蓝莹莹的闪电在夜空中炸裂,雷声隆隆,仿佛在预告某个重要事件的发生,绿色的云彩翻滚向前,仿佛追赶猎物……恐惧的白人四处寻找躲避暴风雨的去处。整整一个小时,布里斯班的市中心被一阵阵的雷电击中,感觉这个土地上的古神在愤怒地攻击新入侵到这里来的人,用他们的力量消灭他们,将他们彻底赶入大海。可悲的是,这些新来的部落并不知道这些古老的神,也不知道什么时候需要敬畏他们。[2]

布里斯班的白人不熟悉他们偷来的土地,在反抗白人殖民统治的过程中,土著民目睹了白人对于世界的无知,也看到土著知识体系的力量。

就连布卡也清楚地看到了这一点,布卡虽然为了权力投身了白人社会,成了白人殖民者的打手,但他也清楚地知道白人社会的问题。他在和一个马警队的土著队员聊天的时候说:

> 这些白人可忙了……他们是这片土地的主宰,他们有很强大的魔力……他们对于这片土地没有很深的感情,所以他们不能从土地上汲取任何力量。他们彼此之间也没有多少尊重,所以也不能从彼此身上获得任何力量。他们的特殊魔力来自身体里面,他们身体里面有一种不断追求什么的欲望,这种欲望驱使着他们不断向前。他们被贪婪所主导……他们被贪婪和一种邪恶的饥饿感纠缠着,所以一刻也不得安宁。[3]

---

[1] Sam Watson, *The Kadaitcha Sung*, pp.82-83.
[2] 同上,p.40.
[3] 同上,p.42.

布卡与白人殖民者的关系对他自己显然产生了某种异化作用,在这种异化的过程中,他跟白人一样也失去了与土地的血肉联系。布卡随着白人殖民者一道远离了土地,所以土地赋予土著人原有的力量也彻底消失。[1] 当布里斯班的那场反常暴风雨袭来的时候,布卡吓得坐在一辆马警的车子里,突如其来的风暴让他大为不安:"雨水令他非常不适。水是他致死的关键原因。雨水狂暴而毫无道理地打在他们的挡风玻璃上,冲着他而来。"[2]

与布卡相比,复仇英雄汤米与土地之间的关系是完整的。作为一个土著人,他把自己与土著民的生命福祉联系在一起,土著民对于土地的深切情感成了支撑他的巨大力量。在抗击白人殖民压迫和不公的过程中,不论遇到怎样的艰难困苦,这份力量都能助他成功。他的一个朋友被白人判处死刑之后,他痛苦不已,但他感觉自己穿过城市的钢筋水泥之后可以接触到底下的土地。在土地的激励之下,新鲜血液开始在他体内激荡起来,不一会儿,他就感觉从悲痛之中缓过神来。[3]

汤米和布卡的最后大战不是一场很轻松的战斗,整个战斗持续了四天,小说因此把这四天当成它的主体叙事持续的时间,这是充满惊险和悬念的四天时间。小说在叙述这场大战的过程中特别提到了彗星,在土著人看来,彗星是百阿米大神的眼睛,而彗星后边的星光是大神的看家犬。[4] 汤米告诉自己,在他与布卡的战斗中,大神之眼将会到来,而这将有效地帮助他从布卡的城堡里把神石顺利地取回来。[5] 布卡告诉自己"我是最后一个卡戴察人",可是,当澳大利亚的土地和天上的大神都站在他所代表的邪恶势力的对立面,等待他的只能是失败。

三

在西方对外殖民时代的传统历险、奇幻和哥特小说中,世界各地的土著人一般来说总是被刻画成低下而危险的另类存在,但在《卡戴察之歌》中,这样反动的意识形态表征被彻底地颠倒过来。在这里,那种野蛮的土著他者形象变成了有血有肉、有传统的立体的人,他们有自己的文明,有对于世界的认知体系,对待邪恶和犯罪,他们有自己的魔法。

《卡戴察之歌》的一个背景设在布里斯班的一个名叫库恩镇(Coontown)的

---

[1] Sam Watson, *The Kadaitcha Sung*, p.37.

[2] 同上,p.41.

[3] 同上,p.69.

[4] 同上,p.68.

[5] 同上,p.38.

土著聚集区,走在这里,汤米可以清晰地感知到这个满目疮痍的地方的土著人每天在何等惨不忍睹的状态下生活。"三五成群的土著民醉醺醺地走在路上,嘴里冲着他骂骂咧咧地说着古老的部落脏话,喝完劣质酒和未吃饱饭的土著人成群结队地从他身边走过,面目不清。汤米的心为他们感到绝望。他渴望早日直面白人殖民者。在心里,他情不自禁地回到了从前,那时候的土著猎人快乐狩猎,充足的食物把身体吃得溜光肥硕的,土著妇女们充满了欢笑,土著的孩子们开心地嬉戏。他想到了那时候的部落长老们,什么也躲不过他们洞察世事的智慧双眼。"[1]

在传统的狩猎生活中,土著人积累的知识和创造的魔法可以用来抵抗白人,也可以抵抗布卡和他的爪牙。例如,土著民的传统习俗当中,如果有人犯强奸罪或者强奸杀人罪,人们可以对其有效地实施魔法诅咒。汤米来到布里斯班之后,一度被布卡和他的手下捉住并强奸,汤米当即根据传统的土著手法,利用他收集到的他们在他身上留下的毛发和体液对两个恶人实施了魔法诅咒。[2] 汤米的一个土著朋友的妹妹一次也被无恶不作的白人警察奸淫之后杀害,他同样采用土著民的传统魔法对这个白人警察施咒,最终成功地将他绳之以法。[3]

《卡戴察之歌》中关于土著魔法的介绍从一个侧面深刻揭露了白人法律统治下的澳大利亚种族主义对于土著民权益的剥夺。土著人巴利(Bulley)的女儿被白人强奸杀害之后,他曾经想过根据白人的法律去惩治凶手,他找到了一个亲眼目睹这一悲剧的土著证人为其作证,但是,这个证人很快也被杀害并扔到了布里斯班的河里。[4] 他认识到,白人的法律根本不能给土著民带来正义,所以他只能希望用土著民自己特有的方式,直接找到当事警察并向他报仇。虽然白人都知道这个涉事警官做了些什么,但巴利向他寻求复仇的举动遭到了白人媒体的一致攻击。结果,不光强奸杀人的白人警官逍遥法外,就连巴利自己也因谋杀罪被投入监牢。在法庭上,汤米为巴利担任翻译,庭审之后,他还到牢房去看望他。巴利面对白人法庭给他的不公正审判和等待他的死刑毫不畏惧。为什么呢? 因为巴利感到,自己是个土著人,土著文化给他的众多本地知识和与土地之间特有的关系让他随时都充满力量,让他在这些前来这里殖民自己的英国人面前感受到一种优越感:"每次白人打我踢我,把我扔到水里淹我的时候,我会向我的土地

---

〔1〕 Sam Watson, *The Kadaitcha Sung*, p.109.
〔2〕 同上,p.54.
〔3〕 同上,p.57.
〔4〕 同上,p.56.

求助,向我们自己特有的土地求助,我的心里马上就没有了恐惧。"[1]

巴利的案子宣判之后,白人法官让汤米去他的办公室,不是为了案子,而是跟他说他私下里打算雇他去他新买的牛奶农场上当工长。虽然他不明说,但法官显然是想拉拢汤米,让他成为白人剥削本地土著民的一个帮凶。读者从中得知,原来白人所谓的司法体系之中,法官们根本不用心捍卫司法公正,他们一边判案,一边还在想着如何为自己的殖民体系物色更多的帮手。他是法院的法官,但他同时也是私有农场主,是白人在澳实施全面经济控制的一个重要的节点,他与土地之间的关系只有占有、殖民和控制。法官的办公室有一张写字台,汤米进去之后伸手碰了碰这张桌子,说:"不错的桌子,哪里买来的?"法官说:"从北方弄来的,凯恩斯西边的一个地方,卖家告诉我,这张桌子原来的主人是一个早期来这里的白人丛林拓荒者,从一棵整树里雕刻出来,再以前是一个土著部落用来做棺材架子的,不过我不迷信……"[2]汤米告诉法官说自己也不相信迷信,但是,他知道法官和自己在这个问题上的差异是根本性的。他明白,法官的桌子最早是土著人用于丧葬仪式的神圣器具。土著人的知识是一种神圣的文化,土著民相信那种树做的丧葬支架是神圣的,那是因为他们见证过土著的精神世界,认为那是真实的存在。白人法官认为土著的丧葬支架不过是迷信,但如此公然地亵渎土著的神圣仪式一定会有后果的。[3]

《卡戴察之歌》通过这个法官以及稍后出现的耶稣会传教士,对白人殖民者的恶行和腐败进行了深刻揭露。这位自我标榜为白人法律体系的捍卫者在法庭之外是个十恶不赦的罪犯。在布卡的老巢里经常关着一些被绑架到这里来供白人消遣的土著妇女,高兴了就对她们实施奸淫,不高兴了就随意将她们杀害。一天法官来到这里,当他见到一个土著妇女时,就毫不犹豫地开始对她实施强奸。[4]白人传教士也跟法官一样,喜欢没事做的时候找土著女孩子,借惩罚之名打她们的屁股,借此满足自己阴暗的虐待狂的需要。[5]见证了白人殖民者的这些罪恶,汤米决意要为所有土著人遭受的苦难报仇,他要运用土著的灵魂力量向那些在日常生活中歧视和压迫土著民的白人复仇。一天,他和土著朋友皮尼站在布里斯班的大街上,此时一张白人的脸从疾驶而过的出租车车窗里探出来,

---

〔1〕Sam Watson, *The Kadaitcha Sung*, p.58.
〔2〕同上,p.75.
〔3〕同上,p.25.
〔4〕同上,pp.221 - 222.
〔5〕同上,p.87.

朝着皮尼一口痰吐出来。汤米牢牢地盯死了这辆车的车尾,车辆很快在两百码之外撞上了前面的一辆抛锚的公交车尾部。虽然司机幸运地跳窗而出没有受伤,但吐痰的那个白人的头已经耷拉在车窗的沿口了,鲜血直流。[1] 这样的即速复仇在小说中还有一些,它们的实现听上去像是土著人一厢情愿的胡思乱想,但它们真实反映了土著民对于社会正义的基本理解,更反映了他们对于解决澳大利亚土白关系中的种种不平的愿望和追求。

汤米的复仇行动不只以肤色划界限。他认为,有些土著人为了生计需要跟白人相处打交道没有什么错,但如果哪个土著人跟白人联起手来,沆瀣一气,那就另当别论了。小说中有个名叫邦达(Bunda)的土著带路人长期为白人马警干活,在白人杀害众多土著人的过程中做尽了坏事,包括向白人出卖他自己部落里的人。汤米决定将他拿住,然后交给他自己部落里被他出卖的土著民的灵魂,最后邦达果然受到了应有的惩罚。[2]

汤米对于上述恶棍的复仇固然让读者读来深觉过瘾,但小说提醒读者,汤米的使命是土著大神交给他的,他的终极任务是对白人殖民者进行彻底的清算。汤米力量的一个重要来源在于大神一般的豁达心胸。《卡戴察之歌》在书写汤米复仇的大行动时,为我们展现了一幅动人的并肩作战的图画。为了土著民的福祉,许多不同文化背景的人们走到了一起,他们当中多数人是长期受白人殖民主义压迫的土著百姓,但读者也不时看到一些非土著的百姓加入了他们的行列之中。巴利被指控期间,一个爱尔兰裔的白人毅然地决定站出来为他辩护。[3] 汤米也深感与爱尔兰人之间的共同的遭遇,所以对爱尔兰人有着深刻的同情。每当他看到爱尔兰人也被殖民者欺凌的时候,就会情不自禁地流露出一丝扭曲的表情。"爱尔兰人民也有自己崇高的文明,克伦威尔之流无情地镇压他们,先是夺走他们的土地,然后将他们变成自己的奴隶。乌鲁鲁的部落不是他们唯一的牺牲品。"[4]

在准备他的复仇大业时,汤米跟已经去世的土著前辈老师的灵魂直接交流,从中获得指点,例如,他得到了一个名叫宁吉(Ningi)的智慧灵魂的指点。一天,宁吉对他说:"汤米·顾巴,将来你也会来到我们这边,到那时你会发现,你对那些土著神灵们太过崇敬了。他们是个古老的种族,有他们自己的虚荣和愚蠢,所

---

〔1〕 Sam Watson, *The Kadaitcha Sung*, p.82.
〔2〕 同上,p.127.
〔3〕 同上,p.61.
〔4〕 同上,p.182.

以像你这样英明的卡戴察人没必要那样盲目地崇拜他们。"[1]智慧灵魂的这些话让汤米冷不防地一听觉得很不适应,因为他显然有些背叛土著大神的嫌疑。但是,宁吉的话向他打开了一个荒芜而凄凉的荒原,汤米刚开始感觉一阵晕眩,好一阵无法面对这样一个荒诞的生活。[2]从表面上看,智慧灵魂的话把土著的神话拆穿了,但智慧灵魂的这番教诲让他看到一个更加浩大的土著精神世界:那里没有基督教那样的单一上帝,土著的诸神之中很多充满智慧,他们面对现实,更面对自我的问题,反对虚妄的崇拜,不希望世间的人生活在绝对的孤寂之中。这种的智慧反过来凸显了土著民的自知之明。

临近结尾,汤米和他的土著女友杰尔达(Jelda)在神秘的墓地里做爱,后者顺利怀孕。汤米非常喜欢墓地,因为墓地里的很多陈设能让他的心绪很快地安定下来。在他看来,躺在这里的白人们活着的时候或许做了许多坏事,亵渎了这块土地,而如今他们被这块土地拥入怀中,这便是这块土地的广阔胸怀。[3]汤米和杰尔达做爱的墓地里,一棵巨大的无花果树屹立着,它的历史比白人来澳的历史更长。[4]无花果树如今仍然生机盎然地活着,而那么多曾经不可一世的白人已经长眠地下。小说通过描写主人公在这个墓地的性行为,似乎在说,白人殖民澳大利亚的整个历史都会被否定,土著民将获得一个一切重归殖民前时代土著状态的未来。小说结尾时,汤米在魔法的帮助下,让所有的白人作恶者,包括那位作恶多端的法官和布卡的其他白人朋友,都得到了应有的惩罚。汤米最后在与布卡的决斗之中英勇地将他杀死。但是,汤米在自己的复仇行动中没有遵守大神的命令选择消灭所有的白人,而是祈求大神赐他们以应有的报应,而这种的报应是一种温和得多的惩罚:"让每一个白人充分经受悲剧和悲伤,但不用死亡。"[5]如此一来,白人避免了全部的毁灭。不过,汤米最后由于违反大神的命令而必须面对大神的惩罚。惩罚的办法是:大神将他交给白人,他在白人的审判中被判处绞刑。这一结局令人想起了耶稣,但是汤米不觉得这样的结局有什么问题:"如此多的人失去了生命,这么多人的命运被化成了乌有,这就是卡戴察人的命运,他们需要为这片土地上发生的罪孽赎罪。"[6]

---

〔1〕Sam Watson, *The Kadaitcha Sung*, p.226.
〔2〕同上。
〔3〕同上,p.161.
〔4〕同上,p.200.
〔5〕同上,p.310.
〔6〕同上,p.309.

作为一部关于土著被殖民主题的小说，《卡戴察之歌》已然成为澳大利亚土著文学史上的一部里程碑式的作品。在华生之前的土著作家很少写这类题材，在他之后，包括马杜鲁在内的著名土著小说家都开始纷纷涉足。[1]《卡戴察之歌》叙述了一个充满神奇的土著复仇故事，小说中描述的形形色色的暴力场景给白人读者带来了不少冲击。丽莎·希尔（Lisa Hill）在一篇书评中认为，小说中众多强奸画面的场景如果不当成殖民隐喻来读简直让人难以接受。[2] 华生指出，每年的 1 月 27 日，全世界都会举行各种各样的活动纪念二战中遭受纳粹分子迫害的犹太人，可是，澳大利亚土著人被杀戮的历史至今没有得到世界的关注；澳大利亚的白人主流社会更是拒绝面对历史事实，他们不认为他们的先辈做过什么错事。所以土著民认为，现在的澳大利亚主流社会应当为历史负责。

小说通过汤米刻画了一个生动伟岸的土著英雄形象，一个直接与土著民的梦幻时代相连接的青年英雄形象。小说通过汤米这个人物，成功地将土著传统神话和信仰置于当今的澳大利亚政治话语之中。[3] 华生提醒大家，澳大利亚的土著历史上这样的英雄并不少见，布里斯班每年 1 月会举行活动，纪念当年带领昆士兰东南部土著部落民众抵抗殖民侵略的领袖丹达利（Dundalli）。白人殖民者到来之后，在昆士兰一带针对土著人犯下的罪恶罄竹难书。除了杀人，他们还强奸土著妇女，毒害本地土著百姓。丹达利曾经受众土著领袖推举，带领大家抗击白人侵略者。此人于 1855 年被白人处决之后，数百土著民在一个土坡上纪念他。每年的这一天，很多的白人都会离开他们的小镇，担心土著人对他们进行报复。[4]

作为华生的一部偶尔而为之的小说，《卡戴察之歌》也是一部娱乐性的小说，作者不拘泥于任何的文学规范或者样式要求，将小说当作他自由发挥的空间（locus of freedom）。华生曾经这样解释自己在这部小说中的创作想法：

> 许多土著作家写人生故事，那很好，因为他们中的很多故事应该讲出来。去年和前年，我们看到《沿着防兔篱回家》（*Follow the Rabbit-Proof*

〔1〕 Iva Polak, "The Kadaitcha Sung: Towards Native Slipstream" (Chapter 6), p.159.
〔2〕 Lisa Hill, "Sam Watson, *The Kadaitcha Sung*", July 14, 2019. https://anzlitlovers.com/2019/07/14/the-kadaitcha-sung-by-sam-watson/
〔3〕 Eva Rask Knudsen, "Writing the Circle: The Politics of the Sacred Site: The Kadaitcha Sung by Sam Watson", 2004.
〔4〕 Alex Bainbridge, "Sam Watson: 'Ready to Continue the Struggle'", Greenleft.org.au, January 17 (2017): p.7.

Fence）〔1〕产生的巨大影响。土著民的故事和土著民的生活应该让更多的人知道，它们会产生很好的影响，非常非常重要，会成为国家精神的一部分，对于实现真正的民族和解做出贡献。但是，作为一个艺术家和作家，我喜欢小说，因为它给了我巨大的自由度，我想怎么写就怎么写。我努力寻求力量，小说的创作很好地传达了这种感觉。比起书写别的什么人的人生故事来，我在刻画虚构人物和描写虚构场景时感觉要得心应手得多。〔2〕

批评界喜欢用"魔幻现实主义"来形容土著作家的小说，从某种意义上说，华生的《卡戴察之歌》可谓现身说法。小说立足土著民的视角，结合神话、哥特和魔法式的叙事，解读土著民的历史与现实生活，令人读来毫无违和之感。伊丽莎白·韦比认为，"在土著作家的小说中，好多看上去像后现代主义的创作手法，本质上与土著民的信仰有关，因为这些信仰，他们的小说以不同的方式背离了现实主义，魔幻现实在他们的作品得以持续地运用。不过，土著作家们可能会说，这本来就是我们的现实，也是我们的魔幻，只不过他们的现实中既有我们日常熟悉的因素，同时充斥着我们所谓的神秘和精神性的东西。"〔3〕

---

〔1〕 Doris Pilkington，*Follow the Rabbit-Proof Fence*. St Lucis，Qld.：UQP，1996.

〔2〕 Estelle Castro，"Imaginary（Re）Vision：Politics and Poetics in Sam Watson's *The Kadaitcha Sung* and Eric Willmot's *Below the Line*"，p.168.

〔3〕 Wang，Labao. "Australian Literature Today：Wang Labao Interviews Elizabeth Webby"，*Antipodes* 33.2（2019）：241－261.

第 15 章
吉姆・斯科特《明日在心》中的同化噩梦

在当代澳大利亚文坛,吉姆・斯科特是迄今为止唯一一个两获迈尔斯・富兰克林奖的土著小说家,他 1957 年生于西澳,家人属于当地一个尼翁加部落,幼年时在阿尔巴尼(Albany)市附近长大,后在珀斯的默多克大学就读,获文学学士学位。毕业之后曾在一所中学担任教员,还在一个土著学校担任中学英文教师,期间开始从事文学写作。1993 年,他以自己的家族史故事为素材创作并出版首部长篇小说《真家园》(*True Country*),从此登上文坛。此后,他又连续出版长篇小说《明日在心》(1999)[1]、《那支死人舞》(*That Deadman Dance*,2010)、《禁忌》(*Taboo*,2019)等。作为一个土著作家,斯科特热衷土著语言和土著传统故事的保护和传承工作。在十多年的时间里,他联合其他土著作者,共同收集、撰写并出版了一大批土著故事,其中包括《大鲸鱼》(*Mamang*,2011)、《尼翁加人大战丛林怪》(*Noongar Mambara Bakitj*,2011)、《狗头》(*Dwoort Baal Kaat*,2013)、《宽恕与友谊》(*Yira Boornak Nyinin*,2013)等。此外,他还出版了传记《卡杨・海泽尔・布朗》(*Kayang Hazel Brown*,2005)、儿童绘本《挖掘龙》(*The Dredgersaurus*,2001)以及一些文学批评著作。2000 年,他的长篇小说《明日在心》首获迈尔斯・富兰克林奖。2011 年,时隔 11 年之后,他因《那支死人舞》再次被授予该项大奖。2020 年,他的新作《禁忌》再次入围,充分显示了他在当代澳大利亚文坛上的创作水准和影响力。斯科特现任科廷大学文学教授。

《明日在心》是斯科特的第二部长篇小说。肯・杰尔德和保罗・索尔斯曼认为,它是 20 世纪末澳大利亚"历史论争"(history wars)中的一部小说。小说立足土著民的立场,针对包括凯特・格伦威尔在内的白人小说家对于殖民历史的

---

〔1〕 Kim Scott, *Benang: From the Heart*. Fremantle:Fremantle Press,1999.

书写,严正地提出了自己的观点。[1] 在尼翁加的部落语言当中,"Benang"一词的意思是"明天",当然,Benang 在小说中也是叙事人(主人公)的土著曾祖母的名字。与《真家园》相比,《明日在心》同样讲述的是一个土著家族故事,但它更是一部关于西澳整个尼翁加部落的历史小说。故事发生在西澳一个被称为杰巴鲁普(Gebalup)的小镇上,时间跨度从 19 世纪中叶到 20 世纪中叶。作品通过一个名叫哈利(Harley)的混血土著民的视角,讲述了这一地区土著民在白人殖民统治下近百年的创伤和遭遇。[2]

斯科特对于土著历史的探寻始于自己作为一个混血土著民的身份困惑。作为一个混血土著民作家,斯科特希望通过这部小说思考自己的位置:"我的创作是否揭示出我的土著身份,或许我的创作揭示的恰恰是我土著身份的失落? 我为谁在写作? 我的写作能为谁服务? 这于我而言是个挥之不去的问题,特别是现在我的作品出版之后。这个问题之所以存在,是因为它至少部分地源自我自身所体会到的不安全感……"[3]为了回答这些问题,小说家选择了直面历史。《明日在心》不同于其他土著小说之处在于它丰富的历史文献内涵。小说通篇贯穿了一个名叫奥·欧·内维尔(Auber Octavius Neville,1875~1954)的白人殖民者留下的大量文献,透过这些文献,小说让读者亲眼目睹殖民者为了巩固殖民成果对土著民犯下的滔天罪行。作为一部历史小说,《明日在心》一反白人殖民者长期以来坚持的所谓人种净化和进步的颂歌腔调,选择了一种迂回的叙述方法,大胆颠覆了殖民者简单幼稚的线性逻辑,无情地撕开了他们在澳大利亚的20 世纪殖民史。[4] 小说没有拘泥于白人档案,而是积极借用土著神话、西方哥特、奇想、梅尼普讽刺(Menippean satire)等形式,努力呈现一种高度自觉自省的后现代书写。[5] 小说呈现的浩大复杂的历史画面,使它与萨尔曼·拉什迪等其他后殖民作家的作品相比也毫不逊色。更值得一提的是,小说展示了斯科特与美国黑人作家托尼·莫里逊一样高超而动人的语言和叙事艺术。维克多·乌斯

〔1〕 Ken Gelder and Paul Salzman. *After the Celebration: Australian Fiction from 1989 - 2007*. Melbourne: Melbourne University Press,2009,p.90.

〔2〕 John Fielder,"Country and Connections: An Overview of the Writing of Kim Scott",*Altitude*,issue 6(2005):1 - 12.

〔3〕 Kim Scott,"Disputed Territory",in *Those Who Remain Will Always Remember: An Anthology of Aboriginal Writing*,eds. Anne Brewster,Angeline O'Neill,and Rosemary Van Den Berg. Fremantle: Fremantle Arts Centre Press,2000,p.16.

〔4〕 Anne Le Guellec,"Unsettling the colonial linear perspective in Kim Scott's 'Benang'",*Commonwealth*,vol.33. no.1(2010):35.

〔5〕 Diane Molloy,*Cultural Memory and Literature: Reimagining Australia's Past*. Melbourne: Monash University Press,2016,pp.143 - 144.

特(Victor Oost)认为,《明日在心》还令人想起米兰·昆德拉和他的《生命中不可承受之轻》,因为小说以一种近乎奇幻的手法展示了白人对于澳大利亚土著民的深切压迫。[1]

一

　　澳大利亚作为一个现代国家的历史是建筑在白人记载的殖民档案基础上的,而土著民的历史常常也隐藏在白人的国家档案里。斯科特创作《明日在心》的一个主要目的就是要从殖民者的文献和历史话语的字里行间中寻找和重建属于土著民自己的独立身份。[2]《明日在心》通篇广泛而直接地引证了众多的殖民档案,其中最重要的材料无疑是奥·欧·内维尔的书、内维尔作为土著事务主官与地方土著事务官之间的通信、内维尔在国会做的演讲、土著事务部的内部信函以及各土著民居住点负责人之间的信函。内维尔 1875 年生于英国的诺森伯兰郡,学过金融和法律,来到澳大利亚之后先作了一名公务员,1906 年起任西澳州的移民官,1915 年被任命为土著民保护官,并在此后的 25 年间成为澳大利亚土著民管理政策的主要制定者。内维尔认为,殖民政府应该将纯种土著人严格隔离起来,令其单独居住直至自行消灭,对于混血儿童则可以将其培养成白人的居家佣人和农场工人,然后通过让他们与白人通婚实现土著血统的最终消灭。作为澳大利亚殖民史上最活跃的土著民管理官员,内维尔一生留下了大量的文献。1947 年,内维尔退休之后还以《澳大利亚的有色少数》(*Australia's Coloured Minority*)为题出版一书,书中宣扬自己针对混血土著民的种族灭绝方案。

　　斯科特认为,后世读者在阅读早期白人的文献时,感觉到的是一种振振有词的话语逻辑,但这些话语的背后是一种不可一世的蛮横,白人殖民政府的所有决策背后是一种充满矛盾的意识形态。[3]《明日在心》试图通过小说的重构,让满口优生学理论的白人殖民者与土著民面对面地相对,让土著的尼翁加人在小说的语境中向殖民主义者提出质疑。从这个意义上说,小说《明日在心》瞄准的是一部针对殖民者的"反历史"。构建这一"反历史"的宗旨在于深刻揭露白人殖民者赤裸裸的种族灭绝计划,同时让白人主流社会听到土著人

〔1〕 Victor Oost, "Benang and the Unbearable Whiteness of Being: Kim Scott's Family Narrative and Prospects for Reconciliation", *Commonwealth* ("Behind the Scenes") 14(Winter 2007 - 2008).

〔2〕 Kim Scott, *Benang: From the Heart*, p.499.

〔3〕 Lisa Slater, "*Benang*, This 'Most Local of Histories': Annexing Colonial Records into a World without End", *Journal of Commonwealth Literature* 41.1(2006): 51 - 68.

的声音,让澳大利亚社会在尊重土著民历史的基础上,重新思考未来。

作为一部别样意义上的家族小说,《明日在心》刻画了很多不同的人物,呈现了很多不同人的声音,而叙事人哈利是其中的集大成者。哈利喜欢历史,他希望通过汇集不同的声音写一部"简单的家族史",以便传承尼翁加地区土著民的生活知识和文化传统。哈利在他的"家族史"中叙述了四代人的故事,而这些故事大多散落在他的白人祖父保存的资料档案中。哈利故事中的第一代是他的曾祖父三迪·梅森(Sandy Mason),三迪是一个有着土著血统的假白人。小说标题中的 Benang 是哈利的曾祖母,全名叫范尼·比囊(Fanny Benang),范尼·比囊是一个土著妇女,当她知道有个土著人被白人抓起来之后悄悄将他放了出来,此人出来之后杀掉了抓他的白人。白人在当局的支持下很快行动起来,对当地的土著民进行了大规模的杀戮,导致了一场大悲剧。在这场悲剧中,哈利的曾祖父三迪虽然有着土著血统,但因为有着白人的肤色,一直假装白人。因为大家都以为他是白人,所以他不得不跟随白人一起参与对于土著民的屠杀。第二代是他的白人祖父厄尼斯特·所罗门·斯卡特(Ernest Solomon Scat),简称厄恩(Ern)。他 20 世纪 20 年代从英国来到西澳,希望在这个新的国家一显身手,以便成就自己的抱负。厄恩与前文提到的内维尔是堂兄弟,在了解到后者的优生学思想之后,[1]决定全力投入这个工程之中。他不光关注和认真记载每个人的血统,也亲自物色混血的土著女性并与其发生关系,期待着有朝一日造出一个真正的土著白人。[2] 第三代是哈利的父亲汤米(Tommy)。根据厄恩的详细记载,汤米按照当时的西澳法律不能算白人,但哈利的母亲应该算是一个白人,所以他们生出的孩子仍然是一个土白通婚生出的白人孩子。第四代就是哈利自己。

在厄恩的坚持之下,哈利的父亲汤米决定把他交给厄恩监护,于是,厄恩成了哈利的监护人。在厄恩的眼里,哈利就是他期待已久的完美的"土著白人"。哈利在一次严重车祸之后,无意中看到厄恩写过的一份类似优生学的业余计划书。通过这份计划书,他了解到,厄恩参加内维尔的土著民改良计划时曾给自己确立了一个目标,那就是通过跟尼翁加的土著妇女通婚与交配,最终培育出一个纯白色的孩子。在他眼里,原来自己正是他计划之中希望实现的"首个土著白人"。虽然他是哈利的祖父,但在生活中,他把哈利当作自己的儿子,他要教育

---

[1] Kim Scott, *Benang: From the Heart*, p.497.
[2] 同上,p.31.

他，让他完整地进入白人的世界，他要将一个有着土著血统的黑人彻底培养成一个白人。他告诉自己，自己是个殖民者，殖民者的一个重要使命是给土著民带来文明，使他们告别原始和野蛮，所以他不能让任何其他的文化影响哈利的成长。他绝对优生，更要完全地同化，他除了长得跟白人一样，还要有一种"自我提升的渴望"。[1] 哈利在这样一个祖父和监护人身边，在这样一个白人至上主义者的压力之下，开始逐步认识自己的不同身份。通过厄恩留下的种族档案，他得以回溯自己的土著家庭历史。在祖父留下的"半白半土""四分之一土著"等标识下，他开始认真地梳理自己的土著家庭关系。此后，哈利接受一个名叫杰克（Jack）的叔父的建议，决定放下厄恩留下的那些充斥着种族灭绝计划的殖民档案，实地去自己的土著祖先们生活的地方参观走访。哈利跟两个叔叔以及在一次中风失去语言和行动能力的厄恩一起来到土著民曾经居住的地方。走访中，他听了两个叔叔向他介绍白人殖民给土著人带来的灾难性影响，较完整地实地体会了尼翁加地区的土著民从第一次接触欧洲人至今的感受，尤其认识到了自己的土著家庭和整个尼翁加地区的土著民因为厄恩等人的种族灭绝计划遭受的巨大苦难。

　　哈利长大一点之后，与父亲汤米有了更多的接触，他从父亲那里了解到更多关于厄恩的殖民计划。父亲向他证实，他确实是厄恩的优生人种改良的实验结果。一直以来，虽然哈利也亲眼看到过厄恩暴力的一面，但是，他愿意相信祖父是个令人尊敬的好人，自己是他喜爱的孙子。父亲的话令他深感不安。他一怒之下决定深入厄恩的书房去查看，在那里，他看到了厄恩为很多个人和人群建的人种记录，书房里还有他祖先的照片和档案，照片下面有着详细的肤色等的配图文字，还有一些资料清晰地记述了白人拟定的交配和教育计划。显然，殖民者希望通过这些计划，在几代之内将尼翁加所有的土著民都变成白人。更重要的是，哈利在厄恩的书房里看到了自己的照片，通过相关资料，他最终确认了自己是厄恩精心策划的一个漫长土著改良计划的终点。[2] 哈利找到了这一计划的全程记录之后，感觉对于殖民者第一次有了真切的认识。

　　《明日在心》对于上述过程的描述给人一种哥特式叙事的恐怖感，令人毛骨悚然。回到现实之中的哈利决心利用书写本地土著历史的契机，将曾经在白人殖民者铁蹄之下受尽磨难却顽强生存下来的土著人的历史记录下来。《明日在

〔1〕Kim Scott，*Benang: From the Heart*，p.12.
〔2〕同上，pp.26-28.

心》因此就有了一个反讽的结尾。一方面,厄恩和内维尔试图通过优生学的实验,在一段时间内将土著民改造成生物意义上的白人,然后通过教育将他们变成文化意义上的白人。但哈利这个完美的土著白人一旦觉醒,就情不自禁地用西方文明所特有的理性主义精神去调查自己的身世,去揭露殖民者的荒唐计划。不仅如此,他的调查势必从殖民者的人种改良计划推及整个殖民主义。虽然厄恩和内维尔竭力掩盖自己的所作所为,但他们在自己的书房里,在殖民的档案中留下了无数的罪证。哈利通过这些档案抓住了殖民者留下的针对土著民无可辩驳的罪证,这些罪证都是殖民者看重的书面原始档案,白纸黑字,保存完好,容不得自以为是的殖民者后代抵赖。另一方面,厄恩自认为在哈利身上看到了完美的优生实验结果,但哈利在得知真相之后,一心希望通过重构自己的家族故事来证明厄恩的失败。厄恩以为自己终于造出了一个完美的土著白人,哈利要证明自己只是个尼翁加土著人。更重要的是,他也不是个"优秀"公民,他要证明残酷的殖民者的人种改良根本就造不出所谓的"优秀"公民。[1]

二

斯科特创作《明日在心》的出发点是写一部历史小说,但是,小说家在这部小说中融入了奇幻小说的成分:哈利遭遇车祸一度重伤昏迷不醒,醒来的时候,他觉得自己的额头和鼻子里很重。[2] 开始时他觉得可能是眼睛瞎了,但他很快就发现,不是眼睛瞎了,而是自己的身体飘浮在空中,脸贴在天花板上。[3] 他努力用手推开天花板,身体啪地一声掉到了地上,接着他又飘上了天花板上。恍惚之中,哈利感觉自己变成了一个能够变化和上天入地的土著圣手。他的身体不断地飘起来,他觉得有一种力量不断地将他往天花板上推,所以他的脸不停地在天花板上蹭来蹭去。为了不让自己飘起来,哈利用脚趾头抵住床头版,身体钻到被子里。哈利感觉自己重新听到了他的曾祖母范尼·比囊给她讲的故事,而且好像她的人生经历在他眼前重新演绎了一遍。在范尼·比囊轻轻的说话声之外,他能清晰地听到殖民初期西澳土地上时时发生的震耳欲聋的种族冲突与对抗。恍惚之中,哈利仿佛听到范尼·比囊在跟他说话,要求哈利牢记祖先的嘱托,将土著民的文化不断地传承下去。

---

[1] Lisa Slater, "*Benang*, This 'Most Local of Histories': Annexing Colonial Records into a World without End", 2006, p.61.
[2] Kim Scott, *Benang: From the Heart*, p.11.
[3] 同上。

　　小说对哈利在医院里飘在空中的描写颇有意思,哈利感觉自己被一种力量顶在空中。[1] 一个有重量的人怎么会飘浮起来呢? 很显然,小说因为这一细节而具有了一点魔幻现实主义小说的感觉。迈克尔·R.格里菲斯(Michael R. Griffiths)认为,斯科特的这部小说用土著特有的魔幻现实主义实现了对于土著身份的重构。[2] 玛丽亚·塔克兰德(Maria Takolander)也认为,要读懂《明日在心》,就不能回避这部小说中的奇幻特征,而像哈利飘浮这样的奇幻细节或许与土著自身的文化更直接有关。[3] 当然,在白人的话语体系中,如果有人说哈利的飘浮与土著民文化中魔幻现实主义有关,那并不是一句好听的话。因为长期以来,魔幻现实主义一直被认为是土著特有的文学与文化现象,它代表的是一种后殖民时期仍然沿用的前现代认识水平。

　　斯科特在创作小说《明日在心》时,或许受过拉丁美洲奥克特维欧·帕兹(Octvio Paz)的魔幻现实主义小说的影响。换句话说,《明日在心》中的哈利飘浮显然不属于那种意义单一的土著民的原始幻想一类,因为在这部小说中,斯科特对于自己的写作始终表现出高度的后现代的自觉和自省。斯科特不满白人作家动不动把土著人物写成浑身上下只有裆里一块遮羞布的样子,或者一说到土著人马上就回到了原始丛林。他在《明日在心》中,对于传统白人文学关于土著人形形色色的刻板印象进行了公开的嘲讽。[4]《明日在心》用一种动态而反讽的视角刻画哈利,这一点一改白人优生学的土著改良计划对于他的定位。小说从根本上拒绝把土著民当成一种文化人类学的殖民古董和标本来描写。小说也不愿回到殖民前的土著生活状态,它为土著民描绘的未来既是创造性的也是多元的。[5] 如果《明日在心》算得上是一部魔幻现实主义小说,那么小说显然并不太多地倚重其中的魔幻成分,所以再用系统的殖民地风情来解读小说中偶尔一见的非现实成分,显然有些不合情理。

　　塔克兰德认为,哈利飘在空中不是一个普通的隐喻,因为小说家在叙述哈利飞起来的经历时显然赋予了它多种解读的可能性。[6] 例如,有人认为飘起来意

---

〔1〕 Kim Scott, *Benang: From the Heart*, p.11.

〔2〕 Michael R. Griffiths, "Need I Repeat?: Settler Colonial Biopolitics and Postcolonial Iterability in Kim Scott's *Benang*," *Postcolonial Issues in Australian Literature*. Ed. Nathanael O'Reilly. Amherst (NY): Cambria P, 2010, p.168.

〔3〕 Maria Takolander, "Magical realism and irony's 'edge': Rereading magical realism and Kim Scott's Benang," *JASAL: Journal of the Association for the Study of Australian Literature*, 14.5(2014): 5.

〔4〕 Kim Scott, *Benang: From the Heart*, p.12.

〔5〕 同上,p.171.

〔6〕 同上,p.7.

味着死亡,因为人的灵魂在身体死亡之后就会飘在空中。也有人说,哈利的飘浮是殖民者执行土著提升政策的结果。有人甚至说,哈利的飘浮表明他对于历史不再担负责任,因为他成了殖民者的第一个土著白人,他没有了根,无依无靠。"我由着自己随意地飘,我放弃了,随风飘浮。"[1]写字的时候,他会感觉被固定下来,[2]但一喝酒,就更加飘忽不定。[3] 丽莎·斯拉特(Lisa Slater)认为,哈利悬空飘浮的能力令人想起土著神灵,飘浮的哈利将自己从一个脱离肉体存在的土著白人变成了一个传统的土著智者。[4]

上述这些阐释似乎忽略了哈利飘浮的一个最基本的事实,那就是,土著民在白人的所谓优生计划中被迫脱离了土地。随着哈利的飘浮,他作为一个土著民与澳大利亚这块土地的物质和精神联系被切断,而这才是《明日在心》所要传递的关键要旨。小说家对于哈利飘在空中的描写颇有意思,哈利飘在空中睁开眼睛看到的全是白色,那是天花板的颜色,更是一种无色彩的空白,这个空白后面没有深度,也没有变化。[5]然而,这个白色的东西压在哈利的脸上和鼻子上,让他感到窒息。小说家赋予这个白色天花板的意义可能比较容易理解,小说暗示,像厄恩和内维尔一手策划的土著人种改良计划,瞄准的是一个白色国家或者说"白色的澳大利亚",但这样的优生计划既缺乏想象力,又缺少思想和道德说服力。这种计划不光把哈利变成一个飘在空中的无根人,也会把澳大利亚变成一个沉迷于殖民思维的国家。

作为一部关于澳大利亚殖民关系的小说,《明日在心》并不只针对土著读者,相反,它非常明确地面向跟厄恩一样的白人读者。厄恩受内维尔的影响,决心作一个"白澳"(White Australia)捍卫者。对于哈利,他有着造物主一般的良好感觉,但他同时剥削他,虐待他。只有等到中风瘫痪之后,他才眼睁睁地看自己的孙子当着他的面探究自己的土著历史。此时,瘫痪的厄恩也成了一个隐喻。像所有的白人殖民者一样,他无奈地听着年轻一代原原本本地讲述自己和其他殖民者对他们犯下的罪行,如同审判。[6]哈利冲着读者说:"我希望你们不会睡过去……以前,我跟我祖父说话的时候,他听着听着下巴一沉沉到胸口。"[7]小说

---

[1] Kim Scott, *Benang: From the Heart*, p.109.
[2] 同上,p.147.
[3] 同上,p.167.
[4] Lisa Slater, "Kim Scott's Benang: An ethics of uncertainty", 2005.
[5] Kim Scott, *Benang: From the Heart*, p.11.
[6] 同上,p.92.
[7] 同上,p.323.

提醒白人读者从厄恩所代表的"白澳"幻想中走出来,以便能跟他一起加入他试图建构的新话语体系中来,跟他一起面向未来。

《明日在心》跟其他魔幻现实主义小说一样,利用哈利飘浮这一细节对白人的殖民话语进行了讽刺,但更重要的是,它通过一种特殊的叙事安排,将殖民历史话语中所暴露出来的种种可笑反讽变成了小说的主题。这些历史话语由内维尔个人保存下来的形形色色的文字和图片组成,更有内维尔同时代的其他人留下来的档案。哈利从白人历史上的土著政策当中发现,所谓"改良""提升""保护""慷慨"等等都不过是自欺欺人的幌子而已,说白了就是"种族灭绝"(genocide)。[1] 正如哈利的叔叔杰克所说,同化"是另一种谋杀"。[2] "通过他们的种族改良计划,让土著人憎恨自己……让土著人不喜欢土著人,这些都是在屠杀尼翁加的土著人。"[3] 小说就这样将白人写满了好话的官方历史揭开了最外面一层皮,让澳大利亚可怕的历史暴露在读者的眼皮底下。[4] 斯科特在小说的"鸣谢"中称,内维尔的《澳大利亚的有色少数》是自己创作一个持续的灵感之源,虽然有时是扭曲的。[5] 小说家以他特有的反讽式魔幻现实主义告诉读者,白人历史上的种种扭曲和自我矛盾直接构成了《明日在心》中的种种反讽,而《明日在心》中的反讽将有助于把白人殖民历史上的一切胡言乱语逐个拆穿。

如果说魔幻现实主义是澳大利亚土著小说一直以来常见的手法,那么在斯科特的《明日在心》中,土著的魔幻现实主义不是消失了,而是多了一层后现代的自省和反讽。反讽或许会让很多人感到不舒服,因为它将作品置于更广大的话语环境之中,让作品的意义变得更不确定,让文学的阐释变得更加多元和复杂。反讽式的魔幻现实主义放在政治的语境中可能更令人感到不爽,因为魔幻现实主义作为一种后殖民的创作手法,具有挑战和颠覆殖民历史和殖民文化的功用。魔幻现实主义的一个重要特征不是相信,而是质疑。土著文学家通过具有反讽特色的魔幻写作手法让读者清晰地看到知识的建构性本质,这对于土著文学在新的时代挑战殖民话语有着重要的意义。从这个意义上说,《明日在心》为读者展示的不是失却了锋芒的土著小说,而是新时代土著文学所具有的新锋芒。

---

[1] Kim Scott, *Benang: From the Heart*, p.99.
[2] 同上,p.337.
[3] 同上,p.338.
[4] 同上,p.107.
[5] 同上,p.497.

三

《明日在心》除了一个明确的魔幻情节之外,还大量运用了一些具有寓言特征的细节。[1] 安格斯·弗莱切(Angus Fletcher)认为,寓言可以被用来书写现实生活。例如,小说家可以赋予一些局部细节以寓言意义,或者通过在表层叙事中设置寓言性的象征来传达作品的深层意指。[2] 在书写哈利身份的过程中,《明日在心》借助了大量的历史档案,但小说并没有选择用现实主义的手法来书写历史和现实中的悲剧故事。按照西方人传统的现实主义假设,只要通过认真的档案调查和研究,就一定能完整地重构历史的真实,然后用一个线性的叙事将历史的真相完整地再现出来,就可以解答一切问题。在斯科特看来,发生在土著民身上的许多细节充满了不确定性,而这些不确定性常常无法从任何的现实主义建构中完全消弭,所以土著人需要一种不同的叙事方法。

小说家比较完整地记录了哈利在自我身份找寻过程中的种种困惑,例如,小说并不向读者介绍不同人物之间的关系,读者只能依靠有限的信息努力地去梳理和重构哈利活动的世界。小说的叙事曲折离奇,读者要想弄懂主人公的行踪,就不得不跟随他共同经历一段迷宫般的发现之旅。小说家通篇给读者提供了众多的线索,读者可以利用这些线索解决一些问题,但是,有些问题依然存在,导致小说叙事中始终存在一些漏洞。哈利给读者带来了一些彼此之间并没有多少联系的小故事,读者不断地听到他说:"我又搞混了……没有遵守时间顺序。"[3]这种混乱有时候从他错乱的时态中不难看出来。叙事形式上的错乱显然跟土著民生活中实际经历的诸多不确定有关,在白人进行的种族灭绝活动中,很多土著民连自己的父母兄弟姐妹是谁都不确定,[4]有的人不知道自己的生身母亲是谁。[5]哈利本人的情况尤其混乱,对于童年时代的哈利来说,他完全不知道自己的家庭是怎么回事,厄恩每天称呼他为"我的儿子",所以他有时候也称呼厄恩为"我的父亲"。但是,他后来知道,其实他的父亲是汤米,厄恩只是他的祖父。哈利成人之后才知道,白人殖民者的同化政策割裂了他们与土著之根的联系,他

〔1〕Xavier Pons, "'I Have to Work Right Through This White Way of Thinking': The Deconstruction of Discourses of Whiteness in Kim Scott's *Benang*," *Commonwealth: Essays and Studies* 30.1 (Autumn 2007): 48.

〔2〕Angus Fletcher, "Allegory in Literary History," in Philip P. Wiener (ed.), *Dictionary of the History of Ideas*. (vol.1) New York: Scribner, 1973-74, p.49.

〔3〕Kim Scott, *Benang: From the Heart*, p.97.

〔4〕同上,p.171.

〔5〕同上,p.126.

决心倾其一生去找寻自己和同伴们之间的血脉关系。小说叙事形式上的曲折、断裂和时间变化与哈利所努力从事的身份找寻密切相关。小说一开始,哈利的自我定位是土著人,但是,即便是这也有着太多的不确定。哈利的肤色是完美的白人肤色,从小到大,他在白人的文化环境中成长起来,离土著文化越来越远,所以长大之后很难明确无误地声称自己就是一个土著。他可以比较自信地说自己不是一个白人,[1]但是,他或许很难同样自信地说他是一个土著民。在小说中,明确说出哈利土著身份的不是他自己,而是他的叔叔:"你从一开始就是一个尼翁加人。"[2]斯科特或许正是因为这些不确定才采用了寓言的手法。

《明日在心》中一个反复出现的寓言性细节与颜色有关。在一个学校的教室里,一个名叫杰克·查塔龙(Jack Chatalong)的孩子用一支白粉笔在黑板上写了一个"黑"字,这个字的意思是黑色,可这个字是用白色的笔写上去的,他用手一抹,抹的全是白色,只好再把手上的白色掸干净。之后,他继续擦,直到把几个字母全部擦干净。[3]这个过程令人想起白人殖民者不分青红皂白地要把土著民变成白人的优生学工程。在小说的另一个场景里,一群土著孩子的脸上涂的全是白色面粉,把自己变成了白人,[4]这个游戏同样令人直接想到了白人殖民者试图通过跨族通婚和交配实现种族灭绝的计划。在历史上,白色对于土著民而言曾经有着巨大的诱惑力,因为长期以来,他们在白人殖民者的影响之下认为白人带来了人类最高的经验。小说用众多类似的白色寓言揭示了白人种族主义话语背后的荒谬,对白人殖民主义进行了无情的解构。

《明日在心》中另一个较为多见的寓言性形象是树木,在小说中,树代表着土著文化以及土著民与这块土地之间的深刻联系。包括厄恩在内的白人希望不断地砍树,这种愿望与他们希望不断地消灭土著人的愿望一样。厄恩在笔记中不断地写:"砍下那棵树,烧了它,把根挖出来。"[5]在对待土著民的问题上,白人完全按照同样的逻辑在这样做:"赶他们走,驱散他们,灭了他们……"[6]当然,厄恩的愿望和计划没有实现,因为哈利以一个土著后裔特有的方式击破了他的幻想,同时用寓言的方式表达了土著民顽强的生活决心。在厄恩的强烈要求之下,哈利决定把树的一些树权剪掉,这样厄恩在窗口就看不见了。但是,树干树枝原

---

〔1〕 Kim Scott, *Benang: From the Heart*, p.494.

〔2〕 同上。

〔3〕 同上,p.306.

〔4〕 同上,p.256.

〔5〕 同上,p.107.

〔6〕 同上。

地屹立,而且还会继续生长。[1]

《明日在心》中第三个重要的寓言性细节是镜子。在传统的西方童话中,镜子常用于展示美丽,在这部小说中,它成了揭示内在与外在差异的工具。有一次,叙事人哈利在镜子里看到了自己白人的样子,他无法将他与自己联系起来。在他看来,镜子里的白人不是他真实的自己,而像电视上的外星人。[2]看着镜子里的白人,他情不自禁地想到自己的土著出身,从镜子前转过身去。"我背对着镜子,将我身上的黑洞,我身上的最后一点光轮,我黑色的内脏展示在镜子面前。"[3]小说中的很多人物长期受到厄恩的训导,觉得"如果你不是白人那你就什么也不是",[4]所以在他们心目中,镜子一方面让人看到白色的好看,同时也让人觉得它难以企及。混血白人在镜子里面看到一副白人的样子,可他们清楚地知道那不是他们自己,他们因此深感绝望,异化让他们绝望。他们希望像哈利一样颠覆自己表面不完整的白色,充分向世界展示他们内在的黑色自我。又有一次,混血女子托普西(Topsy)在照镜子时看到自己黝黑的肤色,觉得无法接受。一直以来,托普西在厄恩等人的教导之下,以一个白人的身份自居。厄恩一直把土著女人当成制造"第一个土著白人"的工具。在他的眼里,托普西脸上和身体上的黑色是不便多强调的东西,相反,应该尽量隐藏不说。托普西自己也没有勇气接受自己的黑色自我,可镜子里面的影像偏偏把隐藏的事实暴露在光天化日之下。[5]

《明日在心》中还有一个重要的寓言性的细节是气味。小说多处写到土著民人物时总说他们身上所具有的一种臭味,白人殖民者一直试图通过生物学意义上的优生同化帮助土著民变得更白,从而实现净化。但是,他们不仅没有变得更干净,反而变得更烂更脏。原因是,他们曾经拥有一个整体上健康的环境,白人殖民者的到来摧毁了他们的这个环境,将他们置于一个可怕的恶劣环境之中:"到处都是电线杆、铁路线、轮迹,到处都是垃圾和臭味。曾经的树不在了,草地也被啃光,大地被砍、泥土流失、没有休养生息,地面的生物很久没有机会通过野火的燃烧再获新生。"[6]当然,这无处不在的臭味不只来自土地,还来自一个土著孩子腐烂的身体。哈利告诉读者,这个孩子只是白人殖民者的众多牺牲品中

---

〔1〕Kim Scott, *Benang: From the Heart*, p.108.
〔2〕同上,p.159.
〔3〕同上。
〔4〕同上,p.426.
〔5〕同上,p.159.
〔6〕同上,p.478.

的一个："当我开始这项调查的时候,我也闻到了一股味道,什么被丢弃的东西,扔进水里漂了一段时间,如今冲上岸边……"〔1〕一直以来,白人种族主义者都认为黑人身上有臭味,斯科特从白人的这个传统刻板印象出发,在小说中对它进行了拓展,将它变成了小说中的一个与叙事人自己有着密切联系的重要寓言。哈利在小说开始之后告诉读者:"我一边自我介绍,一边能闻到一种臭味。"〔2〕

在《明日在心》中,哈利的种族觉悟标志着白人殖民者企图对土著民实施种族灭绝计划的失败。哈利告诉读者:"我不是白人,虽然我看上去像个白人。"小说系统采用了寓言式的书写,不仅对于白人的主流话语进行评价,更赋予小说自身一种内在意义。〔3〕在小说的表层叙述上,读者不断听到白人殖民者派来的土著事务官员和工作人员沾沾自喜地说自己为了土著民的福祉和进步作出了多少的牺牲和贡献。〔4〕小说中的诸多寓言让读者看到了殖民的实质,深刻地揭露了白人殖民者的虚伪。小说表面上展示了白人主流话语对于土著民的压迫,但是,通过这些寓言性的细节,读者不难体会一种挑战和解构白人话语的意志和决心。

寓言性写作的一个重要特征是它分内外两层,然后凸显两层之间的鲜明对比。这种写作对于表现白人与土著民之间的关系很有意义。白色话语口口声声说殖民是为了拯救澳大利亚土著人,但事实上白人在日常生活中竭尽歧视和欺压土著民之能事,《明日在心》中的寓言让我们看到了此二者之间的对比和虚伪。小说令人想起法侬的《黑皮肤、白面具》,二者对殖民者用一种白色的幻觉抹杀黑色的现实给予了深刻的批判。二者同时向读者揭示:殖民不会给土著民带来解放,只会让土著民陷于更加无尽的苦难与深渊。斯科特的小说中大量运用的寓言与作品中的比喻和象征共同揭露了白人话语的欺骗性,它告诉读者,小说中充斥的白色必须被消除,土著民的黑色身份才能得以真正的确立。

从技术上说,斯科特采用寓言性的叙事有助于将十分零碎的细节联系起来,更重要的是,寓言性的写作对白人殖民话语进行了深刻的揭露。对于所有有良知的土著民而言,白人殖民者明明剥夺了土著人的土地,残害了无数的土著人生命,还不断地把"无主地""土著保护""土著福利"和"土著和解"挂在嘴上,这种彻头彻尾的虚伪应该被予以质疑和解构。斯科特在小说中竭力批驳的对象之一是白人自诩的白色至上。在小说家看来,白人引以为豪的白肤色不仅没有什么优

〔1〕 Kim Scott, *Benang: From the Heart*, p.9.
〔2〕 同上,p.8.
〔3〕 Angus Fletcher, "Allegory in Literary History", 1973/1974, p.42.
〔4〕 Kim Scott, *Benang: From the Heart*, p.93.

越的地方,反而不断令人想到虚无和死亡。

作为一种叙事手法,寓言性写作不排斥现实主义和魔幻现实主义,但它努力寻求对于它们二者的超越。寓言叙事用一种共时的眼光去看待历史变化,将永恒的变化定格在一个瞬间之中。[1]《明日在心》努力在历史的变化之中展示土著文化之不变的特征:白人殖民者来到西澳之后便一心想改良这里的土地,以便更好地为他们谋利。他们认为土著民的种族灭绝将有助于这一目标的实现。斯科特的小说深刻地描写了白人殖民者的这种追求给西澳土著民带来的深远影响以及尼翁加的土著民一步步在白人的生物同化计划中走向种族灭绝的历史。令哈利感到欣慰的是,土著民并没有被彻底灭绝。《明日在心》运用寓言的手法告诉读者,土著民并没有被白人消灭,相反,他们将继续与澳大利亚同在,与浩大的世界同在。

杰尔德与索尔斯曼认为,《明日在心》也可以算是一部"逆写"之作,不过它针对的不是一般意义上的"帝国",而是 20 世纪 90 年代部分澳大利亚白人作家美化殖民历史的做法。[2] 当然,《明日在心》的出版显然还受到了一些积极的外部因素的影响。1992 年,昆士兰州和澳大利亚联邦法庭公布裁决,认定土著民艾迪·马博(Eddie Mabo)等对于其祖辈世代居住的土地拥有土地权。这一裁决首次承认,英国殖民者 1788 年来到澳大利亚之前,这片土地并不是一块"无主地"。1997 年,澳大利亚人权委员会推出一个题为《带他们回家》的调查报告(*Bringing Them Home Report*)。[3] 这个报告系统调查了 1910 年至 1970 年间澳大利亚白人政府针对土著家庭执行的抢夺儿童政策。这一政策的核心内容是允许政府随时将土著民儿童强行从其家庭和父母身边带走,给几代土著民带来了无尽的伤痛。作为一部历史小说,《明日在心》融合了哥特式的恐怖氛围、魔幻情节和寓言性的细节,建构了一个独树一帜的"反(主流)历史"叙事。小说以犀利的笔触,对白人殖民者在澳大利亚土著民中犯下的种族灭绝罪行进行了深刻的揭露。小说中绝没有简单的说教,而是同时面向土著民和澳大利亚的白人中产阶级读者,用它特有的"不确定伦理学"揭开了 20 世纪澳大利亚白人殖民者特别邪恶的一段历史。[4] 黄源深的《澳大利亚文学史》把斯科特的《明日在心》

---

[1] Angus Fletcher, "Allegory in Literary History", 1973/1974, p.47.

[2] Ken Gelder and Paul Salzman. *After the Celebration: Australian Fiction from 1989 - 2007*, p.90.

[3] Australian Human Rights Commission. *Bringing Them Home Report*, 1997, https://humanrights. gov.au/our-work/bringing-them-home-report-1997.

[4] Gillian Whitlock and Roger Osborne, "Benang: A Worldly Book", *JASAL: Journal of the Association for the Study of Australian Literature*, 13.3(2013): 1 - 15.

翻译成《希望：来自内心深处》，[1]李尧将这部小说的书名译成《心中的明天》，[2]两种译法都有道理。对于叙事人哈利来说，所谓的"明天"代表着希望，那种希望与个人的身份意识有关。许多土著的混血青年或许在殖民者的档案里不过是实验的对象，并不具有独立而有价值的个体存在意义。作为一个完整的人，他们需要从这种定位中走出来，找到自己存在的根。对于自己身份的探寻深深地植根于他们的内心，而只要他们持续地努力，明天就一定代表着希望。当然，正如前文所述，小说标题中的 Benang 还是哈利土著曾祖母的名字。找到自己的土著身份并持续传承自己的土著文化是她的愿望。Benang 虽然离世已久，但她的呼唤深深地藏在哈利的心中。

《明日在心》同时也是一部关于叙事的小说作品，在讲述土著民的地方史过程中，混血叙事人哈利从白人的同化话语中走了出来，重新步入了一个尼翁加的世界。他不再是"第一个土著白人"，白人的权威话语失去了对他的控制，他自己的叙事方式帮助他塑造了全新的价值，更赋予了他政治力量。小说的开头和结尾处的充满仇恨的调门儿变成了一种与大地共鸣的曲调。[3]虽然有些土著民或许并不喜欢他的腔调，但他用自己的方法颠覆了他的白人祖父推行的优生学和社会达尔文主义，用自己的叙事生动地展示了土著民的生命活力和激情。

《明日在心》的叙事人哈利说，他希望写一部关于西澳尼翁加地区土著民的历史。[4]但是，他知道，白人殖民者的同化意识形态早已经通过形形色色的白人写作传播得很广，当今的澳大利亚土著和白人社会的种族关系几乎完全建立在这些殖民知识之上。斯科特在小说中传递了一个重要的信息是：语言不仅反映世界，语言还会参与创造世界，历史上的话语如此，今天的小说叙事亦然。白人殖民者曾经笃信的种族优生学让他们在西澳的尼翁加土著民当中疯狂地实行种族同化和种族灭绝，他们害怕土著的肤色差异，希望通过跨族通婚逐步消灭他们的黑色。当代的澳大利亚种族关系深受白人曾经信奉的话语的影响。小说家通过哈利，带领读者重返历史；通过重塑澳大利亚的种族关系话语，重新创作了一种崭新的话语伦理。小说《明日在心》告诉读者，所有的话语都是人们在众多不同语言的基础上构建起来的。但是，像哈利这样的叙事人建构一个叙事的目的在于参与对话，他的人物来自人们常见的澳大利亚文化之外。《明日在心》是

〔1〕黄源深.澳大利亚文学史(修订版)[M].上海：上海外语教育出版社,2014.
〔2〕李尧,译.心中的明天,吉姆·斯科特[M].重庆：重庆出版社,2003.
〔3〕Kim Scott, *Benang: From the Heart*, p.494.
〔4〕同上,p.10.

一个土著和非土著人可以开始进行对话的地方,它同时告诉读者,在他们共同的脚底之下"有很多不同的故事"。[1] 小说家希望所有的对话方静下心来认真倾听这些故事,并在新的历史语境中创造出包含土著文化经验和视角的新的澳大利亚叙事。[2] 从这个意义上说,《明日在心》仍是一部乐观之作,因为它歌颂得以幸存的土著文化,也确信当今的土著民一定能与自己的历史重新连接。

〔1〕 Kim Scott, *Benang: From the Heart* , p.495.
〔2〕 Lisa Slater, "Kim Scott's *Benang*: An Ethics of Uncertainty", p.157.

第 16 章
亚莱克西斯·赖特《卡彭塔里亚》中的主权抗争

在群星闪耀的当代澳大利亚土著作家中，亚莱克西斯·赖特寄托着许多读者和批评家的期待。她 1950 年生于澳大利亚昆士兰州的克朗卡里(Cloncurry)镇，父亲是个开牛场的白人。在她五岁的时候，父亲不幸去世，此后，赖特由土著母亲和外婆抚养长大。她的母亲属于卡彭塔里亚湾的瓦安吉(Waanji)部落。她的曾祖父是中国人。赖特早年就读于皇家墨尔本理工学院，大学毕业之后曾在地方政府部门和土著组织机构中从事管理、教育、调研、策划写作等工作，后参与策划组织北领地的土著制宪大会，为那里的《地权通讯》写稿，并逐渐成长为众多土著组织和运动中的积极分子。20 世纪 90 年代中叶，她开始尝试文学创作，先后发表过一些短篇小说，1997 年出版首部长篇小说《希望原》(*Plains of Promise*)之后受到评论界关注，不少土著社团和组织强烈要求赖特继续从事文学创作，以文学作武器保护土著民权益。赖特接受了大家的建议，连续创作了多部作品，其中包括《卡彭塔里亚》(2006)[1]、《天鹅书》(*The Swan Book*, 2013)等长篇小说。小说《卡彭塔里亚》出版之后荣获次年的迈尔斯·富兰克林奖。2018 年，她以《特拉克》(*Tracker*)为题出版一部传记，该书为她赢得了澳大利亚女作家文学奖——斯苔拉奖(Stella Award)。

《卡彭塔里亚》2006 年由艾沃·英迪克(Ivor Indyk)主持的吉拉芒多(Giramondo)出版社出版。在那以前，赖特曾把这部长达 500 页的鸿篇巨作投给多家主流出版社，但连遭退稿，令她好不郁闷。小说最终出版之后，读者反响强烈，短时间内连续重印六次，25 000 册一销而空，一时洛阳纸贵。亚当·舒马克(Adam Shoemaker)称它是"澳大利亚有史以来最新颖最美妙的土著史诗"

---

[1] Alexis Wright, *Carpentaria*. Artarmon, NSW: Giramondo, 2006.

(the most inventive and most mesmerizing indigenous epic ever produced in Australia)。[1]《卡彭塔里亚》的故事取材于 20 世纪 90 年代澳大利亚北部卡彭塔里亚湾的一个土著小镇。在小说中,故事发生在昆士兰州一个名叫德斯珀伦斯(Desperance)的土著小镇上。小镇的西面一半住着一个名叫"芒刺"(Pricklebush)的土著部落,部落领袖是强大的范特姆("幽灵")家族(Phantom family),东面一半住着另外一些与之尖锐对立的土著人。小镇的四周则住着白人,他们勾结部分土著人,让他们支持自己在小镇上开矿。于是,一边是白人要在土著的土地上采矿,另一边是土著部落竭尽全力地要保护土著民世代传下来的自然资源、祭祀场所和自己的土著生活。小说以此为核心,生动刻画了一大批处于澳大利亚底层社会的土著人物形象,深刻地呈现了当代白人与土著民之间存在的深刻矛盾和冲突。《卡彭塔里亚》的标题令熟悉澳大利亚文学的读者想起 20 世纪前半叶的一位白人男性作家泽维尔·赫伯特(Xavier Herbert)写过的一部长篇小说《卡普里柯尼亚》(Capricornia)。[2] 艾丽森·雷文斯克罗夫特(Alison Ravenscroft)在一篇题为"梦见他者:《卡彭塔里亚》和它的批评家们"的文章中指出,一些白人批评家在阅读这部小说时,总喜欢将这部小说跟白人作家的小说相联系,除了赫伯特之外,他们常提到的作家还有弗兰克·哈代和帕特里克·怀特。除此以外,他们还喜欢将这部小说定格在所谓的魔幻现实主义框架内,暴露了严重的阐释偏见。[3] 从写作方法上来看,《卡彭塔里亚》是一部具有高度实验性的后现代小说,作品大量融合神话与历史、奇幻与写实、神秘主义和虚构想象。小说大量运用宗教经文,呈现政治闹剧,时而平铺直叙,时而超现实,时而高亢激昂,时而极度夸张,集中呈现了一种显著有别于传统现实主义以及怀特式的现代主义创作手法。当然,由于小说集中书写土著民的生活环境以及在他们这块土地上的生活,聚焦当代澳大利亚土著生活的可怕现实,着力刻画土著人物形象,所以赖特的小说与上述白人男作家的作品无疑有着很高的区分度。针对部分批评家的说法,赖特曾经回应说,《卡彭塔里亚》本来的目标群就是"我们自己的世界"。[4]

---

〔1〕 Adam Shoemaker, "Hard Dreams and Indigenous Worlds in Australia's North," *Hecate* 34. 1 (2008): 55.

〔2〕 Xavier Herbert, *Capricornia*, Publicist Publishing Company, 1938.

〔3〕 Alison Ravenscroft, "Dreaming of Others: Carpentaria and its Critics", *Cultural Studies Review* 16.2(Sept. 2010): 194 - 224.

〔4〕 Jane Perlez, "Aboriginal Lit", *New York Times Book Review* 7.31. Nov.18(2007).

一

作为一部书写当代土著生活的小说,《卡彭塔里亚》以神话开篇,这一点跟山姆·华生的《卡戴察之歌》颇为相似。小说一边介绍基督教的末世神话,另一边是澳大利亚土著民的梦幻神话,首章"自远古走来"令人想到混沌初开和万物初始。除此以外,小说中运用了许多具有魔幻色彩的细节。例如,主人公诺姆·范特姆(Norm Phantom)和他的妻子安洁儿·戴伊(Angel Day)将家建在一个蛇窝之上,这个蛇窝给了他们家一种奇怪的魔力;诺姆自己不是一个普通人,他的名字向读者预示,他可能是一个灵鬼附体的人物。据说他曾用自己的血换来了魔力,血管里流淌着魔力,[1] 有着上天入地、连通阴阳两界的本领。在与白人的周旋和斗争中,他可以请来包括天上地下的各路神灵,吹起一场毁天灭地的龙卷风,将被白人抢夺的小镇毁个干净。不过,小说并没有沿着这些神奇的魔幻写下去。相反,小说第一句劈头盖脸地写道:"全国人民都在说。你们的故事我们已经知道了。"[2] 显然,这是一个有针对性的声音。全国人民都在说什么? 谁的故事? 我们是谁? 这些问题将读者一步从神话的世界拉回了充满不和谐的现实世界中来,不难想见小说想要传达的颠覆性态度。小说第一部分使用现在进行时,这个无主的声音继续着它居高临下的正告:它无所不知,土著民被白人殖民者驱逐无端地失去家园不算什么,因为那不过是少数人的"黑袖章"(black armband)历史观,澳大利亚人不喜欢"抱着过去不放"等等。赖特以这样的声音开篇,让它将一种近似于基督教福音主义的话语演绎给读者听,至于这个声音究竟是谁,小说并不明说。但是,熟悉 20 世纪 90 年代围绕澳大利亚殖民历史展开的"历史论争"的人应该听得出小说的指向。

果然,《卡彭塔里亚》不是一部包含远古神话的历史小说,在那个奇怪的叙述声音当中,一场现实的大戏随之展开。菲利普·米德(Philip Mead)在一篇题为"地下的地缘政治:亚莱克西斯·赖特的《卡彭塔里亚》、采矿与土著圣迹"的文章中指出,《卡彭塔里亚》有土著民特有的后现代因素,但小说有着比后现代理论更具体的内容。小说呈现的第一幕戏发生在一个垃圾堆的旁边,在澳大利亚文学中,垃圾场是现代土著民生活的重要能指,所以小说明确无误地指向土著民的现实生活。一家大型的跨国公司看中了这块地,希望在那里挖井采矿。于是,两

---

[1] Alexis Wright, *Carpentaria*, p.486.
[2] 同上,p.1.

个阵营自然形成,一边是为了获取巨额利润的跨国公司,一边是希望保全家园的土著人。小说清晰地指向澳大利亚大型跨国公司不断压迫土著生存空间,强行采矿的行业政治和追求发展的意识形态。小说叙述了两种对于地下矿藏资源的态度冲突,这一冲突通过小说对于两种不同生活的描写逐步展开,一种是欧洲式的现实主义,另一种是土著民的诗意和魔幻。小说对于这两个区域的书写虽然没有现实主义的呈现,但对于它们的差异的展示随着小说的发展日益具体。小说第 1 章明确地预示了土著民和白人围绕开矿采矿即将展开的激烈斗争。[1]米德认为,《卡彭塔里亚》有着很强的反白人民族主义特征,对澳大利亚白人文化长期以来美化包括淘金在内的采矿历史和反复制造白人殖民神话给予了无情的批判。他认为,小说第 11 章("矿")和第 12 章("关于寄信")最集中地反映了小说的反采矿和反工业殖民的主旨。[2]

小说的第 11 章叙述的内容很多,叙事节奏有快有慢,且时有变化,叙事视角从第三人称到第一人称,情节呈现方式有繁有简,回忆过去和现实陈述相结合,所以相当充实,无疑是这部小说的精华。小说在一场龙卷风将德斯珀伦斯小镇夷为平地之前还发生过两件大事,一个是格弗里特(Gurfurrit)跨国公司的矿井大爆炸,另一个是三个土著男孩的葬礼。两个事件都是地下事件,而且事件发生的地点都靠近土著民的祭祀地。在镇上的土著民眼里,那里是创造这片土地、如今还生活在这块土地里的土著"彩虹蛇"的永久家园。矿井大爆炸是一次人为的破坏所致,策划人是土著部落负责土著族规的莫西·费什曼(Mozzie Fishman),具体实施人是小说主人公之一威尔·范特姆(Will Phantom)。莫西跟土著青年们说,他们应该以实际行动来反对全球化。他告诉大家,今天的跨国矿业公司决定一切,就连土著民自己都学着他们的样为全球化唱赞歌,他们每天配合着英国人、荷兰人、亚洲人、美国人和德国人挣钱。卡彭塔里亚的土著人应当及早行动起来,用自己的努力阻击贪婪的全球化潮流,土著民要让那些跨国公司们看看,在澳大利亚这片土地上究竟谁拥有梦幻时代和法律。[3]本章一开始,威尔两年前因破坏价值三千万元的油管一案潜逃在外,德斯珀伦斯小镇的警察随时准备缉拿他归案,他最后被采矿公司的几个保安抓到并用直升机带到了矿井所在地。跨国公司想出了各种花样,竭力分化土著社群,所以虽然很多土著人强烈

---

[1] Philip Mead, "The Geopolitical Underground: Alexis Wright's *Carpentaria*, Mining, and the Sacred", in *Decolonizing the Landscape: Indigenous Cultures in Australia* (*Cross/Cultures* 173). Eds. Beate Neumeier and Kay Schaffer. Amsterdam/New York: Rodopi, 2014, pp.194–195.

[2] 同上,p.198.

[3] Alexis Wright, *Carpentaria*, pp.408–409.

反对矿业公司,希望他们把土著人世代祭祀的神圣土地还给土著民,但不少土著人为了工作反对继续闹什么土地权益。[1] 矿业公司雇用了库奇(Cookie)和恰克(Chuck)专门对付威尔和莫西,阻止他们进行大规模的破坏。但是,爆炸还是发生了:库奇和恰克听到有人开了枪,他们"首次听到子弹从耳边呼啸而过的声音,都叫了起来……威尔在哪里?他们看到他敏捷地消失在地下了,他们边跑边躲,无法相信眼前发生的一切……他们没有回头看到那个巨大的火球延烧到地下的储藏罐,也不知道再过几秒钟,如果他们不能成功逃出栅栏进入群山之中,就将会被炸上天"。[2] 大爆炸之后,威尔和他的同伙被巨大的爆炸冲击波推到了一堆巨石后面,在祖先之灵的护佑之下侥幸逃过一劫。[3]

在这段高度戏剧性的描写之后,小说转入媒体报道:这个价值数百万的矿,规模从小到大,它成长的全过程通过电视台记者的调查、描写和展示,完整地呈现在观众面前。电视访谈和实景拍摄像肥皂剧一般地密集交织,最后是全景拍摄,电视机前的观众看完之后可以自行思考这次全国大展示之后会出现怎么样的结果。这次爆炸之后,矿井看上去就像一幅先锋派的山水摄影。跟澳大利亚的其他矿难一样,此次发生在格弗里特的大破坏在全国出了名,观众通过电视转播看到这次灾难之后"痛心疾首"。但是,多数观众对于此事的了解仅仅停留在这个新闻报道的表面之上,对于此次爆炸背后存在的种族矛盾一点也不知晓。本章通过全面深入地呈现新闻报道背后白人殖民者对于土著民的挤压以及对土著文化的傲慢和无视,让读者看到了白人殖民主义的继续以及小说家对于白人持续强加给土著民的经济殖民的讽刺和批判。

第12章记录了矿井爆炸之后的第二个事件。三个土著男孩死在了白人的牢房里,刚刚炸完白人矿井的莫西和威尔带着另外几个土著男青年准备悄悄地为他们举行一个水葬仪式。他们的任务是将三个男孩的尸体葬入海底。天空中有一架直升机在追踪他们,曼哈顿跨国公司的总裁亲自遥控着这次抓捕行动,希望及早将他们抓捕归案。几个土著男子抬着三具尸体,沿着一条秘密的小路走了近两天,才来到一个洞穴入口,入口的里面有一个野狗窝,再后面便是一个土著民在当地古老的水葬地:

> 几个土著青年在祖先彩虹蛇的地下身体里走动。彩虹蛇生活在地下浩

---

[1] Alexis Wright, *Carpentaria*, p.392.
[2] 同上,p.405.
[3] 同上,p.407.

大的灰岩蓄水层网络里,这是土著民千百万年来的地下葬尸地。他们从地下海的岸边上拿来几个树皮筏,然后把这三具遗体放入树皮筏中,树皮筏于是轻轻地在水平面上飘出去,穿过海面通向土著祖先的灵界,那里是他们的灵魂开始的地方。[1]

仪式完成之后,土著青年们重新回到地面。来到外面的世界之后,他们必须重新考虑如何躲避矿业公司雇佣的打手。他们沿着跟地下河一般的小路往回走,恍如从大陆的一边走到另一边。对他们来说,走在土著民的居住地里就跟走在地底下一样。他们破坏矿业公司地下油罐可谓暂时阻止了白人跨国公司对于土著卡彭塔里亚家园的贪婪掠夺。他们觉得自己还未被抓走,无疑是万能伟大的祖先在帮助他们。[2]

米德认为,小说在上述两个事件的描写中自如地进行叙事的切换,将发生在矿井下的戏剧性场面与后面神圣的土著葬礼分开,给人留下非常深刻的印象。[3] 三个土著男孩完成的地下葬礼让人想起书中的另一处诺姆·范特姆给外来白人埃利阿斯·史密斯(Elias Smith)办的葬礼,诺姆花了两个星期一路划船来到卡彭塔里亚湾。在土著人的眼里,人与水的关系之所以重要,是因为它同时也是一种社会关系。[4] 米德在他的文章中虽然没有明确说,但是,他的分析通过这一正一反两个事件充分说明了《卡彭塔里亚》的重点所在:在面对白人殖民者持续的殖民压迫时,土著民没有放弃自己的土地主权抗争,小说通过一次矿井爆炸和一个葬礼让读者看到了土著民对于主权的确认。虽然白人殖民者从开始殖民这块土地至今已经 200 多年,但是,在土著民心目中,这块土地属于他们自己,不论白人的跨国公司有多么强大,他们将会继续一如既往地宣示自己对它的所有权。《卡彭塔里亚》所呈现的这种多层次的叙事非常巧妙地折射出这种坚定的政治决心。澳大利亚的白人主流社会很清楚,澳大利亚历届政府一直以来都把自己掠夺自然资源与他们的经济政策、地区贸易及政府管理联系在一起。为了所谓的经济繁荣,他们不惜牺牲土著民的传统与生态环境。对此,《卡彭塔里亚》中的土著民以自己的方式坚持着不懈的抗争。《卡彭塔里亚》写作的大环境是 21 世纪初的工党执政期,此时的很多白人对于土著民的历史遭遇寄予同

[1] Alexis Wright, *Carpentaria*, p.440.
[2] 同上,p.416.
[3] Philip Mead, "The Geopolitical Underground: Alexis Wright's *Carpentaria*, Mining, and the Sacred", p.203.
[4] Alexis Wright, *Carpentaria*, p.257.

情,但是,小说家通过这样一个关于白人在土著民居住地采矿的故事向读者揭示:在美妙的说辞背后,澳大利亚的殖民主义仍在继续。《卡彭塔里亚》以一种强有力的方式提醒人们,在澳大利亚的地下还在持续发生着白人暴力掠夺资源和矿产的行径,正因为如此,为了捍卫土著民的传统、仪式、信仰和文化,澳大利亚的土著居民不得不用自己的生命与之作大无畏的抗争。

二

《卡彭塔里亚》中虚构的小镇名字耐人寻味,Desperance 似乎源自法语中的 esperance,意为"希望",而在英文中,这个奇怪的词听上去更接近于绝望(despondence 或者 desperation)。小镇上的土著民长期生活在这里,在白人的挤压之下,很难感受到生活和未来的希望。赖特曾经表示,她写这部小说的目的是为了再现"许多土著人地狱一般生不如死的生活"。[1] 在她看来,无论是在地理上、经济上还是种族上,德斯珀伦斯小镇的土著人都是当代澳大利亚社会的"边民"(edge mob)。在这个白人控制的殖民国家里,德斯珀伦斯小镇上的土著民生活在危险的前沿。在这里,土著的"芒刺"部落和镇子外围的白人居民之间除了相互排斥仇恨,几乎毫无交集。

从一个不同的角度来看,《卡彭塔里亚》不仅书写了土著民的绝望,更用一种特有的方式描写了白人殖民者的问题:他们来到这个不熟悉的殖民地,每天靠抢夺和偷取土著民的资源累积财富,所以他们同样生活在绝望之中。安妮·布鲁斯特(Anne Brewster)认为,《卡彭塔里亚》的一个重要主题是对于白色的批判,小说通过深入剖析澳大利亚主流社会引以为傲的白色及其内在的问题,给新时期的土著文学做出了贡献。[2] 德斯珀伦斯小镇外围的一个突出的事实是土著民和白人的对峙,对峙双方的内心都在想什么? 赖特在小说中通过挖掘白人的精神和情感世界,深刻地揭示了暗藏于白色以及白色权益内部的种种问题。在德斯珀伦斯镇,白人一方面自谓强大和权威,他们的利益诉求理所当然,另一方面,他们又不得不依靠这里的土著他者维持自己的优越。在小说中,白人时刻处于不安和绝望之中,土著民却因为与土地和海洋的天然历史和精神联系感觉更加心平气和。白人为了抚慰自己不安的情绪,每天想着如何能够侵占更多的土地,去建造更多的白人定居点。但是,他们不了解环境,所以经常一不小心就

---

〔1〕 Alexis Wright, "Politics of Writing", *Southerly* 62.2(2002): 13.

〔2〕 Anne Brewster, "Indigenous Sovereignty and the Crisis of Whiteness in Alexis Wright's *Carpentaria*," *Australian Literary Studies* 25.4(2010): 85 – 100.

犯下严重的环境错误。例如,白人来到德斯珀伦斯镇之后,直接导致了一条关键的河流改道,最终让小镇变成了一个无水地。[1]

《卡彭塔里亚》叙述的故事背景是 20 世纪末开始的所谓种族和解,澳大利亚主流社会呼吁白人和土著民之间建立"有意义的和平共处",[2]但是,德斯珀伦斯小镇上新来的白人和久居于此的土著人之间丝毫不存在这样的和平共处关系。白人担心土著人的骚扰,所以不断强化种族隔离政策,与此同时,世世代代在此居住的土著民远远地在一旁看着白人,不明白他们为什么会那样无知和笨拙,更不理解他们为什么那样警觉和慌张。虽然白人在这个殖民国家的种族等级体系中享受着更高的社会和经济地位,但是,他们在这里显然并不能体会到应有的尊严。与其相比,德斯珀伦斯镇上的土著人似乎从来不用担心尊严和权威的事情,因为在这块土地上,他们感觉自己是主人,他们感到心灵的连接和踏实,小说的叙事视角也将他们毫无疑问地置于这个世界的中心。

在传统的澳大利亚白人作家的创作中,或者说在传统土著作家的创作中,读者见到的比较多的土著人物是一些消极被动、缺乏行动能力的人。在欧洲人的语言、宗教和社会体制里,土著人是外来者,也是未达到一定文明标准的"劣等人"。他们是白人生活中不重要的影子,没有尊严,等待着接受白人的教化。在《卡彭塔里亚》里,土著人是德斯珀伦斯的主人。布鲁斯特在她的文章中强调了小说《卡彭塔里亚》中的土著民对于土地主权的坚持,她认为,《卡彭塔里亚》积极地书写了土著民的一种主人公意识和主体性身份地位,努力确认自己对于这块土地的所有权。这样的主人公意识和主体性极大地动摇了白人殖民者的白色优越性,因为在这里,土著人是天经地义的主人,他们在自己的土地上生活,与环境无比自然地融合在一起。有了这份主人公的感觉,他们成了这个世界的对话一方,因此就可以带着自己特有的政治诉求,用他们的文化、思想和主体性去跟统治自己的主流白人社会去对话。与他们相比,白人成了名副其实的他者。白人有白色的皮肤,但那又怎么样呢? 随着白肤色而来的骄横在这里显得脆弱不堪,换句话说,这里的殖民者生活在焦虑之中。小说真实地记录了白人殖民者如何在这个偏远小镇变成了不堪一击的陌生客。

《卡彭塔里亚》以一种特有的方式告诉我们,在澳大利亚这个殖民社会中,白色的优越和权威来自对黑色土著民的殖民压制。在白人殖民者看来,黑色的土

---

〔1〕 Alexis Wright, *Carpentaria*, p.3.
〔2〕 同上,p.8.

著民是原始、野蛮和无序的标志,他们是前现代的生物,生活在德斯珀伦斯的黑色土著民是白人在这里建立起来的殖民霸权的威胁,白色的权威有赖于对他们实行的绝对控制,这就是白人殖民者的逻辑。但是,《卡彭塔里亚》向读者展示了这种逻辑背后的根本问题,那就是,作为殖民者,白人在这块土地上的主体性面临巨大危机。在《卡彭塔里亚》中,当代澳大利亚白人建构起来的这个国家长期以来因为说不清自己的身份而在世人面前抬不起头来,白人的统治因为低效无能让自己的人民深感失望,小说对此进行了无情的揭露和讽刺。

　　《卡彭塔里亚》刻画了一系列白人形象。德斯珀伦斯镇的镇长名叫斯坦·布鲁塞(Stan Bruiser),在他的同伴眼中,他是白手起家的成功人士的杰出代表。但是,他将自己的日常生活必需品拿去卖钱,为的是能赚到百分之三百和四百的利润。[1] 他连续 10 年当选为"年度最佳公民",但是,选举结果都是操纵的结果。雷(Re)是小说中的另外一个白人,此人心狠手辣,暴力成性,长期奸淫土著妇女,事后说起自己的恶行时脸上毫无表情,丝毫没有悔意。一个外号叫"真实"(Truthful)的白人警察更滑稽,在德斯珀伦斯小镇上,因为大家并不觉得需要这样一个角色,所以他每日无所事事,在警察局里栽花养草,他不会因为自己是个警察就比其他白人善良一些,相反,他跟雷一样经常欺负土著妇女。利比·瓦伦斯(Libby Valence)是小镇上新来的职员,他的主要工作是在遇到紧急情况时敲市政厅的大钟。尼古力·芬(Nicoli Finn)是一个疯子,每天自以为是地穿着军装,煞有介事地在海岸线上巡逻站岗,暗地里做着各种见不得人的丑事。德斯珀伦斯镇的这些白人男性聚在一起,共同构成了这个小镇的白色权力,但他们每天演绎的白色社会身份却让读者真切地看到了白人权力的脆弱。《卡彭塔里亚》中最滑稽的一段与新来的非英裔白人移民埃利阿斯·史密斯有关。埃利阿斯长着一双斯拉夫人的眼睛,[2]他是因为自己乘坐的船只失事而被海浪冲上海岸的,有人在海滩上看到了他,这里的白人都怀疑他危险、有传染病或者想非法偷渡,说他可能是疯子、间谍和外国敌人。[3] 镇上的职员和警察经过评估,说他是"潜在的囚犯"。[4] 从英裔白人对于埃利阿斯的反应当中,读者不难看出英裔白人的矛盾。一方面,他们满口大话,另一方面焦虑不堪。他们对于外来客的最大担心是物质上的,作为殖民者,他们担心什么时候又有新的殖民者到来,到时候,他

---

[1] Alexis Wright, *Carpentaria*, p.34.
[2] 同上,p.63.
[3] 同上,p.73.
[4] 同上,p.75.

们会从他们手中把他们从土著民手中抢来的一切夺走。

跟德斯珀伦斯镇上的那家跨国采矿公司一样,白人殖民政府似乎从来就不在管理一个国家,他们只是一个涵盖农业、矿业、牧业等的跨国公司。他们在这里每日所要做的是不断获取新的利益,需要占用更多的土著土地。这样一个疯狂掠夺土地和海洋资源的跨国公司,给德斯珀伦斯的土著居民构成了巨大的威胁,也给土著民赖以生存的土地带来了巨大的伤害。土著民认为"这块土地和大海之上居住着身形巨大、力量无边的土著祖先造物神",[1]因此它们是神圣的。但是,白人殖民者心里没有神圣的概念。他们给自己创造了一些属于他们自己的传说,但这些说辞不过是骗人的谎话。德斯珀伦斯镇上的白人大多不知道自己从哪里来,他们走到街上打招呼最常说的话是:"嗨,陌生人,你是哪里来的?"[2]

新来的埃利阿斯在白人的系统里当了一名小镇安保,因为这份工作,他被推到了种族矛盾的最前沿。他每天盘算着,应该要提防着谁,什么人是可疑的和打击的对象。读者通过土著主人公诺姆的叙述了解到埃利阿斯近乎喜剧般的工作状态:埃利阿斯受白人雇佣,但不久就与他们闹出了矛盾,他们怪他工作不力,导致了一连串的事故发生。后来,在一场大火烧掉了镇办公楼、镇上唯一的大钟以及标志着白人权威的历史档案和女王肖像之后,[3]埃利阿斯被逐出了小镇。白人们指着他的背影说他是个"新澳大利亚人",[4]不应该享受盎格鲁-凯尔特人享有的任何待遇。有趣的是,埃利阿斯出现生活危机的时候,土著人诺姆和威尔父子收留了他,在他们的帮助下,他重新认识了自我和他们脚下的土地,最后成了土著民唯一的白色朋友。埃利阿斯去世之后,诺姆冒着巨大的危险为他举办了隆重的土著葬礼。诺姆认为,埃利阿斯是一个移民,来自海上,而大海对于土著民来说同样有着重要的意义,为他举行海葬可以让他回归自己的家园。在诺姆组织和安排埃利阿斯葬礼的过程中,读者进一步看到了土著民的主体性。在德斯珀伦斯小镇,土著民不只是用破坏矿井来证明自己的行动力,他们用至高的礼仪和置生死于不顾的勇敢行动,让读者看到了土著民的另一种动人的情感。

赖特在一次访谈中指出:"湾区的土著同胞们……总说'我们心连着心',我希望这部小说也表达一种心连心的感受,不只是我们,而是在澳大利亚的所有

---

[1] Alexis Wright, *Carpentaria*, p.59.
[2] 同上,pp.56-57.
[3] 同上,p.167.
[4] 同上。

人,我们一起相互理解,走向未来。"[1]在土著与白人殖民者的种族和解问题上,赖特不是一个乐观主义者,因为种族和解的说法始于一些开明的自由主义白人思想家,他们强调以理性的相互理解作为跨种族交往的基本模式。[2] 在赖特看来,两个种族之间的和解需要建立在互有主体性的基础之上,而主体性是一个建立在身体、精神和心理多个层面上的融合的感觉。她认为,《卡彭塔里亚》正是在这样一个认识基础上写成的,小说以土著民的主体性视角出发,邀请白人读者以一个受欢迎的陌生客去重新体会自己的身份困惑,也体会自己的白色坍塌,同时学习土著文化的差异和不同。《卡彭塔里亚》并不回避土著民和白人殖民者之间的土地争执以及白人对于土著民的伤害,但小说同样不排除不同种族之间的交流和合作。但是,小说强调土著民的主体性,只有承认这种主体性,白人才有机会认真地反思长久以来人们习以为常的白色专制,同时思考在不同种族之间,人民建立友谊和合作的可能性。

三

《卡彭塔里亚》的核心情节是发生在白人跨国公司和土著民之间的一次激烈对抗,这次对抗导致了严重的破坏和损失。从这个意义上看,小说对于澳大利亚种族关系的书写并没有背离此前很多土著作家创作的基调,但是,在这部小说里,赖特却以不同的方式对土著民群体表达了与前人不同的态度。在赖特的笔下,土著民总体上显得积极、乐观,他们每天看着德斯珀伦斯镇上的白人的种种折腾,眼神之中流露出一种土地主人才有的幽默和观看喜剧时才有的轻松。戴安·莫罗伊(Diane Molloy)认为,《卡彭塔里亚》是一部狂欢式的小说,因为有了这份狂欢,小说在书写当代土著民生活的艰辛的同时,对于土著民自己表达了谨慎的乐观态度。从一个意义上说,小说家在这部小说中表达了她对于种族关系和澳大利亚作为一个国家的希望。[3]

作为一种写作手法,狂欢常常展现一种能够包容歧义的态度,它不喜欢统一和单调,敢于运用夸张和喜剧的手法嘲弄权威,它鼓励边缘群体抵制主流文化。巴赫金认为,狂欢文学常常代表的是一种普通人的声音,它在一定的时空范围内

[1] Kerry O'Brien, "Alexis Wright Interview", *Hecate* 33.1(2007): 218.

[2] Jean-François Vernay and Alexis Wright, "An Interview with Alexis Wright", *Antipodes* 18.2 (December 2004): 122.

[3] Diane Molloy, "Finding Hope in the Stories: Alexis Wright's Carpentaria and the Carnivalesque Search for a New Order", *Journal of the Association for the Study of Australian Literature* 12.3 (2012): 1-8.

赋予他们一种超越常规和自我解放的自由,让他们以一种崭新的角度重新审视自己熟悉的世界,进入一个崭新的秩序。[1] 狂欢文学是一种有锋芒的颠覆性文学,在澳大利亚的文学语境中,以狂欢的精神书写土著民意味着创作一种挑战传统土著写作的反叙事。

在德斯珀伦斯小镇上,最最活跃的是土著人。在土著人心目中,这里是他们的家。这里的白人主要居住在城外,而这些为数不多的白人被包围在众多的土著民中间,这样的格局一反传统的土著小说中的样子。诺姆和威尔是长期居住在德斯珀伦斯小镇的一对父子,他们桀骜不驯,甚至有些不管不顾,仿佛土著部落里的堂・吉诃德和桑丘。[2] 在"芒刺"部落里,诺姆一直以来被大家当作他们的部落领袖,因为他神通广大,法力无边。当然也有很多人认为他得了疯病,只不过他的疯病于人无害,所以大家并不介意。[3] 诺姆的儿子威尔完全不顾父亲的反对,娶了东边部落头领约瑟夫・米德奈特(Joseph Midnight)的孙女。他讨厌白人在镇上开矿,所以策划了爆炸。作为一个土著活动家,威尔对垃圾堆两边的土著民之间的恩怨不感兴趣,他甚至对于土著民一直为之争来争去的土地权益也不太感兴趣,他最感兴趣的是希望通过自己的努力拯救整个世界。[4] 从诺姆和威尔无拘无束的生活选择不难看出一种无视秩序的极端叛逆精神。

《卡彭塔里亚》中的时间不是白人熟悉的那种概念,而是一种极度自由的进程。小说第 1 章的题目"自古以来"清楚地表明,对于这里的土著人来说,他们生活的时间跨度前可及远古,后可至无穷。小说中的土著人物并不严格遵循任何特定的时间规则,叙事人在叙述过程中经常在读者毫无准备的情况之下来回跳跃,现实与回忆胡乱地交织在一起。例如,诺姆出外打鱼一去五年的情景和在德斯珀伦斯小镇生活了四百多年的整个部落的家长里短之间来回跳跃;龙卷风之后,威尔独自躲在一个小岛上待了几年,期间,诺姆跟威尔的老婆及孩子也在外面飘泊了 40 多天,所有这些融在了一起。与白人殖民者所用的时间和信仰秩序相比,土著民生活在自己的时间概念之中。不少土著人物相信自己有着神奇的力量,他们与神灵鬼怪同时存在,有着通神驱魔的奇异招数。这些法术让他们在过去、现在和未来之间自由地跳跃,令人目不暇接。他们的时间逻辑是纯粹的记忆逻辑,对于历史的书写主要是通过人物的回忆。这样的回忆当然是不可靠的,

〔1〕 Bakhtin, Mikhail. *Rabelais and His World*. Trans. Helene Iswolsky. Bloomington: Indiana University Press, 1984, p.34.
〔2〕 Alexis Wright, "On Writing Carpentaria", *Heat Magazine*, 13(2007): 79 - 95.
〔3〕 Alexis Wright, *Carpentaria*, p.203.
〔4〕 同上,p.289.

有的回忆是前人传下来的,或者道听途说来的,抑或是随意修改过的。记忆可以是丰富的,也可以是痛苦的,但它更可能是有缺陷的,根据需要选择随时遗忘的。叙事人对此有着完全的自觉,但是,小说偶尔会提醒读者,至于历史上的真实情形,谁也不知道,除非你能让死者复活。[1]《卡彭塔里亚》立足土著记忆叙事,对澳大利亚主流社会保存历史记忆的方式提出了尖锐的嘲讽和批判。白人殖民者认为,人类储存历史的最好方式是文字记录下来的书面档案,但是,《卡彭塔里亚》告诉读者,土著人的历史是写在岩石之上的。[2]这种书写融合了丰富的想象,可以通过记忆随时与土著民的远古历史相连接。小说对白人依赖书写记载历史的最有趣的嘲讽在于小说中的几次大火,在这些大火面前,白人殖民者们只能眼睁睁地看着"一百年来完整的历史记录"被付之一炬。[3]德斯珀伦斯镇外的白人每天只想着如何将历史记录下来,与他们相比,"芒刺"部落的土著民每天通过他们的记忆交流和口耳相传记在心里。[4]小说《卡彭塔里亚》告诉读者,在土著民看来,真正记录历史、传播历史和文化的不是文字,而是人,是他们不断地把形形色色的生命故事传给自己的家人。真正有血有肉的历史不是由官方管理的档案,是人用生命编织的活历史。

《卡彭塔里亚》有不少对于当代土著民生活的生动描写。例如,小说有过这样一段叙述:凯文(Kevin)是诺姆最小的孩子,也是被全家人公认的最聪明的孩子,学校老师要求他写一篇关于澳大利亚小说家蒂姆·温顿的作文,他写得很好,老师给他一个 A+。稍大之后,大家都认为凭他的出类拔萃,他一定能找到一份工作,但他最后得到的一份工作是在矿井里。上班的第一天,当他结束了一天的工作走出矿井时,全身像是被烧烤过了一样。[5]后来,因为公司一个白人安保人员的死以及他哥哥威尔反对采矿,他被公司里的一群白人打手一顿暴揍。在矿井爆炸之后,凯文莫名其妙地失去了他最珍贵的聪慧,变成了一个弱智。这就是优秀土著青年在白人社会的生活。对于这样的悲惨现实,小说并不回避。然而,《卡彭塔里亚》中的土著民并没有停止自己乐观的生活,小说中的笑声大多不是无忧无虑的开怀大笑,细心的读者能听到绝望,或者说绝望中的斗争。小说中有许多地方描写他们的面部表情或者笑声,土著民在白人主流社会的压迫之下会感受恐惧和卑微,但是,当他们看见白人一桩桩一件件地做蠢事时还是会笑

---

〔1〕 Alexis Wright, *Carpentaria*, p.11.
〔2〕 同上,p.28.
〔3〕 同上,p.89.
〔4〕 同上,p.51.
〔5〕 同上,p.109.

出声来。每当这个时候,他们会感到一种平等和自信的回归。在白人面前保持一种笑的勇气和乐观的精神,土著民就能保持一种挑战权威追求平等自由的意志。他们的笑声是被压迫者的语言,不仅土著部落内部的人能听懂,白人主流社会也能听懂。他们桀骜不驯的笑声不能解决所有问题,但它能让他们不时地体会到一种释放的感觉。小说中的土著民有时笑自己,有时冲着白人笑,这样的笑声挑战主流社会的权威,让权威不寒而栗。

赖特在她的小说中所着力表现的不是土著人悲惨无助的刻板印象,在她的笔下,德斯珀伦斯小镇上的土著人是敢作敢为的人,他们用自己独特的笑声和幽默感在艰难困苦的生活中得到了暂时的释放。他们的笑声,哪怕是短暂的也无比珍贵。《卡彭塔里亚》在不少地方写到几个人物的癫狂,每当此时,读者从他们那里听到了更加肆无忌惮的笑声。文学中的癫狂有时也不失为一种狂欢,因为它放下了一切理性和规则,充分展示一种"心灵的狂欢"。[1] 对于小说家来说,癫狂是其土著同胞每天经历的苦难现实生活,没有狂欢的喜悦,但是,用一种幽默和狂欢的精神去书写土著同胞的精神或许是她需要的。她需要在一种乐天的态度中构建土著民自己的生活秩序和他们曾经拥有的殖民前的美好生活,用笑声传达出一种哀婉。对于土著民的未来,小说家显然表达了一种希望,那是一种对于社会公平正义和土著民经济富足的美好期望。或许这就是为什么小说家给这个土著小镇取名时要取一个"希望"之意了。

伊丽莎白·韦比认为,在所有当今的土著作家中,若论语言使用的特点,赖特的《卡彭塔里亚》和《天鹅书》是实验性最强的。[2] 赖特的英文华丽隽永,但是《卡彭塔里亚》并没有刻意地使用特别华丽的标准英语。《卡彭塔里亚》的语言极具个性,有时甚至有些古怪。在这部小说中,土著人物使用的英语更是自成一格,而且他们对于英语的使用都有着高度的自我意识,对于白人使用英语的特点也了如指掌,有的人在说话时甚至直接调侃地说:"原谅我使用白人的措辞。"[3] 土著人物嘴里的英语在遣词造句上要么存在错误,要么牵强附会,但是,他们并不以此为意,他们认为英语就应该像土著部落里面那样才对,如果像城外白人那样说英语他们会不适应。白人经常拿所谓的标准英语来要求和指责土著民,认

---

〔1〕 Renate Lachmann, *Memory and Literature: Intertextuality in Russian Modernism*. Minneapolis: University of Minnesota Press, 1997, p.175.

〔2〕 Wang, Labao. "Australian Literature Today: Wang Labao Speaks to Elizabeth Webby", *Antipodes* 33.2(2019): 244.

〔3〕 Alexis Wright, *Carpentaria*, p.155.

为他们说得不标准,这完全是误会。因为在土著民看来,他们说出来的英语代表着一个部落和群体的身份,剥夺了这种差异无异于剥夺他们的认同和隐私。

《卡彭塔里亚》在土著人物刻画方面也独具特色。传统的澳大利亚文学在表现土著人物的时候常常把他们刻画成异常他者、边缘受害者或者濒临灭绝的种族。但是,在赖特的笔下,土著人被描写成了土地的主人,他们个个充满生气与活力,不但有自己的生活,也思考民族国家,甚至宇宙的大事。面对摧毁环境的跨国采矿企业的步步紧逼,他们为了自己面临失去的主权,义无反顾地参与到抗争运动之中。《卡彭塔里亚》采用了一种广义的魔幻现实主义手法,大胆挑战一切歧视土著民的刻板印象,大胆颠覆白人主流社会既有的种种话语偏见,在书写土著民和白人两种文化关系方面积极尝试了一系列崭新的方法。这些方法展现包容、拒绝统一和单调,敢于运用夸张和喜剧的手法嘲弄权威的态度,鼓励边缘群体抵制主流文化。小说家认识到,土著民需要借用一些白人的文学形式把自己的故事讲给主流社会听,因为完全摆脱了主流社会读者熟悉的叙事形式,将无法让他们产生阅读的兴趣。然而,《卡彭塔里亚》并没有采用白人的传统现实主义手法,而是巧妙地在修改的基础上,融合土著人特有的讲故事风格和语言特点,据此来呈现土著民特有的生活和关切。从这个意义上说,《卡彭塔里亚》远不止是一部为土著民争取政治权力的作品,更是一部宣传土著文学想象力和为实现土著文学自由所做的一个重要尝试。

用赖特自己的话说,"什么也不能阻挡我们讲述自己的故事。"[1]《卡彭塔里亚》用一种土著所特有的后现代叙事揭露了当代澳大利亚白人主流社会持续的经济殖民态度,歌颂了土著民在抵制白人殖民、捍卫主权过程中所表现的勇敢与无畏。小说立足土著民的主人公态度,揭示了当代殖民者一边掠夺资源,一边在土著民面前暴露出的猥琐。小说以一种狂欢写法,从各个角度展示了土著民积极颠覆白人秩序的决心。小说讴歌了土著民在面对殖民者贪婪侵蚀的巨大压力面前,顽强地坚持和积极谋求改变的意志。他们不像有些白人想象的那样拒绝进步,但是,他们希望在新的未来秩序里融入自己的文化。小说家刻画了当代西方殖民文化在面对土著民这样的决心和意志的时候所感受到的不屈不挠的精神,也让读者看到了这种贪婪文化的脆弱。

---

[1] Alexis Wright, *Carpentaria*, p.429.

第五部分

移民作家的后现代实验小说突围

在澳大利亚文学中,"移民作家"是个相对的概念,因为广义而言,除了土著民之外的所有人早期都是外来移民。不过,由于特殊的历史原因,来自英国的移民常常更自以为是地认为澳大利亚是他们自己的国家,而来自英国之外的所有人(包括20世纪50年代之后从欧洲其他国家来澳定居者和70年代从欧洲之外的国家来澳定居者)都算是移民。

20世纪70年代,澳大利亚结束了半个多世纪的"白澳"政策之后,官方开始推行多元文化主义。该政策的核心是,澳大利亚欢迎来自包括亚洲在内的不同文化背景的移民,希望重建一个多民族多文化和平共处的新型现代国家。经过一段时间的积累,多元文化主义的新语境自然而然地培育出了一种包容移民写作的多元文化主义文学。然而,澳大利亚非英裔移民的文学创作在很长一段时间里是一种被歧视和边缘化的文学。一个重要的原因在于,英裔作家自动地认为,移民作家由于语言或者写作能力的关系写不出具有真正文学价值的作品来。

在传统的英裔文学批评家看来,移民作家创作的文学作品大多是一些第一人称的自传叙事,创作者在写作中一般更在意个人经验的呈述,缺少对于叙事艺术的思考,所谓的移民文学不过是一些自传性的现实主义的事实陈述。这样一种对于移民文学的解读背后,说到底仍然是一种对于外来移民的轻蔑。20世纪80年代之后,批评界对于移民文学的这些刻板印象受到了越来越多的挑战。先是希腊裔移民作家安提各涅·克法拉(Antigone Kefala)和波兰裔作家艾尼亚·沃尔维奇(Ania Walwicz)半诗半文的小说,然后是来自英国的移民作家伊丽莎白·乔利和华裔小说家布莱恩·卡斯特罗的实验性长篇小说,以及意大利裔的罗莎·卡皮埃罗的超现实主义自传小说。在这些作家的作品中,那种传统的第一人称的创伤叙事和那种希望在主流社会读者那里赚取同情的叙事不见了,一种绚丽而富有后现代自省特征的新移民小说成了新时代移民写作的主流。在实际转折之际的澳大利亚文坛上,移民作家后现代实验小说的成功突围为整体提升澳大利亚移民文学的地位起到了一定的作用。

当代澳大利亚移民小说出现华丽转向的原因多种多样。首先，经过几代人的积累，移民背景的作家队伍显著扩大；其次，新一代移民作家自身的英语和文学素养大幅提高；再次，在一个所谓多元文化主义的时代，移民作家需要在英裔主流文坛面前展示自己随世界潮流与时俱进的能力和水平。但是，移民作家付出的努力在一段时间里好像收效不大，因为澳大利亚主流文学界对于转型后的移民文学始终小心翼翼。我们只需快速浏览一下 20 世纪 80 至 90 年代迈尔斯·富兰克林奖的获奖榜单就不难发现，在 20 世纪末的 20 年的时间里，没有任何一位非英裔的移民作家被授予该奖。不仅如此，1991 年，长期致力于澳大利亚移民文学研究的文学批评家斯内娅·古尼夫（Sneja Gunew）受到指名道姓的攻击。1994，一名年轻的英裔女小说家海伦·德米登科冒充乌克兰移民身份创作和出版的小说《签署文件的手》被授予迈尔斯·富兰克林奖之后，移民文学的地位一度跌入谷底。

20 世纪 90 年代中叶之后，澳大利亚多元文化主义受到了来自主流公共知识分子的批判，特别是受到了来自英裔主流社会提出的文化民族主义的抵制。在政坛的约翰·霍华德、波琳·汉森及思想界的米利安姆·迪克森（Miriam Dixson）、基斯·温德夏托尔（Keith Windschuttle）等人的共同抵制之下，多元文化主义一度走向沉寂，移民文学也一度走向沉默。这一肃杀的局面直到 21 世纪初期才有所好转。21 世纪以来，澳大利亚移民文学随着前南非著名作家库切入籍澳大利亚之后出现了转机。一个重要的标志是，除了伊丽莎白·乔利和布莱恩·卡斯特罗等资深作家继续活跃文坛之外，包括克里斯托斯·佐尔卡斯在内的一批新生代的作家迅速崛起。尤其值得注意的是，斯里兰卡裔作家米歇尔·德·克雷塞（Michelle De Kretser）先后于 2013 和 2018 年两度摘得迈尔斯·富兰克林奖。这位擅长后现代实验写作的亚裔女作家在当今澳大利亚文坛获得的认可和荣誉改变了澳大利亚移民文学的历史，更为澳大利亚文学在 21 世纪的改变奠定了良好的基础。

本部分集中考察伊丽莎白·乔利的《斯克比先生的谜语》（*Mr. Scobie's Riddle*）、布莱恩·卡斯特罗的《双狼》（*Double Wolf*）、克里斯托斯·佐尔卡斯的《死欧洲》（*Dead Europe*）和约翰·马克斯韦尔·库切的《耶稣的童年》（*The Childhood of Jesus*），从中了解移民作家在后现代实验小说创作中做出的探索和贡献。

第 17 章
伊丽莎白·乔利《斯克比先生的谜语》中的沉默与尊严

在澳大利亚移民作家中,伊丽莎白·乔利可谓大器晚成。她 1923 年生于英国的伯明翰,母亲是奥地利人,所以从小在一个说德语的家庭环境中长大,17 岁开始接受护理专业训练,1959 年与雷纳德·乔利(Leonard Jolley)结婚之后决定移居澳大利亚,后长期居住在西澳的珀斯。移民澳大利亚之后,乔利开始尝试小说创作,53 岁才出版首部作品。此后,乔利一直笔耕甚勤,先后创作出版了 15 部长篇小说,四部短篇小说集,三部非虚构类著作,直到 70 多岁才停止创作。乔利 20 世纪 70 年代的主要创作为短篇小说,出版短篇小说集《五英亩处女地及其他故事》(*Five Acre Virgin and Other Stories*,1977)、《有德贼》(*The Well-Bred Thief*,1977)和《巡回演出者及其他故事》(*The Travelling Entertainer and Other Stories*,1979)之后开始步入文坛;进入 20 世纪 80 年代之后,她先后创作出版长篇小说《银鬃马》(*Palomino*)、《克莱尔街的报纸》(*The Newspaper of Claremont Street*,1981)、《斯克比先生的谜语》(1983,以下简称《谜语》)[1]、《皮博迪小姐继承的遗产》(*Miss Peabody's Inheritance*,1983)、《狐媚娇娃》(*Foxybaby*,1985)、《井》(*The Well*,1986)、《代理母亲》(*The Sugar Mother*,1988)、《父亲的月亮》(*My Father's Moon*,1989)等。这些作品不仅吸引了整个澳大利亚文坛的关注,还让她成为澳大利亚 20 世纪"80 年代的八大女作家"之一。90 年代以后,乔利继续出版了长篇小说《幽闭烦躁症》(*The Cabin Fever*,1990)、《乔治家的妻子》(*The Georges' Wife*、1993)、《果园贼》(*The Orchard Thieves*,1995)、《情歌》(*Lovesong*,1997)、《宽容伴侣》(*An Accommodating Spouse*,1999)、《无辜绅士》(*An Innocent Gentleman*,2001)等。几十年间,她

---

[1] Elizabeth Jolley, *Mr. Scobie's Riddle*. Ringwood, Victoria: Penguin Books, 1983.

除了创作小说之外,坚持写散文、写传记,甚至还写广播剧,是个多产的作家。1986 年,她凭小说《井》荣获迈尔斯·富兰克林奖。1997 年,该小说被改编成了电影。这些成绩让这位女作家在澳大利亚文坛牢固确立了自己的地位。乔利2007 年在珀斯去世。

一

　　乔利的很多小说有着鲜明的特色,她的语言幽默生动,叙事手法娴熟,擅长描写一些古怪的人物并深入探究其内心世界。她最常写的主题包括新旧世界的异同、女性间的友谊和同性恋情以及老人的生活。她的不少作品充分运用她所熟悉的医院、养老院等作为背景,刻画了一大批生动而令人难忘的人物形象。不过,乔利是一个对于文学创作有着高度自觉的后现代小说家。从 20 世纪 70 年代开始,她长期在高校担任文学创作课的教师,1998 年,她曾在西澳的科廷大学担任创意写作教授,所以对于写作有着显著的理论认识。乔利在不少批评家的印象中以一种显著的游戏风格而闻名,加布里埃尔·劳德(Gabrielle Lord)评论说:"乔利戏弄读者如同戏弄鱼儿。"[1]蒂姆·温顿在他的一篇回忆乔利的文章中提到,他第一次是在西澳工学院的教室里听她上课时才知道她。在他的印象里,她是一个"彬彬有礼的老妇人",穿着一条宽宽松松的裙子,鼻梁上戴着一副宽大的眼镜,脚上蹬着一双拖鞋,说着一口让澳大利亚学生肃然起敬的纯正英国口音。[2]虽然他们后来成了朋友,但是,温顿印象中的乔利无论是言谈举止还是在创作中都非常小心警觉,给人一种高度自省甚至带有表演性的特点。所以乔利不是一个一眼就能读懂的人,对包括他在内的很多人来说,她的性格当中有一种古怪和乖张。她待人善良滑稽,语言俏皮,读她的作品,读者必须随时准备着看她的混乱,但或许没过一会儿,她的清晰又回来了。[3]

　　作为一个移民作家,乔利经常书写一些类似放逐的情境。乔利的第四部长篇小说《谜语》便是这样一部作品。小说讲述了一个老人意外落入一个特别不堪的老人医院(养老院)的故事。乔利熟悉医院和老人院的生活,在那里,老人失去了家人的温存与关怀,一边每日深刻体会冰冷的环境,一边面对着即将到来的死亡。乔利通过这样的故事背景书写的世态炎凉给人以无比深刻的印象。在《谜语》中,一家名叫圣克里斯托弗和圣裘德的医院里住着一群形形色色的老人:60

〔1〕 Gabrielle Lord, "Exposing truths and myths", *The National Times* 13－19(March 1983):32.

〔2〕 Tim Winton, "Remembering Elizabeth Jolley", *Westerly* 52(Nov. 2007):27.

〔3〕 同上,p.34.

岁的海丽(Hailey)小姐喜欢写小说,一本小说已被 40 家出版商拒绝,休斯(Hughes)是个有肠胃毛病的退休威尔士农民,普里维特(Privett)准备登个广告,争取以一个好价钱出卖自己的身体,主人公、85 岁的斯克比(Scobie)是个退休音乐教师,在一次非常意外的事故(三辆各装着一个病号的救护车相撞导致所有病号受伤)之后来到这里。这个养老院的院长是一个名叫海欣斯·普莱斯(Hyacinth Price)的人。普莱斯是个没心没肺的女人,本人并非护士出身,作为老人院的负责人,她专横跋扈,对人没有好气。她的丈夫相信一夫多妻,所以自家的女佣成了他的第二个妻子。她的手下要么是容易发火骂人的厨子,要么就是不按指令行事的夜班护士,要么是每天像个小学生一样传八卦或者随时想辞职不干的女员工。面对着养老院的老人,普莱斯没有多少关爱。她每天为了不让老人院陷入破产挣扎着,眼睛时刻盯着病人或者老人家里拥有的财产,想方设法地找机会让他们拿出来送给老人院。老人院里每天都有人在通宵打牌,每天都有人在发酒疯喝医用白兰地,每天都有病人想着法子要逃跑。斯克比先生发现自己置身于这样一个恶劣的环境之中,感到无比孤独和无助。像个失去家园的流亡者,他知道必须尽快离开这里。但是,无论是养老院还是亲戚朋友,都在悄悄地把他从这个生动的世界里除掉,只有他自己每天小心翼翼地背诵莫扎特的音乐和华兹华斯的诗歌,通过这些守护着自己越来越脆弱的记忆和梦。此外,他还每天出谜猜谜打发时光。

《谜语》较之传统线性的现实主义小说更重视空间性,因为一个老人院就是一个小世界;较之传统小说人物间的戏剧性冲突而言,这部小说更多地以一种横向的视角考察在这个特殊空间发生的种种关系,包括住在这里的老人们与养老院员工之间的不平等的互动关系。小说标题中所谓斯克比先生的谜语是:"什么事情我们都知道一定会发生,但不知道何时发生、如何发生?"谜底是死亡,这个谜语实质上说的是:死亡是人生命中唯一一个确定的事实,其余的一切都无法捉摸。斯克比先生入院之后见不到未来,所以把回忆过去当成了自己唯一的乐趣。但是,他的侄儿成了通缉在逃的盗窃犯,他的侄女嫁给了一个不靠谱的男人,就连他钟爱的房子和土地都不得不给了别人。于是,他觉得自己深深地掉进了一个邪恶的坏人窝,无法逃脱。

《谜语》一出版就为其摘得全国性的文学大奖,这样的成绩瞬间把乔利推向了澳大利亚文坛的前列。海伦·丹尼尔评价说:"该小说令人惊异,它的叙述随着单调的生活节奏而起伏跌宕。"[1]安德鲁·瑞默(Andrew Riemer)认为该小

---

[1] Helen Daniel, "Riddles of mortality", *The Age* Saturday Extra, Feb. 3(1983): 10.

说是（乔利小说中）最令人满意和最有生命力的一部。[1] 劳里·可兰西认为，"毫无疑问这是乔利目前为止最杰出的成就，也是澳大利亚近几年出现的最好小说。"[2]

《谜语》究竟是一部怎样的小说？小说重点书写怎样的主题？对于这些问题，不同的读者表达了截然不同的看法。C.K.斯特德（C.K. Stead）认为"这是一部关于死亡的小说"。[3] 保罗·索尔斯曼认为它是一部同时歌颂生命和死亡的小说，这是因为在小说家眼里"死亡并非这部作品的结局，从某种意义上说，死亡所代表的是一种新的起始"。[4] 康斯坦斯·鲁克（Constance Rooke）觉得乔利在这部小说中写的就是老年问题，在她看来，小说显著地关注老年人的边缘化，在这个主题上，它写得最有力度。[5] 海伦·丹尼尔可谓独树一帜，她认为《谜语》中充斥着各种各样的声音，所以它或许是一部关于声音的小说。她认为这部小说像是一首由不同声音组成的乐曲，只要读者静心地去听，就能听到里面上演着抑郁、喜剧、丧钟、乞求、尖叫、独白以及外面世界所有刺耳声音组成的生活交响。[6]

二

《谜语》字里行间充斥着众多的意象和符号，很显然，小说将文本丰富的隐含意义藏于这些意象和符号的背后。杰拉尔德·F·曼宁（Gerald F. Manning）在一篇题为"日落日出：《向死而生》和《谜语》中的养老院小世界"的文章中指出，乔利的《谜语》把老人院写得很真实，但同时把它当成了一个具有象征意义的意象。圣克里斯托弗和圣裘德养老院给人的感觉是一个可以在任何地方的封闭小世界，谁如果不幸落入其中，就像被抛弃在一片恐怖

〔1〕 Andrew Riemer, "Elizabeth Jolley: New Worlds and Old", in *International Literature in English: Essays on the Major Writers*, Ed. Rossi Robert L. New York: Garland, 1991, p.376.

〔2〕 Laurie Clancy, "Love, Longing and Loneliness — the Fiction of Elizabeth Jolley", *Australian Book Review* 56(Nov. 1983): 10.

〔3〕 C. K. Stead, "No One Ever Manages to Break out of This Old Folks' Home," *The Sydney Morning Herald* 29 January(1983): 33.

〔4〕 Paul Salzman, *Helplessly Tangled in Women's Arms and Legs: Elizabeth Jolley's Fictions*. Queensland: University of Queensland Press, 1993, p.48.

〔5〕 Constance Rooke, "*Mr Scobie's Riddle* and the Contemporary Vollendungsroman", in *New Critical Essays*, Delys Bird and Brenda Walker, eds. North Ryde, New South Wales: Collins/Angus & Roberson and Centre for Studies in Australian Literature, The University of Western Australia, 1991, pp.180 - 190.

〔6〕 Daniel, Helen. "Riddles of mortality", p.10.

的荒原之上。[1] 小说描写了养老院一内一外的对比意象,养老院外面是"刚割过的花园草香和那不知名的花香……还有无比斑斓的色彩"。[2] 养老院内"苍蝇随处可见,空气里交织着加热过的食物、发了霉的烟草和人尿的味道"。老人一死即被拉走,大家连他们的名字都不知道,"仿佛他们从来就没有存在过"。[3] 小说不断用这样的对比强化对于老人院恐怖环境的描写。

《谜语》中的一个特别耐人寻味的细节是沉默。有心的读者不难发现,小说在书写老人院表面的喧哗之外,巧妙地表现了一个群体的沉默,因为老人院的老人和病人处常常生活在沉默之中。正如尼尔·斯奇拉杰(Neil Schlager)所指出的那样,"(《谜语》)的成功在于避免了对养老院老人们的极端化描写,小说既没有把老人院的老人们当作社会残酷无情的受害者为他们大声疾呼,也没有只把他们看作自身有些问题的滑稽怪人。"[4] 在《谜语》中,对于沉默的解读有助于从更深的层次挖掘和把握作品的意义。

在人与人的日常交往中,沉默的情形常常"是一种由无言、缄默或沉默寡言所产生的一种状态"。[5] 亚当·詹沃斯基(Adam Jaworski)认为,在人际交流中,沉默是一种有意而为之的行为,具体到生活中,它表达一种态度。它是"话语的暂停,一个未被回答的问题,一种被拒绝的交流,一种第三方无法听到的无声交流,是人们交流中对某个话题、某些震耳欲聋的噪音、某个与自己毫不相关的对话的刻意回避,或者它也可以是舞台上表演艺术家突然收住的某个动作,让自己瞬间定格,所有这些都是不同形式的沉默表现"。[6] 西方哲学界对于沉默的阐释体现了两种很不一样的方向。法国哲学家雅克·德里达(Jacques Derrida)从形而上的高度看待沉默,他说,沉默是人类所有语言的最初起源与起点,因此它对于人类出声的交流有着重要的意义:"沉默具有不可估量的作用,它承载着语言并出没于其中,语言只能依赖于沉默并产生于沉默之外。"[7] 德国哲学家马丁·海德格尔(Martin Heidegger)认为,我们不能把沉默当作毫无意义的不存在,因为沉默从很大意义上也是一种旨在交流的言说。从本质上说,我们发声是

---

[1] Gerald F. Manning, "Sunsets and Sunrises: Nursing Home as Microscosm in *Memento Moris* and *Mr. Scobie's Riddle*", *Ariel* 18.2(1987): 39.

[2] Elizabeth Jolley, *Mr. Scobie's Riddle*, pp.10 - 11.

[3] 同上,p.172.

[4] Neil Schlager and Josh Lauer eds., *Contemporary Novelists*, 7th ed. Detroit MI: St. James Press, 2001. (Biography Resource Center — Narrative Biography Display: "Elizabeth Jolley")

[5] Harry Wilmer, *Quest for Silence*. Switzerland: Daimon, 2000.

[6] Adam Jaworski, Ed. *Silence: Interdisplinary Perspectives*. Berlin: Mouton de Gruyter, 1997.

[7] Jacques Derrida, *Of grammatology*. Baltimore: Johns Hopkins University Press, 1976.

为了言说,选择无声和沉默同样是为了一种言说和表达,后者与前者相比,有时是一种更为根本的"言说",因为沉默乃是语言的一种非常特别的状态。[1] 显然,海德格尔所说的"沉默"并不是简单意义上的单纯"无声",对于一个有心者而言,"沉默"恰恰是有声的,这种有声表现为事实存在的本真话语,它与有声表达共同构成了日常的语言交际。与德里达和海德格尔相比,米歇尔·福柯(Michele Foucault)对沉默有一个不同的解释,在他看来,沉默就是"沉默自身——它拒绝表达,或者它代表着一种被严禁说出的东西"。[2] 弗兰·森得拜勒(Fran Sendbehler)也支持这种说法,他认为,"沉默就是沉默自身,是没有语言的意思;沉默如同语言,它既可以有意义也可以没有意义。"[3]在福柯和森得拜勒看来,沉默之所以是沉默,是因为它实实在在是一种无言和无声,它与噪音不同,甚至是噪音的对立,让我们更多地想到那无言的静默,或者言语的虚无、缺席和空洞。

丹尼斯·科圳(Dennis Kurzon)在《沉默的话语》一书中介绍了罗曼·雅克布逊(Roman Jacobson)关于零的论述。雅克布逊认为,零是具有明确意义的语言符号,科圳在此基础上提出,"我们应该首先把作为能指的零(或者沉默)和作为所指的零区分开来,零是沉默的先导,当一个明显的语言元素缺席,而这一缺席的语言元素又与在场的语言元素形成对比时,(这种缺席)就是有意义的。"[4]换句话说,沉默虽然没有言语的声音,也不算是一个真正的语言实体,但这并不妨碍它成为涵义隽永的符号。按照这种说法,沉默只能说是言语在特定的时间里不在,这种意义上的沉默可以分为有意和无意的沉默。一般来说,意义只存在于有意的言语缺失之中,语言学层面上的沉默要有意义的话,说话者则必须有意图——就是零能指有了一个比较清楚的所指,一种可以在字面上表达的意义。根据这种论证,我们可以说,海德格尔所说的沉默是无意沉默,科圳所举的例子中既包含有意沉默,也包含无意沉默,而福柯和森得拜勒的沉默则是有意的沉默。无意的沉默具体表现为无话可说,而有意的沉默就表现为不可言说。当沉默表现为无话可说时,我们听到的是无声和无言。当沉默表现为不可言说时,沉

---

[1] 叶秀山,"海德格尔与西方哲学的危机",思问哲学网,http://www.siwen.org/xxlr1.asp? id=452

[2] Michel Foucault, *The History of Sexuality*. Vol.1: An Introduction. New York: Vintage Books, 1990, p.27.

[3] Fran Sendbehler, "Silence as discourse". Online accessible April 14, 2006: http://www.mouton-noir.org/writings/silence.html

[4] Dennis Kurzon, *Discourse of Silence*. Amsterdam/Philodelphia: John Benjamins Publishing Co., 1997, p.6.

默中蕴涵着声音,是一种"此处无声胜有声"的境界。从这个意义上说,沉默不仅是一种语言符号,也可理解为一种文化符号,它的不同意义由具体的语境所决定。如果说"无话可说"是沉默的语言符号,"不可言说"则更多地体现为沉默的文化符号。《谜语》中沉默的意义主要体现为后者。

《谜语》刻画了两个截然不同的世界:一是老年人的沉默寂静,二是疗养院环境的喧闹聒噪,它们之间形成了鲜明的对比关系。老年人的沉默是现实条件下的无奈沉寂,而环境的喧闹聒噪是存在的宣示和权力的强力表现。众所周知,喧闹的话语中所谈的通常是人们所关注的事情,话语中所缺席的正是人们所不关心的事情。在这个二元对立的框架内,言说与沉默的概念形成了对立的含义。有声的世界是重要的、有效的和有意义的;而无声的世界则表达的含义正相反。小说中的圣克里斯托弗和圣裘德养老院就充分体现了"有声"与"无声"两个世界的二元对立意义。医院不管是针对老年人还是一般病人,都应该具有救死扶伤的意义;而养老院尤其应是关爱老人的象征,是为老人提供所需服务和老人获得人文关怀的场所;圣克里斯托弗和圣裘德的名称也暗含仁爱的神圣意味。但乔利却刻画了一个与人们期待相去甚远的陌生环境。

在开篇的九页里,乔利呈现给读者的是 30 份医院的夜班记录。但细心的读者会发现情况不正常。因为每天的记录都有关于三号病房喧闹的赌博记录,而对老年患者的病情状况却保持了沉默。值班护士莎迪(Shady)的妈妈是赌徒之一,她关注的是妈妈能否赢,在她的意识当中,赌博成了中心,患者成了无足轻重的边缘。这里的"沉默"表达了养老院对弱势老人的全然漠视,这份冷漠当然不仅属于值班的护士,更属于整个养老院,因为只有在对患者极度缺乏护理的情况下,才会没有患者的病历记录。它反映了一种话语状况:即话语中所缺乏的正是实际生活中所没有的。医院里什么都可以成为中心,唯有患者不能。这样的护理态度使患者以及患者的需要成了完全缺席和忽略的对象。

在圣克里斯托弗和圣裘德养老院,每天除了赌博的噪音不断之外,忙忙碌碌,到处是不健康的噪音、不卫生的现象。噪音和脏乱成了这里的主旋律。普莱斯喊护士或患者的声音、护士的唱歌声、厨师的争吵声、厨房餐具的跌落声、患者偶尔的尖叫声以及酒徒的喧哗声、老人身体跌落在地板上发出的呻吟声,组成了疗养院的听觉环境。养老院的服务目的应该是设法关爱患者并帮他们减少病痛、延长寿命,但斯克比先生却发现这里充满了各种噪音,病房的房门关不上,房间的地上散发着潮湿的臭味;患者的日常活动按效率,而不是按个人需要安排;所有活动都有严格的时间限制,他们必须在规定的时间内完成吃、喝活动,甚至洗澡也是一项按规定时间进行的集体活动。斯克比先生想要"一份好吃的热粥",可无人理睬。"没人为他的胃肠做点什么"。[1] 患有偏瘫症的休斯先生中午时被送到卫生间,却在那儿坐了一下午,直到晚饭时护士发现他不在的时候才帮他离开了卫生间。患者错过了喝茶时间要点小吃时,就会被告知冰箱已锁。多数情况下,老人们的言语是无效行为,所以他们只好选择沉默。他们"从属于沉默——环境的沉默"。这种沉默是一种无声的叙述,它告诉人们,在这里,老年病人没有生命的尊严,面对养老院的管理权威,他们既不能独立地在该机构外活动,也不允许在其中过正常的生活,面对他们的大声喧哗,他们只能选择沉默。

疗养院的世界可以大体上一分为二:一个无所顾忌的言说世界,一个极度沉默的世界,二者一明一暗反映了养老院中的实际权力关系。福柯认为,在言说和不言说之间本没有二元分界,是权力导致了这种界限与分别。疗养院尽管喧闹聒噪,但它从根本上拒绝与老年病患发生任何有意义的言语交流。斯克比先生企图与医护人员交流,但都被"去你的"的呵斥声所压制。类似的呵斥行为本身假定了医护人员的优越性和绝对霸权,它告诉养老院的老人们,他们之间没有平等对话的可能,所以老人们的任何话语都是无意义的废话。这种言语行为的不被接受,从一个角度印证了斯皮瓦克所说的"属下不能说话",[2] 能讲话的人是有着权威的一方,他们可以选择让你说话,也可以选择不让你说话。从这个意义上说,强势话语造就了沉默。养老院负责人普莱斯的地位赋予了她一种主人的感觉,在她的地盘之上,她期望所有人都向她臣服。斯克比先生曾两次试图逃跑,他知道普莱斯十分恼火,因此打算出个谜语缓和一下气氛,"我们都知道将要发生但是却不知道什么时候和怎么发生的事情是什么?"[3] 但他没意识到的是,死亡是这个地盘上的禁忌语。当他把谜底"死亡"告诉护士长时,她暴跳如雷,马上叫两个女孩带他去洗淋浴,并令她们在大中午当众给斯克比先生脱衣服。

在《谜语》中,普莱斯的权力是强势的符号象征。当"弱势方"侵犯权威时,强势者的权力就是使其从眼前消失,成为"看不见的人"。淋浴因此成为权力制止言说的重要手段,身体则是权力运作的对象,"一个社会和政治权力形式得以运作的中心场所"。[4] 养老院这一奇特的规矩明确表明,它对于老人们的身体进

---

[1] Elizabeth Jolley, *Mr. Scobie's Riddle*, p.12.
[2] Gayatri C. Spivak *In Other Worlds: Essays in Cultural Politics*. New York: Routledge, 1988, p.306.
[3] Elizabeth Jolley, *Mr. Scobie's Riddle*, p.120.
[4] Peter Rothfield, "Habeus Corpus: Feminism, Discourse and the Body", *Writings on Dance, of Bodies and Power*, 3(1988): 9.

行的绝对统治和控制，[1]普莱斯在掌控了话语的同时，也控制了斯克比先生的身体。这种控制要求斯可比先生以牺牲尊严和人格的代价顺从权威，保持沉默；斯克比或许可以尝试着自我言说，但他的言说无人倾听；养老院通过强制他的倾听而支配他的话语，而他则只能在授权的情况下才可以言说。这就是斯克比先生的悲惨境遇。

<h2 style="text-align:center">三</h2>

《谜语》中并不只有灰色的绝望和悲观，小说通过对海丽小姐和斯克比先生的刻画让读者于暗淡之中看到了救赎的希望。海丽小姐热爱艺术、音乐和文学，待人敏感热情，虽然她自己的一生并非一帆风顺，但是，她关注他人。在她的爱好和人生态度中，读者不难看到一种宗教意义上的通透和崇高。在小说中，斯克比先生从海丽小姐那里见到了一个心灵相通的人，跟海丽小姐一样，他虽然置身恶劣的养老院之中，但是他没有放弃自己对于艺术的向往和对于人的尊严的坚定捍卫。在养老院里，他经常选择沉默，但是他的有意沉默常常表达一种倔强的言说。

福柯认为，话语常常伴有权力的运作，运用规则和权力制止他人言说，剥夺他者表达的机会，反映了强势者的霸权意图。面对强势话语的个体或机构，弱势方会感到不安，因为话语会直接导致他们的非人格化。没有言语，权力就缺席，通常能为自己言说的人拥有相对于他人更多的权力，而沉默者只能受外在权力的统治。用沉默反抗权力，实际上是弱势人群在面对强权时一种无可奈何的选择。虽然不能颠覆强势者的绝对权力，但至少可保护边缘个体的某种尊严，在这个意义上说，"沉默不只一种，它有很多种，它们是支撑和伴随整体话语策略的一部分。"[2]作为有效的话语策略，沉默可使自己游离于权力范围之外。在这个意义上，沉默的含义不是悲哀和感伤，而是具备了幽默的喜剧意味，它既可使沉默的他者感到愉快，也给予了他者无声的权力。

斯皮瓦克认为，话语最重要的方面是它所不言说的，不是它所拒绝说的，而是它所不能言说的东西。[3]圣克里斯托弗和圣裘德养老院内有两个赌博场：一个在三号病房里面，另一个就是圣克里斯多佛和圣裘德医院本身。庄家就是普莱斯和她的哥哥艾里斯·普莱斯(Iris Price)。哥哥的赌博在明处，而普莱斯

〔1〕 bell hooks, *Feminist Theory: from margin to center*. Boston USA：South End Press，1984，p.83.
〔2〕 Michel Foucault, *The History of Sexuality*，Vol.1：An Introduction，p.27.
〔3〕 Gayatri C. Spivak, *In Other Worlds: Essays in Cultural Politics*，p.286.

的赌博在暗处,她在暗中把患者当成了赌博对象。为了让斯克比先生把钱自觉自愿地转赠给医院,她以最灿烂的微笑要求斯克比先生把钱存到她的账户上,说在圣克里斯多弗和圣裘德的屋檐下,她希望大家能共享所有的东西。对于这样的要求,斯克比先生非常婉转地表达了自己的态度:"基督耶稣到人世间拯救罪人……",他的意思是说,养老院这样公然要求老年患者拿钱的行为实在不齿,与犯罪无异。但普莱斯毫不在意,她轻描淡写地说:"(基督)都死了多少年了。"[1] 斯克比先生的财产状况良好,但他不希望别人插手,跟普莱斯的交流之后他很是"闷闷不乐"。[2] 毕竟他感觉自己的土地和存在成了有可能与养老院生出争端的源头。他觉得,自己的房屋和土地是他生命的象征,可普莱斯却起了心要从他手里剥夺了去。这一点使斯克比先生对普莱斯彻底地丧失了尊敬。在他看来,这个女人的聪明无异于愚蠢,她的权威已没有意义。他开始以沉默的方式对待她的要求,他要用无声来表达自己对她权威的否定和贪婪的反抗。因为"有意的沉默反映了受话者的心理结构状态。如果该受话者对权威怀有任何敌意,或者完全固执己见,她(他)将有意地选择沉默作为反抗发话者的武器……"。[3]

里亚·格林菲尔德(Liah Greenfield)认为,如果没有经济的发展,文化就不会有历史和发展。[4] 在小说《谜语》里,普莱斯希望求得资源实现医院的发展,却不在改进服务质量和卫生保健上下功夫,而是靠欺骗和剥削老年患者,像一个背运的赌徒。普莱斯每天心心念念地要让斯克比在一份同意转款的协议上签字,但是,在普莱斯达到目的之前,斯克比先生的健康突然出现了恶化,一个征兆就是有人发现他不再播放音乐。乔利说:"我把不再播放音乐作为一种符号,标志着他无法再用音乐来进行自我慰藉了。"[5] 斯克比停放音乐同时也意味着普莱斯努力想跟他玩的那场大赌博很难继续玩下去了。有趣的是,普莱斯好像对斯克比先生的身体问题并不特别在意,她也不急着去安慰临终的老人,觉得也许这是她最后实现其贪婪愿望的好机会。看到斯克比先生神志渐弱,她认为可以等到他生命快结束的时候,抓住机会让他最后签字,但他没有想到,斯克比先生决心已下,他不会继续屈从于她的权力机器了。他说自己已是半死的人了,无力

〔1〕 Elizabeth Jolley, *Mr. Scobie's Riddle*, p.54.
〔2〕 同上。
〔3〕 Dennis Kurzon, *Discourse of Silence*, p.36.
〔4〕 Liah Greenfield, *The Spirit of Capitalism*. Cambridge, Massachusetts and London, England: Harvard University Press, 2001, p.4.
〔5〕 Sue Woolfe and Kate Grenville, "Elizabeth Jolley: *Mr Scobie's Riddle*". *Making Stories: How Ten Australian Novels Were Written*. St Leonards, New South Wales: Allen & Unwin, 1993, p.165.

拿笔写字。既然普莱斯一再坚持,斯克比先生打足精神戏弄地问了一个最后一个问题:"约伯的问题是什么?"普莱斯好像很快就明白他的意思,表示她很清楚约伯提问中所蕴含的意义:"在我没做任何错事的时候为什么上帝让我遭受磨难?"说完这些,她继续要求斯克比签字,斯克比先生无奈之下拿起笔,但他没有签字,而在协议上写下了第一百三十九首圣歌。跟前面的问题一样,斯克比此时写下圣歌再一次对普莱斯的无理要求做出了回应,虽然这个回应同样迂回间接,那是一种对于养老院鲁莽要求选择的"罔顾左右而言他",或者说一种避而不答的沉默与嘲讽。在这里,沉默的含义得以彰显与丰富:其能指意义不再局限于肉体意义上的保持无声,也不只限于表达一个弱者意志,它同时含有对强势权力的戏弄、否定和抗议,是对权威的轻蔑和自我尊严的维护。斯克比先生决定"不再陪人玩游戏了",因此他"用沉默为自己获得了权力"。[1] 当普莱斯最后一次要他签字时,斯克比先生陷入了永恒的沉默,通过死亡彻底地游离出她的可控制范围。

享有自由是每个人的永恒愿望。对斯克比先生来说,他的自由来自对自己房屋和土地的支配和拥有,在他看来,那是他的精神与自我的象征。但这自由从他到了这家养老院开始就一直受到威胁,这样一种可悲又可笑的困境,难以摆脱,最后只能通过反讽式的死亡来实现。小说是这样描写他的死亡的:"斯克比先生再也拿不住笔了。笔从他的指间滑落。"[2]"拿不住笔"隐含着"不再言说"的意义;钢笔滑落以决断的沉默清晰地表达了对于普莱斯贪婪野心的终结。对于一个"不能言说"的老人,死亡表达了尊严的力量和意志的自由。它是权力控制的最大缺席,是霸权欲望的最大无奈。用里昂·伍尔瑟(Leon Wurmser)的话说,死亡也"是权力,是对自我和局面的控制"。[3] 这绝对的沉默证明了斯克比先生对于自我尊严的捍卫获得了胜利,为此,他在死亡之后有理由感到高兴,因为谁都无法与死亡平等对话。"死亡是一个带修辞色彩的意象符号,标志话语的终结"。[4] 当人不再言说,"最凶的暴力也将默默地与它和平共存"。[5] 因此,死亡意味着沉默的终极表现,代表了一种终极意义,是无言反抗威权的最终方

[1] George Kaufman, *Shame: The Power of Caring*. Cambridge, Mass: Shenkman, 1980, p.26.

[2] Elizabeth Jolley, *Mr. Scobie's Riddle*, p.195.

[3] Leon Wurmser, *The Mask of Shame*. Baltimore: Johns Hopkins UP, 1981, p.35.

[4] Julia Kristeva, *Desire in Language: A Semiotic Approach to Literature and Art*. Ed. Roudiez, Leon S. Trans. Thomas Gora, Alice Jardine, and Leon S. Roudiez. New York: Columbia University Press, 1980, p.56.

[5] Jacques Derrida, *Of grammatology*. Baltimore: Johns Hopkins University Press, 1976, p.54.

法,也是话语流动的最后终结,它代表着摆脱控制的终极自由。

从肉体上来说,死亡是一种缺席,对于现实的争执而言,死亡使人无法继续在这个世界抗争,所以无疑是个遗憾。但是,死亡同时也代表着一种"挑衅和无限的退隐……(它)以沉默和无形的方式决定性地击败对手的缺席"。[1] 普莱斯在与斯克比先生的赌博中最终输了,在这个意义上,《谜语》不是一个绝望文本,乔利在一个外表相当悲观的故事里,呈现了具有一定喜剧色彩的抗争叙事,把小说变成了一个悲喜剧。用她自己的话说,这是"黑色幽默",它让读者于悲伤之余有了想大声笑出来的冲动。

劳德指出:"乔利是一个能让你大笑的时候几乎同时也把你的心撕咬成两半的作家。"[2]克兰西这样评价乔利:"乔利向澳大利亚文学注入了一种既新鲜又有个性的喜剧音符。"[3]乔利说:"在写《谜语》时,我力图遵循《勃拉姆斯的安魂曲》的走向。"[4]《勃拉姆斯的安魂曲》的主题是生命和死亡,死亡阴影是它的最大悬念。它音调高亢,面对永恒生命敢于幻想,更敢于嘲笑死亡。在《谜语》中,乔利将这种认识调转了过来,她要用死亡嘲笑那些下作而阴暗的生命。斯克比先生的死提醒我们,如果不能让老年人活得幸福,至少也应该让他们死得安静和有尊严。《勃拉姆斯的安魂曲》与《谜语》的共同点是对生命的颂扬。《勃拉姆斯的安魂曲》用复活的形式给人以希望,而乔利则以新婴儿(斯克比先生的孙女)出生的方式给人以希望。这就是小说在斯克比先生死后依然继续的原因。生命就是希望,生命就是创造,生命的创造性可超越时代不停地延续。

乔利的小说经常书写一些恐怖的场景,所以有人戏谑地称她为"澳大利亚的哥特作家"。[5]《谜语》的主题之一是极易让人想到恐怖的衰老和死亡。伊莲·林赛(Elaine Lindsay)指出,小说以养老院为背景,所以衰老与死亡是不可避免的话题。但是,衰老和死亡不过是小说表面的东西,《谜语》的重点是人处于被生命放逐的状态之中,还需要怎样的安慰和关爱,人的衰老、疾病、思乡乃至死亡是

〔1〕 Christpher M. Gemerchak, *The Sunday of the Negative: Reading Bataille and Reading Hegel*. New York: State of New York Press, 2003, p.187.

〔2〕 Gabrielle Lord, "Exposing truths and myths", p.32.

〔3〕 Laurie Clancy, "Love, Longing and Loneliness — the Fiction of Elizabeth Jolley", p.12.

〔4〕 Caroline Lurie, ed. *Central Mischief: Elizabeth Jolley on Writing, Her Past and Herself*. Ringwood, Australia: Viking, 1992, p.164.

〔5〕 Anon. "Elizabeth Jolley, 'Australian Gothic' Writer, Dies at 83", *The New York Times* 2007, https://www.nytimes.com/2007/04/11/books/11jolley.html.

一种无比悸动不安的状态。乔利的小说用写作很好地将这种不安展现在读者面前，通过写作探索人的情感和心灵，这样的写作本质上是一种爱的写作。[1] 芭芭拉·米莱奇(Barbara Milech)和布莱恩·迪布尔(Brian Dibble)指出，乔利的小说中经常表现一种反讽，那就是：人类的幸福需要爱，但爱总是可望而不可即。在乔利看来，爱的问题是一个伦理问题，有爱则为善，无爱则为恶。她小说中反复表现的一种有爱的状态是社区关爱、邻里融洽，与之相对的无爱状态则无一例外地都是无精打采和孤单绝望。[2]《谜语》在它略显奇特的恐怖叙事之外刻画的老人院正是这样一个缺少爱的小社会。在这个社会里，有规则、有程序，但这些规则和程序更关心自身的运行，对于其中的人漠不关心。在圣克里斯托弗和圣裴德养老院里住着的老人们丝毫感受不到关爱和尊严。[3]《谜语》对老年人生存状态的刻画可谓入木三分，使老年人在非人疗养院中的惨淡生存跃然纸上。乔利的描写没有局限于这悲哀的基调上，乔利说："我试图审视和赞美生命。它不是一个简单的老年人悲惨故事。"[4] 小说通过养老院外的自然环境的描写，通过对海丽小姐和斯克比先生于衰老之中保持的对于生命尊严和文学艺术的热忱，传达了一种高贵的爱。

《谜语》是一部关于养老院的小说，因此读者或许很自然地从一个社会学的角度去看它。海伦·加纳认为，乔利并没有那么简单，即便是写一个社会热点问题，她给自己的定位仍然是艺术家。乔利用她近乎残酷的幽默，在糅合着感伤的笑声中表达她对于爱的看法。读者之所以在读她的小说时会笑出来，是因为那里面常常糅合着幽默和感伤。医院正是这样一个典型的幽默和感伤之地。[5]《谜语》提醒读者，大家都有老去的那一天，乔利并不希望大家只对小说中的人物表示同情，而是在阅读之余想到未来，体会"怜悯和恐惧"。[6]《谜语》好像还告诫人们，尊严是人最重要的人格标志。这部小说给人们以震撼，令人感到有一天也会像斯克比先生那样变老。每个人只能活一次，无人能逃脱生死的铁律。让人类到什么时候都能保持生命尊严的方法之一就是在心中培养爱，在人与人之

〔1〕 Elaine Lindsay, "'As one whom his mother comforteth, so will I comfort you': Elizabeth Jolley's Catalogue of Consolation", *Southerly* 66.1(2006): 52.

〔2〕 Barbara Milech and Brian Dibble, "Aristophanic Love-Dyads: Community, Communion and Cherishing in Elizabeth Jolley's Fiction", *Antipodes* 7.1(June 1993): 4.

〔3〕 Elizabeth Jolley, *Mr. Scobie's Riddle*, p.46.

〔4〕 Caroline Lurie, ed. *Central Mischief: Elizabeth Jolley on Writing, Her Past and Herself*. Ringwood, Australia: Viking, 1992, p.183.

〔5〕 Helen Garner, "Elizabeth Jolley: An Appreciation," *Meanjin* 42.2(Winter 1983): 155.

〔6〕 同上，p.157.

间积极地传递充满正能量的爱。乔利认为,"写作……是探索人的内心世界并认识内在自我的一种尝试,"[1]对人的内心世界探索越深入,就会越感到生命之可贵。在这个方面,乔利的这部小说引人深思,如何公平地处理自我与他人的需求,如何关爱他人,用爱去帮助人们以"尊严、沉着和宁静的方式"走完他们的人生,是这部小说向读者提出的一个无比深刻的大问题。

---

〔1〕 Caroline Lurie, ed. *Central Mischief: Elizabeth Jolley on Writing*, *Her Past and Herself*, p.175.

第 18 章
布莱恩·卡斯特罗《双狼》中的
心理分析批判

布莱恩·卡斯特罗是一名有着华裔血统的当代澳大利亚移民作家,他1950年生于中国香港,父亲是葡萄牙人,母亲是中英混血儿,从小在香港长大,会说多种语言。卡斯特罗1976年在澳大利亚悉尼大学获硕士学位,先后在澳大利亚、法国、中国等地从事教师、翻译、记者等工作。1982年,他凭借处女作《候鸟》(*Birds of Passage*)荣获《澳大利亚人报》举办的年度"沃格尔文学奖"(Vogel Literary Award),这部小说于次年出版之后让他一举成名。此后,他笔耕不辍,迄今为止已出版长篇小说10部,其中包括《双狼》(1991)[1]、《波默罗伊》(*Pomeroy*,1991)、《追踪中国》(*After China*,1992)、《随波逐流》(*Drift*,1994)、《舞者》(*Stepper*,1997)、《上海之舞》(*Shanghai Dancing*,2003)、《花园之书》(*The Garden Book*,2005)、《浴室赋格曲》(*The Bath Fugues*,2009)、《街头巷尾》(*Street to Street*,2012)及《失明与愤怒》(*Blindness and Rage*,2017)。他获得的部分其他文学奖包括国家图书理事会小说奖、新南威尔士州长奖、昆士兰州长奖、帕特里克·怀特文学奖和澳大利亚总理诗歌奖,此外,他还两次入围迈尔斯·富兰克林奖。卡斯特罗先后在墨尔本大学、西悉尼大学和阿德莱德大学执教,1995年和1999年先后出版两部非虚构类著作《书写亚洲与自传:两个演讲》(*Writing Asia and Auto/biography: Two Lectures*)和《寻找埃斯特拉里塔》(*Looking for Estrellita*),曾任阿德莱德大学创意写作教授及库切创意实践中心主任,2019年退休。

卡斯特罗的多数其他小说与在澳的华裔移民无关,他的小说有理论素养,重文学实验,所以令人想起帕特里克·怀特。他的语言高深、叙事复杂,让人想起

---

〔1〕 Brian Castro, *Double Wolf*, Sydney：Allen & Unwin, 1991.

玛丽恩・坎普贝尔和彼得・凯里。[1] 在世界文坛,也有人把他跟普鲁斯特、卡夫卡、本雅明、伍尔夫、曼、乔伊斯、福楼拜、纳博科夫等相联系,因为他的作品结构大胆,努力借助实验为读者打开想象的可能。他鼓励读者在自己的想象世界中包容异质存在和不确定性。他的作品中大量引证 20 世纪现代派作家的作品,这使得他在众多的澳大利亚作家当中显得异常地特立独行。他的小说喜欢立足局外人的视角展开想象和叙事,人物大多属于一种"混种"(hybrid),不少人物或多或少地带有一些肉体或者智力上的残缺。立足这样的边缘角色,他的小说为读者提供了一个审视一切关于种族或者国家定位的新视角。

一

《双狼》是卡斯特罗的第二部长篇小说,与前一部小说《候鸟》相比,《双狼》的时空跨度同样很大,但更重要的是,小说对于写作本身的后现代自省程度显著提高。在这部小说中,作者把注意力转向了几个对于叙事方法和功用有着独特思考的人。《双狼》以精神分析学家弗洛伊德的一个知名病例为蓝本,讲述了一个俗称"狼人"的病人和他的心理医生弗洛伊德之间的故事。据卡斯特罗回忆,他有一天在一家旧书店里看到一本"狼人"回忆录,便买回家看,看完之后深深地被书中的故事吸引。"狼人"在回忆录中表示,20 世纪 20 年代,在他后期生活落魄之际,弗洛伊德非常慷慨地借钱给他,助他渡过难关。此外,弗洛伊德多年之后曾去找过他,以便让他确认此前对自己讲过的事情都是事实。通过彼此之间不断增多的互动,"狼人"对这个心理分析学家有了不少新的了解。卡斯特罗认为,"狼人"与弗洛伊德的这段往事值得重新审视,一个原因是,作为弗洛伊德的病人,"狼人"活到 1979 年,所以与弗洛伊德相比,他晚期生活的时代已经是一个全然不同的时代。这个时代的人有着跟此前非常不同的想法,对于同样的问题也有了截然不同的态度,所以有必要重新审视他的人生,给世人讲述一个全新的、不一样的"狼人"故事。

《双狼》中的"狼人"名叫谢尔盖・韦斯普(Sergei Wespe),19 世纪 80 年代出生在一个俄罗斯贵族家庭,1979 年去世,终年 92 岁。谢尔盖小时候在俄国十月革命之后随家人从俄罗斯移居到德国慕尼黑和奥地利维也纳。谢尔盖一生经历了俄国革命、两次世界大战、两次经济大萧条,在此期间,他的家庭从上层社会跌

---

[1] Ken Gelder & Paul Salzman. *After the Celebration: Australian Fiction from 1989 - 2007.* Melbourne: Melbourne University Press, 2009, p.105.

入社会底层。谢尔盖之所以被称为"狼人",是因为自己童年时代做过一个梦,梦里一群狼站在他窗外的一棵树下面,从那以后,他患上了摆脱不掉的神经官能症,具体的表现是害怕动物。卡斯特罗在小说《双狼》中大胆地刻画了一个非常不一样的"狼人"形象。根据这一设计,"狼人"谢尔盖喜欢幻想,很早就希望当一名作家,他向弗洛伊德叙述的所谓往事、梦幻以及童年的创伤全是凭空编造出来的,而单纯的弗洛伊德竟然上了当,误将这些文学性的虚假材料当成了事实,继而在其基础上构建了他的精神分析理论。

卡斯特罗在这部小说中设计的另一个人物名叫阿特·卡特寇姆(Art Catacomb),这个名字听上去总让人想起懂"艺术"或者有"心计"的人。阿特是土生土长的澳大利亚人,或者更准确地说是澳大利亚本土的心理分析学家,专业生涯有过一段辉煌的历史,但如今贫困潦倒地居住在悉尼郊外的蓝山之中。阿特以前在维也纳时与"狼人"相识,也有过一些美国的经历。他为人机灵狡猾,也可以说诡计多端,算得上一个地下活动方面的艺术家和专家。为此,他受美国精神分析学会委托,前往欧洲跟踪谢尔盖的行踪,记录他对于精神分析发表的所有言论,以便随时向学会汇报。阿特得到的任务还包括阻止"狼人"在不同场合抹黑或者污蔑弗洛伊德的精神分析学,此外还要假托"狼人"的身份秘密地撰写一份"狼人"自传。

《双狼》分阿特和谢尔盖两条线展开叙事,读者读到阿特这个人物的时候,阿特已经垂垂老矣;谢尔盖故事则分多个阶段依次展开。从他1887年出生开始,1906年到高加索,1910年到慕尼黑,1972年到维也纳,小说零星地记述了谢尔盖的部分生命片段和场景,让读者从中了解到谢尔盖童年的部分经历。谢尔盖后来找到弗洛伊德,请他为自己看病。由于他这个"狼人"后来成了弗洛伊德所有病人当中最有名的病例,所以他在精神分析圈子里有了一定的知名度。但是,他们之间的关系出现了变化,因为他觉得弗洛伊德侵占了他和其他病号的故事。谢尔盖后来成了一个畅销书作家。

作为一部后现代小说,《双狼》对于写作,尤其是虚构写作表现出了高度的自觉,这种形式上的自觉集中地反映在小说给上述两个人物的定位上。在卡斯特罗的笔下,这两个人物都算是不同意义上的作家,不仅如此,而且他们都是虚构作家。两人虽然都不是专业的小说家,但他们都竭力使用想象和伪装性的写作来解决现实问题,为自己或为别人获取更多利益。"狼人"谢尔盖一心想当作家,他编织了一系列的梦幻和奇想故事,并不断地设计新的证据,编造新的耸人听闻的"原始场景"(primal scene)以便赢得弗洛伊德的信任。在"狼人"眼里,弗洛伊德也是一个作家,他不同于谢尔盖的地方在于,他每天借助古典的神话叙事讲述当代人的故事,为他们的行为做出解释,指出他们内心深处的矛盾、逻辑混乱以及可能存在的精神疾病及其症状。澳大利亚心理分析学家阿特是一个十足的骗子,他的一生像一个虚构故事。他的过去是虚构的,大学学位证书也是伪造的,他通过招摇撞骗混进了纽约的精神分析学界,通过溜须拍马和吹嘘他们的导师赢得了部分高层的好感。他开了一家自己的精神分析诊所,但不为治病救人,而是不断地敲诈病人的钱财,有时还对他们行使不轨。阿特最后得到的任务是冒"狼人"之名写一部他人的自传。所以,纵观整部小说,《双狼》是一部关于虚构叙事的虚构叙事。

二

卡斯特罗是一部理论性很强的小说家,早在《候鸟》中,他就展现了对于法国理论家罗朗•巴特的兴趣。在小说《波默罗伊》中,他提到过列维-施特劳斯的《结构人类学》。小说《追踪中国》中的两位主人公都读瓦尔特•本雅明的著作,他们不仅读理论家的书,还公开讨论理论问题。显然,理论对于小说家的影响是显著的,虽然有时有些尴尬,但卡斯特罗已经走进了这个世界,要彻底地洗去这份影响已经不可能了。格雷汉姆•巴姆斯(Graham Bums)感觉,卡斯特罗在小说创作中总是一不留神就窜到文学理论里面。[1] 彼得•哈钦斯(Peter Hutchings)甚至认为,《波默罗伊》根本就是一部伪装成文学对话的文学理论之作。[2] 卡伦•巴克(Karen Barker)认为,卡斯特罗在《随波逐流》和《舞者》中塑造的人物总体上虽然不怎么公开地讨论理论问题,但在这些作品中,理论化成了叙事的一部分,更成了情节和主题。[3]

《双狼》的开篇之处采用了三段铭文,第一段出自《狼人》一书的作者卡伦•奥伯尔泽(Karen Obholzer),内容是:"他让我感觉像是应该向他献上兰花的那种人"。第二段出自弗洛伊德:"他以前总威胁说要吃掉我。"第三段出自美国作家罗伯特•库弗(Robert Coover):"只有特别自我和特别教条的人(或许他们是同一个人,我脑子里想到的是我的两个不同的朋友)才会觉得世上只有一种'历

〔1〕 Graham Bums, "Travelling Birds", Rev. of *Birds of Passage*. *Australian Book Review* 60(May 1984): 18.
〔2〕 Peter Hutchings, "Disconnections and Misdirections," Rev. of *Pomeroy*. *The Adelaide Review* 74 (March 1990): 20.
〔3〕 Karen Barker, "The Artful Man: Theory and Authority in Brian Castro's Fiction", *Australian Literary Studies* 20.3(2002): 231.

史',我们其余的人都怀疑,这个世上有多少人就该有多少种版本的历史,或许更多……。"从《双狼》的情节和内容来看,这三段引文选得非常恰当,因为它印证了一个事实,那就是,卡斯特罗对叙事有着很大的兴趣,更重要的是,他在《双狼》中有意把弗洛伊德的精神分析理论直接变成小说的写作对象。

《双狼》是一部关于精神分析的小说,小说通过融合一些或真或假的人物和事件,虚构了一个"想象"版的精神分析。[1] 卡斯特罗曾经表示,自己并不想写一部关于某个理论的小说,在《双狼》中,他只是把理论用作一个激发灵感的刺激和共鸣板。[2] 那么,卡斯特罗对于弗洛伊德究竟持什么态度? 对待一般性的文学理论又持什么态度? 卡伦·巴克在一次访问卡斯特罗的时候,直接向他提出了这个问题。卡斯特罗回答说,"理论就像烟火,放出去之后就在自己的绚烂火光中消失,因为它是非实用性的,不过,理论具有挪用权威和动摇权威的功用,相比之下,小说就做不到,小说如果也谋求动摇权威,那它可能就首先会动摇它自己。小说只有以一个游戏存在的时候才存在,作为一个游戏,它不与现实关联,反而能成为现实的巨大威胁,成为人性的重要支持力量……这就是我跟理论的关系,我只是在玩游戏,但这是一个让人变得强大的游戏。"[3] 卡斯特罗进一步回答说,小说和理论有时是相互排斥的,但有时也可以形成对话,他讨厌那种明显的有着自我意识的意识形态理论,一种理论不过是一种语言,使用这种语言的人如果只有一个后现代的响亮的宣言,而不是用一种优秀的思想吸引人们随她们而去,那么这样的理论不要也罢。他认为,有一种后现代主义,它们的语言与一种可怕的反人性的知识并驾齐驱,在话语繁殖话语的同时,完全无视人的存在,这样的后现代主义需要无情批判。他最后指出,他在这个问题上比较悲观,但他希望站在文学想象的一边,坚决地跟那些为理论而理论的那些后现代主义作战。[4]

在《双狼》中,弗洛伊德作为一个人物并没有直接出面,小说家把自己对于他的评判巧妙地置于两个主要人物的判断和行动之中。这样的安排虽然比较委婉,但是,小说家对于弗洛伊德的精神分析学理论的"作战"态度昭然若揭。弗洛伊德的精神分析理论出名之后,"狼人"谢尔盖指责弗洛伊德盗窃自己的资料,说

---

[1] Ken Gelder and Paul Salzman. *After the Celebration: Australian Fiction from 1989 - 2007*. Melbourne: Melbourne University Press, 2009, p.106.

[2] Peter Fuller, "Freud's Wolf", Rev. of *Double-Wolf*, *Sydney Morning Herald* 6 Jul., 1991: 41.

[3] Karen Barker, "Theory as Fireworks: An Interview with Brian Castro", *Australian Literary Studies* 20.3(2002): 241.

[4] 同上。

他偷走了属于他的故事,同时挪用病人的故事,将它们占为己有,并据此来构建和推广自己的精神分析理论,可谓用别人的故事成就自己。谢尔盖还说,弗洛伊德叙述的所有故事都是不足为据的虚构叙事,原因是它们不尊重人性,把一个个鲜活的生命当成了他诊所里的病例。除此以外,在和弗洛伊德的交往过程中,他感觉弗洛伊德只对有可能支持他理论的故事感兴趣。他跟你打交道的时候时刻在你身上嗅,看看有没有不正常或者变态的倾向,在他的这种暗示之下,为了让他高兴,人们会情不自禁地偏离自己正常的人性轨道,变得越来越变态。与谢尔盖相比,澳大利亚阿特是弗洛伊德的维护者,弗洛伊德的精神分析理论在美国建成了自己的研究会(ASPS),所以弗洛伊德在美国拥有了自己的代言人。在美国,弗洛伊德的精神分析学会形成了自己的利益组织和产业,如果有人在世界的任何地方发表对弗洛伊德理论不利的言论,这个组织会出手加以干预,阿特便是在这样的情况下接受学会委派前去欧洲的。

《双狼》对美国精神分析学会有比较详细的描述。按照叙事人的说法,这是一个彻头彻尾的腐败机构,平时喜欢疯狂地宣传自己,遇到有需要时则义无反顾地造假,欺世盗名。阿特进入这个学会之后发现一个名叫伊叙梅尔·利伯曼(Ishmael Liebmann)的负责人写的一本题为《进退维谷的弗洛伊德主义》的小册子与精神分析毫无关系,倒反映了这个圈子内部勾心斗角的名利争夺。整个学会像个黑手党,又像一个极权的专制组织,教条僵化,不容忍任何外来的批评,也不愿接受任何的新思想,完全依靠宣传和公关来推广自己,维护学会的长期生存。利伯曼说起话来声音很大,他说,他要大力宣传,让公众看看这个在澳大利亚无立锥之地的社会弃儿如何在弗洛伊德的帮助下变成一个有头有脸的家庭好男人和公司好雇员。在他的领导下,美国精神分析学会成天编造谎言,在它的极权小世界里,语言和写作失去了它应有的健康交流的意义,而成了赤裸裸的政治工具,令人想起纳粹德国、种族隔离时代的南非和奥威尔小说《一九八四》中的恐怖世界。[1]

很显然,小说《双狼》以它特有的方式对弗洛伊德和他所开创的精神分析学提出了质疑,为了达到这个目的,《双狼》以后现代小说的名义虚构了历史。众所周知,历史上的《狼人笔记》并不是一个叫阿特·卡特寇姆的人写的;历史上真实的"狼人"完全不是卡斯特罗所表现的那样,他曾和弗洛伊德一同面对大众对于

---

[1] David Tacey, "Freud, Fiction, and the Australian Mind," *Island* 49(Summer 1991): 11.

他们的质疑和批评,并坚定地和弗洛伊德站在一起向大众发声。[1] 更重要的是,《双狼》为弗洛伊德画了一幅讽刺漫画,在画中,弗洛伊德被画成了一个城府很深的骗子,是一个打着科学和真理的幌子不断利用虚构欺骗同类的败类。他衣冠楚楚,温文尔雅,伶牙俐齿,动作敏捷,在他的心中只有一个个的病例和一个个的交易,除此无他。《双狼》对于弗洛伊德的这一颠覆性的重写令人想起 20 世纪 30 年代意大利著名文学家乔万尼·巴比尼(Giovanni Papini)虚构的一段自己和弗洛伊德的对话,对话中,巴比尼用他惯常的幽默跟弗洛伊德开了个早期的后现代玩笑。他先问弗洛伊德他提出的那些理论是不是认真的,然后虚拟着弗洛伊德的口气说,自己的那些理论都是编出来的故事,不仅如此,整个精神分析都是编造出来的神话,而他自己并不是什么心理学家,而是一个文人和作家。与搞笑的后现代巴比尼相比,《双狼》在重写弗洛伊德的时候似乎缺少一些幽默,多了一些刻薄的批评。[2]

三

在当代澳大利亚文学中,罗德·琼斯(Rod Jones)曾于 1986 年出版过一部讽刺精神分析的小说《朱丽娅天堂》(*Julia Paradise*),[3] 小说的背景设在中国上海,作品展示了一个自称是弗洛伊德学生的精神分析专家和他对于一个吸食鸦片的女性生活的观察,辛辣地讽刺了精神分析学家面对自己的病例时只知有理论不知有人性的倾向。作为一部普通的讽刺小说,《朱丽娅天堂》写得通俗流畅,让读者一眼就能看得明白。不少不喜欢精神分析的读者看了这部小说之后,为它所传达的反理论立场击节叫好,所以这部小说出版第一个月后,第一次印刷的四千册就一销而空。不仅如此,该书的版权很快被卖给了英美市场,同时小说被翻译成 10 多种不同语言出版,差点斩获法国的费米娜外国小说奖。[4]

与《朱丽娅天堂》相比,《双狼》是一部更具后现代自省意识的小说。虽然同样拒绝弗洛伊德的理论权威,但是《双狼》的所有情节并没有站在精神分析之外评判精神分析,而是在精神分析的理论内部对它进行反思,体现了显著的自省和游戏特征。例如,作为核心情节,小说告诉我们,"狼人"谢尔盖是一个作家,他给弗洛伊德提供的材料都是凭空捏造出来的,然后,弗洛伊德在此基础上经过自己

---

[1] David Tacey, "Freud, Fiction, and the Australian Mind," *Island*, 49(Summer 1991):11, p.12.

[2] 同上,p.10.

[3] Rod Jones, *Julia Paradise*, Penguin Books, 1986.

[4] Kevin Murray, "Come into my parlour …: Rod Jones and the Reviewers", *Antithesis*, 1.1(1987):106.

的操纵分析,得出一个惊世骇俗的结论,从而在同行中确立自己的地位。小说用弗洛伊德自己的精神分析方法将精神分析的毛病呈现在读者面前,一个典型的例子是"狼人"的所谓"原始场景"。据说,孩子年幼时看到一次成年人的性交画面会给他的性心理成长过程留下创伤性的影响。《双狼》强调,所谓的"原始场景"一般来说都不是当事人直接回忆出来,而是别人通过众多的线索慢慢地推测和建构起来的,任何一点线索的变化都可能改变整个场景的结构和样貌。换句话说,所谓"原始场景",其实是非常不稳定的,只要改变某些线索就能构建出一个新的版本。弗洛伊德在听了谢尔盖的叙述之后,自己就在"狼人"的叙述之外提出了一些可能的线索,这说明,那个所谓的"原始场景"究竟有没有发生实在难以确定。《双狼》中的三个主要人物都知道弗洛伊德的精神分析存在问题,所以都试图利用它的这些问题为自己服务。巴克认为,《双狼》这样的情节安排出于一种实验性的游戏设计:谢尔盖用自己时时变化的不确定性给弗洛伊德设了一个恶作剧,目的就是要通过零零星星地不断给他提供新的关于"原始场景"的信息,让弗洛伊德和他的门徒们没完没了地反思、修正和重写自己的理论。巴克列举了谢尔盖向弗洛伊德讲述的几个爬树的经历充分说明了这部小说的这一游戏特征。

在《双狼》中,谢尔盖对弗洛伊德讲述了自己五岁时候的几次爬树的经历,但每次讲述都会出现细节上的不一致,例如爬过多少次,爬的是什么树,采用的是什么样的姿势和方法,谢尔盖从来不能确定。因此对于弗洛伊德来说,由于太多的细节不确定,所以对于这些爬树经历的解释变得无比复杂。最后,弗洛伊德想当然地将这棵树确定为胡桃树,并进一步推测说这一爬树的画面与谢尔盖记忆中的"原始场景"密切相关,换句话说,谢尔盖爬树的故事仍然是一个关于"原始场景"的故事。谢尔盖在小说中不止一次地有意无意地将这个画面与记忆中的父母的交媾相联系,因为他知道弗洛伊德喜欢这样的联系。有一次,他这样回忆道:"五岁时,我发烧,因为家里的落地大摆钟响了五下,所以是五点钟,大摆钟上有个山羊,父亲在跟母亲后体位性交,三次了,什么都是三:圣父圣子圣灵,父亲走到我的小床边,他硕大吓人的生殖器勃起在那里……我害怕极了,因为他不像一头狼,而是一个人,他的样子跟自然环境完全不搭。我把这事告诉了祖父,他大笑。第二天,我爬上树……"[1]谢尔盖非常清楚,弗洛伊德听了自己这么多随性回忆会感到无比尴尬和纠结,因为他无法确定谢尔盖所谓的"原始场景"究竟

---

[1] Brian Castro, *Double Wolf*, pp.93 - 94.

是真是假。在上一次叙述当中,他暗示说那场景可能是自己因为疟疾发烧时的幻觉,后来他又暗示那可能是他在看动物嬉戏的时候替代性幻想:"我在爬一棵很高的树。我虽然人小,但爬树很在行,什么树都没有问题,除了冷杉树。我够到树杈了,我分开树枝朝地面看去,两只狗在嗅着叫着,一条狗插入另一条狗的后部,用力地朝里面抽送,它们连在一起了,像旋转木马中的马那样转。我见过山羊这样转,尼古拉斯叔叔说,要把它们分开,你得用斧子。"[1]这里,弗洛伊德自然可以给谢尔盖的叙述做一个解释,但是,谢尔盖自己给弗洛伊德提供了拉康式的情景:他的斧头割破了他的手指,这个细节可以同时表示分开交媾中的父母,同时通过一个虚拟的阉割掩盖"原始场景"中的肉体暴露。按照拉康的说法,谢尔盖试图通过不直接披露父亲的肉体而讲述自己的"原始场景"故事。

谢尔盖还给弗洛伊德讲述了第三个关于自己爬树的故事,不过这个故事与他的父亲勾引姐姐有关。卡斯特罗在小说参考目录中列出匈牙利精神分析学家尼古拉斯·亚伯拉罕(Nicholas Abraham)和玛丽亚·托罗克(Maria Torok)的一本书,书名叫《狼人的魔法词》(*The Wolf Man's Magic Word*),这本书提及了谢尔盖的这个故事,原因是他们认为,"原始场景"应该是一个不能说的秘密,那些可以用来叙述这个秘密的关键词都一律不能说,谢尔盖显然不知道怎么来描述姐姐被引诱这一难以面对的往事。亚伯拉罕和托罗克认为,真正的"原始场景"应该有个见证人,但是,见证人往往又因为种种原因无法作证。例如,在小说《双狼》中,谢尔盖把这个秘密告诉了祖父,第二天谢尔盖爬上树,而祖父在一次事故中失去了记忆。[2]祖父的事故意味着这个秘密将永远不能为人知晓。谢尔盖在几次陈述中表示,祖父的事故与尼古拉斯叔叔有关,因为尼古拉斯叔叔就是因为砍树,导致斧头伤到祖父,但是,他后来又说,斧子是他掉下树的,所以伤了祖父:"我想如果我把斧子扔了,我能爬高点。尼古拉斯叔叔在砍树……一把斧头从我身下掉了下去,祖父在树下小便,听到斧头呼的一声飞下去,抬头一看。'这么巧……'他嘟囔着,我把斧头一丢,他一句话说了一半被打断了……"[3]祖父的这次意外经过一系列的联系与父亲勾引姐姐的事情联系到了一起,按照弗洛伊德的阐释,父亲扮演了狼的角色:"大约五点钟的时候,他被一个噪音吵醒了,他情不自禁地出汗,弄湿了床单……发烧让他的眼睛灼痛,他对着墙说,你好,祖父……他额头上还在流血,斧头切进去的地方有白色的沫沫,她们说那是

---

[1] Brian Castro, *Double Wolf*, p.134.
[2] 同上,p.55.
[3] 同上,p.135.

脑浆溢出来了……他的父亲四脚着地地从沙发后面爬过去,他脸上带着狼口罩……他看到他的姐姐安娜,她跟狼滚到了床上。"[1]

小说里至少还有一处爬树的细节描写,有人看见安娜爬到一个树枝上,上演了童话中才有的裁缝为了躲避狼群爬到树上去的画面,这个细节显然从一个侧面证明谢尔盖姐姐被父亲勾引的说法。同样,谢尔盖对所有这些爬树经历的叙述,一会儿说是幻想和童话,一会儿说是梦幻和幻想,一会儿说是父母交媾,一会儿说是姐姐被勾引。据他自己说,他编出了这么多的故事不只是为了捉弄弗洛伊德,他更想通过这些故事保持自己对于弗洛伊德的话语优势和权威。在所有这些故事当中,谢尔盖有他自己关于"原始场景"的看法,那就是他自己被姐姐勾引。弗洛伊德承认这或许是个事实的存在,但因为这样的事实没有从根本上给谢尔盖形成创伤性的后果,所以不具有实质性的意义。《双狼》中充满了谢尔盖和弗洛伊德之间的互动和对话,谢尔盖所做的一切并非是要强调他提出的"原始场景"比其他人提出的解释更加合理,叙述了那么多的爬树经历也不是为了简单地质疑精神分析理论,毕竟,谢尔盖所做的一切从来没有离开过精神分析理论的逻辑。那么,谢尔盖究竟想达到什么目的呢? 巴克认为,谢尔盖希望批判的应该不是精神分析理论本身,而是权威,或者说弗洛伊德的权威。弗洛伊德想要建构一个可以让所有精神分学家都能信服的权威叙事,"狼人"希望通过欺骗弗洛伊德,能够至少在自己的主体性问题上保持自己的相对权威。谢尔盖与弗洛伊德之间的关系令人想到儿子与父亲之间的关系,儿子不想让父亲永远凌驾于自己之上。

从小说《双狼》来看,卡斯特罗对于精神分析理论的经典文本的熟悉令人吃惊,阅读《双狼》的读者如果要读懂谢尔盖关于爬树的这一段叙述,必须对精神分析理论有一定的了解,至少听说过小说在参考目录中罗列的部分专业书籍。当然,如果读者完全不了解弗洛伊德或者与他相关的知识,也不会有太多的影响,他们会错过作者暗藏在字里行间的一些笑话,但不会错过小说中所刻画的不同人物之间的争夺话语权的斗争,因为小说在这个主旨的呈现上还是清清楚楚的。

巴克认为,小说《双狼》中并没有直截了当地批判精神分析理论,卡斯特罗更感兴趣的是用精神分析理论回过来分析弗洛伊德,让读者从中看看弗洛伊德理论的实质。[2] 的确,在精神分析领域,弗洛伊德是第一个试图将"狼人"的故事控制在自己的理论大叙事之内的人。但是,小说通过谢尔盖的游戏性叙述向他

〔1〕 Brian Castro, *Double Wolf*, pp.39 - 40.
〔2〕 Karen Barker, "The Artful Man: Theory and Authority in Brian Castro's Fiction", *Australian Literary Studies*, 20.3(2002): 231 - 240.

的这种权威提出了根本性的质疑和挑战。从"狼人"到弗洛伊德,从作家到理论家,从文学到理论,卡斯特罗反对学院派的文学理论,不主张用理论替代原创的文学作品,因为小说家不是理论家。彼得·皮尔斯认为,卡斯特罗在他一直以来的作品中都高度关注话语权的问题,他的小说始终书写不同形式的话语方式以及由此带来的权威问题。在他的小说中,有些人物不断地努力运用具有策略的讲述宣示自己的权威地位,而更多的是人们在有说服力的故事面前,主动放弃自己对于话语权的坚持。[1]

在小说创作和文学理论的关系问题上,小说《双狼》或许真的清楚地表明了作者的立场。在卡斯特罗看来,文学与理论作为两种不同的话语形式都能推出同样具有颠覆性的话语成果,但小说优越于理论的地方在于,小说不像理论那样痴迷权威,更不像理论那样谋求话语专制。在他看来,理论在意于实践,小说更在意于游戏,为什么这么说呢?因为理论立足于现实世界,立足于控制更多的人以便改变和控制世界,因此理论从来都不是单纯的,它根植于特定的时空社会历史语境之中,理论要么倡导一种实践,要么批判一种实践。小说与之相反,因为小说所呈现的不是真实的现实世界。从这个意义上说,小说是一种谎言,读小说而不接受小说的虚构性特征从根本上就是一个错误。当然,在卡斯特罗看来,小说的谎言跟现实生活中的谎言有着根本的不同,所谓小说的谎言说的是,小说不能简单地在现实生活当中对号入座。《双狼》刻画的弗洛伊德错误地把谢尔盖跟他叙述的虚构故事简单地当成了事实,继而将理论的假设当成了不变的教条。《双狼》要告诉读者的是,在小说的世界里,所有的教条必须恢复成假设,僵化的理论也必须重新恢复为游戏。[2]

杰尔德和索尔斯曼把卡斯特罗的小说称为"忠于形式"(true to form)的"文学小说",[3]一个原因是他的作品重视形式实验和游戏。[4]他的小说互文性指涉浓密,叙事视角变化多,缺场和空白使用频繁,他的小说大多具有高度开放的特点。读者可以从不同角度进入,又可以结合自己的经验自行连接,在阅读的过程中创作出属于自己的独特体验来。

---

[1] Peter Pierce, "Things Are Cast Adrift: Brian Castro's Fiction", *Australian Literary Studies* 17.2 (1995): 151.

[2] Brian Castro, "Lesions", *Meanjin* 54.1(1995): 68.

[3] Ken Gelder and Paul Salzman, *After the Celebration: Australian Fiction from 1989 - 2007*, p.105.

[4] Bernadette Brennan, *Brian Castro's Fiction: The Seductive Play of Language*. Amherst, NY: Cambria, 2008.

《双狼》是一部理论性很强的小说,温卡·奥门森(Wenche Ommundsen)认为,卡斯特罗的小说喜欢用时尚的理论。[1] 彼得·福勒(Peter Fuller)也觉得卡斯特罗"太在意理论了"。[2] 但是,在理论与游戏之间,卡斯特罗显然更偏向于游戏,《双狼》中清楚地传达给读者的是一种对于理论的抵制态度。他觉得小说家不能依靠理论进行文学创作,而应该充分发挥自己的文学想象,发生在想象空间里的游戏才是面对现实并向它说"不"的最好方法。他告诉读者,他小说中的理论性内容并不重要。[3] 卡斯特罗对具有颠覆性的概念有着浓厚的兴趣,喜欢在日常的文化和政治生活中插入多元异质的思想来帮助自己反思,但是,文学中那特有的生生不息、悸动不居的游戏精神是他始终想追求的目标。

《双狼》或许真如戴维·泰西(David Tacey)说的那样不无一点反动守旧的色彩:卡斯特罗显然知道澳大利亚一直以来都不相信弗洛伊德,因为澳大利亚人受英国人的实证主义和理性主义影响至深,天生对任何理论都抱持一种怀疑的态度。此外,澳大利亚人不读理论书,它的通俗文化当中有一种鼓励大家只需高兴起来、不要思想的倾向。[4] 卡斯特罗的《双狼》对于精神分析理论的攻击似有迎合澳大利亚主流社会口味和偏见之嫌,他的小说假设他的读者都会接受和同意他的偏见,对于精神分析这样的外来笑话一定会跟他一样嗤之以鼻,也会从鞭打一切精神分析工作者的过程体会享受的快乐。[5] 作为一名华裔移民作家,那种对于自由游戏精神的追求时常会受到很多限制,但是,卡斯特罗或许不至于需要采用这样低级的手法去迎合他的白人读者,他对弥漫于澳大利亚社会的不公有着自己的看法,他会更希望通过自己的艺术去干预和改变澳大利亚社会。卡斯特罗认为,艺术也是一种实践,[6] 虽然小说的假设和虚构与现实生活的关系并不直接,但是,小说反对弗洛伊德和阿特那样的话语极权。与那样的极权相比,小说《双狼》倡导自由的表达和自由的游戏,在一个充满话语霸权的现实世界里,卡斯特罗相信小说的游戏会给人带来力量。

〔1〕 Wenche Ommundsen, "Multiculturalism, Identity, Displacement: The Lives of Brian (Castro)." *From a Distance: Australian Writers and Cultural* Displacement, eds. W. Ommundsen & H. Rowley, Geelong, Vic.: Deakin UP, 1996, p.153.

〔2〕 Peter Fuller, "Freud's Wolf" Rev. of *Double-Wolf*, *Sydney Morning Herald* 6 Jul., 1991: 41.

〔3〕 Peter Pierce, "Things are Cast Adrift: Brian Castro's Fiction," p.151.

〔4〕 David Tacey, "Freud, Fiction, and the Australian Mind," p.12.

〔5〕 同上。

〔6〕 Brian Castro, "Heterotopias", p.179.

第 19 章
克里斯托斯·佐尔卡斯《死欧洲》中的灵与鬼

克里斯托斯·佐尔卡斯是 20 世纪 90 年代澳大利亚文坛崛起的一颗新星，他 1965 年生于墨尔本的一个希腊移民家庭，80 年代就读于墨尔本大学并获文学学士学位。1995 年出版首部长篇小说《满载》（*Loaded*），此后连续出版《耶稣男人》（*The Jesus Man*，1999）、《梭鱼》（*Barracuda*，2001）、《死欧洲》（2005）[1]、《一记耳光》（*The Slap*，2008）、《无情天神》（*Merciless Gods*，2016）及《大马士革》（*Damascus*，2019）六部长篇小说。迄今为止，他已连获澳大利亚文学研究会金奖、《时代》小说奖、墨尔本最佳文学创作奖、斯蒂尔·拉德（Steele Rudd）最佳短篇小说集奖、维多利亚州州长文学奖、英联邦作家奖等。佐尔卡斯多才多艺，除了写长篇小说之外，他还写散文、剧本和戏剧。他对电影情有独钟，小说《满载》《死欧洲》和《一记耳光》先后被改编成电影，《一记耳光》和《梭鱼》还被改编成了电视剧，他甚至还专门出版过一部关于电影改编的学术著作。

在当代澳大利亚文坛上，佐尔卡斯的名字早期常与"垃圾文学"（grunge lit）联系在一起。"垃圾文学"这个概念来自美国的"垃圾音乐"（grunge music），澳大利亚这一文学流派的代表人物包括安德鲁·麦甘（Andrew McGahan）、贾斯丁·艾特勒（Justine Ettler）、菲奥娜·麦克格雷格（Fiona McGregar）以及佐尔卡斯。让-弗朗索瓦·沃内（Jean-Francois Vernay）认为，"垃圾文学"主要描写一些失意的城市青年，他们竭力用音乐、毒品、暴力、性与酒填补生活的空虚。[2]伊恩·赛森（Ian Syson）在一篇题为"市场精神的味道：垃圾、文学、澳大利亚"的文章中指出，"垃圾文学"应是出版商和书商针对 25 至 40 岁左右的读者群使用

---

[1] Christos Tsiolkas, *Dead Europe*. Sydney: Vintage, 2005.

[2] Jean-François Vernay, "Grunge Fiction", in *The Literary Encyclopedia*. First published 06 November 2008, https://www.litencyc.com/php/stopics.php? rec＝true&UID＝5550.

的一个营销策略。[1] 按照伊丽莎白・韦比的说法，20 世纪 90 年代中叶之后，包括麦甘在内的这批小说家都开始把注意力转向了更加严肃的题材。[2]

佐尔卡斯的《死欧洲》出版之后受到了来自批评界的广泛关注。肯・杰尔德和保罗・索尔斯曼认为，《死欧洲》是一部涉犹的小说，但是，作品在重提反犹的话题上犯下了一个严重的时代错误。[3] 克里斯滕・考内尔（Christen Cornell）认为，《死欧洲》是一部关于难民问题的小说，小说中充斥着形形色色的欧洲难民：希腊的阿尔巴尼亚人、伦敦的俄罗斯人、柏林的土耳其人，此外，到处都是北非、苏联和前南斯拉夫人。[4] 汉弗雷・麦奎恩（Humphry McQueen）认为，小说颠覆了 A.A.菲利普斯（A. A. Phillips）在其 1950 年发表的"文化自卑"（Cultural Cringe）一文中所描述的澳大利亚人面对欧洲时的态度，对于欧洲表达了一种直接而犀利的批判立场。虽然小说中的某些细节会让部分读者感到不安，但小说思想性强、语言生动，人物塑造得很成功。[5] 安德鲁・麦坎（Andrew McCann）对佐尔卡斯的这部小说最为肯定。他认为，《死欧洲》在形式实验方面表现大胆有效，作为一部澳大利亚小说，却能很好地在全球语境中思考和探索身份构建的问题，所以它让读者看到了小说的未来大概是什么样子。[6]

佐尔卡斯表示，他希望通过这部小说表达一种政治信仰的失落。[7]《死欧洲》中采用了许多真真假假的超现实元素，这里有吸血鬼，有幽灵，小说全面糅合现实主义与超现实主义，让读者充分感受到了历史跨越时空在新的时代的延续以及它对今天人们的生活产生的影响，同时让读者看到了一个全球化时代的欧洲裔澳大利亚移民后代对于政治信仰的探寻。

一

马克思在《共产党宣言》的开篇词里写道："一个幽灵，一个共产主义的幽灵，

---

[1] Ian Syson, "Smells Like Market Spirit: Grunge, Literature, Australia", *Overland* 142（Autumn 1996）：23.

[2] Wang, Labao. "Australian Literature Today: Wang Labao Interviews Elizabeth Webby", *Antipodes* 33.2（2019）：248.

[3] Ken Gelder and Paul Salzman. *After the Celebration: Australian Fiction from 1989 - 2007*. Melbourne: Melbourne University Press, 2009, pp.226 - 227.

[4] Christen Cornell, "The Spectres Haunting *Dear Europe*", *Overland* 181（Summer 2005）.

[5] Humphrey McQueen, "Review of Christos Tsiolkas, *Dead Europe*", *Politics and Culture* 4（2005）. aspen.conncoll.edu/politicsandculture/page.cfm? key=441

[6] Andrew McCann, "The Spectres Haunting *Dear Europe*", *Overland* 181（Summer, 2005）：26, 28.

[7] Christos Tsiolkas and Patricia Cornelius, "Politics, Faith & Sex", *Overland* 181（2005）：18 - 25.

在欧洲游荡！"〔1〕《死欧洲》中也有一个游荡的幽灵,这个幽灵与主人公艾萨克
(Isaac)祖辈生活的希腊村庄有关,与那个被祖父杀掉的犹太年轻人有关。《死
欧洲》中的一个突出的细节是幽灵。艾萨克前往欧洲旅行时,很快就见到了这个
幽灵,一开始他将信将疑,但是,他不久就发现这个幽灵反复地出现在他拍摄的
照片上。他最后看出那幽灵是个长着一张瘦削脸庞的男孩子,在照片里,他总在
人的后面笑。〔2〕艾萨克渐渐地被这个幽灵缠住了,此后常常在无意之中见到这
个幽灵,而且幽灵出没的恐怖度不断升级。

艾萨克来到欧洲以后希望办一个摄影展,但苦于没有太多好的艺术灵感,所
以一直没有进展。不过,有一天,当他再一次看到照片背景里那个常在的幽灵
时,他非常兴奋,因为他发现,在他拍摄的每一张照片中,里面的人都因为幽灵的
存在而发生了显著的改变。例如,他曾经给火车上的一个老头拍过一张相片,但
是,照片里的这个老者并没有像他想象的那样在睡觉,相反,他睁大了惊恐而充
满血丝的眼睛看着他。他嘴里的牙都掉光了,看到相机对着他,他伸长了下巴,
边看边发出一声呻吟。〔3〕这样的画面令艾萨克深感恐怖。艾萨克感觉到,这些
画面不是他在日常旅行中捕捉到的真实生活,但是,这些恐怖的画面从一个角度
又非常真实地记录了历史的创伤给当今欧洲人带来的深刻影响。他隐约地意识
到艺术在见证他人创伤过程中的作用:在所有欧洲人都忙忙碌碌于现实并满足
于眼前的生活时,无声的摄影艺术在默默之中毫不避讳地向人们展示了历史和
创伤的继续。有些照片模糊不清,有些则丑陋不堪,有些太暗,有些则太亮。不
管拍摄的效果和水平怎样,因为有了幽灵的存在,它们给人一种生命的感觉,因
为在这些照片中看得到人心在跳动,血液在流淌,灵魂在悸动。〔4〕

小说开始时,艾萨克初到欧洲,发现这里的人们沉浸在一片后现代的"历史
终结"情绪之中,对于历史和往事,对于曾经的大屠杀和战争,他们日渐淡漠。艾
萨克感觉,就在今天的欧洲人充分享受着终极化的民主时,那个曾经充满活力的
欧洲死了。艾萨克非常高兴地看到,他的摄影艺术通过照片中的幽灵重现让人
们再次看到了欧洲曾经的历史和苦难,那个曾经展现生命活力的欧洲似乎以这
样的方式又回来了。

艾萨克从自己的摄影当中明白了幽灵之于历史的意义,那个幽灵与历史的

---

〔1〕 Carl Marx and Friedrich Engels, *Communist Manifesto*. London: Communist League, 1848, p.1.
〔2〕 Christos Tsiolkas, *Dead Europe*, p.157.
〔3〕 同上,p.337.
〔4〕 同上,p.46.

创伤有关。如果幽灵代表着创伤，它是一种无法用象征性的语言表征的历史创伤，在生活中，这份创伤常常被阻隔起来，成为内心深处的一种创伤后的回响。创伤并不是一种当事人可以随意处置的经验，它无法随意叙述，但它常常作为一种力量，不断地对现实生活产生影响，所以用幽灵来诉说创伤是小说《死欧洲》中的一个非常有趣的独创。当然，犹太男孩的死是《死欧洲》中唯一的创伤事件，艾萨克的欧洲之行让他不断看到其他人曾经的创伤给他们带来的伤痛、迷失和失落：那个被人割去舌头的威尼斯老头和他的失明的妻子，布拉格的玛丽亚和帕诺的恐怖性表演，还有巴黎的恐怖家暴等。感觉上欧洲的每一个人都跟艾萨克一起体会着创伤，所以他所到之处创伤的幽灵都会出现，而这一切被他的摄影静静地捕捉到并保存了下来。[1] 佐尔卡斯笔下的欧洲无疑是一个真正的创伤之所。在这里，历史上的暴力和恐怖至今也没有真正消逝，相反，它们时不时地回到这里，提醒人们这里曾经发生的恐怖。犹太男孩被杀害对于艾萨克而言无疑是个痛苦的历史转折点，但更重要的是，这个个人的悲剧将他拉回到了整个欧洲的创伤历史画面之中，而这个悲剧在二战之后从来没有真正地消散开去。任何时候，你睁开眼睛，就感受历史的创伤在继续。从这个意义上说，《死欧洲》中的幽灵不是别的，正是整个欧洲的集体创伤，甚至是血腥的 20 世纪之后的整个西方世界的集体创伤。

如果《死欧洲》中的幽灵是创伤，那么，叙事人原本叙事的目的是否应该是把曾经的创伤重新建构起来？很显然，读者在《死欧洲》中没有见到这样的努力。小说中除了艾萨克亲历的幽灵和叙事重构中的鬼魂重现，对于希腊往事的童话叙事口吻中好像也有一种幽灵在其中。有人会说，作为一种创伤事件，事件发生时相关当事人突然之中并没有机会好好地面对，多年之后，今日的语言也很难将其完全再现。然而事实是，艾萨克觉得现实中的欧洲人似乎不记得也不在意曾经的创伤了。《死欧洲》所刻画的今日欧洲是一个脱离了历史和过去的空洞世界。小说中艾萨克的朋友安德利亚斯（Andreas）对他说："都他妈的过去了，不是吗？今天的欧洲不再有流亡，不再有内战，不再有家族间的血拼，不再有监狱，就连国家也为曾经的抗战修上了纪念碑。我们如今全都是民主派，不是吗？"[2] 安德利亚斯的这段话清楚地说明，当今的欧洲人生活在怎样一个没有过去、没有记忆和没有意识形态论争的虚空之中。不同意识形态间的差异在这个巨大的无所不包的新自由主义民主体系之中也被物化成了纪念碑。这是一个后现代的世

[1] Christos Tsiolkas, *Dead Europe*, p.303.
[2] 同上，pp.93-94.

界,过去与现在没有关系,人们偶尔可以通过技术重现的手段再次看到过去,但是,这些数字技术图像与现实之间也是脱钩的。柏林墙倒塌之后,西方社会开始了资本主义意识形态一统天下的时代。西方传统的意识形态对立彻底结束,西方社会进入了一个大一统的后现代民主时代。西方人把自己的资本主义民主称为"历史终结"的时代,这是一个没有大叙事的时代,无数裂变的小叙事横行,没有了目标的世界同时也失去了逻辑和方向。民主的漫无目的到了 21 世纪随着科技的发展变得更加不确定。在当今世界,符号和印象满天飞,可是,它们与我们生活的物质世界的关系越来越远。能指没有了所指,符号的表面意义之下失落了本该有的物质基础。《死欧洲》对于这个世界的伦理扭曲表达了愤慨。佐尔卡斯感觉,有人说这就是今日的现实欧洲,可他不明白那是什么意思。

《死欧洲》中的创伤主题与小说家佐尔卡斯对于欧洲后现代民主的反感之间存在怎样的关系?迈克尔·沃汉(Michael Vaughan)引用德里达对于马克思的解读指出,在一个所谓的"历史终结"的后现代民主时代,在人们感觉任何伦理和政治都不重要的时代,我们尤其应该谈论幽灵或者跟幽灵对话。缺少了历史感,没有了一种责任感和对于正义以及逝者的尊重,人类没有资格谈论前途与未来。[1] 在德里达看来,幽灵的存在可以成为当下某些地方盛行的伦理和政治虚无主义的一种抵制力量,他把这种超现实的伦理思想称作他的"幽灵学"。德里达认为,在当今世界,马克思之所以仍然有用,不是因为可以用他来重建宏大叙事,而是因为他依然代表一种具有反省能力的批判资本主义的激进精神。德里达主张把马克思的这一精神与他的所有其他理论区别开来,然后在此基础上形成一种崭新的批判精神。这种基于幽灵的批判精神认为,现实的存在从来就不是自给自足的,表面上实实在在的现实有时候不仅经不起推敲,而且经常背叛我们。[2]《死欧洲》从一个角度说,是将这种自以为"自给自足的现在"彻底打开了给我们看,读者透过表象看到了一个超现实的地狱。

汤姆·路易斯(Tom Lewis)认为,德里达的幽灵学源自他对于"历史终结"论的极度不满。[3] 同样,佐尔卡斯在《死欧洲》中反复书写的幽灵也是一种对于现实欧洲的批评。在他看来,过去不会消失,只不过我们在一段时间里找不出很

---

[1] Michael Vaughan, "'What's haunting Dead Europe?': Trauma fiction as resistance to postmodern governmentality." *Journal of the Association for the Study of Australian Literature* 11.2(2011): 4.

[2] 同上。

[3] Tom Lewis, "The Politics of 'Hauntology' in Derrida's *Specters of Marx*." *Ghostly Demarcations: A Symposium on Jacques Derrida's Specters of Marx*. Ed. Michael Sprinker. London: Verso, 1999, p.138.

好的说法去描述它。[1]《死欧洲》作为一部创伤小说的创作目的不在于重构往事和叙事，而在于用创伤来抵制后现代的欧洲社会。在某些后现代的理论家嘴里，历史事件不过是作家的语言虚构，除此以外并不真正在历史的时空中发生过、存在过。创伤小说不会吹嘘自己如何如何反映真实的历史事件，但它对于历史虚无主义提出了尖锐的质疑。

二

　　《死欧洲》出版时的宣传广告里把它称作一部吸血鬼小说。[2]艾萨克抵达欧洲之后不久，就如同魔鬼附体，莫名地感到一种嗜血的饥渴。另一方面，他也真的遇上了一个吸血鬼，这个吸血鬼一直纠缠着他，不管他走到哪里，都会跟到哪里。欧洲人常说的吸血鬼与希腊有着很多的渊源。[3]艾萨克像吸血鬼一样地在欧洲游荡，令人自然地想起传统欧洲农村中的吸血鬼神话。艾萨克的父母早年来自一个偏远的希腊村庄，这里的人们贫穷落后，思想保守，死守偏见和迷信。艾萨克虽然在澳大利亚长大，但显然他身上有着希腊祖辈的山村文化的基因。艾萨克抱着猎艳的态度前往欧洲，他先在雅典花钱找了几个俄罗斯男孩子玩，到了布拉格之后，在东欧新兴的市场经济中寻花问柳。他是这里的游客，更要在此消费。随着旅行的深入，艾萨克的饥渴变得越来越严重。那是一种吸血鬼似的消费欲望，为了满足自己的欲望，他喜欢上了强奸、谋杀和吃人，而且越陷越深。有一次，他在一个朋友的俱乐部里对着他的一个模特自慰，模特年龄还小，他在自己的幻想中俨然真的成了吸血鬼："我闭上眼睛，想象着自己插入……我闭上眼睛，越发用力，他开始流血了，我想象着流血，身体里感受到一阵阵的激动，我想象着他的脸上的血迹和伤痕，动作愈加亢奋。我想象着自己舔他的血、尝他的血、吃他的血，于是高潮来了，我大声地叫了出来。"[4]如果不是他的母亲和男友及时赶到伦敦并帮助他通过输血将他从这种欲望中拉回来，艾萨克或许很难从这次奇怪的旅行中全身而退。艾萨克在欧洲的所见所闻令他惊讶，因为通过自己的亲身体验，他发现整个今日的欧洲像个无所不在的巨无霸式的吸血鬼。在"布拉格的妓院"一章中，艾萨克偶遇一个来自墨尔本的老友——又一个

〔1〕 Christos Tsiolkas, "Interview with Christos Tsiolkas: 'What Does Fiction Do?': On *Dead Europe*: Ethics and Aesthetics", *Australian Literary Studies* 23.4(2008): 459.

〔2〕 Andrew McCann, "Discrepant Cosmopolitanism and the Contemporary Novel: Reading the Inhuman in Christos Tsiolkas's *Dead Europe* and Roberto Bolaño's *2666*", *Antipodes* 24.2(December 2010): 139.

〔3〕 Ken Gelder and Paul Salzman. *After the Celebration: Australian Fiction from 1989－2007*, p.226.

〔4〕 Christos Tsiolkas, *Dead Europe*, p.192.

从事摄影艺术的索尔·米尼欧(Sal Mineo)。此人把自己高雅文化中的审美和伦理完全抛在一边,每日沉湎于色情摄影为他带来的商业收益。一次,索尔坦诚地告诉他:"你的资本主义刚刚开始,你知道这里的人们有多么地瞧不起你吗?……美貌、艺术和他妈的政治,这里的人们为几个钱连他妈的自己的孩子都愿意卖。你还在那里讨论他妈的美学和伦理。"[1]《死欧洲》描写了一个被性消费吞没的布拉格,这里全是色情制作人、妓院和性俱乐部。在这其中,性幻想与无处不在的暴力紧密相连。艾萨克在一个俱乐部里目睹了一场色情画面,这是一个为腰缠万贯的欧洲人设计的娱乐放纵的地方,里面的陈设一应都是腐化庸俗的样子。点着蜡烛、唱着普契尼的歌剧、半裸着上身的男招待和一个扮成十来岁男孩声音讲话的女人叙述着自己首次失身的经历。[2] 伴随着她的叙述,舞台上出现了几个演员真实地将这段经历展演了一遍。艾萨克亲眼目睹着舞台上的一切,他既激动又恐惧,感觉自己如同置身在地狱之中。

与佐尔卡斯的前面三部小说相比,《死欧洲》的一个显著特点是主人公的跨国性。小说立足艾萨克的视角,讲述了他的一段欧洲旅行的故事。艾萨克的父母来自希腊。作为一个欧洲后裔,此次的欧洲之旅本是一次天经地义的探亲之旅。此外,他要利用此次机会遍游整个欧洲大陆,把一次探亲之旅变成自己的人生大旅行。临行之前,艾萨克对于欧洲之行充满了期待,他渴望每一个具有标志性的欧洲城市,尤其渴望体会一下全球化资本主义时代的欧洲都市以及他们的艺术成就。然而,艾萨克实际见到的全球化资本主义像个无所不在的吸血鬼。艾萨克抵达欧洲不久之后发现,在欧洲,好像所有的人都在试图捕食其他人,这让他感觉,柏林墙倒塌之后的欧洲成了一个你争我夺的恐怖世界。这里的人们心里除了赚钱和剥削他人,什么也没有。在这里,神话里无所不在的吸血鬼幻化成了一个巨大的隐喻,因为在欧洲,那个随时准备吸别人血的吸血鬼不是别的,正是随时准备消费别人的全球化的资本主义社会。

《死欧洲》对于性暴力的描写令人惊骇,通过大量的性暴力描写,小说表达了作者对于当代欧洲政治与无数人基本身体存在的直接关系的观察。20 世纪 90 年代以来,当代欧洲的移民问题、国家安全问题和国家机器对于个人的肉体折磨问题异常突出。与此同时,面对消费文化和新自由主义泛滥,传统的左翼政治无影无踪。此时的欧洲,性与权利相勾结,构成了全球资本主义的淫秽世界。佐尔

---

〔1〕 Christos Tsiolkas, *Dead Europe*, p.203.
〔2〕 同上,p.224.

卡斯说,他跟意大利导演帕索里尼一样,希望不断地创造一个又一个的噩梦世界,并借此不懈地揭露他们所谓的经济奇迹背后的同类相食、殖民剥削制度中的残暴以及所谓的民主套话的死亡味道。[1]

安德鲁·麦坎认为,《死欧洲》吸血鬼式的色情描写拆穿了信奉全球化的世界主义者所谓的世界主义解放全人类的空话和套话。[2] 佐尔卡斯曾在一篇题为"论容忍的概念"(On the Concept of Tolerance)的文章中指出,所谓的全球化以及随之而起的世界主义充满了悖论,作为资本主义的最极端的形式,全球化给人带来自由和机会。它消灭传统和不同国家间的边境线,它鼓励资本、思想和贸易的自由流动;它歌颂多元,支持我们自由地认同全人类的某一部分,所以并不把民族国家太当回事;通过资本和数字技术的结合,人类首次有了可以超越时空限制的可能。但是,同样是这个全球化,它给我们直接带来了数百万人的背井离乡、家破人亡。那些幸运的、有钱的民主派人士可以乘着全球化的东风游遍世界,但是,那些连个家也没有的人,那些没有护照、没有工作、没有生计和未来的人哪里也去不了。[3] 他们是全球化的炮灰、全球自由市场的牺牲品。佐尔卡斯不无愤慨地总结说,全球化告诉那些在印度尼西亚和菲律宾纺织工厂里工作的妇女……那些在曼谷、基辅、金边充当性奴的男孩女孩……那些在巴布亚新几内亚、南非和塞拉利昂矿井下的矿工……他们需要耐心地等待,有朝一日,他们或许也会成为全球自由市场的一部分,共同参与消费自由。[4] 作为一部新时代的吸血鬼小说,《死欧洲》无疑是一部具有后现代隐喻性质的作品。《死欧洲》在书写主人公艾萨克在欧洲疯狂猎艳的同时,也让读者深入今日欧洲,一览它的"黑暗心脏"。所谓吸血鬼不过是一个比喻,小说用它无比形象地表达了一种观察,这种观察有关当今欧洲政治,也有关欧洲的经济,更有关欧洲的伦理道德。小说中种种疯狂的性剥削行为在作者手中变成了一个寓意深刻的比喻。透过这些比喻,它让读者深刻洞察到了欧洲全球化以及所谓的世界主义背后的阴暗。小说同时告诉我们,当今世界进程在向人们许诺自由的同时,也带来了恐怖和危险,人们有理由对包括艾萨克在内的所有世界主义者保持距离。

---

〔1〕 Christos Tsiolkas, *Dead Europe*, p.52.
〔2〕 Andrew McCann, "Discrepant Cosmopolitanism and the Contemporary Novel: Reading the Inhuman in Christos Tsiolkas's *Dead Europe* and Roberto Bolaño's *2666*", 2010, p.135.
〔3〕 Christos Tsiolkas, "On the Concept of Tolerance." *Tolerance*, *Prejudice*, *Fear*. Christos Tsiolkas, Gideon Haigh and Alexis Wright. Crows Nest, NSW: Allen and Unwin, 2008, p.6.
〔4〕 同上,p.21.

三

《死欧洲》一开篇,第一人称叙事人"我"这样说:"关于犹太人,我听到的第一件事就是每个圣诞节他们都会带走一个基督教家庭的小孩子,将其置于一个圆桶之中,不管它如何拼命地叫,用刀子从圆桶的木块之间刺进去,直到孩子的血流干。基督徒们欢庆耶稣的诞生,犹太人半夜在他们的犹太教堂里,面对着他们头上长着角的神像,举行一个假仪式,在这个仪式上他们喝掉祭祀孩子的血。"[1]这个第一人称叙事人"我"是艾萨克。小说在另外一个地方还回溯了艾萨克的希腊祖母露西娅(Lucia)年轻时的一段往事,露西娅长相秀丽,丈夫麦克里斯的母亲曾是阿尔巴尼亚的妓女。二战期间,有人把一个犹太男孩(大家称他"肮脏的希伯来人")托给她们照顾,露西娅因为喜欢他并怀上了他的孩子,麦克里斯一怒之下将他杀死。从此以后,这个村庄长期被一个诅咒所笼罩,怪事不断。这件事可能直接导致艾萨克的父母不得不离开希腊,移居澳大利亚。

《死欧洲》是不是一部反犹主义小说? 澳大利亚批评界对此意见不一。莱斯·罗森布拉特(Les Rosenblatt)认为,这部小说中充斥着怪异的犹太和反犹太的人物,让人读后忍不住要问它是否有反犹的情绪在其中。[2]罗伯特·曼(Robert Manne)激烈地批评说,小说家似乎有意在用一种前现代的反犹主义刺激自己,激发读者。[3] 戴维·马(David Marr)不认为《死欧洲》是又一部反犹主义的小说,因为小说安排的人变鬼的超现实主义情节具有很大的阐释空间。在他看来,这部小说讲述了一个年轻人面对种种反犹主义的诱惑最终选择了抵制的故事,所以小说对于反犹主义的态度不是认可而是谴责。[4]《死欧洲》的出现让人再次想起了 1994 年海伦·德米登科出版的小说《签署文件的手》,后者虽然荣获 1995 年的迈尔斯·富兰克林奖,但作品因为反犹主义的嫌疑一时被炒得沸沸扬扬,直到小说家不得不彻底放弃文学创作。曼认为,就其反映的反犹主义情绪而言,《死欧洲》与《签署文件的手》如出一辙。

《死欧洲》在澳大利亚批评界引发的争议并非偶然,因为小说在反犹主义这个话题上的态度并不总是非常地旗帜鲜明。《死欧洲》通过艾萨克这个第一人称叙事人展开叙事。艾萨克是谁? 他是不是个反犹分子? 他是不是一个种族主义

---

[1] Christos Tsiolkas, *Dead Europe*, p.3.

[2] Les Rosenblatt, "A Place Where Wolves Fuck," *Arena Magazine* 79 (Oct.- Nov. 2005): 46.

[3] Robert Manne, "Dead Disturbing: A Bloodthirsty Tale that Plays with the Fire of Anti-Semitism", *The Monthly* (June 2005): 53.

[4] David Marr, "A Common Humanity", *Meanjin* 64.3(2005): 71.

者？小说为什么用这样一个人担任第一人称叙事？在这些问题中，最后一个问题很重要，因为在小说中，运用一个"戏剧化了的人物"（dramatized narrator）作为第一人称叙事人，可能会给阅读造成两个显著的问题。一方面，第一人称叙事人的运用容易在小说家和叙事人之间造成不必要的混乱，在这部小说中，作者佐尔卡斯与叙事人艾萨克之间的这种模糊感很容易让叙事人内心深处的种族主义借机入侵到作者的内心当中。换句话说，在小说中，如果作者创造了一个种族主义的人物，然后沿着他的种族主义逻辑一直向前，作者就会情不自禁地跟人物一样，用种族主义的逻辑思考。一个清醒的作者需要不断提醒自己从小说中的叙述中退一步出来，否则写着写着便进入了人物的逻辑，后果无比可怕。因为用第一人称写一个种族主义者的"我"，很容易让批评家们误以为作者跟他笔下的人物一样心灵可憎。从某种意义上说，这就是为什么曼会如此深刻质疑佐尔卡斯与叙事人艾萨克以及小说中的其他人物之间的关系了。[1] 曼的指控并不容易解释清楚，因为小说中出现了小说家的名字，甚至小说家在接受采访时也承认，叙事人艾萨克的身上有他自己的影子，所以小说并不排除作者的自传色彩。[2] 另一方面，第一人称叙事角度的使用也会在作者、叙事人与读者之间形成一种模糊的关系。[3] 读者阅读小说第一人称叙事人的叙述时，一直在聆听他声音，渐渐地会情不自禁地搭上叙事人的车。在《死欧洲》中，叙事人艾萨克对于犹太人的歧视和偏见越来越激烈之后，读者被他裹挟着走进了一套可怕的话语和情绪。作为读者，我们近距离地感受到叙事人和主人公的性格，在阅读的过程中，他们几乎完全地困在艾萨克的故事里，在他的情绪变化中不知不觉地接受了他的所有观点。[4] 同样是通过第一人称的叙事人，读者还会渐渐地习惯和接受了主人公的残暴和堕落，无法认同其他的人物。更重要的是，读者常常通过艾萨克的眼睛观察所有的其他人物，他们听不到挑战反犹主义思想的声音，他们无法避开叙事人的一言一行。面对艾萨克这样一个看上去很不多见的人，面对他的不知不觉中的变化，读者无力改变。小说在不知不觉中把读者变成了种族主义者，使他们的心里渐渐地填满了偏见和仇恨，直至彻底丧失应有的道德高度。

　　《死欧洲》还以一种微妙的方式描述了另外一种类似的被裹挟的过程，叙事

---

〔1〕 Robert Manne, "Dead Disturbing: A Bloodthirsty Tale that Plays with the Fire of Anti-Semitism," 2005, p.53.

〔2〕 Sacha Molitorisz, "European Vocation", *The Sydney Morning Herald*, 18 June (2005): 22.

〔3〕 Catherine Padmore, "Future Tense: Dead Europe and Viral Anti-Semitism", *Australian Literary Studies*, Vol.23, No.4(2008): 438.

〔4〕 Christos Tsiolkas, *Dead Europe*, p.28.

人面对一个种族主义的家庭和社会环境,无奈地被他们同化。艾萨克的父母和其他亲朋好友大多是反犹主义者,他一开始对他们的反犹主义话语提出质疑,认为他们散布了关于犹太人的谎言,[1]并强烈要求其同性恋男友除去身上的纳粹纹身。[2]他对剑桥大学一个老师的朋友表达的反犹情绪也大为不满。但是,随着时间的推移,他渐渐地不再感觉到什么了,甚至听到犹太人被抓到死亡集中营去也很难感受到深切的同情了:"我感受不到什么……我胶卷用完了,走回纪念馆的路上最后一次让自己感受悔恨和内疚。但是,暖暖的太阳照在皮肤上,雨水在房屋的落水管里流淌,我不由自主地微笑起来。"[3]艾萨克在大屠杀纪念馆遇到一个被割了舌头的犹太老头,当他发现后者拿了他的相机还向他吐吐沫时,他突然地破口而出:"还我相机,草泥马的犹太人。"[4]骂完这句话之后,艾萨克被自己的态度惊到了,他从来没有这样骂过人,感觉身体的每一个细毛中激起了一种力量,仿佛他从一开始就很想这样骂他们。[5]

在《死欧洲》中,裹挟艾萨克的力量不只是家人和朋友,更是欧洲这个地方,是这个忘却历史创伤、只知沉迷现实享乐的地方,像瘟疫一样让他一到这里就变成了吸血鬼。变成吸血鬼之后的艾萨克发生了很多的变化。艾萨克在生活中接触到了一些犹太人。但是,或许是因为受了别人的影响,他的眼里几乎再没有一个正面的犹太人形象,除了那个偷人家相机的犹太老头之外便是一个像狗一样交配的犹太男孩;[6]艾萨克的父亲有个犹太朋友,但此人好像没有名字,所有的希腊人都称呼他为希伯来。[7] 总而言之,他们要么形象丑陋,要么人品糟糕,每个人都与反犹主义者心中早已有之的刻板印象完全吻合。

《死欧洲》在反犹的话题上传达了许多阴暗的情绪和画面。很显然,小说传达的一个重要信息是:种族主义和仇恨在一部小说的不同人物之间会传播,就像病毒一样,只要接触到这种病毒,就会被染上。就抵御这种病毒而言,人与人之间的界限非常脆弱。人们通常认为,需要提防他者,因为他们跟寄生虫一样会侵犯自己。但是,小说《死欧洲》告诉读者,他们对于他者的歧视、偏见与仇恨也会像病毒一样在不同的人之间传播。《死欧洲》特别暗示,

---

[1] Christos Tsiolkas, *Dead Europe*, p.7.
[2] 同上,p.10.
[3] 同上,pp.149-150.
[4] 同上,p.154.
[5] 同上.
[6] 同上,p.54.
[7] 同上,p.267.

在一个选择忘却历史创伤的地方,人们可能更快地重复历史,在他们心甘情愿地被另一种吸血鬼所裹挟的时候,这种历史上曾经猖獗的病毒会传播得更快。

佐尔卡斯在一次访谈中表示,他之所以写《死欧洲》是因为深感包括他自己在内的好多人迟至今日仍然对于犹太人抱有一种偏见,这种情绪大体上可分两个层面。在个人的层面上,由于家庭的原因,你会情不自禁地学着别人的腔调去歧视犹太民族的人;[1]在政治的层面上,一个人是否依然抱持一种反犹的态度与他所处的社会和意识形态环境有关。当代欧洲的很多国家显然已经不记得20世纪的历史悲剧,所以放任个人层面上的偏见就像病毒一样重新泛滥,直至蔓延成一种巨大的裹挟一切的力量。长期以来,澳大利亚自认为是一个欧洲国家,所以在这股来自欧洲的邪恶力量面前,不知不觉地也被裹挟其中。艾萨克的经验告诉读者,在今天的欧洲和世界,原来反犹主义并未成为历史,因为它实实在在地继续存在于很多人的现实生活之中。[2]佐尔卡斯认为,在欧洲文化主导的澳大利亚长大,意味着一方面情不自禁地继承这种针对犹太人的种族主义歧视,另一方面努力不让自己明知故犯地执着于偏见。当代很多澳大利亚排斥穆斯林的情绪从一个角度让我们看到反犹主义在继续。此外,我们经常听有人说:"我不是种族主义者。"但佐尔卡斯对说这些话的人深表质疑,因为他们缺少一种起码的自省。佐尔卡斯主张,如果这个世界上有一种糟糕的思想,或许最好的方法不是禁止它,而是对它作出回应和反击,通过分析它、评估它,最后批判它,让很多人得到教育,在良好教育基础上,面对社会或许是最好的。佐尔卡斯说:"我不害怕这样的争论和对话,因为我觉得这些都是真实存在的现象。因为'我害怕所以我不想谈它',这反而让它更具破坏性,这样的事情你如果对它避而不谈,这无异于放任它自由发生。"[3]《死欧洲》告诉我们,当今世界,很多人已经忘记了我们中间仍然存在的种族主义,但遗忘是有害的。小说把令人恐怖的仇恨放在我们面前,让我们读罢小说之时感到害怕。它让我在害怕之后扪心自问:"艾萨克的心灵会不会也是我自己的心灵?我的心灵会不会也跟他一样地阴暗和恐怖?"小说结尾处向我们暗示:如果我们只懂得遗忘,那么《死欧洲》中描述的情

[1] Christos Tsiolkas and Patricia Cornelius, "Politics, Faith & Sex", 2005, p.24;"Interview with Christos Tsiolkas:'What Does Fiction Do?': On *Dead Europe*: Ethics and Aesthetics," 2008, p.447.

[2] Christos Tsiolkas, "Interview with Christos Tsiolkas:'What Does Fiction Do?': On *Dead Europe*: Ethics and Aesthetics," 2008, p.458.

[3] Christos Tsiolkas and Patricia Cornelius, "Politics, Faith & Sex", 2005, p.24.

景或许会在未来的某个时间发生在我们眼前。

《死欧洲》中涉及的二战前后的犹太故事让人很容易想到大屠杀的惨剧和创伤。小说通过叙事人和他经历的欧洲见闻告诉读者,与大屠杀有关的反犹主义并没有成为历史。历史的创伤像幽灵一样在欧洲大陆游荡,但是,今天的欧洲人似乎选择了遗忘,他们沉湎于另外一种吸血鬼式的生活方式,这是一种忘却历史、不思未来的生活态度。它也很强大,能够裹挟一切外来的灵魂朝着一条恐怖的方向而去。在一次访谈中,佐尔卡斯曾经说,他一度以为反犹主义早就成了历史,[1]但那只是一厢情愿。反犹主义像病毒一样久久地存在和传播。沃汉认为,佐尔卡斯通过书写一个20世纪的创伤故事,一方面向西方的后现代新自由主义民主治理体系提出深刻的质疑,另一方面构建了一种小说的伦理写作和阅读方式。他强调,《死欧洲》表达了佐尔卡斯对于欧洲式后现代民主的批判态度。[2]的确,《死欧洲》与很多人想象中的创伤小说有一些差别,因为作品的主要目的似乎在于表达一种情绪,一种愤怒和抵抗的情绪,这种情绪之中有更多的个人情感和政治诉求在其中。

《死欧洲》是一种身体性的写作,因此它给读者带来的是一种强大的冲击力。用凯瑟琳·帕德默(Catherine Padmore)的话说,这部小说中有些描写,读完之后会进入读者的身体,然后长时间地留在那里。[3]这是一种近乎传染性的身体性写作,读后它的味道就像气浪一样传到你的体内。如果《死欧洲》是一部创伤小说,那么,它通过这样一种强烈的身体写作变成了历史创伤隔着时空传给我们的气浪。小说家用这样的叙事在读者心中激发起一种深入细胞的反应,读者因此被深入地纠缠到创伤的历史当中。历史的创伤是恐怖的,但是,忽略历史创伤的欧洲的未来会怎么样?《死欧洲》通过艾萨克的幽灵摄影不仅让我们看到了过去,它同时告诉我们,那是一个人类继续相互伤害、相互杀戮、相互毁灭及相互流放的未来,那是一个卖女为娼、相互强奸的未来,那是一个充满贫困、疾病和腐化的世界。[4]佐尔卡斯对于后现代的民主欧洲感到愤怒,他希望通过自己的创作

---

[1] Christos Tsiolkas, "Interview with Christos Tsiolkas:'What Does Fiction Do?': On *Dead Europe*: Ethics and Aesthetics," 2008, p.446.

[2] Michael Vaughan, "'What's haunting Dead Europe?': Trauma fiction as resistance to postmodern governmentality," p.4.

[3] Catherine Padmore, "'Blood and Land and Ghosts': Haunting Words in Christos Tsiolkas' *Dead Europe*," p.61.

[4] Christos Tsiolkas, *Dead Europe*, p.379.

惊醒世人。他告诉我们：回顾历史固然令人心痛，但正确面对历史有助于避免重复历史。佐尔卡斯没有什么系统的政治和意识形态理论，但他立足个人信仰和想象发出的惊世之语令人难忘。

《死欧洲》顾名思义是一部立足澳大利亚书写当代欧洲的小说，小说通过叙事人艾萨克的视角讲述了一个不一样的欧洲。这里全球化的资本主义像吸血鬼一样横行，反犹主义依然像病毒一样肆虐，理想主义的政治成了被放逐的对象。但是，《死欧洲》同时也是一部高度的自省之作，用米雷纳·玛琳克瓦（Milena Marinkova）的话说，《死欧洲》立足一个巴尔干裔澳大利亚人的视角重新审视北欧与南欧、欧洲与澳大利亚、南欧与澳大利亚的关系。小说质疑完整身份和自以为是的意识形态，同时也对澳大利亚这样的新世界的多元文化主义作出的种种承诺也表达了不信任。小说在批判欧洲人形形色色的种族偏见的同时，也通过艾萨克的表现揭示了这些偏见在澳大利亚的延伸。玛林克瓦认为，小说《死欧洲》刻画的欧洲之行绝不只是一个澳大利亚人对于道德沦陷的欧洲的"逆写"，小说通过两条叙事主线的融合充分地揭示了一个被人们长期忽略的经验，它不是简单的老世界或者新世界，也不是老欧洲或者新欧洲。它让读者通过这个故事，洞察到了弥漫于不同世界之间无所不在的狭隘，它们不只是欧洲针对殖民地的，也有澳大利亚这样的前殖民地对于包括当今自己祖先曾经逃离的欧洲国家的偏见。从这个意义上说，小说《死欧洲》不只是一部关于欧洲的小说，它更是一部关于澳大利亚人自己的小说。[1]

---

[1] Milena Marinkova, "The Balkan, The Postcolonial and Christo Tsiolkas's Dead Europe", *European Journal of English Studies* 17.2(2013)：176 - 187.

第 20 章
约翰·马克斯韦尔·库切《耶稣的童年》中的后现代难民书写

　　在当代澳大利亚文坛,约翰·马克斯韦尔·库切是名满天下的大作家,他1940 年生于南非,2002 年移居到澳大利亚,2006 年入籍成为澳大利亚公民。库切早年就读于南非开普敦大学,获学士和硕士学位,随后远赴美国得克萨斯大学攻读博士学位,1969 年学成回到开普敦大学任教。库切于 20 世纪 70 年代开始创作和出版长篇小说,首部作品《黄昏之地》(*Dusklands*,1974)是两个中篇的合集,1977 年出版首部长篇小说《内陆深处》(*In the Heart of the Country*)。从80 年代开始进入多产期,连续出版《等待野蛮人》(*Waiting for the Barbarians*,1980)、《迈克尔·K 的生平与时代》(*Life and Times of Michael K*,1983)、《福》(*Foe*,1986)、《铁器时代》(*Age of Iron*,1990)、《彼得堡的大师》(*The Master of Petersburg*,1994)、《耻》(*Disgrace*,1999)等长篇小说作品。移居澳大利亚之后,库切继续笔耕不辍,从 2003 年以来,他已连续出版《伊丽莎白·考斯特罗》(*Elizabeth Costello*,2003)、《慢人》(*Slow Man*,2005)、《凶年纪事》(*Diary of a Bad Year*,2007)、《耶稣的童年》(2013)[1]、《耶稣的学生时代》(*The Schooldays of Jesus*,2016)、《耶稣之死》(*The Death of Jesus*,2020)(后三部统称"耶稣三部曲")。库切曾于 1983 年和 1999 年两获布克图书奖,2003年,他更是一举荣获诺贝尔文学奖。

　　库切移居澳洲之后的小说延续了早期创作的特点,不少作品以更加激进的实验手法探究事实和虚构、历史和表征的关系。《耶稣的童年》是库切移居澳大利亚之后创作的第四部小说,也是库切"耶稣三部曲"中的开篇力作。小说讲述了一长一幼两个难民——中年男子西蒙(Simon)和五岁儿童大卫(David)在为

---

〔1〕 J. M. Coetzee, *The Childhood of Jesus*. London: Vintage Books, 2014.

躲避战祸而漂泊他乡的过程中相遇的故事。小说外表简单到极致,但它具有宗教意味的标题以及它模糊的地理背景给人一种"奇特的寓言性文本"[1]的感觉。美国著名作家乔伊斯·欧茨(Joyce Carol Oates)认为,这部小说"是一个关于寻找意义本身的卡夫卡式寓言";[2]艾伦·阿金斯(Allen Akins)说,这部小说是一个"关于来世的奇怪寓言",而且"这个寓言般的故事"不知所云;[3]马修·沃林(Matthew Wollin)也认为"这个故事有神话的简朴,却没有神话的清晰,这种晦暗不明,出自库切之手太不寻常了"。[4]库切本人不喜欢批评界给他贴上"寓言家"的标签,因为他认为这样的阐释只会让批评家错过他作品中最重要的东西。[5]早在《耶稣的童年》问世前,库切就曾解释说:"我本来希望这本书以空白封面和空白扉页的方式呈现,如此一来,读者读到最后一页才能看到书名——《耶稣的童年》。但当今出版业不允许那么做。"[6]吉莉安·杜丽(Gillian Dooley)对照利奥塔关于后现代艺术的理解认为,《耶稣的童年》跟库切的许多其他作品一样,具有显著的后现代特点。[7]利奥塔指出,后现代的核心特征是认为所有现存的规则都应该受到怀疑和挑战。后现代不喜欢美的和谐,而更崇尚一种不和谐的崇高,那是一种愉悦与痛苦同在的矛盾感受,其根源在于人作为认识主体常常存在思维与表达之间的不一致。艺术家有时心中形成了一个想法,但不一定能想象出一个可以有效表达这一想法的具体物件。后现代的先锋实验主义艺术家充分认识到这一矛盾的存在,所以只能努力创造一些有形的表达去影射这些无法表征的概念,后现代"就是要努力言说那些不可言说(unpresentable)的经验"。[8]的确,《耶稣的童年》确实是一部具有显著后现代特征的小说。此外,在这部小说中,库切也确实使用了一系列的后现代手法,将一部貌似的现实主义小说转换成一种深刻的后现代影射叙事。小说在平淡的外

〔1〕李庆西.有关政治的超越政治话语——读库切新作《耶稣的童年》,《读书》,2013年第9期,第131页.

〔2〕Joyce Carol Oates, "Saving Grace: J. M. Coetzee's *The Childhood of Jesus.*" *Sunday Book Review* August 29, 2013.

〔3〕Ellen Akins, "*The Childhood of Jesus* by J. M. Coetzee." *Star Tribune* August 31, 2013.

〔4〕Matthew Wollin, "*The Childhood of Jesus* Has the Simplicity of Myth but None of the Clarity", *Popmatters* September 25, 2014.

〔5〕J. M. Coetzee, "The Novel Today", *Upstream* 6. 1(1988): 2 - 5.

〔6〕J. M. Coetzee, "J. M. Coetzee Visits UCT to Read from His New Work", *Youtube* May 10, 2013. https://www.youtube.com/watch? v=yXufoko-HgM

〔7〕Gillian Dooley, "'A Dozy City': Adelaide in J. M. Coetzee's *Slow Man* and Amy T. Matthews's *End of the Night Girl*."in *Adelaide: A Literary City*, ed. Philip Butterss. Adelaide: University of Adelaide University, 2013, p.260.

〔8〕Jean Francois Lyotard, *The Postmodern Condition: A Report on Knowledge.* trans. Geoff Bennington, Brian Massumi. Minneapolis: University of Minnesota Press, 1984, p.81.

表之下努力表征的儿童难民生活及其"不可言说"的心灵创伤体验,读来耐人寻味。

一

利奥塔认为,所谓后现代其实就是现代主义的一部分,历史上的现代或后现代艺术家总会采用不同的手法来挑战现存的规则。例如,法国作家普鲁斯特的小说在语言使用和写作规范方面完全继承了传统小说的特点,但他彻底颠覆了巴尔扎克和福楼拜小说中的现实主义,因为在他的小说中主人公不再是一个人物,而成了时间意识;乔伊斯的小说大量颠覆能指意义上的语言符号(包括词汇与文法),在叙事与文体风格方面进行了更加大胆的实验,在他眼里,传统的文学语言太过简单,根本无法帮助小说家书写人类那些不可言说的经验。[1] 熟悉库切的读者都知道,他的小说表面上有点像普鲁斯特的作品,但他同时又特别喜欢采用一些极具震撼力的小手段。例如,在小说《慢人》中,他以最最普通的现实主义叙述起头,但当小说行至一半的时候,叙事人突然告诉我们,来自法国的移民主人公保罗·雷蒙特(Paul Raymont)原来只是澳大利亚女小说家伊丽莎白·考斯特罗正在创作的一部小说中的一个人物。此后,考斯特罗与雷蒙特多次正面相遇,形成了一种奇妙的元小说情境,给小说带来了不少戏剧性的场面。《耶稣的童年》继续沿用了这样一种元小说的手法,小说一开始,西蒙和大卫来到了一个大门前,门的里面是一个被称作"诺维拉"(Novilla)的地方。Novilla 这个名字十分诡异,因为它在英文的语境中乍听上去让人想到的不是一个地名,而是 Novel 或者 Novella。在评论《耶稣的童年》时,批评家里奥·罗布森(Leo Robson)就指出,西蒙和大卫进入的国度好像是"一个拥有自成一体的习俗、法规与逻辑的文学共和国——一个小说王国(Novel-land)"。[2] 的确,库切给西蒙和大卫的避难地起这样一个名字显然别有所指。从名字的字面意思上看,库切似乎在说,小说的两位主人公离船登岸之后随即进入了一个虚构的小说世界。西蒙与大卫在"诺维拉"门外时或许还是现实人物,但一旦踏入"诺维拉"的大门,一旦在这个地方定居下来,他们就不得不把自己变成虚构小说里的人物,去面对这个虚构小说般的符号世界。

---

[1] Jean Francois Lyotard, *The Postmodern Condition: A Report on Knowledge*. trans. Geoff Bennington, Brian Massumi. Minneapolis: University of Minnesota Press, 1984, pp.80-81.

[2] Leo Robson, "Reviewed: *The Childhood of Jesus* by J. M. Coetzee and *Harvest* by Jim Crace", *New Statesmen*, March 7, 2013.

在《耶稣的童年》中,"诺维拉"究竟是个怎样的地方呢? 西蒙和大卫来到"诺维拉"以后很快便发现,这里有令人艳羡的住房、医疗、工作等社保制度,这里的人们坐车、看球赛、上业余学校全部免费;西蒙和大卫刚到诺维拉就领到了一笔安置费,西蒙也很快在码头找到了一份体力活,不久,他们还按照规定免费分到了一套住房。"诺维拉"的人们彬彬有礼:"人人都希望我们好,人人都笑脸相迎。我们简直是被友善一路裹挟而来"。[1] "诺维拉"的人们相信,他们生活的世界几近完美,"这是我们所有的可能世界中最好的世界"。[2] 先期移居到这里的伊雷娜(Elena)在此井井有条地建立起了新的生活,所以她也认为"这种生活完美无缺"。[3] 在码头上管理搬运工人的阿尔瓦罗(Alvaro)和他的工人们同样对于自己的生活颇为满意。他们没有"秘而不宣的渴求,也不奢望另一种生活"。[4]

然而,从西蒙和大卫的感受来说,"诺维拉"的生活显得有些简单、平面而缺乏深度和色彩。初到"诺维拉"的西蒙和大卫很快便感觉到这个地方的问题,大卫多次表示:"我讨厌吃面包,面包太乏味了。我喜欢冰淇淋。"[5]他很反感在难民营取的新名字,反复说这不是他的真名。[6] 大卫学会了西班牙语,但他觉得说西班牙语不舒服,坚持要"说自己的语言"。[7] 在西蒙看来,这个世界显得"过于平静、单调,也过于缺乏波澜起伏,实在是没有戏剧性和生活的张力"[8]:这里的音乐不带劲,食物没有调料,性爱没有激情,收音机里不播新闻,就连语言也失去了反讽功能。西蒙工作的整个港口除了二号码头外,别的码头都空空如也;粮仓囤满了谷物,一边任由老鼠糟蹋,一边继续大量进口;"诺维拉"的哲学课上经常大谈"椅子的椅子性"[9]等无聊的理论,毫无幽默感和想象力。当西蒙跟"诺维拉"的人们进行交流时,他们理直气壮地告诉他:来到"诺维拉"避难的难民们都应该自觉地"洗掉自己与过去的联系",[10]全盘地接受这里的生活模式,并将"诺维拉"的主流价值完全地内化于心,外化于行。

从西蒙和大卫来到"诺维拉"的第一天起,这里的人们就一直不断地要求他

---

[1] J. M. Coetzee, *The Childhood of Jesus*, p.66.
[2] 同上,p.55.
[3] 同上,p.76.
[4] 同上,p.77.
[5] 同上,p.290.
[6] 同上,p.25.
[7] 同上,p.221.
[8] 同上,p.76.
[9] 同上,p.145.
[10] 同上,p.24.

们忘却过去,与自己的历史一刀两断。可在西蒙和大卫看来,忘记过去意味着将活生生的生命压缩成一种平面的、二维的存在,在这样的压缩之下,现实生命势必会失去其真实性,变成一种虚构的符号存在。小说《耶稣的童年》在"诺维拉"的文本世界里还嵌套着另一个文本世界,这个世界就是西蒙教大卫阅读的儿童插图版《堂·吉诃德》。由于《堂·吉诃德》的原作者塞万提斯称这部小说是根据阿拉伯人贝内恩赫利原稿翻译成西班牙文的,西蒙也告诉大卫,《堂·吉诃德》的作者并非塞万提斯而是贝内恩赫利,于是现实的塞万提斯让位给了虚构的贝内恩赫利。在这里,小说家假借这一情节,一方面模糊了真实与虚构的区别,同时也巧妙地暗示了"诺维拉"作为一个符号文本的力量。在库切虚构出的这个历史凝滞与记忆消亡的诡异国度里,"作为'所指'的过去不断被框定,然后全部被抹除,只剩下各种文本"。[1]

　　西蒙和大卫为了躲避战祸来到"诺维拉",如果"诺维拉"只是一个由文字符号构成的平面世界,那么,它自然缺少现实世界的实在感,能为人提供的慰藉因此也极其有限。库切通过这样一个诡异的元小说手段,巧妙地指出了"诺维拉"作为一个难民接受地对于西蒙和大卫的虚幻特点,同时也影射了隐匿于"诺维拉"这一貌似真实世界背后那无法言说的东西。在《耶稣的童年》中,这种元小说的设计随时提醒着读者:这个被称作"诺维拉"的世界"不摹仿自然,它是一个赝像,一个幻影"。[2] 如果"诺维拉"是一个由一系列无生命的文字构成的符号世界,那么,这个文本场域中的人只能像一个个简单的符号存在。他们不谈口腹之欲,不谈情感需求,更无前尘往事的困扰。他们不谈过去,更不讨论对于现实和未来抱有的欲求。饱受战争创伤的西蒙和大卫历经千辛万苦,怀揣着满腔热情与无限憧憬背井离乡,但他们很快便发现自己被阴差阳错地抛掷到了一个情感荒芜、意义解体的二维世界。这个二维世界或许还算友好,但它鼓吹一种反智价值,要求忘掉所有的过去,要求它的人民摒弃一切"额外需求"(something-more),[3] 它否定人的内心感受,要求人们放弃一切基本的人性欲望,让他们将主体的生存价值异化为"细菌的生命形态"。[4] 面对这样一种平面化的世界,西蒙一度痛苦万分,他多次为此与"诺维拉"的其他居民发生争执。他也为此诘问伊雷娜:"你是否问过你自己,我们为这种新生活付出的代价是否太大了?忘却

〔1〕Jameson, Fredric. *Postmodernism, or, The Cultural Logic of Late Capitalism*. Durham, NC: Duke University Press, 1991, p.18, 25.

〔2〕Jean Francois Lyotard, *The Postmodern Condition: A Report on Knowledge*, 1984, p.113.

〔3〕J. M. Coetzee, *The Childhood of Jesus*, p.75.

〔4〕同上,p.129.

的代价是否太高了?"〔1〕

　　库切认为当代小说可大体上分为两类:一类"针对特定的历史时期,为读者提供身临其境般的第一手资料,在人物矛盾与事件冲突中展现对立力量";另一类"按照自身程序议程运作,演变出小说特有的范式和奇异世界"。〔2〕在库切看来,前者是传统现实主义创作,后者则是他所倡导的实验小说。库切认为,在《耶稣的童年》中,平淡无奇的现实主义小说世界可以衬托西蒙和大卫作为战争难民的内心激荡,但它不能明确地直面难民的内心体验,因此,他在小说中埋设了一些重要的漏洞、空白和模糊点,而这些飞白式的安排从另一个角度凸显了整部小说所具有的后现代主义不确定性特征。《耶稣的童年》以他喜欢的元小说手段言说了一个意义缺场的文本世界,这种拒绝慰藉的后现代艺术手法为小说进一步书写两位主人公的创伤做好了准备。更重要的是,《耶稣的童年》通过对"诺维拉"的平面化书写,以一种曲折的笔法告诉读者:西蒙和大卫抵达的"诺维拉"不是伊曼努尔·列维纳斯(Emmanuel Levinas)期待的那种"无条件好客"或者说"绝对好客"(absolute hospitality)的世界。〔3〕他们来到这个世界避难地之后,首先面临着一个艰巨的任务,那就是把自己从一个有历史有故事的立体人变成一个不讲过去的二维人。小说还同时暗示读者,跟西蒙和大卫一样,几乎所有的难民在四处避难的过程中或许都难逃这样一种被阉割和被去势的命运。

二

　　作为一部难民小说,《耶稣的童年》中没有太多普通移民小说中的常见情节,却叙述了一个令人震惊的事件,这个事件就是:西蒙带领大卫在"诺维拉"托孤认母。据大卫说,他在来"诺维拉"的船上与自己的母亲走散了,来到"诺维拉"以后,西蒙安慰大卫,说他会帮助他找到母亲。西蒙从未见过大卫的母亲,但他自信地说,将来见到了一定会认出那个女人来。一天,西蒙携大卫外出来到一处乡间的网球场,在那里,他们遇到了正在打网球的少女伊妮丝(Ines),西蒙不分青红皂白,立刻认定此人就是大卫的母亲了:"我一眼就认出了她。"〔4〕更令人感到诡异是,伊妮丝经过不长时间的思考之后欣然应允。就这样,西蒙将大卫托付给

〔1〕 J. M. Coetzee, *The Childhood of Jesus*, p.72.

〔2〕 J. M. Coetzee, "The Novel Today," pp.3-4.

〔3〕 Emmanuel Levinas, *Totality and Infinity: An Essay on Exteriority*. Trans. Alphonso Lingis. Pitttsburg: Duquesne University Press, 1969, p.35.

〔4〕 J. M. Coetzee, *The Childhood of Jesus*, p.116.

了她。

　　韩国批评家王垠喆认为,库切在小说中做这样的安排,为的是强调一个关于家庭的认识问题。传统的家庭重视姻亲血缘,但是,客居他乡的难民面对种种"有条件好客",有时为了生存不得不放弃常规,与一群陌生人组建非常规的家庭。[1] 的确,熟悉耶稣身世的读者或许并不觉得这样的托孤认母细节有什么怪异,但是,如果我们不把大卫简单地当成耶稣,而当成一个普通的儿童难民,那西蒙托孤和大卫认母的举动就令人吃惊了。大卫是一个五岁的孩子,一个五岁的孩子如果成了难民会怎么样?《耶稣的童年》中的很多成年人认为,一个儿童不管因为什么原因移居到一个新的国家都不会存在太多问题,他唯一需要的就是一个可以照顾他的母亲:接待站的安娜认为"他会适应的,孩子很快适应的"。[2] 邻居伊雷娜也强调"孩子是没有记忆的生命。孩子生活在当下,不会在意过去"。[3] 只要割裂与历史记忆的一切联系,他们就能很快融入主流文化,"西班牙语会成为他们的母语"。[4] 西蒙的朋友欧根尼奥(Eugenio)也说:"他是否带有某种伤痕,某种过去的创伤……一旦他熟悉了周围的环境,一旦他意识到整个世界——不仅是数字范畴,还有别的一切——都由规则法律统治,没有事物是凭空发生的,他就会回归理性,安定下来了。"[5] 西蒙把大卫交给伊妮丝以后也说:"既然有母亲照顾他,大卫现在可以茁壮成长了。"[6] 从这些评论中,读者不难看出,很多成年人对于儿童难民的了解十分简单,他们认为,把儿童难民交托给任何一个避难地,特别是有个女性答应以母亲的身份接受他、照顾他,那么他就会轻而易举地在避难地的文化中迅速适应并生活下来。在《耶稣的童年》中,西蒙和大卫的托孤认母之所以令人讶异,是由于伊妮丝明显不是大卫的亲生母亲,所以,西蒙和大卫的托孤认母情节只是被作者赋予了象征或者隐喻意味的一种安排。伊妮丝不是大卫的亲生母亲,但她是一个愿意将大卫看作亲生儿子的女性。西蒙将大卫交托给她,完成了将一个儿童难民交托给避难地社会的动作。按照许多人的理解,大卫一旦确定了与伊妮丝的母子关系,就能落地生根,融入当地社会。大卫就像一张白纸来到"诺维拉",只要"诺维拉"给他关心,给他

---

〔1〕 Wang, Eun Chull. "The Problem of Hospitality in J.M. Coetzee's *The Childhood of Jesus*"[J].外国文学研究,2014(1):43.
〔2〕 J. M. Coetzee, *The Childhood of Jesus*, p.33.
〔3〕 同上,p.170.
〔4〕 同上,p.127.
〔5〕 同上,p.296.
〔6〕 同上,p.99.

爱,只要大卫忘掉过去,全身心地接受今天,全身心地融入避难地的现实生活,他就能无忧无虑地快乐成长。

澳大利亚女作家盖尔·琼斯在她的小说《抱歉》中写道,有些儿童承受的孤独,成年人全不知晓。[1]《耶稣的童年》通过大卫在避难"诺维拉"期间经历的诸多问题告诉我们,一个未成年的儿童为了躲避战争来到一个新的国家,其对于新地方和新文化的适应往往也是一个非常痛苦的过程,因为这意味着孩子必须"丧失原来熟悉的事物,如语言、家、关系、地点和天气"。[2]然而,在小说《耶稣的童年》中,几乎没人真正了解大卫的内心世界。

颠沛流离的逃亡和避难会给一个五岁儿童难民的心理带来怎样的影响? 大卫在四处漂泊的过程中承受了怎样的心理打击,是否留下了严重的心灵创伤?《耶稣的童年》显然对于这个问题更有兴趣。不过,库切在小说中并没有对大卫的心理进行直接的言说,然而,读者从大卫的言行之中并非完全体会不到。凯西·卡鲁斯认为,所谓创伤指的是"一种突如其来的、毁灭性的、势不可挡的经验",而对于它的反应常常是事后才逐步表现出来。[3]大卫来到"诺维拉"之后的有些言行不能不说流露出一种"后创伤心理紊乱"的症状。例如,大卫不喜欢暴力,在达戈(Daga)与阿尔瓦罗的打架事件中,大卫不停地让西蒙制止他们:"人群里传来一声尖叫。那儿一阵骚动。'他们打起来了! 男孩嘟囔着,'我不想让他们打起来!'"[4]此外,大卫经常做噩梦,梦到自己在船上:

"……你现在睡觉怎么样? 你睡得好些了? 不再做噩梦了吧?"

"我梦到了船。"

"什么样的船?"

"一条大船。我们看见船上一个戴帽子的人。

海盗。"

"是领航员,不是海盗。

你梦见了什么?"

"船沉了。"

[1] Gail Jones, *Sorry*. London：Vintage Books, 2008, p.111.

[2] Elizabeth Batista-Pinto Wiese, "Culture and Migration：Psychological Trauma in Children and Adolescents", *Traumatology* 16.4(2010)：144.

[3] Cathy Caruth, *Unclaimed Experience: Trauma, Narrative, and History*. Baltimore and London：The John Hopkins University Press, 1996, p.11.

[4] J. M. Coetzee, *The Childhood of Jesus*, p.55.

"沉了？那后来呢？"

"我不知道。我记不得了。鱼出现了。"

"好吧,我来告诉你是怎么回事。我们被救起来了,你和我,我们肯定被救起了,否则我们现在不会在这儿,是吗？所以这不过是个噩梦罢了……"[1]

大卫对于大海有一种本能的恐惧,西蒙刚在码头找到一份搬运工作,大卫很是担心:"我不想你掉到海里去,我不想你淹死。"西蒙劝大卫打消那些"黑暗的想法",大卫却沉默不语;[2]大卫天赋异禀,与众不同,学下棋才两周就打败了阿尔瓦罗和欧根尼奥,仿佛他的身躯"里面有一个魔鬼";[3]他很快学会了"诺维拉"的语言(西班牙语)。大卫还有一套自创的计数方式和生命逻辑,在成年人眼中,"二加二等于四"是"宇宙规则,是独立的,根本不是人为的规则"。但在大卫眼中,从一个数字到另一个数字就像从一个小岛到另一个小岛,一不小心就会掉到水里:"我会掉进缝隙里!你也会!任何人都会!你不知道!"[4]大卫认为数字像"漂浮在一大片虚无黑海的岛屿",每次渡过这片"空虚"都生怕会掉进去。[5]在他的心目中,一个能指永远处于飘浮、滑动状态的世界充满了各种间隙与裂缝,意义永恒缺场并无限延宕,因此"从无到有的跨越每次都几近奇迹"。[6]大卫告诉身边的成年人:存在无意义,世界无处不是"深渊"和"虚无",任何假定的安全都危险地悬浮在这些潜在的"深渊"(abyss)或"空虚"(void)或"虚无"(nothingness)之上。[7]

《耶稣的童年》的一大特点是大段大段的对话,大卫以一个孩子的视角不断向西蒙发问,如果说有些问题具有普通的求知特征,另外一些问题听来不能不令人匪夷所思。西蒙很早就发现大卫在思维方式上好像有些问题,所以他曾多次用理性主义方法对大卫施加影响。他用儿童版《堂·吉诃德》教大卫科学的阅读方法;他在修马桶时给大卫讲解水流的基本原理;他又教大卫按照成人标准对藏品进行甄别取舍。西蒙认为自己有监护义务将世界的运行法则通过言传身教传

---

[1] J. M. Coetzee, *The Childhood of Jesus*, p.172.

[2] 同上,p.25.

[3] 同上,p.52.

[4] 同上,p.43.

[5] 同上,p.295.

[6] 同上,p.296.

[7] M. H. Abrams, *A Glossary of Literary Terms*. Beijing: Foreign Language Teaching and Research Press, 2004, p.203.

递给大卫。他认为教育的目的是成为"社会动物",[1]从而实现与现实规范严丝合缝的接轨。在小说中,大卫不停地问西蒙问题,西蒙几乎每次都非常耐心地回答他。虽然西蒙最后告诉大卫说:"你问了一大堆为什么……答案是:因为世界就是这样……我们得适应",[2]但是,大卫的问题并没有因此减少,强烈的好奇心让他不断提出新的问题,有时将西蒙逼得几乎难以招架。

大卫六岁的时候到了入学读书的年龄,上学不久,大卫就发现自己很难"适应实际的课堂教学":"他不安分,搞得别的孩子也不安分。他上课时经常离开座位走来走去。他未经允许就离开教室"。[3]班主任里昂(Leon)先生认为大卫应该去看心理医生;学校的心理医生奥特莎(Otxoa)太太根据大卫不服老师管教的行为描述,建议将他转到阿雷纳斯角的特殊教育中心。里昂先生和奥特莎太太一致认为,大卫怪异行为的背后或许有其心理隐因。里昂先生认为,"与符号认知有关的特定缺失"阻碍了大卫"对于词语和数字的感知";[4]奥特莎太太单独和大卫聊了很久,将大卫的不安分归咎于"神秘的家庭环境":"他不能确定自己的身份,他是从哪里来的……这种缺失真正的感受,包括缺失真正的父母。大卫的生命中没有精神支柱。"[5]里昂先生和奥特莎太太对于大卫的解读显然不无道理,但是,他们的解读无疑还是停留在简单的猜测之上。从一个更高的高度来看,他们的猜测与"诺维拉"对于避难者的主流话语不谋而合,由于这中间纠结着歧视和偏见,所以离开大卫内心世界的真实情形还有不小的距离。

美国小说家乔伊斯·卡罗·欧茨认为,大卫的思维与行为方式令人怀疑他可能"是患了自闭症或是轻微精神分裂症"。[6]批评家卡罗拉·M.卡普兰(Carola M. Kaplan)认为,大卫的种种表现像是创伤后的症状。[7]在《耶稣的童年》中,大卫的内心世界对很多人来说都是一个谜,"诺维拉"的人们不理解他,就连西蒙和伊妮丝也未完全弄懂他的心思。小说通过托孤认母的情节明明白白地告诉读者,成年人主导的"诺维拉"世界对于大卫的内心世界毫不关心,他们想当然地认为:只要为大卫认下一个母亲,他就会迅速地安顿下来。《耶稣的童年》

---

〔1〕 J. M. Coetzee, *The Childhood of Jesus*, p.260.
〔2〕 同上,p.200.
〔3〕 同上,pp.241-242.
〔4〕 同上,p.243.
〔5〕 同上,pp.245-246.
〔6〕 Joyce Carol Oates, "Saving Grace: J. M. Coetzee's *The Childhood of Jesus*", 2013.
〔7〕 Carola M. Kaplan, "'Sudden Holes in Space and Time': Trauma, Dissociation, and the Precariousness of Everyday Life", *Psychoanalytic Inquiry* 33(2013): 470.

通过这样一个奇特的情节向我们揭示了现代社会对于儿童难民心理的漠视与无知。

利奥塔认为,后现代艺术家不会根据既定的规则进行创作,他们创作的根本目的就是要挑战这些既定规则和范畴,他们每一个人都试图用自己的作品创建新的规则,因此我们不能用既定的范畴来衡量和判断他们的创作。[1] 对于大卫的内心世界,库切显然是充满同情的。他不相信以西蒙为代表的成年人对于儿童难民的描述,更不相信西蒙式的托孤能给大卫带来安定。值得注意的是,大卫认母之后并未在现实的世界里体会到一种自在、温暖的归属感。相反,他从心底里拒绝这样的指认,也从不愿意承认伊妮丝是他的母亲,更拒绝与这个现实社会相认同。卡里·库塞(Khalid Koser)告诉我们,在现代移民活动中,移民儿童置身于一个语言和文化差异悬殊的社会,"比起成年人,他们遭受的创伤更加严重",而且他们在成长过程中常常会经历"孤独感、对身份和国家忠诚的惶惑"。[2] 的确,在《耶稣的童年》中,大卫独自忍受着不为人知的心灵创伤,在这里,小说延续了库切对儿童难民这样一个边缘人群的观照。小说尤以曲折深邃的后现代艺术影射了儿童难民的创伤与痛楚,通过聆听这一弱势群体的真实心声,细腻感人地书写了他们压在内心深处的不可言说和不可与人沟通的深刻人生经验。

三

利奥塔认为,后现代艺术并不尝试在人的不同能力之间构建某种桥梁,因为仅就崇高美学里的经验而言,思想与言说之间的鸿沟是永远也无法填平的。现实主义艺术家们总想将它们统辖起来,成就某种现实的整体,但这种整体只能是一种幻觉,一种恐怖的幻觉。后现代艺术的任务就是向这种整体幻觉宣战。[3] 在《耶稣的童年》中,"鸿沟"的字眼反复出现在大卫的很多表述当中,这些表述充分表明,小说家在这部小说的创作中希望赋予大卫以鲜明的后现代个性。大卫不仅在思想上认为不同数字之间存在难以逾越的鸿沟,在日常生活中,他也坚定地抵制"诺维拉"坚持的整体性要求。在小说的结尾处,大卫一行数人毅然决定逃离"诺维拉"无疑是一种对于现实主义整体性的背弃。

---

〔1〕 Jean Francois Lyotard, *The Postmodern Condition: A Report on Knowledge*, 1984, p.81.

〔2〕 Khalid Koser, *International Migration: A Very Short Introduction*. Oxford: Oxford University, 2007, pp.122 - 123.

〔3〕 Jean Francois Lyotard, *The Postmodern Condition: A Report on Knowledge*, 1984, p.82.

　　《耶稣的童年》中屡屡提到《堂·吉诃德》。库切对于堂·吉诃德的结局很是失望,他曾经不满地发问:"堂·吉诃德在小说结尾时清醒了过来,他放弃了他曾如此徒劳地想栖居的理想世界,转而选择他的诋毁者所属的真实世界,此举使他周围所有人,还有读者都感到失望。难道这就是我们真正想要的吗?难道我们也该放弃想象世界,安分地回到卡斯蒂利亚落后农村的单调生活?"[1]堂·吉诃德最终选择与现实妥协,而库切显然不希望他笔下的主人公也那样做。面对只能提供"有条件好客"的"诺维拉",大卫、西蒙以及伊妮丝最后决定逃离禁锢,努力寻找新的生活。在逃离"诺维拉"的过程中,大卫从汽车的后备箱里拿出一个盒子,盒子里装着一件黑色的缎子披肩,说明书上清楚地写道:"这是一件具有魔法的隐身披肩。谁穿上它就可以隐身地行走于世。"[2]大卫对于超现实的魔法力量深信不疑,他迫不及待地将披肩穿在身上,希望这件神奇的披肩能赐予他新的生活。

　　大卫的"魔法披肩"是达戈(Daga)送给他的。西班牙语中的 daga 一词意为"短剑、匕首",其名字的暴力寓意显而易见。达戈比西蒙和大卫晚一些来到"诺维拉",他性格暴躁,生活上我行我素,对于"诺维拉"的规则和秩序很不以为然,在码头上工作了没多少时间便为了工资结算与工头暴力相向。达戈用自己的锋芒毕露应对"诺维拉"强加在他身上的一切,用绝对的暴力为自己争取自由。在西蒙等人看来,达戈或许是"诺维拉"少见的不和谐因素,但是,在大卫眼中,他是无畏的自由斗士,是大卫心中的偶像。特立独行的达戈在小说后半部再次突然出现,他不断用冰淇淋、魔法笔、米老鼠和烈酒引诱大卫。虽然西蒙警告大卫说这个戴耳环、玩刀子的达戈不是好人,但大卫显然很喜欢达戈,在他看来,连伊妮丝都对达戈颇有好感。在大卫眼中,达戈无所不能,可以引领他进入一个个新奇的未知世界:达戈的魔术笔让他看到"一个真的女人,一个很小很小的女人,当你把笔杆倒过来,女人的裙子就会倒垂下来,她就光着身子了"。[3]达戈的烈酒"让我喉咙火辣辣的。他说是一种魔水,你觉得不舒服时可以喝上两口"。[4]在逃离"诺维拉"的过程中,大卫想到达戈送给他的这件"魔法披肩",兴奋不已,因为在见不到达戈本人的时候,这件"魔法披肩"让他想起达戈的力量和斗士形象以及他为自由而斗争的精神。他相信,有了这件"魔法披肩",他离自由不过一步

〔1〕库切.内心活动:文学评论集[M].黄灿然译,杭州:浙江文艺出版社,2010:272.
〔2〕J. M. Coetzee, *The Childhood of Jesus*, p.315.
〔3〕同上,pp.213 - 214.
〔4〕同上,p.223.

之遥;有了这件"魔法披肩",他一定能实现隐身的愿望,获得真正的自由。

在《耶稣的童年》中,大卫的"魔法披肩"无疑是一个有着重要象征意义的物件,它代表自由,有了自由就能摆脱现实的一切羁绊,面向未来。在西蒙和伊妮丝看来,这件所谓的"魔法披肩"不可能具备什么真正的魔力,但是,它给大卫带来了无穷的精神力量。作为一个儿童难民,大卫随家人和西蒙四处漂泊,所到之处,他感到自己最缺少的便是在家时的那份自由。为了做到真正隐身,大卫认真研读了操作指南:"为了达到隐身效果,穿戴者必须在一面镜子前披上斗篷,点燃魔粉,念出秘咒。于是肉眼凡胎就能隐入镜中,只在身后留下神灵之迹。"[1]大卫按照指南的要求点燃了镁粉,然而不幸的是,镁粉"啪"的一声立刻爆炸了起来,爆炸烧伤了大卫的眼睛和手。[2]

经历了这次爆炸,大卫并没有放弃对于自由的渴望,相反,他更加坚信"只要我闭上眼睛,我就可以飞。我能看见整个世界"。[3] 在《耶稣的童年》中,"魔法披肩"是一个戏剧反讽,因为除了大卫之外,所有的人都不相信它具有什么神奇力量。小说家如此大篇幅地书写这一非现实的物件,为的是以此作为一种曲笔书写大卫的内心世界,影射大卫内心难以言说的创伤。大卫的心里到底在想些什么? 小说家显然希望通过"魔法披肩"这样的外在物件暗指小主人公的内心创伤与渴望。如何书写大卫内心深处的创伤与渴望或许是库切在这部小说中面临的最大问题。在逃离"诺维拉"后,大卫内心积压的创伤通过他的种种奇思妙想更加肆意而胡乱地宣泄出来,读者从中零零星星地窥见一点他的内心感受。眼睛受伤后,西蒙和伊妮丝带着他准备前往就医,他告诉罗贝尔太太:"他们不是我父母,我们也不会回来。我们要去寻找新生活";[4]见到医生之后,大卫再次向医生透露说,伊妮丝和西蒙不是他的亲生父母;[5]西蒙问大卫想不想"坐船回到以前的生活",大卫坚定地说"我不要以前的生活,我要新生活!"[6]显然,战争与避难让年幼的大卫失去了父母,迁徙更让他失去了稳定的生活与家园,本该少不经事的大卫如今早已饱经沧桑,所以他渴望新的生活,希望穿上这件神奇的披肩,戴着墨镜,拥抱未来。

汉娜·阿伦特(Hannah Arendt)认为,对于难民来说,"真正史无前例的并

---

[1] J. M. Coetzee, *The Childhood of Jesus*, p.315.

[2] 同上,p.316.

[3] 同上,p.319.

[4] 同上,p.320.

[5] 同上,p.328.

[6] 同上,p.261.

非是家园的丧失,而是重觅新家园的无望。突然间,天地之大,难民却无处可去"。[1]《耶稣的童年》以"早上好,我们是新来的,我们想找个地方落脚……找个地方落脚,开始我们的新生活"[2]结束。这一模糊的开放式结尾使故事复归于起点,形成一个无望的循环。它预示着小说人物在又一个避难地的新生活或许将是另一次令人失望的无奈之旅。小说也透过西蒙之口道出了他们新一轮避难迁徙的实质:"我们住在贝尔斯塔(Belstar)营地时,就过着吉卜赛人那样的生活。当吉卜赛人就意味着你没有一个真正的家,没有一个安身立命的地方。"[3]库切通过这样一个结尾道出了流浪中的难民失去家园和自由后的创伤体验。小说暗示,难民对于自由家园的寻觅注定是一场永无彼岸的旅程,因为所有的避难地对于难民的态度都不是"绝对的好客",所以,不管西蒙和大卫走到哪里,结果都一样。

　　库切曾说:"世间的苦难,不止是人类苦难,压垮了我这个活生生的个体,紊乱了我的思维,陷我于无助。为了不被压垮,我以微弱可笑的一己之力对抗,进行虚构化建构。"[4]《耶稣的童年》无疑是一个关于苦难的建构,小说围绕西蒙和大卫这两个难民的经历,通过一系列怪异细节的安排,努力叙说难民们在避难迁徙过程中感受的难以言说的创伤体验。虽然有的批评家更多地关注小说中"西蒙的伦理困境与救赎",[5]但从小说的标题来看,《耶稣的童年》重点要呈现的是大卫的创伤体验。但是,小说通篇没有正面书写大卫的内心世界的纠结与伤痛,这是因为库切知道,一直以来,我们并不了解儿童的内心世界,不少人认为,儿童在经历种种苦难时的内心如一张白纸,即便我们偶尔认识到儿童心理创伤的存在,我们也不知道如何去言说。从这个意义上说,《耶稣的童年》显然属于利奥塔所说的后现代"崇高美学"类作品,它通过暗指和影射努力为不可言说的经验做见证。[6]"诺维拉"从表面上看是一个颇为好客的避难地,但这种友好不是无条件的。德里达在《论好客》一书中指出,"无条件的好客应该超越权利和义务,甚

---

〔1〕　Hannah Arendt, *The Origins of Totalitarianism*. New York: Harcourt Brace, 1973, pp.293–294.

〔2〕　J. M. Coetzee, *The Childhood of Jesus*, p.329.

〔3〕　同上,p.273.

〔4〕　J. M. Coetzee, *Doubling the Point: Essays and Interviews*, ed. David Attwell. Cambridge: Harvard University Press, 1992, p.248.

〔5〕　罗昊,彭青龙.向善的朝圣——《耶稣的童年》中的西蒙的伦理困境与救赎[J].上海理工大学学报,2017(1): 53–58.

〔6〕　Jean Francois Lyotard, *The Postmodern Condition: A Report on Knowledge*, 1984, p.81.

至政治",然而,"好客又总是受到权利和义务的限定"。[1]库切显然同意德里达的观点,在他看来,好客伦理的吊诡逻辑说明:在这个无法悦纳异己的世界中,一切关于自由、理想、家园的承诺都只是乌托邦的迷思。不过,《耶稣的童年》仍然希望正告读者,"诺维拉"对于难民的要求是非人的,因为在这里即便是个幼小的儿童难民也有着或许永远也无法抹去的创伤记忆,虽然这些创伤或许永远也说不清道不明,但它们真实存在。小说家写作这部小说就是要叙说难民的辛酸与坎坷,以一种先锋性的艺术笔法影射这一人群经历的不可言说的创伤体验。这种对不可知与未定性的探询显示了库切对人类命运的深刻关怀。

说《耶稣的童年》是一部影射小说,还有另外一层重要的意义。因为它是库切移居澳大利亚后创作的小说,所以亦被看作库切的"澳大利亚小说"之一。"诺维拉"的很多细节说明,库切在这部小说中所要讲述的不是一个关于澳大利亚的故事,但是,细心的读者不难发现,小说中提到的贝尔斯塔(Belstar)难民营地听上去很像澳大利亚南部海滨的巴克斯特(Baxter)难民羁押中心;[2]此外,大卫等人在小说结尾离开"诺维拉"之后朝着一个名叫艾斯特利塔(Estrellita)的地方而去,在澳大利亚,Estrellita 听上去甚似 Australia。在《耶稣的童年》中,Estrellita 的名字来得并非偶然。那么,大卫他们想要去的 Estrellita 是一个怎样的地方呢?罗贝尔太太告诉他们说,"我觉得你们在艾斯特利塔找不到什么新生活。我有些朋友搬到那儿去了,他们说那是世界上最乏味的地方"。[3]库切用"乏味"这样的字眼形容 Estrellita 显然是话有所指。澳大利亚的诺贝尔文学奖获得者帕特里克·怀特曾经无比辛辣地指责澳大利亚"与生俱来的平庸"。在怀特看来,"丑陋的物质主义甚嚣尘上,而普通人神经毫无触动",澳大利亚社会的每个角落都渗透着巨大的虚空(the Great Australian Emptiness),一种反智主义心态随处可见。[4]库切穷其一生都在寻觅诗意栖居的精神家园,先后辗转于南非、英国、美国,并最终定居澳大利亚。但是,他对于澳大利亚的看法一如他早先对于其他国家的评论,在他看来,澳大利亚光鲜亮丽的现实背后仍然充斥着各种丑陋与不堪,特别是澳大利亚的难民收置政策曾引发多起难民船沉没惨剧和国际丑闻,所以一直以来就备受诟病。很显然,《耶稣的童年》对于澳大利亚这方

---

[1] 德里达.论好客[M].贾江鸿译.桂林:广西师范大学出版社,2008:133.
[2] 李庆西.有关政治的超越政治话语——读库切新作《耶稣的童年》,132.
[3] J. M. Coetzee, *The Childhood of Jesus*, p.320.
[4] Driesen, Cynthia Vanden and Bill Ashcroft, eds. *Patrick White Centenary: The Legacy of a Prodigal Son*. Newcastle upon Tyne: Cambridge Scholars Publishing, 2014, p.99.

面存在的问题不无影射。

　　在 21 世纪的今天,全世界还有很多人每天像耶稣当年一样不断避难和迁徙,特别是那些遭遇战争创伤的难民,他们每日过着颠沛流离的生活,随时面对他人的排斥。从这个意义上说,库切的《耶稣的童年》所讲述的难民故事具有非常紧迫的现实意义。《耶稣的童年》显然不只是耶稣的故事,它同时也是今日世界众多难民(尤其是儿童难民)的故事,小说以它特有的后现代艺术方法对超越国界的全人类共同命运进行了叩问。深受后现代思潮影响的库切一直保持着现代艺术的实验精神,他拒绝提供现实主义式的慰藉与真实,希望通过艺术的想象与创新不断释放后现代美学所蕴含的先锋能量。《耶稣的童年》一方面表现了他一如既往的人文情怀,另一方面又以悲天悯人的态度,实现了对不可言说之难民创伤的深刻书写。

索　引

术语

后 记

　　《澳大利亚后现代实验小说研究》付梓之际，照例留点余墨说几句话，不为总结，更为致敬和感谢。我国学界当中喜欢把写书比作磨剑，所谓"十年磨一剑"，唐代诗人李山甫在他的《古石砚》一诗中把研究比作"琢石"："追琢他山石，方圆一勺深。抱真唯守墨，求用每虚心。波浪因文起，尘埃为废侵。凭君更研究，何啻直千金。"李山甫的诗短短几行，把古往今来从事研究工作的一类人的生活描写得淋漓尽致：他们遇事较真，喜欢钻研，追求新知，不获发现，誓不罢休。我国的外国文学研究工作者是比较典型的"追琢他山石"的人，他们中的很多人常年在方寸之间耕耘。在有的人看来，这样的劳作无异于浪费生命，但他们"琢石"的决心和毅力实"不足与外人道也"。我国的澳大利亚文学研究始于改革开放之后，风雨四十年，经过几代学人的学术接力，不仅形成了学术梯队，更推出了一大批研究成果。20世纪80至90年代，老一辈澳大利亚文学研究专家筚路蓝缕，胡文仲教授的怀特研究，黄源深教授的澳大利亚文学史研究，李尧教授和朱炯强教授的澳大利亚文学翻译，叶胜年教授的殖民小说研究，陈正发教授、唐正秋教授和刘新民教授的澳大利亚诗歌研究，这些专家的这些成果为我国21世纪的澳大利亚文学研讨奠定了基础，以《澳大利亚文学史》为代表的一批鸿篇巨制成了这个领域的传世经典。我国学界对于国外后现代主义文学的研究始于20世纪80年代，几十年来，厦门大学的杨仁敬教授、南京大学的王守仁教授、中国人民大学的陈世丹教授、上海交通大学的胡全生教授等一批学者先后针对英美后现代小说展开的研究给人印象深刻。就研究难度而言，后现代主义文学是一个难啃的骨头，后现代实验小说无视规则，倡导先锋探索，但它并没有吓退我国的研究工作者。上述几位同行在英美后现代小说的方寸之地勤奋耕耘数十载，推出了一大批足以传世的著述。近来，陈世丹教授更在中国人民大学出版社的支持下，组织国内同行推出了一个宏大的"西方后现代主义小说总论"系列，连续推出《法国后现代主义小说论》（刘海涛）、《俄国后现代主义小说论》（刘文霞）、《英国后现代主义小说论》(王桃花)、《拉美后现代主义小说论》(王祖友)等著作,令人为之眼前一亮。相信这批著作的出版,对于我国文学界和研究界放眼全球不同国家和地区的后现代小说都会大有裨益。

《澳大利亚后现代实验小说研究》是在上述同行的感召和鼓舞下完成的。在全球后现代主义文学中,澳大利亚的后现代小说形成了自己的特色,但也与其他国别后现代主义一样具有艰涩的特点。决定开展这个课题的研究,课题组抱定了攻坚克难的决心,相信自己的研究哪怕是突破一两个难点,就算为后来者更好地了解这一区域后现代小说做一点有益的贡献。为了解决资料匮乏的问题,笔者于 2017 年前往澳大利亚西悉尼大学进行调研。西悉尼大学是一所富有朝气的新大学,校长巴尼·格洛弗(Barney Glover)教授是个数学家,但他有愿景、有智慧,敢于在包括图书资料在内的基础设施方面下血本,建设了一个令人向往的图书馆。依托该校的澳中艺术与文化研究院,我在一年多的时间收集了一大批的资料,为本课题的后期研究奠定了良好的基础。西悉尼大学有着良好的文学研究基础,可谓名家云集。调研期间,我在这里遇到了曾在这里任教的著名理论家鲍勃·霍奇(Bob Hodge)(《梦幻的黑暗面》一书的作者之一),更在这里跟当代知名作家盖尔·琼斯、著名澳大利亚文学批评家艾沃·英迪克和安东尼·乌尔曼(Anthony Uhlmann)近距离地学习和交流;西悉尼大学重视与中国学界的合作与交流,包括尼古拉斯·乔斯(Nicholas Jose)、亚莱克西斯·赖特和皮特·斯克鲁兹奈基(Peter Skrznecki)在内的作家曾在这里工作。他们或指导中国学生攻读博士学位,或参与对华的文学交流,或支持澳大利亚文学的对华翻译。该校给本课题的研究提供了很好的基础和环境,借此机会向西悉尼大学表示敬意和感谢。此次重返悉尼期间,我再次获得了近距离向先后从悉尼大学和新南威尔士大学荣休的伊丽莎白·韦比教授及比尔·阿什克罗夫特(Bill Ashcroft)教授学习的机会,特别是韦比教授克服各种困难顺利完成了关于当代澳大利亚文学的访谈。对他们和他们的家人给我的支持、帮助和盛情款待,在此一并致谢。

2019 年回国以后,我转入上海外国语大学英语学院工作。上海是我年轻时求学的城市,虽然昔日的多位师长先后作古,但这里有我众多的学界同好,所以深深体会到了学术会师的感觉。上海外国语大学里汇集了我国外国文学研究中一支强大队伍,在同事们的帮助下,我每日两点一线,风雨无阻,但乐此不疲。在新团队中,我得以自如地继续我挚爱的教学和研究工作,虽然疫情突然袭来时遭遇一些窘迫,但课题预定的各项研究任务得以如期完成,令我无比欣慰。感谢副校长查明建教授一直以来对我的鼓励和帮助,感谢校科研处兰丽宁老师的指导,感谢英语学院现任领导王欣院长和杨雪莲书记的信任和鼓励,感谢李维屏教授、虞建华教授的提携,感谢朝夕相处的教授们——张和龙教授、吴其尧教授、王光林教授、王岚教授、孙胜忠教授、张继东教授、张群教授、李尚宏教授、徐海铭教授、杨春雷教授等——赐予我的友谊,感谢学院众多年轻优秀同事们的帮助,感谢我众多的学生对于我的支持。

学术研究需要团队作战。本课题离开了团队是断难完成的。在过去的几年中,我的六个学生先后参与了本课题的部分研究工作,其中,黄洁博士参与了第11章和第12章的工作,毕宙嫔博士参与了第9章的工作,孔一蕾博士参与了第7章的工作,卜杭宾博士参与了第20章的工作,柯英博士参加了第10章的工作,陈振娇博士参与了第1章、第2章和第4章的部分写作任务。上述六位不仅在研究中陆续发表自己的研究成果,更在全国的澳大利亚文学研究界崭露头角,受到同行关注。近年来,在我指导毕业的博士当中,已先后有六人七次获得国家社科基金课题,成为外国文学研究"国家队"的成员。我在感谢他们的同时深为他们感到高兴。我要特别感谢我多年的朋友——牡丹江师范学院的梁中贤教授。中贤教授是黄源深老师的高足,也是澳大利亚女性文学研究方面的专家,多年来立足东北,领导学校之余不忘为国家培养澳研新人,可敬可佩。中贤教授应邀参加了第17章的研究工作,在此一并感谢。美国的 *Antipodes* 杂志、中国的 *Concentric* 杂志(台湾地区)、《外国文学评论》《外国文学》《国外文学》《当代外国文学》《英美文学研究论丛》《复旦外国语言文学论丛》《湖南科技大学学报》(社会科学版)等学术期刊先后多次发表与课题有关的阶段性研究成果,使课题在国内外产生了良好的影响,对他们给予我们的大力支持,我在此表示诚挚的谢意。

"追琢他山石"当然是个苦差事,好多人阴差阳错,误打误撞地走进了这个行当,就像爱丽丝一不小心跟着一只兔子误入另一个世界。好在,但凡走进来的人大多也在心中都有一个或者几个榜样,而榜样的力量是无穷的。我从事外国文学研究离不开已故恩师陆谷孙先生的激励,在研究中每每遭遇困难,我会忆起先生当年案头上改得密密麻麻、堆积如山的《英汉大词典》。我从事学术研究的另一个榜样是黄源深教授。黄老师是我国从事澳大利亚文学的同仁们共同一个榜样,不仅用自己开创性的研究为我国的外国文学国别研究替补了空白,更为几代后学打下了坚实基础。在本课题的研究过程中,他的鼓励为本课题的如期完成提供了巨大的支持。我谨以此书向他致敬!

学术研究有苦也有乐,经历了跋涉之后取得的任何微小的进展都像美国诗人艾米莉·狄金森(Emily Dickinson)说的那样无比甜蜜(sweetest success),它给人以自信，也给人以豪情。借用莎士比亚笔下的科里奥兰纳斯（Coriolanus）的话说："Let them accuse me by invention，/I will answer in mine honour。"然而，学无止境，学界好友之中有"三作"之说——成名之作、扛鼎之作和传世之作，可见，作为一名研究工作者，社会加在他们肩上的任务很重，一个任务刚刚完成，稍喘一口气，略作修整就要投入新的战斗了。正所谓，长路漫漫，所幸的是，我们生活一个好的时代，有国家的支持，还有那么多并肩作战的同事，我们有理由对未来的研究之路充满信心。

作为一个国家社科项目的结项成果，本书虽然广泛涉猎了当代澳大利亚文坛的 20 个作家，但它对澳大利亚后现代实验小说的研究至多仍是取样性的。从 20 世纪 70 年代至今，在半个世纪的历程中，澳大利亚小说早已名家云集，书中涉及的这些作家远远不能代表一个时代的全部，不过，他们的作品中用实验手法呈现的一个个的个性鲜明的故事为我们了解当代澳大利亚文学乃至澳大利亚社会提供了缩影。从摩尔豪斯的《这些美国佬》到库切的《耶稣的童年》，当代澳大利亚后现代小说不是一面现实主义的镜子，不能让我们直接从中窥见当代澳大利亚社会，但是，20 位作家的 20 部作品为我们提供了一个了解当代澳大利亚文学和社会的旅程。于我而言，这一旅程虽然艰辛但丰富多彩。当我准备把自己在此次旅行中的所得和收获呈现在读者面前时，我清楚地知道，当代澳大利亚文学如同一条奔腾的河流，它的旅程还在继续，希望本书能激发更多的同行走上继续探索的道路。

我要特别感谢我的妻子和女儿，本书写作的过程中，她们往返于中国、新加坡和澳大利亚之间，全力支持我的研究，全力为我分忧解愁，如果本书是一枚军功章，那么它无疑属于她们。最后感谢上海交通大学出版社的张冠男编辑为本书出版作出的巨大努力，本书出版期间恰逢新冠肆虐，没有她锲而不舍的坚持与努力，本书的出版不会这样顺利，在此一并致以诚挚的谢意。